Knaur.

Knaur.

*Im Knaur Taschenbuch Verlag sind bereits folgende Bücher der Autorin erschienen:*
Die Tochter des Salzsieders
Die Hexe und die Heilige
Die Herrin der Burg
Die Seele der Nacht
Das Jahr der Verschwörer

*Über die Autorin:*
Ulrike Schweikert, geboren 1966 in Schwäbisch-Hall, gab nach sechs Jahren ihren Job als Wertpapierhändlerin auf und studierte zunächst Geologie, später Journalismus. Nach ersten Fantasygeschichten schrieb sie schließlich ihren historischen Roman »Die Tochter des Salzsieders«, der zum Bestseller wurde.

Ulrike Schweikert

# DAS KREIDEKREUZ

Roman

Knaur Taschenbuch Verlag

**Bitte besuchen Sie uns im Internet:**
**www.knaur.de**

Vollständige Taschenbuchausgabe Januar 2006
Knaur Taschenbuch.
Ein Unternehmen der Droemerschen Verlagsanstalt
Th. Knaur Nachf. GmbH & Co. KG, München

Umschlaggestaltung: ZERO Werbeagentur, München
Umschlagabbildung: FinePic, München
Satz: Ventura Publisher im Verlag
Druck und Bindung: Clausen & Bosse, Leck
Printed in Germany
ISBN-13: 978-3-426-63137-9
ISBN-10: 3-426-63137-7

4 5 3

*Für meine Freundinnen*
*Hanna Hofmann, Sabine Kornbichler und Andrea Wagener*
*und für meinen Mann Peter Speemann,*
*der meine Geistesabwesenheit und mein monatelanges*
*Abtauchen in vergangene Jahrhunderte mit Heldenmut erträgt.*

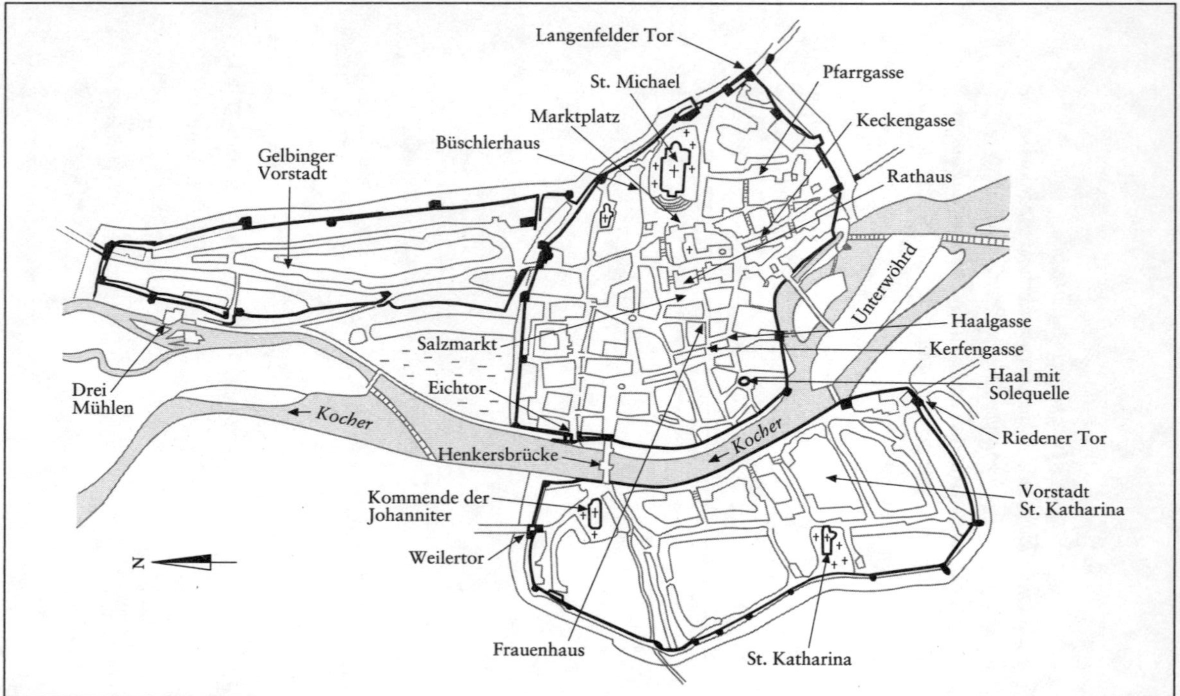

Langenfelder Tor
St. Michael
Pfarrgasse
Marktplatz
Keckengasse
Büschlerhaus
Rathaus
Gelbinger
Vorstadt
Unterwöhrd
Haalgasse
Salzmarkt
Kerfengasse
Haal mit
Solequelle
Drei
Mühlen
Eichtor
Kocher
Kocher
Riedener Tor
Henkersbrücke
Kommende der
Johanniter
Vorstadt
St. Katharina
Weilertor
N
Frauenhaus
St. Katharina

# PERSONEN:

| | |
|---|---|
| *Anne Katharina Seyboth, geb. Vogelmann:* | Tochter von Barbara Katharina Vogelmann |
| *Michel Seyboth:* | Ehemann von Anne Katharina |
| *Bernhard Seyboth:* | Sohn von Michel und Anne Katharina |
| *Veronica Seyboth:* | Tochter von Michel und Anne Katharina |
| *Barbara Seyboth:* | Tochter von Michel und Anne Katharina |
| *Mathilde Seyboth:* | Mutter von Michel |
| *Agnes:* | Anne Katharinas Magd |
| *Maria:* | Agnes' Schwester |
| *Wolf:* | Agnes' Bruder, kämpft auf Seiten der Bauern |
| *Jacob:* | Agnes' Bruder, kämpft auf Seiten der Bauern |
| *Martin:* | Agnes' Vetter, kämpft auf Seiten des Bundes |
| *Ulrich Vogelmann:* | Anne Katharinas älterer Bruder |
| *Dorothe Vogelmann:* | Ulrichs Frau |
| *David Vogelmann:* | Ulrichs Stiefsohn |
| *Peter Vogelmann:* | Anne Katharinas jüngerer Bruder |
| *Pater Hiltprand:* | Anne Katharinas leiblicher Vater |
| *Rugger Beltz:* | Landsknecht, kämpft erst auf der Seite des Bundes, dann für die Bauern. |
| *Volkhard Beltz:* | Ruggers Bruder |

| | |
|---|---|
| *Hermann Büschler:* | Ratsherr, wird im Sommer 1525 zum Stättmeister gewählt. |
| *Anna Büschler:* | Hermanns Tochter, Anne Katharinas Freundin |
| *Barbara Dollen:* | Magd bei Familie Büschler |
| *Lienhard Vahmann:* | Knecht bei Familie Büschler |
| *Mara:* | ledige Mutter, vom Rat verurteilt |
| *Michel Schletz:* | Stättmeister |
| *Magister Johannes Brenz:* | Reformator, Prediger in Hall |
| *Margarete Wetzel, geb. Gräter:* | heiratet Magister Brenz |
| *Magister Johann Herolt:* | Pfarrer in Reinsberg |
| *Luzie:* | Magd von Pfarrer Herolt |
| *Ruth Trochtelfinger:* | Hebamme |
| *Sara:* | Prostituierte im städtischen Frauenhaus |

**Wichtige Männer auf der Seite der Bauern:**

| | |
|---|---|
| *Wendel Hipler:* | ehemaliger Sekretär der Hohenloher Grafen. Kanzler der Bauern. Nur beratende Funktion. Will mit seinem Bauernparlament eine friedliche Lösung erreichen. |
| *Georg Metzler:* | Wirt aus Ballenberg, Feldhauptmann des »hellen, lichten Haufens«, der Vereinigung des Odenwälder und des Neckartäler Haufens. |
| *Ritter Götz von Berlichingen:* | Der Ritter mit der eisernen Faust ist vier Wochen Feldhauptmann des hellen, lichten Haufens, macht sich aber vor der entscheidenden Schlacht davon. |

*Matern Feuerbacher:* Wirt und Mitglied der Ortsehrbarkeit aus Großbottwar, Feldhauptmann des christlichen Haufens der Württemberger Bauern

*Ritter Florian Geyer:* Ritter aus Giebelstadt, Mitglied des Bauernrates, aber nicht der Militärischen Führung, obwohl er sehr klug und kriegserfahren ist. Er ist Idealist und will die Neuordnung des Reiches durchsetzen, scheitert aber an den Vorbehalten, die die Bauern den Adeligen gegenüber haben.

*Jäcklein Rohrbach:* radikaler Anführer der Neckartäler Bauern, hauptverantwortlich für die Bluttat von Weinsberg, setzt sich danach zu den Württembergern ab.

**Bauernanführer im Haller Land:**

*Leonhard Behaim, genannt Seitzinger*

*Hödlin von Enslingen*

*Veit Lang*

*Hafenstephan*

**Wichtige Männer des Reiches und des Schwäbischen Bundes:**

*Kaiser Karl V.:* hält sich während des Aufstandes in Spanien auf

*Erzherzog Ferdinand von Österreich:* blutjunger Statthalter des Königs. Fordert die bedingungslose Unterwerfung der Bauern.

*Georg III. Truchseß von Waldburg:* von Erzherzog Ferdinand zum obersten Feldherrn des Bundes gewählt. Geschickter und grausamer Heerführer, der nach den Schlachten viele Tausende von Bauern auf der Flucht abschlachten lässt.

*Dr. Leonhard von Eck:* Kanzler der bayerischen Herzöge. Politischer Kopf des Schwäbischen Bundes. Altgläubig und konservativ. Er sieht den Bauernaufstand als logische Folge der »Wittenberger Ketzerei«.

*Konrad von Thüngen:* Fürstbischof von Würzburg. Er flieht nach Heidelberg und überlässt die Verteidigung des Unserfrauenberges seinem Stellvertreter.

# PROLOG

Es war weit nach Mitternacht, als der Stättmeister an die Tür des Hauses in der Keckengasse klopfte und kurz darauf eintrat. Eine Magd taumelte verschlafen in die Diele, nur mit einem Hemd bekleidet, das sie sich offensichtlich hastig übergeworfen hatte. Sie blinzelte den nächtlichen Besucher an, der in Reithosen und einem ledernen Wams vor ihr stand, einen Kienspan in der rechten Hand.

»Ach, Ihr seid das, Herr Stättmeister«, sagte sie. »Ich dachte vielleicht …« Sie brach ab und schüttelte den Kopf.

Agnes ließ es sich nicht anmerken, was sie davon hielt, zu dieser Stunde ohne Vorankündigung einen Besuch im Haus eines Ratsherrn zu machen. Das gehörte sich nicht! Doch wer fragte in diesen Zeiten, in denen alles aus den Fugen geraten war, noch danach, was sich gehörte?

»Soll ich den Herrn wecken?«, bot die Magd an.

Stättmeister Schletz nickte.

»Ihr könnt in der Stube auf ihn warten. Ich bringe Euch Wein.«

Sie nahm sich einen Umhang vom Haken, wickelte ihn um die Schultern und tappte dann barfüßig vor dem hohen Herrn der Stadt die Treppe hinauf. Der Stättmeister steckte seine Fackel in einen der eisernen Halter an der Wand, ehe er der Magd folgte. In der Stube brannte Licht.

»Herr!«, rief die Magd entsetzt und eilte zu dem Mann, der vor einem leeren Weinkrug saß und trüb vor sich hin starrte.

»Eine gesegnete Nacht, Michel«, sagte der Stättmeister, zog seinen Hut und warf ihn achtlos auf eine Truhe. »Darf ich mich setzen?«

Michel Seyboth nickte. Er streckte der Magd den leeren Krug entgegen. »Agnes, hol uns Wein. Den guten Moselwein vom hinteren Fass.«

Die Magd nickte, nahm den Krug entgegen und ging hinaus.

»Ich frage nicht, wie es Euch geht, denn ich sehe es deutlich. Habt Ihr noch immer nichts von ihr gehört?«

Michel schüttelte den Kopf und sah den Stättmeister aus trüben Augen an. »Am Sonntag, bevor sie mit der Büschlerin auf und davon fuhr, habe ich mein Weib das letzte Mal gesehen. Agnes sagt, sie wäre mit den Bauern mitgegangen.«

»Sicher nicht freiwillig!«, protestierte der Stättmeister. »Sie streifen allerorts durch die Dörfer, und wer nicht willig ist, den zwingen sie mitzuziehen.«

Michel seufzte. »Ich weiß nicht, welcher Gedanke mir weniger gefällt. Wer kann schon sagen, was diese verblendeten Hitzköpfe einer Bürgerin antun?«

Der Stättmeister legte die Hand auf seinen Arm. »Gebt Euch nicht solch trüben Gedanken hin. Der Spuk ist bald vorbei – so oder so«, fügte er düster hinzu.

Michel richtete sich auf und sah den Stättmeister aufmerksam an. »Wie meint Ihr das?«

»Wenn meine Boten Recht haben, dann lagern die Bauern irgendwo bei Gailenkirchen oder dem Gottwollshäuser Riegel. Sie sammeln Kraft, um morgen in aller Frühe die Stadt anzugreifen.«

Michel sog scharf die Luft ein. »Was können wir tun?«

»Wir werden versuchen, den Riegel zu schützen, damit sie gar nicht erst die Heg durchbrechen. Wenn alles schief geht, müssen wir uns wieder in die Stadt zurückziehen und versuchen, die Mauern mit unseren Geschützen zu halten.«

Michel nickte. »Warum seid Ihr gekommen?«

»Um Euch zu sagen, dass wir Euch brauchen. Ich selbst werde das Fähnlein führen. Wir haben fünfhundert Männer, die bereit stehen, zwei Stunden vor Sonnenaufgang aufzubrechen. Es sind vor allem Handwerker, nur wenige Kriegsknechte sind dabei.

Wir werden die leichten Falkonetten auf einspännigen Wagen mitnehmen.«

»Fünfhundert?«, murmelte Michel und kaute auf seiner Unterlippe. »Wie viele Aufständische zählt der Haufen?«

Der Stättmeister wandte den Blick ab. Agnes brachte einen vollen Krug herein und zog sich dann gleich wieder zurück. Der Stättmeister prüfte den Wein und lobte ihn überschwänglich. Offensichtlich war ihm die Unterbrechung nicht unangenehm.

»Wie viele?«

»Ihr wisst, dass man den Zahlen oft nicht trauen kann. Die Haufen wirken meist größer, als sie es wirklich sind«, wiegelte er ab.

»Wie viele?«, wiederholte Michel hartnäckig.

»Sie haben keine Erfahrung und sind nur schlecht bewaffnet.«

Michel sah ihn aus zusammengekniffenen Augen an.

»Gut«, seufzte der Stättmeister. »Die Boten schätzen, dass es viertausend sind oder mehr.«

Michel pfiff durch die Zähne. »Viertausend«, wiederholte er langsam. Er schob den Becher weg und erhob sich. »Ihr werdet jeden Mann brauchen, den Ihr bekommen könnt.«

Stättmeister Schletz nickte. »Wir treffen uns zur vierten Stunde am Weilertor.« Er erhob sich und griff nach seinem Hut.

✠ ✠

Die Männer scharrten nervös im Straßenschmutz. Es hatte sich offensichtlich herumgesprochen, dass es kein Spaziergang werden würde. Die meisten trugen Brustpanzer aus Leder, das mit Metallplättchen verstärkt war. Sie waren mit Hellebarden und verschiedenen Spießen bewaffnet, andere trugen schwere Steinschlossgewehre oder Armbrüste, nur wenigen hing ein Schwert an der Seite. Kaum vierzig Reiter waren unter ihnen. Auf Trommler und Pfeifer hatte der Stättmeister verzichtet. Schließlich wollten sie die Bauern überraschen.

»Michel, Ihr befehligt die Falkonettschützen, Ratsherr von Rinderbach wird die Reiterei übernehmen und Ratsherr Büschler die Gewehr- und Armbrustschützen. Folgt mir und bleibt an der Steige dicht zusammen.«

Schweigend schritten sie durch das Tor. Die Karren mit den Kanonen knarrten, eines der Pferde wieherte. Sie hatten keine Fackeln entzündet, so dass ihnen nur der Mond, der ab und zu zwischen den Wolken auftauchte, ihren Weg beleuchtete.

Noch keine Stunde war vergangen, als sie das Ende der steilen Steige erreichten. Normalerweise konnte man von hier in die sanfte Mulde auf das Dorf Gottwollshausen hinabsehen, hinter dem die innere Grenze des Haller Landes mit ihrer dichten Hecke und dem Graben verlief, doch heute lag Nebel wie ein weißer See über dem Weiler. Die Nacht begann zu verblassen.

Michel Schletz ließ die Männer anhalten. »Verfluchter Nebel. Es ist keine fünfzig Schritte weit zu sehen. Wir können jeden Augenblick auf sie stoßen«, sagte der Stättmeister. »Bringt die Kanonen in Stellung und feuert ein paar Schuss ab, dann werden wir bald wissen, ob sie hier in der Nähe herumlungern.«

Er schickte die Reiter nach links und stellte die Schützen in drei Reihen auf. Die Männer mit den Spießen teilte er in zwei Gruppen.

»Michel, seid Ihr bereit?«

Der Ratsherr nickte. Vielleicht war dort irgendwo im Nebel, inmitten des zügellosen Haufens, seine Gemahlin.

Was werden sie mit ihren Gefangenen tun, wenn sie merken, dass sie angegriffen werden?, überlegte Michel. Oder hatte sie sich ihnen doch freiwillig angeschlossen? Konnte ihr Trotz sie zu solch einer Verrücktheit getrieben haben?

»Entzündet die Lunten!« Michel Seyboths Stimme klang fest.

Anne Katharina, dachte er, nur Gott weiß, wie dieser Tag enden wird.

»Feuer!«

# KAPITEL 1

»Seht ihr nicht die Zeichen? Wie die Schafe lasst ihr euch scheren und gebt ihnen dann noch klaglos eure Haut dazu! Blind lauft ihr hinter dem Wolf im Schafspelz in den Abgrund, ohne auch nur ein Mal innezuhalten. Seht ihr denn nicht die Zeichen? Eisige Stürme und Schnee im Sommer, knospende Bäume mitten im Winter, Wassermassen, die die Ernten verschlingen. Die weisen Männer haben eine Sintflut aus Wasser geweissagt, ich aber sage euch, es wird eine Sintflut aus Blut werden! Es steht in den Sternen, die Zeit ist gekommen! Was oben ist, wird unten sein, und was unten ist, wird obenauf schwimmen. Und alles wird im Blut zugrunde gehen! Dort, wo ich herkomme, ist es schon in aller Munde: Wer im 1523sten Jahr nicht stirbt, 1524 nicht im Wasser verdirbt und 1525 nicht wird erschlagen, der mag wohl von Wundern sagen.«

Zwei Mägde waren vor dem Bettler stehen geblieben, um seinen Worten zu lauschen, nun aber schüttelten sie die Köpfe, nahmen ihre Körbe voller Gemüse wieder auf und setzten ihren Weg fort.

»Oh, ihr Blinden! Ihr denkt, ihr habt Augen, doch ihr seht noch weniger als der arme Bettler vor euch«, rief er ihnen hinterher. Er kratzte sich an dem schmutzigen Verband, der seine Augen bedeckte. Plötzlich hielt er inne und drehte sich langsam zur Seite. Er schnüffelte laut.

»Nun, gnädige Frau? Was starrt Ihr so auf einen alten, blinden Bettler herab? Ich weiß, dass Ihr mich misstrauisch beäugt, darum lasst Euch sagen, ich erkenne den Geruch einer ehrbaren Frau. Gebt mir ein paar Heller aus Eurem Beutel. Lange werdet Ihr Euch eh nicht mehr an Eurem Reichtum erfreuen können. Der Welten Ende ist nah. Habt Ihr es nicht vernommen?«

Ein Lachen erklang und das Rauschen edler Röcke, die sich näherten. »Das ist eine gute Rede, alter Mann, auch wenn sie ebenso wenig wahr ist wie deine Blindheit!«

»Ha!«, rief er erbost und schob sich die Binde ein wenig hoch, um die Spötterin besser betrachten zu können.

»Ist die Ernte nicht die letzten beiden Jahre verdorben? Hungern die Bauern nicht neben ihren leeren Scheunen? Hat das Wetter nicht verrückt gespielt, als würden tausend Hexen im Himmel ihre Kessel rühren? Hört die wandernden Prediger und Propheten, und Ihr werdet erkennen, dass der alte Jodokus Recht hat!«

Ein nachdenklicher Schimmer legte sich über die lebhaften, braunen Augen der Frau. »Ja, das stimmt. Es waren seltsame Jahre, und der Preis für Brot drückt selbst uns, die wir uns zu den ersten Familien der Stadt zählen können. Ans Ende der Welt mag ich jedoch nicht recht glauben. Es sind schwere Zeiten, wie es sie schon oft gegeben hat. Das Volk läuft gern den Schwärmern hinterher. Nicht lange, und es widmet sich wieder still und ernst seinen Feldern.«

»Um das Brot zu bauen, das die Herren ihm dann entreißen«, krächzte der Bettler und grinste, so dass die Frau in seinen fast zahnlosen Mund sehen konnte.

»Noch sind die Herren verstockt und wollen ihren Augen und Ohren nicht trauen. Sie warten, bis die Schrift aus Blut und Feuer über sie kommt, dann erst werden sie verstehen.«

»Wir werden sehen«, sagte die Frau und nickte dem Alten zu.

»Die Heller!«, rief er empört. »Denkt an die Heller, die schon bald nichts mehr wert sind, mir heute jedoch noch einen satten Bauch bescheren könnten! Habt Mitleid, gnädige Frau.«

Die Bürgerin lächelte, nahm ihren Beutel vom Gürtel und löste das Band. »Ich hoffe noch immer, dass deine Worte nur Lug und Trug sind, die wilden Träume eines Elenden. Dennoch lehrt uns die Kirche, barmherzig zu sein und unser Gut mit den Armen zu teilen.« Sie ließ vier kleine Münzen in die vorgestreckte Männerhand gleiten. Mit einer flinken Bewegung steckte der Alte sie unter seine Lumpen.

»Die Kirche«, knurrte er und spuckte auf den Boden. »Ich hoffe, Ihr redet nicht von der Kirche des räudigen, römischen Wolfes, der seine Kinder aussaugt und sich und seinen Bischöfen die Taschen füllt. Die Kirche, die die Armen erpresst, ihre letzten Münzen für Ablassbriefe auszugeben, weil sie ihnen mit dem Fegefeuer droht.«
Die Frau wandte sich noch einmal zu ihm um. »Nein«, sagte sie zögernd, »hört die Lehre des neuen Predigers. Gott ist gnädig, er schenkt uns alles. Wir brauchen nur an ihn zu glauben. »
Der Bettler schob seine Augenbinde hoch und sah die Bürgerin aus hellblauen, klaren Augen an. »Ja, Gott ist gerecht. Er ist auf unserer Seite und wird uns helfen! Seht in die Heilige Schrift, dort werdet Ihr die Worte finden.«

✠ ✠

Nebelschwaden zogen vom Kocher herauf und krochen träge in jeden Winkel. Der Morast auf der ungepflasterten Gasse überzog sich mit feinen Kristallen. Die Kerfengasse lag verwaist unter der sich herabsenkenden Nacht, und auch auf dem Salzmarkt und in der Haalgasse schien niemand mehr unterwegs zu sein.
Ein Scheunentor knarrte leise, als es von einer Hand gerade so weit aufgeschoben wurde, dass eine schlanke Person durch den Spalt schlüpfen konnte. Ein in ein schwarzes Tuch gehüllter Kopf erschien, dann glitt der ebenfalls dunkel verhüllte Leib auf die Gasse hinaus und schob die Tür behutsam hinter sich zu. Einen Korb eng an den Leib gedrückt, stand die Gestalt bewegungslos da, nur ihr Blick huschte rasch die Gasse hinauf und hinunter. Irgendwo bellte ein Hund, aus dem Haus an der Ecke zur Blockgasse erklang Gelächter, doch es war keine Menschengestalt zu sehen. Die freie Reichsstadt Hall schien sich bereits zur Ruhe begeben zu haben.
Anne Katharina Seyboth, die unter dem Namen Vogelmann geboren war, zog mit klammen Fingern ihren Umhang enger um sich. Die feuchte Kühle kroch unter ihre Röcke und wand sich an ihren Beinen empor. Sie schauderte, dass ihr ganzer Körper bebte. Mit

einer ungeduldigen Bewegung schüttelte sie nicht nur die Kälte ab; auch die Gedanken, die ihr Gemüt beschwerten, suchte sie hier im Schatten der hinter ihr aufragenden Scheune zurückzulassen.
War es richtig, was sie da tat? Noch einmal schüttelte sie energisch den Kopf. Später wäre immer noch Gelegenheit genug, sich darüber Gedanken zu machen. Nun war es Zeit, zu ihren Kindern zurückzukehren, die sicher schon sehnlich auf sie warteten. Ob Michel seine Ratssitzung bereits beendet hatte? Die Sitzung vermutlich ja, nicht jedoch den anschließenden Umtrunk.
Anne Katharina tastete sich die nebelige Gasse entlang. Obwohl sie jedes Haus und jede Scheune genau kannte, schien der Weg in der nächtlichen Dunkelheit heute viel länger zu sein. Den Kienspan zu entzünden, den sie am Grund ihres Korbes trug, scheute sie sich. Selbst zu dieser fortgeschrittenen Stunde hätte es sie nicht überrascht, hier in der Unterstadt einem der wohlbekannten Gesichter der Ehrbarkeit über den Weg zu laufen. Die grell geschminkten Weiber des Frauenhauses lebten schließlich nicht nur von den Münzen der Handwerker aus den Vorstädten!
Eigentlich sollte das Haus, das dem Prediger Brenz ein schmerzender Dorn im Auge war, schon seit einem Jahr geschlossen sein, aus irgendwelchen Gründen jedoch schoben die Ratsherren die Ausführung des Beschlusses immer wieder hinaus. Anne Katharina grübelte noch darüber nach, als das Licht einer Fackel vom Salzmarkt her auf sie zukam. Sie überlegte kurz, ob sie sich in die Schatten des Hofs zu ihrer Rechten zurückziehen sollte, doch da hatte der Lichtschein sie schon erfasst. Anne Katharina wandte das Gesicht ein wenig ab, murmelte einen Gruß und beeilte sich, den Mann, der ihr entgegenkam, rasch zu passieren. Sie erhaschte einen Blick auf blaue Pluderhosen, deren rotes Futter durch die zahlreichen Schlitze blitzte, und eine Jacke mit glänzenden Knöpfen, deren Oberstoff ebenfalls an den Ärmeln aufgeschnitten war. Unter dem Barett lugte braunes, nackenlanges Haar hervor, ein Schwert schlug beim Gehen mit leisem Klirren gegen sein linkes Bein.

Einer der umherziehenden Landsknechte, dachte Anne Katharina und beschleunigte ihren Schritt, doch dann zögerte sie. Sie konnte nicht sagen, warum sie innehielt und sich umwandte. War es der Klang seines Schrittes, die Haltung seines Körpers?
Auch der Landsknecht war stehen geblieben und drehte sich nach der Frau um. Beide schwiegen und sahen einander prüfend und ein wenig ungläubig an. Der Mann trat näher, bis der Lichtschein seiner Fackel die Szenerie erhellte.
»Jungfrau Anne Katharina?«, presste er hervor. Erstaunen schwang in seiner Stimme.
Sie sah ihm ins Gesicht. Seine Haut war gebräunt, und er hatte sich schon einige Tage nicht mehr rasiert. In seinen Augen spiegelte sich das rötliche Licht der Flamme. Der Klang seiner Stimme ließ die Zeit zerrinnen. Er hatte sich kaum verändert in den fünfzehn Jahren. Fünfzehn Jahre? War es wirklich schon so lange her? Wie von fern drangen die Worte an ihr Ohr.
Sie lachte. »Anne Katharina, ja das bin ich, die Jungfrau aber habe ich schon seit vielen Jahren nicht mehr gehört.« Ein leichter Schwindel erfasste sie, und es war ihr plötzlich, als könne sie wieder seine Lippen auf den ihren spüren. Der erste Kuss der Jugend, die erwachende Leidenschaft ungekannter Liebe. Wie süß dieser einzige verbotene Kuss noch immer schmeckte!
Der Landsknecht verbeugte sich vor ihr. »Verzeiht, gnädige Frau, ich wollte Euch nicht beleidigen. Ich wollte damit nicht andeuten, ich meine …«
Zwei Grübchen vertieften sich in ihren Wangen. »Andeuten, ich könne vielleicht als alte Jungfer sitzen geblieben sein?«
Leichte Röte überzog sein Gesicht. Er stotterte noch eine Entschuldigung, dann jedoch schien er das Blitzen in ihren Augen zu bemerken und brach ab.
»Ihr habt Euch nicht verändert«, sagte er und betrachtete sie vom Kopf bis zum Saum des einfachen Mantels. Seine Augenbrauen zogen sich leicht nach oben. Plötzlich fiel Anne Katharina ein, dass sie den Umhang ihrer Magd trug. Mit einer hastigen Kopfbewe-

gung warf sie die Kapuze ab, so dass die mit Perlen bestickte Brokathaube zum Vorschein kam, unter der, von einem engmaschigen Silbernetz gebändigt, ihr üppig rotbraunes Haar zu erahnen war. Sie konnte nur hoffen, dass der Nebel die abgewetzten Stellen des Mantelstoffes verbarg.

»Wie soll ich Euch denn nun ansprechen? Wer ist der Glückliche, der Euch sein Eigen nennen darf?«

Anne Katharina schnaubte unfein durch die Nase. »Ich bin niemandem zu Eigen! Falls Ihr jedoch wissen wollt, wer mein Ehegemahl ist: Michel Seyboth lautet sein Name.«

Rugger nickte. »Ein ehrbarer Sieder und Ratsherr, wie Ihr es vorausgesehen habt.«

Anne Katharina wollte nicht wieder an diese Nacht zurückdenken, in der sie sich für ein paar Augenblicke den Träumen hingegeben hatte, wie es wäre, ein Leben jenseits der Bestimmung der Familie zu führen. Es war so lange her. Seit mehr als einem Dutzend Jahren war sie die Ehegattin von Michel Seyboth und inzwischen Mutter dreier hoffnungsvoller Sprösslinge. Wohin sollte dieses Geplänkel führen? Warum stand sie mitten in der Nacht mit einem Landsknecht auf der Gasse und sprach mit ihm über Dinge, die nicht zu ändern waren? Anne Katharina zog sich ihre Kapuze wieder über die Haube und nickte Rugger mit ernster Miene zu.

»Es ist spät geworden. Ich muss mich eilen, nach Hause zu kommen. Es war eine angenehme Überraschung, Euch wiederzusehen.«

Mit zwei schnellen Schritten trat Rugger an ihre Seite. »Ich werde Euch begleiten.«

Anne Katharina hob abwehrend die Hände, aber er ließ sich nicht von seinem Vorhaben abbringen. Er bot ihr den Arm, den sie nach einigem Zögern ergriff.

»Zur Keckengasse ist es doch nur ein kurzes Stück«, versuchte sie es noch einmal.

Der Landsknecht, der sie um einen Kopf überragte, lächelte zu ihr herab. »Ihr habt Euch also immer noch nicht abgewöhnt, ohne Licht und ohne Schutz nachts durch die Gassen zu streifen.«

Anne Katharina lächelte versonnen. »Ja, zum argen Verdruss meines Gatten und meiner Schwiegermutter leiste ich in manchen Dingen noch immer Widerstand. In vielen anderen hat die Zeit mich gezähmt.« Sie seufzte schwer.
Rugger entfuhr ein kurzes Lachen. »Eure Reden klingen nicht so, als sei dies jemandem gelungen.«
Wo ist nur meine Erziehung geblieben?, dachte Anne Katharina beschämt. Was war in sie gefahren? Sie kannte diesen Mann an ihrer Seite doch kaum. Sie wusste nur wenig, was er in seinen jungen Jahren getan, und gar nichts darüber, wie er die vergangenen fünfzehn Jahre verbracht hatte. Schweigend ließ sie sich von ihm die Haalgasse hinauf in die Keckengasse führen. Vor dem Haus der Seyboths blieb sie stehen und reichte ihm die Hand.
»Ich danke Euch für Euer Geleit und wünsche Euch eine gesegnete Nacht.«
Er griff nach der kalten, schmalen Hand und hielt sie eine Weile in der seinen. Gerade öffnete er den Mund, um seinen Abschiedsgruß zu sprechen, als sich ein Lichtschein und Männerstimmen die Treppe von der Herrengasse her näherten. Rugger ließ die Hand los und trat einen Schritt zurück. Schon kamen zwei Männer, jeder einen stark rußenden Kienspan in der Hand, in die Keckengasse und blieben vor Anne Katharina und Rugger stehen. Ratsherr Lienhard Mangolt verbeugte sich höflich vor der Gattin seines Kollegen und nickte auch dem fremden Landsknecht zu, Michel Seyboth jedoch stemmte die Hände in die Hüften, kniff ein Auge zusammen und betrachtete sein Eheweib streng. Seine Lippen waren nur noch ein dünner Strich.
Anne Katharina wandte sich mit gespielter Leichtigkeit an Ratsherr Mangolt, erkundigte sich nach seiner Jüngsten, die mit Husten und Fieber darniederlag, und plauderte ein wenig über die nach Tagen der Milde zurückgekehrte Kälte. Unauffällig schob sie die verschlissene Kapuze vom Kopf und verdeckte eine geflickte Stelle des Mantels in einer Falte.
Der Ratsherr schien die Spannung zu spüren, die über ihren Häup-

tern hing. Er antwortete höflich und verabschiedete sich dann. Die drei sahen ihm nach, wie er durch die Keckengasse davonging. Eine Weile sagte keiner etwas.

»Willst du mir nicht deinen Begleiter vorstellen?«, brach Michel mit schneidender Stimme die Stille. Er war groß gewachsen und hatte blondes Haar, seine sonst blassen Wangen waren gerötet, die grauen Augen sahen finster drein.

»Das ist …«, stotterte Anne Katharina, die fieberhaft nach einer Erklärung für ihre Bekanntschaft mit dem Mann an ihrer Seite suchte, der sich nun vor dem Ratsherrn verneigte.

»Rugger Beltz, des Kaisers Landsknecht, verehrter Herr. Mein Bruder Volkhard war Feurer im Hause Vogelmann. Verzeiht mir meine Dreistigkeit, Eure Gattin nach Hause begleitet zu haben, doch in diesen Tagen sollte keiner im Dunkeln allein durch die Gassen spazieren.«

»Ich habe mich bei Pater Hiltprand verspätet«, fügte Anne Katharina rasch hinzu. »Wir haben uns über die letzte Predigt von Magister Brenz unterhalten und die Zeit dabei vergessen.«

Sie sah, wie Rugger wieder seine Augenbrauen hochzog. Sicher fragte er sich, warum er Anne Katharina in der Nähe des Frauenhauses getroffen hatte, wenn sie von einem Besuch bei einem ehemaligen Mönch kam. Wusste er gar, dass Pater Hiltprand in der Pfaffengasse, unweit des Hauses von Johannes Brenz wohnte? Anne Katharina konnte seinen prüfenden Blick auf sich spüren. Es war ihr, als ziehe er sich langsam von ihr zurück. Er wusste, dass sie log, und reimte sich nun wer weiß was zusammen. Sie spürte ein Drängen, nach seiner Hand zu greifen und ihm die Wahrheit zu erzählen. Wie konnte sie es ertragen, dass er schlechte Gedanken über sie hegte?

Michel Seyboth musterte den Landsknecht mit abweisender Miene. »Dann muss ich Euch wohl danken, dass Ihr mir mein Weib unversehrt nach Hause geführt habt«, sagte er ohne ein Lächeln auf den Lippen. Mit einem Kopfnicken entließ er den Fremden, trat zur Tür und hielt sie für Anne Katharina auf.

»Dann wünsche ich Euch eine gesegnete Nacht«, antwortete Rugger in ebenfalls kühlem Ton, senkte noch einmal den Kopf und schritt gemächlich durch den Nebel davon.

»Möge Gott Euch behüten«, murmelte Anne Katharina und sah ihm einen Augenblick nach, ehe sie den schäbigen Mantel raffte und in die Eingangshalle trat. Sie ließ den Wollstoff von der Schulter gleiten und eilte in die Küche.

»Ich erwarte dich in der Stube!«, folgte ihr die Stimme ihres Mannes. »Und sag Agnes, sie kann das Essen servieren.«

Anne Katharina schob ihren Korb unter das Regal am Fenster und wartete, bis die Schritte ihres Ehegatten auf der Treppe verklangen. Dann erst huschte sie in die Kammer neben der Küche und hängte den Mantel an einen Haken, an dem bereits zwei fleckige Schürzen und ein verwaschenes Wolltuch hingen. Mit einem Seufzer schloss sie die Kammertür wieder. Den Türknauf noch in der Hand, traf sich ihr Blick mit dem der Magd, die mit einer Schüssel voller Zwiebeln aus dem Keller kam.

Agnes sah ihre Herrin durchdringend an, verzog jedoch keine Miene. Schweigend trug sie die Zwiebeln in die Küche, griff nach einem großen Messer und begann die trockenen Hüllen zu entfernen. Anne Katharina folgte ihr.

»Frage mich nicht«, bat sie, als sie die Tür hinter sich geschlossen hatte.

»Habe ich Euch je Fragen gestellt?«, antwortete die Magd, ohne von ihrer Arbeit aufzusehen. »Dennoch, wenn Ihr mir die Bemerkung erlaubt, glaube ich nicht, dass Ihr so Euer Ziel erreicht. Ich denke, es ist unauffälliger, wenn Ihr bei Eurer eigenen Kleidung bleibt.«

Anne Katharina seufzte, ließ sich auf einen Schemel sinken und barg das Gesicht in den Händen. »Ja, natürlich hast du Recht. Der Herr im Himmel weiß, wie viele Tode ich gestorben bin – erst Rugger, dann Ratsherr Mangolt und Michel!«

»Wobei ich denke, dass Euer Gemahl Euch nicht so genau angesehen hat, um den Mantel zu bemerken«, fügte die Magd hinzu.

»Vermutlich nicht«, stimmte ihr Anne Katharina zu, »aber Rugger hat es sehr wohl bemerkt und der Ratsherr vielleicht auch.«
Agnes warf ihrer Herrin einen kurzen Blick zu.
Anne Katharina verstand die unausgesprochene Frage wohl, doch war sie ihrer Magd Rechenschaft schuldig? Auch wenn sie Agnes seit ihrer frühen Jugend kannte und ihr sehr dankbar war, dass sie nach ihrer Heirat mit ihr ins Haus der Seyboths gekommen war, so blieb sie dennoch eine Magd! Zu dumm, dass sie Rugger überhaupt erwähnt hatte.
»Michel sagt, du kannst das Essen auftragen«, fuhr sie daher fort und erhob sich.
Warum, fragte sie sich, verschwendete sie noch einen Gedanken an den Landsknecht? Es hatte ein paar Tage in ihrer Jugend gegeben, da sie sich weltfremden Schwärmereien hingegeben hatte. Die Zeiten lagen jedoch weit hinter ihr. Nun gehörte er nicht mehr in ihr Leben, und was er über sie dachte, durfte ihr einerlei sein. Überhaupt, wie konnte er sich erdreisten, über eine ehrenwerte Ratsherrnfrau Schlechtes zu denken?, ereiferte sie sich im Stillen, während sie langsam die Treppe hinaufstieg. Oben vor der Stubentür holte sie noch einmal tief Luft, ehe sie eintrat und sich zu ihrem Gatten an den Tisch setzte.
Michel leerte bereits den zweiten Becher Wein und kaute an einer dicken Scheibe Dinkelbrot mit Nüssen, als Anne Katharina auf die Bank rutschte. Sie goss sich ebenfalls einen Schluck Wein ein und wartete auf die Strafpredigt, die nun kommen musste.
»Er macht das Andenken an die Heiligen schlecht«, grunzte Michel und goss sich den Becher zum dritten Mal voll.
Seine Ehegattin zog erstaunt die Brauen hoch. Sie hatte mit den unterschiedlichsten Vorwürfen gerechnet, die sie aus ihrer vierzehnjährigen Ehe kannte, doch solch eine Bemerkung hatte sie nicht erwartet. »Ich verstehe nicht«, stotterte sie und blinzelte verwirrt.
»Ich spreche von den Reden des Magisters Brenz, in denen er die heilige Kirche mit Füßen tritt! Ich habe ihm sehr wohl zugehört. Er

spottet über die Heiligen, nennt die Gebete und Wallfahrten Abgötterei!«

»Nun, er will damit sagen, dass Gott keines Vermittlers bedarf, dass er selbst seine Gnade …«

»Fall mir nicht immer ins Wort!«, unterbrach Michel seine Gattin barsch. »Ich habe es nie befürwortet – und dein Bruder Ulrich ist da ganz meiner Meinung –, dass der Rat einen Prediger nach Hall ruft, der den Unruhe stiftenden Lehren des Doktor Luther anhängt. Natürlich ist in der päpstlichen Kurie nicht alles zum Besten, aber muss man den ganzen Acker umpflügen, wenn nur ein paar Halme faulen?«

Anne Katharina überlegte, ob sie nun den Prediger und die neue Lehre verteidigen oder einfach nur stumm nicken und Michel seine Reden schwingen lassen sollte. Immerhin war es besser, sich auf Religionsstreitigkeiten einzulassen, als sich seinen inquisitorischen Fragen, wie sie den heutigen Abend verbracht hatte, stellen zu müssen.

Bevor sie sich entschieden hatte, wurde die Tür aufgestoßen. Eine alte Dame in einem hochgeschlossenen, schwarzen Gewand kam herein. Sie war groß und knochig. Das weiße Haar trug sie streng zurückgekämmt unter einer Haube verborgen, deren Bänder sich eng um den Hals schlossen. Die Lippen zu einem Strich zusammengepresst, die blassgrauen Augen verengt, warf sie ihrer Schwiegertochter einen strengen Blick zu. Hinter ihr drängten sich zwei Kinder in die überhitzte Stube. Der Junge hatte den üppig rotbraunen Haarschopf seiner Mutter geerbt. Seine Augen waren braun und von langen, dunklen Wimpern gerahmt. Auch seine Schwester hatte dunkle Augen, ihr Haar jedoch war, wie das ihres Vaters, blond und glänzte wie reifer Flachs. In zwei sauber geflochtenen Zöpfen hing es dem achtjährigen Mädchen über den Rücken.

Ein Strahlen erhellte die Miene des Mädchens, als sie die Mutter dort am Tisch sitzen sah. Sie raffte ihren Rock und rutschte zu Anne Katharina auf die Bank. Mit einem wohligen Seufzer drückte sie ihre Nase in das samtene Mieder der Mutter.

»Veronica!«, erscholl die scharfe Stimme ihrer Großmutter. »Wo bleibt deine Erziehung! Willst du deinen Vater nicht angemessen begrüßen?«
Das Mädchen richtete sich ein wenig auf und sagte ernst: »Ich grüße Euch, lieber Vater.«
Bernhard, der mit seinen elf Jahren schon recht hochgeschossen war, verbeugte sich linkisch vor Michel und nahm dann auf einem Schemel Platz.
Die alte Seybothin stand noch immer hoch aufgerichtet da, einen knorrigen Stock in der Linken, und fixierte Anne Katharina. »Wo bist du gewesen? Im Haus geht alles drunter und drüber, aber die Dame macht sich für Stunden davon! Kein Wunder, dass deine Kinder immer mehr verwildern. Wenn ich nicht nach ihnen sehen und mich um ihre Erziehung kümmern würde, könnte schon jetzt nichts Rechtes mehr aus ihnen werden! Weißt du überhaupt, dass sich Bernhard wieder auf der Gasse geprügelt hat? Ist es dir bekannt, dass Veronica einem Bettelkind ihr neues Schleiertuch geschenkt hat? Ich vermute nicht, denn du bist ja nicht da, um dich um häusliche Angelegenheiten zu kümmern! Ich bin nichts anderes von dir gewöhnt. Dass du dich nun jedoch, ohne ein Wort zu sagen, dich bis in die Nacht draußen herumtreibst, das macht selbst mich sprachlos.« Sie holte tief Luft und schmetterte: »Mit solch einer Mutter zum Vorbild …«
Michel schlug mit der Faust auf den Tisch. »Jetzt ist es genug! Setzt Euch, Mutter, und lasst uns beten. Das Essen ist gleich so weit.«
Beide Frauen starrten ihn verwundert an. Es kam nicht oft vor, dass er seinem Weib zur Hilfe kam, wenn seine Mutter sich in ihre Litaneien hineinsteigerte, doch nun musste sein Wunsch nach Ruhe und abendlichem Frieden die Oberhand gewonnen haben. Die alte Frau klappte den Mund zu und setzte sich steif auf ihren Stuhl. Er hatte eine fast so hohe Lehne wie der ihres Sohnes und war mit den geschnitzten Ornamenten recht unbequem. Vielleicht saß sie deshalb immer so, als habe sie einen Stock verschluckt.
Die beiden Kinder rutschten unruhig auf ihren Plätzen hin und

her. Zum Glück betrat Agnes die Stube und brachte das Essen. Michel schöpfte sich seine Schale voll, tauchte den Löffel in den dicken Eintopf und schob ihn in den Mund. Agnes hatte heute so viel Speck mitgekocht, dass sich dicke Fettaugen auf der Brühe bildeten. So liebte es der Hausherr! Er suchte sich noch ein paar große Fleischbrocken heraus, bevor er die Schüssel an seine Mutter und sein Weib weitergab.
»Wo ist Barbara?«, wagte Anne Katharina nach einer Weile die Stille zu brechen.
»Sie schläft in meiner Kammer«, antwortete die Seybothin. »Und dort wird sie auch bleiben. Sie fiebert ein wenig. Ich habe ihr einen Schlaftrunk gebrüht. Sie darf nicht mehr gestört werden!«
Anne Katharina wollte widersprechen. Als ob ein Kind von kaum drei Jahren seine liebende Mutter als Störung empfinden könnte! Sie wollte ihre kleine Tochter in die Arme nehmen und sie in den Schlaf wiegen.
Die Alte schien ihre Gedanken zu ahnen. »Sie wird dich nicht vermissen. Sie ist ja von klein auf an meine Fürsorge gewöhnt!«
Ein Knoten begann sich in Anne Katharinas Magen zu bilden. Sie schluckte die scharfe Säure hinunter, die ihr im Hals aufstieg. Es war völlig normal, dass sich die Alten um die Kinder kümmerten und die Lasten im Haus auf alle verteilt wurden, so wie es in ihren Kräften lag. Michel und seine Mutter hatten entschieden, es sei für die Hausgemeinschaft so am besten. Aber worin lagen ihre Lasten? Wenn sie sich schon nicht um die Kinder kümmern sollte, dann wollte sie sich einer anderen sinnvollen Aufgabe zuwenden. Sie wollte Michel die ungeliebte Schreibarbeit abnehmen, die Bücher führen und die Rechnungen prüfen, wollte notieren, was sich im Lager stapelte, und dafür sorgen, dass das ergänzt wurde, was fehlte. Sie war daran gewöhnt, beschäftigt zu sein. Durch den frühen Tod der Eltern war es nicht nur ihre Aufgabe gewesen, nach dem jüngeren Bruder Peter zu sehen, sie hatte ihrem älteren Bruder Ulrich bis zu ihrer Hochzeit die Bücher geführt. Ihr Ehemann und vor allem seine Mutter schienen jedoch der Überzeugung zu

sein, solch wichtige Dinge könne man einem jungen Weib nicht überlassen. Ab und zu durfte sie einen Brief ins Reine schreiben, ansonsten bestanden ihre Aufgaben darin, die häuslichen Pflichten der Magd zu überprüfen, den führenden Ratsfamilien freundschaftliche Besuche abzustatten und sie bei entsprechenden Anlässen mit Präsenten zu bedenken, die Gäste, die Michel ins Seybothhaus brachte, zu bewirten und vor allem unzählbare Stunden bei Handarbeiten und im Gebet zuzubringen.

Anne Katharina dachte an ihre Jüngste, die oben in der Kammer der Seybothin lag. Sie würde morgen nach dem Kind sehen. Es brauchte seinen Genesungsschlaf. Barbara war noch so zart, ganz anders als ihre Geschwister in diesem Alter. Wozu sich jetzt mit Mathilde zanken?

Die Seybothin aß nur wenig an diesem Abend, und auch Anna Katharina füllte ihre Schale kein zweites Mal. Ihre Gedanken wanderten zu der Scheune in der Unterstadt und ab und zu auch zu dem Landsknecht, der so plötzlich wieder in ihr Leben getreten war.

✠ ✠

»Wer war dieser Mann?«

Den ganzen Abend hatte Michel nicht mehr von dem Vorfall gesprochen, und Anne Katharina war im Stillen erleichtert gewesen, so einfach davongekommen zu sein. Nun aber, da er in der Dunkelheit neben ihr im ehelichen Bett lag, stellte er die Frage mit fester Stimme.

Anne Katharina richtete sich ein wenig im Bett auf. »Es war Rugger, der Bruder von Volkhard, dem Feurer, das hat er dir doch schon gesagt«, antwortete sie, nur mühsam die Ungeduld in ihrer Stimme unterdrückend.

»Und wie kommt er dazu, dich in der Dunkelheit durch die Stadt zu begleiten?«, fuhr Michel störrisch fort.

»Es war Zufall, dass ich ihm in der Gasse begegnete, und da hat er mir Geleit angeboten. Was soll die Fragerei?« Sie wusste, dass sie sich zügeln sollte, doch der Zorn kochte in ihr hoch und spülte die Vernunft mit sich fort. »Ich habe diesen Mann fünfzehn Jahre lang nicht gesehen, weiß nicht, was er getan hat oder warum er wieder in Hall ist, und will es auch gar nicht wissen. Das Einzige, was ich weiß, ist, dass er sich mir gegenüber ritterlich aufgeführt hat, während mein Gatte ihn dafür auch noch schmähte und ihn, statt zum Dank auf einen Trunk hereinzubitten, mit unhöflichen Worten vor den Kopf stieß!«

Nun saß auch Michel senkrecht im Bett. »Ach ja? Einen dahergelaufenen Landsknecht soll ich in mein Haus bitten? Ich, ein Ratsherr der Freien Reichsstadt Hall? Manchmal glaube ich, du hast den Verstand verloren, oder bringt dich die neue Lehre, die in der Stadt ja nun so modern ist, gegen die guten Traditionen auf?«

Anne Katharina lachte trotzig auf. »Soll nun wieder Doktor Luther an allem schuld sein? Du solltest ihm einen Brief schreiben.«

»Lach nicht über mich! Du bist mein Weib und sollst mir gehorsam sein. Das stellt nicht einmal dein Doktor Luther in Frage.«

Die Frau an seiner Seite seufzte. »Dafür, dass du ihn nicht magst, kennst du dich erstaunlich gut mit seiner Lehre aus.«

»Man muss den Feind kennen, wenn man ihn bekämpfen will«, brummte Michel. Sie hörte ihn tief Luft holen und dann wieder ausatmen.

»Ich möchte nur nicht, dass du gegen den guten Ton verstößt und dich nach Einbruch der Dunkelheit draußen herumtreibst. Wer weiß, wem du das nächste Mal über den Weg läufst. Es sind so viele seltsame Gestalten unterwegs. Das Volk fiebert, und niemand kann sagen, wann die Seuche ausbricht. Bitte sei vorsichtig.«

Anne Katharina ließ sich wieder in die Kissen sinken. »Ich werde es versuchen. Verzeih, wenn ich dich erzürnt habe.« Sie zog die Decke noch ein Stück höher, rückte ihre Nachthaube zurecht und gähnte herzhaft.

»Eine gesegnete Nacht wünsche ich dir.«

Michel antwortete nicht. Er saß noch immer aufrecht neben ihr. Eine Weile waren nur ihre Atemzüge zu hören, dann räusperte er

sich und sagte leise: »Es ist bereits ein halbes Jahr her, dass der Kleine dir tot geboren wurde. Wäre es da nicht wieder an der Zeit, ein Kind zu zeugen?« Anne Katharina spürte seine Hand zwischen den Laken nach ihrem nackten Körper tasten. Sie wich ihr aus und rutschte an den Rand des Bettes, bis sie auf der Kante lag.
»Nein!«, erwiderte sie gepresst und schob seine Hand weg.
»Warum nicht?«, wollte Michel wissen. Sie hatten in ihrer Ehe keine wilde Leidenschaft erlebt, doch normalerweise erfüllte seine Gattin ihre Pflicht und lehnte nur ab, wenn es einen Grund dafür gab.
»Ich bekomme meine unreinen Tage«, log Anne Katharina.
»Schon wieder?«, wunderte sich Michel und legte sich neben sie.
»Ja. Es ist zurzeit – ungewöhnlich. Etwas in meinem Leib ist nicht so, wie es früher war«, fügte sie hinzu und rückte wieder ein wenig näher, da es so nah an der Kante kalt unter die Decke hereinzog. Sie schwor sich, wie Anna Büschler der neuen Mode zu folgen und sich Nachtgewänder nähen zu lassen.
Eine Weile schwieg Michel. Seine Hand hatte er zurückgezogen. Sie dachte schon, er würde bereits schlafen, als seine Stimme erneut erklang. »Du solltest die Trochtelfingerin aufsuchen. Vielleicht weiß sie Rat.«
»Ja, werde ich, mach dir keine Gedanken«, antwortete sie. Die Sorge in seiner Stimme drückte auf ihr Gewissen. Was war sie für eine schlechte Ehefrau, die ihren Gatten anlog und ihren Ehepflichten nicht nachkam!
In ein paar Monaten wäre es immer noch früh genug, noch ein Kind zu zeugen, beschwichtigte sie sich selber. Mussten sich ihr Körper und ihr Geist nicht erst erholen?
Ausflüchte!, schimpfte eine zweite Stimme in ihrem Kopf, die sich unangenehm nach der alten Seybothin anhörte. Du bist pflichtvergessen, trotzig, und du verstößt gegen die Regeln, denen sich jeder unterzuordnen hat!
Anne Katharina rollte sich auf den Rücken und verschränkte die Arme hinter dem Kopf. Sie lauschte Michels gleichmäßigem Atem und starrte in die Finsternis.

Wie es wohl wäre, mit einem Mann, den man über alles liebt und begehrt, das Bett zu teilen? Sie konnte sich beim besten Willen nicht vorstellen, dass die schwitzenden Hände in der Dunkelheit, der schwere Körper, der sich auf einen legte, um den Zeugungsakt zu vollziehen, andere Gefühle auslösen könnten als schmerzhaftes Reiben zwischen den Beinen und ein wenig Ekel, wenn seine klebrige Gabe irgendwann wieder herausfloss. War es die Peinlichkeit der Nacktheit vor einem Mann – selbst wenn er stets vorher das Licht löschte? Sie konnte es nicht sagen. Traumfetzen griffen nach ihrem Geist und zogen ihn in die nächtlichen Welten. Es war ihr, als spüre sie zwei Arme, die sich um sie legten. Warme Lippen berührten die ihren. Der Kuss schmeckte süß, der Atem roch nach Leidenschaft. Anne Katharina seufzte wohlig.

✠ ✠

Anne Katharina fühlte sich müde und zerschlagen, als sie sich im Morgengrauen erhob. Die eisige Kälte des Februarmorgens griff nach ihrer nackten Haut, die so rüde der schmeichelnden Wärme der Daunendecke entrissen worden war. Eilig tappte sie durch die Kammer, um sich ein langes, wollenes Hemd und Strümpfe aus der Kleidertruhe zu holen. Der Lichtschein ihrer Lampe erfasste das leere Ehebett. Erstaunt hielt Anne Katharina inne, ehe sie sich das Hemd über den Kopf zog. Wohin war Michel so früh verschwunden?

Sie schlüpfte in einen rund geschnittenen, weiten Rock aus gelb und rot gemustertem, flandrischem Tuch und schnürte das passende Mieder über ihrer Brust. Fröstelnd legte sie sich einen bestickten Goller um die Schultern und schob die bestrumpften Füße in die breiten, flachen Lederschuhe, die scherzhaft Kuhmäuler genannt wurden.

Anne Katharina hörte Agnes die Treppe zur Stube hochsteigen. Sicher brachte sie die Milchsuppe, Brot und warmes Bier, das Michel neuerdings zum Frühmahl trank. Schon vor dem Morgengrauen hatte die Magd Holz im Kachelofen nachgelegt, so dass nun wohlige Wärme die Hausbewohner in der Stube empfing. Anne Katharina ging an der Stubentür vorbei. An der Treppe zögerte sie. Sollte sie nach Barbara sehen? Was, wenn die Seybothin noch schlief? Ihre Hand strich unruhig über das speckige Geländer. Abrupt wandte sie sich ab und öffnete die Tür zu der Kammer, in der Bernhard schlief. Nur der zerzauste Haarschopf ihres Sohnes lugte unter dem Daunendeckbett hervor.

»Steh auf, du fauler Geselle! Meister Genger wird dir keine Extraeinladung senden.«

Der zärtliche Tonfall passte nicht ganz zu ihren rüden Worten. Sie trat ans Bett und strich ihrem Sohn über das rotbraune Haar. Gähnend räkelte sich der Junge und rieb sich den Schlaf aus den Augen. Er brummte ein wenig vor sich hin und zählte einige Gründe auf, warum er heute die Schule nicht besuchen konnte, aber seine Mutter lachte nur, zog die Decke von dem schlacksigen Körper, der langsam dem Kindsein entwuchs, und verließ dann die Kammer. Veronica saß bereits auf einem Schemel in der Stube und ließ sich gerade, als Anne Katharina eintrat, von Agnes die Bänder ihres Kleides schließen. Das Mädchen rutschte ungeduldig auf seinem Platz hin und her. Ehe die Magd nicht ihr Haar entwirrt und wieder in strenge Zöpfe geflochten hatte, blieb ihre Schale ungefüllt.

Anne Katharina küsste ihre Tochter, während ihr Blick zu ihrem Ehegemahl wanderte, der auf der Bank saß, neben ihm ein Mann, der die fünfzig bereits überschritten hatte, dessen kraftvoller Körper und sein klarer Blick ihn aber jünger wirken ließen. Er trug ein reich verziertes Barett auf dem Kopf, die wertvolle Schaube mit dem breiten Kragen aus Fuchsfell hatte er achtlos über einen Hocker geworfen.

»Gottes Segen mit Euch an diesem Morgen, Stättmeister Schletz«, begrüßte die Hausherrin den frühen Gast.

Michel Schletz ließ den Zinnhumpen sinken, wischte sich den Schaum von den Lippen und erwiderte den Gruß. Anne Katharina

schnitt ihm eine Scheibe Brot ab und schob ihm eine Schale mit Milchsuppe hin.
»Ihr wart auf Reisen, erzählt man sich. Kommt Ihr aus München?«
Der Stättmeister nickte. Noch ehe er den vollen Mund geleert hatte und ihr antworten konnte, mischte sich der Hausherr ein. »Ja, er ist gestern erst kurz vor dem Schließen der Tore zurückgekehrt, und die Stadt wartet voll Ungeduld auf seinen Bericht.«
Anne Katharina sah ihn erwartungsvoll an. Den drängenden Wunsch, ihre Wissbegierde in Worte zu fassen, unterdrückte sie. Sie wusste, wie wenig die Männer es schätzten, wenn Frauen sich – mehr als es ihnen nach Meinung der Männer zustand – für die Ereignisse in der Welt interessierten. An diesem Morgen jedoch war der Stättmeister der Freien Reichsstadt in redseliger Stimmung. Er ließ sich von der Magd den Zinnhumpen noch einmal füllen, rülpste vernehmlich und begann zu berichten.
»Ich war zuerst in München und komme nun aus Stuttgart, wo ich mich selbst vergewissert habe, wie ernst die Lage in Württemberg drüben ist.« Er nickte langsam und schien das Erlebte noch einmal vor seinem inneren Auge zu sehen.
»Ihr wisst, dass Herzog Ulrich schon seit geraumer Zeit versucht, seine Finger wieder nach der alten Heimat auszustrecken, aus der er – meiner Meinung nach zu Recht – vertrieben wurde?« Anne Katharina nickte. Gespannt wartete sie darauf, dass der Stättmeister weitersprach. Der jedoch trank erst noch einige Schlucke und wischte sich den Bart ab. Auch die Magd und die beiden Kinder blickten ihn neugierig an.
»Allerorts herrscht Unzufriedenheit unter dem Volk, und man murrt über die Herrschaft«, fuhr er endlich fort. »Die Württemberger Bauern lieben die fremden Habsburger Herren nicht gerade, und so vergessen sie schnell, wie sehr sie einst unter der Knute des Herzogs gelitten haben. Nun will er plötzlich der Bauernfreund sein und mit ihrer Hilfe wieder in sein Stuttgarter Schloss einziehen. Er ist bereits am Tag des heiligen Matthias mit einer ganzen Schar Schweizer Söldner und einigen Bauernfähnlein gen Stuttgart

aufgebrochen. Er lagerte vor Dotternhausen bei Balingen, und seine Schweizer feierten in den umliegenden Dörfern eine wilde Fastnacht!« Er wandte sich wieder an Michel.

»Ich sage Euch, das war ein rechter Schreck am Münchner Hof! Der Truchseß war ja noch mit den Hegauer Aufständischen beschäftigt. Die Zeit drängte, sich mit ihnen zu einigen oder sie zumindest zum Stillhalten zu bewegen, damit er nach Württemberg den Rücken frei hätte.« Der Stättmeister kicherte. »Ja, der Herr Truchseß Georg von Waldburg ist ein Fuchs. Er ließ einen Haufen Hegauer von seinen besten Reitern überfallen und die Gefangenen gefesselt nach Stockach bringen. Das genügte, um den Rest zu überzeugen.«

»Dieses Bauernpack!«, schimpfte Michel. »Der Waldburger geht viel zu milde mit ihnen um.«

»Was blieb ihm anderes übrig? Nun konnte er Ulrich nachjagen. Mit dreihundert Reitern und siebenhundert Landsknechten zog er über Tuttlingen und den beschwerlichen Weg durch das Bärental. Kennt Ihr Balingen?«

Michel schüttelte den Kopf. Auch er lauschte mit offenem Mund dem Bericht des obersten Stadtherrn.

»Der Lochen ist ein Bergvorsprung, der senkrecht über die Stadt emporragt. Der Truchseß beobachtete das Lager und griff am frühen Morgen einen Haufen Schweizer an, die abseits lagerten. Das muss ein Schreck gewesen sein, als die Reiter des Truchsessen im ersten Licht des Tages die Lochensteige hinabsprengten. Er gab keine Gnade, ermahnte sie noch, sich um Leib und Leben zu wehren. Die Schweizer sahen wohl, dass der Waldburger ein Exempel statuieren wollte, um des Herzogs Truppe zu demoralisieren, und so wehrten sie sich tapfer. Die Reiter erschlugen weit über einhundert Männer, wobei von den Adelsleuten des Truchsessen keiner den Tod fand. Nur einige Pferde verloren sie in dem Scharmützel.«

Anne Katharina fühlte, wie ihr Mund trocken wurde. Warum konnte sie die Begeisterung des Stättmeisters nicht teilen? Sie musste doch auf Seiten des Bundes stehen, der das Recht verteidigte und dafür sorgte, dass dieser vogelfreie Herzog, von dem so viele grausame Geschichten erzählt wurden, nicht wieder in Stuttgart Einzug hielt. Und dennoch sah sie vor sich die eingekesselten Schweizer, für die es keine Gnade gab, wie sie, einer nach dem anderen, von den adeligen Reitern niedergestochen und in Stücke gehauen wurden. Sie schüttelte energisch den Kopf, um die blutigen Bilder zu vertreiben, und richtete ihre Aufmerksamkeit wieder auf Richter Schletz' Worte.

»Die Rechnung des Waldburgers ging auf. Viele Schweizer kehrten Ulrich den Rücken und machten sich auf den Heimweg, und der Bauernhaufen, den er mitgebracht hatte, zog davon. Auch fand er die Bauern im Land nicht so auf seiner Seite, wie er das wohl gehofft hatte. Ulrich zog mit den restlichen Schweizern rasch weiter nach Herrenberg. Sie schossen ein paar Doppelhaken ab, doch der Herzog setzte sich auf den Spitalacker und richtete seine Geschütze auf die Stadt. Nun kam auch der Truchseß mit Trommeln und Fahnen über die Höhe. Man sagt, der Waldburger hätte Schwierigkeiten mit dem württembergischen Landaufgebot gehabt. Sie wären einfach mit ihren Wagen gen Tübingen abgezogen, und so war dem alten Fuchs nichts anderes übrig geblieben, als ihnen zu folgen. Herrenberg fiel an den Herzog, dann Böblingen und Sindelfingen. Dort lagerte er noch, als ich von Stuttgart aufbrach.« Stättmeister Schletz lachte.

»Die Schweizer trinken den Mönchen im Kloster der Vorstadt ihr Bier und ihren Wein aus und haben darüber vergessen, dass es noch eine Hauptstadt zu erobern gilt, ehe Württemberg wieder Land des Herzogs ist. Nun ist also Graf Helfenstein mit Geschützen, Fußknechten und Reitern in Stuttgart eingezogen und wird die Stadt halten. Ulrich hat all seine schweren Geschütze in Balingen zurückgelassen, und ihm fehlt das Geld, die Stadt mit seinen Schweizern lange genug zu belagern, bis sie aus Hunger fällt.«

»Dann bleibt Württemberg also weiter am Habsburger Band«, stellte Michel fest.

Der Besucher nickte. »Ja, wenn nicht die göttlichen Heerscharen sich plötzlich auf Ulrichs Seite stellen, dann ist das das Ende seiner Träume vom wiedergewonnenen Herzogtum. Der Truchseß hat einige Spione in Ulrichs Lager eingeschleust. Sie sollen für Unruhe sorgen und versprechen einen ganzen Haufen Gold für den, der den Herzog ausliefert.«

»Glaubt Ihr, sie werden ihren Herrn einfach so verraten und dem Bund übergeben?«, platzte Anne Katharina heraus.

Richter Schletz zuckte mit den Schultern. »Ja, ich denke schon. Er ist nicht ihr Herr. Er hat sie gekauft. Zeigt mir den Schweizer, der nicht für Gold zu haben ist. Seit jeher haben sie demjenigen gedient, der am meisten bezahlt.« Michel Schletz erhob sich und griff nach seiner Schaube.

»Ich glaube nicht, dass wir lange auf die Nachricht warten müssen, dass dem Herzog endgültig das Handwerk gelegt wurde. Vielleicht haben sie ihn ja schon ergriffen, und er muss sich in diesem Augenblick vor seinem Schöpfer für seine Taten rechtfertigen.«

Der Stättmeister schritt zur Tür. Michel Seyboth setzte sich sein mit Federn üppig verziertes Barett auf, warf sich ebenfalls seinen Mantel um die Schultern und folgte ihm die Treppe hinunter. Anne Katharina und Agnes tauschten stumme Blicke. Die Magd erhob sich.

»Nun wird es aber Zeit für die Schule.« Sie zupfte Bernhard am Ohr. »Lern schön deine lateinischen Sprüche. Irgendeinen Nutzen werden sie schon haben, auch wenn ich ihn bisher nicht erkennen kann.« Sie kicherte, verstummte aber, als sie Anne Katharinas Miene bemerkte. Hastig drückte sie dem Jungen zwei Holzscheite in die Hand.

»Du solltest das Brennholz für den Herrn Magister nicht schon wieder vergessen. Ein gewogener Schulmeister hilft gegen so manchen Rutenstreich.«

Bernhard grinste. »Bei meinem Gedächtnis für diesen lateinischen Unsinn würden nicht einmal Scheite aus purem Gold etwas nützen.« Er nahm seine Schwester bei der Hand und führte sie aus der Stube. Seine Schritte polterten auf der Treppe, dann wurde es still.

Anne Katharina schenkte sich einen Schluck Wein in ihren Tonbecher und seufzte. »Ich weiß nicht, was aus Bernhard noch werden soll, wenn das mit ihm so weitergeht. Die jungen Männer müssen Magister sein oder zumindest das Bakkalaureat der sieben freien Künste auf der Universität abschließen, wenn sie in der heutigen Welt etwas werden wollen. Früher genügte es, einen guten Namen zu haben, eine einflussreiche Familie und Geld. Aber heute? Sieh dir die Ratsherren und Richter doch an!«

Die Magd lächelte. »Ihr seid zu ungeduldig. Es sind zwar nicht mehr die Mönche, die den Kindern mit ihren Rohrstöcken die Psalmen einprügeln, viel angenehmer ist der Unterricht bei den Schulmeistern der Stadt aber sicher auch nicht. Denkt an Euren Bruder Peter. Hättet Ihr es, als er in diesem Alter war, für möglich gehalten, dass er jemals sein Studium erfolgreich absolviert und der Advokat der Familie werden würde?«

Nun lächelte auch die Hausherrin. »Nein, da hast du Recht. Wenn mich meine Erinnerung nicht trügt, dann war er noch widerspenstiger und fauler und hat sich noch häufiger in den Gassen geprügelt. Allerdings weiß ich nicht, wie es ihm gelungen ist, die Prüfungen in Heidelberg zu bestehen.«

»Bestechung oder Erpressung«, vermutete die Magd heiter und begann, die Reste des Frühmahls abzuräumen. Sie wollte noch etwas hinzufügen, das Öffnen der Tür ließ sie jedoch verstummen. Das Lächeln verschwand von ihrer Miene, der Blick senkte sich zu Boden.

»Soll ich Euch die Milchsuppe noch einmal wärmen, gnädige Frau?«, fragte Agnes mit leiser Stimme.

Die alte Seybothin trat in die Stube. Bedächtig zog sie ihre schwarzen Handschuhe aus und legte sie auf den Tisch, ehe sie sich mit steifem Rücken auf ihren Stuhl setzte.

»Nein. Ich werde heute fasten!«

Die Magd schloss leise die Tür hinter sich und eilte in die Küche hinunter, wo ein langes Tagewerk auf sie wartete.

»Einen guten Morgen«, wünschte Anne Katharina mit heller Stimme. »Wart Ihr in solch eisiger Früh schon aus, Mutter?« Das letzte

Wort kam ihr nur schwer über die Lippen. Sie konnte und wollte sich nicht daran gewöhnen, die alte Seybothin Mutter zu nennen. Sie hatte nur eine Mutter gehabt, und die war kurz nach Peters Geburt vor dreißig Jahren gestorben.

»Es ist der Todestag meines Vaters – Gott hab ihn selig!«, antwortete die Alte in scharfem Ton. »Doch anscheinend bin ich in diesem Haus die Einzige, die die Toten in Ehren hält. Ich war in St. Michael, um für seine Seele zu beten und eine Kerze zu stiften. Heute Mittag wird eine Messe für ihn gelesen. Wer weiß, ob er noch immer in den Qualen des Fegefeuers büßen muss oder endlich Gottes Herrlichkeit schauen darf. Trotz meiner schmerzenden Knie habe ich mehrere Rosenkränze gebetet und den Heiligen Blasius angefleht, dass er für ihn bittet.«

Anne Katharina verzichtete darauf, die Erinnerung der Seybothin auf die Predigt des vergangenen Sonntages zu richten. Hatte der Magister Brenz nicht wieder betont, es gäbe gar kein Fegefeuer, in dem die Verstorbenen braten müssten, und es hätte auch keinen Sinn, für sie Seelmessen lesen zu lassen, Kerzen zu stiften oder zu heiligen Marienstatuen zu wallfahren? Er nannte es sogar Abgötterei, die Heiligen anzurufen, und sprach von der Gnade Christi, von dem Geschenk, das man einfach in Demut annehmen müsse. Aber welchen Sinn machte es, mit der Seybothin darüber zu streiten? Sie war noch weniger als ihr Sohn gewillt, das Licht des neuen Glaubens in ihr Herz zu lassen. Sie klammerte sich lieber an die verstaubten Rituale der alten, römischen Kirche. Plötzlich fiel Anne Katharina etwas ein.

»Wenn Ihr heute schon so früh in der Kirche wart, dann liegt Barbara seit Stunden allein in Eurer Kammer!«, rief sie. »Wenn sie nun aufgewacht ist und weint und keiner kommt, um nach ihr zu sehen.«

»Ich habe ihr einen starken Schlaftrunk eingeflößt. Sie ist sicher noch nicht wieder zu sich gekommen«, wehrte die Alte ab.

»Geborgenheit in den Armen ihrer Mutter braucht sie, um gesund zu werden, nicht Euer Gebräu, das sie ruhig stellt!«, ereiferte sich Anne Katharina.

»Sprich nicht von Dingen, von denen du nichts verstehst. Ich habe schon Kinder aufgezogen, da hast du noch nicht einmal das Licht der Welt erblickt.«

Während die Alte weiter von ihrer Erfahrung sprach, begann sie die Bänder zu lösen, mit denen sie ihre hoch aufragende Haube unter dem faltigen Kinn festgebunden hatte. Die Seybothin gehörte zu den wenigen, vor allem älteren Frauen, die noch solche Ungetüme auf dem Kopf trugen. Die meisten Bürgerinnen schmückten sich mit verzierten Baretts oder kleinen Kappen über ihren Haarnetzen. Allenfalls Kugelhauben durften sich noch modern nennen.

Nun wandte sich die Seybothin wieder ihrem verstorbenen Vater und den Pflichten der Familie gegenüber den Toten zu. Obwohl sie offensichtlich mit den Vorwürfen an ihre Söhnerin noch nicht zu Ende war, erhob sich Anne Katharina.

»Verzeiht, dass ich Euch in einer solch schweren Stunde allein lasse«, sagte sie, »ich muss nach meinem kranken Kind sehen.«

»Nein!«, rief die Alte. »Sie hustet, und ihre Augen sind gerötet. Ich pflege das Kind, und später soll Doktor Brellochs nach ihr sehen.«

»Barbara ist meine Tochter!«

Die Seybothin sah ihre Schwiegertochter verständnislos an. »Natürlich, was hat das damit zu tun? Du wirst dich um deine Aufgaben kümmern und Veronica zu dir nehmen, wenn sie von der Schule zurückkehrt. Ich will dich oben nicht sehen, bis die Gesundheit des Kindes wieder vollständig hergestellt ist.«

Anne Katharina war es, als würde sie in der überhitzten Stube keine Luft mehr bekommen. »Ihr habt Recht, ich muss nun meinen überaus wichtigen häuslichen Pflichten nachgehen. Ich werde mich bei den Finhabern nach dem Befinden des Erben erkundigen und den von Roßdorfs einen Besuch abstatten, um höfliche Konversation zu betreiben, ach ja, dem jungen Mangolt könnte ich zur Wahl seiner Braut gratulieren, und dann muss ich unbedingt beim Krämer vorbeisehen, um Garn und Borten zu kaufen. Schließlich

darf die Handarbeit nicht liegen bleiben. Soll ich Euch etwas mitbringen?«
Die Seybothin kniff die blassen Augen zusammen. Der Tonfall ihrer Schwiegertochter war voller Respekt, dennoch war da etwas in ihrem Blick, das ihr nicht gefiel. Sie zögerte einen Augenblick, ehe sie auf das gefaltete Schleiertuch auf dem Tisch deutete, das sie beim Kirchgang stets über der Haube trug.
»Du könntest mir vom Tucher Stoff für einen neuen Sturz mitbringen.«
»Gerne, Mutter.« Anne Katharina knickste und verließ dann eilig die Stube.

✢ ✢

Auf ihren hölzernen Trippen rutschte Anne Katharina über die unebenen Pflastersteine und den angefrorenen Belag aus Lehm und Abfällen. Sie zügelte den für eine Ratsherrnfrau unangemessenen Schritt erst, als sie, ein wenig außer Atem, den Tuchhändler in der Sporengasse erreichte. Sie blieb vor der Ladentür stehen, bis ihr Gesicht aufhörte zu glühen und die Brust sich nur noch langsam hob und senkte. Warum schaffte sie es nicht, auch innerlich ruhig zu bleiben, wenn ihre Stimme der Alten gegenüber den geforderten Respekt bekundete? Warum spürte sie bereits einen Knoten im Magen, wenn sie die Seybothin nur zu Gesicht bekam? Warum konnte sie sich nicht damit abfinden, dass ihre Kinder mehr Zeit in der kleinen Stube unter dem Dach verbrachten als bei ihrer Mutter? Sie hatte gehofft, sich im Laufe der Jahre daran gewöhnen zu können und gegen Vorwürfe und spitze Bemerkungen abzustumpfen, stattdessen schien der Druck in ihr zu steigen. Immer wieder kam es zu hässlichen Szenen, die so leicht zu vermeiden gewesen wären.
Anne Katharina trat bei Tucher Baumeister ein, kaufte den Sturz für die Seybothin und ging dann in die andere Hälfte des Ladens hinüber, den der Krämer Binder mit seinen Auslagen nutzte. Dort suchte sie sich rotes und silbernes Garn aus und vier Ellen einer

mit farbigen Ranken bestickten Borte, mit der sie den Halsausschnitt ihres blauen Kleides verschönern wollte. Sie kramte gerade ein paar Heller und einen glänzenden Batzen aus ihrem Beutel am Gürtel, als eine hochgewachsene, schlanke Frau in einer teuren Pelzschaube den Laden betrat. Auf ihrem Blondhaar saß ein kleines, verwegen schief sitzendes Hütchen aus Goldbrokat mit drei langen Straußenfedern, die ihr bei jedem Schritt neckisch um die Ohren wippten.

»Liebste Kathi«, rief die junge Frau, die die Mitte der Zwanziger gerade erst erreicht hatte, eilte auf die Ratsherrnfrau zu und umarmte sie. »Wie schön, dich zu treffen. Lass sehen, was du in deinem Korb hast.« Beim Anblick des Schleiertuches rümpfte sie die Nase. »Das ist doch nicht etwa für dich? Willst du dich unter die alternden Matronen einreihen?«

Anne Katharina schüttelte lächelnd den Kopf und erwiderte die Umarmung der Freundin.

»Was führt die extravagante – viel bewunderte und viel beschimpfte – Anna Büschler hierher?«, fragte sie. »Das ist übrigens eine wundervolle Kopfbedeckung – auch wenn die Seybothin sicher andere Attribute dafür finden würde.«

Anna grinste, verbeugte sich spielerisch und drehte sich dann um ihre Achse, damit die Freundin das Werk von allen Seiten bewundern konnte.

»Ich brauche so manchen Flitterkram, damit die alten Tanten nach der Messe wieder etwas zu reden haben. Außerdem dachte ich daran, mir ein Mieder aus dieser durchwirkten Seide machen zu lassen.« Sie rollte ein wenig Stoff von einem Ballen und hielt ihn vor sich hin. »Meinst du, er ist zu durchsichtig?«

Anne Katharina schüttelte den Kopf. »Ich würde es nicht wagen, so herumzulaufen, aber von dir ist man ja seit Jahren Kummer gewöhnt. Außerdem scheint dein Vater dich mit Münzen nicht zu knapp zu halten – daher kaufe dir diesen herrlichen Stoff!«

Anna schnaubte durch die Nase. »Erinnere mich nicht an meinen Vater! Wir haben uns ganz schrecklich gezankt. Er ist ein Tyrann und ein Geizhals«, sagte sie, ohne die Stimme zu senken, während sie dem Krämer die Münzen reichte. Der schien ihre ungehaltenen Worte geradezu in sich aufzusaugen. Wann bekam man schon rechten Klatsch über Mitglieder der städtischen Ehrbarkeit direkt aus erster Hand geliefert? Immerhin wurde der reiche Hermann Büschler als der nächste Stättmeister gehandelt, wenn Michel Schletz im Sommer, wie üblich nach Ablauf der Jahresfrist, seinen Posten für mindestens ein Jahr zur Verfügung stellen musste.

Anne Katharina zog sie schnell aus dem Laden. Es berührte sie peinlich, solch Bemerkungen vor fremden Ohren auszubreiten.

Eingehakt gingen die Freundinnen durch die Gassen. An einem Bäckerstand kauften sie sich süße Kringel und verspeisten die noch warmen Gebäckstücke auf ihrem Weg. Anna Büschler strebte auf das Kappeltor zu, das in die Gelbinger Vorstadt hinausführte, denn dort wohnte der Hutmacher Craft Renner, der ihr schon manche Kappe oder Haube in ein auffälliges Kunstwerk verwandelt hatte. Der Weg in die Vorstadt hinaus bot den beiden Frauen Gelegenheit, Neuigkeiten auszutauschen.

»Er hat endlich geschrieben!«, raunte Anna der Freundin zu.

»Der junge Schenk?«

Die Büschlerin nickte. Sie öffnete den Beutel an ihrem Gürtel, in dem ein ganzer Packen zusammengefalteter Blätter steckte, und zog ein Schreiben heraus. »Erasmus sagt, ich solle dem Gerede über ihn keinen Glauben schenken. Er will mich sehen, und ein Geschenk hat er mir auch versprochen.« Sie drückte Anne Katharina den Brief in die Hand.

»Herzliebste Jungfrau Anna«, begann das Schreiben. Anne Katharinas Blick huschte über die schwungvollen Zeilen, bis der Brief mit den Worten: »Möge Gott Euch tausend gute Nächte geben und uns mit Freuden zusammenführen«, endete.

Sie gab das Blatt zurück, das die Büschlerin sofort wieder in ihrem Beutel verstaute. »Hast du ihm denn Vorwürfe gemacht?«

Anna nickte. »Aber ja, auf der Burg reden sie von seinen Eskapaden, von den freien Weibern, mit denen er sich umgibt und bis in

die Nacht hinein trinkt und unkeusche Dinge tut. Das kann und will ich so nicht hinnehmen!« Sie stampfte mit dem Fuß auf, dass der angetaute Morast zur Seite spritzte.
»Glaubst du seinen Beteuerungen, dass das alles nur Gerede ist?«
Die Büschlertochter zog ein finsteres Gesicht. »Nein, ich weiß sehr gut, dass es wahr ist, und ich weiß auch, dass er mir zürnt, wenn ich ihn deswegen rüge. Von mir verlangt er jedoch, dass ich mich zurückhalte! Dass ich den Zungen keinen Anlass gebe, sich an mir zu wetzen!«
»Weiß dein Vater inzwischen von eurer – Freundschaft?«
Die Büschlerin schüttelte den Kopf, dass die Straußenfedern flatterten. »Gott bewahre! Er würde mich aus dem Haus prügeln oder noch Schlimmeres mit mir anstellen.« Ihre Stimme klang bitter. »Ihm ist gar kein Mann genehm, der es wagt, mich zu bemerken.«
»Denkst du denn, Erasmus hat ehrenhafte Absichten mit dir?«, fragte Anne Katharina vorsichtig. Sie konnte sich nicht vorstellen, dass die Schenken von Limpurg damit einverstanden wären, wenn ihr Sohn die Tochter eines Haller Bürgers ehelichte. Sicher, Hermann Büschler stellte einen der wichtigsten Männer der Stadt dar und war mit der adeligen Anna Hornberger aus Rothenburg verheiratet gewesen, dennoch ragten die standesmäßigen Schranken unübersehbar zwischen der Bürgerstochter und dem zwar verarmten, aber stolzen Geschlecht der ehemaligen Reichsschenken von Limpurg auf. Doch war das auch Anna klar?
Die Büschlerin lachte kurz auf. »Kathi, hältst du mich für ein unmündiges Kind? Natürlich spiele ich manches Mal mit dem Gedanken, wie es wäre, einst Herrin von Burg Limpurg zu sein, aber so dumm bin ich nicht, dass ich daran glaube. Vielleicht würde mich mein Vater ja zu diesem Preis gehen lassen, aber die Schenken haben mit Erasmus sicher etwas Besseres im Sinn.« Wieder lachte sie hart. »Es ist eine Tändelei, nein, es ist mehr, es ist eine Liebe, die eine Weile währt – bis er heiratet vielleicht.«
»Oder bis du heiratest?«
Anna Büschler blieb vor der Tür des Hutmachers stehen. Ein selt-

samer Ausdruck huschte über ihr Gesicht. »Er wird mich nicht aus seinen Fängen lassen.«

Anne Katharina wollte sie fragen, wie sie das verstehen sollte, aber die Büschlertochter war schon in den Laden gestürmt. Sie stieß kurze Rufe der Begeisterung aus und flatterte zwischen perlenbestickten Bändern und gefärbten Federn hin und her, so als hätten sie sich den ganzen Weg nur über Putzzeug unterhalten.

»Komm, Kathi, sieh dir die Pfauenfedern an! Meinst du, man könnte diese Haube damit schmücken?«

Der Hutmacher begrüßte seine beste Kundin ehrerbietig und wurde nicht müde, ihr Vorschläge zu unterbreiten.

»Los, du musst auch etwas ausprobieren«, forderte die Büschlerin ihre Freundin auf. Anne Katharina betrachtete ihr Barett mit der aufgeschlagenen Krempe, die mit kleinen Perlen verziert war, in einem runden Spiegel, der zwischen zwei Regalen mit Jagdhüten an der Wand hing. Noch immer gärte es in ihr, und so musste die Büschlerin sie nicht lange überreden. Schließlich erstand die Gattin des Ratsherrn Seyboth zwei grün gefärbte Straußenfedern, die ihr – wie Anna immer wieder versicherte – ganz vorzüglich zu Gesicht standen.

»Sie passen wunderbar zu deinen braunen Augen!«, schwärmte die Freundin. »Michel wird begeistert sein.«

Das wiederum wagte Anne Katharina zu bezweifeln. So gern er Frauen mit tiefen Dekolletés oder eng geschnürten Miedern nachsah, bei seiner eigenen Gattin legte er andere Maßstäbe an.

»Trinkst du noch einen Wein mit mir?«, fragte Anna, als sie mit ihrem Bündel unter dem Arm wieder auf der Gasse stand.

Anne Katharina schüttelte den Kopf. »Ich habe mich schon viel zu lange aufgehalten. Ich sollte noch ein paar Anstandsbesuche erledigen, und Veronicas Schulstunde ist bald schon zu Ende. Ich muss mich eilen!«

»Ja, richtig, jetzt gibt es ja auch eine Klasse für Mädchen im verlassenen Gemäuer der Barfüßer.« Die Büschlerin schritt neben ihr her zur oberen Stadt zurück.

»Die Frau von Peter Neff, dem deutschen Schulmeister, bringt ihnen morgens und abends jeweils eine Stunde lang Gebete, Lieder und die zehn Gebote, aber auch Lesen und Schreiben und ein paar Dinge des Haushalts bei«, berichtete Anne Katharina. »Es ist ein Versuch. Magister Brenz hat viel vor. Er will das gesamte Schulwesen neu einrichten. Nicht nur in den Gottesdiensten stehen uns noch viele Änderungen bevor. Wenn es nach ihm ginge, wäre die heilige Messe schon in ganz Hall abgeschafft!«

»Mein Vater hält nicht viel von ihm«, bemerkte die Büschlerin und winkte einem stattlichen jungen Mann zu, der sich tief verneigte und sein Barett zog.

Am Marktplatz nahmen die Freundinnen Abschied. Die Büschlerin hielt Anne Katharinas Hand fest. »Ihr habt doch die Scheune unten in der Kerfengasse. Gibt es da drinnen eine Kammer, die man verschließen kann?«

Anne Katharina zuckte zurück. »Nein, das nicht, aber die Scheunentür hat ein Schloss. Warum?«

»Ich habe mich dort mal umgesehen. Ich suche immer noch nach einem Platz, an dem ich Erasmus ungestört treffen kann, und da dachte ich an die Scheune. Sie gehört doch dir, nicht?«

»Ja, nein«, stotterte Anne Katharina, »sie ist aus dem Erbe meiner Mutter und gehört Peter und mir, aber ich kann dich nicht hineinlassen, unmöglich!«

Anna sah die Freundin überrascht und ein wenig gekränkt an. »Was kann es dir schon ausmachen?«, wunderte sie sich. »Willst du dich nun zu den Matronen gesellen und mir Vorhaltungen machen?«

Anne Katharinas Gesichtsfarbe wechselte von rot zu blass. »Nein, das nicht, aber ich habe den Schlüssel nicht mehr. Außerdem ist dort drin alles voller Gerümpel und Staub, das kannst du nicht wollen!«

»Wenn du meinst«, stimmte die Büschlerin widerstrebend zu. »Schade, dass die Seybothin bei euch wohnt, sonst hätte ich um eine Kammer in eurem Haus gebeten.«

Zum ersten Mal in ihrem Leben war Anne Katharina froh, dass es ihre Schwiegermutter gab. Der Gedanke, Michel könne davon erfahren, dass sie Anna und dem Schenkensohn unter seinem Dach die Möglichkeit zu einem Stelldichein gegeben hätte, sandte ihr kalte Schauder über den Rücken.

»Na ja, mir wird schon rechtzeitig ein warmes, trockenes Plätzchen einfallen«, sagte Anna nun wieder heiter. Ein verträumter Blick schlich sich in ihre Augen. »Schon morgen werde ich ihn in meinen Armen halten.«

Anne Katharina griff nach ihren Händen. »Du machst doch keine Dummheiten? Du weißt, wie schnell etwas passieren kann, das dir dein ganzes Leben raubt!«

Anna lachte glockenhell. »Kathi, was denkst du von mir? Ich kenne mich aus und treffe meine Vorkehrungen. Sei doch nicht so einfältig. Die Zeit, da mein Liebster nur meine Hand halten wollte, ist längst vorbei. Ihn reizen ganz andere Freuden. Schau nicht so schockiert. Nicht er drängt mich, auch ich sehne mich immer wieder nach den verbotenen Früchten!«, fügte sie trotzig hinzu.

Darüber musste Anne Katharina noch lange nachdenken. Sie eilte mit ihren Einkäufen nach Hause. In der Küche fand sie Agnes, die gerade ein Huhn für das Sonntagsessen ausnahm. Neben ihr auf einem Schemel saß Veronica, kaute an einem Apfel und zählte der Magd die zehn Gebote auf. Die Hausherrin nahm sich einen Hocker, setzte sich neben ihre Tochter und schlang die Arme um die schmale Taille des Kindes. Mit einem genüsslichen Seufzer ließ sich Veronica an die Brust der Mutter sinken.

»Agnes, singen wir noch einmal das Lied?«, fragte das Mädchen.

»Wenn du meinst«, brummte die Magd und drehte dem Huhn das Bein aus dem Gelenk.

Mit heller Stimme begann sie, den Choral zu wiederholen, den die Gläubigen nach der Predigt am vergangenen Sonntag gesungen hatten – auf Deutsch! Die Magd summte die Melodie mit. Der Text war ihr entfallen.

Anne Katharina wiegte das Mädchen in ihren Armen, roch den süßen Duft ihres Haares und überließ sich wieder ihren Gedanken. Wollte sich Anna morgen in irgendeiner Scheune dem um einige Jahre jüngeren Schenkensohn hingeben? So wie sie es verstanden hatte, war das nicht das erste Mal. Wie konnte sie so sicher sein, nicht schwanger zu werden? Ja, es gab gewisse Rezepte, aber wie oft versagten sie oder brachten gar Krankheit und Tod! Und dann noch die Angst, erwischt zu werden! Schon bei dem Gedanken färbten sich Anne Katharinas Wangen rot. War es das alles wert? Konnte die körperliche Vereinigung so verlocken? Vierzehn Jahre war sie nun schon mit Michel verheiratet, doch das ging über ihre Vorstellungskraft hinaus. Für die Männer bot es seinen Reiz und Befriedigung ihrer heißen Lüste, aber für eine Frau? Dennoch war Anna nicht die Art Frau, die sich einschüchtern oder zu etwas überreden ließ, das sie nicht mochte. Anne Katharina dachte an den jungen Schenkensohn. Er sah gut aus, war ein Draufgänger und sicher ein angenehmer Gesellschafter, aber weder für ihn noch für einen anderen Mann würde sie je ihre Ehre aufs Spiel setzen, da war sie sich ganz sicher!

Ein anderes Gesicht schob sich vor das des jungen Schenken. Waren seine Küsse so wundervoll wie der Kuss, der ihre Erinnerung an den fremden Landsknecht band? Ein Hauch von Verstehen huschte durch ihren Geist. Und dennoch, sich ihm nackt und wehrlos hingeben? Nein! Welch schrecklicher Gedanke. Es war schon unangenehm genug, dass man in der Ehe nicht darum herum kam. Die Kinder mussten ja gezeugt werden.

Männerschritte auf der Treppe unterbrachen ihre Gedanken. Anne Katharina erhob sich, strich ihren Rock glatt und ging hinaus. Es war der Arzt, der nach der kranken Barbara gesehen hatte. Die Hausherrin eilte ihm entgegen, um ihn nach dem Befinden ihrer Tochter zu fragen. Er verbeugte sich galant und versicherte der Ratsherrnfrau, dass sie sich überhaupt keine Sorgen zu machen brauche. Er drückte ihr ein Blatt in die Hand, das mit seiner schnörkeligen Handschrift bedeckt war. Diese Rezepte sollten

beim Apotheker angerührt werden. Anne Katharina gab Agnes ein paar Münzen und schickte sie sofort los, um den Trank aus Silberweidenrinde, Teufelsabbiss und Schlüsselblume brauen zu lassen, außerdem eine Paste aus Salbei, Portulak und Honig.
»Ihr solltet ihr Schwitzbäder bereiten und Mandelmilch zur Stärkung verabreichen«, riet der Arzt, ehe er sich noch einmal verbeugte und dann zu seinem nächsten Patienten eilte. Anne Katharina sah ihm eine Weile nach, ehe sie energisch die Tür schloss. Sie raffte ihre Röcke und stieg die beiden Treppen bis unters Dach hinauf, wo die alte Seybothin ihre Schlafkammer und eine eigene, kleine Stube hatte. Oben angekommen, zögerte die Hausherrin.
Warum klopfte ihr Herz und wurden ihre Hände feucht, wenn sie nach ihrem kranken Kind sehen wollte? Musste sie die Erlaubnis ihrer Schwiegermutter einholen, ehe sie Barbara in die Arme schließen durfte? Wieder fühlte sie diesen Druck in ihrer Brust, der ihr so oft den Appetit vertrieb. Sie spürte den heißen Zorn in sich aufsteigen, der sie früher häufig dazu verleitet hatte, gegen Ungerechtigkeiten aufzubegehren. Heutzutage ließ er nur ihre Wangen glühen und erzeugte das Gefühl von Hilflosigkeit.
Wenn wenigstens Peter in der Stadt wäre, dachte sie plötzlich, und das Bild ihres jüngeren Bruders stieg vor ihr auf. Obwohl er die dreißig nun ebenfalls erreicht hatte, lauerte noch immer der jugendliche Schalk in seinem Blick, und er neigte dazu, sich kopflos auf unsinnige Streiche einzulassen. Er war bei sich, aber auch bei seiner Schwester, mit der Auslegung, was sich gehörte und was nicht, sehr großzügig. Ganz anders als Michel, mit dem Peter seit seiner Schulzeit befreundet war, oder ihr älterer Bruder Ulrich, dessen Unterhaltungen mit Anne Katharina meist aus Belehrungen und Ermahnungen bestanden. Von ihrer Schwiegermutter ganz zu schweigen.
Die Mutter ballte die Fäuste, atmete einmal tief ein und aus und klopfte dann forsch an die Tür. Sie wartete nicht auf eine Reaktion

von drinnen, öffnete und trat ein. Die alte Seybothin saß in einem Sessel neben dem schon etwas abgewetzten Lotterbett, auf das sie das kranke Kind gebettet hatte. Der Raum war nicht so erhitzt wie die Stube unten, dennoch verbreiteten zwei Kohlepfannen angenehme Wärme. Mathilde Seyboth sah von ihrem Psalmenbuch auf, aus dem sie dem Kind vorgelesen hatte.

»Schließ die Tür! Es zieht!«, sagte sie barsch.

Anne Katharina schloss leise die Tür, trat an das Lotterbett und ließ sich auf die Knie sinken.

»Mein armer kleiner Schatz!«

Die Wangen des Kindes glühten, die Stirn war schweißnass, seine Augen jedoch leuchteten, als es sich an seine Mutter klammerte.

»Ich habe dir doch gesagt, du sollst nicht heraufkommen!«

Anne Katharina drückte das Kind noch fester an ihre Brust. »Ich musste einfach nach ihr sehen und sie in meine Arme nehmen.«

»Hat der ehrenwerte Doktor Brellochs dir nicht gesagt, dass wir nichts zu befürchten haben?«

»Doch, schon.«

Verständnislosigkeit war der Alten ins Gesicht geschrieben. »Aber warum dann?« Sie brach ab und betrachtete schweigend ihre Söhnerin, über deren Wangen zwei Tränen rannen. Plötzlich teilte ein Lächeln die blassen, dünnen Lippen. »Du bist wieder freudiger Erwartung! Ja, da hat man verwirrende Gefühle und verhält sich zuweilen seltsam.«

Die Hausherrin wandte den Blick ab. »Nein, das kann nicht sein.« Sie streichelte das Haar ihrer Tochter und lauschte dem kindlichen Gebrabbel, von dem man noch nicht alle Worte verstehen konnte.

Der Blick der Seybothin wurde wieder hart. »Kommst du deinen ehelichen Pflichten nicht nach? Es wundert mich nicht, dass Michel mit dir nicht zufrieden ist. Ich kann dich nur ermahnen …«

Anne Katharina fiel ihr ins Wort. In ihren Augen funkelte es seltsam. »Das ist ganz allein meine und vielleicht auch seine Sache. Euch hat das nicht zu interessieren!«

Die Seybothin erhob sich und stemmte die Hände in die Hüften. Groß und mager stand sie mit geradem Rücken da, den faltigen Hals ein wenig nach vorn gereckt. Anne Katharina floh, ehe Mathilde ihre Meinung über den unverschämten Tonfall ihrer Söhnerin und den fehlenden Respekt gegenüber der Hausältesten in Worte fassen konnte.

## KAPITEL 2

Die Beine verschränkt, saß die junge Frau auf ihrem Strohlager. Das Licht war schon seit Stunden erloschen, und sie hatte weder Feuerstein noch Zunder, um es wieder zu entzünden. Der Knabe war an ihrer Brust eingeschlafen. Wenn sie die Luft anhielt, konnte sie sein leises Atmen hören. Sie fühlte den Herzschlag des kleinen Wesens an ihrer Haut und sog den betörenden Duft ein. Noch nicht einmal zwei Wochen war es her, dass der Knabe das Licht der Welt erblickt hatte, doch es kam ihr vor, als wäre er schon immer ein Teil von ihr gewesen.

»Johannes«, flüsterte sie in die Dunkelheit. »Ich werde dich auf den Namen Johannes taufen lassen, irgendwann, wenn wir zu leben beginnen. Ich weiß nicht, ob das deinem Vater recht sein wird, aber wie soll ich ihn fragen, wenn ich nicht einmal weiß, wo auf der Welt er sich gerade herumtreibt.« Mara seufzte. »Er weiß ja nicht einmal, dass es dich gibt, mein Kind.«

Langsam begann sie, sich vor und zurück zu bewegen, und summte eine leise Melodie. »Er würde sich freuen«, sagte sie zu dem schlafenden Knaben. »Wenn wir ihn wieder finden, dann wird er dich in seine Arme schließen und stolz auf dich herabblicken, weil du sein Sohn bist, sein Fleisch und Blut. Vielleicht wird er dich in der Luft herumwirbeln, aber auf alle Fälle wird er sich freuen«, sagte sie mit Nachdruck, um die Zweifel in die Tiefen ihres Geistes zurückzustoßen. Sie wollte lieber an die kurze Zeit ihrer stürmischen Liebe denken.

»Warum nur konnte ich mein Herz nicht an einen Bauern verlieren oder an einen Handwerker«, flüsterte sie. »Mit einem Haus, in dem stets ein wärmendes Feuer brennt, einer richtigen Küche und einem gefüllten Keller.« Sie spürte, dass sie Hunger hatte, und ließ ihre Finger tastend über das Stroh wandern, bis sie auf eine hölzerne Schale stießen. Sie aß ein Stück Brot und ein wenig Käse, legte die Reste aber nach ein paar Bissen zur Seite. Sie hatte einfach keinen Appetit.

Draußen erklang das Lied des Nachtwächters. Es war bereits eine Stunde nach Mitternacht, und dennoch legte sich Mara immer noch nicht zum Schlafen nieder. Wozu sollte sie jetzt schlafen, wenn sie es zu jeder anderen Stunde auch tun konnte? Es gab keinen Unterschied zwischen Tag und Nacht. Es gab nur das eintönige Warten darauf, dass endlich etwas geschah.

Ich werde ersticken, dachte sie. Mit jedem Tag, der in der Finsternis vergeht, fällt mir das Atmen schwerer, und irgendwann wird die Last mich niederdrücken.

Mara schloss die Augen. Sie versuchte, sich vorzustellen, wie die Sonne sich auf ihrem Gesicht anfühlte, oder der Nachtwind und das sanfte Mondlicht. Vermutlich hatte sie in ihrem Leben mehr Tage und Nächte im Freien zugebracht, denn in einer Kammer unter einem festen Dach. Wie oft hatte sie das ruhelose Leben verflucht, wenn sie in klammen Kleidern im Regen unter einem Baum Zuflucht suchte oder im Winter die Finger und Zehen vor Kälte nicht mehr spüren konnte. Jetzt erschien ihr das frühere Leben so köstlich wie das Paradies.

»Einfältige Närrin«, schimpfte sie sich selbst. »Du musst nicht erfrieren und nicht hungern. Du hast ein Dach über dem Kopf, während es draußen schneit, und du musst nicht mit dem Kleinen über die eisige Straße ziehen. Sei dankbar und jammere nicht!«

✠ ✠

Am nächsten Tag ging es Barbara schon viel besser, so dass Anne Katharina einwilligte, sie in Agnes' Obhut zurückzulassen, während sich die Familie zur heiligen Messe von Pfarrer Eisenmenger begab und anschließend der Predigt von Magister Brenz lauschte.

Heute trug der Pfarrer statt seines üblichen farbenprächtigen Ornats nur eine einfache Soutane, so wie auch der Prediger sich gewöhnlich nur in Schwarz kleidete. Während der Messe wandte er sich immer wieder den Gläubigen in ihren Kirchenbänken zu und wiederholte einige Passagen, nachdem er sie auf Lateinisch gesprochen hatte, in Deutsch. Anne Katharina kam es so vor, als würde der Messe jede Woche ein winziges papistisches Teil genommen. Kaum merklich vollzog sich der Wandel, so dass man irgendwann, ganz plötzlich, voller Erstaunen feststellen würde, dass nichts mehr von dem römischen Götzendienst geblieben war. Oder würde es doch noch Widerstand geben? Anne Katharina sah Michel unwillig die Stirn runzeln, als er die deutschen Worte des Priesters vernahm. Auf dem Marktplatz hatte die Ratsherrngattin erst vor kurzem mit angehört, wie ein Kaufmann berichtete, in einigen lutherisch gesinnten Gemeinden würde beim Abendmahl Brot und Wein mit den Gläubigen geteilt. Anne Katharina schüttelte ungläubig den Kopf. Wenn Pfarrer Eisenmenger das wagen würde, dann gäbe es ein Aufschrei der Altgläubigen! Vielleicht würde sich gar eine Mehrheit im Rat finden, die Lutherischen aus der Stadt zu treiben.

Johannes Brenz trat aus der Sakristei. In seinem langen, schwarzen Rock, eine Schaube mit Pelz verbrämt um seine Schultern, schritt er bedächtig auf den Altar zu, sammelte sich zu einem stillen Gebet und wandte sich dann dem mit Bürgern und Hausleuten gefüllten Kirchenschiff zu. Seine Kleidung und sein Gebaren, die einem alten Richter zur Ehre gereicht hätten, standen in deutlichem Gegensatz zu dem glatt rasierten, jungen Gesicht mit den wachsamen Augen. Johannes Brenz war gerade einmal fünfundzwanzig Jahre alt, und dennoch lag seine Magisterprüfung bereits sieben Jahre zurück, und er war schon im dritten Jahr Prediger zu Hall.

Er ist ein weitsichtiger Mann, dachte die Bürgerin auf der Kirchenbank der Seyboths und der Feyerabends, vorne in dem hallenartigen Kirchenschiff. Er weiß, dass er mit den alten Herren behutsam umgehen muss, wenn er ihnen seine Lehre nahe bringen will. Sie

sind nicht wie die Jungen, die begeistert jede Neuigkeit in sich aufsaugen und zu jedem Wanderprediger vor die Stadt hinauslaufen, um seinen aufrührerischen Reden zu lauschen. Sie wollen sacht in die neue Zeit geführt werden.
Der Prediger legte seine Fingerspitzen aneinander und ließ den Blick über die Köpfe hinwegschweifen. Bei einer auffällig geschmückten Haube, deren goldener Flitter im Kerzenlicht schimmerte, blieben seine Augen für einige Momente hängen, seine Mundwinkel zuckten, dann schweifte der Blick weiter.
»Johannes zwanzig soll uns heute zum Nachdenken anregen«, sagte er, und es schien, als würde er jeden Einzelnen genau ansehen. »Nehmet hin den Heiligen Geist, und Matthäus sechzehn: Ich will dir geben die Schlüssel des Himmelreichs.«
Er ließ die Worte durch das Hallenschiff klingen. Gespannte Ruhe senkte sich herab. Er sprach leise, doch mit fester, klarer Stimme, die mühelos bis in die letzten Reihen vordrang. Dann plötzlich wurde seine Stimme scharf. Einige Köpfe ruckten hoch.
»Das ist der rechte, wahre Schlüssel, durch welchen der Himmel beschlossen oder geöffnet wird, nämlich der Heilige Geist. Nicht das Papsttum, nicht das Bistum oder große Pfründe oder Herrlichkeit, sondern der Geist der Wahrheit. Denn er sagt ja nicht: Nehmet hin das Papsttum, nehmet hin das Bistum, sondern nehmet hin den Heiligen Geist.« Einige Köpfe beugten sich zu ihren Nachbarn, ein Tuscheln schwebte durch den Raum, als die Stimme des Predigers wieder leiser wurde.
»Auch hat Christus darum geboren werden wollen in Bethlehem, einem unachtbaren Flecken, damit er so beweise, seine Kirche sei unansehnlich. Seine Kirche ist nicht da, wo Gepränge ist!« Die Stimme schwoll wieder an. »Kein Mensch, sei er nun Papst oder Bischof, kann das Haupt der Kirche oder Stellvertreter Christi sein, weil Christus nicht von uns gewichen ist. Sein Geist wohnt in uns. Ja, er sagt: Auf diesen Felsen will ich meine Kirche bauen, sprich auf den starken Glauben an Christus, nicht auf einen Papst oder Bischof! Das wäre fürwahr ein strohenes Fundament, wenn er auf

St. Peter gebaut hätte, der sich von einer Frauenperson hat umstoßen lassen und dann Christus verleugnet hat! Dass aber der Fels Christus sei, das wird mannigfaltig bewiesen.«
Anne Katharina studierte aufmerksam die Gesichter der Haller Obrigkeit. Auf manchen war Zustimmung zu lesen, andere Lippen waren ablehnend zusammengekniffen.
Als die Glocken zu läuten begannen und sich die Bürger erhoben, um die lange Freitreppe zum Markt hinunterzuschreiten, schwirrten nicht nur Gespächsfetzen über die Predigt an Anne Katharinas Ohr, wichtiger noch waren die neuesten Nachrichten von einem erneuten Zusammenstoß zwischen Siederburschen und Knechten des Schenken und ein paar bisher ungesehene, modische Neuerungen um die Schultern oder auf den Köpfen einiger Damen. Die alte Seybothin zischte missbilligend, als sie Anna Büschler mit ihrem extravaganten Kopfschmuck entdeckte. Sie ließ ihre Kirchenbanknachbarin, bei der sie sich untergehakt hatte, ihre scharfe Kritik hören. Anne Katharina unterdrückte ein Kichern. Es waren genau die Worte, die sie Anna am vorherigen Tag prophezeit hatte, als diese mit dem skandalträchtigen Kopfschmuck in ihrem Korb den Laden des Hutmachers verlassen hatte. Die Ratsherrnfrau beugte den Kopf, um ihre Belustigung zu verbergen, während sie zwischen Ehegatte und Schwiegermutter den Heimweg in die Keckengasse antrat. Sie sah erst wieder auf, als die Kinder, die einige Schritte voraus waren, einen Freudenschrei ausstießen. Als Erstes konnte Anne Katharina nur einen ausladenden Schlapphut mit Federschmuck erkennen, vielfarbige Pluderhosen und einen ebenso bunten Rock, an den sich ihre beiden Kinder klammerten. Dann hob der modisch ausgestattete Mann den Kopf und grinste sie an. Zwei braune Augen, die den ihren überaus ähnlich sahen, zwinkerten ihr zu.
»Peter!« Die Ratsherrnfrau strahlte und beschleunigte ihren Schritt.
»Wenn du dich jetzt auch noch an mich klammerst, dann ist es um mich geschehen, und ich lande hier im Straßenschmutz. Ich warne

dich, diese Hosen und der Rock haben mich ein Vermögen gekostet!«
Anne Katharina blieb kurz vor ihrem Bruder stehen und griff nach seinen Händen. »Peter«, sagte sie noch einmal voll Wärme, »wie schön, dich zu sehen.«
Peter Vogelmann wehrte seinen Neffen und seine Nichte ab und küsste dann, als die Kinder wieder sicher auf der Gasse standen, herzhaft die dargebotene Wange.
»Ich freue mich auch, dich wiederzusehen. Einen neckischen Federschmuck trägst du da auf deinem Barett.«
»Danke, danke, dein Kopfschmuck ist auch nicht gerade unauffällig zu nennen!« Sie lächelten einander an. Peter zog den Hut, beschrieb mit ihm einen weiten Kreis, verbeugte sich tief und stülpte ihn sich wieder auf den Kopf.
»Ihr seid zwar älter an Jahren geworden und dürft Euch nun Advokat nennen, wie ich gehört habe, aber Eure Höflichkeit lässt noch immer zu wünschen übrig, Peter Vogelmann!«, unterbrach Mathilde die Plänkelei der beiden Geschwister. Noch einmal riss Peter den Hut vom Kopf und begrüßte artig die Seybothin, ehe er die Hand des Freundes ergriff.
»Michel, wie gut tut es, dich zu sehen. Wie viele Jahre ist es her, dass wir hier zusammen durch die Gassen zogen?«
»Und voller Trunkenheit durch euren Gesang die Bürger aus dem Schlaf gerissen«, fügte Anne Katharina hinzu. Die beiden Männer blickten sie abweisend, die Kinder voller Neugier an.
»Kennt ihr schon die Geschichte, als euer Vater und euer Oheim Peter in den Gerberturm geworfen wurden?«, fragte sie Bernhard und Veronica, ohne auf den Protest der Männer zu achten.
Die Augen des Knaben leuchteten. »Erzähle!«
»Statt dem Jungen alte Geschichten aufzuwärmen, könntest du dich an deine Gastgeberpflichten erinnern und mich zu Wein und einem kräftigen Mahl hereinbitten!«, unterbrach Peter seine Schwester, doch seine Augen blitzten. Vermutlich wollte er seine nicht ganz so rühmlichen Heldentaten lieber selbst zum Besten geben.

Michel trat vor, stieß die Haustür auf und ließ den Freund aus Jugendtagen eintreten. Er scheuchte Agnes in die Küche, um ein angemessenes Mahl zuzubereiten.
»Was schleppst du denn da alles mit dir herum?«, fragte Anne Katharina und deutete auf die offensichtlich schweren Bündel, die ihr Bruder in die Halle schleifte und dort am Fuß der Treppe liegen ließ.
»Das sind meine Habseligkeiten. Ich musste ja aus der Burse der Universität ausziehen.«
Seine Schwester raffte ihre Röcke und stieg hinter ihm die Treppe zur Stube hinauf. »Kommst du direkt aus Heidelberg? Warst du noch nicht bei Ulrich daheim?«
Peter brummte etwas Unverständliches, trat in die Stube und ließ sich breitbeinig auf der Eckbank nieder. Michel selbst holte einen großen Krug vom besten Moselwein aus dem Keller und schenkte dem Freund ein. Drei Jahre war Peter nicht mehr in seiner Heimatstadt gewesen, und da er kein eifriger Briefeschreiber war, konnte es Anne Katharina kaum erwarten, ihn über sein Leben, so weit weg von daheim, zu befragen. Ihre Geduld wurde auf eine harte Probe gestellt. Zuerst forderte ihr Gatte die Gesellschaft des alten Freundes und schickte sein Weib in die Küche hinunter, um Agnes mit dem Essen zur Hand zu gehen. Anne Katharina verspürte den Wunsch, mit dem Fuß aufzustampfen. Sie wollte jedes Wort hören, das Peter von der ihr fremden Welt zu berichten hatte, und nicht wie eine Magd in die Küche verbannt werden! Sie schoss wütende Blicke in Michels Richtung, die der jedoch nicht einmal zu bemerken schien. Dafür sah ihr Bruder das auflodernde Feuer. Er lachte und griff nach ihrer Hand.
»Dass er noch immer wagt, deinen Zorn herauszufordern, liebes Schwesterherz. So viele Jahre an deiner Seite, und dennoch sieht er prächtig aus, muss ich sagen. Ich fürchte, du hast deinen Meister gefunden.«
Anne Katharina befreite ihre Hand und stürmte zur Tür. »Ja, den Meister im Weghören, im Verdrängen und Weglaufen«, sagte sie

leise, so dass die Männer es nicht hören konnten, und sie hasste sich selbst dafür.
Eine Stunde später saß sie mit ihren beiden älteren Kindern und den Männern an einem fürstlich beladenen Tisch. Die Seybothin wollte bei Barbara bleiben und ließ sich von der Magd ein leichtes Mahl nach oben bringen.
Peter griff nach einer kräftig angebratenen Fleischscheibe. Seine Zähne gruben sich in den Braten, dass ihm das Fett über das Kinn lief und auf den Tisch tropfte. Michel presste die Lippen zusammen und schien Peters Blick zu meiden. Wortlos begann auch er, Fleisch und Brot zu essen. Anne Katharina füllte den Kindern ihre Schalen mit Gemüse, schnitt jedem eine Scheibe Brot ab und legte ein Stück Fleisch darauf. Verwirrt sah sie von Peter zu ihrem Ehemann. Über was die beiden wohl gestritten hatten? Was konnte, nachdem sie sich so lange Zeit nicht gesehen hatten, so schnell ihre Harmonie trüben? Anne Katharina schob sich zwei Löffel mit Kohl und Bohnen in den Mund. Die Kinder rutschten unruhig auf ihren Plätzen hin und her. Auch sie spürten die ungute Stimmung, die schwer im Raum lastete.
»Hast du Ulrich schon gesehen?«, fragte Anne Katharina schließlich, nur um die drückende Stille zu brechen.
Peter nickte. »Ja, ich habe ihn und sein liebliches Eheweib aufgesucht.«
Seine Schwester unterdrückte ein Kichern. Lieblich war eines der Wörter, das auf die schwergewichtige Frau mit dem kantigen Gesicht und den dichten Augenbrauen nicht passte. Ihre beiden Mädchen schienen ihr leider nachzugeraten und würden wohl nicht zu Schönheiten heranwachsen. Joseph jedoch, der Sohn von Ulrich und seiner zweiten Frau, hatte das üppig braune Haar der Vogelmanns geerbt, die gerade Nase und die großen, dunklen Augen.
Peter biss noch ein Stück Fleisch ab, ehe er mit vollem Mund fortfuhr. »Die Gastfreundschaft in seinem Haus hat in den Jahren gelitten, seit ich das letzte Mal dort abstieg, und auch der verehrte Ulrich kommt mir verkniffener vor, als ich ihn in Erinnerung hatte.«

Er zog eine Grimasse. »Bei drei solch hübschen Weibern im Haus ist das vielleicht kein Wunder.«
Anne Katharina brauchte einige Augenblicke, ihre zuckenden Mundwinkel unter Kontrolle zu bekommen. »Dafür wächst Joseph zu einem hübschen Jungen heran.«
»Ja«, nickte ihr Bruder und wischte sich mit seinem Mundtuch das Fett vom Kinn. »Er wird von Ulrich und den Weibern ja geradezu vergöttert – im Gegensatz zu dem armen David!« Seine Miene verfinsterte sich. »Er lässt ihn mit jedem Wort spüren, dass er nicht sein Sohn ist und dass er Ursula ihren Verrat niemals verzeihen wird.«
Seine Schwester nickte betrübt. »Der arme Junge. Er hat es nicht leicht. Ich würde ihn bei uns aufnehmen, aber weder Ulrich noch Michel wollen etwas davon wissen. Dabei haben wir eine freie Kammer!«
Sie funkelte ihren Gatten an. Der aber hatte den Blick auf seine Schale gesenkt und löffelte noch immer schweigend. Peter trank seinen Becher Wein leer, rülpste und hielt seiner Schwester auffordernd das Zinngefäß entgegen.
»Wenn du gerade von leeren Kammern sprichst, fällt mir ein, ich habe noch keine Bleibe.« Michel stieß einen undefinierbaren Laut aus.
»Könnte ich nicht bei euch wohnen, bis ich weiß, wo ich mich niederlassen möchte, und genug Batzen für einen eigenen Wohnsitz verdient habe?« Er sah wie ein Hund aus großen, braunen Augen zu ihr herüber. »Und sage nun nicht, ich könne doch zurück in unser Elternhaus. Mit Ulrichs Weibern halte ich es keinen Tag unter einem Dach aus, und mit Ulrich selbst bin ich spätestens am zweiten Tag ebenfalls über Kreuz!«
Anne Katharina lächelte ihren Bruder warm an. »Natürlich würde ich mich freuen, wenn du hier Quartier nimmst. Du kannst so lange bleiben, wie du willst …«
Die schneidende Stimme ihres Gatten unterbrach sie. »Ich wusste nicht, dass hier inzwischen die Weiber das Regiment führen! Ich

bin der Hausherr, und ich entscheide, wer zu meinem Haus gehört. Willst du deinem Bruder etwa die Kammer neben meiner Mutter geben?«

Anne Katharina sackte ein wenig zusammen. Das Lächeln verblasste. »Nein, das geht natürlich nicht.« Sie seufzte. »Peter, wie gerne würde ich dir helfen, aber es wäre ansonsten nur noch eine Gesindekammer unten neben der Halle frei.«

Der junge Advokat grinste, sprang vom Tisch auf und umarmte seine Schwester. »Ich danke euch für euer Angebot. Meine Sachen liegen schon unten. Ich gehe runter, um meine Kammer zu beziehen. Ist Agnes in der Küche? Bemüh dich nicht. Ich kann ihr selbst sagen, dass sie mir mein Bett richten soll.« Er nickte Michel noch einmal zu, der ihn mit großen Augen anstarrte, und eilte hinaus.

Das Ehepaar sah sich einige Augenblicke schweigend an und lauschte den polternden Schritten auf der Treppe und Peters fröhlicher Stimme, die nach der Magd rief. Dann brach Anne Katharina in Gelächter aus.

»Nun hat er uns einfach niedergeritten! Peter wusste schon immer, wie er seinen Kopf durchsetzen kann.«

Michel schüttelte ungläubig den Kopf. »Dass du darüber auch noch lachen kannst. Er hat mich nicht um meine Erlaubnis gefragt!«

»Ach, Michel, ist er nicht seit deinen Kindertagen dein Freund?« Sie beugte sich vor und griff nach der Hand des Gatten. »Willst du ihm wirklich deine Gastfreundschaft versagen?«

Michel zog seine Hand zurück. »Ja, er war immer mein Freund, doch die Fremde hat ihn verändert und seinen klaren Geist verwirrt. Ich weiß nicht, ob ich solche Gedanken unter meinem Dach dulden kann.«

Anne Katharina starrte ihn verwirrt an. »Was hat er denn gesagt?«

»Darüber werde ich nicht mit dir reden! Was für Verheerungen können in einem Weiberkopf angerichtet werden, wenn gar ehemals aufrichtige Männer verwirrt wurden!«

Nachdenklich kaute die Ratsherrngattin auf ihrer Unterlippe. Sie wusste, dass es sinnlos war, weiter in ihn zu dringen. Er würde stur bleiben. Aber er würde ja nicht immer zu Hause sein, und so nahm sie sich vor, die erste sich bietende Gelegenheit zu nutzen, um bei Peter selbst ein wenig nach den Gedanken zu forschen, die ihren Gatten so erzürnt oder gar erschreckt hatten.

Anne Katharina erlaubte Veronica und Bernhard, bis zum Einbruch der Dämmerung mit ihren Kameraden auf der Gasse zu spielen. Sie selbst stieg die Treppe hinauf und setzte sich mit einer Handarbeit ans Bett ihrer jüngsten Tochter, der es von Stunde zu Stunde besser ging, so dass es der strengen Stimme der Seybothin bedurfte, das Kind dennoch auf seinem Lager zu halten. Anne Katharina sang ihr kleine Reime vor und erzählte ihr die Geschichte der Feen, die am Ufer des Kochers in einer alten Weide hausten. Mathilde schüttelte missbilligend den Kopf und empfahl, dem Kind lieber aus dem Leben der großen Heiligen zu berichten, statt den kleinen Kopf mit allerlei Magie und Unsinn zu belasten. Schließlich faltete die Alte ihre Stickarbeit zusammen und verkündete, sie wolle noch einmal nach St. Michael gehen, um in einer der Kapellen zu beten. Anne Katharina blieb bei Barbara, bis die Alte zurückkehrte.

✢ ✢

Michel und Peter waren ausgegangen, Agnes arbeitete in der Küche. Die Hausherrin ging leise nach unten in die Vorratskammer und packte einige Dinge in ihren Korb. Sorgsam breitete sie ein Tuch darüber und stellte einen Krug mit Honig und eine Schale mit frischem Gebäck darauf. Anne Katharina schlich auf die Haustür zu, hielt dann aber vor der Küche inne. Sie öffnete die Tür und steckte den Kopf durch den Spalt.

»Ich bringe Pater Hiltprand Honig und Kringel«, rief sie Agnes zu. »Ich bin zurück, ehe die Männer zum Spätmahl kommen.« Die Magd sah von ihrer Arbeit auf und musterte ihre Herrin mit unbeweglicher Miene.

Sie sieht mehr, als sie sehen sollte, dachte die Hausherrin, während sie hinaustrat. Welch Segen, dass sie mir so treu ergeben ist.
Statt den Treppen hinauf zur Pfarrgasse zu folgen, schritt Anne Katharina die Haalgasse hinunter, bog in die Blockgasse ein und folgte ihr bis zur Kerfengasse. Sie wartete, bis die Straße menschenleer war, dann erst zog sie den unförmigen Schlüssel aus dem Korb und öffnete die Scheunentür. Schnell schlüpfte sie hinein und schob das Tor wieder hinter sich zu.
Den um einige Päckchen und Töpfe erleichterten Korb unter dem Arm, verließ Anne Katharina eine Stunde später die Scheune wieder. Sie hatte den Schlüssel gerade in ihrer Gürteltasche verstaut, als drüben am Eckhaus die Tür geöffnet wurde. Ein warmer Lichtschein ergoss sich auf die Gasse, in dem sich die Silhouette einer Frau abzeichnete. Sie war klein und von zierlicher Gestalt. Den Bewegungen nach schien sie jung zu sein. Da das Licht von hinten kam, konnte Anne Katharina ihre Züge nicht erkennen. Hinter ihr tauchte ein Mann auf. Die Frau trat einige Schritte zur Seite und wandte sich zu ihrem Begleiter um. Der Lichtschein huschte über ein grell geschminktes Gesicht, ein eng geschnürtes Mieder und einen Rock, der bis über die Knie geschürzt war.
Hastig schlang sich die Frau ein Tuch um die nackten Schultern und Arme. Sie winkte dem Mann, ihr zu folgen. Das Licht flutete über modische Kniehosen und ein vielfarbiges Wams. Die Art, wie er sich bewegte, war Anne Katharina vertraut. Sie unterdrückte einen Aufschrei, als der Wind seine Stimme zu ihr herüberwehte. Sie konnte nur ein paar Wortfetzen erahnen, ehe die Frau ihm die Hand auf den Mund legte und ihn dazu drängte, seine Stimme zu senken. Eng aneinander geschmiegt standen sie an die Hauswand gedrängt und flüsterten miteinander.
Anne Katharina unterdrückte den Wunsch, über die Gasse zu eilen und ihren Bruder aus den Armen dieser verdorbenen Kreatur zu reißen. Peter ging zu den freien Weibern, um sich der unkeuschen Wollust hinzugeben! Die Ratsherrnfrau seufzte leise. Auch

wenn sie es nicht wahrhaben wollte, ihr geliebter kleiner Bruder war erwachsen, und er war ein Mann wie jeder andere.
Anne Katharina konnte ihren Blick nur mühsam von dem Paar losreißen. Es wurde Zeit, diesen Ort zu verlassen! Sie wollte sich gerade unbemerkt davonstehlen, als sie Schritte die Kerfengasse herunterkommen hörte. Ein Fackelschein näherte sich und beleuchtete eine ihr wohlbekannte Gestalt. Michel! Was hatte ihr Gatte um diese Uhrzeit hier zu suchen? Er wollte doch nicht etwa auch …?
Michel Seyboths Schuhe klapperten über den harten Boden. Zielstrebig näherte er sich dem Frauenhaus. Als der Feuerschein das Paar in der Nische erfasste, blieb der Ratsherr stehen. Offensichtlich hatte er seinen Schwager erkannt, obwohl der sein Gesicht im Haar des Weibes zu verbergen suchte.
»Na, wen haben wir denn da?«, schallte Michels Stimme zu seiner Gattin hinüber. Er schlug Peter auf die Schulter und lachte.
Anne Katharina sah, wie die Frau zusammenzuckte. Für einen Moment drückte sie sich noch weiter in die Nische und zog ihr Tuch eng um den Leib, dann jedoch wandte sie sich dem Neuankömmling zu. In ihrer Stimme schwang ein sündiges Versprechen, als sie Michel begrüßte. Sie trat auf die Gasse, ließ das Tuch sinken, so dass man ihre nackten Schultern sehen konnte, und stützte eine Hand auf die vorgestreckte Hüfte. Sie lachte und scherzte mit dem Ratsherrn, aber ihr Blick wanderte immer wieder zu Peter, der nun neben Michel trat.
»Lass uns hineingehen und uns wärmen«, sagte Peter und nickte der Frau zu.
»Aber ja, Herr«, nahm sie die Worte auf. »Ihr seid doch gekommen, um Wohltaten für Euren Leib und Euer Gemüt zu erlangen?«
Michel zögerte. »Nun ja, eigentlich war es eher der Zufall, der meine Schritte an eurem Haus vorbeilenkte. Ich war auf dem Weg zum ›Wilden Mann‹ jenseits des Kochers, um mich mit meinen Siedern auf einen Krug Wein zu treffen, aber« – sein Blick glitt über die Frau, die inzwischen vor Kälte bebte – »aber es schadet sicher

nicht, wenn ich dir vorher ein wenig Gesellschaft leiste, mein hübsches Kind.«

Die Hure kicherte und strich ihm über sein Wams. »Dann folgt mir, edler Herr, Ihr werdet es nicht bereuen. Ihr bekommt etwas für Eure Münzen!« Sie legte den nackten Arm um Michels Taille und führte ihn ins Haus. Unter der Tür drehte sie den Kopf und sah nach Peter, der unschlüssig in der nächtlichen Gasse stehen geblieben war. Das Lächeln und die gezierte Art fielen für einen Moment von ihr ab. Die großen, ernsten Augen schienen Peter eine Botschaft zu übermitteln, die Anne Katharina jedoch nicht verstand. Dann wandte sie sich wieder Michel zu. Das Letzte, was seine Gattin hören konnte, ehe die Tür ins Schloss fiel, war das gezierte Lachen der Hure.

Eine ganze Weile stand Anne Katharina reglos da und starrte auf das Frauenhaus, aus dem gedämpfte Laute zu ihr herüberwehten. Erst als ihre eisigen Hände und Füße sich schmerzhaft meldeten, erwachte sie aus ihrer Erstarrung. Mit gesenktem Kopf schritt sie die Gasse entlang, stieg die Treppen zum Hafenmarkt hinauf und umrundete die Mauern des verlassenen Franziskanerklosters.

Seltsam, dachte sie, es schmerzt mich mehr, Peter in den Fängen dieser Weiber zu wissen als meinen eigenen Gatten. Und dennoch, warum ließ sich Michel so einfach von ihnen verführen? Predigte der Doktor Luther nicht, dass Mann und Frau füreinander geschaffen seien, dass sie sich lieb hätten? Sagte er nicht, jeder Mensch sei zur Ehe berufen? Lieben und ehren sollten die Eheleute einander!

Sie stieß ein freudloses Lachen aus und beschleunigte ihren Schritt. Was war das für eine Ehe, wenn das Weib Erleichterung empfand, wenn ihr Mann seine fleischlichen Gelüste im Frauenhaus auslebte statt in der ehelichen Kammer?

Anne Katharina erreichte die Pfarrgasse und folgte ihr in südlicher Richtung, bis sie sich zu einem lang gestreckten, abschüssigen Platz erweiterte. Sie endete beim Haus des ehrenwerten Predigers Brenz. Zur rechten Seite führten Staffeln zur Herrengasse hinunter, links

zogen sich steile Stufen zum großen Büchsenhaus hinauf, das über dem Schildgraben wachte, der die ummauerte Freie Reichsstadt vom Land der ungeliebten Schenken von Limpurg trennte.
Anne Katharina betrat das Haus links der Treppe. In den Kammern, die unten von der Halle abgingen, hatten sich ein greiser Schneider und ein Loder eingemietet, die kaum noch ihrer Arbeit nachgehen konnten, und auch unter dem Dach hausten zwei Hintersassen, eine Schneiderswitwe und die Magd des ehemaligen Mönchs, der den größeren Raum im ersten Stockwerk bewohnte. Küche und Vorratskammer nutzten die Bewohner gemeinsam.
Anne Katharina stieg die Treppe hinauf und trat in die Stube, in der der Pater stets am Fenster saß, eine wärmende Decke über den Beinen.
»Meine Liebe!«, rief Pater Hiltprand und klappte das Buch zu, in dem er gelesen hatte. Er legte es auf das Tischchen neben seinem Sessel, auf dem ein Krug mit heißem Kräutersud und eine Schüssel Apfelkompott standen.
Anne Katharina ließ sich von den knochigen Armen an des Paters Brust ziehen. Seine Glieder zeigten deutlich den Verfall des Alters, seine Augen jedoch spiegelten den noch immer frischen Geist wider.
»Mein Kind, wie schön, dich zu sehen. Wer hätte das gedacht, ein Sonnenstrahl in meiner Stube zu so später Stunde.« Er lächelte verschmitzt. »Man muss Gott für seine Wunder loben!«
Die Besucherin lächelte zurück. Die Liebe, die sie warm einhüllte, verdrängte Wut und Bitterkeit aus ihrem Gemüt.
»Fürchtet Euch vor dem Zorn Gottes! Ihr wisst, dass man Seinen Namen nicht leichtfertig im Mund führen soll. Hat das Euer Guardian Euch nicht beigebracht?«
»Das Kloster ist geschlossen, die Mönche in alle Winde zerstreut. Manche haben gar geheiratet! Ein neuer, heller Geist weht durch die Gassen.« Er schien zu überlegen. »Nein, ich glaube, der Zorn Gottes wird mich nicht zerschmettern. Man hört, Er sei ein gütiger

Gott der Gnade. Außerdem, wer wird schon einem senilen Greis zürnen?«

Ein braunes und ein blaues Augenpaar trafen sich. »Nun, den Greis will ich zur Not gelten lassen, aber senil? Pah, Ihr nehmt es in einem Disput noch mit jedem aufgeblasenen Studenten auf!«

Wehmut schlich sich in die blauen Augen. »Ja, vielleicht, wenn sie mit mir disputieren würden.« Er strich die Decke über seinen Beinen glatt, die sich inzwischen weigerten, mehr als ein paar wackelige Schrittchen zu gehen. Die Treppe bis zur Straße hinunter zu überwinden war dem alten Pater nicht mehr möglich.

Sie fühlte seinen Schmerz. »Ach ja, nur mit einem Weib zu reden kann Euren großen Geist nicht zufrieden stellen.« Sie ließ ihn seinen Protest nicht aussprechen. »Aber Euch bleiben doch immer noch die Bücher. So viele Schätze des Wissens!« Anne Katharinas Augen leuchteten. Sie strich über den glatten Einband des Buches, in dem der Pater gelesen hatte. »Womit beschäftigt Ihr Euch?«

»Es ist eine Arbeit von Oekolampad zur Hieronymus-Ausgabe des Erasmus von Rotterdam. Der Magister Brenz hat sie mir gegeben. Er selbst hat sich in seinen jungen Jahren, als Oekolampad ihn nach Weinsberg holte, daran beteiligt.«

»Davon verstehe ich leider nichts.« Sie schüttelte bedauernd den Kopf, lächelte dann jedoch wieder. »Aber ich kann mich noch an viele Geschichten über die heidnischen Griechen erinnern, die Ihr mir als Kind beigebracht habt. Über die Belagerung Trojas und den Seefahrer Odysseus, der in die Irre fuhr.« Ihre Miene verdüsterte sich. »Lange sind die guten Zeiten schon vorüber, da ich mich mühte, mir die Lehren des Thomas von Aquin zu merken, aber auch die Worte des Aristoteles oder des Sokrates. Jung war ich und wusste die Schätze nicht zu würdigen. Und nun sehnt man sich vergebens nach den alten Zeiten zurück, da das Leben noch so frei und voller Leichtigkeit war.«

»Welche Gedanken sind es, die dich bewegen und so trübsinnig stimmen?«, fragte der Alte.

Anne Katharina zuckte mit den Schultern. »Was der Alltag eben so mit sich bringt, wenn man der Jugend entwachsen ist«, antwortete sie ausweichend.

»Mit anderen Worten, du möchtest deine Sorgen nicht mit mir teilen.«

Anne Katharina wehrte ab.

»Dann erzähle mir, was sich in deinem Geist bewegte, als du vorhin durch die Gassen gingst.«

Um nicht sofort antworten zu müssen, packte sie den Honig und die Kringel aus ihrem Korb. Dann rückte sie umständlich einen Hocker heran, zupfte einen Halm von ihrem Rock und setzte sich. Ihr Blick wanderte durch die Stube, über das schmale Bett, die Eckbank, den Tisch und den eisernen Ofen, der immer wieder dumpf polternde Geräusche von sich gab. Schließlich kehrte er zu den geduldig wartenden Augen zurück.

»Nun, ich dachte über die Ehe nach, über Liebe und Treue, über die Bedürfnisse von Männern und Frauen und warum sie sich so selten gleichen. Sagt nicht Doktor Luther, der Mensch ist zur Ehe berufen? Müsste man dann nicht Zufriedenheit empfinden?«

»Ach, mein liebes Kind. Wie sehr habe ich darum gebetet, dass ihr euch einander näher kommt. Ehen sollen aus Vernunft geschlossen werden. Die beiden Menschen und ihre Lebenswege müssen zueinander passen, wenn sie sich über so viele Jahre hinweg begleiten sollen, ohne Liebe jedoch ist es ein schwerer Weg. Oft stellt sie sich ein, wenn die Partner sorgfältig gewählt sind, aber noch viel häufiger bleibt die Liebe aus.« Er streichelte ihre Hände.

»Ich kann dir nicht sagen, warum das so ist, doch auch der große Doktor Luther hat das erkannt. Obwohl er sagt, dass die Ehe Gottes Wille ist, weiß er, dass es auch nirgends solch bitteren Hass gibt wie in dieser Gemeinschaft zweier Menschen. Einer quält den anderen, beide sind voller Enttäuschung.«

Er hielt inne, als plötzlich die Stubentür geöffnet wurde und Magister Brenz eintrat. Er verneigte sich vor Anne Katharina, nahm sein Barett vom Kopf und legte die Schaube auf die Eckbank.

»Der Stand der Ehe ist heute das Disputationsthema? Pater Hiltprand, ich hörte Euch von der Enttäuschung reden. Der verehrte Luther rät, die Ehe betend zu beginnen und betend zu führen. Dann hilft Gott gegen die Gefährdungen und Anfechtungen, die das Leben uns bereitstellt.«

Anna Katharina schüttelte unwillig den Kopf. »Soll das heißen, wenn ich genug bete und bitte, dann schenkt mir der Herr Jesus Christus Liebe, Verständnis und Harmonie und macht uns zu zufriedenen Eheleuten? Ich habe gebetet! Ehrlich und voller Inbrunst. Vierzehn Jahre bin ich nun verheiratet und habe fünf Kinder geboren. Wie lange muss ich warten, bis Gottes Hilfe sich einstellt?«

Die Miene des Predigers war bekümmert. Er nahm sich den zweiten Schemel und setzte sich neben den Pater.

»So ist es leider nicht. Man kann vom Herrn nicht erwarten, dass Er einem Glück und Harmonie, Reichtum und Macht schenkt und einem ein bequemes Leben hier auf der Erde beschert. Man kann sich nicht durch Fürbitten und Wallfahrten von Krankheit und Schmerz freikaufen.«

»Das meine ich ja auch nicht, nur ...« Der junge Prediger hob die Hand, so dass Anne Katharina verstummte.

»Ihr könnt Gottes Heil auch spüren, wenn Ihr in Eurer Ehe unglücklich oder von Eurem Gatten enttäuscht seid. Gott stellt Euch eine Prüfung, an der Ihr Euch reinigen, an der Ihr wachsen könnt.«

Anna Katharina kaute auf ihrer Unterlippe. Die Antwort des Predigers gefiel ihr nicht so recht. Sie erhob sich, schlüpfte in ihren Mantel und nahm den Korb auf.

»Dann werde ich also reifen, während sich die Männer im Frauenhaus das Himmelreich zeigen lassen«, knirschte sie. Erschocken schlug sie sich die Hand vor den Mund, aber die Worte waren schon in die Stube entkommen und bis zu den Ohren der beiden Männer gedrungen.

»Oh, bitte, das hätte ich nicht sagen dürfen.« Sie sah den Prediger flehend an.

»Warum solltet Ihr Eure Gedanken, die Euch Pein bereiten, vor zwei Männern des Glaubens nicht aussprechen dürfen?«, sagte Johannes Brenz sanft. »Seit einem Jahr rede ich mit den Richtern und Ratsherren, dass sie dieses Haus der Sünde endlich schließen, doch nicht nur Gottes Mühlen mahlen langsam. Mir ist wohl bewusst, warum es die Herren nicht eilig damit haben, meinem Drängen nachzugeben.« Er wandte sich zu Pater Hiltprand.

»Habt Ihr mir einen Bogen Pergament und eine Feder? Ich glaube, ich sollte meine nächste Predigt über die Treue halten und die fleischliche Vereinigung, die nur in der Ehe Gottes Segen hat.«

Anne Katharina verabschiedete sich von den beiden Männern, die gemeinsam über dem Predigttext brüteten. Sie würde die Worte am Sonntag ja hören. Und dann? Sollte sie sich, wie es sich für eine Ehefrau gehörte, in die Arme ihres Gatten begeben, damit der es nicht mehr nötig hatte, zu den Huren zu gehen? Trieb sie ihn mit ihrer Weigerung nicht geradezu aus dem Haus? War nicht sie die Sünderin?

Nein, das wollte sie mit den beiden Männern nicht besprechen. Aber mit wem sonst konnte man über solch ein heikles Thema reden? Wenn sie eine Mutter hätte, vielleicht. Oder mit Agnes? Nein, es war nicht gut, wenn eine Magd zu viel über ihre Herrschaft wusste. Wobei Anne Katharina sich fragte, ob den wachsamen Augen der Magd überhaupt jemals etwas entging. Ihre Trippen klapperten über die feuchten Treppenstufen. Und wie wäre es mit Anna Büschler? Offensichtlich kannte sie sich bereits mit den fleischlichen Freuden aus. Aber auch mit den fleischlichen Leiden, die ein Ehemann mit sich brachte? Nein, das konnte sich Anna nicht vorstellen. Warf sie ihrem Vater nicht immer vor, dass er jeden möglichen Kandidaten vergraule?

Die Ratsherrnfrau seufzte. Nein, in dieser Misere konnte ihr niemand raten und auch niemand helfen. Sie hatte sich von ihrem Bruder Ulrich in diese Ehe drängen lassen, und nun musste sie damit leben. Ein zynisches Lächeln teilte ihre Lippen, als sie zur leeren Stube hochstieg. Michel würde sicher nicht so schnell zurückkehren.

»Nun gut, dann werde ich eben an seiner Sünde wachsen!«

✢ ✢

Zwei Tage vergingen mit häuslichen Pflichten und den kleinen Ärgernissen des Alltags. Bernhard wurde vom Schulmeister bestraft, weil er in der Stunde geschwatzt hatte und die Psalmen nicht aufsagen konnte, die er hätte lernen sollen. Magister Genger betonte, als er die Ratsherrnfrau auf dem Markt traf, mit seinem fehlerhaften Latein bliebe Bernhard hinter den anderen Schülern zurück. Er malte eine überaus düstere Zukunft für den Knaben, endete dann aber damit, dass Bernhard die Salzsiederei und den Weinhandel seines Vaters vermutlich auch ohne die große Sprache der Gelehrten werde führen können. Oder dächte die gnädige Frau etwa daran, ihn zum Studium der Theologie zu schicken?

Anne Katharina schüttelte den Kopf, wechselte noch ein paar höfliche Worte mit ihm über seine Rückenprobleme und die beginnende Gicht in seinen Fingern und verabschiedete sich dann. Froh, Magister Genger entkommen zu sein, schlenderte sie an den Ständen vorbei und kaufte, was ihr gefiel: drei Fleischpasteten, Nelken und Pfeffer und ein fettes Stück Schweinebauch. Bei einem fahrenden Krämer erstand sie mit Silber überzogene Knöpfe und ein besticktes Samtband, mit dem sie ihre schon etwas abgeschabte Kugelhaube verschönern wollte. Für die Kinder ließ sie sich vom Apotheker mit grobem Zucker bestreutes Latwerg und ein paar kandierte Früchte einpacken.

Wie ungerecht das Leben ist, dachte sie, während sie ihre Einkäufe in ihrem Korb verstaute. Veronica ist wie ich und saugt alles Wissen, das ihr geboten wird, in sich auf. Wenn es möglich wäre, würde sie mit Freuden die Lateinschule besuchen oder später gar an einer Universität studieren. So jedoch muss sie sich mit Psalmen und Bibelsprüchen begnügen, mit Lesen und Schreiben und dem

Erlernen der häuslichen Tugenden, auf die die Männer so viel Wert legen.
Sie schlenderte zurück auf den Marktplatz und blieb am Wagen eines Tuchers stehen. Abwesend strich sie über einen Ballen mit blau glänzendem Atlas. Welch Privileg hatte sie in ihrer Jugend genossen, an Pater Hiltprands Wissensschätzen teilhaben zu dürfen. Nun, er war früher, bevor er sich ins Kloster zurückgezogen hatte, bei der Familie Vogelmann ein- und ausgegangen, war Anne Katharinas geliebtem Großvater Freund oder fast wie ein Sohn gewesen. Damals hatte er sich noch Chirurg genannt. Im Jahr von Anne Katharinas Geburt war dann aus ihm Pater Hiltprand bei den Barfüßern in Hall geworden. Der Großvater war längst gestorben, und nun raubte jedes Jahr ein größeres Stück von des Paters Lebenskraft. Sie wollte es sich nicht vorstellen, welch Leere in ihr Leben Einzug halten würde, wenn auch der Pater von ihr genommen werden sollte. Und doch war es nur noch eine Frage von wenigen Jahren, ja, vielleicht nur noch von Monaten.
»Nimm ihn, er wird dir phantastisch stehen!«
»Was?« Anne Katharina fuhr herum und sah in die strahlenden Augen ihrer Freundin. »Wovon sprichst du?«
Die Lippen der Büschlertochter teilten sich zu einem Lächeln. »Ich spreche von dem blauen Atlas, meine liebe Kathi, aber anscheinend bist du wieder einmal in deine Grübeleien versunken und der Welt völlig entrückt.«
»Aber nein – nun ja, ein wenig in Gedanken war ich schon. Ich wollte nicht unhöflich sein. Verzeih mir, Anna.«
Die junge Frau machte eine wegwerfende Handbewegung. »Was soll die Förmlichkeit? Erzähle mir lieber, was dich so beschäftigt. Ist es ein Mann? Hast du dir endlich einen Galan gesucht?«
Anne Katharina lachte. »Ich habe einen Gatten und bin froh, wenn er müde und erschöpft von der Arbeit in unser Ehebett kriecht. Nein, ich sehne mich nicht nach männlicher Aufmerksamkeit!«
Die Büschlerin schüttelte den Kopf. »Oh, Kathi, du weißt nicht, welch Süßigkeit des Lebens dir entgeht!«

»Wenn du vor deinem Vater auch so lockere Reden führst, dann wundert es mich, dass er dich noch frei herumlaufen lässt, statt dich in den Keller zu sperren, bis eine keusche Tochter aus dir geworden ist.«

»Sprich nicht von so etwas, Kathi«, sagte die Büschlerin düster. »Beschwöre kein Unheil auf mich herab. Wer weiß, was das Leben noch für mich bereithält.« Sie kaufte an einem Bäckerstand einen großen Gewürzkuchen, und ihre Miene hellte sich wieder auf. »Die nächsten Abende jedenfalls wird er mir nicht in die Quere kommen«, sagte sie, als sie sich so weit von dem Stand entfernt hatten, dass der Bäcker ihre Worte nicht mehr verstehen konnte. »Er ist mit dem Fuhrwerk nach Heilbronn gefahren und wird sicher zwei Nächte dort bleiben.«

Anne Katharina zog die Augenbrauen hoch. »Du erwartest nicht zufällig Besuch, den dein Vater nicht sehen soll?« Das Strahlen in Annas Augen sprach Bände. »Erasmus ist also noch in der Stadt.«

Die Büschlerin machte eine wegwerfende Handbewegung. »Er treibt sich wieder in der weiten Welt herum und findet nur selten Zeit, mir zu schreiben. Ich weiß nicht, was aus uns noch werden soll, und verbanne ihn aus meinen Gedanken, soweit dies möglich ist. Nein, der Grund, warum mein Herz erwartungsvoll klopft, heißt Daniel Treutwein!«

»Der Bruder von Eitel Treutwein, dem Domherr und Dekan auf der Komburg?«

Anna nickte. »Er kämpft für den Schwäbischen Bund. Du brauchst nicht gleich die Nase zu rümpfen. Er ist bei der Reiterei und macht zu Pferd eine wundervolle Figur!« Sie übersah Anne Katharinas Kopfschütteln. »Früher war er Adjutant von Herzog Ulrich, jetzt steht er in den Diensten des Pfalzgrafen Ludwig.«

»Und was macht er für den Grafen?«

»Na, was schon? Räuberische Ritter und aufständisches Gesindel töten! Doch du darfst nicht denken, dass er ein gefühlloser Klotz ist. Er schreibt Gedichte und wundervolle Briefe! Er ist ganz anders als Erasmus, mit dem man wundervoll lachen und kindische

Streiche machen kann. Daniel dagegen ist ein richtiger Mann, seine Schläfen zeigen das erste Grau, und sein Körper ist vom Kampf gestählt. Er ist ernsthaft und ehrlich, und ich fühle mich bei ihm geborgen.«

»Weiß dein Vater von euren Gefühlen?«, fragte Anne Katharina vorsichtig, als sie hinter der Freundin zum zweiten Mal die voll gestopften Räume des Apothekers Gessner betrat.

»Was denkst du!«, wehrte Anna ab. »Er mag Daniel nicht und würde sich wie ein wütender Dämon aufführen, wenn er davon erführe.« Sie wog einen großen Zuckerhut, der ein Vermögen kostete, in den Händen.

»Ich habe eine Rehkeule und einen Fasan besorgt und werde das neue Fass mit Moselwein anstechen. Was hältst du von süßem Mandelreis nach dem Fleisch, Kathi? Oder soll ich von diesem herrlichen Konfekt etwas mitnehmen?« Sie stibitzte sich ein Stück der wertvollen Süßigkeit und steckte es in den Mund.

»Himmlisch!« Sie verdrehte die Augen und bot Anne Katharina ebenfalls ein Stück an. Diese sah den Apotheker aus seiner Werkstatt kommen und schüttelte den Kopf.

»Hoffentlich verdirbt Barbara die Rehkeule nicht«, fuhr Anna fort und füllte eine Schale mit Konfekt. Nach einigem Zögern legte sie den Zuckerhut auch noch in ihren Korb.

»Die Magd wird für euch kochen? Kannst du ihr denn vertrauen?«

Achtlos kramte die Büschlertochter einige Batzenstücke aus ihrem Beutel und drückte sie Meister Gessner in die Hand. Der Apotheker verneigte sich, dankte herzlich und bot den beiden Frauen ein winziges Stück Marzipan an. Das war eine neue Kostbarkeit in der Auslage des Apothekers, die aus Mandeln hergestellt wurde und heilende Wirkung haben sollte. Anna wartete mit ihrer Antwort, bis sie das Marzipan geschluckt und die Ladentür hinter sich geschlossen hatte.

»Eigentlich steht sie auf meiner Seite, dennoch werde ich ihr heute Abend, wenn sie mit dem Kochen fertig ist, frei geben, damit sie sich um ihren kranken Oheim kümmern kann. Sie muss nicht sehen und hören, was nicht für fremde Augen und Ohren bestimmt ist.«

»Anna«, sagte die Ratsherrngattin streng, »es scheint mir so, als wolltest du es nicht bei Essen und Trinken und erbaulichen Gesprächen an diesem Abend belassen!«

Ein Lächeln huschte über das hübsche Gesicht. Die blauen Augen leuchteten. Sie war keine Spur verlegen, als sie Anne Katharina von seinen zärtlichen Händen und seinen liebenden Küssen berichtete.

»Er ist ein so viel zärtlicherer Liebhaber als Erasmus«, schwärmte sie.

»Anna, willst du Daniel heiraten?«

Die Büschlerin zuckte mit den Schultern. »Die Frage brauche ich mir nicht zu stellen. Vater hat mir den Umgang mit Daniel verboten, damit ich erst gar nicht auf unsinnige Gedanken komme.«

Anne Katharina seufzte tief. »Du treibst ein gefährliches Spiel, Anna. Nicht nur, dass die beiden Männer voneinander erfahren könnten. Mir läuft es kalt über den Rücken, wenn ich mir vorstelle, was dein Vater dazu sagen würde!«

»Mir auch«, nickte die junge Frau.

»Sei vorsichtig, meine Liebe. Unterschätze die Boshaftigkeit und Klatschsucht der Nachbarn nicht. Du weißt, dass viele – vor allem die Bürgerinnen – nicht gut auf dich zu sprechen sind. Sie stoßen sich an deiner auffälligen Kleidung und deinem freien Leben, sie neiden deinem Vater den Reichtum und die Macht, und sie werden dich vernichten, wenn der Zufall ihnen eine Waffe in die Hände spielt.«

Anna Büschler umarmte die Freundin. »Wie rührend, dich so besorgt zu sehen, doch lass dich nicht von Albträumen plagen. Ich bin vorsichtig. Niemand wird etwas erfahren. Ich …« Sie brach ab und betrachtete aufmerksam Anne Katharinas Mienenspiel. Die Augen der Freundin weiteten sich für einen Moment, dann schoss Röte in ihre Wangen. Schnell wandte sie sich ab.

»Was ist mit dir?« Die Büschlertochter fuhr herum, um die Quelle dieser ungewöhnlichen Reaktion ausfindig zu machen, aber alles, was sie sehen konnte, war ein hochgewachsener Landsknecht, der die Gasse entlangschritt. Er näherte sich den beiden Frauen, tippte an sein Barett, verneigte sich knapp und schritt weiter. Anna musterte die Freundin, die nun eher blass schien.

»Kennst du diesen Mann?«

Anne Katharina mied ihren Blick. »Ja, sein Bruder war vor Jahren Feurer bei Ulrich, und er hat einige Zeit als Wächter in Hall gedient.«

»Das erklärt aber nicht, warum du erst rot und dann blass wirst, wenn er an dir vorübergeht«, stellte die junge Frau fest. »Gibt es etwas, das du mir erzählen wolltest?«, forschte sie neugierig.

Anna Katharina zwang sich zu einem Lächeln. »Nein, wie kommst du denn darauf? Was sollte ich mit einem Landsknecht zu schaffen haben?«

Die Freundin zeigte deutlich, was sie von dieser Antwort hielt. »Wenn ich es wüsste, müsste ich dich ja nicht fragen. Schade, ich dachte, du hättest Vertrauen zu mir. Aber dann vielleicht später.« Sie küsste Anne Katharina auf beide Wangen. »Ich muss jetzt gehen und Barbara das Fleisch bringen, sonst wird sie nicht rechtzeitig fertig. Wünsch mir Glück!«

Anne Katharina sah ihr nach, bis sie um die nächste Ecke bog, ihre Gedanken jedoch hingen dem Mann nach, der in die andere Richtung verschwunden war.

✠ ✠

Eine Weile spielte Anne Katharina mit Barbara und schrieb Veronica die zehn Ziffern auf, die sie fleißig abmalte, bis die Seybothin die Kinder zu sich rief, um ihnen aus ihrem Buch der Psalmen und Heiligengeschichten vorzulesen. Dankend lehnte die Hausherrin ab, mit den Kindern der erbaulichen Lesung zu lauschen, und machte sich stattdessen auf die Suche nach Agnes. Sie fand die Magd in Peters kleiner Kammer. Anne Katharina sank auf einen

Hocker und sah Agnes dabei zu, wie sie ein frisches Linnen über Peters Bett zog. Dann sammelte sie die Kleidungsstücke auf, die über den Boden verteilt lagen, und zupfte die Binsenhalme ab.
»Der Mann, mit dem du heute Morgen vor dem Haus gesprochen hast, war das nicht dein Bruder Wolf aus Braunsbach?«
Die Magd nickte. »Ja, ich bekomme ihn nicht häufig zu Gesicht, heute aber war er in Hall unterwegs, um …« Sie brach ab und wandte sich wieder den Kleidern zu. Sorgfältig legte sie eine dreifarbige Kniehose zusammen.
»Was wolltest du sagen?«
»Nun, ja«, fuhr die Magd zögernd fort, »um die Stimmung zu ergründen, die in den Vorstädten und der Unterstadt herrscht.«
Die Hausherrin, die bis zu diesem Augenblick ihren eigenen Gedanken nachgehangen hatte, sah Agnes erstaunt an. »Wie meinst du das? Stimmung? Ich verstehe nicht.«
Die Magd ging zur Tür und warf einen Blick in die leere Halle, dann schloss sie die Tür hinter sich. »Es ist so: Seit vielen Jahren schon sind die Bauern nicht mehr zufrieden. Jedes Jahr werden die Belastungen höher und drücken sie Stück für Stück mehr zu Boden. Den großen Zehnt sind sie ja bereit zu liefern und auch die Gült, wenn sie angemessen ist, aber auf manchen Gütern fordern die Herren fast die Hälfte von allem, was wächst und gedeiht! Es gibt Steuern, gut, aber in manchen Jahren werden diese dreimal eingezogen, weil irgendwo wieder einmal Krieg herrscht, ein Bischof gestorben ist und ein neuer sein Amt teuer von Rom erkaufen muss oder irgendeine andere missliche Lage den Herrn zwingt, seine Bauern noch mehr als sonst auszuquetschen.« Ihre Stimme klang sarkastisch.
»Früher musste jede zehnte Garbe abgegeben werden, heute jedoch verlangen sie auch den Blutzehnt auf alles Vieh und den kleinen Zehnt auf Kraut und Rüben, Erbsen und Zwiebel, Heu und Obst. Der kleine Mann möchte keinen Handlohn mehr bezahlen, wenn das Gut an den Sohn übergeht, er will nicht mehr sein bestes Stück Vieh abgeben, wenn der Bauer stirbt, vor allem aber ver-

langt er, frei zu sein, dass er den Kopf so hoch erhoben tragen kann, wie die feinen Bürger und Herren auf ihren Burgen. Die Dorfleute wollen nicht mehr um Erlaubnis bitten, wenn sie heiraten oder wegziehen möchten, und sie fordern, dass das Recht in den Büchern auch das Recht der Kleinen und nicht nur der Reichen und Mächtigen ist. Was passiert denn, wenn ein Herr einem Bauern Unrecht getan hat? Er muss ihn verklagen. Der Herr nimmt sich einen Advokat, der verzögert den Fall, dann kommt er vor das nächste Gericht und immer so weiter, bis der arme Mann aufgeben muss. Wie soll er nach Rottweil oder Esslingen oder Würzburg ziehen und seine Sache vor dem hohen Gericht vertreten, das über die Reden des einfachen Bauern nur die Nase rümpft?«

Anne Katharina starrte ihre Magd erstaunt an. Mit roten Wangen und erhobenen Armen hatte sie ihre Rede mit feurigem Eifer vorgetragen. Nun schwieg sie, ließ die Arme sinken und sah zu Boden. Eine Weile war es in der Kammer still.

»Und nun kommen sie nach Hall, um dort nach Unzufriedenheit mit dem Rat zu forschen? Wollen sie sich verbünden und einen Aufstand wagen? Mit erhobener Sense und Geschrei die Stadt stürmen?« Die Ratsherrngattin schüttelte ungläubig den Kopf.

»Nein, aber die Kunde vom Bodensee und von der Donau hat ihnen Mut gemacht, ihren aufgestauten Zorn zu zeigen und von den Herren ihr Recht zu fordern. Verhandelt nicht der Bund mit den Bauern? Nur wenn der kleine Mann zusammensteht und in lautem Chor seinen Unmut zeigt, werden die Herren ihm überhaupt zuhören.«

»Ich wusste nicht, dass die Haller Bauern so unzufrieden sind«, erwiderte die Hausherrin verwundert. »Ich kann ja verstehen, wenn die Untertanen des Markgrafen stöhnen oder die Eigenleute, die unter der Willkür der kirchlichen Herren leiden. Geht es den Leuten im Haller Land nicht um vieles besser? Nun gut, sie liefern ihre Henne zu Fastnacht und zahlen einen, wie ich finde, nicht zu hohen Betrag, wenn sie das Land verlassen wollen, aber müssen sie sich deshalb versklavt fühlen? Der Rat von Hall ist doch kein tyrannischer Unterdrücker! Auch hatte ich, wenn ich in den vergangenen Jahren übers Land nach Michelfeld oder Tüngental fuhr, nicht den Eindruck, die Bauern würden schwere Not leiden oder ihre Kinder wären am Verhungern. Welch üppige Tafeln werden in den Dörfern zu den Kirchweihfesten aufgefahren!«

»Ihr könnt das nicht verstehen«, antwortete die Magd leise. »Ihr seid in eine freie Bürgerfamilie hineingeboren worden. Wohlstand und Ansehen sind Euch selbstverständlich. Ihr wisst nicht, wie das Leben auf dem Land ist. Mag sein, dass es den Haller Bauern besser geht als manchen unter der Knute eines Abts oder Bischofs, mag sein, dass manche Bauern wohlhabend sind und es auf den Festen reichlich zu Essen gibt. Aber der Alltag sieht auch im Haller Umland kärglich aus!«

Anne Katharina wollte etwas erwidern, als sich stürmische Schritte näherten und die Tür der Kammer aufgerissen wurde.

»Ach, hier seid ihr«, begrüßte Peter seine Schwester und die Magd. »Ich dachte, es wäre langsam Zeit für das Nachtmahl, doch in der Küche ist noch nichts zu sehen und zu riechen.« Er verzog das Gesicht zu einer leidenden Miene.

Anne Katharina lachte. »Das ist schlimm! Du machst mir einen recht verhungerten Eindruck, Herr Advokat. Da bleibt mir ja nichts anders übrig, als Agnes sofort in die Küche zu schicken.«

»Ich bin fast verhungert!«, betonte Peter. »Das Studentenleben ist hart und entbehrungsreich, vor allem, wenn man einen solch knausrigen Bruder besitzt, der einem nicht einmal Gulden für die nötigsten Dinge zur Verfügung stellt!«

Seine Schwester zog die Augenbrauen hoch. »Du meinst, solch nötige Dinge wie Kartenspiel und Saufgelage?«

Peter räusperte sich und wechselte rasch das Thema. »Kann David auch zum Essen bleiben? Er hat mir schon den ganzen Nachmittag Löcher in den Bauch gefragt, und seine Wissbegierde nach meinen Studien ist noch nicht befriedigt. Nun, da er die Lateinschule beendet hat, will er unbedingt nach Heidelberg ziehen.«

Ein schlaksiger Jüngling von fünfzehn Jahren streckte den Kopf ins Zimmer. »Ich möchte nicht aufdringlich sein, liebe Tante, aber Peter meinte, ich wäre Euch keine Last.«
Anne Katharina trat zu ihm und zauste ihm das kurze Blondhaar. »Wie großzügig von Peter, über unser Nachtmahl zu verfügen! Nein, du brauchst nicht so verschreckt dreinzuschauen, du bist uns natürlich herzlich willkommen.«
Während die Hausherrin mit den beiden Männern in die Stube hinaufstieg, begab sich Agnes in die Küche, um schnell ein deftiges Mahl zuzubereiten.

✠ ✠

Seit einigen Tagen war es endlich Frühling. In den Gärten überzog sich das triste Braun mit Farbe, das Gras glänzte in saftigem Grün, und die ersten Blüten reckten sich der Sonne entgegen. Anne Katharina hatte beim Schuster hinter der Kommende der Johanniter neue Reitstiefel für Michel bestellt und spazierte nun aus dem Weilertor hinaus. Es war ein herrlicher Tag, an dem man die warmen Sonnenstrahlen auf der Haut genießen sollte, bevor man sich wieder seiner häuslichen Arbeit zuwenden musste. Es war nicht Sonntag, aber Anne Katharina tröstete sich damit, dass Gott sicher nicht darauf bestand, seine Schöpfung nur sonntags zu loben. Wie schade, dass die Mädchen in der düsteren Kammer bei ihrer Großmutter saßen. Welch Freude hätten die Kinder daran, hier im Gras zwischen Gänseblümchen Fangen zu spielen oder frische Weidenwedel zu brechen, die in der Stube rasch sprießen würden. Sie könnte den Mädchen auch zeigen, wie man aus den biegsamen Zweigen Körbe flechten konnte.
Anne Katharina ging zur Uferböschung hinüber, an der drei Weiden ihre Zweige im Wasser badeten. Sie nahm das kurze Messer vom Gürtel, das sie stets bei sich trug, und beugte sich vor, um einen Wedel zu schneiden.
Das feuchte Gras dämpfte den Huftritt des Pferdes. Es kam bis auf

fünf Schritte an die Ratsherrngattin heran, ohne dass sie es bemerkte. Kein Schnauben, kein unruhiges Tänzeln verriet seine Anwesenheit, und auch der Reiter schwieg und beobachtete, wie Anne Katharina die Weidenzweige brach.
»Wenn Ihr vorhabt, ins Wasser zu fallen, dann sagt es mir bitte rechtzeitig, damit ich mir die Stiefel ausziehen kann«, erklang eine Stimme hinter ihr, die nicht nur einmal nachts durch ihre Träume gegeistert war. Anne Katharina stieß einen Schrei aus und fuhr herum. Für einen Moment schien es, als würde sie ihr Gleichgewicht verlieren und tatsächlich in die schäumende Flut stürzen. Der Reiter sprang vom Pferd, aber ehe er die Strauchelnde erreichen konnte, hatte sie bereits wieder festen Boden unter den Füßen.
»Rugger, was fällt Euch ein, mich so zu erschrecken«, rief sie aus. Röte schoss ihr in die Wangen. Rasch beugte sie sich zu den Zweigen am Boden hinab und sammelte sie in ihre Armbeuge.
»Was tut Ihr hier?«, fragte sie, als sie sich so weit von der Überraschung erholt hatte, dass sie wieder wagen konnte, ihm ins Gesicht zu sehen.
Er trat auf sie zu und streckte die Arme aus. Erschrocken wich Anne Katharina zurück und kam der steil abfallenden Böschung wieder gefährlich nahe.
»Darf ich Euch Eure Last abnehmen? Es wäre doch schade, wenn Ihr Euch Euren Rock damit beschmutzt.«
Widerstrebend überließ sie ihm die Weidenruten. Rugger wickelte ein Stück Hanf um die Enden und befestigte das Bündel an seinem Sattel. Die Zügel nahm er in die linke Hand, den rechten Arm bot er der Ratsherrngattin.
»Es ist wirklich nicht nötig, dass Ihr Euch die Mühe macht!«
Rugger zog die Augenbrauen hoch. »Euch zu begleiten? Ja, da habt Ihr Recht. Ausnahmsweise ist es weder dunkel, noch ist dies ein Ort, an dem man Töchter aus feinen Bürgerhäusern nicht antreffen sollte.«
Was bildete sich dieser Landsknecht ein, ihr Vorwürfe zu machen? Was ging es ihn an, wo sie sich zu welcher Tages- oder Nachtzeit

herumtrieb? Sie ignorierte bewusst seinen Arm und ging an ihm vorbei kocherabwärts.

»Ich wollte meinen Spaziergang noch nicht abbrechen«, sagte sie abweisend. »Ich danke Euch für Eure Hilfe und wünsche einen schönen Tag. Ihr könnt die Zweige Agnes übergeben. Sie ist im Haus anzutreffen.«

Rugger lachte leise. »Nun habt Ihr mich vortrefflich in meine Schranken verwiesen, und Ihr habt Recht damit. Dennoch war mein Anliegen nicht, Eure Zweige oder Euch auf schnellstem Wege in die Stadt zu bringen. Der Sinn stand mir mehr danach, mit Euch zu plaudern.«

»Oh!« Sie wandte sich zu ihm um und sah ihn aus weit aufgerissenen Augen an. Nun hatte er sie wieder aus dem Gleichgewicht gebracht, obwohl sie mit beiden Füßen fest im Gras stand. Lag es daran, dass er sich so gar nicht an die Regeln hielt? Er verhielt sich nicht so, wie ein Landsknecht sich verhalten musste, und er sprach ganz anders, als man es von einem Mann aus einer einfachen Familie der Vorstadt erwarten würde. Und es fehlte ihm an Respekt vor Höhergestellten! Sie sollte ihm eine eiskalte Abfuhr erteilen, um ihm zu zeigen, wo sein Platz war! Stattdessen merkte sie, wie sie ihn anlächelte und nun doch nach seinem Arm griff. Voll Verwunderung hörte sie ihre Lippen Worte formen, die sie gar nicht aussprechen wollte.

»Wo wart Ihr all die Jahre? Die Stadt war ein Stück ärmer ohne Euch.« Nein wie schrecklich! Anne Katharina biss sich auf die Lippen und wandte den Blick dem fließenden Wasser zu.

»Die ganzen Jahre? Wenn ich Euch das alles erzähle, dann würdet Ihr wieder zu ungehörig später Stunde heimkommen und den Zorn Eures Gatten auf Euer Haupt laden. Mein Weg war lang und verworren und hat mich zuletzt nach Pavia geführt.«

Anne Katharina blieb stehen und starrte ihn an. »Pavia? Im Land der Welschen?«

Rugger nickte. »Ja, ein kleiner Ort einen Tagesmarsch südlich des überwältigenden Milanos.«

»Wart Ihr bei der großen Schlacht dabei? Erzählt!«
»Ah, große Heldentaten locken die Frauen, auch wenn ich an solch einem Gemetzel nichts Heldenhaftes finden kann. Aber gut, ich beuge mich Eurer Wissbegierde und will die Ereignisse kurz zusammenfassen. Ihr wisst vielleicht, dass in der Ebene des Po schon lange die Stimmung gegen Habsburg kochte. Die alten Städte wollten wieder frei und mächtig werden und dachten, das würde ihnen mit Hilfe des französischen Königs gelingen. Nur mit Waffengewalt und viel Diplomatie konnte sich der Kaiser im Welschenland noch halten. Doch dann geschah etwas, womit der edle Karl nicht gerechnet hatte. Der Heilige Vater in Rom schloss zu Weihnachten ein Bündnis mit dem Franzosen und mit Venedig.«
Anne Katharina hing an seinem Arm und ließ nicht einen Blick von seinen Lippen. Wie sehr genoss sie es, dass ihr jemand von der Welt dort draußen und der großen Politik berichtete. Sonst war sie immer auf die Brocken angewiesen, die sie in der Stadt oder bei Tisch aufschnappen konnte, wenn Michel Besuch ihres Bruders Ulrich oder von einem der anderen Ratsherren hatte. Aber das war etwas anderes. Hier sprach ein Mann mit ihr, der dabei gewesen war, der wirklich wusste, wovon er redete, und der es nicht für unter seiner Würde hielt, einer Frau davon zu berichten!
»Papst Clemens ließ Herzog Albany mit seinem französischen Heer durch den Kirchenstaat marschieren, um Neapel anzugreifen. Ich sage Euch, die Erbitterung über den Verrat des Vertreters Christi war an den habsburgischen Höfen und in den Feldlagern unbeschreiblich. Sie konnten es nicht fassen, dass der Heilige Vater sich aus niederer Selbstsucht auf die Seite der Franzosen schlug!«, erzählte der Landsknecht weiter. »Als das neue Jahr begann, war der Kaiser in einer schlimmen Lage. Franz belagerte Pavia, aber er konnte keine Verstärkung über die Alpen bringen, da französische und italienische Truppen die Pässe besetzt hielten.«
»Ja, aber wie konnte der Kaiser das Blatt doch noch wenden?«, fragte Anne Katharina. Schließlich waren in den ersten Märztagen Siegesmeldungen über die Alpen bis nach Hall gedrungen.

»Nicht so ungeduldig, gnädige Frau, ich bin bereits an der Stelle angekommen, da ich selbst in das Geschehen mit eingreifen konnte. Ich war bei den Landsknechten, die sich unter Jörg von Frundsbergs Fahne in Tirol versammelten. Er ist ein tollkühner Feldherr und schreckte nicht davor zurück, uns mitten im Winter durch enge Schluchten und über kaum begangene Pfade über die Berge bis in die Poebene zu führen. Ich sage Euch, ich habe schon viel erlebt, aber dieser Marsch wird mir immer in Erinnerung bleiben!«

»Und dann? Seid Ihr nach Pavia gezogen?« Sie zitterte vor Aufregung. Der Landsknecht an ihrer Seite lächelte.

»Ja, wie der Zorn Gottes kamen wir über die Franzosen, die vor Pavia lagerten, und brachten sie zwischen zwei Fronten. Die Belagerten schöpften neuen Mut, und wir sorgten dafür, dass Franz seine Reiterei und seine Geschütze nicht einsetzen konnte. Es war der Tag des heiligen Matthias, des Kaisers Geburtstag, als sich für Habsburg das Blatt wendete. In nur wenigen Stunden war das französische Heer vernichtet. Franz focht zwischen seinen Männern, sein Pferd brach unter ihm zusammen, aber er kämpfte im Stehen weiter, bis er erschöpft und verwundet sich den Kaiserlichen ergeben musste. Ich habe es selbst gesehen, wie der König seinen Panzerhandschuh auszog und dem Herrn von Lannoy übergab.«

Anne Katharina sah ihn fragend an. »Wer ist das?«

»Der Vizekönig von Neapel. Er hat das kaiserliche Heer angeführt.«

Sie waren noch ein Stück den Kocher entlangspaziert, kehrten nun jedoch um und wanderten auf der Landstraße zum Weilertor zurück. Der schwarze Hengst trottete geduldig hinter ihnen her.

»Was passierte dann, nachdem der französische König gefangen war?«

»Die Nachricht vom Sieg des Kaisers eilte nach Mailand. Die französischen Truppen räumten die Stadt und zogen ab. Nun ist also der ganze Norden der italienischen Lande in der Hand Habsburgs.«

»Und der Kaiser? Wo ist der Kaiser?«

»Er ist nach wie vor in Madrid. Seine Landsknechte jedoch, die in Italien nicht mehr gebraucht werden, strömen zurück über die Alpen. Den Truchseß von Waldburg wird es freuen – wenn sie sich nicht auf die Seite der Aufständischen schlagen!« Seine Miene wurde düster. »Es ist eine Sache, gegen die Franzosen zu fechten, eine ganz andere aber gegen die Bauern des eigenen Volkes!«

Sie schritten durch das Tor, passierten die Kommende der Johanniter und folgten dann dem Strom aus Menschen und Karren über die Henkersbrücke.

»Und Ihr, was werdet Ihr nun tun? Bleibt Ihr in Hall?«

Der Landsknecht schüttelte den Kopf. »So gut hat der Kaiser uns leider nicht bezahlt, dass ich nun auf der faulen Haut liegen könnte.«

»Ihr könntet wieder für die Stadt arbeiten«, schlug Anne Katharina vor und wunderte sich, warum ihr etwas daran lag, ihn in der Nähe zu behalten. »Der Rat hat beschlossen, die Stadt stärker zu befestigen. Sie scheinen zu fürchten, dass sich die Unruhen bis ins Haller Land fortpflanzen, obwohl ich mir das nicht vorstellen kann.«

Noch einmal schüttelte Rugger seinen Kopf. »Nein, der Dienst als Stadtwächter ist nichts für mich. Meine Kräfte und Erfahrungen werden mehr Nutzen bringen, wenn ich nach Ulm ziehe. Ich werde mich in den Dienst des Bundes stellen. Ich habe gehört, dass der Truchseß ein Fuchs ist und der Kanzler Eck ein geborener Diplomat. Noch gibt es Hoffnung, dass man sich ohne großes Blutvergießen einigen kann, dennoch stellt der Waldburger ein Heer auf.«

Sie folgten der Schwatzbühlgasse. Ohne darüber nachzudenken, bog Anne Katharina in die Kerfengasse ein, obwohl der Weg an den Sudhäusern entlang und dann die Haalgasse hinauf der breitere und sicher auch bequemere war.

»Glaubt der Bund, dass er eines Heeres bedarf?«, fragte Anne Katharina. »Ich verstehe die Bauern nicht. Was ist nur in sie gefahren?«

Rugger zuckte mit den Schultern. »Vor Weihnachten hat es schon unten am Bodensee und in den tiefen Wäldern des Schwarzwaldes gegärt. Einzelne Gemeinden haben Beschwerdebriefe verfasst, sich geweigert, die ein oder andere Abgabe, den Spanndienst oder andere Fron zu leisten. Sie sind zu den wandernden Predigern gelaufen und haben deren verführerischen Worten gelauscht.«
Anne Katharina nickte. Davon hatte sie gehört. Im Herbst hatte das Gerücht die Runde gemacht, in Stühlingen habe die Gräfin ihre Bauern während der Ernte von den Feldern geholt und ihnen aufgetragen, Schneckenhäuser zu sammeln, damit sie und ihre Damen ihre vielfarbigen Seidengarne aufwickeln konnten. Die Bauern hätten daraufhin einen Haufen gebildet und seien zum Schloss marschiert. »Klageschriften sind verfasst und zum Reichskammergericht geschickt worden. Danach waren es die Waldshuter, deren Stadtpfarrer Hubmaier gegen die verbrecherischen Herren wetterte und das Blut der Bauern erhitzte. Nun, seit die heiligen Tage zu Ende gegangen sind, wird auch an der Donau der Unmut der Bauern immer lauter. Sie jammern, dass das Joch sie zu Boden drücke, dass die Bischöfe, Äbte und Grafen sie mit jedem Jahr mehr aussaugen und, wenn sie sich wehren, willkürlich in ihre Verliese werfen lassen. Nun schießen in Baltringen, in Memmingen und Laupheim, in Kempten, Oberndorf und Wurzach – ach, ich kann die Orte gar nicht alle aufzählen – bewaffnete Haufen aus dem Boden. An einem Tag arbeiten sie noch friedlich auf den Feldern oder sitzen bei Handwerksarbeiten in den Scheunen zusammen, am anderen Tag stoßen sie wüste Drohungen aus, packen sich ihre Sense, einen Sauspieß oder eine Pike und rotten sich um eine Fahne zusammen. Der Schwäbische Bund sieht das mit großer Sorge. An manchen Orten sind die Haufen auf acht- oder gar zehntausend Mann angewachsen!«
Anne Katharina stieß einen überraschten Ruf aus. In ihren Gedanken hatten sich ein paar Dutzend betrunkene Gesellen getummelt, die, unzufrieden mit ihrem Schicksal, sich bei ihren Herren beschwerten. Tausende Männer und Frauen, die ihre

Arbeit verließen und sich bewaffneten – das ging über ihre Vorstellung.
»Wie wird das enden?«, fragte sie leise.
»Ich hoffe, ohne einen Strom von Blut«, murmelte Rugger. Eine Weile schwiegen sie.
»Wann reist Ihr?«
»Morgen in aller Frühe.«
So bald schon?, formten sich die Worte in ihrem Kopf, doch sie unterdrückte sie, bevor sie ihrem Mund entschlüpften. Stattdessen sagte sie: »Dann bleibt mir nur, Euch eine gute Reise und Gottes Segen bei Eurer Mission zu wünschen.«
»Und ich kann nur hoffen, dass Ihr Euch nicht wieder zu später Stunde an Orten herumtreibt, die Ihr lieber meiden solltet.« Er warf dem Frauenhaus, das sie gerade passierten, einen bedeutungsvollen Blick zu. »Denn als nächtlicher Begleiter kann ich mich nun leider nicht mehr zur Verfügung stellen.«
»Ich wüsste nicht, was es Euch angehen könnte, wann ich wohin gehe!«, schnappte die Ratsherrngattin. »Ich komme gut ohne Euch zurecht!«
Ihr Begleiter schmunzelte. »Oh, die Kampfeslust ist noch vorhanden. Ganz hat man sie Euch also nicht ausgetrieben.«
Er wollte noch etwas hinzufügen, wurde aber von einem Blatt Papier abgelenkt, das hinter einen Schmutzhaufen geweht worden war. Rugger bückte sich und hob es auf. »Dachte ich mir es. Wieder so ein Pamphlet.« Er knüllte es zusammen und wollte es wegwerfen, aber Anne Katharina war schneller, nahm ihm das Blatt aus der Hand und strich es glatt.
»Der tote Buchstabe der Bibel kann uns nicht befriedigen«, stand da. Überrascht sah Anne Katharina zu Rugger, der nur mit den Schultern zuckte. Er wartete still, während ihre Augen über den gedruckten Text huschten.
»Nimmt das geschriebene Wort seine Glaubwürdigkeit aus sich selbst? Können wir nicht irren, wenn wir Christus und die Apostel für göttlich halten, nur weil sie selbst es sagen und um der Wunder

willen, die sie voneinander erzählen? Wenn wir diese Geschichte für wahrhaftig halten, der Göttlichkeit der Erzähler willen, glauben wir sie nicht nur aufgrund der Erzählung göttlich? Haben nicht auch die Türken ein Buch, worin sie das Wort Gottes zu lesen glauben und worin Wunder erzählt werden, an die sie so fest glauben wie wir an die Wunder des Neuen Testaments. Wo sind die Beweise, dass ihre Lehre falsch, die unsere aber wahr ist?«

»Welch Schändlichkeit«, stieß Anne Katharina aus, »wer kann es wagen, Christus so zu lästern? In der Heiligen Schrift liegt die Wahrheit. Sie ist Gottes Wort! Hat das nicht Doktor Luther gesagt, und betont unser Prediger Brenz es nicht immer wieder?«

»Offensichtlich ist unser Schreiberling kein Lutheraner«, sagte Rugger und streckte die Hand nach dem Flugblatt aus. »Eher ein Jünger dieses Schwärmers Thomas Müntzer.«

Anne Katharina warf noch einen Blick auf das aufrührerische Pergament, bei dem das »L« in der fett gedruckten Überschrift gebrochen schien. Der untere Teil stand ein wenig schräg, und an der Bruchstelle fehlte etwas Druckerschwärze.

»Seid Ihr ein Anhänger der Lehre Luthers?«, fragte die Seybothsgattin und reichte ihm das Blatt. Der Landsknecht zerknüllte es wieder und steckte es in seine Tasche.

»Ach, wer kann schon wissen, ob es ein Fegefeuer gibt oder nicht, ob der Leib Christi beim Abendmahl tatsächlich zugegen ist oder nicht. Ich bin kein Gelehrter. Ich sehe nur, dass sich die Professoren und Doktoren mit Pamphleten überschütten und sich für jede noch so kleine Änderung in der Formulierung bis aufs Messer bekämpfen.«

Sie blieben vor dem Haus der Familie Seyboth stehen.

»Aber Ihr seid doch nicht etwa mit den Machenschaften des Papstes einverstanden, der behauptet, für Geld Seligkeit verteilen zu können?«

»Sind der Glaube und die Machenschaften der Kirchenmänner nicht zwei unterschiedliche Dinge?«

Anne Katharina kaute auf ihrer Unterlippe. Sie ließ es geschehen, dass er ihre Hand zwischen die seinen nahm, als er sich zum Abschied verbeugte.

»Lebt wohl, Anne Katharina, und Gottes Segen mit Euch. Wer weiß, wann wir uns wieder begegnen.«

Die Hufe seines Hengstes klapperten über das Pflaster, als er das Tier in Richtung Barfüßerkloster davonführte.

# KAPITEL 3

Mara lag zusammengekauert im Stroh, zwei warme Decken eng um sich geschlungen, und dämmerte im Halbschlaf durch den Tag. Sie ging wieder über den Marktplatz, die Menschen spuckten nach ihr und beschimpften sie. Sie fühlte die Fesseln um ihre Handgelenke, an denen der Büttel sie durch die Stadt zerrte. Grob stieß er sie in eine Zelle und schlug die Gittertür hinter ihr zu.

Mara fuhr hoch und sah sich hastig um. Die kleine Lampe, die an einem der hölzernen Balken hing, brannte noch und drängte die Schatten in weiter zurückliegende Ecken. Johannes war durch die hastige Bewegung aus ihren Armen gerollt und begann zu weinen.

»Psst, nur ruhig, mein Kleiner.« Sie wiegte ihn in den Armen. »Du musst leise sein, bitte, beruhige dich, es darf uns niemand hören«, wisperte sie ihm ins Ohr.

»Wenn du schön brav bist, dann erzähle ich dir von deinem Vater. Er ist groß und von kräftiger Gestalt und hat das wundervollste Lachen der ganzen Welt. Er kann singen und Geschichten erzählen. Ach, wie oft saßen wir bis zum frühen Morgen mit den anderen Männern um das Feuer und lauschten seiner Stimme. Vater war dagegen, doch ich habe einen sturen Kopf und bin, seit meine Mutter starb, bei so manchem Zug dabei gewesen. Du würdest staunen, wenn du wüsstest, wo ich schon überall war.« Sie wiegte den Knaben, der inzwischen verstummt war, in ihren Armen.

»In einer schwachen Stunde habe ich zugestimmt, eine Stellung anzunehmen. Vielleicht ahnte ich bereits, dass ich dich in mir trug und den harten Märschen bald nicht mehr gewachsen sein würde? Ach, mein Kind, ich hätte nicht auf Milde hoffen sollen. Wer will schon eine schwangere Magd? Wie viel schwerer war mein Weg, wie viel einsamer die Straße, als ich nun allein dahinziehen musste. Ach, wenn ich nur wüsste, wo er ist. Vor Weihnachten habe ich die Leute sagen hören, die Landsknechte seien über die hohen, schneebedeckten Alpen gezogen, um die Franzosen für den Kaiser zu verjagen. Italien«, sagte Mara und schüttelte den Kopf, »wie unvorstellbar weit. Wer kann schon sagen, wann sie zurückkehren werden.«

✠ ✠

Der März strich über das Land. Während die zweite Woche noch einmal eine Ahnung von Winter gebracht hatte, mit kaltem Nieselregen und vom Sturmwind getriebenen Flocken, wurde es ab dem Tag der heiligen Mathilde zunehmend wärmer und freundlicher. Die Handwerker und Mägde saßen nun wieder draußen vor der Tür, um ihre Arbeit zu tun, und ihre fröhlichen Lieder klangen durch die Gassen. Eine emsige Geschäftigkeit breitete sich in der Stadt aus. Es waren nicht nur die Handwerker und Kaufleute, die das Bild bestimmten, nun zogen die Sieder wieder hinunter zum Haal, Salzwasser wurde aus dem Brunnen geschöpft und über lodernden Feuern eingedampft: Die Siedenswochen hatten begonnen. Und doch war das Bild ein anderes, als Anne Katharina es während dreier Jahrzehnte erlebt hatte. Die Nachrichten, die von Süden und Norden her die Stadt erreichten, verhießen nichts Gutes. Viele Stunden hatten die Richter und Ratsherren hinter verschlossenen Türen getagt und beraten, wie sie das Haller Land, und vor allem die Stadt selbst, vor der heraufziehenden Gefahr schützen konnten. Nun also hing die Liste, welche Arbeiten dringend zu verrichten seien, neben der Rathaustür, und alle Bürger und Hausgenossen waren dazu aufgerufen, zu ihrem normalen Tagewerk jeden Morgen und Abend ein oder zwei Stunden der Stadt zur Verfügung zu stehen. Knechte säuberten die Gräben von Unrat und vertieften sie, Weiber trugen Steine heran, mit denen Handwerker die an vielen Stellen brüchige Stadtmauer ausbesserten.

Ulrich war mit dem Richter Peter Firnhaber in die Gelbinger Vorstadt beordert worden, Michel und der Ratsherr Lienhart Troßmann hatten die Aufsicht über die Ausbesserungsarbeiten am Schiedsgraben hinauf bis zum Langenfelder Tor. Stättmeister Schletz und Hermann Büschler verteilten die Arbeiten und fragten jeden Abend ihren Fortgang ab, während der Schultheiß und seine Büttel dafür sorgten, dass keine Händel ausbrachen und kleine Raufereien sofort ein Ende fanden. Überall machten die Gerüchte aus den umliegenden Ländern die Runde. Herzog Ulrich war vor Stuttgart kläglich gescheitert. Nach der Niederlage des französischen Königs in Pavia versiegte seine Geldquelle, und er hatte nichts mehr, seine Schweizer zu bezahlen. Es fehlte ihm an mauerbrechenden Geschützen, mit denen er sich den Weg in seine Residenzstadt hätte freischießen können. Eine Belagerung kam nicht in Frage. So verließen ihn seine Söldner, wechselten die Seiten oder machten sich auf den Heimweg. Mit nur noch zehn Getreuen gelang ihm die Flucht auf den Hohentwiel, wo er sich vermutlich noch immer verbarrikadierte. Es wurde erzählt, seine eigenen Landsknechte hätten versucht, ihn in einen Hinterhalt zu locken, um die Prämie zu kassieren, die der Truchseß auf seinen Kopf ausgesetzt hatte. Nun war Württemberg wieder in Habsburger Hand, doch Ruhe und Frieden waren nicht zurückgekehrt!
In Hall schritten die Vorbereitungen zur Sicherung der Stadt voran. Nach Einbruch der Dunkelheit waren nicht mehr nur der Nachtwächter und seine Gehilfen unterwegs. Paarweise patrouillierten Bewaffnete bis zum Morgen durch die Gassen, und auch die Türmer bekamen Verstärkung. Der Rat wollte nichts dem Zufall überlassen. Kontrolle war wichtig! Man musste wissen, was die Bürger und Bauern taten, wohin sie gingen, worüber sie sprachen, ja, am besten auch, was sie dachten.
Für Anne Katharina wurde es immer schwieriger, ungesehen in die Unterstadt zu gelangen. War sie bisher fast täglich am Abend zu der Scheune hinabgestiegen, ging sie nun dazu über, den Gang am

frühen Morgen zu erledigen, wenn die Haller noch schläfrig waren und nicht so sehr auf ihre Mitmenschen achteten.
Abends saß Anne Katharina mit anderen Frauen, Männern und Kindern in der Halle des neuen Zeughauses. Sie füllten Schießpulver ab, kochten Pech und tauchten Kienspäne in den zähen Brei. An langen Gestellen wurden die Fackeln getrocknet. Andere schnitten alte Laken in Streifen und wickelten sie zu Rollen auf. Ein paar Alte vom Spital nähten grobe Hemden und strickten Socken. Etwas abseits saß der Apotheker mit seinen Gehilfen. Sie wogen Schwefel und Asche ab und mischten sie vorsichtig mit viel Salpeter zu einem grobkörnigen, dunkelgrauen Pulver.
Eine zitternde Unruhe lag über der Stadt und ihren Bewohnern. Man wartete darauf, dass etwas passieren würde, obwohl man tief in seinem Herzen hoffte, der Aufstand würde das Haller Land verschonen. Das Warten und die täglich wechselnden Gerüchte schlugen jedenfalls auf die Nerven und machten die Haller reizbar, so dass der Schultheiß jeden Tag mehr Arbeit bekam und die Türme voll waren mit Bürgern und Hintersassen, die dort ein paar Tage und Nächte ihre Wut abkühlten, ehe sie wieder entlassen wurden.
Als die dritte Märzwoche anbrach, befahl der Rat, die Tore und Türme mit Schlangen und Kartaunen zu besetzen. Das war ein Spektakel! Alles, was seine Arbeit für ein paar Stunden liegen lassen konnte, war auf den Beinen, um zuzusehen. Vor allem die Kinder liefen kreischend um die großen Büchsen herum. Ein paar Männer unter den Zuschauern gaben gute Ratschläge. Die Pferde wieherten, die Stadtwächter brüllten, wenn wieder eines der Tiere auf dem schlüpfrigen Pflaster auszugleiten drohte. Immer wieder mussten die Männer mit Hand anlegen, um die Kanonen mit den langen, schlanken Rohren und die kurzen Mörser an die ihnen zugewiesenen Plätze zu bringen. Die Tore wurden noch einmal mit schweren Balken verstärkt. Jetzt war die Stadt bereit. Sie wussten nicht, wann und in welcher Art die Unruhen sie erreichen würden, aber die Ratsherren versprachen den Bürgern, dass sie nun für alle Fälle gerüstet waren.

An diesem Abend, nachdem alle Geschütze an ihrem Platz standen und die Wächter und Türmer ihre Posten bezogen hatten, kam Ulrich zum Nachtmahl ins Haus der Seyboths. Er gab Agnes seine Schaube, die er trotz des warmen Wetters getragen hatte, und zog sich das Barett von dem schon licht werdenden Haar. In dunkelblauen Kniehosen, die weißen Strümpfe nach diesem Tag schlammbespritzt, und in einem bestickten Wams aus hellgrünem Tuch saß er auf der Eckbank und nahm dankend den Krug entgegen, den Michel ihm füllte. Schweigend stillten die Männer ihren Durst. Peter war noch nicht nach Hause gekommen.
Mathilde trat mit den Mädchen in die Stube, mahnte sie zur Ruhe und befahl ihnen, ihre Plätze einzunehmen. Die beiden waren lieblich anzusehen in ihren sauberen Kleidern, die Haare streng zurückgekämmt. Veronica trug sie zu Zöpfen geflochten, Barbaras Schopf wurde von einer weißen Rüschenhaube verdeckt. Artig grüßten sie den Vater und den Oheim und ernteten ein Lächeln. Bernhard dagegen, der in die Stube polterte, war deutlich anzusehen, wo er sich heute herumgetrieben hatte. Das Haar hing ihm wirr ins Gesicht, sein Hemd und die Hosen waren von Schlamm beschmiert, und auch seine Hände hatten sicher schon eine Weile keinen Waschtrog mehr gesehen. Auf Michels Stirn bildeten sich Falten, und auch der alten Seybothin war anzusehen, was sie gleich mit schriller Stimme von sich geben würde. Anne Katharina fuhr von ihrem Schemel auf, packte ihren Sohn und schob ihn hinaus, bevor sich das Gewitter über ihm entlud. Vor der Tür stießen sie beinahe mit Agnes zusammen, die, mit Schüsseln beladen, heraufkam. Der Knabe leckte sich die Lippen, als er das gebratene Geflügel entdeckte.
»Ach, Bernhard, wie ungeschickt«, schimpfte seine Mutter und dirigierte ihn die Treppe hinunter in die Küche. »Du weißt doch, dass wir so ein Auftreten nicht dulden können.«
»Du meinst, Vater und die Alte wollen es nicht dulden.«
»Pst!«, beschwor ihn die Mutter und schob ihn zu dem großen Wassertrog. »So darfst du nicht von deiner Großmutter reden.

Und außerdem schätze auch ich es nicht, wenn du so verschmutzt zum Essen kommst. Also, bitte wasch dich und lass deine Kleider am besten gleich hier, damit Agnes sie säubern kann. Ich lege dir in deiner Kammer ein frisches Hemd und eine Hose zurecht.«
Der Junge zog eine Grimasse, nickte aber und begann, sich vor dem Herdfeuer zu entkleiden. »Aber nur, weil die Alte dich sonst wieder auszankt!«
Anne Katharina wusste nicht, was sie darauf sagen sollte. Sie beschloss, so zu tun, als habe sie die Worte nicht vernommen, und fügte nur noch streng hinzu: »Und vergiss nicht, dein Gesicht zu waschen! Deine Wangen sind voller Schmutz.« Mit gerafften Röcken eilte sie nach oben, um zu sehen, ob in Bernhards Truhe noch einigermaßen saubere Kleidungsstücke zu finden waren.
Als Anne Katharina zurück in die Stube kam, hatten die Männer das erste gebratene Hühnchen bereits vertilgt. Veronica nagte an einem Flügel, Mathilde war dabei, das weiße Fleisch von ihrer Hühnerbrust zu lösen. Sie schnitt sie in kleine Stücke und steckte sie Barbara in den Mund. Die Hausherrin setzte sich und griff nach einem knusprigen Schenkel und einer Scheibe Brot.
»Es sind schon wieder zwei davon aufgetaucht«, sagte Ulrich mit vollem Mund, zog zwei zerknitterte Blätter aus seiner Gürteltasche und schob sie zu Michel hinüber. »Aufhängen sollte man die! Die Schreiber, die Drucker und die, die dafür sorgen, dass dieses Gift verbreitet wird.« Er schluckte und griff nach seinem Becher. Michel glättete das eine Blatt mit seiner fettigen Hand und begann zu lesen. Bald vergaß er weiterzukauen und starrte auf die Worte vor sich. Anne Katharina reckte den Hals, um etwas erkennen zu können. Sicher würden weder ihr Bruder noch ihr Gatte die Flugblätter an sie weitergeben und ihr gestatten, sie zu lesen. Nun hob Michel das Blatt auch noch an, so dass sie gar nichts mehr erkennen konnte! Bisher hatte sie nur ein paar Worte entziffert. Es ging um die Freiheit des Geistes und um die Bibel, deren Geschichten nur symbolischen Wert hätten. Mehr hatte sie leider nicht erhaschen können, doch eines war ihr aufgefallen. Das »L« tanzte wieder aus

der Reihe, war gebrochen und zum unteren Ende hin schief. Das Blatt hatte also den gleichen Urheber oder zumindest den gleichen Drucker!

Wenn sie das Schreiben mitzählte, das Agnes vor ein paar Tagen in der Küche vor ihr verstecken wollte, und davon ausging, dass das zweite, in das sich Michel gerade vertiefte, ebenfalls ein gebrochenes »L« aufwies, dann gab es also schon mindestens vier von diesen Pamphleten von derselben Hand. Wer konnte ihr Verfasser sein? Wie wurden sie unbemerkt in die Stadt geschafft und verteilt? Oder saß der Drucker gar in Hall?

Schritte auf der Treppe rissen sie aus ihren Gedanken. Die Tür wurde aufgestoßen, und Peter kam herein – kaum weniger schmutzig als sein Neffe eine halbe Stunde zuvor.

»Komme ich zu spät? Oh, das tut mir Leid.« Anne Katharina ahnte, dass ihm weniger der Verstoß gegen den Anstand etwas ausmachte. Sein Bedauern galt dem Haufen Hühnerknochen, die sich allesamt abgenagt in einer Schüssel häuften. Ulrich und Mathilde musterten ihn strafend, während Michel noch immer in das zweite Flugblatt vertieft war.

»Es gibt Brot und Kohlsuppe. Wenn du Glück hast, dann hat dir Agnes ein halbes Huhn aufgehoben, aber bevor ich nachsehen gehe, wirst du dich waschen und umziehen! Du bist deinem Neffen ja ein feines Vorbild!«

Peter und Bernhard grinsten sich an. Dann folgte der Advokat lammfromm seiner Schwester zum Waschzuber. Seine Stimmung hob sich sofort, als er in der Küche nicht nur die Magd beim Kneten eines süßen Teiges antraf, sondern auch noch ein ganzes, knuspriges Federvieh über der Glut entdeckte.

✠ ✠

Als Anne Katharina in die Stube zurückkehrte, schallten ihr erregte Männerstimmen entgegen. Die Wangen waren vom Wein und der Wärme gerötet und färbten sich nun im Eifer der Worte noch tiefer. Mathilde erhob sich und führte die Mädchen hinaus. Sie winkte auch Bernhard, ihr zu folgen, doch der Knabe wich ihrem Blick aus und starrte fasziniert von seinem Vater zu seinem Oheim und wieder zurück. Ulrich schlug mit der Faust auf den Tisch.

»Man muss das Übel bei der Wurzel packen. Wenn man ihnen jetzt die Hand reicht, dann wollen sie den ganzen Arm. Wohin soll das führen, wenn der Bauer entscheidet, wie viel er arbeitet und welche Abgabe er bereit ist zu leisten? Haben wir nun das ganze Jahr über Fastnacht, und sind die Narren die Herrn? Wenn ich mein Land verpachte, soll ich dann in Zukunft den Bauern fragen, welche Gült er mir geben möchte? Ihn vielleicht gar auf Knien bitten? Meine Fronarbeit selber machen?« Michel brummte und nickte zustimmend.

»Was mich in Zorn versetzt, ist die Blasphemie, mit der sie Sätze aus der Bibel reißen, um ihre unverschämten Forderungen zu begründen.«

Anne Katharina öffnete ein paar Mal tonlos den Mund und schloss ihn wieder, dann jedoch war das Aufbegehren in ihr stärker als die Vernunft.

»Sie wollen doch nur leben und wehren sich gegen die Willkür der Herren, die sie in den Hunger treibt! Agnes hat mir davon erzählt. Keiner der Bauern will gegen das alte Recht verstoßen. Keiner von ihnen stellt den Kornzehnt oder eine gerechte Gült in Frage. Aber sie wehren sich gegen Steuern, die jedes Jahr erhöht und in immer kürzeren Abständen eingezogen werden, und gegen die Gerichte, die das Recht nur den Herren zukommen lassen.«

Die beiden Männer fuhren hoch und starrten sie an. Für einen Moment waren sie sprachlos, dann fielen sie über die Hausherrin her. Sie redeten beide gleichzeitig, so dass Anne Katharina nur wenige Satzfetzen verstand. Michel drohte, er werde Agnes zeigen, wo ihr Platz sei, Ulrich ereiferte sich, dass seine Schwester über Dinge rede, von denen sie nichts verstünde, und noch dazu so dreist sei, sich in ein Männergespräch einzumischen. Ein Lachen von der

Tür her ließ sie verstummen. Dort lehnte Peter und kaute an einem Hühnerbein. Alle starrten ihn an.
»Ach, Anka«, kicherte er, »wie ich höre, hast du dich wieder einmal auf dünnes Eis gewagt und bist darin eingebrochen. Du bist doch ein schlaues Weib, und dennoch könnte in mir der Verdacht aufsteigen, du hättest nur glitzernden Tand in deinem Kopf, wie deine Freundin, die Büschlerin, wüsste ich es nicht besser.« Wieder kicherte er. Seine Schwester und die beiden Männer sahen ihn schweigend an.
»Erstens müsstest du inzwischen wissen, wie solch altmodische Männer wie dein Gatte und unser verehrter Bruder reagieren, wenn ein Weib sich in ihre Gespräche mischt« – er wischte das Raunen der beiden, als er das Wort altmodisch aussprach, mit einer Handbewegung weg – »zweitens sollte ein Weib nie den Worten des Gatten widersprechen, und drittens« – er machte eine bedeutungsvolle Pause – »drittens ist es höchst ungeschickt – vor allem in diesem Fall, da es ja um den einfachen Mann und seine Forderungen geht –, eine Magd als Zeuge und Quelle deines Wissens anzugeben.«
Seine Schwester starrte ihn mit weit aufgerissenen Augen an. So muss ein Advokat wohl reden, dachte sie. Sie schwankte zwischen Ärger und dem Lachreiz, der sie in der Kehle kitzelte. Die Situation entbehrte nicht einer gewissen Komik. Sie sah in Michels und Ulrichs verdutzte Gesichter.
»Und wie soll ich es dann anstellen, meine Meinung in diesem Haus kundzutun? Oder willst du mir damit sagen, ich solle den Mund schließen, meine Gedanken für mich behalten und meine Hausarbeit erledigen?«
Peter verbeugte sich spöttisch und schluckte den letzten Bissen Hühnerfleisch hinunter. »Wende dich an deinen Rechtsbeistand, denn dafür sind wir Advokaten da. Ich werde es diesen alten Sturköpfen begreiflich machen und ihnen die Augen für die neue Zeit öffnen.«
Endlich lösten sich die beiden so hart angegriffenen aus ihrer Er-

starrung und fielen nun über Peter her. Anne Katharina merkte schnell, dass er ihnen mit Worten mehr als nur gewachsen war und dass er auch noch Spaß an der ganzen Sache zu haben schien. Bernhard hing mit einer Miene an den Lippen seines jüngeren Oheims, die an Verehrung grenzte. Nun gut, die Männer waren beschäftigt. Sie erhob sich und verließ so unauffällig wie möglich den Kampfplatz.

Anne Katharina schickte Agnes unter einem Vorwand in die Dachkammer der Seybothin hinauf. Kaum war die Magd verschwunden, zerrte sie ein Fass in der Vorratskammer ein Stück nach vorn, legte das Bündel, das sich dahinter verbarg, in ihren Korb und schob das Fass wieder an seinen Platz zurück. Sie packte noch einige Esssachen darauf, griff nach ihrem Mantel und eilte zur Tür. Gerade legte Anne Katharina die Hand auf den eisernen Knauf, als Peter nach ihr rief. »Anka? Bist du dort unten?«

Seine Schritte polterten die Treppe herab. Er sprang die letzten zwei Stufen herunter und blieb neben ihr stehen. »Ich wollte dich etwas fragen.« Er hielt inne. Anscheinend bemerkte er erst jetzt, dass sie Umhang und Kapuze trug. »Du willst noch weg? Es ist schon lange dunkel!«

Anne Katharina wand sich. Dass sie im Begriff gewesen war, das Haus zu verlassen, konnte sie nun ja nicht mehr leugnen.

»Mir ist eingefallen, dass ich Pater Hiltprand versprochen habe, ihm ein Buch heute noch zurückzubringen.« Sie sah ihren Bruder nicht an, sondern senkte den Blick auf das Tuch, das ihren Korb bedeckte. »Außerdem bringe ich ihm ein paar Äpfel.«

»Und das duldet keinen Aufschub, bis es wieder hell ist?« Er schüttelte den Kopf. Zu Anne Katharinas Erleichterung verfolgte er das Thema jedoch nicht weiter.

»Was willst du mich denn Wichtiges fragen? Sprich jetzt oder warte, bis ich zurück bin!« Ihre Fingerspitzen trommelten auf den Türknauf.

Peter hob abwehrend die Hände. »Nein, richtig wichtig ist es nicht. Es geht nur um die Scheune, die Mutter uns vermacht hat.«

»Ja?« Anne Katharina hielt die Luft an. Das Gefühl der Erleichterung fiel in sich zusammen. Sie spürte, wie sich ihr Nacken verspannte.
»Du brauchst sie doch nicht, oder? Ich habe gesehen, dass du ein Schloss hast anbringen lassen. Gibst du mir den Schlüssel? Nur um ein paar Sachen unterzustellen. Ich will euch ja nicht eure Halle nehmen.« Er winkte lässig mit der Rechten.
»Das Schloss gibt es schon seit Jahren«, berichtigte ihn seine Schwester. »Leider kann ich dir nicht sagen, wo der Schlüssel abgeblieben ist.« Sie hoffte inbrünstig, dass er nicht irgendwo in ihrem Korb hervorlugte. Wie zufällig zupfte sie das Tuch, das über die Äpfel gebreitet war, bis zum Rand. »Außerdem ist sie baufällig und feucht. Wir haben genug Platz für deine Sachen. Scheue dich nicht, sie hierher zu bringen.«
Die Antwort schien Peter nicht zu gefallen. Er kaute auf seiner Unterlippe herum und ließ den Blick durch die Halle wandern. »Hm, wenn der Schlüssel verloren gegangen ist, dann sollte man das Schloss aufbrechen«, sagte er nach einer Weile. »Ich übernehme das gerne.«
»Nein!«, fiel ihm seine Schwester schärfer ins Wort, als sie es beabsichtigt hatte.
»Aber …«
»Ich kümmere mich selbst darum. Was gibt es denn so Wichtiges, das du in der Scheune unterbringen willst?«
Nun war es an Peter abzuwiegeln. »Nein, nein, war nur so ein Gedanke. Mach dir keine Mühe.«
»Gut, dann wäre das geklärt. Kann ich jetzt gehen?« Anne Katharina öffnete die Tür und wollte über die Schwelle treten, aber ihr Bruder hielt sie erneut auf.
»Warte einen Augenblick, dann werde ich dich zu Pater Hiltprand begleiten.«
»Ach, du willst auch noch einmal weg?«, fragte sie mit wenig Begeisterung.
»Aber ja, nach dieser fröhlichen Runde oben« – er nickte in Rich-

tung Stube – »brauche ich noch ein wenig Gesellschaft, die mich aufmuntert.«

Er eilte in seine Kammer und kam wenige Augenblicke später in seinen Mantel gehüllt und mit einem schmucklosen Barett auf dem Kopf zurück. Anne Katharina blieb nichts anderes übrig, als seinen Arm zu nehmen und sich von ihm in die Pfarrgasse geleiten zu lassen.

»Seit wann nimmst du es mit den Konventionen so genau«, murrte seine Schwester.

»Hier geht es nicht um sinnlose Regeln, hier geht es um deine Sicherheit«, klärte er sie auf. Er klang ungewohnt ernst und erwachsen.

Er hat sein dreißigstes Jahr schon erreicht, sagte sie sich. Er ist schon lange ein erwachsener Mann, ein Advokat, der studiert hat, auch wenn mir das seltsam vorkommt. Für mich ist er immer noch der leichtsinnige Bursche, der er vor fünfzehn Jahren war. Allein dieses spitzbübische Grinsen, das sein Gesicht so oft durchzuckt, lässt ihn viel jünger aussehen. Und ist er nicht gestern erst mit den Kindern in der Halle herumgetollt, als wäre er ihr Bruder, hat mit Bernhard gerungen und mit Veronica im ganzen Haus Verstecken gespielt? Anne Katharina warf ihm einen Blick zu. Der Schein des Kienspans, den Peter in der Linken trug, erhellte sein heute ungewöhnlich ernstes Gesicht.

»Auf welcher Seite steht der Pater denn?«, unterbrach Peter die Betrachtungen seiner Schwester.

»Wie meinst du das?«

»Nun ja, soviel ich weiß, hat er sein Kloster nicht freiwillig verlassen. Er musste gehen, als der Rat es im vergangenen Jahr schloss. Da könnte es doch sein, dass er einen Groll gegen die neuen Gedanken hegt.«

Anne Katharina schüttelte den Kopf. »Nein, davon weiß ich nichts. Er ist mit Magister Brenz befreundet und mit Pfarrer Herolt aus Reinsberg, der ebenfalls ein Anhänger Luthers ist. Ich glaube, es war nicht seine Überzeugung, die ihn zögern ließ, das Kloster hin-

ter sich zu lassen. Es ist ihm eine Last, von der städtischen Fürsorge abhängig zu sein. Wenigstens bekommt er ab und zu Schreibarbeiten, mit denen er sich ein wenig Geld verdienen kann.«
Peter nickte. Sie erreichten das Haus in der Pfarrgasse, Anne Katharina nahm ihre Hand von seinem Arm und drückte die Haustür auf.
»Ich danke dir für dein Geleit und wünsche dir einen fröhlichen Abend.« Sie lächelte. »Allerdings nicht so fröhlich, dass du anschließend den Heimweg nicht mehr findest. Denk daran, die Büttel sind in diesen Tagen schnell zur Hand, wenn es darum geht, einen übermütigen Bürger im Turm abzukühlen.«
Peter verneigte sich. »Ich werde an deine Worte denken, liebe Schwester. Zuerst jedoch möchte ich ein paar Sätze mit dem Pater wechseln – wenn du gestattest.«
Anne Katharina starrte ihn erstaunt an. Sie musste lange zurückdenken, bis ihr eine Gelegenheit einfiel, da Peter mit Pater Hiltprand gesprochen hatte. Zu dieser Zeit war der Pater noch gut zu Fuß gewesen und hatte immer wieder das Kloster verlassen, um für den Guardian Aufträge in und außerhalb der Stadt zu erledigen.
»Was willst du von ihm?« Noch immer stand sie in der Tür und versperrte ihrem Bruder den Weg.
Er zuckte mit den Schultern. »Nur guten Abend sagen. Hast du etwas dagegen einzuwenden?«
Stumm schüttelte seine Schwester den Kopf, obwohl ihr sehr wohl einiges einfiel, das sie dagegen hatte, aber das konnte sie ihm nicht sagen. So raffte sie ihre Röcke und stieg die Treppe hinauf.
»Einen gesegneten Abend wünsche ich Euch, lieber Pater«, begrüßte sie den alten Mann, der wie gewöhnlich, die Beine von einer warmen Decke umhüllt und ein Buch in der Hand, am Fenster saß.
»Anne Katharina, mein liebes Kind, welch schöne Überraschung.« Bevor er weiterreden konnte, war sie schon zu ihm geeilt und drückte die knochige Hand. »Ich hatte doch versprochen, dass ich

Euch Euer Buch zurückbringe«, sagte sie und fuhr gleich fort, obwohl er etwas erwidern wollte: »Seht her, wen ich heute mitgebracht habe!«

Peter verbeugte sich tief. Die Stimme des Paters klang warm und freundlich, als er den unerwarteten Besucher begrüßte, seine Augenbrauen jedoch hoben sich fragend. Sie tauschten ein paar Höflichkeiten aus, dann wandte sich Peter an seine Schwester.

»Anka, ich sehe da einen Krug Wein in deinem Korb. Willst du ihn nicht in der Küche für uns warm machen?«

Sie wollte nicht! Versuchte Peter, sie loszuwerden?

»Das ist eine gute Idee«, pflichtete der Pater ihm bei. »Sei bitte so lieb, mein Kind.«

Anne Katharina knickste und trug ihren Korb in die Küche. Die Magd hatte das Feuer ausgehen lassen. Seufzend stocherte Anne Katharina in der Asche, ob sich nicht doch noch ein Stückchen Glut finden ließ, an der man das Feuer wieder anblasen konnte.

»Welch Nachlässigkeit, welch Schlamperei«, schimpfte sie, während sie frisches Holz aufschichtete. Über der Lampe entzündete sie einen Span und steckte ihn in das Stroh, das sie zwischen die Scheite geschoben hatte. Endlich brannte das Feuer. Erst als die Flammen in sich zusammensackten, konnte sie den Krug näher heranrücken. Es kam ihr vor, als sei eine Ewigkeit vergangen, bis sie, drei Becher mit dampfendem Wein auf einem Tablett, in die Stube zurückkehrte. Peter erhob sich gerade und drückte dem alten Mann die Hand.

»Ich muss gehen, Pater. Ich wünsche Euch eine gesegnete Nacht.«

»Und was ist mit dem Wein?«, rief Anne Katharina empört.

Peter trat zu ihr, nahm zwei Schlucke und stellte den Becher wieder auf das Tablett zurück.

»Du bist ein Schatz«, sagte er, drückte seiner Schwester einen Kuss auf die Wange und war auch schon verschwunden. Seine Schritte auf der Treppe verklangen. Anne Katharina schnappte nach Luft.

»Hm, der Wein riecht gut. Bekomme ich auch einen Becher davon?«

Die Stimme des alten Mönchs riss sie aus ihren Gedanken. »Aber natürlich, Pater.« Sie eilte zu ihm und reichte ihm den Wein. »Was wollte Peter von Euch?«
»Ah, deine Neugier treibt dich wieder.« Er tätschelte ihr die Hand. »So warst du schon als Kind. Egal, wie sehr man dich rügte, deine Neugierde konntest du nicht unterdrücken.« Er schloss die Augen und trank genüsslich ein paar Schlucke warmen Wein und vergaß anscheinend darüber, ihr eine Antwort zu geben.

✠ ✠

Kaum eine Stunde war vergangen, da stand Anne Katharina vor der Scheune. Sie hatte sich einige Minuten in einem Hinterhof verstecken müssen, bis die beiden Aushilfsnachtwächter mit ihren Fackeln vorbeigezogen waren. Nun knirschte der Schlüssel im Schloss, und die Tür schwang mit einem Knarzen auf.
»Keine Sorge, ich bin es«, sagte sie halblaut und ging auf den kaum wahrnehmbaren Lichtschimmer in einer Ecke zu. Langsam, um sich nicht zu stoßen, umrundete sie einen Stapel leerer Kisten, die eine strohgefüllte Nische nahezu vollständig umschlossen.
Die Frau, die dort auf dem Boden saß, sah sie aus furchtsamen Augen an, den Knaben schützend an die Brust gepresst. Der Lichtschein beleuchtete ihren mageren Arm, als sie den eisernen Schirm zur Seite schob, der die Flamme verdeckt hatte.
»Ich habe dir ein frisches Hemd und ein warmes Tuch mitgebracht, und hier noch einmal Windeln für deinen Sohn.« Anne Katharina stellte den Korb ab und legte das Bündel in ihren Schoß. »Wie geht es ihm? Ist mit dem Kleinen alles in Ordnung?«
Die großen, schwarzen Augen starrten sie ausdruckslos an. »Es war jemand da«, sagt Mara endlich.
Anne Katharina ließ sich auf die Knie sinken. »Hier drinnen? Aber, wie ist das möglich?«
Die Frau schüttelte den Kopf. »Nein, nicht drinnen, aber draußen vor der Tür. Es hat am Schloss gerüttelt und dann an der Fenster-

luke geklappert. Ihre Augen wanderten zu dem schmalen Fenster, das mit einem hölzernen Laden von innen verschlossen war.
Anne Katharina legte der Frau beruhigend die Hand auf den Arm, aber sie zuckte zurück.
»Du musst dich nicht ängstigen. Das Schloss ist stabil und das Fenster viel zu schmal, als dass jemand hindurchkriechen könnte.«
Während sie das mitgebrachte Essen auspackte, dachte sie über den Eindringling nach. Hatte Peter versucht, in die Scheune zu kommen? Möglich wäre es, und nachdem ihm das nicht gelungen war, hatte er sie nach dem Schlüssel gefragt.
»Du bist hier sicher«, sagte Anne Katharina, »und dennoch müssen wir uns Gedanken darüber machen, wie es mit euch beiden weitergehen soll. Der Winter ist vorüber, das Kind hat die gefährlichen ersten Wochen überstanden. Und außerdem wird es immer schwieriger für mich, dich hier unbemerkt zu versorgen.«
Die junge Frau drückte das Kind noch enger an sich. »Dann werdet Ihr nicht wiederkommen?«
»Aber nein. So habe ich das nicht gemeint. Ich werde morgen und übermorgen zu dir kommen und jeden weiteren Tag, der nötig ist, bis mir eine Lösung einfällt, wo ihr beide leben könnt.«
»Ja, leben«, sagte Mara voller Sehnsucht. »Ich weiß gar nicht mehr, was das bedeutet. In manchen Stunden habe ich gefürchtet, den Verstand zu verlieren, wenn ich nicht sofort wieder frische Luft atmen und den Himmel sehen kann.«
Der Knabe regte sich und öffnete die Augen. Zärtlich strich ihm die junge Mutter über den Kopf, öffnete ihr Hemd und legte ihn an ihren Busen.
»Brauchst du noch etwas? Einen Eimer frisches Wasser?«
Mara nickte. Sie wiegte das Kind und summte ihm leise ins Ohr. Anne Katharina erhob sich, nahm den verbeulten Topf, den Mara als Nachtgeschirr benutzte, und den Wassereimer und verließ die Scheune. Draußen war alles ruhig und menschenleer. Die Ratsherrngattin querte die Gasse und trat in den Hof hinter dem Frau-

enhaus. Sie entleerte den Topf und füllte den Wassereimer im Regenfass an der Ecke. Plötzlich erstarrte sie. Aus dem Schuppen, der am Frauenhaus lehnte, erklangen Stimmen. Erst die einer Frau und dann eine Männerstimme. Peter! Schon wieder suchte er die freien Weiber auf! Anne Katharina fühlte Wut in sich aufsteigen. Warum suchte er sich nicht ein anständiges Mädchen, heiratete und gründete eine Familie, so wie es üblich war! Nun, da er endlich seine Studien beendet hatte, würde er sicher bald genug Geld verdienen. Außerdem bekam er aus seinem geerbten Sieden, das Ulrich für ihn betrieb, einige Gulden im Jahr. Was war es nur, das ihn zu diesen grell bemalten, ordinären Weibern zog? Es war eine Sünde, sich so seinem körperlichen Drängen hinzugeben!
Sie lauschte den Stimmen im Schuppen. Eigentlich klangen sie nicht so, als wären zwei Menschen in ihrer tierischen Wollust gefangen, aber es hörte sich auch nicht danach an, als würden sie jeden Augenblick den Schuppen verlassen. So leise wie möglich verließ Anne Katharina den Hof, überquerte die Gasse und brachte Eimer und Topf in die Scheune zurück. Sie verabschiedete sich von Mara und Johannes und schloss sorgfältig hinter sich ab. Einen Augenblick zögerte sie, dann huschte sie noch einmal in den Hof des Frauenhauses hinüber. Sie hatte die Schuppentür noch nicht erreicht, da schwang sie auf und entließ einen Mann und eine Frau in den nächtlichen Hof. Anne Katharina fuhr zurück und stieß mit dem Knöchel gegen das Wasserfass. Ein stechender Schmerz schoss ihr durch das Fußgelenk, und obwohl sie die Lippen fest aufeinander presste, entschlüpfte ihr ein Stöhnen.
»Was war das?« Peter blieb stehen und sah sich um. Anne Katharina duckte sich hinter das Wasserfass.
Auch die Frau an seiner Seite war stehen geblieben. Sie schnüffelte vernehmlich. »Sicher nur eine Katze«, sagte sie laut, griff nach Peters Arm und zog ihn fort. Anne Katharina atmete aus und erhob sich. Sie vermied es, daran zu denken, wie Rock und Mantel nun aussahen. Sie wollte nur noch schnell nach Hause in die warme Stube kommen. Die Mondsichel trat hinter den bisher dichten

Wolken hervor und leuchtete ihr den Weg zur Gasse hinüber. In Gedanken war Anne Katharina schon zurück in der heimischen Keckengasse, als ihre Füße gerade erst den Hof des Frauenhauses verließen. Eine Hand schnellte hinter der Ecke hervor und klammerte sich um ihren Arm. Anne Katharina schrie voll Entsetzen auf und versuchte, sich loszureißen, doch eine zweite, kräftigere Hand griff nach ihrem Ellbogen.

»Da haben wir ja die schleichende Katze!«, hörte sie die Stimme der Hure. »Seht Ihr, ich hatte Recht!«

Die Tür des Frauenhauses wurde geöffnet, um zwei Nachtschwärmer in die Gasse zu entlassen. Der Lichtschein huschte über das Gesicht der Ertappten.

»Anne Katharina!«, stieß Peter zwischen den Zähnen hervor.

Es war lange her, dass er sie bei ihrem vollen Namen genannt hatte, und vermutlich hatte er es noch nie in diesem Ton getan.

»Ihr kennt sie?«, vergewisserte sich die Frau.

»Sie ist meine Schwester!«, stieß er mit solchem Abscheu hervor, dass Anne Katharina fast in Tränen ausgebrochen wäre.

»Und nun?«, fragte die Hure mit den schwarz umrandeten Augen und den grellroten Lippen.

»Geh hinein. Ich bringe sie nach Hause.«

Die Hure nickte, musterte die Ratsherrngattin noch einmal scharf und verschwand dann im Innern des Frauenhauses. Auf der Gasse wurde es wieder dunkel. Noch immer waren Peters Finger fest um ihren Oberarm geschlossen. Der Druck verstärkte sich, und ihr blieb gar nichts anderes übrig, als neben ihm die Gasse entlangzustolpern.

»Was hast du dir nur dabei gedacht?«, fauchte er. »Du verfolgst mich durch die Stadt? Du spionierst mir hinterher? Wer bin ich? Dein unmündiger Sohn?« Anne Katharina schwieg und konzentrierte sich darauf, nicht auszurutschen. Ihrem Bruder schien es egal zu sein, dass sie mit ihren langen Röcken nicht so weit ausschreiten konnte wie er. Außerdem schmerzte sie ihr Knöchel.

»Ich bin dreißig Jahre alt und ein erwachsener Mann, falls dir das entgangen sein sollte, und es geht dich nichts, aber auch gar nichts an, was ich tue! Willst du wieder den Moralapostel spielen? Und mich aus den Fängen dieser Frauen befreien?«
Seine Schwester stöhnte unter seinem harten Griff, aber er ließ nicht locker. Vielleicht war er zu wütend, es zu bemerken, vielleicht wollte er sie bewusst strafen. Was sollte sie zu ihrer Verteidigung sagen? Welchen Grund könnte sie angeben, der um diese Zeit ihren Aufenthalt beim Frauenhaus erklären konnte? Es fiel ihr nichts ein, daher schwieg sie und lauschte den Worten, die noch mehr schmerzten als ihr Arm.
»Ich hatte gehofft, irgendwann würde es aufhören, dass du dich schlimmer, als eine Mutter es je könnte, mir gegenüber aufführst. Ich bin nicht nur vor Ulrichs Predigten nach Heidelberg geflohen, sondern auch vor deiner unermüdlichen Fürsorge! Ich hätte meine Studien schon vor Jahren beenden können, wenn ich es gewollt hätte, aber es gab nichts, das mich nach Hause zurücktrieb. Und wenn du so weitermachst, dann packe ich mein Bündel und kehre Hall wieder den Rücken.«
»Peter, nein, das ist ungerecht«, stieß sie hervor. »Du weißt nicht, was du sagst, schließlich hast du unsere Mutter nicht einmal kennen gelernt. Ja, ich habe mich um dich gekümmert, um dir die Mutter ein wenig zu ersetzen, doch statt dir Vorschriften zu machen, suchte ich dich stets vor Ulrichs Strenge zu schützen! Wie oft nahm ich die Folgen auf mich, die dein Leichtsinn über die Familie brachte!«
»Vielleicht hättest du das nicht tun sollen«, brummte er. »Kinder müssen lernen, für ihre Taten einzustehen.« Er öffnete die Haustür und schob seine Schwester in die Halle. »Es ist spät. Du solltest ins Bett gehen«, sagte er noch, dann ließ er sie stehen, stürmte in seine Kammer und schlug die Tür hinter sich zu.
»Ach, und wer behandelt nun wen wie ein unmündiges Kind?«, schimpfte Anne Katharina hinter ihm her. Missmutig stieg sie die Treppe hinauf. »Aber das ist ja sicher wieder etwas ganz anderes.

Schließlich bin ich nur ein Weib, und dem darf ein Mann Anweisungen geben. Ja, ja, stürz dich nur in dein Unglück. Ich werde dich nicht aufhalten, wenn du dein Leben an die freien Weiber verschwenden willst, statt eine Familie zu gründen.«

Dennoch ging sie in Gedanken die heiratsfähigen Töchter der Stadt durch, die von der Familie und der Mitgift her für ihn in Frage kommen könnten. Vielleicht sollte sie – ganz unauffällig – seine Bekanntschaft mit den ledigen Schwestern seiner früheren Freunde erneuern?

Nein, lieber nicht, dachte sie, während sie ihr Haar zu zwei Zöpfen flocht und die Nachthaube aufzog. Wenn er etwas von diesen Absichten bemerkt, dann macht er seine Drohung womöglich wahr und verlässt Hall. Sie spürte, wie dieser Gedanke sie ängstigte. Peter bedeutete ihr viel, und es war ihr Freude und Trost, ihn hier im Haus zu wissen.

Sie schlüpfte in ihr Nachthemd, das sie seit ein paar Wochen trug. Es kam immer mehr aus der Mode, nackt zu schlafen, und sie fand es angenehm, nicht immer erst nach einem Umhang suchen zu müssen, wenn sie nach einem der Kinder sehen wollte. Anne Katharina trat an die Waschschüssel und schob sich die rüschenverzierten Ärmel hoch. Dort, wo die Hure nach ihr gegriffen hatte, waren zwei schwarze Flecken zurückgeblieben. Die Sünde klebte an ihrer Haut und ließ sich nur schwer abwaschen. Erst als sie zu einem Bimsstein griff, verschwanden die Zeichen der Schande. Die Haut leuchtete rot und war wund, aber sie war wieder rein.

✠ ✠

Die nächsten Tage grübelte Anne Katharina darüber nach, wie sie ihr »Problem in der Scheune« lösen könnte. Oft war sie so abwesend, dass man sie zweimal ansprechen musste, ehe sie reagierte. So saß sie am Samstag nach dem Frühmahl bei Agnes in der Küche, aber sie hörte nicht, was die Magd erzählte, während diese auf den Knien den Küchenboden schrubbte.

»Habt Ihr gehört, eine ganze Anzahl von Männern und Weibern ist in das Kloster Schöntal eingedrungen. Zwei Tage und zwei Nächte haben sie gezecht. Die Mönche haben lieber ihren Keller geleert, als sich den Zorn der Meute zuzuziehen. Anscheinend ist der Haufen nun weitergezogen, sich eine andere Wirtschaft zu suchen.«

»Hm.«

»Ich habe gestern Nachricht von meiner Schwester bekommen«, wechselte die Magd das Thema. »Wie Ihr wisst, arbeitet sie in Reinsberg bei Bauer Grohnbach.«

»Hm.«

»Sie ist in der Scheune vom Boden gefallen und hat sich das Bein gebrochen. Anscheinend will die Wunde nicht heilen, und das Fieber lässt das Schlimmste befürchten.«

»Hm.«

Die Magd ließ die Scheuerbürste sinken und drehte sich zu ihrer Herrin um, die mit glasigen Augen vor sich hin starrte.

»Herrin?«

»Hm.«

»Anne Katharina!«

Die Ratsherrngattin fuhr von ihrem Schemel hoch. »Was? Oh, entschuldige bitte, ich habe nicht zugehört. Was hattest du gesagt?«

Für einen Moment verengten sich die Augen der Magd, dann jedoch wiederholte sie in ruhigem Ton, was ihrer Schwester zugestoßen war.

»Wie schrecklich!«, rief Anne Katharina, und für eine Weile verdrängte die Nachricht ihre Sorgen. »Wird sie denn richtig versorgt?«

Agnes zuckte mit den Schultern. »Geld für einen richtigen Chirurgen werden die Grohnbachs sicher nicht ausgeben. Ich glaube, ein Bader hat nach ihr gesehen.«

»Kann man denn gar nichts tun?«

»Ich wollte Euch bitten, ob ich am Sonntag zu ihr gehen darf, um sie wenigstens noch einmal zu sehen, falls es zum Schlimmsten kommt.«

»Aber ja, wir kommen hier schon zurecht.« Grübelnd zog sie die Stirn in Falten.

»Ich würde ein oder zwei Nächte wegbleiben«, fügte die Magd leise hinzu.

»Ja, ja«, nickte die Herrin. »Das Fieber, man müsste etwas gegen das Fieber machen und gegen das Nässen der Wunde. Ich werde Meister Gessner fragen.« Sie erhob sich und ging hinaus. Verwundert sah ihr die Magd nach.

Anne Katharina ließ sich vom Apotheker eine Tinktur gegen Wundbrand geben und ein Pulver mischen, das in Wein aufgelöst das Fieber senken würde. Sie bezahlte die geforderten Silberstücke und machte sich dann auf den Heimweg. Auf der Treppe kam ihr die Büschlertochter entgegen.

»Schon wieder ein Krankheitsfall in der Familie?«, fragte sie die Freundin und deutete auf die beiden Fläschchen in Anne Katharinas Händen. »Ich hoffe doch, es ist die Seybothin und nicht wieder dein zartes Töchterlein.«

Anne Katharina lächelte. »Nein, weder noch, die Medizin ist für Agnes' Schwester.«

»Die Schwester deiner Magd?«

Anne Katharina nickte. Die Büschlerin hakte sich bei ihr unter und stieg mit der Freundin die Treppe hinunter, die sie gerade erst erklommen hatte.

»Du bist zu gut, viel zu gut für diese Welt«, sagte sie kopfschüttelnd. »Ich hoffe, die großen Kirchenmänner einigen sich bald darüber, ob nun gute Taten für das Seelenheil zu empfehlen sind oder nicht. Jedenfalls vermute ich, dass dein Buch der guten Taten – sollte es existieren – schon bis zur letzten Seite gefüllt ist!«

»Oh, du Schmeichlerin«, wehrte Anne Katharina ab. »Erzähle mir lieber, wie es dir geht.«

Die Büschlerin machte ein geheimnisvolles Gesicht. »Mir geht es

prächtig, denn ich werde mich morgen nach der Messe nach Rothenburg aufmachen.«
»Besuchst du die Familie deiner Mutter – Gott habe sie selig?«
Anna nickte. »Ja, aber das ist es nicht, was mich die Stunden bis zum Aufbruch zählen lässt. Ich werde über Leofels reisen.«
Anne Katharina machte ein verständnisloses Gesicht. »Leofels?«
»Ja, denn ein gewisser Reitersmann ist dort für ein paar Tage einquartiert!«
»Du wirst doch nicht etwa ganz allein reisen!«
Anna verdrehte die Augen. »Und wie soll ich mich heimlich mit Daniel treffen, wenn mir ständig ein Knecht nachschnüffelt? Ich nehme den Wagen. Mit unseren Gäulen komme ich bestens zurecht.«
»Ich hatte auch nicht befürchtet, dass du mit den Zügeln nicht umzugehen weißt«, schimpfte Anne Katharina. »Es geht vielmehr darum, wer sich außer dir noch auf den Landstraßen herumtreibt. Ich denke, nicht einmal dir ist entgangen, dass sich allerorts wüstes Gesindel zusammenrottet.«
Anna Büschler zog die Augenbrauen hoch. »Aber Kathi, das hätte ich nicht von dir erwartet, dass du den armen, unterdrückten Bauersmann, der für eine gerechte Welt gegen die bösen Herren kämpft, als Gesindel bezeichnest!«
Anne Katharina blieb stehen. »Du kannst dir deinen Spott sparen«, schimpfte sie. »Wie kannst du nur so leichtsinnig sein. Was sagt denn dein Vater dazu?«
Die Büschlerin zuckte mit den Schultern. »Nichts. Ich glaube kaum, dass er mich fragen wird, ob ich mir einen Knecht zu meiner Begleitung miete oder nicht. Unser Knecht jedenfalls ist die Tage nicht abkömmlich.«
Anne Katharina blieb vor dem Seybothschen Haus stehen. »Ich merke, es hat keinen Sinn, dir weiter Ratschläge zu erteilen, daher lasse ich es und wünsche dir für deine Reise alles Gute. Ich glaube, du tust gut daran, dich für Daniel zu entscheiden. Dein Vater wird schon einwilligen, wenn er merkt, dass du es ernst mit ihm meinst.«

Anna Büschler schüttelte den Kopf. »So einfach ist das nicht. Du kennst meinen Vater nicht so gut wie ich. Er hat mich an die Stelle seines verstorbenen Weibes gesetzt, weil ich der Mutter so ähnlich bin. Er liebt mich und verwöhnt mich, ist in vielen Dingen nachsichtig mit mir. Ja, ich denke gar, er erfreut sich an meinem Anblick, wenn ich mich wieder einmal so ausstaffiere, dass die alten Klatschbasen fast in Ohnmacht fallen. In einer Sache jedoch wird er hart bleiben. Er wird mich nicht gehen lassen. Wenn es nach ihm geht, dann werde ich mein Leben an seiner Seite führen, bis Gott ihn zu sich nimmt.« Sie seufzte.

»Aber das ist gegen die Natur«, wandte Anne Katharina ein. »Wenn du einen Mann liebst und mit ihm leben willst und er und seine Familie angemessen sind, dann muss der Vater seinen Segen geben!«

Die Büschlerin küsste ihre Freundin auf beide Wangen. »Ach, liebste Kathi, es ist alles sehr schwierig. Noch will auch ich nicht auf eine Hochzeit drängen. Ich kann mich einfach nicht entscheiden. Welchen Mann soll ich bevorzugen, welchen wegschicken? Ich liebe sie beide, und beide sind nur selten da. Hier und da ein Briefchen, das genügt mir nicht. Ich mag Erasmus' fröhliches Lachen. Er ist so unbeschwert und voller Einfälle, und ich liebe Daniels ernste Liebesschwüre und seine Zärtlichkeit. In seinen Armen fühle ich mich geborgen.« Sie schwieg einige Augenblicke. Ihre Miene war ernst. »Nein, noch ist der Augenblick der Entscheidung nicht gekommen. Ich lebe jeden Tag und greife mir das Glück, das sich mir bietet. Wer weiß, wie lange es währt?«

Anne Katharina sah der Freundin nach, wie sie in ihrem eleganten Gewand auf den hohen Sohlen davonschritt. Sie war wie einer der exotischen Vögel, die sich manch Junker aus einem fernen Land hatte mitbringen lassen und der nun in einem Käfig langsam zugrunde ging. Anna war so voller Leben, aber auch leichtfertig, und dennoch konnte Anne Katharina sie nicht verurteilen. Wie lange konnte das Versteckspiel noch gut gehen? Es war ihr, als zögen sich düstere Wolken am Horizont zusammen.

Am Abend saß Anne Katharina noch lange allein in der Stube, als es im Haus bereits ruhig geworden war, und hing ihren Gedanken nach. Es war schon spät, als unten die Tür klappte. Michel kam die Treppe hoch und traf unter der Stubentür mit seiner Gattin zusammen. Ein seltsam süßlicher Geruch hüllte Anne Katharina ein. Michel legte ihr einen Arm um die Schultern und versuchte, sie auf den Mund zu küssen, aber sie drehte das Gesicht weg. Was war das? Sie hatte das schon öfter gerochen, nun jedoch schien der Geruch mit einer neuen Erinnerung verknüpft zu sein. Sie sah Peter vor ihrem inneren Auge auftauchen. Eine nächtliche Begegnung huschte durch ihren Geist.

»Was ist mit dir?«, fragte Michel ein wenig undeutlich. »Warum bist du noch wach?«

Das Frauenhaus! Das Mädchen an Peters Seite hatte nach diesem aufdringlichen Parfüm gerochen.

»Du warst bei den freien Weibern«, stieß Anne Katharina hervor, ehe sie darüber nachdenken konnte, ob es klug war, dieses Thema zu nächtlicher Stunde anzusprechen.

Michel trat einen Schritt zurück und sah seine Gemahlin aus geröteten Augen an. »Eine anständige Frau führt keine solchen Reden!«

»Und ein verheirateter Bürger sollte nicht ins Frauenhaus gehen«, gab sie zurück.

»Das geht dich nichts an«, schrie er. »Wer treibt mich denn aus dem Haus? Wer verweigert mir denn seit Monaten mein eheliches Recht? Habe ich dich je gezwungen? Habe ich dich deswegen gestraft? Also hör auf, mir Vorwürfe zu machen!« Er rülpste und drückte sich die Hand gegen die Leibesmitte. »Ich gehe nun zu Bett«, brummte er und tappte davon.

Anne Katharina sah ihm nach. Sie fühlte sich erschöpft und sehnte sich nach einem weichen Lager, verspürte aber keine Lust, neben Michel unter die Decke zu schlüpfen. Dieser widerliche Gestank hing ihr noch immer in der Nase. Hatte er früher auch so gerochen, wenn er aus dem Frauenhaus kam? Sie überlegte. Vielleicht war es ihr nicht aufgefallen, weil sie keine Verbindung zu den Hu-

ren hatte herstellen können, vielleicht roch er heute aber auch stärker als bisher.
Anne Katharina zögerte. Am liebsten würde sie ihn zum Waschtrog scheuchen, bis auch der letzte Rest seines sündigen Tuns von ihm abgerubbelt wäre, aber ihr war klar, dass er diesem Wunsch nicht Folge leisten würde. Wahrscheinlich lag er bereits im Bett und schnarchte!
Nein, heute Nacht würde sie mit Veronica das Lager teilen und den wundervollen Kinderduft einatmen.

✠ ✠

Der Sonntag fing mal wieder mit einem Streit beim Morgenmahl an. Die Seybothin schimpfte über Bernhard, der sich nicht ordentlich gekämmt hatte, und machte seiner Mutter die üblichen Vorhaltungen. Michel hatte einen schweren Kopf vom Vorabend. Mit ein paar scharfen Worten brachte er die Frauen zum Schweigen. Peter war erst gar nicht erschienen und tauchte auch nicht auf, als sich alle für den Kirchgang anzogen. Schweigend schritten sie die Keckengasse hinunter und bogen am alten Barfüßerkloster nach rechts in die zum Marktplatz ansteigende Gasse ein. Auf dem großen Platz unterhalb der St. Michael Kirche versuchten, wie an jedem Sonntag, Schmalz- und Honigbäcker den Gläubigen die Messe und die anschließende Predigt mit Honigkringeln oder anderen Leckereien zu versüßen. An der großen Freitreppe saßen Bettler, streckten die Hände aus und sahen die Bürger aus großen, hungrigen Augen an.
»Geht heute Mittag zur Armenschüssel«, schimpfte Michel zwei Burschen. Der jüngere der beiden hatte einen verkrüppelten Fuß, der andere versuchte, das Brandzeichen auf seiner Wange hinter langen Haarsträhnen zu verbergen.
»Der Rat hat das Betteln vor der Kirche untersagt, aber das scheint keinen zu kümmern! Wir müssen strenger durchgreifen, sonst werden wir das Gesindel niemals los.«

»Sie werden von einer Stadt in die andere geschoben, weil niemand sie haben will«, sagte Anne Katharina, »und dann wundern sich die feinen Bürger, wenn sie sich irgendwann einfach nehmen, was sie zum Leben brauchen.«
Michel drehte sich zu seinem Eheweib um und funkelte es an. »Die Stadt sorgt sehr wohl für ihre Armen, und auch die Wandernden dürfen ein paar Tage bleiben. Willst du jeden Strauchdieb in die Stadt locken? Du könntest all unser Geld verschleudern und würdest dennoch das Elend in dieser Welt nicht ausrotten. Wir geben Almosen und verhalten uns, wie es von anständigen Christen verlangt wird! Das ist mehr, als man erwarten kann.«
Anne Katharina presste die Lippen aufeinander. Sie nahm Barbara in ihre Arme und trug sie die letzten Stufen bis zum Portal hinauf, durch das die Bürgerschaft in die Kirche strömte.

✠ ✠

Es war noch nicht Mittag, als sich die ersten schwangeren Frauen aus Braunsbach und der Umgebung unten an der Mühle am Kocher einfanden, wo der Müller sie, wie es der Brauch war, zum Fischessen geladen hatte. Ein knappes Dutzend Weiber waren es, mit mehr oder weniger geschwollenen Bäuchen, die sich fröhlich schwatzend um den Tisch setzten und sich gedünsteten Fisch und Kohlsuppe schmecken ließen. Auch Marga, die Frau von Agnes' Bruder Wolf, war unter ihnen. Die Frauen lachten und scherzten, während sie das Essen mit Kocherwein hinunterspülten. Bei Marga würde es noch zwei Monate dauern, die dicke Grete an ihrer Seite dagegen wartete jeden Moment, dass es mit den Wehen beginnen möge. Sie hatte Wasser in den Beinen und konnte kaum mehr vom einen Ende des Dorfes zum anderen gehen. Der quirligen Els, die auf der anderen Seite saß, sah man ihre vierte Schwangerschaft noch nicht so recht an, aber sie schwor bei Gott, dass auch sie ein Anrecht auf das Essen habe.
Die Sonne stieg höher, und die Teller waren geleert, als die Ehe-

männer sich zu ihren Weibern gesellten. Und weil es solch ein schöner Tag war und der Wein schließlich getrunken werden musste, setzten sie sich zu ihnen. Sie redeten und tranken, riefen nach immer mehr Wein und vergaßen ganz, dass sie gekommen waren, um die Frauen nach Hause zu begleiten. Natürlich waren auch in Braunsbach die Unruhen in den Dörfern das wichtigste Gesprächsthema. Plötzlich tauchte eine Gruppe Männer auf. Zwei Dutzend waren es, die sich pauken- und pfeifespielend der Mühle näherten. Wolf erkannte den Geislinger Veit Lang und Hödlin aus Enslingen. Ein Großteil der Bauern, die nun ihre Trommeln und Pfeifen zur Seite legten und den Müller Rapolt nach Wein schickten, schienen aus Jungholzhausen zu stammen.

»Was ist das für ein Umzug?«, fragte Wolf und hob prostend seinen Becher.

»Wir wollen auch einen Haufen versuchen«, antwortete einer der Jungholzhäuser.

»Er hat Recht! Wir sollten uns der Bauernlust anschließen!«, stimmte ihm Hödlin von Enslingen zu, ein kräftiger Mann mit fransigem Blondhaar. Einige andere nickten.

»Ja, wir müssen sie unterstützen«, rief der Schmied.

»Auch wir wollen frei sein und nicht den Haller Säckel mit unserer Hände Arbeit füllen!«, sagte Veit Lang, ein Hüne mit grauem Bart, dem stets jeder zuhörte, wenn er die Stimme erhob.

Wolf ließ sich den Becher noch einmal füllen. »Das ist richtig. Es ist an der Zeit, die Fesseln abzuwerfen. Doch wenn das recht gelingen soll, dann müssen wir uns zusammenschwören und sehen, dass wir jeden Mann bekommen!«

»Und jede Frau«, schrie die dicke Grete dazwischen. Die anderen Weiber johlten.

»Ja, genau, dich werden sie mit zum Aufstand tragen!«, kicherte Marga.

»Ruhe, ihr Weiber«, herrschte sie der Lang an. »Das ist eine ernste Angelegenheit. Hier geht es um unsere Freiheit!«

»Wir brauchen einen Anführer«, mischte sich Wolf ein. »Du solltest uns führen, Veit, zu dir haben wir Vertrauen.«
Die anderen murmelten zustimmend.
»Nein, keiner sollte allein über die anderen bestimmen. Ich schlage vor, ihr wählt auch den Hödlin zum Hauptmann.«
Sie tranken und redeten noch eine Weile und einigten sich schließlich, dass der Lang und der Hödlin sie anführen sollten. Zum Zeichen ihres Bundes schlug jeder von ihnen mit einer Axt in den Mühlbalken.
»Nun ist der Pakt geschlossen«, verkündete Hödlin feierlich. »Bringt eure Weiber nach Hause. Dann werden wir von Hof zu Hof ziehen und sehen, ob wir die Bauern und ihre Knechte für die Sache gewinnen können.«
Die Männer und ihre Frauen jubelten und zogen in ihrem Rausch von Wein und freudiger Erwartung ins Dorf zurück.

✠ ✠

Die Sonne schien warm, als die Gläubigen zwei Stunden später aus dem Tor von St. Michael hinaustraten und die Treppe hinabstiegen. Die Bäcker beeilten sich, den Rest ihrer Waren zu verkaufen. Es gesellten sich Wirte und Metzger dazu, die Fleischspieße und kleine Fische über Kohlebecken brieten und Wein und Met ausschenkten. Ein Flecksieder rührte in seinem Kessel, aus dem scharfer Dampf aufstieg. Heute würden die Geschäfte gut gehen. Das Wetter war prächtig und lud zum Verweilen ein. Die verwirrenden Nachrichten, die vom Umland in die Stadt schwirrten, verlangten danach, ausgetauscht und besprochen zu werden, und die Messe mit der langen Predigt hatte die Kirchenbesucher hungrig und durstig gemacht. Wenn auch manche es ablehnten, sich vor dem Kirchgang mit Leckereien zu verwöhnen, so sprach zu dieser Stunde nichts dagegen, es sich wohl sein zu lassen.
Anne Katharina kaufte den Kindern Schmalzgebäck mit Nüssen, obwohl Mathilde etwas von »Verschwendung« und »Kinder verzie-

hen« vor sich hin schimpfte. Michel nahm sich einen Becher Wein. Man grüßte Bekannte und plauderte ein paar Worte mit ihnen. Anne Katharina ließ den Blick schweifen und versuchte, die Gesprächsfetzen zu sortieren, die an ihr Ohr drangen. Drei Männer schoben sich an ihr vorbei und stellten sich neben eine Kohlenpfanne, auf der fettige Fleischbrocken brutzelten.

»Die von Kirchberg und Ilshofen sind nun auch aufgestanden, habe ich gehört«, sagte Bartel Kling, der seine Silberschmiede beim Gelbinger Tor hatte.

»Das wundert mich nicht«, brummte der Metzger Bernhard Esslinger. Mit einer Zange drehte er die Fleischstücke um, ehe er weitersprach. »Dort gibt es einfach zu viele Herren. Die Leute zahlen an den Markgrafen Kasimir, die Herren von Vellberg und von Crailsheim, das Kloster Anhausen, die Komburger, die Klosterfrauen von Rothenburg und nicht zuletzt an die Reichsstädte Rothenburg, Dinkelsbühl und natürlich Hall. Wer kennt sich denn da noch aus?«

»Ja«, stimmte ihm der Silberschmied zu, »man hat das Gefühl, dass die Herrschaften sich mit ihren Lasten und Fronen gegenseitig zu übertrumpfen suchen.«

»Ich glaube, das größte Ärgernis ist, dass in Kirchberg die Luft allein schon eigen macht«, mischte sich nun Bartels Begleiter, der Gerber Steffen Feyerabend, ein. »Seit Hall, Rothenburg und Dinkelsbühl dem Hohenloher seine Ämter Kirchberg und Ilshofen abgekauft haben, fällt jeder in Leibeigenschaft, der dort länger als drei Monate lebt.«

»Und wenn schon«, sagte ein dritter Mann, den Anne Katharina nicht kannte. »Das bedeutet halt einen Heller mehr pro eigenen Gulden an den Obervogt. Es ist eine Abgabe unter vielen.«

»Nein, so einfach ist das nicht zu sehen.« Der Metzger schwang seine Zange, so dass die Männer vorsichtshalber einen Schritt zurückwichen. »Die Prediger, landauf, landab, erzählen den Leuten, dass Christus sie mit seinem Blut befreit hat. Für sie ist leibeigen zu werden mehr, als nur eine weitere Steuer zu bezahlen.«

Rufe von der anderen Seite des Marktplatzes her lenkten Anne Katharina ab. Sie reckte den Hals, um besser sehen zu können. Ein Dutzend Männer kamen die Schmalzstaffel herauf. Ihre lauten Stimmen hallten über den Platz, doch die Worte waren nicht zu verstehen. Anne Katharina schob sich zwischen schwatzenden Mägden und einigen ehrbaren Herren hindurch, um besser sehen zu können. Der Kleidung nach zu urteilen, waren die Neuankömmlinge Bauern oder Knechte aus den umliegenden Dörfern. Einige hatten Sauspieße dabei, andere lange, gebogene Messer an ihren Gürteln. Der Klang der Stimmen ließ vermuten, dass heute schon eine Menge Met oder Wein durch ihre Kehlen geflossen war. Einer von ihnen schwenkte seinen Hut, auf dessen Krempe er ein weißes Kreidekreuz gemalt hatte. Die alte Seybothin nahm die Mädchen an den Händen und zog sie mit sich fort. Bernhard drängte sich an seinen Vater und ignorierte ihre Blicke. Immer, wenn etwas Spannendes passierte, sollte er wie ein kleines Kind nach Hause gehen.

»Bernhard! Komm her, wir gehen heim!«, hörte er ihre scharfe Stimme.

Er reagierte nicht. Als sie das zweite Mal rief, sah sein Vater ihn an.

»Kannst du nicht hören?«, schimpfte er. Mit hängendem Kopf folgte Bernhard der Großmutter und seinen Schwestern.

Michel Schletz drängte sich durch die Menge. Hektisch winkte er nach dem Schultheiß, der ihm mit zwei seiner Büttel folgte. Die Bauern grölten, dann jedoch verstummten sie, um zu hören, was der Stättmeister ihnen zu sagen hatte.

»Heute Morgen wird ja richtig was geboten«, erklang die Stimme der Büschlertochter hinter Anne Katharina. Sie war bereits für die Reise gekleidet und hatte auf anstößige Extravaganzen verzichtet. Plötzlich kam Anne Katharina eine Idee.

»Welchen Weg wirst du nehmen? Kann Agnes nicht mit dir fahren? Ihre Schwester lebt in Reinsberg.«

Die Büschlerin nickte. »Es macht sicher keinen großen Unterschied, ob ich über die Höhe fahre oder dem Kocher folge, und der Karren ist groß genug für mindestens vier Leute.«

Anscheinend hatte Michel das Gespräch der Frauen mit angehört, denn er drehte sich zu ihnen um. »Was höre ich da? Agnes will nach Reinsberg?«

Seine Gattin erzählte ihm vom Unfall und dem schlechten Zustand der Schwester und dass Annas Fahrt eine gute Gelegenheit biete, dorthin zu gelangen.

Michel schüttelte den Kopf. »Sie wird nicht fahren!«

»Was? Aber warum denn nicht? Ich habe es ihr erlaubt und Medizin für ihre Schwester gekauft.«

»Aber ich sage nein! Ich bin der Herr im Haus, und ich finde es nicht gut, wenn Frauen in diesen Zeiten über Land reisen.«

Anne Katharina vergaß ganz, dass sie der Freundin mit dem gleichen Argument von ihrer Fahrt abgeraten hatte. Nun fühlte sie nur den Zorn, von ihrem Gatten in aller Öffentlichkeit gedemütigt zu werden.

»Agnes ist meine Magd. Sie hat mir schon vor unserer Ehe gedient. Daher kann ich entscheiden, ob sie ihre todkranke Schwester noch einmal sehen darf.«

Michels Gesicht lief rot an. »Ja, du hast sie mit in die Ehe gebracht, und daher steht sie, wie deine Mitgift, nun unter meiner Verantwortung. Es kann ja sein, dass bestimmte Herren dieser Stadt ihre Töchter oder Weiber ihres Hauses herumvagabundieren lassen, doch ich gehöre nicht dazu. Ich sage dir: Schluss jetzt mit diesem Unsinn. Du wirst nach Hause gehen und dort auf mich warten, und kein Weib dieser Familie wird die Stadt verlassen, wenn ich es nicht ausdrücklich erlaube!«

»Ach ja?«, zischte Anne Katharina, nun genauso rot. »Das werden wir ja sehen. Erwarte nicht, mich daheim vorzufinden, denn ich werde Agnes begleiten! Komm Anna.«

Nun wurde Michel blass vor Wut. Er griff nach ihrem Arm, doch der Stättmeister unterbrach den ehelichen Zwist.

»Michel, kommt schnell, wir müssen alle Ratsherren zusammenrufen. Da braut sich etwas zusammen. Wir sollten in kleinen Gruppen die Dörfer abreiten, um die Bauern zu beschwichtigen. Sie müssen ihren Treueschwur erneuern.«

»Wage es nicht!«, drohte Michel seinem Weib, dann eilte er hinter dem Stättmeister her zum Rathaus hinunter.

# KAPITEL 4

Die beiden Frauen standen noch immer mitten auf dem Marktplatz und sahen den Räten und Richtern nach, die zum Rathaus hinuntereilten.
»Meinst du das wirklich ernst?«, fragte die Büschlerin.
Anne Katharina nickte. »Ja. Ich habe es satt, mich wie sein Eigentum behandeln zu lassen. Ich will nicht mehr brav und sittsam sein.« Sie schob das Kinn vor. »Ärger bekomme ich sowieso dauernd, also kann es sich auch einmal lohnen.«
Die Büschlerin zuckte mit den Schultern. »Mir soll es recht sein, wenn ich einen Teil des Weges liebe Gesellschaft habe. Kannst du in einer Stunde am Langenfelder Tor sein?«
Die Freundin nickte, drückte Anna kurz an sich und eilte davon.

Anne Katharina hatte Pater Hiltprands Briefe geholt, die er, wie sie wusste, schon einige Wochen für Pfarrer Herolt aufbewahrte. Nun stand sie vor ihrer Kleidertruhe und packte ein paar Kleinigkeiten, die sie in den nächsten Tagen vielleicht brauchen würde, in eine Ledertasche. Nachdenklich runzelte sie die Stirn. War das alles? Ihr kam es so vor, als habe sie etwas Wichtiges vergessen. Die Kinder waren bei ihrer Großmutter gut aufgehoben. Sie hatte ihre Fürsorge ja sowieso an sich gerissen! Aber …
Die Scheune! Mara und das Kind! Wie hatte sie das nur vergessen können! Kraftlos ließ sie sich auf das Ehebett sinken. Sie konnte nicht mitfahren. Sie würde demütig daheim sein, wenn Michel zurückkehrte, und den Triumph ihres Gatten ertragen müssen. Oder konnte sie den beiden schnell noch Essen und Wasser bringen? Dann sollten sie zwei oder drei Tage überstehen. Anne Katharina

stöhnte. Es war Sonntag, die Sonne schien. Wie sollte sie das unauffällig bewerkstelligen? Mit schwerem Schritt stieg sie die Treppe hinunter, um Agnes zu sagen, dass sie in Hall bleiben würde. Als sie die Halle erreichte, blieb sie unvermittelt stehen.

»Das ist es«, flüsterte sie aufgeregt. »Das ist die Gelegenheit!« Sie stürzte in Agnes' Kammer und schlug die Tür hinter sich zu.

»Agnes«, sagte sie mit zitternder Stimme und griff nach der Hand der Magd, »schwöre mir, dass du nichts von dem verraten wirst, was ich dir jetzt sage.«

Die Magd nickte gleichmütig. »Hattet Ihr jemals Grund, an mir zu zweifeln?«

Wenige Minuten später eilten die Frauen in die Unterstadt.

»Dass ich das nicht gleich gesehen habe!«, frohlockte Anne Katharina. »Es ist die Gelegenheit, Mara mit dem Kleinen aus der Stadt hinauszubringen. Wenn sie sich nichts zu Schulden kommen lässt, dann können sie in Rothenburg friedlich leben.«

»Jetzt müssen wir sie aber erst einmal ungesehen zum Tor bringen!«, bremste die Magd die Euphorie ihrer Herrin. »Es sind ziemlich viele Menschen in den Gassen unterwegs!«

Anne Katharina nickte. Sie bogen in die Kerfengasse ein, in der es zum Glück ruhiger war als in den breiten, gepflasterten Straßen.

»Wir werden …« Sie verstummte und zog mit einem pfeifenden Geräusch die Luft ein. »Oh Gott«, stöhnte sie und hob die Hand. Ihr Zeigefinger zitterte.

»Agnes, siehst du das? Das Schloss wurde aufgebrochen.«

Anne Katharina wollte zur Scheunentür stürzen, aber die Magd hielt sie zurück. »Wartet!« Sie zwang ihre Herrin, langsam weiterzugehen. Drüben kamen zwei Weiber aus dem Hof und verschwanden im Frauenhaus. Agnes ließ den Blick die Gasse hinauf- und hinuntergleiten. »Jetzt, schnell!«

Die Frauen eilten zur Scheunentür, zogen sie einen Spalt weit auf, schlüpften hinein und ließen sie hinter sich zufallen. Reglos blieben sie stehen. Kein Laut war zu hören, nur ihr eigener Atem.

»Mara?«, flüsterte Anne Katharina in die Dunkelheit. »Ich bin es! Wo bist du?«
Es war ihr, als höre sie einen erstickten Laut. War das Mara, oder lauerte dort jemand in der Finsternis? Agnes kniete sich nieder, schlug einen Funken und entzündete den Docht eines kleinen Binsenlichts. Langsam gingen die beiden Frauen auf das Versteck zu. Anne Katharina fielen zwei große Kisten ins Auge, die vorher nicht in der Scheune gestanden hatten. Was konnten sie wohl verbergen? Anne Katharina nahm sich vor, sie später genau zu untersuchen. Jetzt war nicht der rechte Augenblick, ihrer Neugier nachzugeben. Es gab Wichtigeres zu tun!
Mara saß mit untergeschlagenen Beinen im Stroh und wiegte sich langsam vor und zurück, das Kind eng an sich gepresst.
»Ihr habt gesagt, ich wäre hier sicher. Niemand würde mich finden«, schluchzte sie.«
Anne Katharina kniete sich zu ihr nieder. »Was ist geschehen?«
»Sie zerbrachen das Schloss und kamen in die Scheune. Dann schleppten sie schwere Kisten herein.«
»Haben sie dich entdeckt?«
Hastig wischte sich Mara eine Träne von der Wange und schüttelte den Kopf. »Was hätten sie mit uns gemacht? Was wäre passiert, wenn Johannes geweint hätte?«, stieß sie hervor. »Ich kann nicht hier bleiben. Sie werden wiederkommen und mich finden.«
»Beruhige dich. Es tut mir Leid, dass du solche Angst erleiden musstest, doch nun wird alles gut. Ich habe einen Weg gefunden, dich aus der Stadt hinaus und an einen sicheren Ort zu bringen.«
Mara warf Agnes einen misstrauischen Blick zu. »Wer ist sie?«
»Sie ist meine Magd. Du kannst ihr vertrauen. Komm, steh auf, wir müssen fort.«
Sie hüllten die Verängstigte in einen Umhang mit Kapuze. Anne Katharina spähte durch einen Spalt in der Tür und winkte Agnes heran.
»Kommt, es ist niemand zu sehen. Geht langsam, haltet den Blick

gesenkt und meidet die belebten Gassen. Ich eile voran, um Anna einzuweihen. Und dann können wir nur noch beten, dass wir unerkannt durch das Tor kommen.«

✠ ✠

»Bist du verrückt?«, schimpfte Anna Büschler, als ihre Freundin ihr in hastigen Sätzen die Geschichte erzählt hatte. »Und was willst du nun mit ihr machen?«

»Ich wollte dich bitten, dass du sie mit nach Rothenburg nimmst. Vielleicht kann deine Familie ihr Arbeit geben.«

Die Büschlerin stieß einen Laut aus, der einem Aufstöhnen ähnlicher war als einem Lachen. »Das ist nicht dein Ernst! Ha, und mir machst du Vorhaltungen, dass ich mich nicht an die Regeln halte! Ich verstecke keine verurteilten Verbrecher!«

»Sie wurde verurteilt, ja, aber ich kann mir nicht vorstellen, dass sie eine Verbrecherin ist«, stieß Anne Katharina hervor. »Wer kann schon sagen, was wirklich geschehen ist. Natürlich hat man den Worten des Junkers geglaubt.«

»Es ist ganz egal, was wirklich geschehen ist. Der Rat hat sie zu Kerkerhaft und anschließender Verbannung verurteilt, und sie hat durch ihre Flucht den Urfehdeeid gebrochen.«

Anne Katharina nickte. »Ja, ich weiß, deshalb darf sie in Hall niemand finden. Versteh doch, wie hätte ich sie dem Schultheiß ausliefern können, als ich sie mit Wehen auf einer Treppe kauernd vorfand. Ihr kann die Hinrichtung drohen, wenn man sie auf Haller Boden ergreift!«

»Was ist mit dem Vater ihres Kindes?«

»Er ist ein Landsknecht, und sie liebt ihn, mehr kann ich dir dazu nicht sagen. Sie weiß nicht, wo er ist. Es ist viele Monate her, dass sie ihn das letzte Mal gesehen hat.«

Die Büschlerin seufzte und hob die Hände. »Also gut, überredet. Ich weiß nicht, warum ich mich auf solch einen Wahnsinn einlasse, wo doch jeder sagt, ich sei eitel und hätte kein Herz.«

Anne Katharina umarmte sie. »Du hast ein großes Herz. Das weiß ich schon lange.«
»Ja, ja, schmeichle mir nur. Noch lieber wäre es mir, wenn du mir deinen Plan verraten würdest.« Sie lauschte Anne Katharinas Worten und schüttelte dann den Kopf.
»Nein, das kommt nicht in Frage. Wenn wir sie unter einer Decke verstecken und einer der Wächter sie entdeckt, dann bekommen auch wir große Schwierigkeiten. Wie könnten wir dann noch behaupten, wir hätten sie nicht erkannt und nicht gewusst, dass wir etwas Unrechtes tun?«
»Das will ich auch nicht. Ich stehe zu dem, was ich tue.«
»Sei nicht albern«, schimpfte die Büschlertochter. »Weder du noch ich werden Leben und Ehre für eine fremde Magd aufs Spiel setzen, die aus der Stadt verbannt wurde. Nein, spar dir deinen Zorn. Ich nehme sie mit. Sie kann bei Agnes hinten im Wagen sitzen. Wir werden alle unsere Umhänge und die Kapuzen tragen. Es geht ein kühler Wind, niemand wird sich darüber wundern. Wenn ich die Wächter ein wenig ablenke, dann wird keiner den Mägden hinten auch nur einen Blick schenken.«
Widerstrebend nickte Anne Katharina. »Gut, dann machen wir es so.«
Sie winkte Agnes und Mara, die schon eine Weile im engen Hof zwischen zwei Häusern warteten und das Gespräch der beiden Frauen beobachteten.
Wenige Minuten später rollte der Wagen der Büschlers durch das Langenfelder Tor. Der Wächter trat näher und sprach die Frauen an. Anna ließ ihre Kapuze nach hinten fallen und schenkte dem Bewaffneten einen koketten Blick. Sie beugte sich vor, scherzte und lachte. Anne Katharina sah, wie er sie fast mit seinen Augen verschlang, dann verbeugte er sich, trat zurück und wünschte den Frauen eine gute Fahrt.
»Gebt auf Euch Acht«, rief er ihnen nach und hob die Hand zum Gruß. »Die Bauern sind toll geworden, und es treibt sich allerhand Abschaum herum.«

Anna winkte zurück, dann ließ sie die Zügel locker, so dass die beiden Braunen in gemächlichen Trab verfielen.
»Wie ich dir gesagt habe«, triumphierte sie.
»Ja«, nickte Anne Katharina, »die Männer sind leicht zu durchschauen.«
»Und noch leichter zu übertölpeln«, fügte die Büschlerin hinzu und lachte.
Sie lenkte den Wagen auf die Hochebene hinauf. Hühner flohen gackernd nach beiden Seiten, als sie durch Altenhausen ratterten. Vor ihnen erstreckten sich Felder, auf denen die Wintersaat schon grünte, rechts in der Ferne erhob sich ein bewaldeter Rücken, der sich gegen das Kochertal schob. Seine Spitze bildete der Einkorn mit einer Eiche, zu der früher ganze Scharen gepilgert waren. Der Stadtläufer Sigmund Weinbrenner hatte dort vor fast fünfzig Jahren ein Bildstöcklein mit den vierzehn Nothelfern angebracht, und von da an kamen die Menschen, um Hilfe und Beistand zu erflehen. Anne Katharina konnte sich noch erinnern, als Kind und junges Mädchen selbst einige Male dort gebetet zu haben. Seit der Prediger Brenz allerdings den neuen Glauben nach Hall gebracht hatte, war es auf dem Einkorn ruhig geworden.
Nach einer Stunde erreichten sie Tüngental. Hier, am Gasthaus Lamm, verzweigte sich die Straße. Rechts führte der Weg weiter nach Sulzdorf und Vellberg, links bog er nach dem Weiler Otterbach ab, der über Unterscheffach nach Reinsberg führte.
Anna erzählte der Freundin von Daniel. Jedes Wort, jede Geste ihres letzten Treffens schienen ihr noch im Gedächtnis zu sein. Dann aber verdüsterte sich ihre Miene.
»Er hat mir Vorwürfe gemacht! Er sagt, die Leute reden über mich. Was kümmert es ihn? Wie lange muss ich immer warten, bis ich ein paar Zeilen von ihm erhalte, und wie selten können wir uns sehen. Es war ein glücklicher Zufall, dass er das letzte Mal zu mir nach Hause kommen konnte. Und nun sind seine Zeilen voller Eifersucht und Misstrauen.«
»Weiß er von Erasmus?«

Anna zuckte mit den Schultern. »Er kann es nicht wissen, aber er ahnt etwas.«
Sie schwieg eine Weile, dann sagte sie plötzlich: »Warum liebst du deinen Gatten eigentlich nicht? Michel ist doch ein freundlicher Mann und nicht gerade unansehnlich.«
Anne Katharina hob die Hände. »Ach, ich weiß nicht. Unsere Ehe stand von Anfang an unter keinem guten Stern. Ich mochte ihn nicht sonderlich, und da kam Ulrich und eröffnete mir, er habe schon alles arrangiert. Ich war wütend und drohte ihm, dass ich bei dieser Hochzeit nicht mitmachen würde. Ja, und dann ging Peter weg, und der Großvater starb. Ich war allein und fühlte mich schwach, deshalb gab ich Ulrichs Drängen nach. Ich hoffte, alles würde gut werden. Ich wollte ihm offen begegnen und dachte, dass wir Freunde sein könnten. Doch heute denke ich manches Mal, tief in meinem Innern wollte ich ihn verachten, wollte ich ihn hassen. Und so waren wir vom ersten Tag – von der ersten Nacht an auf dem falschen Weg. Vielleicht wäre alles anders gekommen, wenn ich ein wenig offener gewesen wäre, nun jedoch ist es zu spät.« Tränen rannen über ihre Wangen. Anna griff tröstend nach ihrer Hand.
»Ich habe ihn von mir gestoßen, ich war kalt und abweisend zu ihm, und er begegnete mir erst mit beißendem Spott, dann mit Härte. Er schlug sich auf die Seite seiner Eltern – vor allem seiner Mutter –, die nie müde wurde, ihm Ratschläge zu erteilen, wie er meinen Trotz brechen könnte. Dann kamen die Kinder, und sie setzte durch, dass es besser wäre, sie würde sich um die Kleinen kümmern. Ich hoffte, meine Aufgabe wäre es, die Bücher zu führen. Schließlich habe ich viele Jahre bei Pater Hiltprand gelernt und für Ulrich stets alle Schreibarbeit übernommen, aber sie sorgt dafür, dass ich auch von allen Geschäften fern gehalten werde. Wie ich sie dafür hasse! Sie und ihn, denn sie sind eins.«
»Ach, Liebes, wie bitter du bist. Wenn du etwas wirklich willst, dann kannst du es auch erreichen. Nur die Schwachen sagen, dass es für etwas zu spät ist.«

»Ich bin schwach! Die Jahre haben mich abgeschliffen, mein lauter Widerstand ist verklungen. Ich habe die Wut in meinem Herzen eingeschlossen, lächle und nicke brav und tue, was man von einer Ratsherrngattin verlangt.«

Die Büschlerin sah die Freundin erstaunt an, dann begann es um ihre Lippen zu zucken, und schließlich brach sie in lautes Gelächter aus.

»Darf man fragen, was daran so überaus komisch ist?«

Anna wischte sich eine Träne aus dem Augenwinkel. »Weil du so brav bist, sitzt du jetzt neben mir und fährst – gegen den ausdrücklichen Befehl deines Gatten – mit Agnes nach Reinsberg und, nicht zu vergessen, rettest eine vom Rat Verurteilte, die du vorher wochenlang in deiner Scheune versteckt hast! Entschuldige, aber das *ist* komisch.«

Anne Katharina sah die Freundin einen Moment überrascht an, dann fiel sie in das Gelächter ein. »Du hast Recht. Michel wird toben.« Ihre Miene wurde wieder ernst. »Und wieder werden wir uns ein weiteres Stück voneinander entfernen. Wenn ich tue, was er will, entferne ich mich, wenn ich ihm nicht gehorche, weicht er zurück. Es ist ein Spiel ohne Sieger, dabei sehne ich mich nach Frieden, nach Liebe und Geborgenheit.«

»Weiß er das?«

»Nein, ich meine, warum?«

»Dann sprich mit ihm! Du bist stark und hast die Ausrede, es sei zu spät, nicht nötig.«

Anne Katharina kaute auf ihrer Unterlippe. »Bin ich ihm vielleicht zu stark?«

Sie schwieg. Konnten sie wirklich zueinander finden? Nach all den Jahren? Was war es nur, das plötzlich dieses Sehnen nach Liebe in ihr weckte? Wenn es nur Mathilde nicht gäbe, dachte sie, dann wäre alles viel leichter. Anne Katharina fasste einen Entschluss. Sie würde es versuchen. Gleich morgen würde sie zurückfahren – notfalls auch gehen, wenn sich kein Karren finden ließ, und dann würde sie mit Michel sprechen. Irgendwann wäre sein Zorn verraucht, und dann, vielleicht, würde alles besser werden.

Bis nach Otterbach blieben sie auf der Hochebene. Obstbäume und Weiden wechselten mit sorgsam gepflegten Feldern, meist von Dornenreisig umkränzt, um die zartgrüne Saat vor gefräßigen Mäulern zu schützen. Es war schon später Nachmittag, als der Weg sie in steilen Windungen über einen bewaldeten Hang ins Bühlertal hinabführte. Anna zügelte die Pferde, damit sie auf dem Pfad nicht ins Rutschen kamen. Unten an der Biber machten sie bei der Mühle Rast, damit Mara das Kind stillen konnte. Seit sie die Scheune verlassen hatte, war sie verstummt. Sie saß still im Wagen, die Kapuze tief ins Gesicht gezogen, das Kind unter dem Umhang verborgen.

»Warum bist du weggelaufen?«, fragte Anna. »Damit hast du alles doch nur noch schlimmer gemacht.«

Mara hob den Blick. »Ich weiß nicht, ich sah nur, dass die Spitalschwester die Tür offen gelassen hatte, und bin einfach losgerannt. Ich wollte nicht noch einmal vor die gaffende Menge gezerrt werden. Das ganze Spektakel, wenn sie mich mit Ruten davonjagen würden, machte mir Angst.«

»Aber wo wolltest du denn hin?«, bohrte die Büschlerin weiter.

Mara schüttelte den Kopf. »Ich möchte niemanden in Schwierigkeiten bringen. Ich dachte, es gäbe ein Haus, in dem ich gefahrlos mein Kind zur Welt bringen könnte, doch das Urteil der Verbannung machte alle Hoffnung zunichte.«

»Warum hast du den Junker von Eltershofen bestohlen?«

Maras Augen funkelten. »Ich habe nicht gestohlen. Ich habe mir eine Wegzehrung aus der Voratskammer genommen, als ich das Schloss verließ, um nach Hall zu wandern. Es hat ihm nur nicht gepasst, dass ich ohne seine Erlaubnis wegging, aber ich entscheide selber, mit wem ich das Lager teile und mit wem nicht. Auch wenn der Herr ein stolzer Junker ist!«

»Aber du warst doch schwanger!«, mischte sich Anne Katharina ein.

Mara nickte. »Den Herrn hat das nicht gestört. Er meinte, ich müsse ihm schon etwas bieten, dafür, dass er eine schwangere Magd bei sich aufnehme.«

»Und dann bist du weggelaufen«, fügte die Büschlerin hinzu und sah Mara prüfend an.

»Ja, aber das Schicksal meinte es nicht gut mit mir. Kaum hatte ich Hall erreicht, musste ich ausgerechnet dem jungen Nagel über den Weg laufen. Er schäumte vor Wut und zerrte mich zum Schultheiß, dem er allerlei Lügen über mich berichtete.«

Sie rückte ihr Hemd zurecht, nahm den Knaben in die Arme, erhob sich und schritt ohne ein weiteres Wort zum Wagen hinüber. Die beiden Frauen folgten ihr. Anna trieb die Pferde an und lenkte sie zum anderen Ufer hinüber.

Hinter Unterscheffach stieg der Weg steil an. Die Frauen gingen ein Stück zu Fuß, um den Pferden den Aufstieg zu erleichtern. Als sie die Hangkante erreichten, traten die Bäume unvermittelt zurück und gaben den Blick auf die Ebene frei, in der, eingebettet zwischen Obstbäumen, der Weiler Reinsberg lag.

Anna Büschler hielt den Wagen vor dem Tor zum Hof von Bauer Grohnbach an. Agnes und Anne Katharina stiegen ab.

»Kann sie nicht hier bleiben?«, fragte die Büschlerin leise. »Solange Agnes' Schwester krank ist, braucht der Bauer sicher eine Magd.«

Anne Katharina schüttelte den Kopf. »Wir sind immer noch innerhalb der Haller Landheg.«

»Hm, nun, wenn es denn sein muss.«

Anne Katharina ließ die Hand der Freundin los und ging um den Wagen herum.

»Liebe Mara, ich wünsche dir und deinem Sohn Gottes Segen«, sagte sie herzlich. »Gibt es eine Möglichkeit, Johannes' Vater wieder zu finden?«

Mara sah sie aus ihren schwarzen Augen an. »Ich hoffe es. Wenn ich nur wüsste, wo ich mit meiner Suche beginnen soll. Er ließ mich bei einem Bäcker in Mergentheim zurück. Dort wird er mich wohl vermuten, wenn er ins Reich zurückkehrt.«

»Vielleicht kann man eine Nachricht für ihn hinterlassen«, schlug Anne Katharina vor. Mara nickte nur.
»Wir müssen weiter. Ich will Wolpertshausen erreichen, bevor es dunkel wird«, drängte die Büschlerin.
Anne Katharina trat noch einmal an den Kutschbock heran. »Ich wünsche dir schöne Tage und Nächte auf Leofels«, sagte sie leise und zwinkerte verschwörerisch.
»Ja, auf dass er wirklich da ist und nicht wieder überraschend von seinem Herrn ans andere Ende des Reiches geschickt worden ist!«, antwortete die Büschlertochter und zog die Zügel an.
Anne Katharina wartete, bis der Wagen zwischen den Häusern und Ställen verschwunden war, dann schritt sie mit Agnes auf die Tür des Haupthauses zu.
Sie fanden Maria in der Mägdekammer auf einer Strohmatratze unter drei Decken. Ihr Körper glühte, und dennoch zitterte sie vor Kälte. Anne Katharina kniete nieder und schlug die Decken zurück. Vorsichtig entfernte sie den Verband. Die Verletzte stöhnte und versuchte, sich auf die andere Seite zu werfen. Agnes drückte sie auf das Lager und sprach beruhigend auf sie ein. Erkannte Maria ihre Schwester überhaupt? Anne Katharina war sich nicht sicher. Sie löste das letzte Tuch und betrachtete die Wunde. Sie war keine Heilkundige, dennoch erkannte sie, dass der Bruch eingerichtet worden war und der Knochen wieder an seinem Platz saß. Es war das faulende Fleisch, das das Fieber in die Höhe trieb und Marias Leben in Gefahr brachte. Pater Hiltprand hatte ihr einst gezeigt, dass, wenn man Wunden mit gebranntem Wein säuberte, sie heilten, auch wenn sich bereits dicker Eiter gebildet hatte. Wie gut, dass sie daran gedacht hatte, eine kleine Flasche dieses klaren Weines mitzubringen!
»Könnt Ihr sie retten?«, fragte Agnes ängstlich und umklammerte die fiebrige Hand.
Anne Katharina wickelte einen frischen Verband straff um die Wunde und die beiden Hölzer, die den Bruch schienten, dann erst sah sie auf.

»Ich habe nicht viel Erfahrung mit solchen Dingen, daher will ich dir nichts versprechen.«

Die Magd seufzte. »Wer kann schon guten Gewissens schwören, wenn wir doch nicht einmal ahnen, was Gott der Herr mit uns vorhat? Aber sagt, besteht Hoffnung?«

Anne Katharina umarmte die Magd. »Ja, Hoffnung gibt es. Bleibe du bei deiner Schwester, bis es ihr besser geht, und gib ihr regelmäßig ihre Medizin. Pflege sie und bete für sie, ich werde nun zu Pfarrer Herolt gehen, um ihm seine Briefe zu bringen.« Und morgen ziehe ich nach Hall zurück, um ein neues Leben mit einer guten Ehe zu beginnen, fügte sie in Gedanken hinzu.

Die Magd erhob sich und brachte ihre Herrin bis zum Tor. Schweigend schritten sie über den Hof, dessen Schatten sich vertieften. Die Sonne war längst untergegangen, und bald schon würde es dunkel sein. Anne Katharina fühlte sich hungrig, müde und erschöpft.

»Eine gesegnete Nacht wünsche ich dir und deiner Schwester. Möge der Herr mit euch sein.«

Agnes griff nach ihrer Hand. »Anne Katharina, danke.« Sie sah ihrer Herrin nach, die sich ihren Weg zwischen Radfurchen und Schlammlöchern suchte, bis ihr Schatten mit dem des aufragenden Kirchturms verschmolz.

✠ ✠

Anne Katharina öffnete das schmiedeeiserne Tor zum Kirchhof und schritt zwischen den Gräbern hindurch. Wie zu dieser Zeit nicht anders zu erwarten, war sie hier draußen alleine unterwegs. Die Bauernfamilien und ihr Gesinde kümmerten sich um das Vieh oder saßen beim Spätmahl um den Tisch in der warmen Küche.

Die späte Besucherin überquerte den befestigten Kirchhof und trat in den Garten des Pfarrhauses, das links hinter der Kirche im Schatten einer umlaufenden Steinmauer lag. Eine junge Frau öffnete auf ihr Klopfen und führte sie nach kurzem Zögern in die Stube. Anne Katharina knickste.

»Einen gesegneten Abend wünsche ich Euch, Pfarrer Herolt. Verzeiht, dass ich Euch bei Eurem Mahl störe.«

Der Pfarrer sah sie einige Augenblicke überrascht an. Obwohl er etwa in ihrem Alter war, kniff er die Augen zusammen, damit er klarer sehen konnte. Verlegen strich er sich das blonde Haar zurück, das er nicht, wie unter Geistlichen üblich, lang und gekraust, sondern im Nacken kurz geschnitten trug. Offensichtlich wusste er nicht, wo er sie einordnen sollte, doch dann huschte ein Lächeln über sein Gesicht, das ihn fast jungenhaft erscheinen ließ.

»Anne Katharina Vogelmann, Peter Vogelmanns Schwester! Ich habe mit Eurem Bruder in Tübingen manche Nacht zusammengesessen, als er für eine Weile seine Studien in Heidelberg unterbrach. Doch die Theologie scheint kein Feuer der Leidenschaft in ihm zu entfachen, und so blieb er der Juristerei treu. Wie geht es ihm?«

»Peter ist nach Hall zurückgekehrt und wohnt bei uns im Seybothhaus«, gab sie bereitwillig Auskunft.

Wieder kniff der Pfarrer die Augen zusammen und überlegte. »Ihr seid mit dem Ratsherrn Michel Seyboth verheiratet. Ja, ich erinnere mich. Es muss in dem Jahr gewesen sein, als ich meine Magisterprüfung ablegte, bevor ich die Pfarre meines Vaters übernahm.« Er lächelte sie an, dann sprang er vom Stuhl. Röte überzog seine Wangen. »Verzeiht mir, gnädige Frau, ich rede und schicke meine Gedanken auf Wanderschaft und vergesse dabei Höflichkeit und Anstand.« Er eilte um den Tisch herum und zog einen bequemen Stuhl heran.

»Bitte, setzt Euch. Habt Ihr schon gegessen?«

Anne Katharina schüttelte den Kopf und ließ sich auf das weiche Polster sinken.

»Luzie!«, rief der Pfarrer. »Wir haben einen Gast zum Spätmahl!« Er selbst nahm für sie einen Teller vom Wandbord und schenkte ihr einen Becher voll Wein ein. Nur kurze Zeit später kam die Frau, die Anne Katharina die Tür geöffnet hatte, mit Brot, Käse und einer Schüssel süßem Mus mit Backpflaumen.

»Bitte esst und stärkt Euch, und dann erzählt mir, womit ich Euch dienen kann.« Er selbst füllte sich seinen Becher zur Hälfte mit Wasser und goss dann Wein nach. Ohne seinen Gast anzusehen, löffelte er seine Schale mit Mus leer. Anne Katharina dagegen musterte den Pfarrer verstohlen. Er sah gut aus mit seinem ebenmäßigen Gesicht, den sorgfältig rasierten Wangen und dem dichten Blondhaar. Seine Augen schimmerten mal blau, mal grau, je nachdem, wie das Licht sich in ihnen spiegelte. Er war kaum größer als sie und schlank. Besonders kräftig sah er nicht aus, aber das musste ein Pfarrer ja auch nicht sein. Sein Alter war schwer zu schätzen, doch wenn er mit Peter an der Universität zusammengetroffen war, konnte er nur einige Jahre älter als sie selbst sein.

Der Pfarrer schob seine leere Schale von sich und richtete den Blick auf seine Besucherin. Er wartete, bis sie Brot und Käse gegessen hatte, ehe er sie ansprach.

»Was gibt es Neues in der Stadt? Ich war lange nicht mehr in Hall. Auch wenn das hier ein kleiner Weiler ist, hat man alle Hände voll zu tun.«

»Das glaube ich Euch gern, vor allem in diesen unruhigen Zeiten. Hall selbst schwirrt wie ein Bienenhaus. Der Rat hat befohlen, die Mauern auszubessern und die Tore zu verstärken. Überall wurden schwere Geschütze in Stellung gebracht. Ob es wirklich solcher Anstrengungen bedarf, das wird erst die Zukunft zeigen. Obwohl es ja überall im Reich rumoren soll, sind die Haller Bauern ruhig und besonnen.«

Der Pfarrer wiegte den Kopf hin und her und kratzte sich am Kinn. »Man darf den einfachen Mann nicht unterschätzen. Ich kenne die Bauern und das Gesinde, die wandernden Handwerker und das heimatlose Volk, das von einem Ort zum anderen zieht. Seht Euch meine Gemeinde an. Es sind Sturköpfe, Schlitzohren und streitbare Gesellen! Glaubt mir, ich weiß, wovon ich rede.« Er schüttelte

den Kopf und sagte dann:« Sic rusticus nil facit nisi coactus aut deceptus!«
Anne Katharina zog die Nase kraus und versuchte, die Worte zu übersetzen. »So gibt der Bauer nur etwas her …«
»… wenn er dazu gezwungen oder darum betrogen wird!«, ergänzte Pfarrer Herolt. »Aber Ihr sprecht ja Latein! Welch seltene Gabe unter den Frauen.«
»Pater Hiltprand hat mich in meiner Kindheit unterrichtet, bis …« Sie stockte, als sie an die hässliche Szene zwischen dem Pater und ihrem Bruder Ulrich dachte, die damals ihren Besuchen im Kloster ein Ende bereitete. »Bis ich zu alt wurde«, schloss sie. »Pater Hiltprand und unser verehrter Magister Brenz sind auch der Grund meines Besuches«, fuhr sie fort. »Ich habe Euch Briefe mitgebracht.« Sie öffnete ihre Gürteltasche und zog einen Stapel gefalteter Blätter hervor. Vorsichtig, als seien sie zerbrechlich, schob sie sie über den Tisch zu Pfarrer Herolt hinüber. Er schien hoch erfreut. Sorgsam faltete er die Briefe auseinander und glättete die Seiten.
»Wie schön, dass Ihr Euch die Mühe gemacht habt, sie mir zu bringen. Ich hatte ihnen geschrieben und warte nun schon ungeduldig auf ihre Antwort. Wie Ihr vielleicht wisst, steht Magister Brenz unserem Doktor Luther sehr nahe, und Pater Hiltprand ist ein brillanter Denker.«
»Ja, der Pater ist sehr klug, nein weise!«, stimmte ihm Anne Katharina zu. Ehrfurcht lag in ihrer Stimme.
Die Magd kam herein und lächelte den Pfarrer an. Keine Scheu war ihr anzumerken, als sie die leeren Schalen wegräumte und im Ofen ein paar Scheite nachlegte. Obwohl der Kalender nun April schrieb, waren die Nächte empfindlich kühl.
»Ich möchte hier in der Gemeinde vieles verändern«, erzählte Pfarrer Herolt, als er Anne Katharina ihren Becher noch einmal füllte. »Ich möchte die Seelenmessen abschaffen. Für wen sind sie schon nütze? Für die Pfarrer, ja, dass sie ihren Schäfchen ihre hart verdienten Münzen aus der Tasche ziehen!« Er setzte sich wieder ihr

gegenüber hin. Anne Katharina lauschte ihm gespannt. Wie sehr genoss sie es, dass ein Mann, und noch dazu ein Fremder, so ernsthaft mit ihr sprach.

»Ich möchte einen Gottesdienst für die Kinder halten und eine Predigt an jedem Sonntagnachmittag!«

Das Kinn auf ihre Hände gestützt, saß Anne Katharina in der Wärme der Pfarrstube, trank Wein und sog die Worte des Hausherrn in sich auf.

»Warum habt Ihr vorhin Eure Bauern schlitzohrig und streitbar genannt?«, fragte sie. Pfarrer Herolts Miene verdüsterte sich.

»Vor zwei Jahren ließ Luzie meine Säue in die Eicheln laufen. Schließlich müssen die Tiere bis zum Winter fett werden, doch die Bauern wollten es mir nicht erlauben. Sie fingen eine besonders prächtige Sau, verkauften sie und verzechten gemeinsam das Geld.«

Anne Katharina entfuhr ein Kichern. Ihre Wangen fühlten sich heiß an. Es war die Wärme oder der Wein oder beides. »Verzeiht!«, sagte sie schnell, aber er schien ihr nicht zu zürnen.

»Ich konnte damals nicht darüber lachen. Nach zähem Ringen jedoch befahl der Rat, sie müssten mir die Sau ersetzen. Und wie hatte ich um den Rübenzehnt zu streiten! Immer wieder kommen sie an, sagen, es sei nicht nach herkömmlichem Recht, und wollen mir nicht geben, was mir zusteht. Dabei bin ich hier wirklich nicht auf Rosen gebettet! Dazu ist meine Gemeinde viel zu klein.«

Luzie kam wieder in die Stube und füllte Öl in den Lampen nach. »Wird die gnädige Frau über Nacht bleiben?«

Der Pfarrer sah sie verwirrt an. »Oh, ja, es ist spät. Richte ihr bitte eine Kammer.« Er wandte sich Anne Katharina zu. »Wie lange möchtet Ihr bleiben?«

»Bis morgen, habt vielen Dank. Ich werde versuchen, in aller Frühe eine Möglichkeit zu finden, nach Hall zurückzukehren.«

Pfarrer Herolt nickte. Die Magd ging hinaus, um dem Gast ein Lager zu richten. Anne Katharina lehnte gerade einen weiteren Becher Wein ab, als Luzies eilige Schritte im Flur erklangen. Die Magd stieß die Tür auf, dass sie gegen die Wand knallte, und eilte an Pfarrer Herolts Seite. Mit ängstlicher Miene griff sie nach seinem Arm.

»Draußen geht etwas vor sich«, flüsterte sie. »Überall sind Stimmen. Der ganze Kirchhof ist in Aufruhr!«

»Willst du mir damit sagen, dass die Toten auferstanden sind?« Pfarrer Herolt legte seine Hände auf die ihren, bis sie aufhörten zu zittern. »Trotz der zahlreichen Prophezeiungen glaube ich nicht, dass es heute schon Zeit für das Jüngste Gericht ist.«

Die Magd wurde rot und zog ihre Hände zurück. »Und dennoch ist etwas im Gange«, erwiderte sie. »Ich habe Stimmen gehört und Lichter gesehen.«

»Dann wollen wir mal schauen!«, sagte Pfarrer Herolt und trat in die Halle hinaus. Die Fenster der Stube waren mit dünnen Häuten bespannt und seit dem Dunkelwerden von hölzernen Läden verschlossen. Neben der Haustür jedoch konnte man ein schmales Fenster öffnen. Der Pfarrer zerrte an dem verzogenen Holz, bis es sich löste. Der Ruck warf ihn fast um. Kühle Nachtluft und ein Gewirr von Stimmen fluteten ins Pfarrhaus. Anne Katharina stellte sich auf die Zehenspitzen, um über die Schulter des Pfarrers sehen zu können. Ein ganzer Schwarm von Feuerpunkten tanzte über dem Friedhof und strömte zu beiden Seiten um die Kirche herum. Schon drangen die ersten Gestalten durch das Tor in den Garten des Pfarrhauses ein. Einige trugen Fackeln, andere Bauernsensen mit Fersentrenner, Sauspieße oder Kriegshippen. Anne Katharina sah aber auch manchen Lederbrustpanzer mit Metallplättchen besetzt und den ein oder anderen Katzbalger, wie die Landsknechte ihre wuchtigen Schwerter nannten. Im Fackellicht machten die Gestalten einen wilden Eindruck. Anne Katharina blieb keine Zeit, darüber nachzudenken, was das zu bedeuten habe, da erreichten die ersten zwei bis drei Dutzend Männer bereits die Tür des Pfarrhauses. Fäuste hämmerten gegen das Holz.

»Pfarrer Herolt, öffnet die Tür!«, rief ein Kerl mit breitkrempigem

Hut, der sein Gesicht völlig verbarg. Anne Katharina erhaschte jedoch einen Blick auf die Hellebarde in seiner Hand.
»Was wollt ihr zu so später Stunde? Ich sehe, ihr seid gerüstet, als wolltet ihr in den Krieg ziehen. Denkt daran, dies ist geheiligter Boden. Versündigt euch nicht an Gott, denn er wird einst über euch richten!« Seine Stimme klang erstaunlich gefasst, obwohl dort draußen vielleicht zweihundert aufgebrachte Männer standen!
»Macht auf!«, rief die Stimme unter dem Hut noch einmal. Dann entdeckte der Sprecher das schmale Fenster und trat an die Öffnung. Er zog seinen Hut und neigte den Kopf, der zum größten Teil von zotteligem Haar und einem dichten Bart bedeckt war.
»Wir wissen, dass Ihr dem Evangelium dient. Wir wollen Euch nichts zu Leide tun. Die Nacht ist kalt, darum gebt uns einen Trunk aus Eurem Keller. Dann ziehen wir weiter.«
Pfarrer Herolt seufzte. Er drehte sich zu den beiden Frauen um, von denen ihn eine ängstlich, die andere zwischen Furcht und Erregung schwankend anstarrte. »Schließt euch in einer der Dachkammern ein. Ich hoffe, sie halten Wort und verlangen wirklich nicht mehr als ein Fass aus meinem Keller.«
Anne Katharina schüttelte den Kopf. »Ich werde Euch helfen, den Wein auszuschenken.« Luzie zitterte am ganzen Leib, doch sie pflichtete dem Gast aus Hall bei.
Pfarrer Herolt warf noch einen Blick in die entschlossenen Gesichter der beiden Frauen, dann machte er sich am Riegel zu schaffen. »Na, dann wollen wir unsere Freunde mal hereinlassen«, sagte er leise. Das Wort »Freunde« klang jedoch eher wie ein Fragezeichen.
Der Riegel scharrte, die Tür schwang auf. Wie eine Flut brandeten Licht und Lärm in die kleine Eingangshalle. Die Männer reckten ihre Fackeln oder Spieße in die Höhe, johlten und schrien triumphierende Worte. Obwohl der Garten schon voll war, drängten immer noch mehr herein. Sicher würde kein einziges Pflänzchen diesen nächtlichen Besuch überleben. Anne Katharina sah, dass einige Bauern auf den Kirchturm gestiegen waren. So konnten sie

verhindern, dass Sturm geläutet oder ein Schuss aus der Hakenbüchse, die es allerorts auf den Türmen gab, abgefeuert wurde. Ein schlanker Bursche mit pickeligem Gesicht trat zu dem Bärtigen.
»Wir haben das Haus des Dorfmeisters umstellt«, meldete er.
»Gut«, nickte dieser. »Und unser Herr Pfarrer ist so freundlich, uns auf einen Krug Wein hereinzubitten.« Noch einmal lüftete er seinen Hut.«
»Es ist der Bauer Lienhard Rößler aus Wolpertshausen«, wisperte die Magd Anne Katharina ins Ohr.
Wolpertshausen? Sie erschrak. Hoffentlich war Anna nichts geschehen. Um Agnes und ihre Schwester machte sie sich keine Sorgen. Mägde waren in den Augen der Aufständischen ihresgleichen. Aber die reiche, manchmal etwas hochnäsige Büschlertochter?
»Wie ich sehe, hat sich mein Gemeindevolk hier unter die Aufrührer gemischt«, hörte Anne Katharina den Pfarrer sagen.
»Wir sind keine Aufrührer«, murrte Bauer Rößler, »wir fordern nur, was uns zusteht. Und nun haben wir Hunger und Durst!«
Auf seinen Wink schoben sich die ersten Männer ins Haus. Anne Katharina sah erst jetzt, dass auch einige Frauen unter dem Haufen waren. Manche trugen Männerkleider und Schlapphüte, andere hatten ihre Röcke mit einem Gürtel gerafft, damit sie besser ausschreiten konnten.
Viel zu viele Männer drängten sich in der kleinen Stube zusammen. Sie standen am Ofen, um sich zu wärmen, saßen auf der Eckbank oder einfach auf dem Boden. Anne Katharina stieg mit dem Pfarrer und der Magd in den Keller und füllte einen Krug nach dem anderen. Becher gab es natürlich viel zu wenige im Haus des Pfarrers. So ließen sich die Bauern ihre Trinkhörner füllen oder einfach den Krug untereinander kreisen. Luzie schleppte ganze Eimer voller Wein in den Garten und den Kirchhof hinaus. Anne Katharina wäre ihr zur Hand gegangen, aber dieses Mal blieb Pfarrer Herolt unnachgiebig.
»Wer weiß, welch Lumpereien sie anstellen, wenn sich eine Bürgerin dort im Dunkeln zwischen ihnen herumtreibt.«

»Und Luzie?«, flüsterte Anne Katharina zurück. »Habt Ihr um sie keine Angst?«
»Sie ist eine Bauerntochter und glaubt an das Evangelium. Nein, sie werden ihr nichts tun. Das Einzige, was ich fürchten muss, ist, dass sie mit ihnen zieht.«
»He, Herr Pfarrer, wir wollen mehr Wein!«, rief einer der Hauptleute, der sich als der Netzstricker Hödlin von Enslingen vorgestellt hatte. »Und nicht nur den sauren Kocherwein, wenn ich bitten darf! Ihr habt doch sicher noch etwas Besseres zu bieten?«
»Und wie sieht es mit Brot aus?«, fügte Veit Lang aus Geislingen hinzu.
Rasch erklomm Anne Katharina mit ihren Krügen die steile Kellertreppe. Der Pfarrer folgte mit zwei gefüllten Eimern.
»Geht in die Küche. Luzie hat gestern Brot gebacken. Drei Laibe müssten noch auf dem Bord liegen.«
Flink schnitt Anne Katharina die Brote in dicke Scheiben, legte sie in einen Korb und trug sie in die Stube.
»Kommt mit uns, Pfarrer Herolt«, sagte ein dritter Hauptmann, den sie Seitzinger nannten. Ein großer, sehniger Mann mit kantigem Gesicht und schwarzem Haar und Bart. »Ihr könnt uns das Evangelium erzählen, predigen und aus der Bibel vorlesen. Viele von uns haben nicht gut lesen gelernt.«
Anne Katharina hielt den Atem an. Was würde Pfarrer Herolt sagen? Würde er mitgehen? Konnte er ablehnen? Wie würde die nun schon recht trunkene Meute reagieren? Sie warf ihm einen besorgten Blick zu. Es schien ihr nicht so, als wäre er sich der Gefahr, in der er sich befand, bewusst.
»Ich predige euch gern«, antwortete er kühl. »Sagt mir den Ort und die Zeit, und ich werde da sein.«
»Dann predigt uns gleich!«, forderte ihn der Seitzinger auf. »Ihr braucht keine Zeit des Studierens. Ihr sollt uns das reine Evangelium predigen, ohne die Verunreinigung durch verblendete Menschen! Was meint ihr?« Er sah in die Runde.
»Mir soll's recht sein«, stimmte ihm Veit Lang zu. »Die Zeit ist gut

und der Ort ebenfalls!« Er griff sich eine dicke Scheibe Brot aus dem Korb, ließ seinen Becher noch einmal füllen und lehnte sich mit einem behaglichen Seufzer an die gewärmte Wand neben dem Ofen.

Gespannt wandten sich alle Gesichter dem Pfarrer zu. Anne Katharina vergaß ganz, den Bauern weiter Wein auszuschenken. Sie wagte kaum zu atmen. Draußen in der Halle hörte sie Luzies Schritte, die immer noch Eimer für Eimer nach draußen trug.

»Gut, ich predige euch hier und jetzt, aber ihr werdet nicht hören wollen, was ich euch zu sagen habe.«

Anne Katharina spürte ein Ziehen in ihrem Magen und einen Druck auf ihrer Brust. Der Pfarrer trat einen Schritt zu der offenen Tür zurück und ließ den Blick über die erwartungsvollen Gesichter schweifen.

»Es ist nicht recht, das Evangelium mit dem Schwert gegen die Obrigkeit zu verfechten!« Ein Raunen ging durch die Zuhörer in der Halle und in der Stube.

»Paulus schreibt, wer wider die Obrigkeit ficht, der strebt wider Gottes Ordnung!«

Der Tumult brach los. Wer am Boden oder auf der Bank gesessen hatte, sprang auf, viele reckten ihre Spieße, andere zogen Dolche und gebogene Jagdmesser aus ihren Gürteln. Dem Pfarrer gelang es nicht, auch nur ein weiteres Wort zu sagen. Er griff nach Anne Katharina und schob sie schützend hinter seinen Rücken, auch wenn das angesichts der Zahl der Aufgebrachten eine hilflose Geste blieb.

»Fesselt ihn!«, schrie der Hödlin. »Ob er nun will oder nicht, er wird uns begleiten!« Er war ein kleiner Mann mit fransigem Blondhaar.

Anne Katharina riss sich von Pfarrer Herolt los. Vergeblich versuchte er, sie am Sprechen zu hindern. »Nein!«, schrie sie in das Stimmengewirr. »Das dürft ihr nicht tun! Er ist ein Mann Gottes. Ihr könnt ihn nicht strafen, nur weil er das getan, was ihr von ihm verlangt habt! Er sagt die Wahrheit. Lest selbst, wenn ihr ihm nicht glaubt, doch vergreift euch nicht an einem Verkünder des Evangeliums!«

Keuchend hielt sie inne. Für einen Moment hatten die Männer ihr zugehört. Nun schwollen die Stimmen wieder an, und sie klangen noch immer zornig.

Drei Männer drängten sich heran, zogen Stricke aus ihren Bündeln und begannen, den Befehl des Hauptmannes auszuführen. Der Seitzinger trat zu Anne Katharina.

»Wer bist du, Weib? Wie eine Magd siehst du nicht aus.«

»Sie ist nicht von hier«, rief ein Reinsberger Bauer. »Sie ist heute erst mit einem Wagen gekommen. Sah ganz und gar adelig aus!«

Wieder brandete ihr Feindseligkeit entgegen.

»Sag uns deinen Namen!«, forderte sie der Seitzinger auf.

»Sie heißt Anne Katharina Vogelmann und ist die Gattin des Haller Ratsherrn Michel Seyboth«, meldete sich eine Stimme aus der Ecke. Anne Katharina sah überrascht zu dem Mann hinüber, dessen Gesicht ihr vage bekannt vorkam. Er sah jemandem ähnlich, den sie kannte.

»Agnes«, stieß sie hervor. »Du bist Wolf, der Bruder meiner Magd Agnes, nicht?« Der Mann nickte. »Dann sage deinen Kumpanen, dass sie den Pfarrer in Ruhe lassen sollen!«

Wolf schüttelte den Kopf. »Ihr habt hier gar keine Forderungen zu stellen, Frau Ratsherrin. Das ist Sache der Hauptleute. Ich mische mich da nicht ein.«

Der Rößler griff nach ihrem Kleid und zog sie ein Stück zu sich heran. »Keine von Adel, aber eine reiche, verwöhnte Bürgersfrau, die keinen Finger krumm macht und den Tag über nur ihre Mägde scheucht. Nun, wie ist es, habt Ihr nicht auch ein paar Höfe, auf denen Eure Bauern dahinsiechen, weil Ihr ihnen auch noch die letzte Garbe abpresst, die sie für ihre Kinder gegen den Hunger bräuchten?«

»Nein, haben wir nicht, Bauer, und ich bin am Tag auch nicht müßig. Und nun nimm deine Finger von meinem Gewand!«

Sie starrten sich einige Augenblicke voller Wut an. Dann rief der

Seitzinger: »Wir nehmen auch die Bürgerin mit. Bindet ihr die Hände, und dann lasst uns gehen. Wenn ihr in Küche oder Keller noch etwas Essbares findet, nehmt es mit. Sind die Büchsen vom Turm verladen?«
»Ja, Hauptmann«, erklang eine Stimme aus der Halle.
»Gut, brechen wir auf! Wir sammeln uns vor dem Dorf auf der Straße nach Ilshofen.«
Veit Lang gürtete seinen Katzbalger und trat in den Garten. Er war ein Hüne von einem Mann, der ein Schwert sicher schwingen konnte, ohne gleich zu ermüden. Seine Stimme schallte durch die Nacht und wiederholte die Worte des Seitzinger. Das Gewirr von Lichtern und Schatten begann, sich zu einer Ordnung zu formen. Immer mehr Flammen reihten sich in den Strom der Menschen, die gen Norden aus dem Dorf hinauszogen. Draußen warteten die Bauern und Knechte auf ihre Hauptleute, die die Gefangenen aus dem Pfarrhaus führten.
»Habt Ihr Luzie gesehen?«, fragte Anne Katharina den Pfarrer leise. Sie sah sich unauffällig um, doch wie sollte sie die Magd in dem Haufen schemenhafter Gestalten erkennen? Das Licht der Fackeln verzerrte die Züge. Die wenigen Frauen, die Anne Katharina entdecken konnte, hatten keine Ähnlichkeit mit des Pfarrers blonder Magd.
»Nein, ich kann sie nirgends sehen«, bestätigte der Pfarrer. »Anscheinend sind wir jedoch die einzigen Gefangenen, daher gibt es nur zwei Möglichkeiten: Sie ist im Dorf zurückgeblieben oder hat sich der hungrigen Meute angeschlossen.«
Der Seitzinger trat zu ihnen. Er war einer der wenigen Männer, die eine Schusswaffe bei sich trugen. Das schwere Steinschlossgewehr lag lässig in seiner Armbeuge. Er betrachtete die Gefangenen und kratzte sich das mit schwarzen Bartstoppeln bedeckte Kinn.
»Rößler, hast du schon mal mit einer Büchse geschossen?«
Der Wolpertshauser Bauer trat heran. Sein »Ja« klang ein wenig zögerlich.

»Dann nimm das Gewehr und geh hinter dem Pfarrer her, damit er uns nicht entspringt. Aber sorge dafür, dass du die Lunte stets brennen lässt!«

Er reichte ihm die Büchse und die Luntenstange, die er an einer Fackel entzündet hatte.

»Du bist für die Gefangenen verantwortlich!«

Der Bauer nickte, machte aber ein unglückliches Gesicht. Erst als er sich dem Pfarrer und der Bürgersfrau zuwandte, zog er eine grimmige Miene. Um seine Entschlossenheit zu zeigen, stieß er Hans Herolt den Lauf der Flinte in den Rücken. »Los, Pfaffe«, knurrte er, »und versuche nicht, mich hinters Licht zu führen!«

Anne Katharina spürte, dass er sich nicht wohl in seiner Haut fühlte und gerade deshalb versuchte, sie einzuschüchtern. Der Stoß konnte nicht sehr fest gewesen sein, der Pfarrer war nicht einmal zusammengezuckt.

»Vorwärts!«, erklang die Stimme des Seitzinger, und seine Männer nahmen den Ruf auf. Lanzen und Hellebarden wurden in die Luft gereckt. Ihre tödlichen Spitzen glänzten im Feuerschein.

Bauer Rößler führte die Gefesselten zur Spitze des Zuges, wo die Hauptleute gingen. Hödlin aus Enslingen und ein anderer Mann hatten zwei Pferde mitgenommen und ritten immer wieder ein Stück voraus. Hinter ihnen knarrten die Räder des Karrens über die Straße, in dem, in wildem Durcheinander, schwere Büchsen, Säcke, Weinfässer und verschiedene kleine Behälter lagen. Die Ochsen brüllten und widersetzten sich dem Versuch, sie schneller anzutreiben.

Anne Katharina kam es wie einer dieser Träume vor, aus denen man verzweifelt zu erwachen versucht, es einem aber einfach nicht gelingen will. Die Nacht war kalt. Zum Glück hatte der Seitzinger eingewilligt, dass der Pfarrer und sie ihre Umhänge anziehen durften. Wie in Trance schritt sie über die steinige Straße, Schatten tanzten um sie, Funken sprühten in den Nachthimmel. Es roch nach feuchter Erde, heißem Harz und Schweiß. Das Stimmengemurmel hüllte sie ein. Es war wie eine Woge, die sie mit sich trug.

Konnte das die Wirklichkeit sein? War das eines der großen Ereignisse, von denen sie als junges Mädchen geträumt hatte? Sie sollte daheim sein bei ihren Kindern und nicht hier über nächtliche Felder wandern. Doch man hatte sie nicht gefragt, und Anne Katharina wagte nicht, darüber nachzudenken, wie dieses Abenteuer enden würde. Wie lange wollten die Männer sie mit sich schleppen? Würde es gar zu Kämpfen kommen? Der Pfarrer griff nach ihrer eisigen Hand. Sein Griff war seltsam warm und tröstlich. Konnte er ihre Unruhe spüren? Sie warf einen Blick über die Schulter zurück. Noch immer schritt der Bauer hinter ihnen her, das Gewehr auf ihre Rücken gerichtet. Die Luntenstange glühte.

»Habt keine Angst. Sie werden uns nichts tun.«

Wie schön wäre es, einfach dieser tröstlichen Stimme zu vertrauen, aber woher wollte der Pfarrer das wissen?

»Glaubt Ihr, es wird zu einem Kampf kommen?«, flüsterte Anne Katharina.

Der Pfarrer schüttelte den Kopf. »Sie werden noch eine Weile von Dorf zu Dorf ziehen, wilde Reden schwingen und sich die Köpfe am Wein berauschen. Und dann werden sie wieder nach Hause gehen und von ihren Heldentaten berichten.«

Anne Katharina wollte diesen Worten Glauben schenken, aber etwas in ihr zweifelte.

Es war Mitternacht, als sie Altenberg erreichten. Wie in Reinsberg zogen die Bauern zuerst zur Kirche, um Kirchhof und Turm zu umstellen, damit niemand Alarm läutete. Zu spät nahmen sie sich das Pfarrhaus vor. Vom Lärm und Licht geweckt, war der Pfarrer gewarnt. Nur mit einem Hemd bekleidet, kletterte er aus einem Fenster, rannte davon und verschwand in der Dunkelheit. Die nächtlichen Besucher verzichteten darauf, ihn wieder einzufangen.

»Also los!«, forderte der Seitzinger die ihm erwartungsvoll zugewandten Gesichter auf. »Fegen wir die Kisten!«

Ein lautes Geheul stieg in die Nacht. Sie brachen in die Kirche ein, leerten den Opferstock und brachten die Büchse heraus. Das Pfarrhaus durchkämmten sie vom Keller bis zum Dach und nahmen al-

les mit, was ihnen brauchbar erschien. Grinsend kam der Hafenstephan aus dem Stall.
»Seht, was für drei prächtige Gäule der Pfarrer sein Eigen nennt! Einen Karren hat er übrigens auch.«
»Dann spann zwei der Pferde davor und führe sie hinaus«, gebot ihm der Seitzinger. »Sorge dafür, dass die Sachen aus dem Pfarrhaus aufgeladen werden.«
»Das dritte Pferd will ich reiten«, sagte Stephan und sah den Hauptmann herausfordernd an. Der zuckte nur mit den Schultern. »Wenn du willst.«
Es ging alles sehr schnell, und schon zogen Männer, Weiber und Wagen nach Ilshofen weiter. So wie es schien, war der Haufen in den vergangenen Stunden noch angewachsen und die Geister keineswegs ermattet. Sie hielten an, um sich zu besprechen. Die Neuen wollten auch mitentscheiden, wer die Hauptleute sein sollten. Anne Katharina hörte sie Namen rufen. Man einigte sich darauf, dass dem Seitzinger, Hödlin und Veit noch der Hafenstephan, der Bratzelschneider von Öckershausen und Bastian zu Hohenberg zur Seite stehen sollten. Alle würden gleich viel Gewalt haben. Zufrieden zog der Haufen weiter.

Obwohl Ilshofen eine Stadtmauer hatte, Handwerk und auch das Recht, Markt zu halten, lebten hier immer noch vor allem Bauern, die mit den Aufständischen sympathisierten. Ohne Widerstand drangen die Bauern durch das Tor. Die Bewohner rannten zum Marktplatz. Viele hatten sich nur Hemd oder Umhang übergeworfen, doch trotz der Kälte dachte niemand daran, in seine Häuser zurückzukehren und sich in Ruhe anzukleiden. Alle lauschten dem Hafenstephan, der auf dem Brunnenrand stand und zu ihnen sprach. Nun trat der Seitzinger heran und berichtete vom Bauernparlament in Memmingen und den zwölf Artikeln, die die Vertreter der Haufen dort aufgestellt hatten.
»Auch wir wollen nicht länger Sklaven sein. Christus hat uns mit seinem Blut befreit! Wir wollen nur noch das bezahlen, was schon

in der Bibel als Abgabe genannt wird. Wir wollen das alte Recht und Gerechtigkeit vor den Gerichten.« Die Ilshofener jubelten. »Kommt mit uns, auf dass wir den Herren zeigen, dass ihre Zeit vorbei ist. Kommt mit uns, um den Pfaffen und Mönchen, die uns so lange betrogen haben, das Fell über die Ohren zu ziehen.«
Ein Mann, dem man ansehen konnte, dass auch er sich hastig in seine Kleider geworfen hatte, der aber immerhin Hemd, Hosen, Wams und Schuhe trug, bahnte sich einen Weg zum Brunnen. Der Hafenstephan und der Seitzinger sahen ihn fragend an.
»Ich bin Johannes Müller, der Schultheiß von Ilshofen«, erklärte er und rief dann die Männer und Frauen seiner Stadt auf, vernünftig zu sein und den Herrschaften treu zu bleiben. Die Reichsstädte würden es nicht schätzen und zu strafen wissen, mahnte er.
Zorniges Gemurmel erhob sich, Rufe schallten ihm entgegen. Einige stießen wüste Drohungen aus, andere spuckten dem Schultheiß vor die Füße. Anne Katharina, die nah bei ihm stand, wunderte sich über seine mutigen Worte. Sie musterte sein fleischiges Gesicht und bemerkte erst jetzt die Schweißperlen an seinen Schläfen, und dass seine Hände zitterten. Er war sich der Gefahr wohl bewusst, und gerade deshalb war es mutig, den Bauern entgegenzutreten. Ein Narr wusste nicht, was er tat, wenn er sich zu weit vorwagte, der Schultheiß hier vor ihr aber war alles andere als blind.
Der Hafenstephan sprang vom Brunnenrand und trat auf Johannes Müller zu. »Ihr hört es, wir haben es satt, uns der Herrschaft zu beugen, die mal dieses und mal jenes, doch stets immer mehr von uns will. Ihr dürft Euch uns gerne anschließen, Bruder, und ein Gleicher unter Gleichen sein.«
Der Dolch, den er aus seinem Gürtel zog, nahm den Worten ihre freundliche Aufforderung. Dem Schultheiß musste klar sein, dass er keine Wahl hatte, mitzukommen oder hier zu bleiben, und da er anscheinend mehr an seinem Leben als an den drei Reichsstädten hing, neigte er zustimmend das Haupt.
»Gut!«

Veit Lang trat heran und wechselte ein paar leise Worte mit dem Seitzinger, dann rief dieser: »Nehmt alles an Waffen mit, was ihr finden könnt. Holt die großen Büchsen vom Kirchhof und vergesst nicht, Kugeln und Pulver auf die Wagen zu laden. Und ihr« – er wandte sich an eine Gruppe spärlich bekleideter Männer. »Ihr macht euch marschbereit.« Der Hafenstephan ergänzte: »Wenn die Glocke zur nächsten vollen Stunde schlägt, ziehen wir weiter«, und schwang sich wieder auf sein Ross.

Der Haufen brach auf und marschierte nun wieder nach Westen, immer der Straße folgend. Es war nach zwei Uhr nachts, als sie durch Wolpertshausen zogen, kurze Zeit später stiegen sie die engen Serpentinen ins Bühlertal nach Cröffelbach hinunter.

Anne Katharina war müde, ihre Füße taten weh, und sie fror. Bekamen die Bauern denn nie genug? Wussten sie überhaupt, wohin sie gingen, oder hatten sie kein bestimmtes Ziel? Zogen sie einfach so herum, um ihre Beute zu vergrößern? Der Stapel an Hakenbüchsen und anderen Schusswaffen auf dem Karren nahm mit jedem Dorf, durch das sie zogen, zu, aber auch Wein und Brot, Speck und Schinken verschmähten die nächtlichen Räuber nicht.

»Nicht zurückbleiben!«, mahnte ihr Aufpasser. Anne Katharina stöhnte und beschleunigte ihre Schritte wieder. Ihre Schuhe waren nicht für lange Märsche über die steinige Landstraße gemacht. Es fühlte sich an, als habe sie schon einige Blasen, und es würde nicht mehr lange dauern, bis sie aufbrachen. Der Weg führte steil nach unten, und bei jedem Schritt stießen ihre Zehen vorne gegen das Leder ihrer Kuhmaulschuhe. Steine drückten sich durch die Sohle. Wenigstens waren ihre Hände nicht mehr gefesselt. Auch dem Pfarrer hatten sie die Stricke abgenommen. Er schritt neben ihr her und murmelte einen Psalm nach dem anderen. Zwischendurch ließ er seinen Blick über ihre Bewacher wandern. »Gott wird euch strafen«, sagte er. »Das Evangelium wollt ihr verbreiten? Ihr tretet es mit Füßen!« Aber die Männer achteten nicht auf ihn, und so fuhr er mit seinen Psalmen fort.

»Geht es Euch gut?«, fragte eine leise Frauenstimme hinter Anne Katharina. Sie unterdrückte einen Schrei und zwang sich weiterzugehen, ohne sich umzusehen. Auch der Pfarrer hatte die Worte gehört und die Stimme erkannt.

»Was tust du hier?«, fragte er leise, aber die Schärfe in seiner Stimme war nicht zu überhören.

»Wie konnte ich allein zurückbleiben, wo sie Euch so schändlichst davongeschleppt haben? Ich muss auf Euch Acht geben, damit Euch nichts geschieht. Ihr glaubt doch nicht etwa, ich wäre hier, weil ich in den Kirchen Opferstöcke berauben und mich am Brot und Wein anderer Pfarrer vergreifen will?«, fragte sie empört.

Der Pfarrer wandte den Kopf und schaute seine Magd an. Anne Katharina sah das liebevolle Lächeln, das sein Gesicht erhellte.

»Verzeih, für einen Moment dachte ich, du hättest deinen Verstand von dir geworfen und dich zu diesem Gesindel gesellt.«

Die Magd schnaubte, lächelte aber ebenfalls. So plötzlich, wie sie aufgetaucht war, verschwand sie wieder in der Menschenmenge, die inzwischen auf die doppelte Zahl angeschwollen war.

Sie überquerten die Bühler und erklommen den bewaldeten Hang auf der anderen Seite. Wollte diese Nacht denn gar kein Ende nehmen? Anne Katharinas Beine und Rücken bestanden nur noch aus Schmerz. Steifbeinig tappte sie neben dem Pfarrer, der schweigend zu Boden sah, über die Ebene. Seit dem steilen Anstieg sagte er keine Psalmen mehr auf.

Der Seitzinger trat zu ihnen und streckte ihnen einen Lederschlauch entgegen. »Einen Schluck Wein? Er beflügelt die Seele, wärmt den Leib und treibt die Füße an.«

Anne Katharina schüttelte stumm den Kopf, Wasser und eine Ruhestätte wären ihr lieber gewesen, der Pfarrer aber griff nach dem Schlauch und trank ein paar Schluck, ehe er ihn zurückgab.

»Wo ziehen wir hin?«, fragte er den Hauptmann. Überraschenderweise gab dieser ihm Antwort.

»Wir werden in Eltershofen lagern und, wenn wir wieder bei Kräften sind, ins Kochertal hinunterziehen. Wer weiß, vielleicht sind

wir morgen schon genug, um unsere Forderungen nach Hall tragen zu können.«
»Was meint er damit?«, fragte Anne Katharina ein wenig ängstlich, als der Hauptmann sich wieder an die Spitze des Zuges begeben hatte. »Er will die Stadt doch nicht etwa angreifen?«
Der Pfarrer zuckte mit den Schultern. »Nur der Herr weiß, was in diesen weinvernebelten Köpfen vor sich geht, aber wenn er mit dieser Truppe gegen die Stadt angeht, dann wird er sich mehr als nur eine blutige Nase holen.«
»In jedem Dorf werden es mehr. Seht nur, trotz der nächtlichen Stunde strömen sie in Scharen herbei. Mich schaudert, wenn ich daran denke, wie viele es in ein oder zwei Tagen sein werden.«
»Die Stadt werden sie nicht nehmen«, sagte der Pfarrer voller Zuversicht. »Dafür wird der Rat schon sorgen.«
Und wer sorgt für uns?, dachte sie, sprach es aber nicht aus. Sie wollte nicht, das der Pfarrer sie für ein schwaches, ängstliches Weib hielt, obwohl sie sich im Moment ganz so fühlte.

✠ ✠

Die Schwärze der Nacht verblasste bereits, als sie Eltershofen erreichten. Die Hauptleute führten den Haufen direkt auf das Wasserschlösschen der Haller Junkerfamilie Nagel zu, die sich, seit sie das Schloss gekauft hatten, von Eltershofen nannten. Wie zu erwarten, war die Zugbrücke hochgezogen. Die Wächter schlugen Alarm. Ihre Büchsen im Anschlag, forderten sie die Bauern auf weiterzuziehen.
Hafenstephan und der Seitzinger traten vor und riefen übers Wasser, die Wachen sollten ihren Herrn holen und die Brücke senken.
»Der junge Herr ist am Abend nach Hall geritten«, riefen die Wachen herüber. »Wir dürfen die Brücke ohne seine Erlaubnis nicht herunterlassen. Das werdet ihr doch verstehen. Zieht weiter!«
Einige der Bauern lachten, andere schwangen drohend ihre Waffen.
»Räuchern wir sie aus«, rief einer.

»Ja, das wird diesen hochnäsigen Junkern eine Lehre sein!«
»Schade, dass er nicht hier ist. Wir könnten ihn dort an den Baum knüpfen, den eitlen Herrn, der die Nase über seine Knechte rümpft.«
Die Stimmen vereinten sich zu einem zornigen Gebrumm, bis der Seitzinger mit seinem Gewehr in die Luft schoss. Die Wachen gingen in Deckung, die Bauern verstummten. Anne Katharina, die nicht weit von den Hauptleuten entfernt stand, fuhr erschreckt zusammen und hätte sich fast an den Arm des Pfarrers geklammert. Die Stimme des Hauptmanns donnerte über den Graben. »Narren! Lasst die Brücke herunter und bewirtet uns, bis wir uns ausgeruht haben, dann wird euch nichts geschehen. Entscheidet euch schnell, denn sonst werden wir ohne eure Aufforderung zu euch hinunterkommen. Zählt die Anzahl eurer Büchsen gegen unsere Schar von Männern. Ihr werdet uns nicht aufhalten können. Wollt ihr den harten Weg? Gut, aber wimmert nicht um Gnade, wenn wir drüben sind und unsere Messer in eure Leiber stoßen. Wir werden Schloss Eltershofen bis zu den Grundmauern niederbrennen! Glaubt ihr, euer Herr wird euch dankbar sein für euren Widerstand?«
Die Wächter auf der anderen Seite steckten die Köpfe zusammen, zwei Männer neben Anne Katharina zogen ihre Dolche aus den Gürteln und kicherten.
»Sie werden sich ergeben«, sagte der Pfarrer, und schon quietschten die Ketten. Langsam senkte sich die Zugbrücke herab. Ein Freudengeheul erhob sich. Ehe der Seitzinger oder einer der anderen Hauptleute sich wieder Gehör verschaffen konnte, stürmte die Meute mit gezogenen Waffen über die Brücke ins Schloss. Einer der Wächter sprang in den Graben. Mit einem Schrei des Entsetzens versank er in der modrigen Brühe, kam wieder hoch, prustete und stöhnte und kroch dann die Uferböschung hinauf. Keiner der Aufständischen kümmerte sich um ihn, und so machte er sich durch das dichte Buschwerk davon.
Der Seitzinger schimpfte und spuckte auf den Boden. Veit Lang

zuckte nur mit den Schultern und kratzte sich seinen grauen Bart. »Lass sie sich austoben und plündern. Bald schon werden sie zufrieden schnarchen.«

»Wenn sie nur das Schloss nicht abbrennen. Ich will mir dort drin ein gemütliches Bett suchen und nicht hier draußen im nassen Gras liegen.«

Der Hüne lachte. »Ah, das ist deine Sorge. Notfalls müssen wir bei einem der Bauern mit einem Heulager vorlieb nehmen.«

Der Seitzinger stimmte in das Lachen ein. Plötzlich schien er sich wieder seiner Gefangenen zu erinnern. Gebieterisch winkte er sie zu sich.

Ein Knabe, kaum vierzehn oder fünfzehn Jahre alt, kam aufgeregt auf den Seitzinger zugestolpert.

»Hauptmann, Hauptmann, Reiter kommen durch das Dorf, ein Ritter mit Bewaffneten!«, keuchte er. »Ich glaube, es sind die Farben von Eltershofen.«

Veit zog sein Schwert. »Die kaufen wir uns!« Laut brüllend rannte er los. Es waren noch gut drei Dutzend Männer vor dem Schloss und auf der Zugbrücke. Sie machten kehrt und folgten Veit. Der Junge rannte weiter ins Schloss und rief noch weitere Bauern heraus. Ehe sie es sich versahen, waren der Ritter und seine fünf Knechte von einem Wald aus Spießen und Hellebarden umgeben.

»Rudolf Nagel, lasst Euer Schwert stecken«, riet ihm Veit und stieß mit seiner Schwertspitze gegen dessen Harnischbrust. »Ihr wollt Euch doch nicht freiwillig in den Tod stürzen? Seht, Euer Schloss ist gefallen. Steigt ab und sagt Euren Männern, sie sollen ihre Waffen abgeben.«

Der Hafenstephan ritt auf dem Pfarrgaul heran und schwenkte seinen Hut. »Komm, Rudolf, sieh es ein, dir bleibt keine andere Wahl. Du kannst uns Treue schwören und dich uns anschließen, so wie der Schultheiß von Ilshofen es schlauerweise bereits getan hat.«

Anne Katharina hielt den Atem an. Sie sah, wie der Junker mit dem Kiefer mahlte, der Blick aus seinen zusammengekniffenen Augen war voll tödlichem Hass. Sie kannte Rudolf und seinen Va-

ter, der vor fünfzehn Jahren den Streich gegen Hermann Büschler geführt hatte. Damals war der Versuch des stolzen Junkers, die Bürgerlichen aus dem Rat zu drängen, gescheitert. Verbittert hatte er sich aus der Stadt zurückgezogen. Sein Sohn hielt nicht minder viel auf Standesschranken. Anne Katharina fühlte ihn schwanken. War es besser, in Ehre unter den Bauernspießen zu fallen oder sein Leben zu retten, mit dem Preis der Schande bezahlt?
Langsam öffnete sich die Hand am Schwertgriff. Rudolf von Eltershofen klappte das Visier hoch. »Ich will meine Männer nicht in den Tod schicken«, knirschte der Junker, »daher gebe ich mich in Gefangenschaft, doch glaubt mir, eure Gesichter werde ich in mein Gedächtnis einbrennen, und wenn dieser Spuk vorbei ist, werde ich nicht eher ruhen, bis ich euch alle am Galgen sehe!«
Der Hafenstephan drängte sein Pferd an das edle Tier des Junkers heran, und ehe der Ritter seine Absicht durchschaut hatte, schlug er ihm den offenen Helm vom Kopf. Scheppernd traf er am Boden auf.
»Pass lieber auf, dass du deinen Kopf nicht verlierst«, fauchte der Ansbacher.
Rudolf von Eltershofen und seine Knechte stiegen von ihren Pferden. Der Seitzinger fesselte den Junker, seinen Männern jedoch stellte er es frei, auf den Bauernhaufen und das Evangelium zu schwören oder mit ihrem Herrn die Gefangenschaft zu teilen. Anscheinend lockte es sie nicht, ihm in einem der feuchten Keller Gesellschaft zu leisten. Sie ignorierten seine Drohungen, schworen den Hauptleuten Treue und folgten den Bauern dann ins Schloss, wo in der großen Halle bereits ein fröhliches Gelage im Gange war. Die Aufständischen hatten in den Gemächern und Kammern alles an sich gerafft, was ihnen gefiel und was sie leicht mit sich nehmen konnten. Nun füllten sie ihre Mägen, die nach dem nächtlichen Marsch nach kräftiger Nahrung riefen. Momentan war das Schloss nicht in Gefahr, absichtlich niedergebrannt zu werden.
Anne Katharina humpelte hinter den Hauptleuten und dem gefesselten Junker über die Zugbrücke. In der Halle schlug ihr Wärme

entgegen. Der Geruch nach Wein und gebratenem Fleisch vermischte sich mit dem Gestank der vielen, ungewaschenen Menschen. Die Bürgersfrau ließ sich auf den Boden sinken. Der Pfarrer ergatterte ein großes Stück Brot und einen Brocken Fleisch, der außen schwarz und innen noch roh war.

»Es ist Fastenzeit!«, protestierte seine Begleiterin.

Der Pfarrer zuckte mit den Schultern. »Ihr könnt in friedlichen Zeiten das Fastengebot wieder einhalten, wenn Ihr wollt. Jetzt ist es wichtiger, bei Kräften zu bleiben.«

Anne Katharina streckte die Hand aus. Der Pfarrer hatte Recht. Normalerweise würde sie so etwas nicht essen, jedoch in diesem Augenblick hätte sie vieles getan, was sonst nicht zu ihren Gewohnheiten gehörte. Sie nahm das Fleisch in beide Hände und biss ein Stück nach dem anderen heraus. Der Saft rann ihr über das Kinn und tropfte von ihren Fingern zu Boden.

»Möchtet Ihr Wasser?« Der Pfarrer hielt ihr einen Krug hin. Hastig stürzte Anne Katharina das eisige Nass hinunter, verschluckte sich und hustete minutenlang. Pfarrer Herolt kniete sich neben sie und klopfte ihr auf den Rücken.

»Danke«, keuchte sie, sobald sie wieder Luft bekam. »In der Stunde der Not erst kann man sich bewähren. Ihr seid ein richtiger Held Magister Herolt. Ich bewundere Eure Tapferkeit und Euren Gleichmut, Eure Kraft und Eure Fürsorglichkeit, die Ihr selbst nach solch einer Nacht und an solch einem Ort noch für andere übrig habt.«

Er lachte und schien verlegen. »Ihr dürft nicht verzagen. Es ist die Müdigkeit, die Euch mutlos macht. Wart nicht auch Ihr im Angesicht der Meute in meinem Haus mutig wie ein Löwe?«

Anne Katharina schüttelte den Kopf. »Ihr verwechselt Mut mit dem zornigen Leichtsinn des Kindes, das aufbegehrt, ohne an die Folgen zu denken.«

Der Pfarrer zog die Augenbrauen hoch. »Bereut Ihr den Versuch, die Männer aufzuhalten? Tut es Euch Leid, mich verteidigt zu haben?«

»Nein! – Ja – ich weiß nicht. Ich weiß gar nichts mehr.« Sie wusste nur noch, dass sie das dringende Bedürfnis hatte zu weinen. Sie fühlte sich nicht als Gattin des Ratsherrn Seyboth und als Mutter dreier hoffnungsvoller Kinder. Sie fühlte sich schwach und hilflos wie ein Kind, das nach dem Schoß der Mutter verlangt. Anne Katharina schloss die Augen, um die aufsteigenden Tränen zurückzuhalten.

»Ihr seid müde und erschöpft. Ich werde sehen, ob sie Euch eine Kammer geben oder ob ich zumindest eine Decke und ein Kissen auftreiben kann.«

Der Pfarrer erhob sich. Anne Katharina widerstand nur mühsam dem Verlangen, sich an seinem Rock festzuklammern. Pfarrer Herolt trat zu den Hauptleuten, die an einem Tisch saßen und schmausten. Anscheinend besprachen sie, wie es weitergehen sollte. Die meisten anderen Männer und Frauen, die Anne Katharina von ihrem Platz zwischen einer Truhe und einer alten Rüstung sehen konnte, schliefen bereits, erschöpft von der Nacht und berauscht vom Wein. Ein vielstimmiges Prusten, Schmatzen und Schnarchen lag in der Luft.

»Leider nur eine alte Decke«, entschuldigte sich der Pfarrer, der wieder zu ihr trat. »Sie wollen, dass wir in der Halle bleiben.«

Dankend nahm Anne Katharina die Decke entgegen, wickelte sich in ihren Umhang und den alten, groben Stoff und lehnte sich in das Eck zwischen Truhe und Wand. Sie schloss die Augen. Wie soll ich hier, sitzend und bei dem Getöse und Gestank, schlafen können?, dachte sie, aber da war sie auch schon in eine Traumwelt hinübergeglitten, die kaum friedlicher war als die Wirklichkeit.

✠ ✠

Als Anne Katharina zu sich kam, lehnte sie nicht mehr in der Ecke. Der Rücken schmerzte, und vom Boden drang die Kälte durch Decke und Mantel. Der beißende Geruch und die Geräusche erinnerten sie schnell wieder daran, wo sie sich befand. Zaghaft öffnete sie

die Augen. Sie sah auf ein Paar schlammbeschmierte Schuhe, schmutzige Strümpfe und den Saum eines Rockes, dem man die nächtliche Wanderung ebenfalls ansah. Ihr Kopf lag weich gebettet auf dem Rock des Mannes, der diese Kleidungsstücke trug.
Anne Katharina fuhr hoch. Sie hatte im Schoß des Pfarrers geruht! Sie sah zu ihm auf, doch er schien friedlich zu schlafen. Rasch rückte sie ein Stück zur Seite und ordnete ihre Kleider. Wie gern hätte sie sich Gesicht und Hände gewaschen und zumindest ein frisches Hemd angezogen.
Pfarrer Herolt regte sich, gähnte und öffnete die Augen. Sein Blick wanderte über die meist noch schlafenden Bauern, bis er an seiner Mitgefangenen hängen blieb. Er lächelte.
»Ihr seht schon wieder viel besser aus, Gnädigste. Habt Ihr gut geruht?«
Sie warf ihm einen prüfenden Blick zu, fand aber keinen Spott in seiner Miene. Vielleicht hatte er gar nichts bemerkt.
»Danke, ja, ich fühle mich kräftiger und mutiger. Verzeiht mir!« Er hob abwehrend die Hände, um ihr zu zeigen, dass es nichts zu verzeihen gab.
»Sagt bitte nicht ›Gnädigste‹ zu mir. Es kommt mir in dieser Lage so seltsam vor. Wollt Ihr mich Anne Katharina nennen?«
Pfarrer Herolt nickte feierlich. »Gut, dann Anne Katharina. Ihr habt Recht, es ist eine ungewöhnliche Situation, in der wir diese Abweichung vom guten Ton durchaus vertreten können.« Er zwinkerte ihr zu, und sie lächelte zurück.
»Konntet Ihr auch ein wenig schlafen?«, erkundigte sie sich höflich.
Der Pfarrer nickte und gähnte noch einmal herzhaft. »Ja, ein wenig hart und unangenehm kühl von unten, aber nach so einem Fußmarsch nimmt man, was man bekommt. Habt Ihr Hunger oder Durst? Soll ich etwas besorgen? Ich gestehe, jetzt würde ich zu einem warmen Wein nicht nein sagen, was meint Ihr? Anne Katharina, was ist mit Euch?«
Doch sie gab keine Antwort. Sie starrte mit aufgerissenen Augen und offenem Mund zum Tor hinüber, als wäre ihr ein Geist

oder ein Engel erschienen. Zweimal stieß sie keuchend den Atem aus, ihr Mund begann, tonlos Worte zu formen. Der Pfarrer folgte ihrem Blick zu zwei Männern, die, ins Gespräch vertieft, gerade die Halle betraten. Der eine war der Bauernhauptmann Seitzinger, der andere trug das prächtig geschlitzte Gewand eines Landsknechts.

»Kennt Ihr diesen Mann?« Der Pfarrer musste zweimal fragen, ehe Anne Katharina langsam nickte. Die beiden Männer kamen näher. Der Blick des Fremden glitt über die beiden Gefangenen hinter der Kiste, und er blieb abrupt stehen. Seine letzten Worte schienen auf halbem Weg in seiner Kehle zu stecken.

»Was ist?«, fragte der Seitzinger und sah den Neuankömmling fragend an. Der Landsknecht schüttelte den Kopf und wandte den Blick ab. Als wäre nichts geschehen, schritt er an den beiden am Boden Sitzenden vorbei.

»Wer ist dieser Mann?«, drängte der Pfarrer.

»Ich weiß es nicht«, hauchte Anne Katharina. »Ich dachte, ich wüsste es, aber ich habe mich wohl geirrt. Das war in einer anderen Zeit, in einem anderen Leben.«

Pfarrer Herolt erwiderte nichts auf diese rätselhaften Worte. Der Lärm in der Halle schwoll an. Immer mehr Schläfer erwachten und rieben sich den brummenden Schädel. Manche versuchten, ihrem Unwohlsein durch noch mehr Wein zu begegnen, andere zogen Wasser und etwas zu essen vor. Männer und Frauen kamen und gingen, packten Bündel und schleppten ihre Beute hinaus. Es schien, dass der Aufbruch nahte. Der Pfarrer ergatterte einen Kanten Brot und teilte ihn mit Anne Katharina.

Plötzlich versperrten ein paar Beine in schlammigen Stiefeln und Pluderhosen ihre Sicht, an deren Seite ein schweres Schwert hing. Eine Männerhand griff nach der ihren.

»Steht auf«, sagte die Stimme, die sie für immer aus ihrem Kopf hatte vertreiben wollen und die sie doch öfter in ihren Träumen heimsuchte, als sie es sich erklären konnte.

Anne Katharina sah zu dem abgekämpften Gesicht hinauf. »Rugger, was tut Ihr hier? Ich dachte, Ihr seid im Gefolge des Truchsessen in Ulm.«

»Die Zeiten ändern sich, aber dies ist nicht der rechte Ort, Geschichten zu erzählen. Kommt schnell, wir haben keine Zeit zu verlieren.«

Sie ließ sich von ihm hochziehen, entriss ihm dann jedoch ihre Hände und verschränkte sie hinter ihrem Rücken. Auch Pfarrer Herolt erhob sich.

»Ich gehe mit Euch nirgendwohin, wenn Ihr mir nicht sagt, was Ihr vorhabt.«

Rugger sah rasch nach rechts und nach links, ehe er sich Anne Katharina wieder zuwandte. »Die Hauptleute sind damit einverstanden, dass Ihr mit mir kommt. Ich weiß aber nicht, was der ganze Haufen dazu sagt, daher ist es ratsam, in aller Stille zu verschwinden, und zwar, solange sie noch damit beschäftigt sind, die Beute zu verteilen.«

»Ich komme mit Euch, wenn Ihr auch Pfarrer Herolt mitnehmt. Sie haben ihn gegen seinen Willen aus seinem Haus entführt!« Sie verschränkte die Arme vor der Brust.

»Anne Katharina, das geht nicht. Die Hauptleute würden es nicht erlauben, und außerdem kann mein Pferd nur uns zwei tragen.« Rugger sah den Pfarrer an. »Seid Ihr ein Lutheraner?« Pfarrer Herolt nickte. »Dann werden sie Euch nichts tun. Früher oder später lassen sie Euch laufen.«

Anne Katharina schüttelte den Kopf. »Dann bleibe ich auch hier. Ich lasse ihn nicht im Stich.«

Der Landsknecht stöhnte. »Seid nicht so störrisch, Herr im Himmel, nicht ausgerechnet jetzt!«

Pfarrer Herolt nahm ihre Hände und sah ihr in die Augen. »Anne Katharina, vertraut Ihr diesem Mann?« Sie nickte. »Dann geht mit ihm. Niemand kann sagen, wann die Stimmung in diesem zügellosen Haufen umschlägt. Wenn es zu Kämpfen kommt, ist das ein Ort, an dem Ihr nicht sein solltet.«

»Und Ihr, Pfarrer Herolt?«

»Macht Euch keine Sorgen. Ich komme schon zurecht. Mein Leben ist in Gottes Hand.« Er lächelte. »Wenn er will, dass ich sein Evangelium noch ein paar Jahre predige, dann wird er mir hier schon heraushelfen.«

Er ließ ihre Hände los und blickte den Landsknecht ernst an. »Schwört mir, bei allem was Euch heilig ist, dass Ihr Anne Katharina unversehrt nach Hause zu ihrem Gatten bringt.«

Rugger senkte den Kopf und sah dem Pfarrer in die Augen. »Ich schwöre, und ich bedaure es sehr, Euch in dieser misslichen Lage zurücklassen zu müssen. Vielleicht ist das für Euch jedoch eine Gelegenheit, ihnen näher zu kommen. Sie mögen Euch bisher nur als wilder, grölender Haufen erschienen sein, in ihren Forderungen aber haben sie Recht. Wie die Herren sie behandeln – schlimmer als Vieh. Und dann dieser Verrat!« Er schüttelte den Kopf.

»Geht«, drängte der Pfarrer. »Es wird alles gut. Gottes Segen wird Euch begleiten.«

Widerstrebend ließ Anne Katharina zu, dass Rugger ihre Hand nahm und sie hinausführte. Sie warf dem Pfarrer noch einen Blick zu, bei dem sie nach dieser einen unglaublichen Nacht das Gefühl hatte, als wäre er ein Leben lang ihr Freund gewesen.

Die Aufständischen waren so sehr mit sich selbst beschäftigt, dass niemand die beiden aufhielt. Keiner stellte ihnen Fragen, keiner wollte wissen, wohin sie gingen. Ruggers Pferd, ein kräftiger schwarzer Hengst, war draußen am Kirchhof angebunden. Der Landsknecht musterte das Pferd und dann die Frau an seiner Seite. Er schnallte eine Decke von seinem Bündel, faltete sie ein paar Mal zusammen und legte sie vorn über den Sattelrand. Dann hob er Anne Katharina auf sein Pferd und schwang sich hinter ihr in den Sattel.

»Bequem wird es nicht sein, aber es muss gehen.« Er ergriff die Zügel und schnalzte mit der Zunge. Der Hengst setzte sich in Bewegung.

Anne Katharina sagte nichts, sie war zu sehr mit sich und ihren wirren Gefühlen beschäftigt. Erst die Entführung, dann die unerwartete Rettung, und nun brannte die Erinnerung an seine Hände auf ihrer Taille in ihr. Sie richtete sich stocksteif auf, konnte es aber nicht verhindern, dass sie, durch die Bewegungen des Pferdes, immer wieder gegen ihn stieß. Sie roch ihn so nah. Wäre sie nur nicht mit ihm gegangen. Er hatte sie gezwungen, den Pfarrer im Stich zu lassen! Wut stieg in ihr auf. Sie fühlte sich hilflos und wünschte sich, ihre Fäuste gegen seine Brust schlagen zu können.

Bald schon hatten sie das Dorf mit dem Bauernhaufen hinter sich gelassen. »Was treibt Ihr für ein falsches Spiel?«, verlangte Anne Katharina zu wissen, als sie über die einsamen Felder ritten.

Rugger ignorierte den aggressiven Ton, den sie anschlug, und antwortete ruhig: »Es ist weder ein Spiel, noch ist es falsch. Übt Euch ein wenig in Geduld, dann werdet Ihr alles erfahren.«

Anne Katharina presste die Lippen zusammen. Sie würde sich nicht die Blöße geben, ihn zu bitten oder gar anzuflehen. Ging es am Ende gar nicht um den Kampf zwischen den Bauern und ihren Herren? War das jetzt eine Sache zwischen ihr und dem Mann, der hinter ihr im Sattel saß? Warum hatte sie dem Pfarrer gesagt, dass sie Rugger vertraute? Das Gefühl eines schwachen Weibes, das einmal voller Zärtlichkeit geküsst worden war, das sollte ausreichen, einem Landsknecht zu vertrauen und ihr Leben und ihre Ehre in seine Hände zu legen?

Er lenkte sein Pferd zu einem schmalen Pfad, der an eine Felswand geschmiegt steil nach unten führte. Anne Katharina krallte sich mit der einen Hand in die Mähne des Pferdes, mit der anderen an den Sattel hinter sich. Sie sah sich jeden Moment über den Kopf des Pferdes rutschen und sich am felsigen Grund das Genick brechen.

»Entspannt Euch und lehnt Euch an mich. Ich werde schon Acht geben, dass Ihr nicht herunterfallt.«

»So leicht werde ich es Euch nicht machen«, schimpfte sie. »Ich bin kein romantisches Mädchen mehr, das Ihr mit ein paar schönen Worten beeindrucken könnt. Ich bin die Gattin eines Ratsherrn und Mutter dreier Kinder. Ich werde weder meine Ehre noch die Ehre der Familie beschmutzen. Und falls Ihr denkt, ich sei leichtfertig, dann täuscht Ihr Euch. Gott weiß, was ich in der Unterstadt zu tun hatte, und er hat es mit Wohlwollen gesehen!«

Er lachte leise, als er ihr antwortete, doch seine Stimme war ernst. »Womit habe ich Euer Misstrauen verdient? Ich möchte nur, dass Euch der Ritt nicht ganz so unbequem wird. Bedroht das Eure Ehre?«

Sie brummte unwillig, musste sich dann aber an seinen Arm klammern, als der Hengst einem Felsbrocken auswich. Schnell ließ sie ihn wieder los.

»Vor kaum einer Stunde habt Ihr gesagt, Ihr würdet mir vertrauen. Was ist passiert, dass ich dieses Vertrauen so schnell eingebüßt habe?«

»Als wir uns das letzte Mal sahen, wart Ihr auf dem Weg, dem Truchseß zu dienen und gegen die Aufständischen vorzugehen. Und nun sehe ich Euch in freundschaftlichem Gespräch mit dem Hauptmann dieses Haufens, der, während er das Evangelium im Mund führt, Opferstöcke plündert und Waffen raubt, Menschen entführt und verschleppt und sich an gestohlenem Wein berauscht. Sie sind ungehobelt, stinken und führen sich wie Tiere auf!«, stieß Anne Katharina voller Abscheu aus. »Ich hoffe, der Bund wird sie in ihre Schranken weisen! Und Ihr habt sie oben im Schloss auch noch verteidigt. Ihr seid ein Verräter – oder gar ein Spion? Auf welcher Seite steht Ihr? Oder dient Ihr immer gerade dem, der mehr dafür bezahlt, wie die Schweizer, die den Herzog verraten haben?«

Es dämmerte bereits, als der Hengst den steilen Waldpfad hinter sich ließ und auf die Straße einbog, die von Hall am Kocher entlang nach Norden führte. Rugger zügelte sein Pferd und sah nach links, wo irgendwo Hall lag, und dann nach rechts den Weg entlang, den das Kocherwasser nahm.

»Kann so viel Wut in nur einer Nacht entstehen?«, sagte er endlich. »Was ist es, das in Euch gärt? Die Jahre haben Euch verändert. Ihr kommt mir vor wie eine alte Frau, die verbittert über ihr verlorenes Leben klagt. Seid Ihr manches Mal zufrieden mit dem Augenblick, erfüllt von Glück oder Leidenschaft? Stolz auf das, was Ihr gesagt oder getan habt?«

Anne Katharina fauchte: »So kann nur ein Mann reden, der die Freiheit hat, zu kommen und zu gehen, wie es ihm gefällt. Wisst Ihr überhaupt, wie das Leben einer Frau aussieht? Freiheit! Dieses Wort hat keinen Platz in unserem Leben, das von unseren Männern, Brüdern und Schwiegermüttern bestimmt wird. Ich wollte mich nie fügen, ich habe gekratzt und gebissen, und was hat es mir gebracht? Ewigen Zank mit meinem Gatten, für den ich nur eine Bürde bin, die er erträgt, damit er seine Kinder aufwachsen sehen kann. Und seine Mutter, die mir meine Kinder vorenthält, auf dass ich sie mit meinem Trotz nicht verderbe! Ich habe gekämpft, doch nun bin ich müde. Ich spüre den Zorn in mir, aber ich kann den Streit, den meine Worte entfachen, nicht mehr ertragen.«

»Arme Kathrine«, murmelte er und strich über ihr Haar. Das Pferd scharrte ungeduldig, aber Rugger hielt die Zügel straff.

»Lasst das!«, keifte sie. »So schwach bin ich noch lange nicht, dass ich zum Trost in Eure Arme sinke!«

»Ich könnte es mir leicht machen und Euch hier absetzen. Ihr wärt in nicht einmal zwei Stunden zurück im trauten Heim. Ich könnte Euch auch bis zum Stadttor bringen und Euch dann vergessen. Was schert es mich, was Ihr über mich und über den Kampf der Bauern denkt? Was geht es mich an, dass Ihr Euch selbst vergiftet, bis das letzte Fünkchen Leben in Euch stirbt? Nicht immer ist der leichte Weg der richtige!«

Rugger schlang seinen rechten Arm um Anne Katharinas Taille. Er schlug dem Hengst die Fersen in die Flanken und lockerte die Zügel. Das Tier machte einen Satz und raste im Galopp die Straße nach Norden entlang. Anne Katharina kreischte, doch es blieb ihr nichts anderes übrig, als sich eng an den Landsknecht zu drücken und sich an ihm festzuklammern. Sie hätte ihn geohrfeigt, wenn sie dann nicht ernsthaft in Gefahr gewesen wäre herunterzufallen. So blieb ihr nur, auf ihn einzuschimpfen und heftig zu blinzeln, um die Tränen zurückzuhalten.

Als er in Untermünkheim die Brücke über den Kocher erreichte, zügelte er das Ross und ritt langsam durch das Dorf. Es wirkte wie ausgestorben, obwohl es noch nicht so spät war, dass sich schon alle zur Ruhe gelegt haben konnten. Sie verließen die Kocheraue und ritten in die Wälder, die sich westlich erhoben. Nachdem die Wut abgeflaut war, fühlte sich Anne Katharina nun doch ängstlich.
»Was habt Ihr mit mir vor?«, fragte sie leise in die Stille der Nacht, die über ihnen herabgesunken war. Einige Momente hörte sie nur den gedämpften Hufschlag auf dem erdigen Pfad.
»Ich möchte Euch zeigen, dass die Menschen und die Sache es wert sind, für sie zu kämpfen.«
»Dann habt Ihr den Bund also verraten?«
»Nein«, erklang seine Stimme nach einiger Zeit. »Ich habe viel über beide Seiten erfahren und mich der gerechten Sache angeschlossen, die Unterstützung verdient.«
»Was ist dort unten an der Donau passiert, dass Ihr Eure Meinung geändert habt?«, fragte Anne Katharina. Zorn und Angst waren aus ihrer Stimme gewichen.
»Ihr werdet alles erfahren, doch nicht jetzt. Habt ein wenig Geduld. Ich versichere Euch, dass ich nichts Unehrenhaftes mit Euch vorhabe und Euch auch nicht in Gefahr bringen werde.«
Anne Katharina kaute auf ihrer Unterlippe. »Verratet Ihr mir wenigstens, wohin wir unterwegs sind?«
»Wir reiten nach Öhringen.«
»Öhringen? Aber warum denn das?« Anne Katharina wusste nicht viel über die Stadt an der Ohrn. Sie gehörte den Grafenbrüdern Georg und Albrecht von Hohenlohe, eine Landstadt, die sich um den kirchlichen Bannbereich des Chorherrenstifts schmiegte.
»Und was werden wir dort tun?«
Er lächelte. »Ungeduldig wie jeher. Wir werden uns mit ein paar großen Männern treffen und an dem Gelingen der Revolution feilen, auf dass sie das ganze Land in einer einzigen Woge überschwemmt. Sie wird den Truchseß und seine falsche Bande hinwegfegen und das Land von Blutsaugern und falschen Herren be-

freien. Ihr werdet sehen, wenn das Wasser abgeflossen ist, lässt es ein blühendes Land zurück, in dem Recht und Ehre nicht mehr mit Füßen getreten werden und das Evangelium all unser Handeln bestimmt.«

Anne Katharina fühlte einen eisigen Schauder über ihren Rücken rinnen. Glaubte er an seine Worte, oder wollte er sich für seine Sache Mut machen? Was würde dieser Kampf noch alles mit sich fortschwemmen? Sie schüttelte kaum merklich den Kopf. Wie sollten ein paar unzufriedene Bauern gegen all die Ritter und Knechte des Bundes und der Grafen etwas ausrichten können? Nein, wenn sich etwas ändern sollte, dann nur, weil die Herren den neuen Glauben annahmen und in ihrer Erleuchtung ihren Bauern die schwere Last ein wenig erleichterten.

So grübelte sie vor sich hin, bis das sanfte Wiegen des Pferdes sie in den Schlaf sinken ließ. Plötzlich schreckte sie hoch. Sie passierten einige Gebäude, die sich um einen Hof schlossen. Eine Glocke klang durch die Nacht.

»Wo sind wir?«, fragte Anne Katharina schläfrig.

»Wir haben das Kloster Goldbach hinter uns gelassen und reiten nun auf den Mühlensee zu. Schlaft weiter.«

Sie fühlte sich zu erschöpft, um Widerstand zu leisten, atmete den leichten Geruch nach Leder und Schweiß ein und sank wieder in unruhige Träume.

# KAPITEL 5

Der Wagen rumpelte durch das obere Tor nach Mergentheim hinein. Schon von weitem hatte den beiden Frauen das Schloss des Deutschordens den Weg gewiesen, das an der Ostseite der Stadt aufragte.

»Wir werden die Nacht über in der Stadt bleiben«, sagte Anna Büschler zu ihrer Begleiterin. »Es sind zwar noch ein paar Stunden, bis es dunkel wird, aber ich möchte nachher nicht irgendeinen Bauern um ein Lager in seiner Scheune bitten.«

Mara nickte nur und sah sich um. Erinnerungen durchfluteten sie, allerdings keine fröhlichen! Sie handelten von Abschied und Einsamkeit, von Streit und Demütigungen.

Der Wagen passierte das Badhaus und rumpelte über den oberen Markt. Rechts ragten die Gebäude des Dominikanerklosters auf. Anna zog die Zügel an und betrachtete für einige Augenblicke das bunte Treiben, das trotz der vorgerückten Stunde noch immer herrschte. An vielen Ständen wurden Waren begutachtet und um ihren Preis gefeilscht, andere Händler waren dabei, ihre Habseligkeiten für die Nacht in Karren und Wagen zu verstauen. Sie betrachtete ein Schild mit einem weißen Engel, das an einer Kette im Wind knarrte.

»Hm, wir brauchen ein gutes Gasthaus«, murmelte Anna vor sich hin. »Ich lechze nach einem guten Mahl und will mein Lager nicht mit Wanzen teilen.«

»Dann nehmt nicht den ›Engel‹ von Jobst Seuboth«, sagte Mara, die ihrem Blick gefolgt war. »Wenn Ihr dort vorn nach rechts in die Burgengasse einbiegt, dann kommt Ihr nach dem Rathaus zum ›Goldenen Hirschen‹, oder Ihr fahrt zur Schied, dem Platz vor dem

Tor, das zum Schloss führt. Beim ›Fuchsen‹ könnt Ihr den Wagen im Hof abstellen.«
Die Büschlerin warf Mara einen erstaunten Blick zu.
»Ich war drei Monate in Mergentheim bei einem Bäcker in Stellung«, erklärte die Magd bereitwillig.
»Also, dann los.« Anna schnalzte mit der Zunge und ließ die Pferde wieder antraben. Sie brauchten recht lange für das kurze Stück Weg, denn sie waren nicht der einzige Wagen, der sich zwischen den Bürgern und Bauern vom Land, den Armen der Stadt und einigen vornehmen Deutschordensmännern hindurchdrängen wollte.
Im »Fuchsen« mietete Anna eine Kammer für sich und die Magd mit dem Kind. In der lärmenden Wirtsstube fanden sie nach längerem Suchen einen freien Tisch und stärkten sich an einer Schale fettiger Graupensuppe und grobem Brot. Für ein paar weitere Münzen ließ sich die Büschlertochter ein halbes gebratenes Huhn bringen. Missmutig kaute sie auf dem zähen Fleisch herum.
»Das Vieh ist sicher aus Altersschwäche von selber tot umgefallen!«, schimpfte sie und schüttete ihren Unmut über dem Wirt aus, der den Fehler beging, nah an ihrem Tisch vorbeizugehen.
Der Wirt ließ den Blick abschätzend über die junge Frau wandern und verbeugte sich dann so tief, dass er mit der Stirn beinahe auf den Tisch schlug. Er entschuldigte sich mit salbungsvollen Worten.
»Welch unverzeihlicher Fehler, meine Dame«, sagte er und verbeugte sich noch einmal. »Welcher der Burschen hat Euch bedient? Ich werde ihm eine Backpfeife versetzen, dass ihm Hören und Sehen vergeht. Er hätte Euch sogleich in die Stube führen sollen, weg von diesen Knechten und Fuhrleuten, und Euch ein Mahl servieren, wie es Euer Gaumen gewöhnt ist. Darf ich Euch bitten, mir zu folgen.«
»Na also«, murmelte sie und grinste Mara an, die zögernd sitzen geblieben war. »Los, komm mit!«
Auf Kosten des Hauses brachte der Wirt gebackenen Schinken und Käse, Eier und weißes Brot. Es lag ihm viel daran, die reiche

Besucherin wieder zu versöhnen, denn dass sie aus einer vornehmen Familie stammte, hatte er an ihrer Kleidung und ihrem Gebaren mit sicherem Blick erkannt. Zum Schluss nötigte er ihr noch eine Süßspeise auf, die sie zur Hälfte an Mara weitergab.

»Ich kann einfach nicht mehr«, seufzte sie, als sie ihr die Schüssel über den Tisch hinüberschob.

Die Nacht brach herein, und die Frauen zogen sich in die Kammer zurück. Bald schon kehrte Ruhe ein. Mara lag auf einem Strohsack vor dem Bett der Ratsherrntochter und lauschte deren gleichmäßigen Atemzügen. Johannes schlief, satt und zufrieden, an ihrer Seite, aber sie konnte keine Ruhe finden. Nur zwei Straßen entfernt wohnte der Bäcker, bei dem sie drei Monate lang als Magd gedient hatte, bis er herausfand, dass sie schwanger war, und sie davonjagte. Keiner würde ihrem Geliebten sagen können, wohin Mara gegangen war. Sie hatte ja selbst nicht gewusst, an wen sie sich in ihrem Zustand wenden könnte. Wenn sie morgen mit Anna Büschler weiterzog, dann war die Chance vertan, und nur noch ein Wunder würde die Familie wieder vereinen können.

Mara erhob sich leise und tastete nach ihrem Mantel. Die Schuhe in der Hand, schlich sie zur Tür. Sie würde nicht lange wegbleiben. Johannes schlief meist bis lange nach Mitternacht, ehe er seine nächtliche Mahlzeit begehrte. Keiner würde ihr Fehlen bemerken. Mara verließ das Gasthaus und folgte der Burgengasse zurück zum Marktplatz. Schräg gegenüber begann die Mühlwehrgasse, die zu dem westlichen Tor gleichen Namens führte. Der Mond hing hell am Himmel und leuchtete ihr ihren Weg. Sie fand das prächtige Haus des Bäckers ohne Schwierigkeiten wieder, schlüpfte in den Hof und ging auf das hintere Gebäude zu, in dem sich die Mägdekammer befand. Ein Hund bellte, eine Männerstimme rief ihn ärgerlich zur Ruhe.

Mara verharrte eine Weile reglos, dann öffnete sie die Tür und schlüpfte in die Kammer. Hier drin war es fast völlig dunkel. Sie ahnte die beiden schlafenden Körper mehr, als dass sie sie sehen konnte.

»Rebecca?«, flüsterte sie und berührte eine der Schlafenden an der Schulter. Die Frau fuhr mit einem Schrei auf.
»Rebecca?«, fragte sie noch einmal.
»Nein, ich heiße Lena. Wer bist du, und was willst du hier?«
Drüben auf der anderen Seite erwachte die zweite Magd. »Ich bin Rebecca. Sag uns, wer du bist.«
»Ich bin es, Mara. Erinnerst du dich nicht mehr an mich?«
»Aber ja. Warte, ich mache Licht.«
Kurz darauf saßen die drei Frauen beim Schein einer Öllampe auf einer der Matratzen. Mara musste Rebecca von ihren Schicksalsschlägen berichten, die sie ereilt, seit der Bäcker ihr im Herbst die Tür gewiesen hatte. Endlich war die Wissbegierde der Magd gestillt, und sie konnte die Frage stellen, die ihr so sehr auf der Seele brannte.
»Rebecca, denke nach, war jemand hier und hat nach mir gefragt? Ein Mann?«
Die Magd nickte heftig mit dem Kopf. »Natürlich kann ich mich erinnern, auch wenn es schon einige Wochen zurückliegt. Einen solch prächtigen Kerl bekommt man nicht alle Tage zu sehen. Ein Landsknecht, ja, und er war höchst bestürzt, dass ich ihm nicht sagen konnte, wohin du gegangen bist. Wie war noch mal sein Name« – sie zog die Nase kraus, dann erhellte sich ihre Miene – »Rugger, ja, genau so hieß er.«
»Rugger«, wiederholte Mara den Namen. Sie griff nach den Händen der Magd. »Rebecca, hat er gesagt, wohin er gehen wollte?«
»Nach Hall, ich glaube, er sagte, er werde nach Hall gehen.«
Mara stöhnte und verbarg ihr Gesicht in den Händen.

✠ ✠

Als Anne Katharina das nächste Mal erwachte, hatten sie die Wälder hinter sich gelassen und ritten über Wiesen an einem Bachlauf entlang. Rechts vor ihnen erhob sich hinter einem Graben eine Stadtmauer. Vereinzelt flackerten Lichter hinter pergamentbezogenen Fenstern. Der Mond stand hoch über ihnen und warf die Schatten von Weiden und Pappeln auf das Gras. Es musste bereits auf Mitternacht zugehen.

»Wie kommen wir in die Stadt? Die Tore sind doch sicher schon lange geschlossen?«

»Ich hoffe, dass wir beim Malefizturm in die Altstadt kommen.«

Der Bach vereinte sich mit einem kleinen Flüsschen, das zu Füßen der Stadtmauer nach Westen floss. Über ihnen erhoben sich der Turm der Stiftskirche und die Giebel der prächtigen Chorherrenhäuser in die Nacht. An einer seichten Stelle querten sie einen Wasserlauf. Nun ragte plötzlich auch vor ihnen eine Mauer auf. Während der Fluss zwischen den beiden Stadtteilen unter einer steinernen Brücke verschwand, lenkte Rugger den Hengst nach links, um die Altstadtmauer zu umrunden. Sie ließen ein verschlossenes Tor rechts liegen, Anne Katharina ahnte eine kleine Kirche hinter der Mauer, dann passierten sie zwei Türme. Oben bewegte sich etwas, doch keine der Wachen sprach sie an.

Sie hatten den südlichen Ausläufer der Stadt schon fast umrundet, als Rugger den Hengst zügelte und sich aus dem Sattel schwang. Noch ehe er Anne Katharina seine Hilfe anbieten konnte, ließ sie sich vom Rücken des Pferdes gleiten. Sie strauchelte, ihr rechter Knöchel knickte ein, und sie wäre gestürzt, hätte er sie nicht aufgefangen. Er hielt sie einige Augenblicke fest, bis sie wieder sicheren Stand hatte, dann ließ er sie los und trat zwei Schritte zurück.

Sie standen unter einem runden Turm, der mehrere Stockwerke über ihnen aufragte.

»Das ist der Malefizturm mit seinen Verliesen«, sagte Rugger leise. »Seht Ihr die Pforte? Der Henker hat einen Schlüssel dazu, und wenn alles so klappt wie ausgemacht, dann wird er uns einlassen.«

Rugger bog den Kopf in den Nacken und pfiff eine Melodie. Schweigend lauschten sie in die Nacht. Es kam keine Antwort. Erst beim dritten Mal knarrte auf der anderen Seite ein Riegel, und die Tür öffnete sich einen Spalt.

»Wer seid Ihr, und was wollt Ihr?«, rief eine Stimme halblaut.

»Ich habe gehört, die Träger des weißen Kreuzes sind ins Haus des Bürgers Stahl geladen.«
Der Mann auf der anderen Seite brummte. Offensichtlich war er mit der Antwort zufrieden. »Wartet einen Moment, dann müsst Ihr nicht durch den Morast waten.«
Es dauerte nicht lange, da kam er mit einem langen Brett zurück, das er über den Graben voller Schlamm und Unrat schob, der sich an der Mauer entlangzog. Sonderlich breit war das Brett nicht.
»Schafft Ihr das, oder soll ich Euch führen? Ich habe Stiefel an.«
»Natürlich schaffe ich das«, behauptete Anne Katharina, raffte ihre Röcke und betrat das Brett. Es schwankte ein wenig und bog sich in der Mitte durch. Vorsichtig setzte sie einen Fuß vor den anderen. Oh bitte, nein, ich darf da jetzt nicht runterfallen, betete sie im Stillen. Das wäre ein Auftritt vor den »großen Männern«! Durchnässt und vom Kopf bis zu den Füßen voller Schlamm. Sie war schon fast auf der anderen Seite angekommen, da sackte das Brett am hinteren Ende unvermittelt ein Stück tiefer. Anne Katharina warf die Arme in die Luft, doch ehe sie sich versah, griffen zwei behandschuhte Hände nach ihr, packten sie an den Handgelenken und zogen sie ans Ufer. Sie sah in ein bärtiges Gesicht, das sie beruhigend anlächelte. Als Anne Katharina das rote Wams bemerkte, fuhr sie zurück. Sofort schämte sie sich dafür, denn schließlich hatte der Henker sie gerade vor einem Sturz in dies stinkende Moor bewahrt.
»Ich danke Euch von Herzen«, sagte sie daher schnell.
Rugger lief leichtfüßig über das Brett und stand schon wenige Augenblicke später neben ihr. Er pfiff zwei Töne. Sein Pferd, das bisher zögernd vor den Tümpeln gestanden hatte, watete nun langsam zu ihnen herüber. Es sank kaum bis über die Fesseln ein.
»Nun aber herein mit Euch«, forderte der Henker sie auf, als Rugger die Zügel des Rappen ergriff und mit der anderen Hand sein Ross lobend tätschelte. Sie schlüpften durch die Pforte, die so schmal war, dass der Hengst kaum hindurchpasste.
»Ihr könnt ihn bei mir lassen«, bot der Henker an, schloss die Tür

und schob den Riegel wieder vor. »In der Scheune ist genug Platz. Ihr könnt Euch Heu und Stroh nehmen.«
Rugger dankte und folgte ihm in die Scheune. Er rieb sein Tier mit Stroh ab und gab ihm Heu und Wasser.
»Wie kommen wir zum Haus des Bürgers? Man kann bei Nacht doch sicher nicht einfach die Brücke überqueren?«
Der Henker schüttelte den Kopf. »Ich werde Euch hinüberbringen. Habt Ihr vier Heller?«
Rugger kramte die Münzen aus seinem Beutel und legte sie dem Henker in seinen Handschuh. Schweigend schritten sie hinter ihm die Gasse entlang und bogen nach links in die Straße ab, die zur Brücke führte. Der Henker wechselte mit dem Wächter ein paar Worte und drückte ihm die Münzen in die Hand. Er nickte den beiden zum Abschied zu, drehte sich um und verschwand in der Dunkelheit. Der Wächter winkte dem Landsknecht und der Bürgerin, ihm zu folgen. Sie überquerten die Brücke, unter der die Ohrn floss, und standen kurz darauf in der oberen Stadt.
»Und wohin jetzt?«
»Zum Haus des Bürgers Lienhart Stahl.«
Offensichtlich wusste Rugger, wo dieses lag, denn er führte Anne Katharina durch die Gassen, ohne auch nur zu zögern, und blieb dann vor einem prächtigen Haus stehen. Sie sah den Schein zahlreicher Lampen oder Kerzen durch die grünlichen Scheiben schimmern. Rugger pochte rhythmisch an die Tür und öffnete sie dann. Von oben ertönte Lärm, zahlreiche Männerstimmen, die sich anhörten, als zankten sie miteinander, dann Gelächter.
»Kommt nur, ich vermute, es wird erst einmal etwas Kräftiges zu essen und zu trinken geben.«
»Ah, noch mehr Gäste zu unserem ganz besonderen Fastenkalb!«, rief eine Stimme, als Rugger die Tür zur großen Stube öffnete. Alle Anwesenden wandten sich ihnen zu. Einige Augenblicke sagte niemand etwas, bis ein grauhaariger Mann sich erhob und mit ausgebreiteten Armen auf die Neuankömmlinge zutrat. Er trug Gewänder aus edlem Stoff, seine weißen Seidenstrümpfe waren flecken-

los, Haar und Bart anständig gestutzt. Das über dem Bauch gespannte Wams verriet, dass er keinen Hunger zu leiden hatte. Er musste die sechzig schon erreicht haben, wirkte aber nicht wie ein Greis.

»Da seid Ihr ja endlich, Rugger. Ich habe bereits angefangen, mich zu sorgen. Wie ich sehe, habt Ihr uns Besuch mitgebracht?« Er sah fragend zu Anne Katharina, die sich hinter Rugger in die Stube schob.

»Verehrter Hipler«, rief Rugger und griff nach den beiden Händen, die ihm entgegengestreckt wurden. »Ich wurde aufgehalten, verzeiht. Ich hoffe, die Dinge laufen hier erfreulicher als im Süden des Reiches, doch davon später.« Er deutete auf seine Begleiterin. »Anne Katharina von Hall. Ihr könnt ihr vertrauen. – Und das ist Wendel Hipler, der Hohenloher schlauster Kopf. Er hat schon für Graf Albrecht II. die Ländereien für die Hohenloher gemehrt und war die rechte Hand seines Neffen Kraft, als dieser das Zepter in die Hand nahm.«

Hipler wehrte ab, doch er schien die Schmeicheleien zu genießen. »Ja, ja, aber die Zeiten, da mich freundschaftliche Gefühle an die Hohenloher banden, sind längst Vergangenheit.« Seine Miene verfinsterte sich. »Die Grafen Albrecht und Georg werden mich und meine Forderungen sehr bald ernst nehmen, darauf könnt Ihr Euch verlassen!« Seine blassblauen Augen schossen Blitze, dann aber lächelte er wieder.

»Setzt Euch doch, liebe Freunde, esst und trinkt und teilt mit uns das ›Fastenkalb‹, das unser verehrter Metzger Salw zur Feier des Tages gestiftet hat.« Er deutete auf einen feisten Mann mit roten Wangen und hellbraunem Haar, der kurz nickte und dann seine Zähne wieder in das knusprige Fleisch schlug.

»Ach, und Ihr kennt ja unseren Gastgeber noch nicht: Lienhart Stahl.«

Rugger schüttelte dem großen, dunkelhaarigen Mann die Hand.

»Und das ist unser verehrter Ratsherr Albrecht Eisenhut.« Die Besucher verneigten sich vor dem grauhaarigen, korpulenten Mann.

»Was gibt es denn zu feiern?«, fragte der Landsknecht, nahm Platz und schnitt sich mit seinem Messer ein großes Stück Fleisch und einen Kanten Brot ab. Er winkte Anne Katharina an seine Seite. Zaghaft setzte sie sich neben ihn auf die Bank und ließ sich ebenfalls Brot und Fleisch geben. Ein junger Mann mit rötlichem Haar stellte den beiden mit heißem Gewürzwein gefüllte Becher hin.
Wendel Hipler stieß seinen Krug gegen Ruggers Weinbecher. »Die Rothenburger Landwehr hat sich mit den Odenwäldern vereint. Sie sind auf dem Weg! Aus den Haufen und umherstreifenden Grüppchen ist ein Heer geworden. Das evangelische Heer! Georg Metzler führt es bereits nach Schöntal, während Jäcklein Rohrbach und seine Bottwartaler Weinbauern vor Sontheim stehen. Vielleicht hat die Stadt schon in dieser Stunde ihre Tore geöffnet und sich der christlichen Vereinigung angeschlossen.« Er strahlte. »Wir werden uns alle beim Kloster treffen. Wenn meine Boten mir recht berichtet haben, dann können wir mit zehntausend Mann rechnen. Und das ist erst der Anfang. Den Bischof oder Grafen möchte ich sehen, der sich dieser heiligen Streitmacht entgegenstellt!«
Anne Katharina riss die Augen auf. In ihrem Kopf marschierten tausende von Bauern mit Sicheln und Spießen, Hippen und Hellebarden und den Büchsen, die sie allerorts geraubt hatten. Solch einem Heer konnten weder Burgen noch befestigte Städte wie Hall widerstehen. Trotz der Wärme in der Stube war ihr plötzlich kalt.
Rugger starrte düster vor sich hin. »Kein Bischof oder Graf, da habt Ihr Recht, aber der Truchseß von Waldburg!«
Die fröhliche Stimmung war wie weggeblasen. Ernst sahen ihn die Männer an.
»Erzählt uns«, forderte Wendel Hipler ihn auf. »Euer Schreiben war nur kurz. Ihr spracht von Verrat. Berichtet uns, warum Ihr den Truchseß und den Bund verlassen und was sich an der Donau zugetragen hat.«
»Ihr wisst, dass der Erzherzog Ferdinand zu Beginn des Jahres in ei-

ner schwierigen Situation war. Überall regten sich die Bauern und begannen Forderungen zu stellen. Die Reisigen und die Landsknechte des Bundes waren nach Süden gezogen, um für den Kaiser gegen die Franzosen anzutreten, und die Kassen waren leer, so dass nicht daran zu denken war, Söldner anzuwerben. Der Erzherzog musste also auf Zeit spielen und sich auf die Suche nach Geld begeben. Wusstet Ihr, dass er von Jakob Fugger aus Augsburg vergangenen Monat eine Anleihe von zehntausend Goldgulden erhalten hat? Und das soll nur die erste Rate sein!«

Wendel Hipler schüttelte den Kopf.

»Er begann, sich zu rüsten, während der Kanzler Eck und der Truchseß von Waldburg, den er zum obersten Feldhauptmann bestellt hatte, mit den Bauern verhandelten. Ich weiß aus zuverlässiger Quelle, dass der Erzherzog Ferdinand seinen Kommissaren in Stockach schrieb, ihre Reisigen sollten sich Aufständische greifen, sie peinlich befragen, um ihre Pläne zu ergründen, und, wenn keine Antworten mehr zu bekommen wären, sie erstechen, erwürgen oder erschlagen!«

Ein Raunen ging durch den Raum. Der Metzger zog seinen Dolch und rammte ihn in die Tischplatte, so dass er zitternd im Holz stecken blieb.

»Mir sind Briefe in die Hände gefallen – fragt mich nicht, wie –, die den Verrat der Herren belegen.« Er zog einige schmutzige Blätter aus seinem Wams und reichte sie Wendel Hipler.

»Ihr habt gefragt, warum ich dem Bund nicht mehr dienen will. Lest das, dann wisst Ihr die Antwort.« Hipler überflog die Seiten. Seine Wangen röteten sich.

»Was steht in den Briefen?«, rief Lienhart Stahl.

»Lest es uns vor«, forderte der Ratsherr Eisenhut.

Rugger nahm die Schreiben wieder an sich. »Dieser hier ist vom fünfzehnten Februar, von Kanzler Eck an Wilhelm von Bayern. Er berichtet ihm, dass er zum Schein den Bauern entgegenkommen will, um die Bösewichter hinzuhalten, bis das bündische Kriegsvolk ankommt.«

Wütendes Zischen in der Runde.

»Und hier ist die Kopie eines Briefes vom zweiundzwanzigsten Februar, in dem er schreibt: ›*Die Bauern sollen gestraft werden, sobald Gott den unsinnigen Mann vom Twiel vertrieben hat.*‹ Nun, Herzog Ulrich ist geschlagen und mit nur kaum einem Dutzend Getreuen entkommen. Doch hört weiter, was der Kanzler Eck am siebten März schrieb: ›*Aus dem Begehren der Bauernschaft ersieht man, was die lutherische Lehre bewirkt. Wildbret und Fische frei, und niemand nichts geben! Dieser Teufel ist nicht zu bannen ohne Henker.*‹« Rugger knallte das Pergament auf den Tisch. »Während die Bauern darauf hoffen, die Sache mit dem Schwäbischen Bund gütlich auszutragen, sorgen die Bundesräte für Kriegsgelder, Pulver und Geschütze! Und nun hört vom neunten März.« Er erhob die Stimme, während er las, obwohl die Männer keinen Laut von sich gaben und ihn alle aufmerksam ansahen.

»›*Wir werden gegen die Bauern bald solchen Ernst gebrauchen, dass ihr höllisches Evangelium in kurzen Tagen erlöschen wird. Die guten, frommen Leute vom Regiment Esslingen möchten im Ernst, dass man den Bauern nachgebe. Das werden wir nicht tun; wir würden dadurch unsere Reputation verlieren wie alte Huren. Der Bauern brüderliche Liebe ist mir ganz zuwider. Ich habe mit meinen leiblichen Geschwistern nicht gerne geteilt, geschweige denn, dass ich das mit Fremden und mit Bauern täte.*‹

Und im gleichen Atemzug haben die Bauern einen Waffenstillstand angenommen! Der Baltringer Haufen hat inzwischen an die zehntausend Mann, bei Memmingen und am Bodensee stehen bestimmt noch einmal so viele. Die Herren haben ihnen nichts entgegenzusetzen, außer sie hinzuhalten und sie zu belügen. Sie wollen die Haufen getrennt halten.« Rugger beugte sich nach vorn und sprach mit eindringlicher Stimme weiter: »Ich weiß, dass der Truchseß gegen die Donau zieht, mit allem, was ihm an Kriegsvolk zur Verfügung steht, um die Bauern dort anzugreifen, doch die Hauptleute wollen mir nicht glauben. Sie klammern sich an den Waffenstillstand, den sie brav einhalten, während der Truchseß seine Truppen in Position bringt!«

Die Anwesenden sprachen alle durcheinander. Wendel Hipler streckte gebieterisch den Arm aus, bis die aufgebrachten Männer verstummten.

»Wisst Ihr, wann der Waffenstillstand zu Ende geht?«, fragte er den Landsknecht.

»Er ist bereits zu Ende, mit dem letzten Glockenton des gestrigen Tages.«

Alle schwiegen und dachten darüber nach, was das bedeuten konnte.

»Wir müssen schnell handeln«, unterbrach Rugger die Stille. »Wir müssen unsere Kräfte bündeln und unter einer Fahne zusammenstehen, dann haben die Herren verloren.«

Eine Weile herrschte Schweigen, nur das Feuer im Kamin prasselte. Wendel Hipler erhob sich. »Habt Ihr die Artikel?«

Rugger nickte und reichte ihm ein Blatt. »Es sind die Forderungen, auf die sich die Memminger in ihrem Bauernparlament geeinigt haben.«

Hipler strich das Pergament glatt und begann, mit lauter Stimme die zwölf Artikel der christlichen Freiheit zu verkünden:

**Erster Artikel:**

Wir bitten und begehren, dass eine Gemeinde ihren Pfarrer selbst wählen und ihn wieder absetzen darf. Er soll uns das Evangelium predigen, laut und klar, ohne menschliche Zusätze und Gebote.

**Zweiter Artikel:**

Wir wollen den rechten Kornzehnt gerne geben, wie es das Alte Testament verlangt, doch gebührt er dem Pfarrer, der Gottes Wort verkündet. Er soll davon ordentlich besoldet werden, der Rest aber sei für die Bedürftigen und für schlechte Zeiten aufbewahrt, damit man keine Landsteuer auf die Armen legen muss, wenn ein neuer Kriegszug droht.

Den kleinen Zehnt aber wollen wir nicht mehr geben, denn

Gott der Herr hat das Vieh dem Menschen frei erschaffen. Diesen Zehnt haben die Herren erdichtet!

**Dritter Artikel:**

Es ist der Brauch gewesen, dass man uns für Eigenleute halte, welches zum Erbarmen ist. Christus hat uns alle mit seinem kostbaren Blut erlöst, darum sagt uns die Schrift, dass wir frei sind. Wir wollen unserer Obrigkeit gehorsam, aber nicht länger leibeigen sein.

**Vierter Artikel:**

Es ist bisher der Brauch gewesen, dass kein armer Mann Gewalt über das Wildbret, Geflügel oder die Fische im fließenden Wasser gehabt hat, was wir unziemlich und unbrüderlich finden. Auch hegt die Obrigkeit das Wild an vielen Orten so, dass es unseren Feldern zu großem Schaden gereicht. Darum ist unser Begehr, dass Wild, Geflügel und Fische frei für alle sein sollen.

**Fünfter Artikel:**

Die Herrschaften haben den Gemeinden Wälder entzogen. Unsere Meinung ist, was die Herren nicht gekauft haben, das soll der Gemeinde wieder anheim fallen, und ein jeder aus der Gemeinde soll aus dem Wald sich nehmen dürfen, was er zum Zimmern nötig braucht.

**Sechster Artikel:**

Die Frondienste für die Herren, die Jahr für Jahr gemehrt werden, drücken uns hart. Wir begehren, dass man uns nicht so sehr beschwert und wir wieder dienen, wie nach Gottes Wort gefordert und wie unsere Eltern den Herren gedient haben.

**Siebter Artikel:**

Die Herren sollen uns nicht weiter beschweren. Wenn sie mehr Dienste vonnöten haben, dann soll der Bauer sie um einen ziemlichen Pfennig tun, zu einer Zeit, da kein Nachteil für ihn entsteht.

**Achter Artikel:**

Viele Güter sind so beschwert, dass sie die Gült nicht tragen können. Wir begehren, dass ehrbare Leute die Güter besichtigen und eine rechte Gült festlegen, auf dass der Bauer seine Arbeit nicht umsonst tue.

**Neunter Artikel:**

Wir sind beschwert, dass stets neue Gesetze erdacht werden und wir nicht gerichtet werden nach der Sache, sondern die Richter urteilen für die Herren. Unserer Meinung nach ist nach altem, geschriebenem Recht zu strafen nach der Sache und nicht parteiisch.

**Zehnter Artikel:**

Etliche Herren haben sich Wiesen und Äcker der Gemeinden angeeignet. Diese sind den Gemeinden zurückzugeben.

**Elfter Artikel:**

Wir wollen den Brauch des Besthauptes abschaffen. Kein Mensch soll für einen Todesfall etwas schuldig sein. Wir wollen nicht gestatten, dass man Witwen und Waisen so beraubt.

**Zwölfter Artikel:**

Wenn einer oder mehrere Artikel dem Wort Gottes nicht gemäß sind, so wollen wir von diesen Artikeln absehen, sobald man uns den Grund aus der Heiligen Schrift nachgewiesen hat.

Eine feierliche Stimmung lag über dem Raum. Einer der Männer erhob sich und stimmte ein Lied an, das Anne Katharina nicht kannte, die anderen fielen ein. Auch Rugger sang mit tiefer Stimme von Gottes Herrlichkeit, von Liebe und der Gnade der Vergebung.

»Wollen wir den Artikeln so zustimmen?«, fragte Hipler in die Runde, als das Lied zu Ende war.
Ein großer, bärtiger Mann hinten am Ofen meldete sich zu Wort. »Wir wollen, dass das Umgeld auf Wein aufgehoben wird.« Der Ratsherr Eisenhut forderte freien Salzhandel auch außerhalb der Jahrmärkte. Der Hausherr rief: »Freier Abzug! Wer wegziehen will, soll nicht gehindert werden.«
Hipler hob die Hände. »Haltet ein. Wir müssen die Punkte sammeln und ordentlich notieren. Wer führt das Protokoll?«
Keiner meldete sich. Nach einer Weile räusperte sich Anne Katharina.
»Wenn es Euch beliebt, dann würde ich Euch gern zu Diensten stehen. Ich habe eine klare Schrift, sagt man.«
Die Männer starrten sie an, als wäre sie eben erst in den Raum getreten. Wendel Hipler jedoch lächelte.
»Das ist eine vortreffliche Idee, Bürgerin Anne Katharina.« Er wandte sich dem Hausherrn zu. »Lienhart, holt Ihr Pergament, Feder und Tinte?«
Lienhart Stahl starrte noch immer die Frau an, die sich so unverfroren in das Gespräch eingemischt hatte, folgte dann jedoch Hiplers Aufforderung. Die Stimmen erhoben sich erneut. Alle redeten durcheinander, so dass Anne Katharina keine Chance hatte, die verschiedenen Einwürfe zu notieren. Hipler ließ die Männer einige Zeit gewähren, dann hob er die Hände.
»Halt! Einer nach dem anderen. Salw, fangt Ihr an.«
Schließlich einigten sie sich auf die Forderungen, dass der Stadtrat zwar im Amt bleiben, aber bei wichtigen Entscheidungen die Gemeinen mit hinzuziehen musste, dass der Salzhandel frei sein solle, man zu den alten Steuern und Gewichten zurückkehren würde und bei Wegzug nur zehn Prozent des mitgeführten Vermögens abgegeben werden müsse. Außerdem sollten die Zolleinnahmen für die Verbesserung der Wege und Stege benutzt werden. Natürlich forderten alle nachdrücklich, die Privilegien der Stiftsgeistlichkeit aufzuheben. Jeder solle von nun an Steuern bezahlen! Ein Aus-

schuss von vierundzwanzig Mann würde die Beschwerden den Landesherren überbringen.

Anne Katharina notierte die Punkte, wartete, bis die Tinte getrocknet war, und übergab dann das Schreiben Wendel Hipler. Er dankte ihr und wollte gerade noch etwas hinzufügen, als die Tür aufgerissen wurde. Alle Anwesenden blickten auf das schmächtige Männchen, das unter dem Türrahmen stehen geblieben war. Der unerwartete Besucher stützte die Hände in die Hüften und musterte mit offenem Mund die Versammlung. Offensichtlich musste er sich erst von seinem Entsetzen erholen, ehe er in der Lage war zu sprechen.

»Eine gesegnete Nacht wünschen wir Euch, Keller Sigginger. Welch ungewöhnliche Stunde für einen Besuch!«, begrüßte der Hausherr den kleinen Mann, der noch immer nach Luft schnappte. Er fuhr sich über sein schütteres, graues Haar, dann endlich fand er seine Stimme wieder.

»Ich hätte es wissen müssen!«, rief er schrill. »Man hat mir von den verschwörerischen Zusammenkünften in Eurem Haus berichtet, Stahl!« Er ließ den Blick schweifen. »Salw! Ja, das hätte ich mir denken können, dass Ihr da mit dahinter steckt.«

Er trat an den Tisch und deutete anklagend auf die halb abgenagten Knochen. »Ein Kalb zur Fastenzeit? Welch Blasphemie! Ich werde den Grafen davon berichten, das schwöre ich Euch, und dann ist es aus mit Euren aufständischen Umtrieben!« Er fuchtelte mit seinem knochigen Zeigefinger vor Hiplers Nase herum.

»Dass die Grafen von Euch nichts Gutes zu erwarten haben, wird sie nicht einmal wundern. Sie haben Euch ihr Vertrauen geschenkt, und Ihr habt es mit Füßen getreten und die hohen Herren vor Gericht gezerrt! Obwohl Ihr so viele Jahre als Sekretär ihr Vertrauen genossen habt.«

»Schweigt!«, fuhr Hipler den Öhringer Keller an. »Ihr habt keine Ahnung, also redet nicht über Dinge, die Euch nichts angehen, und nun raus hier! Wir haben etwas zu besprechen und keine Zeit für kindische Streitereien.«

Er schob den aufgebrachten Mann zur Tür und knallte diese hinter ihm zu. Sie hörten ihn draußen auf der Treppe zetern, dann verklang die Stimme. Die Männer in der Stube schienen ihm keinen weiteren Gedanken mehr zu gönnen. Es schwirrten Vorschläge durch den Raum, wie man vorgehen sollte. Einer schlug vor, Boten mit Kopien der Briefe zu den verschiedenen Haufen zu schicken, ein anderer meinte, Wendel Hipler selbst solle an die Donau und den Bodensee reisen, um die Hauptleute zu überzeugen, dass sie sich zusammenschließen mussten, um gegen den Bund zu ziehen.
»Wir müssen die Kräfte von Neckar und Odenwald erst zusammenziehen. Dann können wir uns denen im Süden anschließen«, schlug der Metzger vor.
»Wir müssen einen Anführer bestimmen, auf den alle hören«, sagte Stahl.
Ein anderer widersprach. »Nein, jeder soll mitreden dürfen. Wir bilden Ausschüsse und wählen Hauptleute, die dann gemeinsam entscheiden.«
Nun mischte sich Rugger ein. »Was wir brauchen, ist ein erfahrener Kriegsmann. Viele der Bauern sind keine Kämpfer. Der Truchseß hat schon zahlreiche Schlachten geschlagen, und wir dürfen ihn nicht unterschätzen.«
»Was haltet Ihr von Götz von Berlichingen?«, fragte Wendel Hipler.
Der Hausherr sprang auf. »Habt Ihr vergessen, wie er gegen die Bauern zugange war? Er ist stets auf der anderen Seite gestanden und ist ein übler Raubritter und Blutsauger wie die meisten Ritter und Grafen. Wir wollen keinem Junker gehorchen!«
Rugger wiegte den Kopf hin und her. »Ich bin mir auch nicht sicher, ob das eine gute Wahl ist. Ist er denn bereit, für die heilige Sache zu kämpfen?«
Hipler zuckte mit den Schultern. »Man könnte ihn fragen. Außerdem sollte man so viele der heimgekehrten Landsknechte verpflichten wie nur möglich. Es zählen nicht nur Köpfe. Kriegserfahrung wird entscheidend sein, wenn es zum Kampf kommt.«

Anne Katharina hörte den Männern noch eine ganze Weile schweigend zu, doch dann hielt sie es nicht mehr aus. Sie zupfte den Landsknecht am Ärmel.
»Rugger«, flüsterte sie so leise, dass er sich zu ihr vorbeugen musste, um sie in dem Stimmengewirr zu verstehen. »Der Keller, der ungebeten hereinkam, ist doch ein Beamter der Hohenloher Grafen, nicht?« Der Landsknecht nickte. »Müsst Ihr nicht fürchten, dass er seine Drohung wahr macht und den Herren von der Verschwörung berichtet? Die Grafen werden das doch sicher nicht so einfach hinnehmen. Noch seid Ihr in Öhringen nur ein kleines Grüppchen, das die Büttel leicht in den Kerker werfen können, wenn sie den Befehl dazu erhalten.«
Rugger kratzte sich am Kinn. »Ich kenne die hiesigen Verhältnisse nicht so gut, aber Ihr könntet Recht haben.« Er wandte sich an Hipler.

✢ ✢

»Ein berittener Bote hat vor wenigen Minuten die Stadt verlassen«, bestätigte der Wachposten am oberen Tor. »Er zeigte mir das Siegel des Kellers und des Schultheiß, daher musste ich das Tor öffnen.«
Metzger Salw riss sein Barett vom Kopf und warf es voller Wut auf die Straße. »Das ist doch nicht zu glauben. Dieser Holzkopf von einem Beamten lässt sich nicht einmal bis zum Morgen Zeit, um uns bei den Herren anzuschwärzen.«
Rugger und Hipler tauschten einen Blick. »Wir müssen etwas unternehmen«, sagte der ehemalige Sekretär der Grafen. Der Landsknecht nickte.
»Ja, die Zeit drängt. Nun ist also die Stunde gekommen.«
Anne Katharina sah von einem zum anderen, wagte aber nicht zu fragen.
»Auf, zum Haus des Kellers!«, rief Lienhart Stahl, der dem Gespräch der Männer gefolgt war.
Mit lautem Geschrei rannten die Männer durch die Gassen. Hinter immer mehr Fenstern flammten Lichter auf. Halb bekleidete Bür-

ger kamen auf die Straße, um zu sehen, was der Aufruhr zu bedeuten habe.
Lienhart Stahl stürmte als Erster in das Haus des Kellers, die anderen folgten ihm. Anne Katharina überlegte, ob sie nicht lieber draußen warten sollte. Sie sah zu Rugger hinüber. Er hatte bereits die Stufen zur Haustür erklommen und winkte ihr zu. »Bleibt dicht bei mir, denn ich vermag nicht zu sagen, wie die Sache ausgehen wird.«
»Werden sie ihm etwas antun?«, fragte Anne Katharina, als sie neben ihm in den ersten Stock hinaufstieg, von woher ihnen laute Stimmen entgegenschallten. Statt einer Antwort vernahm sie Geräusche, die sich wie Schläge anhörten. Eine Frau kreischte. Anne Katharina raffte ihre Röcke und rannte die letzten Stufen hinauf. Als Erstes fiel ihr Blick auf den Keller Hans Sigginger, der zusammengekrümmt am Boden lag. Blut rann ihm aus der geplatzten Lippe und der Nase. Eine Frau umklammerte seinen Arm und jammerte, sie sollten ihren Mann am Leben lassen. Ein zweiter Mann, der mit dem Keller anscheinend beim Wein zusammengesessen hatte, wurde von zwei Männern festgehalten.
»Verräter«, schimpfte der Metzger Salw und trat dem Keller in die Rippen. Anne Katharina klammerte sich an Ruggers Ärmel.
»Was haben sie vor? Wollen sie ihn dafür totschlagen, dass er seinem Herrn dient?« War sie an seinem Unglück schuld? Sie hatte Hipler und seine Männer darauf hingewiesen, dass er den Grafen eine Nachricht schicken könnte.
Rugger drückte beruhigend ihre Hände und machte sich dann von ihr los. Er trat vor und fiel Claus Salw, der dem Keller eben einen weiteren Faustschlag ins Gesicht versetzen wollte, in den Arm.
»Es reicht! Wir kämpfen für das Evangelium und für Freiheit und Gerechtigkeit. Wir sollten uns nicht wie die Herren verhalten.«
Hipler nickte. »Ja, Ihr habt Recht. Sigginger, gebt uns die Torschlüssel.«
Der Keller wischte sich mit dem Ärmel über die Nase und verteilte das Blut dabei über das ganze Gesicht. Stöhnend erhob er sich auf

die Knie und blickte trotzig in Hiplers Gesicht. »Nein, niemals. Ich bin ein treuer Diener der Grafen von Hohenlohe, und ich werde dafür sorgen, dass ihre Stadt nicht den Bauern zufällt.«
Salw hob die Fäuste. »Er wird uns schon bald sagen, wo die Schlüssel sind.«
»Nein«, kreischte sein Weib und warf sich über ihren Mann. »Ich geb sie Euch, ich geb sie Euch. Sie sind dort drüben in der rechten Schublade des Sekretärs.«
Lienhart Stahl eilte zum Sekretär und hielt den großen Schlüsselbund in die Höhe. »Die Stadt ist unser!«, rief er triumphierend.
»Dummes Weib«, schimpfte der Keller, als er sich schwerfällig erhob. Und doch wirkte er erleichtert.
Wendel Hipler nahm die Schlüssel für die Tore und andere wichtige Gebäude entgegen. »Sperrt den Schultheiß und den Keller ein, dann lasst Sturm läuten. Schickt Boten zu den Dörfern im Umland und berichtet ihnen: Der Aufstand in Hohenlohe hat begonnen!«
Der Metzger zerrte Sigginger zur Treppe. »Ich habe einen schönen Schweinestall, da werdet Ihr Euch wohl fühlen.« Zwei andere Männer führten den Schultheiß hinaus. Er leistete keinen Widerstand. Bald standen nur noch Anne Katharina, Rugger und Wendel Hipler in der Schreibkammer des Kellers.
»Werden sie dem Ruf folgen?«, fragte Rugger.
Wendel Hipler trat ans Fenster und stieß es auf. »Seht, der Tag bricht an. In wenigen Stunden werden Hunderte versammelt sein.«
Die Sturmglocken begannen zu dröhnen und riefen die letzten Schläfer aus ihren Häusern.
»Es hat begonnen!« Der Bauernführer lächelte versonnen. »Wir werden wie ein Sturm über das Land fegen und die Kräfte im Süden verstärken, ehe der Truchseß auch nur merkt, was passiert.«

✠ ✠

Als Anne Katharina später über diesen Tag nachdachte, kam er ihr wie ein seltsamer Traum vor. Es schien, als hätten die Menschen nur auf dieses Geläut gewartet. Die Tore wurden geöffnet, und von allen Seiten stürmten sie herbei. Mit Bündeln auf den Rücken und Spießen oder anderen Waffen in den Händen, mit erwartungsvollen Gesichtern und einem Lied, das Evangelium zu preisen, auf den Lippen. Wendel Hipler übergab Anne Katharina die Schlüssel zum Kornhaus. Die Bäcker der Stadt sollten Brot für das Fähnlein backen, das noch am Abend aus der Stadt ziehen wollte. Hipler ließ eine Fuhre Mehl für die Grafen beschlagnahmen. Während Anne Katharina die Säcke voll Mehl und Korn notierte, die Bäcker und Müller abholten, machten sich die Männer auf, die Vorräte des Stifts zu konfiszieren. Inzwischen waren schon so viele Bewaffnete in der Stadt, dass die Chorherren keinen Widerstand leisteten.

»Lange genug habt ihr von uns gelebt«, schrie eine Bürgerin, »nun leben wir einmal von euch.«

Am Nachmittag fand Rugger sie mit Wendel Hipler in ein ernstes Gespräch vertieft. Sie legte dem einstigen Hohenloher Sekretär die Listen über Korn, Mehl und Brot vor und berechnete, wie viele Vorräte sie für die nächsten Tage mitnehmen mussten.

»Ihr habt einen klugen Kopf, Bürgerin«, lobte der Bauernführer. »Ich hoffe, Ihr werdet mit uns ziehen und mir zur Seite stehen. Wir werden nicht nur Hände brauchen, die einen Spieß zu führen wissen. Euer heller Geist und Euer warmes Herz werden mithelfen, die neue Welt aufzubauen, in der es mehr Glaube und Gerechtigkeit geben wird.«

Anne Katharina glühte vor Stolz. Sie vergaß, dass sie seit dem Kalbsessen in der Nacht nichts mehr zu sich genommen hatte und dass sie seit Mitternacht auf den Beinen war. Die Menschen auf den Gassen scherzten und sangen. Es war, als habe die neue Welt schon Einzug gehalten.

Rugger legte ihr die Hände auf die Schultern. »Ach, hier seid Ihr. Ich habe Euch schon überall gesucht.« Sie drehte sich zu ihm um und lächelte. Seine Augen strahlten. So viel Wärme war in ihnen, so viel Lebenskraft und Tatendrang. Der Landsknecht wandte sich Hipler zu.

»Könnt Ihr Eure Kellerin kurz entbehren? Die Bottwartaler Fahne nähert sich, und, bei Gott, es ist ein Anblick, den man sich nicht entgehen lassen sollte!«

»Dann lasst uns auf die Stadtmauer eilen«, sagte Hipler und legte die Papiere zur Seite.

Welch ein Bild! Bunte Fahnen flatterten im Wind, ein Pfeifer schritt voran, zwei Trommelschläger folgten ihm. Hoch zu Ross näherte sich der Hauptmann mit mehr als eintausendfünfhundert Männern, die ihm, in mehrere Gruppen aufgeteilt, zu Fuß folgten. Die Bürger auf der Mauer schwenkten ihre Hüte und jubelten, die Bauern winkten zurück. Der Hauptmann ließ sein Pferd tänzeln und hob die Hand zum Gruß.

»Jäcklein Rohrbach«, sagte Hipler düster.

Rugger sah ihn fragend an.

»Ihr kennt ihn nicht? Nun, er handelt zuweilen« – Hipler zögerte – »sagen wir, nicht sehr überlegt. Er ist ein Hitzkopf und scheut vor keiner Gewalttat zurück.«

Anne Katharina sah zu dem bärtigen Mann hinunter, der fröhlich seinen Hut schwenkte. Er sah nicht unsympathisch aus. Vielleicht war Hipler zu ängstlich. Sie wollte sich nicht mit schlechten Ahnungen belasten, noch nicht.

✠ ✠

Der Abend nahte. Wieder saßen die führenden Männer zusammen und mit ihnen Anne Katharina. Sie einigten sich darauf, erst zum Kloster Schöntal zu ziehen und sich mit Georg Metzlers Odenwäldern zu vereinigen. Drei Boten sollten zu den Haufen nach Süden reiten und die Lage erkunden. Das große Heer würde dann so schnell wie möglich zur Donau ziehen, um den Brüdern dort zur Hilfe zu eilen.

»Rugger, übernehmt Ihr das Schreiben an die Baltringer? Ich vermute, sie halten sich im Augenblick in der Nähe von Günzburg auf. Sie sollen die Stadt auf ihre Seite gebracht haben.«

Der Landsknecht nickte und verstaute das Schreiben in seiner Tasche am Gürtel.

»Was ist mit der Bürgerin Anne Katharina?«, fragte Hipler.

»Ich werde ihn begleiten«, sagte sie schnell und sah Rugger an. Anne Katharina war selbst erstaunt über ihre Worte, deren Folgen ihr noch nicht klar waren. Der Rausch des Tages hatte sie in seinen Bann gezogen. Sie war plötzlich Teil von etwas Großem und Wichtigem geworden. War es nicht das, wovon sie schon als Mädchen geträumt hatte?

Die Stimme der Vernunft meldete sich in ihrem Kopf. Wollte sie wirklich ihre Familie und ihr Leben zurücklassen, um mit einem Landsknecht in eine ungewisse Zukunft zu reiten? Dort unten an der Donau lag das Heer des Schwäbischen Bundes mit Rittern und erfahrenen Kämpfern. Würden die Herren die Bedingungen der Bauern kampflos annehmen, wenn sie deren Stärke sahen? War es möglich, eine neue Welt ohne Blutvergießen zu erschaffen? Und dann? Konnte sie danach einfach nach Hause reiten und ihr Leben als Ratsherrngattin weiterführen, so als sei nichts geschehen?

Ich könnte sagen, sie hätten mich gezwungen. Schließlich haben mich die Haller Bauern auch nicht gefragt.

Wendel Hipler schüttelte den Kopf. »Es tut mir Leid, Bürgerin, aber das wird nicht gehen. Er muss die Botschaft so schnell ans Ziel bringen wie nur möglich. Ich fürchte, einem solchen Ritt wärt Ihr nicht gewachsen. Ihr könnt mit mir nach Schöntal kommen. Wir werden auf dem Zug nach Süden wieder aufeinander treffen.«

Rugger erhob sich. »Kathinne, kommt Ihr mit nach draußen?«

Anne Katharina folgte ihm. »Ich möchte aber lieber mit Euch reiten«, begehrte sie auf.

Rugger schüttelte den Kopf. »Ich werde Euch nach Hause bringen.«

»Nein!«, rief sie und konnte nicht verhindern, dass ihr Tränen in die Augen traten. »Zum ersten Mal in meinem Leben werde ich um meine Meinung gefragt und unter Männern ernst genommen, und nun wollt Ihr mich wie ein kleines Kind nach Hause schicken?«

Der Landsknecht griff nach ihren Händen. »Wollt Ihr Euren Mann verlassen? Eure Kinder im Stich lassen?«
Anne Katharina schluckte. »Nein, natürlich nicht. Ich liebe meine Kinder und kehre zu ihnen zurück, wenn alles vorbei ist. Ein paar Tage nur – was macht es schon, wenn Mathilde sich ein paar Tage länger um sie kümmert?«
Rugger strich ihr über die Wange. »Ach, Kathinne, wie schön, wenn ich daran glauben könnte. Es wird nicht in ein paar Tagen vorbei sein, und egal, was Hipler sagt, ich kann nicht glauben, dass der Truchseß einfach so aufgibt. Es ist zu gefährlich. Ich könnte es nicht ertragen, Euch in Gefahr zu wissen. Bitte, lasst mich Euch nach Hall zurückbringen.«
»Und Ihr, Ihr dürft Euch in Gefahr begeben?«
»Ich bin ein Landsknecht. Ich verdiene damit mein Geld.«
»Warum habt Ihr mich hierher gebracht, wenn Ihr mich nun wieder wegschicken wollt?«, begehrte Anne Katharina auf.
»Es war ein Fehler, verzeiht mir. Ich hätte Euch nicht aus Eurer Welt herausreißen dürfen.«
Wut stieg in ihr auf. »So einfach ist das, ja? Ihr nehmt mich mit, wenn es Euch in Euren Plan passt, und werft mich wieder weg, wenn Ihr mich nicht mehr gebrauchen könnt.«
Er legte seine Hände auf ihre Oberarme. »Nein, Kathinne, so einfach ist das nicht. Ihr seid berauscht von diesem Tag weit weg von Euren häuslichen Fesseln. Versucht, Eure kühle Vernunft wieder zu finden, und dann sagt mir: Wollt Ihr Euer altes Leben hinter Euch lassen für einen Weg, der für Euch keine Zukunft verspricht? Für ein paar Tage voller Abenteuer, aber sicher auch voller Gefahren, Leid und Schmerz? Wollt Ihr Eure Kinder verlassen? Glaubt Ihr wirklich, Ihr könnt Euch in ein paar Tagen, wenn die Entbehrungen Euch müde gemacht haben, wenn Ihr gar die Schrecken einer Schlacht erlebt habt, abwenden und einfach nach Hause wandern? Was passiert mit Euren Kindern, wenn Ihr verletzt oder gar getötet werdet?«
Ich will bei dir sein, Tag und Nacht an deiner Seite verbringen,

schrie es in ihr, aber sie sagte es nicht. Sie wusste nicht, wie es gekommen war, doch jede weitere Stunde, die sie ihn sah, seine Stimme hörte, seine Bewegungen beobachtete, riss sie tiefer in den Strudel ihr unbekannter Gefühle. Was war das? Dieses Fieber, das sie nicht mehr ruhig atmen, ihr Herz bis in die Kehle klopfen ließ, ihre Erschöpfung verjagte und ihren Hunger vertrieb, das nur noch Raum für ein Verlangen ließ: ihm nahe zu sein.
Eine andere Stimme in ihr wurde laut. Anne Katharina wollte die Worte nicht hören, weil sie wusste, dass sie Recht hatten. Wenn sie ihm jetzt zustimmte, dann war das das Ende, bevor es recht begonnen hatte. Was blieb ihr dann noch? Ein nächtlicher Ritt mit ihm durch die Wälder?
»Bringt mich nach Hause«, sagte sie leise und blinzelte, denn der Schmerz trieb ihr die Tränen in die Augen.

✠ ✠

Der Mond stieg über die Wipfel der Bäume, fast rund beleuchtete er mit seinem sanftgelben Licht den Pfad.
Die beiden Fähnlein aus Öhringen und dem Bottwartal folgten dem Lauf der Ohrn nach Norden. Noch vor dem Morgengrauen wollten sie das Kloster Schöntal an der Jagst erreichen. Der Abschied von Wendel Hipler war herzlich gewesen, und er schien ihre Entscheidung zu bedauern.
Wie würde ihr Leben verlaufen, wenn sie den anderen Weg gewählt hätte?, fragte sich Anne Katharina, als der Zug der Männer und Frauen ihrem Blick entschwand und der Klang von Pfeifen und Trommeln verwehte.
Rugger ließ das Pferd im Schritt gehen, so als habe er es plötzlich nicht mehr eilig, Hall zu erreichen und seine Last dort abzugeben.
»Es wird nach Mitternacht sein, bis wir die Stadt erreichen«, brach Anne Katharina die Stille.
»Ja«, antwortete der Mann hinter ihr einsilbig. Er schien mit seinen Gedanken weit weg zu sein.

»Die Tore werden geschlossen sein.«
»Hm, ja.«
»Wollt Ihr mich dort mitten in der Nacht absetzen und einfach verschwinden?«, fragte Anne Katharina erbost.
Rugger schreckte hoch. »Wie? Nein, natürlich nicht.«
»Warum suchen wir uns dann nicht einen Platz, an dem wir, trocken und warm, ein paar Stunden ruhen können? Seid Ihr denn gar nicht müde? Ihr habt die vergangene Nacht doch auch keinen Schlaf gefunden.«
»Verzeiht, ich war zu sehr mit mir beschäftigt, um mir Gedanken über Euer Wohlbefinden zu machen.« Seine Stimme klang weich, fast wie eine Liebkosung. »Natürlich seid Ihr erschöpft von den durchwachten Nächten und den ungewohnten Stunden im Sattel. Ich weiß eine trockene Scheune neben dem Kloster in Goldbach. Oder sollen wir an der Pforte fragen, ob sie ein Lager für Euch haben?«
Anne Katharina schüttelte den Kopf. »Danke, ein paar Stunden auf Heu oder Stroh sind alles, wonach ich verlange.« Und ein paar Stunden in Eurer Wärme, in Eurem Atem, beim Klang Eurer Stimme, fügte sie im Stillen hinzu.
»Schafft Ihr es noch bis dahin?«
Der Gedanke, ein Strohlager mit ihm zu teilen, ließ ihr Herz schneller schlagen. Nicht, dass sie etwas Bestimmtes erwartete, aber sie ahnte, dass nach diesen Stunden nichts mehr sein würde wie bisher. Sie hatten in den letzten beiden Tagen viel Zeit miteinander verbracht, die Scheune in Goldbach jedoch würde etwas anderes sein, etwas Neues öffnen. Ob es Himmel oder Hölle sein würde, das wusste sie nicht zu sagen.
»Anne Katharina? Haltet Ihr noch so lange durch? Ein wenig mehr als eine Stunde wird es schon noch dauern.«
»Aber ja«, antwortete sie rasch. Ihre Stimme klang fremd in ihren Ohren. Wie deutlich sie seinen Arm an ihrem Rücken spüren konnte, wie heiß seine Brust an ihrer Schulter brannte. Sie roch seinen Atem.

Nicht nur das Land steht bald in Flammen, auch wir wurden vom Feuer erfasst. Werden wir verbrennen und zu Asche verglühen? Warum atmete er so ruhig? Konnte er nicht spüren, dass etwas auf sie zukam? Etwas Unbekanntes, Gewaltiges. Jeder Hufschlag brachte sie dem Neuen näher. Sie fieberte dem Moment der Entscheidung entgegen und fürchtete ihn zugleich. Hätte sie selbst die Zügel geführt, hätte sie den Hengst einen Hang hinuntergejagt, ihn dann jedoch angehalten oder gar auf einen anderen Pfad geführt, je nachdem, welches ihrer Gefühle gerade die Oberhand gewann, doch so lag das Schicksal nicht mehr in ihrer Hand.

Düster ragten die Mauern des Klosters vor ihnen auf. Es war still, selbst der Wind hatte sich gelegt. Die Bewohner lagen in einem kurzen Schlummer, der bereits zur zweiten Stunde durch die Glocke, die fünfmal am Tag zum Gebet rief, beendet werden würde. Ein Käuzchen segelte über ihre Köpfe hinweg und stieß seinen klagenden Ruf aus.

Rugger zügelte den Hengst vor der Scheune, die am Rand einer leicht ansteigenden Obstwiese stand. Unten in der Senke schimmerte ein kleiner See im Mondlicht, dahinter erhoben sich die gedrungenen Gebäude der klösterlichen Einsiedelei, in der ein Prior mit seinen vier Mönchen und fünf Laienbrüdern nach den Regeln der Paulinereremiten lebten.

Plötzlich drängte sich der Brief, den der Landsknecht nach Süden tragen musste, wieder in Anne Katharinas Gedächtnis. Er sollte so schnell wie möglich sein Ziel erreichen, und nun würden vielleicht kostbare Stunden verloren gehen, weil sie den Abschied hinauszögerte! Ihr Gewissen meldete sich zu Wort.

»Für Euren Auftrag ist es sicher besser, wenn wir weiterreiten«, sagte sie widerstrebend.

Der Landsknecht schüttelte den Kopf. »Nein, Ihr habt Recht. Auch ich bedarf der Ruhe, dann hole ich die Zeit bei Tageslicht leicht wieder auf.«

Rugger stieg ab. Dieses Mal wartete Anne Katharina, bis er aus dem Sattel war und sich ihr zuwandte, um sie vom Pferd zu heben.

Seine Hände lagen ein wenig länger, als es nötig gewesen wäre, um ihre Taille.
»Ihr zittert ja vor Kälte«, wunderte sich der Landsknecht. »Kommt schnell herein.«
Er öffnete die Holztür, die nicht einmal knarrte. Sie ließen das Mondlicht zurück und traten in die Finsternis. Anne Katharina hörte Rugger in seinem Bündel kramen, dann erklang das Schlagen eines Feuersteins. Ein Funke glomm, ein kleines Flämmchen erschien, das sich in den Docht seines Binsenlichts fraß. Sein Schein gab so viel Licht, dass Anne Katharina die Wände auf allen vier Seiten erahnen konnte. Die Scheune war nicht sehr groß und schien noch kein Jahr alt zu sein. Das Holz roch frisch und war noch nicht nachgedunkelt, das Stroh des Daches war weder modrig, noch hing es durch. In der Mitte des gestampften Lehmbodens war ein Haufen Heu aufgeschüttet. Obwohl es seit dem Herbst hier liegen musste, roch es noch immer nach den sonnenbeschienenen Wiesen, von denen die Laienbrüder es geschnitten hatten.
Rugger hängte die Lampe an einen Holzzapfen, der aus einem Balken hervorragte. Er trat zu dem Heuhaufen und begann, ein ebenes Lager zu richten. Sorgsam breitete er die Decke über die Halme und deutete dann einladend auf die Ruhestätte.
»Schlaft nun. Ich werde Euch wecken, wenn es Tag wird.«
Anne Katharina legte sich auf die Decke. Der Geruch des Heus vermischte sich mit dem des Pferdes, das Rugger mit Wasser und Futter versorgte. Dann trat er an das Lager heran. Er kniete nieder und deckte Anne Katharina mit ihrem Umhang zu. Sie lag auf dem Rücken und ließ ihn nicht aus den Augen. Ihre Blicke trafen sich und verweilten beieinander. Rugger zerknüllte den Stoff in seinen Händen.
Plötzlich sprang er auf und wandte den Blick ab. »Ruht und macht Euch keine Sorgen. Euch wird nichts geschehen. Ich werde über Euch wachen.«
Er lief zu seinem Pferd, als wäre Eile nötig. Zärtlich streichelte er seinen Hals und zupfte die Mähne zurecht. Der Hengst wieherte

und rieb seine Nüstern an Ruggers Schulter. Der Landsknecht flüsterte dem Tier sanfte Worte ins Ohr. Seine Hände gruben sich in die Mähne. Anne Katharina beobachtete ihn schweigend. Sie war hellwach, und es fiel ihr schwer, still dazuliegen. Eine Unruhe erfasste sie, die auf jedem Fleck ihrer Haut kribbelte und sich in ihrem Innern wand wie seltsames Getier. Der Landsknecht sah zu ihr herüber, als er aber merkte, dass sie ihn beobachtete, wandte er sich wieder ab. Er trat zur Tür, öffnete sie einen Spalt und sah in die Nacht hinaus. Leise begann er vor sich hin zu summen.

Anne Katharina hielt es nicht mehr aus. Sie erhob sich und trat zu ihm. Ganz nah stand sie hinter ihm, ohne ihn jedoch zu berühren.

»Was ist das für ein Lied, das in Euch klingt?«

Die Töne verstummten. Er antwortete nicht.

»Wollt Ihr nicht auch ein wenig ruhen? Es ist genug Platz für zwei, und ich glaube nicht, dass uns heute Nacht Gefahr droht. Auch Ihr braucht Euren Schlaf.«

»Nein«, sagte er leise, »von draußen müssen wir heute Nacht nichts befürchten. Ich danke Euch, auch wenn ich das Angebot nicht annehme. Ich muss die Kühle des Nachthauchs auf meinem Gesicht spüren. Drinnen ist mir, als würde ich keine Luft bekommen.«

Sie zögerte, dann legte sie ihm ihre Hand auf den Arm. »Wenn Ihr die Gefahren der nächtlichen Wälder nicht fürchtet, was lässt Euch dann vor Unruhe zittern?«

Widerstrebend wandte er sich ihr zu. »Fragt nicht! Ihr wisst es, daher bedrängt mich nicht.«

»Ich möchte es aus Eurem Mund hören«, beharrte sie. »Wer kann schon behaupten, in die Herzen anderer Menschen sehen zu können.«

»Es sind nicht die Bestien des Waldes, es ist das wilde Tier in mir«, sagte er nach einer Weile.

»Ich fürchte es nicht«, hauchte sie und griff nach seiner Hand. Er zuckte zusammen. Seine Haut war trocken und heiß.

»Quält mich doch nicht so sehr«, rief er aus. Seine Stimme klang brüchig. »Es ist kein Spiel zum Zeitvertreib. Lasst uns die Stunden bis zum Morgengrauen in Anstand abwarten und mich Euch dann zu Eurem Gemahl bringen. Wir werden Abschied nehmen und einander vermutlich nicht wiedersehen.«

Anne Katharina griff nach seiner zweiten Hand und umklammerte sie.

»Oh nein, ein Spiel kann es nicht sein. Solch einen Schmerz habe ich noch nie empfunden. Und doch klingt auch eine ungekannte Seligkeit in ihm. Mir ist, als müsse ich lachen und weinen. Ich kann alles tun, doch ruhig sein und mich schlafen legen und darauf warten, dass die kostbare Zeit ungenutzt verstreicht, das kann ich nicht. Ihr fordert Anstand? Ja, mein ganzes Leben habe ich diese Worte vernommen und bin ihnen viel zu oft gefolgt. Heute Nacht aber kann und will ich es nicht. Ich kann es fühlen, es ist etwas Großes, Unglaubliches, Ungekanntes. Ich bin bereit, Himmel und Hölle zu ertragen, jedoch bin ich nicht bereit, die Stunden zu vergeuden und mich mein Leben lang zu fragen: Wie fühlt es sich an, zu lieben und geliebt zu werden.«

Er entwand sich ihrem Griff. »Kathinne, du weißt nicht, was du da sagst. Unsere Welten sind sich zufällig begegnet. Wir wissen es beide – haben es immer gewusst, dass sie sich nicht miteinander vereinen lassen.«

Anne Katharina nickte. »Ja, ich bin der Familientradition gefolgt und habe den Sieder geheiratet, der für mich bestimmt wurde, und ich habe seine Kinder geboren. Dennoch fühle ich manche Nacht noch immer den einzigen Kuss auf meinen Lippen, der mein Herz, mein Gemüt und meinen Leib in Aufruhr gebracht hat. Nie, niemals wieder habe ich so etwas gefühlt!«

»Kathinne«, stöhnte er, legte seine Hände an ihre Wangen und beugte sich herab. Sein Mund schwebte über dem ihren, aber er berührte ihn nicht. Es war ihr, als müsse sie schreien, so sehr schmerzte sie das Verlangen. Dann fühlte sie seine Lippen. Leicht lagen sie auf den ihren, begannen, sich zu bewegen. Sein Geruch, sein Geschmack – sie nahm ihn mit allen ihren Sinnen wahr und fragte sich, ob sie bisher überhaupt gefühlt und gerochen, ge-

schmeckt und gehört hatte. War sie zuvor lebendig gewesen? Oder hatte sie, bewegungslos und starr wie ein Frosch oder eine Eidechse in einer kalten Nacht, darauf gewartet, dass es Tag werden und die wärmende Sonne aufgehen möge.
Seine Finger wanderten über ihre Ohren und strichen an den weichen Rändern entlang, fuhren über ihren Hals und glitten über die vorstehenden Knochen der Schlüsselbeine nach außen. Anne Katharina stöhnte. Ihre Hände pressten sich auf seinen Rücken. Sie fühlte seinen Herzschlag an ihrer Brust. Als sei sie am Ertrinken, öffnete sie den Mund. Ihre Zungenspitzen berührten sich. Hätte er sie nicht an den Schultern gepackt, ihre Knie hätten nachgegeben, und sie wäre zu Boden gesunken.
Plötzlich riss er den Kopf hoch. Mit einem Ächzen sog er die Luft ein. Er ließ Anne Katharina los und taumelte zurück. Die Hände abwehrend ausgestreckt, stand er keuchend da. Mit weit aufgerissenen Augen starrte er sie an. Seine Stimme klang rau.
»Kathinne, hör auf, solange es noch möglich ist. Wir werden einander quälen und verglühen wie die Motten im Licht. Glaube mir, es ist einfacher so.«
Sie folgte ihm und küsste zärtlich seine Fingerspitzen. »Nein, es ist eine Lüge. Lass mich wenigstens wissen, wonach ich mich sehne, was ich vermisse, wenn ich in den Nächten wach liege und mich frage, was das Leben ist. Vielleicht muss man für Glück und Liebe mit Schmerz und Trauer bezahlen. Wenn dies der Preis ist, gut, dann muss ich ihn ertragen.«
»Ich habe es dem Pfarrer versprochen«, wehrte er sich.
»Du wirst mir nichts nehmen. Du wirst mir etwas geben, etwas, von dem ich bisher glaubte, es wäre eine Erfindung und lebe nur in Geschichten und in der überspannten Phantasie meiner Freundin Anna.«
Noch immer zögerte er und sah sie an, als suche er etwas in ihrem Blick, das ihn von einem Kampf erlösen würde. Ihre Hände lagen auf seiner Brust. Zaghaft begannen ihre Finger, die Bänder zu lösen.

»Kathinne«, seufzte er. Mit einer raschen Bewegung bückte er sich und hob sie hoch. Anne Katharina schlang die Arme um seinen Hals. Er schritt zu dem Heulager hinüber und ließ sie behutsam auf die Decke sinken. Anne Katharina ließ ihn nicht los, sondern zog ihn mit zu sich herab. Sie küssten sich, umschlangen einander und pressten ihre Körper zusammen.

Endlich lösten sie sich voneinander, um Atem zu schöpfen. Rugger kniete sich neben sie und begann, die Haken ihres Mieders und des Rockes zu öffnen. Anne Katharina stützte sich auf die Ellenbogen, als er ihren Rock herunterstreifte. Mit ruhigen Fingern löste Rugger die Bänder ihres Hemdes. Seine Hände und Lippen liebkosten jedes Stückchen Haut, das er entblößte, bis sie nackt im Schein der Lampe vor ihm lag.

Eine Weile saß er auf seinen Fersen, die Hände im Schoß, und betrachtete sie. Unter seinem brennenden Blick stellten sich all die feinen Härchen ihres Körpers auf. Sie schauderte, doch nicht vor Kälte. Sie hätte nicht sagen könne, ob es in der Scheune heiß oder kalt war.

Rugger erhob sich und begann, sich mit bedächtigen Bewegungen zu entkleiden. Anne Katharina wunderte sich, dass sie keine Scham fühlte, so unbekleidet im Lampenschein von den Augen eines Mannes betastet zu werden und ihm zuzusehen, wie er sich auszog. Michel löschte immer das Licht, ehe er unter das Federbett kroch. Die Vereinigung mit ihm war stets eine hastige Sache gewesen, als müsse er sich schnell einer Spannung entledigen und dafür sorgen, dass sein Same weitergegeben wurde. Wie war sie jedes Mal froh gewesen, wenn sie schwanger geworden war und sein Begehren mit ihrer Besorgnis um das Kind abwehren konnte.

Anne Katharina betrachtete den ihr lieben und doch so fremden Mann. Konnte es wahr sein, dass sie, nach einem Dutzend Jahren Ehe, noch nie auf diese Weise einen nackten Mann betrachtet hatte? Seine Haut war an den Armen und der Brust gebräunt. Zwei Narben, am rechten Oberarm und an seiner Seite, hoben sich weiß im Licht ab. Seine Brust war kaum behaart. Die flackernde Flamme modellierte die Muskeln an Brust und Bauch, die im Gegensatz zu denen Michels nicht von weichem Fett versteckt wurden. Auch an Armen und Beinen gab es nur Muskeln und bläuliche Adern, durch die das Blut pulsierte. Sein Gesicht war kantig, auf Wangen, Kinn und Hals lag der dunkle Schimmer der fast einen halben Zoll langen Barthaare. Das Haar war im Nacken schweißnass. In seinen braunen Augen brannte die Flamme des Binsenlichts. Zögernd ließ sie ihren Blick zu seiner steif aufgerichteten Männlichkeit schweifen.

Rugger beugte sich vor, bedeckte ihren Körper mit Küssen und streichelte ihre Arme, die Brüste, den Bauch. Seine Lippen glitten hinab zu ihren Schenkeln, den Knien, bis zu ihren Füßen.

Anne Katharina bäumte sich auf, umschlang den nackten Männerkörper und zog ihn zu sich. Welch ein Gefühl, seine Haut überall an der ihren zu spüren!

»Hast du Angst?«, flüsterte er.

»Nein«, log sie, denn das Verlangen war viel größer als das kleine bisschen Furcht, das in einer Ecke lauerte.

Seine Knie drückten ihre Beine auseinander, und sie öffnete sich ihm bereitwillig.

»Ich werde dir nicht wehtun«, hauchte er.

Jetzt nicht, dachte sie, aber später dafür umso heftiger. Es war Wahnsinn und gegen jede Vernunft, doch ihr Verlangen war so groß, dass sie ihre Hände auf seinen Hintern legte und ihn an sich presste.

Er küsste sie, als er langsam in sie eindrang und dann reglos verharrte. Anne Katharina blieb keine Zeit, sich darüber zu wundern, dass es keinen Widerstand gab, keinen stechenden Schmerz. Rugger begann, sich zu bewegen, erst langsam kreisend, dann immer schneller, nur um plötzlich wieder reglos zu verharren. Anne Katharina riss die Augen auf. Sie hörte auf, zu denken und sich Fragen zu stellen. Dafür blieb in ihr kein Raum mehr. Alles in ihr war nur noch Gefühl und das Staunen darüber, dass es dies geben konnte.

Rugger rollte sich zur Seite, bis sie auf ihm saß. Sie bewegte sich sacht und beobachtete sein Gesicht, die Augen, die sie anstrahlten, den Mund, der mal lächelte und sich dann wieder zu einem Stöhnen verzog. Seine Hände schlossen sich hinter ihrem Rücken, und er zog sie zu sich herunter, umklammerte sie, dass sie meinte, ihre Knochen müssten brechen. Schweiß stand ihm auf der Stirn, sein Atem wurde schneller, sein Herz raste. Sie spürte, wie ihr Pulsschlag den Rhythmus aufnahm. Ihre Fingernägel krallten sich in seinen Rücken und hinterließen, als er das letzte Mal aufstöhnte, feine, rote Spuren. Zum ersten Mal fühlte sich Anne Katharina hinterher nicht benutzt und schmutzig. Ihr war, als habe sie ein Geschenk empfangen.

Eng umschlungen lagen sie da, die Gesichter in den Hals des anderen vergraben, bis das Rasen der Herzen verklang und der Atem sich beruhigte. Vielleicht waren sie kurz eingeschlafen, doch dann küssten sie sich wieder, streichelten und liebten sich. War es ein Traum, oder konnte es Wirklichkeit sein? Klare Stimmen trugen Gottes Lobpreisung bis in die Scheune. Waren es die Engel im Himmel? Es konnte keine Sünde sein, so zu fühlen!

✠ ✠

Bevor noch die Klosterglocken zu den Laudes riefen, weckte Rugger Anne Katharina, die in einen unruhigen Schlummer gesunken war, die Wange an seine Brust gelehnt.

»Komm, Liebes, wir müssen aufbrechen. In einer Stunde wird es Tag.«

Sie schwankte schlaftrunken, als er sie hochzog. Verwirrt blinzelte sie und versuchte, ihrem Kopf sinnvolle Gedanken abzuringen, während er ihr in ihre Kleider half. Nur wenige Augenblicke später führte Rugger das Pferd aus der Scheune und hob Anne Katharina vor sich in den Sattel. Sie hatte noch kein Wort gesprochen. Während er langsam den abschüssigen Waldpfad entlangritt, schmiegte sie sich in seine Arme und schloss die Augen. Sie wollte nicht erwachen, denn sie begann zu ahnen, dass der Traum kein gutes Ende vorsah. Jede Minute, die sie noch von der Wirklichkeit trennte, wollte sie auskosten.

Es war die Zeit, da der nachtschwarze Himmel langsam gläsern wird. Rugger wandte sein Ross nach Süden. Sie durchquerten Gailenkirchen und Wackershofen, die noch in tiefem Schlaf zu liegen schienen. Nur ein Hund bellte, als sie an einem Gehöft vorbeiritten. Dichte Nebelschwaden stiegen aus dem Kochertal auf, hüllten sie ein und griffen mit klammen, eisigen Fingern nach den Reitern. Anne Katharina schüttelte es vor Kälte, und sie rutschte näher an Rugger heran. Sie hatte das Gefühl, sich von der Welt zu entfernen. Das Pferd ritt durch Wolken, sein Hufschlag klang von fern an ihr Ohr. Bäume huschten schemenhaft vorbei. Alles verschwamm ineinander, selbst die Zeit schien nur noch träge zu fließen. Sie ritten einen Abhang hinunter und überquerten einen Bach, dann ging es wieder ein kurzes Stück steil nach oben. Sie passierten den unbewachten Riegel der Heg und ritten durch den Weiler Gottwollshausen. Bald schon würden sie die Steige erreichen, die sie hinab zum Weilertor bringen würde.

Plötzlich zügelte Rugger den Hengst und richtete sich in den Steigbügeln auf. Er starrte in die milchigweißen Nebelschwaden vor sich und sog prüfend die Luft ein.

»Was ist?«

»Still!«

Sie lauschten. Nun konnte Anne Katharina es auch hören. Was waren das für seltsame Geräusche? Sie schloss die Augen und fühlte sich in die Halle von Schloss Eltershofen zurückversetzt. Konnte das sein?

»Sie schnarchen!«, raunte Rugger und grinste erleichtert. »Wir haben den Haller Haufen aufgespürt! Und so wie es sich anhört, sind sie immer noch im Rausch des Weines gefangen.«

»Immer noch oder schon wieder«, murmelte Anne Katharina.

»Dann wird es Zeit, dass sie einen klaren Kopf bekommen! Ich werde den Seitzinger suchen und ihm von Hiplers Plan berichten.

Er soll seine Männer wecken und in Marsch setzen. Im Süden wird jede Hand gebraucht!«
Vorsichtig ritt er weiter. Bald tauchten die ersten Schläfer auf, die sich auf dem Wiesenstreifen am Bach unter Obstbäumen in ihre Mäntel gerollt hatten und so fest schliefen, dass sie das Pferd nicht bemerkten, das sich seinen Weg zwischen ihnen hindurch suchte. Rugger schüttelte fassungslos den Kopf.
»Nein, vom Kriegshandwerk verstehen sie wirklich nichts. Sie führen ihre Büchsen wie Prügel auf einem Karren mit sich, ohne sich darum zu kümmern, dass genug Pulver und Kugeln dabei sind, und vor allem Männer, die die Kanonen bedienen können! Sie ziehen plündernd durch das Land und halten es nicht einmal für notwendig, nachts Wachen aufzustellen. Wie Recht Hipler mit seiner Forderung nach den Landsknechten und vor allem nach einem kriegserfahrenen Hauptmann hat!«
Endlich trafen sie doch noch auf zwei halbwegs wache Gestalten, die sich die Hände an der Glut eines niedergebrannten Lagerfeuers wärmten. Einer der beiden hob seinen Sauspieß und richtete ihn auf Rugger.
»Wer bist du, und was willst du hier?«
»Leg deinen Spieß weg. Wenn ich euch etwas Böses wollte, dann hätte ich dort drüben schon ein Dutzend Männer im Schlaf erstechen können, ehe du überhaupt etwas bemerkt hättest. Es ist nicht sehr sinnvoll, wenn sich die Wachen inmitten des Lagers am Feuer wärmen!«
»Was soll uns hier schon passieren«, brummte der Wachposten verlegen.
Der andere, ein schlaksiger, blonder Jüngling, der Rugger bisher nur mit offenem Mund angestarrt hatte, hob die Hand und deutete auf den Landsknecht.
»Ich erkenne ihn. Er war in Eltershofen und hat mit dem Seitzinger gesprochen.«
»Und das möchte ich jetzt wieder tun. Wo ist der Hauptmann?«
Der Jüngling drehte sich suchend um seine Achse und deutete

dann auf eine Gruppe Schlafender, die sich um ein zweites Feuer gelegt hatten. Rugger glitt vom Pferd herunter und führte es zu dem Lagerfeuer. Er reichte Anne Katharina die Zügel.
»Es wird nicht lange dauern. Du kannst sitzen bleiben, wenn du möchtest.« Sie nickte.
Rugger musste den Hauptmann kräftig schütteln, ehe er die Augen aufschlug.
»Was ist? Ach, du bist es. Was gibt es Neues?«
»Das berichte ich dir, sobald du aufgestanden bist.«
»Reicht es auch, wenn ich sitze?«, gähnte Lienhard Seitzinger und kratzte sich am Bauch.
»Wie viele Leute hast du?«
Der Hauptmann überlegte. »Viertausend werden es schon sein. Wir wollen nun durch den Rosengarten weiterziehen und alle Männer einsammeln, deren wir habhaft werden können, und dann nehmen wir uns die Komburg, Goldbach und das Kloster Gnadental vor. Auf dem Einkorn können wir uns alle sammeln. Ich hoffe, wir bekommen achttausend Männer zusammen. Und dann ist Hall dran. Der Rat wird keinen Widerstand wagen.«
Er winkte die beiden Wächter heran. »Weckt alle auf. Der Tag beginnt. Wir ziehen weiter.«
Ein seltsames Geräusch drang an Anne Katharinas Ohr. Sie fuhr herum. Der Rappe wieherte unruhig. Ein feuriger Strahl zischte über sie hinweg. Donnergetöse ließ die Erde beben. Am Ende der Wiese schlug etwas im Boden ein, so dass Erde und Grasschollen hochspritzten. Kreischend und schreiend fuhren die Bauern aus dem Schlaf. Ein zweiter Schuss rauschte über sie hinweg.
»Wir werden angegriffen«, schrie der Seitzinger und riss seine Büchse hoch. Er brüllte ein paar Befehle, aber niemand nahm von ihm Notiz. Rugger zog sein Schwert und drehte sich rasch im Kreis, um sich ein Bild von der Lage zu machen. Er packte einen Vorbeieilenden am Kragen und schrie ihn an, doch der Mann riss sich los und lief davon.
Verwirrt standen die Bauern da, warfen sich wieder zu Boden, als

die nächste Kanonenkugel über sie hinwegzischte, rappelten sich auf und liefen weiter, bis ein neuer Schuss krachte.

»Bleibt! Sammelt euch!«, schrie der Seitzinger.

Andere brüllten: »Flieht, flieht!«

Anne Katharina sah den Hafenstephan mit offenem Hemd vorbeirennen, auf sein Pferd klettern und davonjagen. Sie selbst hatte alle Hände voll damit zu tun, das Streitross zu bändigen.

»Rugger!«, schrie sie. Rund um sie rannten die Bauern durcheinander, packten eine Waffe oder ein Stück ihrer Beute und versuchten, in das nahe Wäldchen zu fliehen. Den Angreifern entgegenzutreten, daran dachte anscheinend niemand. Anne Katharina entdeckte Pfarrer Herolt, der zusammen mit dem Ilshofer Schultheiß in den Büschen verschwand. Plötzlich stand der Landsknecht neben ihr, und sofort hörte der Hengst auf zu tänzeln und zu schnauben.

»Schnell, steig auf«, drängte Anne Katharina. Zögernd sah er sich um, das Schwert kampfbereit erhoben. In den Nebelschwaden blitzte das Rot und Gelb der Haller Waffenröcke.

»Reite!«, befahl er. »Nach Westen in den Wald. Der Hengst ist schnell. Keiner wird dich einholen.«

»Sie fliehen. Du kannst nichts mehr für sie tun«, rief sie. »Komm, ich kann dein Ross nicht alleine reiten.«

Er zögerte noch einen Moment. Keine zwanzig Schritte entfernt ergaben sich ein Dutzend Bauern den Hallern, die mit blanken Schwertern auf sie eindrangen. Endlich schwang Rugger sich in den Sattel, griff nach den Zügeln und gab dem Hengst die Sporen, dass er wie ein Pfeil davonschoss. Anne Katharina hätte nicht sagen können, wohin sie sich wenden mussten, doch Rugger zögerte nicht. Sie sah ein paar Bewaffnete an ihrer Seite auftauchen, ein Schuss aus einer der schweren Büchsen donnerte über sie hinweg, dann hatten sie den Kampfplatz hinter sich gelassen. Anne Katharina klammerte sich an Rugger fest und betete, dass sie bei diesem Höllentempo nicht herunterfallen möge. Er ritt erst nach Westen auf den Berghang zu, bis Gottwollshausen weit hinter ihnen lag, dann schwenkte er nach Süden. Sie umritten die Stadt in einem weiten Bogen. Erst als der Pfad am Hagenbach entlang ins Kochertal abfiel, erlaubte der Landsknecht seinem Ross einen gemächlicheren Schritt. Mit einer Mischung aus Erleichterung und Traurigkeit sah Anne Katharina das Riedener Tor aus dem Nebel auftauchen.

Obwohl der Tag längst angebrochen war, war das Tor noch geschlossen. Ein einzelner Reiter stand davor und rief etwas zu den Wächtern auf der Brustwehr hinauf. Er hielt sich seltsam nach vorn gebeugt im Sattel, und als der Rappe des Landsknechts näher kam, rutschte er plötzlich vom Pferd und schlug hart auf dem Boden auf.

Rugger sprang von seinem Ross und kniete sich zu dem Mann auf den Boden. Anne Katharina folgte ihm. Nur mit Mühe konnte sie einen Schrei unterdrücken, als sie erkannte, dass die dunklen Flecken auf Wams und Hosen Blut waren. Das Hemd war am Ärmel zerfetzt und enthüllte einen schmierigen Verband. Auch die rechte Schläfe und der Hals waren blutverkrustet.

Verkrustet? Anne Katharina blinzelte verwirrt. Aber dann musste die Wunde schon älter sein. Dann konnte der Mann nicht vom Kampfplatz vor Gottwollshausen kommen!

»Ertrunken und erschlagen«, wimmerte der Mann mit trübem Blick.

Rugger richtete ihn auf und gab ihm aus seinem Lederschlauch zu trinken. »Wo kommst du her?«

Der Mann trank gierig. Sein Blick klärte sich und wanderte über die Landsknechttracht des anderen. »Bist du einer von uns?«, fragte er. Rugger nickte.

»So viele Landsknechte haben sich auf die Seite des Truchsessen geschlagen!«

»Was ist geschehen?«, fragte Rugger noch einmal. »Woher kommst du?«

»Aus der Hölle an der Donau«, antwortete der Verwundete. »Wir waren dreitausend Mann, die bei Leipheim, zwischen der Donau, der Steige zur Biberbrücke und dem Ried lagerten. Die anderen waren noch nicht von Günzburg zurückgekehrt, als der Truchseß anrückte. Wir haben viele alte Wagen umgestürzt und die Hakenbüchsen aufgelegt, aber wir waren knapp an Pulver. Dennoch schossen wir auf die Reisigen und hielten uns tapfer.« Er machte eine Pause und trank noch einmal.

»Und dann kam das Hauptheer der Bündischen heran wie die Heuschrecken der ägyptischen Plage. Es mussten mehr als doppelt so viele Männer gewesen sein, als wir in der Wagenburg verschanzt hatten. Wir beschlossen, uns nach Leipheim zurückzuziehen. Erst ging es recht geordnet zu. Wir konnten die Verletzten auf Wagen mitnehmen, denn der Truchseß konnte uns durch das Ried nicht sofort folgen. Doch seine Reiter sind schnell! Seine Rennfahne schnitt uns den Weg nach Leipheim ab. Panik brach aus. Unsere Männer liefen ins Jungholz zurück, wo die Geharnischten sie erschlugen, oder zur Donau. In ihrer Verzweiflung warfen sie sich in die Flut. Wer kann sagen, wie viele ertranken. Es müssen Hunderte sein, die Ufer sind von Toten bedeckt. Vielleicht zweitausend waren es, die den Weg nach Leipheim schafften, die anderen sind erstochen, erschlagen, ertrunken.«

Anne Katharina war es, als könne sie nicht mehr atmen. Eintausend Tote! Welch unvorstellbare Zahl. Welch unvorstellbares Leid.

»Ich habe ein Schreiben für Wendel Hipler. Er soll in Heilbronn oder Öhringen sein. Kennst du ihn?«, fragte der Bote.

Rugger nickte. »Ich komme gerade von ihm und wollte einen Brief zu eurem Hauptmann bringen, aber die Ereignisse haben unsere Planung überrollt. Gib mir dein Schreiben. Hipler ist nach Schöntal unterwegs. Ich bringe es noch heute zu ihm.« Der Bote zögerte.

»Du kannst ihm vertrauen«, mischte sich Anne Katharina ein. »Gib ihm die Nachricht. Du bist zu erschöpft, um weiterzureiten. Man muss sich um deine Wunden kümmern.«

Der Bote gab nach und zog ein versiegeltes Pergament aus seiner Tasche. Rugger verstaute es, erhob sich und schritt zum Tor.

»Macht auf! Es ist heller Tag!«
»Der Stättmeister hat befohlen, die Tore geschlossen zu halten, bis er zurück ist«, antwortete der Wächter von oben.
»Dann öffnet wenigstens das Türlein. Der Mann hier ist verletzt und braucht ein Lager.«
Der Wächter zögerte. »Woher soll ich wissen, ob er nicht einer dieser Strauchdiebe ist, die es frech auf unsere Stadt abgesehen haben?«
Rugger verdrehte die Augen. »Sieh ihn dir doch an! Meinst du, er allein kann der Stadt gefährlich werden?«
Noch immer konnte sich der Wächter nicht entschließen, die drei in die Stadt zu lassen.
»Hat Volkhard aus dem Weiler gerade Dienst?«
»Der Beltz? Nein, erst heute Mittag. Kennst du ihn?«
»Er ist mein Bruder.«
»Warum hast du das nicht gleich gesagt?« Das Gesicht des Wächters verschwand, und kurz darauf schwang die schmale Pforte neben dem Tor auf. Der Bote, dem Rugger wieder auf die Beine geholfen hatte, wankte mit dessen Hilfe in die Stadt. Anne Katharina führte die beiden Pferde.
Sie brachten den Verletzten in Ruggers Elternhaus, in dem, nach dem Tode der Mutter, nun sein Bruder Volkhard mit seinem Weib und den vier Kindern lebte. Elsa half Anne Katharina, die Wunden zu verbinden, gab dem Boten Brot und Kohlsuppe zu essen und führte ihn dann zu einem Strohlager unter dem Dach. Rugger umarmte seinen Bruder, die Schwägerin und die Kinder zum Abschied und stieg vor Anne Katharina die Treppe hinunter. Vor der geschlossenen Haustür blieb er stehen und drehte sich zu ihr herum.
»Ist das das Ende?«, fragte Anne Katharina, und ihre Stimme zitterte.
Rugger zog sie in seine Arme. Er drückte sie so heftig gegen seine Brust, dass sie nicht mehr atmen konnte.
»Es wäre das Beste – für uns beide.«

Sie schüttelte den Kopf. »Soll ich nun im Ungewissen bleiben, ob du tot bist oder lebst?«

»Ach, Kathinne, du weißt, dass es mit uns nicht weitergehen kann – nicht weitergehen darf. Können wir es ertragen, uns wie Fremde zu begegnen? Es war ein Traum, ein wundervoller Traum, den wir von nun an in unseren Herzen tragen.«

»Dann gib mir wenigstens Nachricht, wenn alles vorbei ist«, flüsterte sie. Sie wollte nicht, dass er das Schluchzen in ihrer Kehle hörte.

»Ich verspreche es.«

Sie schwiegen. Was gab es in diesem Moment des Abschieds noch zu sagen? Einen langen, zärtlichen Kuss konnten sie sich noch schenken, dann löste sich Rugger aus ihrer Umklammerung.

»Gottes Segen sei mit dir«, hauchte er und küsste sie auf die Stirn, dann stieß er die Tür auf und ging zu seinem Pferd. Er drehte sich nicht um, als er die Gasse hinunterritt und Richtung Weilertor verschwand.

# KAPITEL 6

Ihr lebt!«, rief die Magd und eilte ihrer Herrin entgegen, als diese die Haustür aufstieß. Sie zögerte einen Moment, doch dann umarmte sie Anne Katharina.

»Wie seht Ihr aus! Herr im Himmel, was haben sie Euch getan?«

Anne Katharina schüttelte den Kopf. »Nichts, liebe Agnes, ich bin an Körper und Seele unversehrt. Ich bin nur müde und hungrig und fühle mich schmutzig.«

Ein Lächeln huschte über das Gesicht der Magd. »Das seid Ihr auch. Ich glaube, ein Bad würde Euch gut tun. Wollt Ihr ins Mühlenbad gehen, oder soll ich Euch einen Zuber füllen?«

»Ein Zuber in der Küche wäre mir heute lieber und eine Schüssel Mus.«

»Dann eile ich, das Wasser im Kessel zu kochen. Geht derweil hinauf in die Stube und wärmt Euch. Wein steht auf dem Ofen. Ich weiß nicht, wann der Herr zurückkehrt. Er ist heute Nacht mit dem Stättmeister davongegangen. Die alte Herrin hat die Kinder vor einer Stunde zum Beten mit nach St. Michael genommen.« Sie eilte in die Küche, wo Anne Katharina sie mit Eimer und Kessel hantieren hörte. Mit hängenden Armen stand sie in der düsteren Halle und konnte sich nicht aufraffen, auch nur die Treppe hinaufzusteigen. Sie war nicht mehr der Mensch, der am Sonntag mit Anna und der Magd nach Reinsberg aufgebrochen war. Konnte sie in ihr altes Leben zurückschlüpfen wie in ein frisches Hemd?

Anne Katharina stand noch immer in der Halle, als die Haustür aufgestoßen wurde. Im Licht der Morgensonne stand Michel, sein Haar war zerzaust, seine Wangen verschmutzt, der Ärmel seines Wamses aufgerissen. Für einige Augenblicke stand er reglos da

und starrte sein Eheweib an, als sei sie eine Erscheinung, die sein müder Sinn ihm vorgaukelte.
»Anne!« Das abgekämpfte Antlitz hellte sich auf. Michel schloss sein Eheweib in die Arme und vergrub sein Gesicht an ihrem Hals. »Ich dachte, ich sehe dich nie wieder.«
Zögernd legte Anne Katharina ihre Arme um ihn. »Es ist mir nichts geschehen«, sagte sie. »Wie hast du es erfahren?«
Seltsam, dachte sie, wir hätten uns lieben können, wenn es anders begonnen und wir in all den Jahren einen neuen Anfang gefunden hätten. Wehmut stieg in ihr auf. Jetzt war es zu spät. Vorsichtig löste sie sich von ihm.
»Wo kommst du her?« Sie deutete auf sein schmutziges Gewand.
»Von Gottwollshausen«, antwortete er. »Wir haben die Bauern in die Flucht geschlagen. Viertausend, mit ein paar Kanonenschüssen!«
»Ich weiß«, sagte sie leise. »Ich war dabei.«
Michel schluckte und umarmte sie noch einmal. »Bist du unversehrt?«
Anne Katharina nickte. Gemeinsam stiegen sie die Treppe in die Stube hinauf.
»Ich habe es befürchtet und nach dir Ausschau gehalten, konnte dich aber nicht entdecken.«
Sie nickte nur. Was sollte sie ihm erzählen? Dass ihr Geliebter sie beschützt hatte?
»Wie kam es, dass ihr den Bauern entgegengezogen seid?«, fragte Anne Katharina. Sie trat zum Kachelofen und drehte ihm den Rücken zu, während sie zwei Becher aus dem Weinkrug füllte, den Agnes zum Wärmen hierher gestellt hatte.
»Wir wussten von unseren Kundschaftern, dass die Bauern, viertausend Mann stark, gegen Hall zogen, und so beschloss Stättmeister Schletz, dass wir ihnen bei Gottwollshausen entgegentreten, ehe sie unsere Mauern stürmen.«
» Woher hatte die Stadt genug Bewaffnete?«
»Wir haben zusammengerufen, was die Stadt entbehren konnte.

Fünfhundert Bürger und Kriegsknechte mit vierzig Pferden und ein paar leichten Falkonetten. Die schweren Geschütze mussten wir in der Stadt lassen.«

Anne Katharina stöhnte. »Fünfhundert gegen viertausend? Wusstest du das?« Michel nickte. Sie drehte sich zu ihm um. Seltsam. Warum verwies er sie nicht auf ihren Platz? Warum fauchte er sie nicht an, sie solle sich um ihren weibischen Kram kümmern?

»Wie ist es ausgegangen?«

»Kein Haller ist verletzt worden! Wir wussten nicht genau, wo der Haufen lag, daher ließ der Schletz ein paar Schuss in den Nebel abfeuern, um die Stellung der Bauern zu erkunden. Wir waren selbst erstaunt, wie sie sich plötzlich vor uns aufrappelten und davonliefen, als sei der Teufel hinter ihnen her. Sechs Wagen mit Brot, Fleisch und Wein, Hakenbüchsen und Pulver ließen sie zurück. Ein paar Dutzend Männer konnten wir gefangen nehmen. Sie werden später auf dem Marktplatz vorgeführt.«

Sie trat an den Tisch und schob ihm einen Becher hin. Er legte seine Hand auf die ihre, aber ehe er etwas sagen konnte, wurde die Tür aufgestoßen und die alte Seybothin trat ein. Rasch zog er seine Hand zurück.

Hoch aufgerichtet stand sie da, wie üblich in Schwarz gekleidet, die steife Haube blütenweiß, und betrachtete ihre Söhnerin vom Kopf bis zu den Füßen. Sie eilte ihr nicht entgegen, um sie zu umarmen oder Gott für ihre gesunde Rückkehr zu danken. Die Augen verengt, den Mund zu einem Strich zusammengepresst, sah sie sie an.

»Ich bin wieder daheim«, sagte Anne Katharina nur, um das bedrückende Schweigen zu durchbrechen.

»Das sehe ich!«, antwortete die Seybothin scharf. »Und in was für einem Zustand! Welch Glück, dass ich die Kinder bei Agnes in der Küche zurückließ!«

Wut stieg in Anne Katharina hoch. »Meine Kleider sind verschmutzt, na und? Wird das der Seele meiner Kinder schaden? Die Bauern haben leider keine Rücksicht auf bestickte Säume und

weiße Rüschen genommen, als sie mich Stunde über Stunde durch Wälder und Felder zu laufen zwangen!«
Die Stimme der Seybothin war leise und kalt. »Kein Bauer hätte Hand an dich legen können, wenn du nicht – trotz des ausdrücklichen Verbots deines Gatten – wie eine Wanderhure über Land gezogen wärst.«
»Wanderhure?«, ereiferte sich Anne Katharina. »Ich bin mit Anna Büschler in ihrem Wagen zu Pfarrer Herolt nach Reinsberg gefahren!«
»Mutter, bitte!«, warf Michel ein. Sie ließ von ihrer Schwiegertochter ab und wandte sich ihrem Sohn zu.
»Ich hoffe, du weißt, was deine Pflicht ist, und wirst dein Weib für ihren Ungehorsam angemessen bestrafen!«, sagte sie streng. »Sie hat die Familienehre beschmutzt! Wer weiß, was sich in dem Bauernlager zugetragen hat?«
»Sie sagt, es wäre ihr nichts zugestoßen«, wehrte Michel halbherzig ab.
»Und nun willst du die Sache auf sich beruhen lassen, bis sie dich das nächste Mal vor den anderen Ratsherren blamiert, ihrem Ehemann und seinen Befehlen spottet und ihm womöglich noch Hörner aufsetzt? Oh ja, sei nachsichtig mit ihr und sieh zu, wie sie deine Kinder mit ins Unglück reißt. Du wirst an meine Worte denken, wenn du aus dem Rat gewählt wirst und keine der angesehenen Familien dich mehr zu einer Hochzeit oder Taufe bittet!«
»Ich hatte nicht vor, dieses Verhalten ungestraft durchgehen zu lassen!«, protestierte Michel. »Dennoch bin ich froh, dass mir mein Weib gesund zurückgegeben wurde.«
Seine Mutter schnaubte durch die Nase. Anscheinend konnte sie keine Erleichterung empfinden. Anne Katharina spürte, wie Tränen in ihr aufstiegen, nicht nur wegen der Kälte der Seybothin ihr gegenüber, denn die war sie seit ihrer Hochzeit gewöhnt. Die Ereignisse der letzten Tage brachen über sie herein. Hatte sie die vergangenen Stunden nicht intensiver gelebt als all die ganzen Jahre hier? Und nun sollte sie dafür eine Strafe erhalten, ganz so, als sei

sie ein unmündiges Kind, das sich bei Tisch nicht ordentlich aufgeführt oder beim Krämer eine Nascherei gestohlen hatte.
»Du kannst dich nicht mit allem belasten, mein Sohn«, fügte die Seybothin hinzu. »Vor allem jetzt, da der Rat mit den Aufständischen alle Hände voll zu tun hat. Falls du nicht vorhast, sie zu züchtigen – was ich dir in diesem schweren Fall durchaus ans Herz legen würde –, dann überlass ihre Strafe getrost mir.«
Anne Katharina sprang auf. »Ich lasse mich weder schlagen noch einsperren, noch sonst irgendwie von Euch demütigen!«, rief sie empört. »Ich bin kein Kind, das Ihr Euer Eigentum nennt!«
»Kein Kind, aber sein Weib, das ihm zu gehorchen hat«, zischte die Alte, als die Tür aufging.
»Das Bad ist gerichtet«, sagte Agnes und zog sich hastig wieder zurück. Die schwelende Stimmung in der Stube war ihr offensichtlich nicht entgangen.
Anne Katharina raffte ihre verschmutzten Röcke und rauschte hinaus. Sie war so voller Zorn, dass sie auf der Treppe nicht aufpasste und sich ihre Röcke im Geländer verfingen. Fast wäre sie gestürzt. Mit einem Fauchen zerrte sie an dem Stoff, der sich in einem abgesplitterten Span verfangen hatte, bis er sich löste. Den zerrissenen Rock in den Händen, stand sie da. Wie sollte es nun weitergehen? Ihre Gedanken wanderten über Land. Sie sah ihn auf seinem Hengst über Felder galoppieren. Wann würden sie sich wiedersehen? Würde es noch einmal so sein wie in dieser Nacht? Sie stand auf der dritten Stufe, den Blick auf einen unbestimmten Punkt in der Halle gerichtet, die Lippen zu einem Lächeln geöffnet.
»Anne Katharina?« Agnes trat näher. »Herrin!«
»Was gibt es?« Ihr Blick kehrte zurück. »Ach ja, das Bad.«
Noch bevor sie die Küche erreichte, rannten drei Paar kleine Füße auf sie zu. Kinderarme umschlangen sie von allen Seiten. Sogar Bernhard ließ sich zu dieser unmännlichen Geste hinreißen und drückte sein Gesicht in das schmutzige Gewand der Mutter. Veronica weinte, und Barbara verlangte, auf den Arm genommen zu werden. So stand Anne Katharina da und genoss die Nähe ihrer

Kinder. Wie hatte sie auch nur daran denken können, mit ihm fortzuziehen? Hier war ihr Heim. Hier wuchsen ihre Wurzeln.

Die Stimme der Seybothin zerstörte das Idyll. Es war längst Zeit, zur Schule zu gehen! Bernhard ließ die Mutter los, griff nach dem Bündel mit seinen Schulsachen und zog seine widerstrebende Schwester aus der Halle. Anne Katharina lauschte ihren Stimmen und Schritten, bis sie auf der Gasse draußen verklangen.

✠ ✠

Anne Katharina räkelte sich wohlig in dem nach Rosen duftenden Wasser. Barbara streute ab und zu getrockneten Rosmarin und Rosenblätter in den Zuber, während Agnes das lange, rotbraune Haar der Herrin wusch.

»Agnes, wie hast du deine Schwester zurückgelassen?«, fragte Anne Katharina, der plötzlich der Grund, warum die Magd nach Reinsberg gefahren war, wieder einfiel.

»Sie lag noch immer schwer darnieder, als ich sie verließ, aber ihr Geist hatte sich geklärt, und die Wunden schienen keinen Eiter mehr anzusetzen. Wir dürfen hoffen, dass sie ihre Gesundheit wiedererlangt.«

»Das ist schön.« Anne Katharina freute sich mit ihr, schloss die Augen und überließ sich der Pflege durch ihre Magd. Die Idylle war erst beendet, als das Wasser kühl wurde und Agnes der Herrin in ein frisches Hemd und einen einfachen, dunkelblauen Rock geholfen hatte. Mit einem Becher Met saß die Ratsherrngattin vor dem Feuer und ließ sich von der Magd das noch feuchte Haar aufdrehen, um es in ein Goldnetz mit Samtbändern zu stecken. Barbara saß auf ihrem Schoß, den Daumen im Mund, und summte zufrieden vor sich hin. Ohne anzuklopfen, trat die Seybothin in die Küche.

»Dein Gatte hat es mir überlassen, dich für deinen Ungehorsam und Starrsinn zu bestrafen. Er ist ganz meiner Meinung, dass er das nicht länger hinnehmen kann. Viel zu lange hat er sich von dir auf der Nase herumtanzen lassen. Damit ist nun endgültig Schluss. Bernhard lernt in der Schule mit der Rute Anstand und Gehorsam. Da dies bei dir versäumt wurde, müssen wir nun eben zu anderen Maßnahmen greifen.«

Sie sah ihre Söhnerin scharf an, doch diese schwieg, saß mit gebeugtem Haupt da und befestigte die Samtbänder in ihrem Nacken.

»Du wirst mich jetzt nach St. Michael begleiten und dort auf deinen Knien die Heiligen um Vergebung bitten. Bis zum Spätmahl wirst du dich nicht erheben und so lange die drei Rosenkränze beten.«

Anne Katharina ließ das Kind zu Boden gleiten und erhob sich. Sie verschränkte die Hände, damit sie nicht zitterten.

»Niemals!«, sagte sie leise, aber bestimmt. »Ich bete nicht zu Heiligen, und ich flehe sie auch nicht um Verzeihung an. Wenn ich bete, dann zu unserem Herrn Jesus Christus. Er braucht keine Märtyrer und Heiligen in seinem Himmel zwischen sich und seinen Gläubigen! Wenn Ihr meint, ich müsste beten, dann gehe ich gern zu Magister Brenz und bete mit ihm – wenn es sein soll, auch die ganze Nacht hindurch –, doch Eure steinernen Götzen müsst Ihr allein verehren. Und nun entschuldigt mich, ich werde meine Kinder von der Schule abholen!«

Mit hoch erhobenem Haupt schritt sie an der Alten vorbei, die zum ersten Mal sprachlos schien und keine Antwort auf Anne Katharinas Verhalten wusste. Agnes begann, die Wanne leer zu schöpfen. Ihre Miene war unbeweglich. Nie würde sie sich dazu hinreißen lassen, sich offen gegen eine der Herrinnen im Haus zu stellen.

✠ ✠

»Was werden wir tun? Wohin gehen wir?« Fröhlich hüpfte Veronica an der Hand ihrer Mutter durch die Gasse. Barbara, die die andere Hand umklammert hielt, hatte Mühe, mit ihren kurzen Beinchen Schritt zu halten.

»Wir gehen auf den Marktplatz und werden für euch süße Kringel kaufen.«
Diese Aussicht schien auch Bernhard aufzuheitern, der keine sehr angenehme Schulstunde hinter sich zu haben schien. Ab und zu rieb er sich verstohlen die Handflächen, die wie immer schmutzig, darüber hinaus heute aber auch noch von roten Striemen bedeckt waren.
Sie passierten die Rückseite des Rathauses und bogen dann zum Marktplatz ab. Bernhard blieb stehen und stemmte die Hände in die Hüften.
»Was ist denn hier los?«
Auch Anne Katharina konnte sich die Menschenansammlung nicht gleich erklären. Kleinere und größere Grüppchen von Bauern oder Knechten strömten von verschiedenen Seiten auf den Marktplatz und blieben zögernd stehen. Ein Büttel trat zu ihnen und wies sie an, sich am Fuß der großen Freitreppe zu sammeln. Abwartend standen sie da und drehten ihre Hüte in den Händen. Sie trugen keine Waffen, nicht einmal Messer in den Gürteln. Waren einige der Männer nicht bei dem Haufen gewesen, der den Reinsberger Pfarrhof besetzt hatte? Bei einem untersetzten Kerl mit dunklem Bart war sich Anne Katharina sicher, dass sie ihn bei den Aufständischen gesehen hatte.
Sie kaufte den Kindern ihre Kringel und wechselte ein paar Worte mit dem Bäcker, bis Bernhard sie am Ärmel zupfte.
»Sieh, Mutter!«
Vom Rathaus her kommend, führten der Schultheiß und einige Wächter an den Händen gefesselte Männer, aber auch ein paar Frauen heran.
»Was werden sie mit ihnen machen? Sind das die Gefangenen, die sie heute Morgen in die Hände bekommen haben? Die ganze Stadt redet nur noch von der siegreichen Schlacht vor Gottwollshausen!«
Anne Katharina zuckte mit den Schultern. »Das ist gut möglich. Einige Gesichter kommen mir bekannt vor.«

»Was werden sie mit ihnen machen?«, fragte Bernhard noch einmal. Seine Stimme zitterte vor Aufregung.
In einigem Abstand hinter den Gefangenen schritten Michel Schletz und drei der Richter. Auf Bernhards Drängen hin trat Anne Katharina in ihren Weg. Der Stättmeister blieb sofort stehen, als er sie erkannte, und hob seinen Hut.
»Dame Anne Katharina, welch Freude, Euch wohlauf wiederzusehen. Euer Gatte fürchtete schon, Ihr wärt im Haufen der Aufständischen zu finden.«
Sie neigte höflich den Kopf. »Stättmeister Schletz, dort war ich auch, als die ersten Kanonen abgefeuert wurden. In dem Durcheinander gelang mir die Flucht, und nun hat mein Zug – der nicht freiwillig begonnen hat! – ein Ende. Habt Ihr von Pfarrer Herolt gehört? Auch er war unter den Geiseln.«
Der Stättmeister schüttelte den Kopf. »Nein, ich vermute, die Gefangenen konnten sich alle selbst befreien. Wir fanden niemanden gebunden. Allerdings konnten wir – neben den Wagen voller Büchsen und Wein – auch eine ansehnliche Anzahl der Aufständischen festnehmen.« Er nickte zu den Gefesselten hinüber, die sich am Fuß der Treppe aufgereiht hatten. »Außerdem strömen viele derer, die entkommen sind, nun in die Stadt und wollen reumütig ihren Eid erneuern.«
»Es ist wohl die Angst vor der Rache der Sieger an Frauen und Kindern und ihrem Eigentum«, murmelte Anne Katharina.
Der Stättmeister ignorierte diese Bemerkung. Bernhard jedoch, der sich so nah wie möglich herangeschoben hatte, um nicht ein Wort zu verpassen, sah seine Mutter groß an.
»Ich hoffe, sie haben Euch gut behandelt«, sagte Michel Schletz. »Habt Ihr zu essen bekommen? Sonst müssen wir unser mildes Urteil noch einmal überdenken!«, fügte er grimmig hinzu.
»Uns ist nichts passiert, und hungern mussten wir auch nicht«, warf Anne Katharina schnell ein, der die Aussicht auf eine genaue Befragung zu den Tagen in der Gewalt der aufrührerischen Bauern Magenschmerzen bereitete.

»Was werdet Ihr mit ihnen machen?«, fragte sie endlich, da Bernhard sie schon eine Weile am Rock zupfte.
»Die Männer, die heute ergriffen wurden, und diejenigen, die voll Reue von selbst zu uns kommen, müssen ihren Treueeid gegen die Stadt erneuern und die Büchsen und Schwerter, die sie noch haben, abgeben«, gab der Stättmeister bereitwillig Auskunft. »Wenn der Schaden, den sie angerichtet haben, festgestellt ist, werden sie den Beraubten Entschädigung leisten müssen.« Er räusperte sich. »Aber wehe denen, die zu den anderen Haufen geflohen sind und nun raubend und brennend durch die Lande ziehen. Ihre Köpfe werden rollen!« Er machte ein grimmiges Gesicht. Bernhard riss die Augen auf. Die Mädchen dagegen waren mit ihrem zweiten Kringel beschäftigt und hatten den Worten der Erwachsenen keine Aufmerksamkeit geschenkt.
»Denkt an meine Worte«, fügte der Stättmeister noch hinzu. Anne Katharina wollte etwas erwidern, als sie Michel mit drei weiteren Ratsherren und ihrem Bruder Ulrich an der Mauer des alten Barfüßerklosters entlangkommen sah. Rasch verabschiedete sie sich von Michel Schletz, griff die Mädchen bei den Händen und schritt in die andere Richtung über den Marktplatz davon. Bernhard folgte, missmutig vor sich hin brummelnd.

✠ ✠

Die Richter und Ratsherren standen in kleinen Gruppen im Sitzungssaal beisammen und unterhielten sich leise. Keiner setzte sich in die gepolsterten Sessel. Sie waren von dieser Nacht und dem ersten Zusammenstoß mit den Aufständischen noch zu aufgewühlt. Endlich trat der Stättmeister ein und forderte ihre Aufmerksamkeit. Er lobte die Bürger, die mit ihrem heldenhaften Einsatz an diesem Morgen Hall vor einem schlimmen Schicksal bewahrt hätten. Drei Schillinge Belohnung würde jeder Bürger bekommen, der mit nach Gottwollshausen gezogen war, die fremden Handwerksgesellen vier. Außerdem würde ein Teil der Beute unter ihnen verteilt werden.

»Heute ist ein Tag zum Feiern«, sagte er. »Wir können zu Recht stolz auf uns sein, die drohende Gefahr abgewehrt zu haben, ohne auch nur einen Toten beklagen zu müssen. Dennoch dürfen wir uns nicht in Sicherheit wiegen und unseren Blick trüben lassen. Im Gegenteil. Wachsamkeit ist notwendiger denn je. Können wir sagen, dass die Bauern sich nicht wieder zusammenrotten? Können wir ausschließen, dass die Haufen aus Hohenlohe oder Württemberg ins Haller Land ziehen? Ich schlage vor, dass wir regelmäßig zu zweit die Dörfer abreiten und die Stimmung erkunden. Versprecht den Bauern, was eurer Meinung nach notwendig ist. Sie sollen alle Erleichterungen bekommen, die die anderen Bauern sich erstreiten. Wenn dieser Spuk vorüber ist, werden wir sehen, wie es wirklich weitergeht.« Die Ratsherren murmelten und flüsterten, doch der Stättmeister übertönte sie, als er fortfuhr.

»Ferner bin ich der Meinung, dass wir nachts stets einhundert Bewaffnete im Rathaus wachen lassen sollten. Sie werden auch regelmäßig durch die Gassen ziehen und jeden Funken, der aufzuflammen droht, sofort ersticken.«

Wieder erhoben sich Stimmen. Sollte die Bürgerwehr diese Aufgabe übernehmen oder fremde Geharnischte? Sicher würde es gut sein, erfahrene Kämpfer in der Stadt zu haben, aber die würden die Stadtkasse schwer belasten. Die Meinungen wogten hin und her, bis der Stättmeister dem ein Ende setzte. Man beschloss, den größten Teil der nächtlichen Wache von Bürgern leisten zu lassen.

»Jeden Morgen sollen zwei Reiter die Umgebung absuchen«, fuhr Michel Schletz fort. »Erst wenn sie sicher sind, dass keine Versammlung von Aufständischen in der Nähe lauert, dürfen die Tore geöffnet werden. Das Vieh muss nahe der Stadt gehalten werden.«

»Die Bürger werden bald schon murren«, gab Hermann Büschler zu bedenken. Viele Männer nickten.

»Dann werden wir ihnen Korn zur Entschädigung ausgeben«, schlug der Stättmeister vor. »Unsere Aufgabe wird es sein, die Maßnahmen zu überwachen, Feindseligkeiten zu verhindern und jeden aufrührerischen Gedanken sofort zu unterbinden.«

Die Richter und Räte stimmten ihm zu. Hermann Büschler winkte den Schreiber heran. Zusammen mit dem Stättmeister teilte er Gruppen ein und wies ihnen die Ortschaften zu, die sie überwachen sollten.
»Troßmann reitet mit Sulzer, Firnhaber mit Ott, Gutmann mit von Roßdorf.«
Michel würde mit Hermann Büschler die Dörfer Michelfeld, Raibach und Bibersfeld besuchen, der Stättmeister nahm sich, zusammen mit Antoni Hofmeister, die Weiler nördlich der Stadt vor.
Die Männer brachen auf. Da die Mittagsstunde bereits überschritten war, führte ihr erster Weg sie in die Wirtsstube von Peter Hespelin am Eichtor, wo sie sich Wein und ein gutes Mahl bringen ließen.

✣ ✣

Der Tag schlich dahin. Immer wieder ertappte sich Anne Katharina dabei, wie sie in ihrer Arbeit innehielt und sich ihre Gedanken auf Wanderschaft begaben. Agnes musste sie zwei- oder dreimal ansprechen, ehe sie in die Wirklichkeit zurückfand.
»Ihr seid erschöpft von den Strapazen dieser Tage«, stellte die Magd fest, als ihre Herrin wieder einmal mit glasigen Augen in die Ferne starrte. Draußen erklangen die Glocken zur Abendmesse.
»Wollt Ihr Euch nicht niederlegen? Soll ich Euch ein frühes Nachmahl bereiten?«
Anne Katharina sah die Magd verständnislos an. Als Agnes die Worte noch einmal wiederholte, nickte sie. Sie fühlte sich seltsam, doch weniger erschöpft, als man nach solch aufregenden Stunden annehmen würde. Es war die Aussicht, einem gemeinsamen Essen mit Michel und Mathilde zu entgehen und sich stattdessen mit ihren Gedanken in die Einsamkeit der Schlafkammer zurückziehen zu können, die sie zustimmen ließ.
Schweigend aß Anne Katharina den Rest Mus vom Frühmahl und kaute auf ein paar Trockenfrüchten herum. Speck und Käse lehnte sie ab. Der größte Hunger war gestillt, und Appetit verspürte sie

keinen. Sie merkte nicht, wie die Magd sie unter gesenkten Wimpern hervor beobachtete. Sie achtete auch nicht auf die üblichen Geräusche des endenden Tages.
»Eine gesegnete Nacht wünsche ich dir«, murmelte sie abwesend, ehe sie die Treppe emporstieg und die Tür der Schlafkammer hinter sich schloss. Sie legte die Handflächen auf das bemalte Holz und lehnte ihre Stirn gegen eines der kühlen Eisenbänder. Hatte sie Fieber? In ihr glühte es, und doch war ihr kalt. In ihrem Leib mussten sich Schlangen winden, und sie spürte einen Drang, unbändig zu lachen, obwohl hinter den Lidern Tränen lauerten.
»Du bist hysterisch«, sagte sie streng zu sich, »völlig überreizt, und vermutlich hast du dir ein Fieber eingefangen.«
Anne Katharina löste Bänder und Haken und schlüpfte aus ihrem Rock, den sie achtlos zu Boden gleiten ließ. Es folgten Hemd und Strümpfe. Nackt stand sie im Schein des Binsenlichts und sah an sich herab. Sie strich sich mit den Fingerspitzen über Arme, Brust und Bauch. Die Haut war weiß, weich und warm. Warum konnte man die brennenden Spuren nicht sehen, die seine Hände auf ihr zurückgelassen hatten? Anne Katharina schloss die Augen, während ihre eigenen Hände den Linien nachfuhren. Es war ihr, als könne sie ihn riechen.
Von der Stube her erklang die scharfe Stimme der Seybothin. Agnes antwortete ruhig und respektvoll, wie es von einer Magd erwartet wurde. Hatte sie nach der Söhnerin gefragt, die nicht bei Tisch erschienen war?
Hastig räumte Anne Katharina ihre Kleider in die Truhe und schlüpfte in das neue bodenlange Nachtgewand, das ihre Haut weich umschmeichelte. Sie löste das Haarnetz und schob die Zöpfe unter ihre Nachthaube. Dann löschte sie das Licht und kroch unter die Daunendecke.
Bald ritt sie durch die Nacht, und der Wind rötete ihre Wangen. Sie drückte sich enger an den männlichen Körper hinter sich, der ihr Schutz bot. Mit der einen Hand hielt er die Zügel des Pferdes, die andere hatte er fest um ihre Taille geschlungen. Ein kalter Luft-

zug strich um ihre Beine und ließ sie schaudern. Eine zweite Hand zog am Saum ihres Hemdes, schob es über die Knie und immer weiter hinauf.

Anne Katharina erstarrte. Das war seltsam. Sie ritt doch über die Felder. Er musste die Zügel festhalten. Nun erst bemerkte sie, dass sie seinen Griff um ihre Taille nicht mehr spüren konnte, und auch der Wind war abgeflaut. Es war finster um sie herum. Aber warum lag sie auf dem Rücken?

»Warum trägst du dieses Ding?«, erklang eine Stimme neben ihr, die ganz sicher nicht dem Reiter gehörte, der mit ihr durch die Nacht preschte. Entsetzt fuhr sie hoch und stieß die tastende Hand von ihrem Oberschenkel.

»Was ist? Dies ist ein glücklicher Tag. Nach solch einem Sieg muss man einen Knaben zeugen!«

Anne Katharina rutschte von ihm weg. »Nein, ich fühle mich nicht wohl. Vielleicht habe ich mir in den feuchten Nächten ein Fieber zugezogen.«

Die Hand griff wieder nach ihrem Bein, dann strichen raue Finger über ihr Gesicht.

»Nein, du fühlst dich nicht heiß an, und deine Stirn ist trocken. Du musst dir keine Sorgen machen. Komm her zu mir und zieh endlich das dumme Hemd aus.«

Mit einem Ruck entfloh Anne Katharina den tastenden Händen und glitt unter der Decke hervor.

»Nein! Mir ist heute nicht danach, deine Begierde zu spüren«, wehrte sie ab, presste sich ihr Kissen vor die Brust und lief zur Tür. In ihrer Eile stieß sie mit dem Schienbein gegen die Kleidertruhe, ehe ihre Hand den Knauf fand. Ein unterdrücktes Stöhnen auf den Lippen, humpelte sie auf den Gang hinaus zur Kammer der Kinder und schlüpfte zu Veronica und Barbara unter die dicke Daunendecke. Ihre Jüngste schmatzte im Schlaf, als sie sie ein Stück zur Seite schob, drehte sich herum und kuschelte sich zufrieden an den weichen Busen der Mutter. Anne Katharina schlang die Arme um den Kinderkörper. Ihr Herzschlag beruhigte sich, die Traumbilder wallten wieder in ihr auf. Barbara in ihren Armen, ritt sie durch den Wald, doch sie konnte bereits den Duft des Heus in der Scheune riechen.

✣ ✣

Die Tage glitten dahin. Anne Katharina verbrachte noch weniger Zeit daheim als sonst und ergriff jede Gelegenheit beim Schopf, die sie außer Haus führte. So konnte sie der alten Seybothin ausweichen, um in Ruhe ihren Gedanken nachzuhängen. Auch war sie nicht darauf erpicht, mit Michel zusammenzutreffen. Zum Glück sprach er das, was er auf dem Herzen trug, nicht vor seiner Mutter an. Und später am Abend wusste es Anne Katharina zu verhindern, dass er sie allein antraf. Sie hatte ihre Seite des Ehebettes geräumt und sich in der Kammer der Mädchen ein Lager gerichtet. Bisher schwieg ihr Gatte, doch es konnte nicht mehr lange dauern, bis er sie zur Rede stellen würde.

Anne Katharina strich durch die Stadt und lauschte den Gesprächen über das, was im Land vor sich ging. Jeder Fetzen schien ihr eine wertvolle Nachricht, die sie mit Rugger verband.

Die ersten beiden Tage war die erfolgreiche Schlacht bei Gottwollshausen das Hauptthema. Immer wieder tröpfelten kleine Gruppen der glücklosen Aufständischen in die Stadt, um sich beim Rat zu entschuldigen und demütig ihre Arbeit wieder aufzunehmen. Der Rat urteilte milde, verlangte aber, dass die Geschädigten einen Ausgleich erhielten und die Kirchenkassen wieder gefüllt wurden.

Nach und nach zogen Berichte mit immer mehr Einzelheiten von der Schlacht bei Leipheim durch die Stadt und spalteten die Bewohner in zwei Lager. Die einen schauderten, wenn sie von Hunderten Erschlagenen und Ertrunkenen hörten, und fühlten Mitleid mit den Bauern, die anderen meinten, sie hätten den Bund herausgefordert und nun ihre gerechte Strafe erhalten. Anne Katharina saß viel bei Pater Hiltprand, der, obwohl er seine Stube nicht mehr verließ, erstaunlich gut informiert war. Ab und zu kam Magister Brenz herüber, der die Aufständischen mit strengen Worten verurteilte und keine Rechtfertigung für ihre Taten finden konnte. Gott selbst habe die Obrigkeit eingesetzt, und kein Untertan habe das Recht, diese gewaltsam zu vertreiben.

»Sie wollen die Herren nicht vertreiben«, widersprach Anne Katharina, »sie wollen nur, dass man auch ihnen Luft zum Atmen lässt und sie nicht durch Willkür und mit ungerechten Abgaben zu Boden drückt. Sie fordern nichts, was nicht im Evangelium steht!«

Der Prediger sprang von seinem Schemel auf. Seine Wangen färbten sich rot. Die Hände hinter dem Rücken verschränkt, schritt er in der kleinen Stube auf und ab.

»Das ist es gerade, was mich so erzürnt. Wie können sie es wagen! Stümper, selbst ernannte Laienprediger nehmen die Bibel, um sie zu ihrem Vorteil auszuschlachten! Nichts haben sie verstanden, gar nichts! Wer sich erniedrigt, der wird erhöht! Nicht wer die Worte des Evangeliums verdreht, um es sich hier auf Erden wohl sein zu lassen und sich den Bauch voll zu schlagen!«

»Johannes, Ihr urteilt zu hart über sie«, warf Pater Hiltprand beschwichtigend ein. »Ihre Lasten sind drückend, und die Willkür mancher – meist kirchlicher – Herren ist allseits bekannt. Ich halte ihre Forderungen durchaus für berechtigt, auch wenn ich über die Art, wie sie übers Land ziehen und die Keller und Scheunen der Klöster leeren, nicht glücklich bin.«

»Wie die Heuschrecken der ägyptischen Plage fallen sie über das Land her!«, schimpfte der junge Prediger. »Wer sein Haupt senkt und in Demut seine Pflicht erfüllt, der wird ins Himmelreich eingehen! Gewalt darf kein Mittel der Christen sein. Hat nicht der unschuldige Sohn Gottes selbst das Haupt geneigt und sich ans Kreuz nageln lassen?«

»Sie sind leibeigen!«, warf Anne Katharina ein. »Das ist nicht recht. Hat nicht Christus uns alle mit seinem Blut befreit? Hat nicht der Doktor Luther von der Freiheit des Christenmenschen gesprochen?«

Johannes Brenz seufzte und schüttelte resignierend den Kopf. »Ich werde für Sonntag eine Predigt über die zwei Reiche schreiben müssen. Wie viel Unverstand und Unwissen kreist in den Köpfen.« Er setzte sich wieder auf seinen Schemel, räusperte sich und sprach dann mit ruhiger Stimme zu Anne Katharina.

»Die Seele des Christen ist frei. Er kann seinen Glauben leben, und niemand darf ihn daran hindern, denn sein Geist und seine Seele gehören dem Herrn im Himmel.«

»Und wenn es doch jemand zu verhindern sucht?«

»Dann dürfen sie in ihren Herzen Widerstand leisten! Nur das innere Reich ist frei, das äußere Reich ist das Reich der Herren und der Diener. Die Obrigkeit ist von Gott gewollt. Selbst dem heidnischen, römischen Kaiser sollten die ersten Christen gehorchen, wie viel mehr müssen sie dann heute ihren christlichen Herren dienen?«

»Dennoch ist es nicht gerecht, wie die Bauern ausgebeutet werden, während es sich die Grafen und Bischöfe in ihren Palästen wohl sein lassen«, widersprach die Ratsherrngattin.

Der Prediger nickte. »Da stimme ich Euch zu, und ich werde all meinen Einfluss beim Rat in die Waagschale werfen, um den Bauern im Haller Land mehr Gerechtigkeit widerfahren zu lassen. Die Herren sind die Schäfer, die ihre Herde hüten und sie scheren – ihnen jedoch nicht die Haut vom Leib reißen sollen.«

Auf der Treppe näherten sich Schritte. Es klopfte. Die Tür öffnete sich, und Peter tauchte in ihrem Rahmen auf. Zögernd blieb er stehen und ließ den Blick durch den Raum schweifen.

»Oh, Pater Hiltprand, Ihr …« Er brach ab.

»Peter!«, rief Anne Katharina erstaunt. »Was führt dich denn hierher?«

»Ich dachte, ich wollte«, stotterte er, dann hatte er sich anscheinend wieder gefangen. Er grüßte den Prediger und den Pater höflich und wandte sich an seine Schwester.

»Agnes sucht dich. Ich dachte mir, dass du vielleicht hier bist, und habe angeboten, dich zu holen. Hast du vergessen, dass unser lieber Bruder Ulrich samt seiner Familie heute zum Spätmahl erwartet wird?« Er zog eine Grimasse.

Anne Katharina warf Pater Hiltprand einen Blick zu, der ihm zeigte, wie ungern sie diese Disputation gerade jetzt verlassen würde. Der Pater lächelte. »Geh mit deinem Bruder nach Hause«, sagte er, sah jedoch zu Peter hinüber. »Unser verehrter Magister Brenz wird mir noch eine Weile Gesellschaft leisten und mit mir über seine Predigt sprechen.«

Anne Katharina zögerte. »Nun gut«, sagte sie widerstrebend, »dann lasse ich Euch ja in guter Gesellschaft zurück.« Sie drückte dem Pater einen Kuss auf die Wange und knickste vor dem Prediger. Dann folgte sie ihrem Bruder die beiden Treppen hinunter in die Keckengasse.

✣ ✣

»Anne Katharina! Wie gut, dass Ihr kommt. Ich hätte Euch nicht so schnell zurückerwartet«, begrüßte sie die Magd. »Sagt mir, was ich auf den Tisch stellen soll! Peter und David verlangen nach Fleisch, aber die Seybothin hat mir deutlich zu verstehen gegeben, was sie von solcher Sünde während der strengen Fastenwochen hält. Auch Euer Bruder Ulrich wird eine Fastenspeise vorziehen. Aber werden sie mit einem einfachen Gemüseeintopf einverstanden sein?«

Anne Katharina überlegte kurz. »Die jungen Männer werden sich heute fügen müssen. Um ihre Laune zu verbessern, solltest du Fisch oder Krebse in den Topf geben, und ich mache eine Süßspeise aus Reis, Mandelmilch und Backpflaumen. Sieh zu, dass du dir keinen alten Fisch aufdrängen lässt!«

Als die Magd mit einem mächtigen Hecht zurückkam, stand die Herrin am Herd und rührte mit einem versonnenen Lächeln den Reis in der Mandelmilch um. Schweigend schnitt Agnes ihr Gemüse. Sie sah immer wieder zu ihrer Hausherrin hinüber, öffnete den Mund, schloss ihn dann aber wieder, ohne etwas zu sagen. Nach einer Weile stand sie auf, trat zu ihr und ließ die Gemüsestücke in die brodelnde Brühe des großen Kessels regnen, der neben Anne Katharinas Topf an einer Kette über den Flammen hing.

»Seid vorsichtig«, sagte sie, als auch das letzte Stück Karotte im Wasser versunken war.

»Was?« Anne Katharina schreckte hoch und blinzelte verwirrt. »Aufpassen? Warum? Was gibt es?«

»Nun«, die Magd wand sich, »nicht alle Menschen sind mit Blindheit geschlagen. Ihr seid abwesend und verträumt, oft voller Trauer, dann wieder leuchten Eure Augen voller Zärtlichkeit. Doch es ist nicht Euer Gatte, der diesen Glanz in ihnen hervorruft.«

»Aber ich … das heißt nicht … ich meine«, stotterte Anne Katharina und verstummte, als die Magd abwehrend die Hand hob.

»Sagt nichts. Ich wollte Euch nur warnen. Noch haben weder Euer Gatte noch die alte Herrin ihre Schlüsse gezogen.« Sie sah Anne Katharina nicht an, als sie hinauseilte, um Brot und Wein in die Stube hochzutragen.

Anne Katharina starrte auf die geschlossene Tür und vergaß, weiter umzurühren. Herr im Himmel, standen ihr ihre Gedanken und Gefühle so deutlich im Gesicht geschrieben? Agnes kennt dich fast dein Leben lang, versuchte sie sich zu beschwichtigen. Eine tiefe Traurigkeit stieg in ihr auf. Nicht einmal ihre Träume blieben ihr, nicht einmal mehr in ihrer Sehnsucht durfte sie Trost suchen.

Die Milch schäumte auf und floss zischend ins Feuer. Anne Katharina zuckte zusammen. Der beißende Geruch verbrannter Milch zog durch die Küche. Hastig zerrte Anne Katharina den Topf vom Feuer. Die Milch schwappte zum Rand hoch und floss über ihre Hände. Anne Katharina stieß einen Schmerzensschrei aus und ließ den Topf los. Er krachte auf den schmalen Holztisch neben dem Herd, und noch eine weiß schäumende Welle breitete sich über dem Holz aus. Anne Katharina steckte ihre brennenden Finger, die sich rasch röteten, in den Mund und brach in Tränen aus.

»Was ist passiert?«, rief die Magd, die mit fliegenden Röcken in die Küche zurückeilte.

»Ich habe die Reisspeise verdorben«, schluchzte Anne Katharina, »die gute Reisspeise.« Bittere Tränen rannen über ihre Wangen und tropften auf ihren Goller, der das Dekolleté verhüllte. Agnes gab der Küchentür mit dem Fuß einen Stoß, dass sie ins Schloss fiel, ehe sie ihre Herrin in die Arme zog und ihr beruhigend den Rücken streichelte.

»Der Herr findet für alles einen Weg«, sagte sie. »Vertraut auf ihn.«

Anne Katharina konnte sich nicht vorstellen, wie es dafür eine Lösung geben sollte, falls die Magd nicht von der verbrannten Süßspeise sprach.

»Geht nach oben, kühlt Euer Gesicht und Eure verbrannten Hände und kleidet Euch für das Nachtmahl um. Überlasst getrost mir den Küchenkram.«

Kaum eine Stunde später waren alle um den reich gedeckten Tisch in der Stube versammelt. Anne Katharina begrüßte ihre Schwägerin pflichtschuldig und erkundigte sich nach dem Befinden der jüngsten Tochter, die sie bei ihrer Magd daheim zurückgelassen hatte. Dann reichte sie ihrem Bruder Ulrich die Hand. Er sah sie grimmig an. Offensichtlich haderte er immer noch mit ihrem Abenteuer bei den Aufrührern, das sich – zumindest manche Teile – in weiten Kreisen der Stadt herumgesprochen hatte. David lächelte seine Tante an, während seine Halbgeschwister verlegen zu Boden starrten.

Zwischen den Männern entspann sich sofort ein Gespräch über die Neuigkeiten von den verschiedenen Gruppen Aufständischer, die durch die Länder zogen. Michel und Ulrich waren sich einig, dass der Satan Luther sie mit seinen ketzerischen Theorien zu ihrem Ungehorsam verführt hatte. An jedem anderen Tag hätte Anne Katharina gern dagegengehalten und die Worte des Haller Predigers wiederholt, heute jedoch war ihr nicht nach einem Wortgefecht. Schweigend aß sie Fischsuppe und Gemüse, Brot und die von Agnes gerettete Süßspeise. Zum Glück kümmerte sich Mathilde um die Schwägerin, so dass Anne Katharina als Gastgeberin nicht gefragt war. Sie tauschte einen Blick mit Peter, der heute ungewöhnlich schweigsam war. Er kaute an seinen Fingernägeln herum, die dicke, schwarze Ränder zierten.

»Luther hat die Heilige Schrift in die Hände des Pöbels gegeben, damit dieser sie entweiht!«, ereiferte sich Ulrich und leerte seinen Becher.

»Ist sie wirklich ein heiliges Buch«, sagte David leise, ohne den Blick zu heben, »oder nur eine Sammlung toter Buchstaben?«

Ulrich und Michel wandten ihre Blicke dem jungen Burschen zu.

»Was hast du gesagt?«, fragte Ulrich scharf.

»Warum sollten wir die Apostel für göttlich halten, nur weil sie es von sich selbst sagen? Ist die Bibel heilig, nur weil die Worte in ihr es behaupten?«

»Sei still«, zischte Peter und stieß dem Jüngling seinen Ellenbogen in die Rippen, doch der blitzte seinen Stiefvater herausfordernd an und hob seine Stimme, als er weitersprach.

»Der wahre Glaube kann nur aus uns selbst geschöpft werden, nicht aus einem Buch. Behaupten nicht auch die Türken, ihr Koran wäre das heilige Buch? Finden sich Teile der Bibel nicht auch bei den Juden, die allerorts verhasst sind und verfolgt werden?«

»Halt den Mund, David!«, fauchte Peter. Ulrich sprang auf und schlug mit der Faust auf den Tisch.

»Kein Wort mehr von diesen ketzerischen Gedanken! Du wirst nicht noch einmal die heilige Bibel in den Schmutz ziehen!«

»Ein Buch mit Geschichten und Gleichnissen kann nicht heilig sein«, widersprach David.

Ulrichs Hand schnellte nach vorn und klatschte David ins Gesicht. Voll tiefer Verachtung sah er den Jüngling an, der zwar seinen Namen trug, nicht jedoch von seinem Blut war.

»Entschuldige dich bei unseren Gastgebern und verschwinde dann aus meinen Augen.«

Trotzig sah David zu ihm hoch, sprang auf, rannte zur Tür und schlug sie hinter sich zu. Peter legte eine Hand auf die Augen und stöhnte.

Zügellos und unbedacht, wie du es früher warst und vielleicht auch heute noch bist, dachte Anne Katharina, die zu Peter hinübersah.

Nach diesem Zwischenfall hatten es die Gäste eilig, nach Hause zu kommen. Sie tranken ihre Becher leer und verabschiedeten sich. Anne Katharina scheuchte Bernhard in seine Kammer und half den beiden Mädchen, sich für die Nacht zurechtzumachen. Sie flocht ihnen die Zöpfe, band die Hauben fest und küsste die geröteten Wangen. Unten klapperte Agnes noch mit Töpfen und Schüsseln, nach einer Weile kehrte Ruhe in das Haus der Seyboths ein.

Es war schon spät. Anne Katharina hatte sich noch immer nicht ausgekleidet. Sie war erschöpft, aber nicht schläfrig. Veronica und Barbara schliefen friedlich. Eine Weile stand Anne Katharina vor ihrem Bett, entwirrte ihr Haar und sah auf die Kindergesichter hinab. Barbara lag auf dem Rücken, die beiden Hände neben ihren Wangen zu Fäusten geballt. Veronica hatte sich, den Rücken ihrer Schwester zugewandt, wie ein kleines Tier zusammengerollt, eine Stoffpuppe, die Agnes genäht hatte, fest an sich gedrückt.

Anne Katharina griff nach ihrer Bürste und begann, ihr Haar mit langen Strichen zu glätten. Sie trat ans Fenster, schob den Laden auf und atmete die frische Nachtluft ein. Ein Geräusch ließ sie aufhorchen. War das die Haustür? Verließ jemand zu dieser Stunde das Haus? Die Gäste waren längst gegangen, wer also konnte es sein?

Anne Katharina blies die Lampe aus und beugte sich, soweit es das schmale Fenster zuließ, hinaus.

Ja, da kam jemand aus der Tür und stieg die beiden Stufen hinunter auf die Gasse. Mantel und Kapuze verhüllten seine Gestalt. Er sah sich um und trat ungeduldig von einem Fuß auf den anderen. Erwartete er jemanden? Aber niemand kam. Des Wartens anscheinend müde, machte sich der Schatten auf den Weg. War es Peter, den es wieder einmal zum Frauenhaus trieb? Doch die Gestalt strebte auf die Treppenstaffel schräg gegenüber zu und verschwand, zwei Stufen auf einmal nehmend, zwischen der schmalen Häuserschlucht.

✠ ✠

Am nächsten Morgen teilten weder Michel noch Peter das Frühmahl mit dem Rest der Familie. Da Barbara anscheinend schon wieder zu kränkeln begann, nahm die Seybothin sie mit hinauf in ihre Stube. Nachdem Bernhard und Veronica zur Schule gegangen waren, setzte sich Anne Katharina an den Tisch und schrieb eine Liste der notwendigen Einkäufe, die Agnes auf dem Markt besorgen musste. Viel zu schnell war sie damit fertig. Was sollte sie heute tun? Sie könnte Bernhard neue Schuhe besorgen und sich selbst Bänder und andere Kleinigkeiten kaufen. Nicht zu viele natürlich, damit Michel sie nicht wieder wegen ihrer Verschwendungssucht rügte. Sie könnte den Wagen nehmen, um Mehl und Getreideschrot zu besorgen. Agnes schrubbte den Boden der Eingangshalle und würde gegen die unerwartete Hilfe nichts einzuwenden haben.

Nein. Anne Katharina verwarf die Idee wieder. Das gehörte nicht zu den Aufgaben einer Ratsherrnfrau und würde ungläubige Blicke und bohrende Fragen nach sich ziehen.

So ging Anne Katharina in die Gelbinger Vorstadt zum Schuster. Sie bestellte noch zwei weitere Nachtgewänder beim Schneider am Josenturm und betrachtete beim Krämer die neuen Bänder und Schnallen, die er eben erst geliefert bekommen hatte. Danach machte sie sich gemächlich auf den Heimweg. Was sollte sie daheim tun? Mit der Seybothin in der Stube sitzen, ihren frommen Sprüchen lauschen und Säume besticken? Die Kinder würden heute nicht so früh heimkommen. Sie mussten an der neuen Katechismusstunde, die Magister Brenz eingeführt hatte, teilnehmen.

Anne Katharina lenkte ihre Schritte über den Marktplatz, kaufte ein wenig Latwerg und brachte es Pater Hiltprand. Er freute sich wie immer über ihren Besuch, wirkte aber seltsam abwesend. Immer wieder wanderte sein Blick zum Fenster, und sie musste eine Bemerkung, die er nicht mitbekommen hatte, zweimal wiederholen.

»Was ist mit Euch? Fühlt Ihr Euch nicht wohl?«, fragte Anne Ka-

tharina besorgt und ergriff seine Hände, die wie immer kühl und trocken waren.
»Ich bin ein wenig müde, verzeih, meine Liebe.«
»Soll ich Euch zu Eurem Lager führen?«
Er schüttelte den Kopf. »Nein, das ist nicht nötig. Ich kann gut in meinem Sessel hier ruhen.« Er zog die Decke über seinen Knien zurecht. Anne Katharina sah in prüfend an. Er wich ihrem Blick nicht aus und lächelte. Seufzend beugte sie sich hinab und gab ihm einen Kuss auf die hagere Wange.
»Verlasst mich nicht. Ich könnte es nicht ertragen«, sagte sie leise. Sie spürte, wie schon wieder Tränen in ihr aufstiegen. Rasch wandte sie sich ab und eilte die Treppe hinunter.
Draußen auf der Gasse verlangsamte sie ihren Schritt. Wozu die Eile? Was wartete auf sie? Sie überquerte die zu einem kleinen Platz geweitete Pfarrgasse und stieg dann die Treppe zur Herrengasse hinunter, die zwischen den nicht einmal zwei Schritte voneinander entfernten Häuserfluchten nach unten führte und dann, ein Stück nach rechts versetzt, weiter zur Keckengasse abfiel.
Anne Katharina betrat die letzte Stufe. Ihr Blick wanderte ziellos umher und blieb am Rücken eines Mannes hängen, der vor der geöffneten Tür des Seyboth-Hauses stand. Ihr Herz musste ihr einen bösen Streich spielen. Sie blinzelte und riss dann die Augen auf. Nein, die Gestalt stand noch immer da und sprach mit Agnes. Er drückte ihr ein gefaltetes Blatt Papier in die Hand. Anne Katharinas Herz raste, ihr Atem setzte aus. Heiße Wellen fluteten durch ihren Körper. Da stand er, zum Greifen nah. Sie musste nur die Gasse überqueren, dann würde sie wieder in seinen Armen liegen, seine Hände auf ihrer Haut spüren, sein Atem in ihrem Gesicht, seine Lippen auf den ihren. Nur ein paar Schritte!
Ihre Füße schienen mit der Schwelle verwachsen zu sein, ihr ganzer Körper war erstarrt. Ihr Atem setzte wieder ein, hastig und keuchend, als wäre sie gerannt.
Nein, sie konnte nicht zu ihm gehen. Ihr war es, als leuchteten ihre Gefühle wie ein heller Lichtschein, den keiner übersehen konnte.

Dort drüben kam die Gattin des Ratsherrn von Rinderbach mit ihrer Magd, und nur zwei Häuser entfernt schwatzten die Knechte von Richter Firnhaber und dem alten Ott. Es war unmöglich vor so vielen Augen, dennoch jubilierte ihre Seele.
Er liebte sie! Er wollte sie wiedersehen! Wie töricht waren die Zweifel gewesen, die in den Nächten wie wilde Dämonen über sie hergefallen waren. Er war zurück, unversehrt an Leib und Seele! Geradezu lächerlich erschienen ihr nun ihre Ängste, die grausamen Bilder, die ihn sterbend in seinem Blut gezeigt hatten. Wie umsichtig von ihm, einen Brief abzugeben, um ihr Ort und Zeit für ihr Wiedersehen zu sagen. Langsam zog sich Anne Katharina ein paar Stufen in die Treppenschlucht zurück. Sie ahnte den Ton seiner Stimme, als er sich von der Magd verabschiedete und dann eilig durch die Gasse nach Süden verschwand.
Sich zu einem ruhigen Schritt zwingend, überquerte Anne Katharina die Keckengasse. Sie öffnete die Haustür und schloss sie dann lauter, als es notwendig gewesen wäre. Es drängte sie, zu Agnes zu laufen und ihr das Schreiben zu entreißen. Stattdessen blieb sie einen Moment stehen, aber die Magd kam nicht zu ihr. Sie war mit dem Boden der Halle fertig und rumorte nun oben in der Stube.
Anne Katharina stieg mit zitternden Knien die Stiege hinauf. Agnes säuberte den Kachelofen, während die alte Seybothin am Tisch saß und die Silberbecher und Zinngefäße polierte. Barbara saß neben ihr, einen kleinen Zinnteller und ein Tuch in Händen. Die Zungenspitze vor Anspannung zwischen den Zähnen, rieb sie sorgfältig den gewellten Rand und das eingeprägte Wappen.
Wie von einem eisigen Schwall Wasser aus einem Traum geweckt, blieb Anne Katharina in der Türöffnung stehen. Agnes würde ihr seinen Brief doch nicht etwa vor Augen der Seybothin übergeben? Wie aber konnte sie sich gedulden, bis sie mit ihr allein war?
»Du kannst dich zu uns setzen und uns helfen.« Der Tonfall machte deutlich, dass es keine Bitte, sondern ein Befehl war. »Es ist eine Schande, wie das Bord aussieht.« Sie deutete auf eine Reihe feiner

Gefäße, die sie und Michel zur Hochzeit oder Taufe ihrer Kinder von anderen Ratsherrenfamilien verehrt bekommen hatten.

»Gleich, Mutter, ich muss vorher noch mit Agnes die Truhe mit Linnen durchsehen.« Die Magd sah erstaunt zu ihr hoch.

»Das ist nicht nötig. Ich habe die Wäsche vor drei Tagen geprüft und einige Tücher zum Flicken herausgelegt«, widersprach die Seybothin.

»Wir brauchen Wasser«, versuchte es Anne Katharina erneut. »Du solltest heute noch Bernhards Hemden waschen, wenn er die nächsten Tage nicht schmutzig wie ein Bettler zur Schule gehen soll.«

»Die Hemden weichen bereits in einem Eimer in der Küche«, sagte Agnes. »Wir haben für heute genug Wasser. Ich war bereits zweimal am Brunnen.«

Nun fiel Anne Katharina nichts mehr ein, wie sie die Magd aus der Stube fortlocken konnte, und da die Alte misstrauisch die Augen zusammenkniff, gab sie den Versuch auf. Sie setzte sich neben Barbara auf die Bank, griff nach einem Lappen, tunkte ihn in die Schale mit der grauen Reinigungspaste und rückte dann einer hohen, schlanken Silberkanne zu Leibe.

Anne Katharina musste sich bis zum Nachmittag gedulden, bis sie Agnes allein in der Küche dabei antraf, das Nachtmahl vorzubereiten. Die Hausherrin schlenderte anscheinend ziellos durch den Raum, schob sich eine Dörrpflaume in den Mund und versuchte, die Magd nicht zu erwartungsvoll anzusehen. Das war die Gelegenheit! Nun müsste sie ihr seine Nachricht übergeben, doch Agnes plauderte über die Gerüchte, die durch die Stadt schwirrten. Wie konnte sie sie daran erinnern, ohne Misstrauen zu erwecken? Anne Katharina nahm sich einen Becher Molke und setzte sich zu Agnes an den Tisch. Sie musste sich zwingen, nicht nervös mit den Füßen auf dem Boden zu scharren. Agnes zerschnitt drei Zwiebeln, eine Stange Lauch und eine getrocknete Ingwerwurzel in kleine Stücke, dann hielt Anne Katharina es nicht mehr aus.

»Hat jemand nach mir gefragt?«

Agnes sah kurz von ihrer Arbeit auf und schüttelte den Kopf.
»Wurde etwas für mich abgegeben?«, fügte Anne Katharina hinzu.
»Nein!«, antwortete die Magd mit Nachdruck.
»Aber«, Anne Katharina verstummte. Warum log sie? Wie konnte sie sich erdreisten, sich in die Angelegenheiten ihrer Herrschaft einzumischen? Wie konnte sie es wagen, einen Brief zu unterschlagen?
Abrupt sprang Anne Katharina auf. »Ich schaue bei Pater Hiltprand vorbei, ob er etwas braucht«, sagte sie schroff, verließ ohne ein Abschiedswort die Küche und schlug die Tür hinter sich zu.
Sie hatte geglaubt, Agnes wäre ihre Freundin – obwohl sie nur eine Magd war. Sie bemerkte viel, und doch schwieg sie stets und stand auf der Seite der jungen Herrin. Wollte Agnes sich nun zwischen sie und Rugger stellen, um sie zu schützen?
Anne Katharina blieb vor der Tür stehen. Vielleicht hatte sie den Brief in ihrer Kammer verborgen? Leise schlich sie durch die Halle und huschte in die Kammer. Viel nannte die Magd nicht ihr Eigen, daher war das Zimmer rasch durchsucht. Sicher hatte sie ihn im Herdfeuer verbrannt. Anne Katharina legte sich einen leichten Umhang über die Schultern und trat in die Gasse hinaus.
Was sollte sie jetzt tun? Den Kocher überqueren und im Weiler nach ihm suchen? Vielleicht wartete er irgendwo auf sie, ging unruhig auf und ab und begann, an ihrer Liebe zu zweifeln, da sie nicht zu ihm kam. Liebe. Fast erstaunt ließ sie das Wort durch ihren Kopf ziehen und lauschte dem Ton, den es in ihrem Herzen erklingen ließ. Ja, sie liebte diesen Landsknecht voller Sehnsucht und voller Schmerz.
Sie durfte nicht zum Haus seines Bruders laufen und nach ihm suchen, das war unmöglich, und auch zu Pater Hiltprand konnte sie nicht schon wieder gehen.
Ziellos schlenderte sie durch die Stadt und lauschte ihrem Schmerz. Wenn sie ihn doch zufällig treffen würde. Jede Biegung, jede Abzweigung ließ ihr Herz lauter pochen. Er war in der Stadt, und er wollte sie sehen!

Ihre Schritte führten sie um das Kloster herum und dann die Schmalzstaffel hinunter. Sie passierte das Rathaus, querte den Salzmarkt und bog in die Kerfengasse ein. Überrascht blieb sie stehen, als sie bemerkte, wo sie sich befand. War es Zufall oder ein unbewusstes Drängen, das ihren Schritt hierher geführt hatte. Dort drüben lag still, fast wie verlassen, das Frauenhaus und schräg gegenüber die Scheune, die Mara und ihrem Sohn Rettung und Unterschlupf gewesen war. Die Ereignisse der vergangenen Woche hatten die beiden in eine abgelegene Ecke ihres Gedächtnisses abgedrängt.

War Anna gut mit ihnen bis nach Rothenburg gelangt? Hatte sie einen Ort gefunden, wo die beiden in Frieden leben konnten?

Versonnen betrachtete Anne Katharina die Scheune, deren Dach deutlich durchhing. Die Kisten und das geborstene Schloss fielen ihr wieder ein. Neugier stieg in ihr auf und verdrängte für einige Augenblicke alle anderen Gedanken. Vielleicht waren die Kisten noch da, und es würde sich lohnen, einen Blick auf ihren Inhalt zu werfen.

Anne Katharina trat näher an die Scheune heran. Sie blinzelte. Konnte das sein? Mit drei schnellen Schritten war sie an der Tür und rüttelte an dem Schloss, das, noch glänzend neu, ihr den Zutritt verwehrte.

Wer wagte es, erst ihr Schloss zu zerbrechen und sie dann aus ihrem Eigentum auszusperren? Was ging hier vor sich? Noch einmal rüttelte sie an der Tür. Vergeblich. Eher würde sie das morsche Holz brechen als das neue Eisen.

Peter! Er hatte nach der Scheune gefragt und einen Schlüssel verlangt. Sie würde ihn zur Rede stellen, sobald sie ihn finden konnte!

Anne Katharina hörte Schritte die Kerfengasse entlangkommen. Spielte ihr ihre Phantasie einen Streich, oder hatte ihr Zorn ihn herbeibeschworen? Da kam Peter auf sie zu, ein Bündel in den Armen, den Kopf gesenkt. Er schien so sehr mit seinen eigenen Gedanken beschäftigt zu sein, dass er seine Schwester erst bemerkte, als er auf der Höhe des Frauenhauses ankam. Er blieb unvermittelt stehen, und die unterschiedlichsten Gefühle zuckten über sein Gesicht. Rasch trat er näher.

»Was tust du hier?«, fuhr er sie an. »Willst du mir wieder nachspionieren?«

»Die Frage könnte ich dir ebenso stellen! Was hast du schon wieder an diesem Ort zu suchen?«, zischte sie nicht weniger aufgebracht. »Ist das Frauenhaus nun dein zweites Zuhause? Kannst du es nicht einmal mehr ein paar Tage ohne diese Weiber aushalten?«

Peters Hände um sein Bündel verkrampften sich, so dass die Fingerknöchel weiß hervortraten.

»Anne Katharina, darf ich dich daran erinnern, dass du ein Weib bist? Du hast keine Ahnung, wovon du sprichst, und es steht dir auch nicht zu.«

Gegen ihren Willen hatte sie Mitleid mit ihm. »Warum heiratest du nicht, Peter? Es gibt in Hall nicht nur ein Mädchen, das gerne ja sagen würde. Du bist Advokat und hast auch noch die Siedensanteile, die Ulrich bisher für dich führt. Ich kann mir nicht vorstellen, dass du auf Eltern treffen würdest, die deinen Antrag ablehnen.«

»Ich will nicht heiraten«, stieß er schroff hervor. »Das hat nichts damit zu tun.«

Anne Katharina durchfuhr es plötzlich heiß. »Du hast dich doch nicht etwa in diese Hure verliebt? Peter, bitte, mach der Familie keine Schande.«

Er lachte kurz auf. »Das musst ausgerechnet du sagen! Ich kenne keine Bürgerin, die sich weniger um die Familienehre schert.«

Anne Katharina sah zu Boden. »Das ist nicht gerecht. Ich bemühe mich jeden Tag aufs Neue.«

»Der Erfolg ist es, der zählt! Deine letzten Eskapaden hätten dir in jeder Hinsicht das Genick brechen können!«

Haben sie vielleicht auch, dachte Anne Katharina, protestierte jedoch: »Wer konnte ahnen, dass die Bauern Pfarrer Herolt gefangen nehmen und mich ebenfalls zwingen, mit ihnen zu ziehen?«

»Wer sich in Gefahr begibt, der kommt darin um.«

»Jetzt hörst du dich wie Ulrich an!«, schimpfte seine Schwester.

Drüben beim Frauenhaus wurde eine Tür geöffnet, und eine Frau trat einen Schritt heraus. Einen Moment sah sie zu den Geschwistern herüber, dann zog sie sich schnell wieder zurück, und die Tür fiel hinter ihr ins Schloss. War es dieselbe Frau gewesen, die sie mit Peter an jenem Abend erwischt hatte, an den sie nicht gern zurückdachte?

Peter warf einen schnellen Blick zum Frauenhaus hinüber. »Ich würde vorschlagen, du gehst jetzt nach Hause und kümmerst dich in Zukunft um deine eigenen Angelegenheiten«, sagte er steif.

Die Unterbrechung rief Anne Katharina etwas ins Gedächtnis zurück, das sie sehr wohl als ihre eigene Angelegenheit betrachtete.

»Gut«, sagte sie und reckte das Kinn vor, »aber eine Frage ist sicher noch erlaubt.« Sie deutete auf das neue Türschloss der Scheune. »Hast du das alte zerbrochen und dieses hier einbauen lassen?«

»Warum sollte ich Schlösser zerstören?«, antwortete er ausweichend und mied ihren Blick.

»Das frage ich dich! Immerhin wolltest du einen Schlüssel von mir haben, um die Scheune zu benutzen! Also, sage mir, warst du das?« Ihr Zeigefinger berührte das neue Schloss.

»Ich habe zufällig gesehen, dass das alte zerstört war. Da habe ich den Brückenschmied beauftragt, ein neues Schloss anzubringen. Ich denke nicht, dass das ein Grund ist, mich hier anzufahren, als hätte ich ein Verbrechen begangen. Schließlich sagtest du ja, dass es eine nutzlose Scheune sei, alt und feucht. Da kann es dich ja nicht stören, dass ich sie das ein oder andere Mal benutzt habe.«

»Stören nicht, aber interessieren würde es mich, wozu du sie – das ein oder andere Mal benutzt hast.«

»Das geht dich nichts an«, sagte er kalt.

»Ach nein? Noch ist sie zur Hälfte mein Eigentum. Willst du mir meinen Teil abkaufen? Dann kannst du dort drinnen tun und lassen, was du willst, und deine so wichtigen Geschäfte erledigen.«

Die Geschwister starrten einander aus zusammengekniffenen Augen an. Anne Katharina stemmte die Hände in die Hüften und reckte das Kinn vor.

»Das hat nichts mit Geschäften zu tun«, wiegelte Peter ab. »Und außerdem weißt du genau, dass ich kein Geld habe, sie dir abzukaufen.«
»Gut«, sagte sie ruhig. »Du kannst sie benutzen, aber du gibst auch mir einen Schlüssel. Ich würde mir die Kisten dort drin gern ein wenig genauer ansehen!«
Sie beobachtete Peters Miene, doch die blieb unbeweglich. »Kisten? Was für Kisten? Ich weiß nicht, wovon du sprichst.«
»Dann öffne das Tor und lass uns gemeinsam nachsehen!«
Peter schüttelte den Kopf. »Morgen, gern. Von mir aus kannst du die ganze Scheune auf den Kopf stellen. Im Augenblick habe ich den Schlüssel leider nicht bei mir.«
Wieder maßen sie einander abschätzend. Anne Katharina war überzeugt, dass er log, aber sie konnte ja schlecht seine Kleider nach dem Schlüssel durchsuchen.
»Geh nach Hause, bitte«, sagte er resignierend. »Oder willst du mich dazu zwingen, dich durch die Stadt zu schleppen?«
»Das würdest du nicht wagen«, fauchte sie und verstummte dann. Jemand näherte sich von der Blockgasse her. Noch einmal öffnete sich die Tür zum Frauenhaus einen Spalt. Ein Mann kam die schmutzige Gasse entlang, an seiner Seite klirrte ein Schwert. Die Landsknechttracht ließ Anne Katharinas Herz rasen, ein Blick in sein Gesicht sandte eine heiße Welle durch ihren Körper. Ihre Knie drohten nachzugeben. Was, um alles in der Welt, tat er hier?
Rugger blieb vor der nur angelehnten Tür zum Frauenhaus stehen, griff jedoch nicht nach der Klinke. Sein Blick wanderte zur anderen Seite der Gasse und den Geschwistern vor der Scheune. Zögernd machte er ein paar Schritte auf sie zu und tippte an seinen Hut. Seine Miene blieb unbewegt, während er seinen Blick zwischen den Geschwistern hin und her wandern ließ.
Peter räusperte sich. »Ich grüße Euch.« Er wandte sich an seine Schwester. »Anka, das ist Rugger. Er hat früher mal für die Stadt gearbeitet. Aber jetzt verdient er sich sein Brot damit, Leiber aufzu-

spießen.« Er grinste schwach. »Rugger, das ist meine Schwester Anne Katharina Seyboth.«

Rugger hob den Hut und verneigte sich gerade so tief, dass es von einer Ratsherrnfrau nicht als Beleidigung aufgefasst werden konnte. Anne Katharina jedoch reagierte nicht und starrte ihn nur aus weit aufgerissenen Augen an. Ihre Gedanken wirbelten durcheinander.

Nervös sah Peter von einem zum anderen. »Also dann, nett, Euch getroffen zu haben. Ich wollte meine Schwester gerade heimbegleiten.« Stöhnend schob er sein Paket unter den anderen Arm. »Oder schaffst du es allein? Ich habe Michel versprochen, die Werkzeuge ins Sudhaus zu bringen. Du hast es ja nicht weit, und es dämmert erst.« Erwartungsvoll sah er sie an.

»Ja, ist schon gut. Ich finde allein nach Hause«, sagten ihre Lippen. Ohne sich zu verabschieden, wandte sie sich ab und schritt in Richtung Salzmarkt davon, im Kopf nur einen Gedanken: Was hatte Rugger hier zu suchen? Ein barmherziger Gott hätte ihr eine andere Erklärung geboten als die, dass sein Ziel das Frauenhaus gewesen war. War er nicht vor der Tür stehen geblieben? Hatte seine Hand nicht in Richtung Türknauf gezuckt? Wie konnte so etwas sein? Kreisten in ihm nicht die gleichen wundervollen Gefühle nach dieser Nacht in der Scheune? Konnte und wollte er so schnell eine andere Frau berühren? Übelkeit stieg in ihr auf. Würde sie die Männer jemals verstehen?

An der Einmündung zur Keckengasse blieb sie stehen. Eines war klar, ihrem Ehemann zu begegnen, war, was sie jetzt am wenigsten wollte. Vielleicht sollte sie noch einmal nach Pater Hiltprand sehen? Er hatte so zerstreut gewirkt. Vielleicht ging es ihm, trotz seiner Beteuerungen, nicht gut, und er benötigte ein Stärkungsmittel von Meister Gessner. Entschlossen stieg sie die Treppen bis zur Pfarrgasse hinauf, überquerte den Platz und öffnete die Haustür. Seine Magd kam gerade mit zwei Eimern die Treppe herunter. Sie grüßte und machte bereitwillig Platz, damit Anne Katharina passieren konnte.

»Wie geht es ihm?«, fragte sie besorgt.
Die Magd zuckte mit den Schultern. »So wie immer, würde ich sagen. Er hat Besuch!«, fügte sie hinzu. »Ich musste weißes Brot und Rheinwein holen.«
Sie nickte der Ratsherrnfrau zu und setzte ihren Weg fort. Eine übel riechende Wolke von Abfällen und menschlichen Hinterlassenschaften stieg aus ihren Eimern auf und zog träge hinter ihr her.
Anne Katharina eilte die letzten Stufen hinauf, klopfte an die Kammertür und trat ein. Neugierig warf sie dem Besucher einen Blick zu, der ein Stück von Pater Hiltprand entfernt vor dem zweiten Fenster stand, einen tönernen Becher in den Händen. Anne Katharina eilte durch den Raum. Als er sah, wer ins Zimmer getreten war, stellte er seinen Becher ab, kam ihr entgegen und umfasste ihre Hände, die sie ihm entgegenstreckte.
»Pfarrer Herolt! Das Poltern, das Ihr gerade vernommen habt, ist der Felsblock, der mir vom Herzen fiel. Welch tiefe Erleichterung, Euch gesund wiederzusehen.«
Er drücke ihre Hände an seine Brust. »Anne Katharina, auch mich stimmt es froh, Euch unter friedlicheren Umständen wieder zu begegnen. Mein erstes Dankesgebet für Eure Rettung konnte ich bereits sprechen, als der gute Pater mir berichtete, dass Ihr Eurer Familie am Tag der Kämpfe vor Gottwollshausen wiedergegeben wurdet. Ihr habt die Einzelheiten von dieser ›glorreichen Schlacht‹ vermutlich schon lange vernommen.« Er betonte die Worte und warf einen Blick zur Stubendecke, um seine Missbilligung zum Ausdruck zu bringen. »Nun, die Haller können sich glücklich schätzen, auf solche Stümper gestoßen zu sein, die wie ein Hühnerhaufen, in die ein Fuchs gerät, gackernd auseinander liefen.«
Anne Katharina begrüßte den Pater und sah ihm forschend ins Gesicht. »Ja, ich habe es erlebt«, sagte sie und wandte sich wieder Pfarrer Herolt zu.
»Ach«, stieß der Pfarrer aus, ehe Anne Katharina ihn auf ein anderes Thema bringen konnte. »Ihr wart dabei? Ich habe Euch gar

nicht gesehen. Wie seid Ihr wieder in diesen Haufen geraten?« Sein Gesicht färbte sich rot. »Er hat geschworen, Euch unversehrt nach Hall zu bringen. Ich hätte Euch nicht mit ihm ziehen lassen sollen!«
Anne Katharina spürte den forschenden Blick des Paters in ihrem Rücken.

»Zürnt ihm nicht. Er hat mich zurückgebracht, wie er es versprochen hat – nur nicht sofort, da er noch eine wichtige Mission erledigen musste.«

Pfarrer Herolt holte Luft, um sich nach dieser Mission zu erkundigen, aber Anne Katharina fiel ihm ins Wort. »Doch erzählt, wie ist es Euch ergangen? Ich sah Euch in die Büsche fliehen, als der erste Kanonendonner erschallte.«

»Mich hat es nach Waldenburg verschlagen!«, sagte der Pfarrer und schilderte ausführlich seine Flucht durch die Wälder, bis er in dem Städtchen hoch über der Hohenloher Ebene endlich eine sichere Zuflucht fand. Draußen wurde es dunkel. Pfarrer Herolt trank seinen Becher leer, dankte für Wein und Brot und verabschiedete sich von Pater Hiltprand.

»Ich werde bei meiner Schwester nächtigen und morgen in aller Frühe nach Reinsberg aufbrechen. Ich muss noch an meiner Osterpredigt feilen. Meine Bauern werden etwas zu hören bekommen! Vom Herrn, der sich binden und schlagen ließ, ohne zurückzuschlagen! Selig sind die Friedfertigen! Wenn der nächste Haufen Aufständischer heranzieht, werde ich eigenhändig die erste Büchse auf sie abfeuern, und das werde ich ihnen auch sagen.«

Mit diesen Worten ließ er den Pater und seine Besucherin allein. Die beiden schwiegen. Pater Hiltprand sah Anne Katharina forschend an, sie wich jedoch seinem Blick aus, ordnete das Geschirr auf dem Wandbord und wischte mit einem Lappen den Staub von einigen Trinkbechern.

»Ich wusste gar nicht, dass du nicht die ganze Zeit mit dem Haller Haufen mitgezogen bist«, unterbrach Pater Hiltprand die Stille.

Anne Katharina versuchte sich an einem Lachen. »Ach ja, ich vergaß, es Euch zu berichten. Ein Landsknecht, dessen Bruder früher für Ulrich gearbeitet hat, brachte mich nach Hause. Vorher musste er jedoch mit einer Botschaft nach Öhringen. Es war nicht der Rede wert, daher habe ich es zu Hause nicht erwähnt.« Sie drehte sich um und warf dem Pater einen flehenden Blick zu.

»Hast du Wendel Hipler getroffen?«, fragte der Pater neugierig.

Anne Katharina war über diese Frage erstaunt, aber auch dankbar, dass er sich nicht weiter für den Landsknecht interessierte. Eifrig berichtete sie von dem Bauernführer und seinen großen Plänen. Der Pater unterbrach sie nicht. Er nickte nur immer wieder stumm.

»Ja, es tut sich mehr, als viele Herren wahrhaben wollen«, sagte er schließlich, als Anne Katharina geendet hatte. Bevor ihm weitere Fragen in den Sinn kamen, die sie vielleicht in Verlegenheit gebracht hätten, verabschiedete sie sich. Schließlich war es schon spät, und er wollte ja sicherlich nicht, dass sie daheim Ärger bekam.

Anne Katharina eilte die Treppe hinunter und trat auf den nächtlichen Platz hinaus. Ein Mann, der ein Bündel auf dem Rücken trug, stand an der Linde einige Schritte von ihr entfernt. Er warf einen Blick über seine Schulter, als er die Haustür klappen hörte, und hastete dann die Staffel hinunter. Vermutlich hat er sich wie ein Hund am Stamm des Baumes erleichtert, dachte Anne Katharina, aber warum war er so hastig davongelaufen?

Sie machte sich auf den Heimweg. Als sie die Linde passierte, erregte etwas Weißes ihre Aufmerksamkeit. Anne Katharina wandte den Kopf. Was war das? Zögernd trat sie näher. Jemand hatte ein Blatt an den Stamm geheftet. Es war so dunkel, dass sie nur mühsam einige Worte entziffern konnte. Es war wieder eines dieser Flugblätter, das die Bauern zum Kampf gegen ihre Herrschaft rief. Es ging anscheinend um die Grafen von Hohenlohe. »Hohenlohe ist in unserer Hand!«, schrie ihr die Überschrift entgegen.

Deshalb war der Mann davongelaufen. Er hatte das aufrührerische Schreiben studiert – oder hatte er es dort am Stamm befestigt? Sie rief sich die Bilder noch einmal ins Gedächtnis. Sie kannte ihn. Etwas an der Art, wie er sich bewegte, berührte eine Saite in ihr. Doch wer könnte es gewesen sein? Sie riss das Papier von der Rinde, faltete es zusammen und steckte es in ihre Gürteltasche. Wer, den sie kannte, würde als radikaler Aufrührer taugen? Während sie alle Sieder, Knechte, Handwerker und sonstigen Männer der Stadt in Gedanken durchging, folgte sie den Stufen hinunter bis zur Keckengasse. An einigen Haustüren waren weitere Flugblätter befestigt worden. Anne Katharina trat auf die letzte Stufe, als ein stechender Schmerz ihre Fußsohle durchzuckte. Ein spitzer Stein bohrte sich durch ihre Ledersohlen. Sie war zu erregt gewesen, als sie am Nachmittag das Haus verlassen hatte, um sich die Trippen unter die Schuhe zu binden. Stöhnend bückte sich Anne Katharina und zog etwas unter ihrer Sohle hervor. Sie tastete über den kleinen, regelmäßig geformten Quader, der einen scharfen Grat in der Mitte einer Seite hatte. Er fühlte sich kalt an. War er aus Metall? Was konnte das sein? Sie ließ ihn zu dem Schreiben in die Tasche gleiten, um ihn im Lichtschein der heimischen Lampe genauer zu untersuchen.

✠ ✠

Michel war noch mit den anderen Ratsherren unterwegs, die Kinder lagen bereits in ihren Betten, von Peter fehlte jede Spur. So saß Anne Katharina bei einem spärlichen Nachtmahl in der Stube und studierte das Flugblatt, das sie von der Linde abgenommen hatte. Wieder stach ihr in der Überschrift das gebrochene »L« ins Auge, das, nicht bereit, sich unauffällig zwischen die anderen Buchstaben einzufügen, ein Eigenleben zu führen schien.
Anne Katharina las das Flugblatt dreimal genau durch. Ein leises Klopfen an der Stubentür unterbrach ihre Lektüre. Sie überlegte noch, ob sie dieses aufrührerische Schreiben nicht besser verschwinden lassen sollte, als David eintrat, sich vor seiner Tante verbeugte und, nach ihrer Aufforderung, auf einem Schemel Platz nahm.

»Ihr habt es also auch schon gelesen.« Er deutete auf das Schreiben. »Also sollen die schädlichen Schlösser und Befestigungen, durch die dem gemeinen Mann Schaden entstanden ist, ausgebrannt und abgebrochen und die Geschütze der Gemeinschaft übergeben werden. Die Edlen, ob geistlich oder weltlich, sollen mit den Bauern und Bürgern Gleiche unter Gleichen sein.«

»Ja, und alle Ländereien der Geistlichkeit sollen an die Gemeinschaft fallen. Jeder Herr muss zu den Artikeln schwören.« Kopfschüttelnd legte Anne Katharina das Schreiben weg. »Nun sind sie über das Ziel hinausgeschossen. Das bedeutet: gewaltsamer Umsturz, einen blutigen Krieg. Maßlos sind ihre Forderungen! Keiner von Adel kann so etwas annehmen.«

Davids Augen leuchteten. »Sie werden keine andere Wahl haben. Das ganze Land ist in Aufruhr und wird die Herren zwingen, all die Bedingungen anzunehmen. Lest doch, ganz Hohenlohe ist bereits in ihren Händen!«

Anne Katharina schüttelte den Kopf. »Vielleicht ist diese Behauptung nur ein geschickter Schachzug, um die Haller Bauern zu ermutigen, sich erneut zu erheben. Ich kann nicht glauben, dass die Hohenloher Grafenbrüder demütig zu dem Haufen gezogen sind, um ihren Hauptleuten zu huldigen!«

»O doch!«, widersprach David. »Ich weiß es von jemandem, der es selbst gesehen hat! Wir müssen den Herren nur einmal deutlich vor Augen führen, wer nun die Macht im Reich hat und was mit denen geschieht, die sich den Forderungen verweigern, dann werden sie das hoch erhobene Haupt senken!«

»Wir?« Anne Katharina faltete das Blatt zusammen. »David, du solltest dich in deinem Eifer der Jugend nicht dazu hinreißen lassen zu übersehen, dass auch du und unsere ganze Familie in den Augen der radikalen Aufrührer zu den Herren gehören, denen sie Geld, Macht und Privilegien neiden.«

Auf Davids Miene zeichnete sich Bestürzung ab. »Aber Tante, ich dachte, Ihr gehört zu den Anhängern des Evangeliums. Ich dachte, Ihr wärt für eine neue, gerechte Welt.«

»Ja, das bin ich auch. Ich bin jedoch nicht dafür, Häuser und Burgen niederzubrennen, Schmach mit Schmach zu vergelten und Eingeständnisse durch Blutvergießen zu erzwingen.«
David verschränkte die Arme vor der Brust. »Wenn Blutvergießen aber die einzige Sprache ist, die die Bischöfe und Grafen verstehen?«
Anne Katharina schüttelte den Kopf. »Wer das Schwert erhebt, wird durch das Schwert umkommen.«
»Und wenn wir es nicht erheben, werden sie verhungern oder in Verliesen unschuldig verschmachten.« Er sprang auf und reckte die Faust.
»Es ist die Zeit«, rief er mit lauter Stimme. »Nun dran, dran, dran. Lasset euer Schwert nicht kalt werden. Sehet nicht an den Jammer der Gottlosen. Dran, dran, dran. Gott geht euch voran!«
Verblüfft sah ihn Anne Katharina an, doch noch ehe ihr eine Erwiderung auf die Worte ihres Neffen einfiel, hatte der sich bereits umgedreht und war aus der Stube gestürmt. Die Tür fiel krachend ins Schloss. Anne Katharina starrte ihm nach. Was war nur in den Jungen gefahren? Hoffentlich war er nicht so unklug, diese Worte vor seinem Stiefvater zu wiederholen. Das würde sein sowieso schon katastrophales Verhältnis zu Ulrich noch mehr belasten.
Er kann es dem gemeinen Mann nachfühlen, was Unterdrückung bedeutet, kam es Anne Katharina in den Sinn, denn er kämpft gegen seinen eigenen Tyrannen.

# KAPITEL 7

Was wollt ihr hier?«, begrüßte Agnes die beiden Männer, die zu später Stunde die Küche betraten. Sie senkte den Blick und beugte sich wieder über ihre Flickarbeit.

»Welch freundliche Begrüßung!«, sagte der Ältere der beiden spöttisch. »Willst du uns nicht einen Platz anbieten?«

Die Magd sah nicht auf. »Nein!«, erwiderte sie nur.

Die beiden Männer zogen sich dennoch zwei Schemel heran und ließen sich auf ihnen nieder.

»Jakob, sieh mal, ob in dem Krug dort drüben Wein ist, und hol uns zwei Becher vom Regal.«

Nun sah Agnes doch auf und blitzte die beiden wütend an. »Wage es nicht!«, zischte sie. »Sagt, was ihr wollt, und dann verschwindet wieder.«

»Schwester, was ist denn mit dir los?«, wunderte sich der Jüngere und trat zu ihr. »Was haben wir dir getan, dass du dich so gar nicht freust, deine Familie wiederzusehen?«

Agnes kniff die Augen zusammen. »Ist euch schon in den Sinn gekommen, dass ich Schwierigkeiten bekommen könnte, wenn ihr hier einfach so mitten in der Nacht auftaucht?«

Wolf machte eine wegwerfende Handbewegung. »Ach was, wer sollte um diese Zeit schon in die Küche herunterkommen? Außerdem sind wir deine Brüder.«

»Oh ja, es wird den Herrn freuen, dich zu sehen, und er möchte dir sicher dafür danken, dass du seine Gattin vor dem Haufen so tatkräftig beschützt hast!«, fauchte Agnes.

Wolf zuckte nur mit den Schultern. »Was geht mich deine Herrin an? Warum sollte ich mich für so eine gegen den Haufen stellen?«

»Vielleicht, weil deine Schwester aus dem Haus gejagt worden wäre, wenn sie ihrem Gatten davon berichtet hätte! Ich kann nur froh sein, dass die Herrin mich dein schändliches Verhalten nicht spüren lässt!«

»Sie war in der falschen Nacht am falschen Ort. Soviel ich weiß, hat man sie gut behandelt!«

»Warum seid ihr gekommen?«, fragte die Magd noch einmal und fuhr fort, ihren Umhang zu flicken.

»Wir brauchen ein beschlagenes Lederwams und ein Schwert oder zumindest einen guten Spieß, wenn wir für den Haufen kämpfen wollen«, sagte Wolf.

»Hier werdet ihr weder das eine noch das andere bekommen«, wehrte Agnes ab.

»Aber Wolf hat gesagt, du hättest etwas für deine Mitgift gespart«, platzte Jakob heraus. Sein Bruder verdrehte die Augen.

»Ja, und dass du sicher eh keinen Mann mehr bekommen würdest und dass das ja dann Verschwendung wäre …« Unter den wütenden Blicken seiner Geschwister verstummte er.

Agnes warf ihr Nähzeug auf den Tisch. »Das hat er gesagt?«

Wolf hob beschwichtigend die Hände. »Nein, so habe ich das nicht gemeint. Nun werde hier nicht zur Wildkatze, die mir die Augen auskratzt. Wir wollen uns das Geld ja nur leihen. Wir können es dir von der Beute, die wir sicher machen werden, schon bald zurückzahlen.«

»Keinen Heller bekommt ihr von mir«, schimpfte sie. »Warum habt ihr euch nicht selbst etwas zurückgelegt?«

»Agnes, willst du uns ungerüstet mit einem Messer oder einem alten Sauspieß in die Schlacht schicken? Willst du am Tod deiner Brüder schuldig werden?«

»Das ist nicht fair!«, protestierte seine Schwester.

»Du bist doch auch für die gerechte Sache!«, drängte Wolf und warf dem Jüngeren, der den Mund zum Sprechen öffnete, einen warnenden Blick zu.

Agnes seufzte. Sorgsam faltete sie ihren Mantel zusammen, den

Blick auf den verschlissenen Stoff gerichtet. »Also gut«, sagte sie nach einer Weile. Sie ging zum Wandbord, holte zwei Becher und schenkte den Brüdern Wein ein. »Wartet hier und verhaltet euch leise.«
Es dauerte nicht lange, bis sie zurückkam und Wolf einen Beutel mit Münzen in die Hand drückte.
»Das ist alles, was ich habe. Du hältst drei Jahrzehnte meiner Arbeit in Händen!«
»Wir werden es gut verwenden«, versicherte Wolf und ließ den Beutel in seiner Gürteltasche verschwinden. »Du wirst es nicht bereuen.«
»Ich bereue es jetzt schon«, murrte die Magd und trat auf Jakob zu, der seinen Becher geleert und sich erwartungsvoll von seinem Schemel erhoben hatte. Die Magd umarmte ihren jüngeren Bruder und wandte sich dann an Wolf.
»Pass auf ihn auf. Versprich mir, dass du ihn nicht leichtfertig in Gefahr bringst.«
»Aber sicher, mach dir keine Sorgen.« Er drückte Agnes kurz an sich und winkte dann Jakob, ihm zu folgen. Schweigend durchquerten sie die Halle und verließen das Haus der Seyboths. Agnes saß noch lange in der Küche, das Kinn in die Hände gestützt, und starrte ins Leere. Ein Schatten verdunkelte ihr Gemüt und drückte auf ihre Seele. Es war ihr, als habe sie ihre Brüder zum letzten Mal gesehen. Nur mühsam unterdrückte sie den Wunsch, ihnen nachzulaufen und sie noch einmal in ihre Arme zu ziehen.

✠ ✠

Die ganze Nacht über war Anne Katharina wach dagelegen und hatte über die Ereignisse des Tages gegrübelt. So vieles gab ihr Rätsel auf. Tief in ihrem Herzen jedoch interessierte sie nur die eine Frage: Wie konnte sie Rugger an einem geheimen Ort wiedersehen?
Während des Frühmahls war sie schweigsam. Gedankenverloren

rieb sie an einigen schwarzen Flecken auf ihrer Hand herum. Auch Peter schien keine gute Nacht hinter sich zu haben. Sein Blick wanderte zwischen seiner Schwester und der Musschüssel vor sich, aus der er lustlos einen Löffel nach dem anderen zum Mund führte, hin und her. Er schwieg, und offensichtlich wollte er auch nicht angesprochen werden, denn sein Blick glitt nicht bis zu Anne Katharinas Gesicht empor, sondern blieb stets bereits beim Spiel ihrer Hände hängen. Kaum hatte er seine Schüssel geleert, stand er auf und verließ die Stube.

Auch Michels Laune ließ heute zu wünschen übrig. Mit verkniffener Miene trat er an den Sekretär heran, zog die drei dicken Lagerbücher und einige Blätter Papier aus den Fächern und begann, die eingedickte Tinte aufzurühren. Offensichtlich wollte er sich an die ihm verhasste Buchführung setzen. Der Termin der Steuerschätzung rückte näher, und bis dahin mussten die Käufe und Verkäufe der vergangenen Wochen eingetragen und die Anzahl der verdienten Gulden und Batzen ausgerechnet werden.

Anne Katharina räumte Geschirr und Speisereste vom Tisch, doch da stand schon Agnes neben ihr und nahm ihr die Schalen aus der Hand, um sie in die Küche hinunterzutragen. Mathilde saß mit Barbara noch am Tisch und wischte ihr die Musreste aus dem Gesicht. Veronica und Bernhard hatten sich auf den Weg zur Schule gemacht. Zaghaft trat Anne Katharina zum Sekretär und sah ihrem Gatten über die Schulter, der die Bestellungen und Rechnungen sortierte. Sehnsüchtig betrachtete sie die Lagerbücher. Seite um Seite mit ihrer Schrift zu füllen und spaltenweise Zahlen zusammenzurechnen wäre die ideale Beschäftigung, sie von ihren sich sinnlos im Kreis bewegenden Gedanken abzulenken.

»Michel?«

»Hm«, brummte er nur und schnitt die Feder zurecht.

»Wirst du heute nicht im Rathaus gebraucht?«, begann Anne Katharina vorsichtig.

»Doch, und auf dem Haal und im Lagerhaus, aber ich kann mich nicht zerreißen, und die Bücher müssen endlich auf den neuesten Stand gebracht werden.«

»Lass dir doch helfen«, flehte sie. »Ich habe eine klare Schrift, und Pater Hiltprand hat mir Rechnen beigebracht. Warum willst du dich nicht deinen anderen Aufgaben zuwenden und das, was du am meisten hasst, mir überlassen? Ich bin ein Teil dieser Familie, und ich möchte auch meinen Anteil an Arbeit und Verpflichtungen übernehmen!«

Michel zögerte, eine Liste mit Weinlieferungen in den Händen. »Ich hasse diese Arbeit wirklich«, stimmte er ihr zu.

»Und ich würde sie jedoch mit Freude erledigen!«, rief Anne Katharina.

»Wenn du deinen Beitrag in dieser Familie leisten willst, dann würde ich dir raten, deinen Gatten nicht zu belästigen und ihn nicht von wichtigen Dingen abzuhalten!«, ließ sich die Stimme der Seybothin vernehmen. »Du könntest die Bänder säumen, mit denen die Stube für das Osterfest geschmückt wird, und die Festkleider der Kinder besticken, dass sie uns beim Ostergottesdienst keine Schande bereiten und niemandem an diesem wichtigen Fest Anlass zum Tuscheln geben!«

»Dazu ist immer noch Zeit«, winkte Anne Katharina ab und wandte sich wieder ihrem Gatten zu, der unschlüssig mit der Feder im Tintenfass rührte.

»Ich habe für Ulrich jahrelang die Bücher geführt, und nie hatte er Anlass zur Klage.«

»Das ist eine Ewigkeit her«, mischte sich die Seybothin ein. »Außerdem kann ich mich erinnern, dass es sehr wohl Gerede gab, in dem Jahr, als deine Schwägerin starb.«

»Das war nicht meine Schuld! Ich habe nie auch nur einen Fehler bei den Abrechnungen gemacht!«, rief Anne Katharina und funkelte ihre Schwiegermutter zornig an.

»Wir könnten sie es versuchen lassen«, sagte Michel nachdenklich. »Es wäre mir dieses Jahr, da alles aus den Fugen zu geraten scheint, wirklich eine Hilfe.«

»Und da willst du unsere Bücher deinem Weib überlassen, das seit Jahren keine Übung mehr in solchen Dingen hat?«
»Ich habe regelmäßig Schreiben und Rechnen geübt, damit ich es nicht verlerne«, protestierte Anne Katharina, aber Mathilde beachtete sie nicht, sondern fuhr mit harter Stimme fort: »Willst du das Wohl und die Ehre unserer Familie in ihre Hände legen? Ausgerechnet sie, die sich nicht um Regeln und Vorschriften schert, soll die Bücher führen?« Ihre Stimme überschlug sich.
»Nein, Mutter, Ihr habt natürlich Recht«, versuchte Michel sie zu beschwichtigen. »Es war nur so ein Gedanke in diesen schweren Tagen.« Mit einem Seufzer nahm er die Weinliste wieder in die Hand. »Dürfte ich euch nun bitten, eurer Arbeit in der oberen Stube nachzugehen? Ich brauche Ruhe, sonst sitze ich noch heute Abend über den Zahlen.«
Mathilde erhob sich und ergriff Barbaras Hand. Das Mädchen hatte den Kopf zwischen die Schultern gezogen und sah mit weit aufgerissenen Augen vom Vater zur Mutter und dann zu der Seybothin, die das Kind nun beruhigend anlächelte.
»Komm, Barbara, du kannst meine Seidenfäden sortieren.«
Stumm folgte Anne Katharina den beiden aus der Stube, stieg jedoch nicht hinter ihnen die Treppe zur Stube der Seybothin hinauf, sondern trat zu Agnes in die Küche. Die Magd hatte ihren Rock geschürzt und die Ärmel ihres Hemdes bis über die Ellenbogen geschoben. Weit nach vorn gebeugt, stand sie da und schrubbte den großen Kessel. Anne Katharina sah ihr eine Weile schweigend zu.
»Weißt du, manchmal wünschte ich, ich wäre nur eine Magd.«
Agnes' Kopf und Arme tauchten aus dem Kessel auf. Die roten, rissigen Hände gegen den Rücken gepresst, richtete sie sich mit einem Stöhnen auf.
»Dann wären meine Hände den ganzen Tag über sinnvoll beschäftigt, und abends wäre ich zu erschöpft, um zu grübeln.«
Agnes lachte auf und rieb sich den verspannten Nacken. »Glaubt mir, das wünscht Ihr Euch nicht wirklich.«
»Du denkst, ich bin undankbar, nicht? Ich sollte das Privileg, zu ei-

ner der führenden Familien zu gehören, schätzen und den Wohlstand und die Bequemlichkeit genießen.« Anne Katharina wandte sich ab. »Es ist nur, ich fühle mich so nutzlos«, sagte sie leise.
Agnes trat heran und legte ihrer Herrin die Hände auf die Schultern. »Ihr seid nur ein wenig durcheinander.« Sie räusperte sich verlegen. »Es wäre für Eure Seelenruhe besser, wenn Ihr ihn vergesst.«
Anne Katharina schüttelte die Hände der Magd ab, fuhr herum und blitzte sie an. »Hast du mir deshalb meinen Brief vorenthalten? Leugne nicht, dass du ihn entgegengenommen hast! Ich habe es gesehen.«
»Herrin«, protestierte die Magd, doch Anne Katharina schnitt ihr das Wort ab. »Du hast mich selbst daran erinnert, dass ich die Herrin und du die Magd bist! Was erdreistest du dich, in mein Leben einzugreifen. Entscheiden nicht schon genug andere, was ich zu tun und was ich zu lassen habe?« Anne Katharina stürmte zur Tür.
»Herrin, nein, wo wollt Ihr hin?«
Für einen Augenblick hielt Anne Katharina inne. »Ich weiß es nicht«, murmelte sie. »Ich weiß es nicht.« Dann fiel die Haustür hinter ihr zu.

✢ ✢

Wieder einmal schritt sie durch die Gassen. Hinter ihren Lidern brannten Tränen, aber sie schluckte sie hinunter. Höflich grüßte sie alle Bekannten und wichtigen Bürger, denen sie begegnete, blieb aber bei keinem stehen, um den neusten Klatsch aus den Ländern auszutauschen, obwohl sie gern gewusst hätte, wie es in Hohenlohe wirklich stand. Ihre Beine trugen sie die Haalgasse hinunter und zwischen den rauchenden Sudhäusern hindurch. Dort drüben stand das Haus der Vogelmanns, die dort abwechselnd mit den Feyerabends sotten, und ein Dutzend Schritte weiter quoll Rauch aus dem Sudhaus der Seyboths, in dem nun auch das Sudrecht ausgeübt wurde, das Anne Katharina als Mitgift in die Ehe gebracht hatte. Sie nickte den beiden Feurern zu, die erhitzt aus dem Haus traten und sich Wasser aus einem Fass schöpften.

»Kommt der Sieder noch?«, fragte sie einer der beiden und wischte sich mit seinem rußigen Ärmel über das Gesicht.

»Er sitzt über den Büchern, wird aber kommen, sobald er mit dieser Arbeit fertig ist.«

Der Feurer seufzte. »Er fehlt uns an allen Ecken und Enden. Wir sind zu wenige und schaffen es kaum, die Feuer in Gang zu halten, geschweige denn, die Gölten umzufüllen und den Schaum zu schöpfen.«

»Ihr seid allein?«, wunderte sich Anne Katharina. »Wo sind die beiden anderen Knechte?«

Der Feurer zuckte mit den Schultern. »Auf der Mauer am Schiedsgraben. Seit die Bauern vor Gottwollshausen gezogen sind, haben die Ratsherren die Mauern dreifach besetzt. Wusstet Ihr das nicht?«

»Nein«, sagte sie, »es hat mir niemand erzählt. Gibt es im Weiler oder bei St. Kathrin nicht ein paar Tagelöhner oder junge Burschen ohne Arbeit, die euch zur Hand gehen können? Wenn ihr sie anleitet, könnten sie zumindest Holz schleppen und Sole schöpfen.«

»Ja, schon«, zögerte der Feurer, »aber wir dürfen schließlich nicht ohne Anweisung des Herrn fremde Burschen mit ins Sudhaus nehmen und ihnen Lohn versprechen.«

»Du hast Recht. Ich werde sehen, was ich tun kann.« Sie nickte dem Mann zu, der auf den Ruf des anderen hin eilig wieder im Sudhaus verschwand.

»Ich werde mit ihm reden«, murmelte Anne Katharina, während sie auf die Henkersbrücke zuschritt, »aber wird er auf mich hören?«

Auf der Brücke herrschte wie immer Gedränge. Am Gerätehäuschen des Henkers saß dessen Knecht, um Holzzoll zu kassieren. Ein Fuhrmann auf dem Bock eines hoch beladenen Karrens hielt gerade an, um die geforderten Münzen in den Beutel fallen zu lassen, den der Hüne ihm entgegenstreckte. Der Henkersknecht

tippte sich an seinen Hut und schlurfte wieder zu seinem Hocker zurück. Wie die anderen Leute auf der Brücke schlug Anne Katharina einen großen Bogen um den Mann, um ihn nicht aus Versehen zu berühren. Nicht, dass seine Unehrlichkeit auf sie übersprang!
Als sie den Kocher hinter sich gelassen hatte, trugen sie ihre Beine um die Kommende der Johanniter herum. Sie wusste nicht, ob es sie, trotz der Stimme der Vernunft in ihr, die zankte und zeterte, bis zum Haus seines Bruders getrieben hätte, da stand er plötzlich vor ihr, als sei er, durch ihre Gedanken herbeibeschworen, gerade aus dem Boden gewachsen.
»Rugger!«, flüsterte sie.
Zögernd blieb er stehen. Er warf rasch einen Blick in die Runde, aber keiner der durch die Gasse zum Weilertor eilenden Menschen schien sie zu beachten.
»Dies ist nicht der Ort und die Zeit für uns beide«, sagte er leise. »Was tust du hier?«
»Mein Herz hat mich hierher getrieben. Ich kann am Tag und in der Nacht nichts anderes mehr, als mich nach deiner Stimme und deinen Händen sehnen.« Ihre Augen trafen sich. Er hob die Hände, wie um sie zu berühren, ließ sie dann aber wieder sinken und trat einen Schritt zurück.
»Es war ein Fehler«, seufzte er. »Wie kann ich mir jemals verzeihen?«
»Ein Fehler?«, rief Anne Katharina entsetzt. Eine Frau, die in der Nähe mit der Brückenbaderin schwatzte, drehte sich zu ihnen herum.
Rugger senkte seine Stimme noch weiter. »Ja, denn ich habe dir Schmerz zugefügt und kann nicht anders, als dich weiter quälen.«
Flehend sah sie ihn an. »Können wir uns nicht irgendwo sehen? Wo die Welt keinen Zutritt hat?«
»Ich verlasse noch heute die Stadt.« Sie schwiegen. Nur ihre Blicke klammerten sich aneinander.
»Bitte, nur eine Stunde. Ist das zu viel verlangt?«

»Wo könnten wir einen Ort fern dieser Welt finden?«
Anne Katharina zitterte vor Aufregung. »Die Scheune, meine Scheune in der Kerfengasse. Dort, wo du mich und Peter getroffen hast. Ich habe einen Schlüssel.«
Er zögerte. »Bedenke, was du riskierst. Es ist heller Tag. Jeder kann dich sehen. Es wäre nicht auszudenken, wenn dein Gatte davon erfährt. Willst du dein Leben so leichtfertig aufs Spiel setzen?«
»Ich habe nicht gelebt, bevor ich in deinen Armen lag.«
Er ließ den Blick noch einmal umherschweifen. Die Frau war wieder in ihr Gespräch mit der Baderin vertieft.
»Zur zwölften Stunde«, raunte er ihr zu. »Warte in der Scheune verborgen auf mich.« Ohne sie noch einmal anzusehen, wandte er sich ab und eilte davon.

✢ ✢

Anne Katharina erreichte die Scheune lange vor der Zeit. Sie sah sich um. Die Gasse lag verlassen da. Der grobe Schlüssel in ihrer Hand, den Peter ihr widerstrebend überlassen hatte, zitterte, als sie versuchte, ihn ins Schloss zu schieben. Er ließ sich mühelos drehen. Die Tür öffnete sich. Rasch glitt Anne Katharina in die Scheune und schob die Brettertür wieder zu.
Drinnen war es dunkel und roch nach abgestandener Luft und altem Stroh. Durch einige Ritzen drangen dünne Lichtstrahlen herein. Langsam gewöhnten sich Anne Katharinas Augen an die Düsternis. Die Konturen der Kisten, die Maras Versteck umstanden, waren zu erkennen, auch die Holzbalken, die den Boden trugen, und die Leiter, die unter der Bodenluke lehnte. Wie sie jedoch schon vermutet hatte, fehlte von den fremden Kisten, die sie gern näher untersucht hätte, jede Spur. Entweder hatte Peter hier etwas gelagert, oder ein Fremder war es gewesen, der das alte Schloss aufgebrochen und ihre Scheune als Versteck genutzt hatte.
Ruhelos schritt sie auf und ab, kroch in Maras Versteck und sammelte eine Windel und das Binsenlicht ein. Auch Feuerstein und

Zunderbüchse lagen noch dort. Anne Katharina hängte die Lampe an den abstehenden Span des mittleren Stützbalkens und mühte sich, einen Funken zu schlagen. Als die Flamme den Docht erfasste, nahm sie ihre Wanderung über den gestampften Lehmboden wieder auf. Die Minuten krochen zäh dahin. Draußen hörte sie St. Michael Mittag schlagen. Er verspätete sich! Wo blieb er nur? Hatte er es sich anders überlegt? Würde er gar nicht kommen? War er schon aus Hall fortgeritten, während sie hier im Düstern der Scheune auf und ab ging? Ihr Herz schmerzte, als wolle es zerbersten. Plötzlich erklangen Schritte auf der Gasse. Die freudige Erwartung wallte beinahe schmerzhaft bis in ihre Kehle. Anne Katharina hastete zur Tür und legte ihr Ohr an das Holz. Eine gedämpfte Stimme drang durch die Ritzen. Es war die Stimme einer Frau. Ein Mann antwortete. Leises Lachen wehte herüber. Der freudige Funke erlosch. Anne Katharinas Fingernägel gruben sich in das Holz. Ihre Augen brannten. Reglos verharrte sie einige Minuten, dann begann ihr Herz wieder erregt zu schlagen. Er war es! Kein Zweifel. Sie konnte ihn spüren, noch ehe seine Hand den hölzernen Knauf berührte. Anne Katharina trat einige Schritte zurück. Sie presste die Hand auf ihren Mund, um das Bedürfnis, sich mit lautem Schreien Luft zu schaffen, zurückzudrängen.
Seine Hand verharrte draußen auf dem länglichen Holzstück, dann zog er die Tür mit einem Ruck auf, schlüpfte durch den Spalt und schloss sie rasch wieder. Ein Stück von ihr entfernt blieb er stehen und rührte sich nicht mehr. Das Licht der Lampe hellte die Schatten ein wenig auf, gegen den grellen Sonnenschein jedoch musste es ihm hier drinnen finster erscheinen. Dennoch musste er ihre Gestalt sehen können, stand sie doch nur zwei Schritte von ihm entfernt! Er bewegte sich noch immer nicht. Hob nicht die Arme, um sie an seine Brust zu ziehen, und sagte keine zärtlichen Worte.
»Rugger, was ist mit dir?«, brach sie mit zitternder Stimme die Stille.
»Ich hätte nicht herkommen sollen.« Er senkte den Kopf.

Sie unterdrückte ein Schluchzen. »Willst du mich nicht in deine Arme schließen? Begehrst du mich nicht mehr? Ist dein Feuer nach dieser einen Nacht bereits erloschen?«
»Erloschen?« Er lachte bitter. »Nein, es wurde vor langer Zeit schon entfacht, und in dieser Nacht wurde Öl darüber geschüttet. Es ist eine Feuersbrunst, ein tödliches Flammenmeer, das mich jeden Augenblick weiter verzehrt, bis ich zu Asche verbrannt bin und der Wind mich verweht.«
»Dann kannst du es also auch spüren?« Sie trat näher und legte ihre Hände auf die seinen, die er abwehrend vor der Brust verschränkt hatte. Er zuckte unter ihrer Berührung zusammen.
»Lass es uns beenden, bevor es uns zerstört«, sagte er, entzog sich jedoch nicht den Fingern, die die seinen sanft streichelten.
»Ich habe noch nie so gefühlt. Ist einmal für ein ganzes Leben genug?« Sie trat so nahe an ihn heran, dass sie seine Wärme spüren konnte.
»Sind es zwei- oder dreimal? Du wirst den Schmerz des Verlustes jedes Mal neu durchleben, oder willst du, dass wir beieinander bleiben, bis die Gewohnheit die Gefühle grau werden und die Trennung nur noch ein vages Unbehagen aufkommen lässt?«
»Das wird nie geschehen!«, stieß sie voller Leidenschaft aus. »Wie können solche Gefühle vergehen? Wie kann dieser Brand erlöschen?«
Noch einmal lachte er auf. »Dein Körper hat schon mehr als drei Jahrzehnte erlebt, deine Seele jedoch scheint diese Zeit in einem fernen Traum verbracht zu haben. Die Zeit ist ein schlimmerer Feind als der Teufel, und doch ist sie auch unser Gnaden spendender Engel. Sie lässt uns irgendwann vergessen.«
»Niemals!«, stieß Anne Katharina aus.
Nun legte er endlich seine Arme um ihre Schultern und drückte sie an seine Brust. »Du bist so klug und dennoch wie ein Kind. Wie soll es denn mit uns weitergehen? Haben wir nicht bereits darüber gesprochen? Du kannst und darfst deine Kinder nicht verlassen. Dein Platz ist hier in der Ehrbarkeit dieser Stadt. Was wäre es denn

für ein Leben an meiner Seite? Ich würde ins Feld ziehen, könnte jeden Tag fallen, während du, irgendwo am Rande des Lebens, in einer Hütte sitzen und ein kärgliches Dasein fristen würdest.«
»Ich würde mit dir reiten! Jeden Tag an deiner Seite verbringen.«
»Ach, Liebes.« Er strich ihr über die Wange. »Nicht einmal du glaubst an deine Worte. Willst du an meiner Seite dein Schwert ziehen und den niederstechen, den die Mächtigen gerade zu deinem Feind bestimmt haben?«
Anne Katharina schüttelte den Kopf. »Nein, und du willst das auch nicht. Warum suchst du dir nicht eine andere Arbeit?«
Er küsste ihre Stirn. »Kathinne, es hat keinen Sinn. Warum an Träumen spinnen, aus denen wir voller Pein erwachen? Wir müssen jeder unserem eigenen Lebenspfad folgen. Unsere Welten haben sich zweimal berührt, und es wird für uns besser sein, wenn sie es nicht wieder tun.«
»Und wo wird dich deine Welt hinführen?«
»Zurück zu Hipler.«
Ein Lächeln huschte über Anne Katharinas Gesicht, als sie an den Mann dachte, der mit scharfem Geist und diplomatischem Geschick für die Sache der Bauern eintrat.
»Was ist weiter geschehen, seit wir Öhringen verlassen haben? Gerüchte sagen, Hohenlohe wäre in der Bauern Hand. Sie hätten die Grafen in die Knie gezwungen.«
Rugger nickte. »Ja, das ist richtig. Die Grafenbrüder in Neuenstein und Langenburg waren so hochmütig zu glauben, ihre Untertanen meinten es mit ihren Forderungen nicht ernst. Sie schickten ihren Vogt, um uns die Schlüssel wieder abzunehmen. Bis dahin wussten sie wohl nicht, dass der schlaue Hipler, den sie sich ungeschickterweise zum Feind gemacht haben, der Kopf des Aufstandes ist. Er sandte den Vogt mit unseren Forderungen zurück zu seinem Herrn nach Neuenstein, während der Haufen nach Schöntal zog. Dort erreichte uns die Antwort der Grafen, und ich sage dir, sie hat keinem geschmeckt! Wir sollten von den zwölf Artikeln absehen, da die Hochgelehrten der Heiligen Schrift sie als unbegründet ansä-

hen! Wenn sich die Aufständischen unterwürfen, dann würde man ihnen verzeihen und sie in Gnade wieder aufnehmen.«

Anne Katharina hielt die Luft an. »Was hat der Herr Hipler ihnen geantwortet?«

»Nicht nur Hipler wollte seine Antwort den Grafen persönlich überbringen – sein ganzer Haufen kam mit ihm! Ein Teil unter dem Hauptmann Wolf Gerber ritt nach Langenburg und nahm das Schloss von Graf Albrecht ein. Seine Gemahlin und die Kinder samt der Dienerschaft sind in seiner Hand, der Graf selbst war zu seinem Bruder nach Neuenstein gereist. Ratsherr Eisenhut ist nun Haushofmeister auf Schloss Langenburg.«

»Und ihr?«

»Hiplers heller Haufen zog mit achttausend Mann, Wagen voller Geschütze und Vorräte gen Neuenstein. Vor dem Weiler Grünbühl schlugen wir das Lager auf. Wir entsendeten den Grafen unseren Gruß und ließen sie wissen, dass wir beschlossen hätten, Stadt und Schloss niederzubrennen, wenn sie nicht zu uns kommen würden, um unsere Bedingungen anzunehmen.«

»Und, sind sie gekommen?«

»Ja, sie sind gekommen und haben sich gewunden und um Worte gerungen, doch der Krees aus Niedernhall trat zu ihnen und sagte: ›Bruder Albrecht und Bruder Georg, kommt her und gelobt den Bauern, bei ihnen als Brüder zu bleiben und nichts gegen sie zu tun, denn ihr seid keine Herren mehr, sondern Bauern. Wir sind jetzt die Herren von Hohenlohe, und unser Heer will, dass ihr nun auf die zwölf Artikel schwört und unterschreibt, dass ihr euch hundert und ein Jahr daran haltet.‹ Die Grafen mussten ihre Handschuhe ausziehen, während die Hauptleute die ihren anbehielten.«

Anne Katharina schüttelte den Kopf. »Warum diese zusätzliche Schmach? Führt das nicht zu noch mehr Hass?«

Rugger zuckte mit den Schultern. »Die Menschen haben lange genug unter dem Hochmut und der Prunksucht der Grafen gelitten. Diese kleine Genugtuung ist ihnen zu gönnen. Du hättest die Männer des Haufens sehen sollen, als der Schwur getan war. Sie gerie-

ten außer Rand und Band vor Freude. Sie sangen und tanzten und schossen bestimmt zweitausend Flintenschüsse in die Luft.«
Die Turmuhr schlug eine Stunde nach Mittag. Rugger ließ Anne Katharina los und rückte sich den Hut zurecht.
»Ich muss jetzt gehen. Bitte lass mich in Frieden ziehen. Meine Kraft und meine klaren Gedanken werden gebraucht.«
»Ja, geh und erfülle deine Pflicht, aber ich bitte dich, komm zurück und schenke mir noch einmal deine Liebe. Ist das zu viel verlangt?« Sie küsste ihn zärtlich auf den Mund. Er stöhnte.
»Kathinne, du treibst mich in den Wahnsinn!« Er überlegte. »Ostersonntag, nach der Messe. Wird das möglich sein?«
Sie nickte, obwohl sie keine Ahnung hatte, wie sie sich ausgerechnet an diesem Fest unbemerkt von der Familie entfernen sollte.
»Ja, Sonntag ist gut. An Ostern wird nichts geschehen. Sie werden in Frieden der Auferstehung gedenken, und ich kann wieder bei meinem Fähnlein sein, ehe sie mich vermissen.«
»Wo werden wir uns treffen?«
»Geh nach dem Gottesdienst aus dem Langenfelder Tor. Folge der Straße ein paar Dutzend Schritte, bis die Mauer außer Sicht ist. Rechts führt ein schmaler Pfad in den Wald hinunter, der an einer verborgenen Felshütte am Fuß der Steilwand endet. Ich werde dort auf dich warten.« Anne Katharina nickte.
»Wirst du es finden?«
»Ja, ich kenne diesen Ort. Vor vielen Jahren hat eine Frau ihn bewohnt, die so mancher als Hexe bezeichnete.«
Rugger küsste sie. »Lebe wohl.«
»Bis wir uns wiedersehen. In ein paar Tagen nur«, sagte sie zu der Tür, die sich hinter ihm geschlossen hatte. Sie löschte die Lampe und blieb im Dunkeln stehen. Ihr kam es vor, als verginge eine Ewigkeit. Sie lauschte seiner Stimme, die noch im Raum nachzuhallen schien, und versuchte, seinen Geruch und den Druck seiner Hände und Lippen zu bewahren. Ach, könnte sie nur bis Sonntag hier bleiben und von ihm träumen! Widerstrebend näherte sie sich der Tür und zog sie auf.

Mit einem Aufschrei fuhr Anne Katharina zurück. Fast wäre sie mit der Frau zusammengestoßen, die direkt vor der Scheunentür stand, die Hand nach dem Knauf ausgestreckt. Anne Katharinas erster Impuls war, die Tür zuzuschlagen und sich im Dunkeln der Scheune zu verstecken. Zum Glück setzte ihr Verstand jedoch sofort wieder ein und warnte sie, wie viel schlimmer so eine Reaktion alles machen würde.

»Anna! Du hast mich aber erschreckt!«, keuchte sie und trat auf die Gasse hinaus. »Was tust du hier?«

Die Büschlerin lächelte die Freundin an und umarmte sie. »Du könntest auch sagen: Wie freut es mich, dich gesund wieder in Hall zu sehen, meine liebe Kathi. So klingt es ja wie ein Vorwurf.«

»Verzeih.« Anne Katharina erwiderte die Umarmung. »Es ist nur, ich habe dich noch nicht zurückerwartet, und nun stehst du plötzlich vor mir.«

Anna Büschler hakte sich bei ihrer Freundin ein und lenkte ihre Schritte in Richtung Rathaus. »Du machst übrigens ein äußerst schuldbewusstes Gesicht, meine Liebe«, sagte sie beiläufig. »Bei welch verbotenem Tun habe ich dich überrascht?«

Anne Katharina lächelte ein wenig verkrampft. »Verboten? Du darfst nicht von dir ausgehen, mein Herz. Ich war nur in der Scheune. Ja, weißt du, sie ist schon alt. Ich habe sie zusammen mit Peter von unserer Mutter geerbt und, also die Balken werden morsch, und das Dach hängt durch, und da dachte ich, ich schaue mal nach dem Rechten, nicht, dass etwas passiert.« Sie sah die Büschlerin nicht an.

»Soso. Weißt du, wir sollten in der Weinstube von Bäcker Gräter einen Met zusammen trinken und ein wenig von seinen Honigschnitten naschen.«

Anne Katharina atmete tief durch und ließ sich zum Haus des Bäckers führen. Anscheinend hatte Anna die Geschichte geschluckt. Die beiden Frauen ließen sich an einem der rohen Tische nieder. Anna scherzte mit dem Bäcker und warf ihm neckende Blicke zu, bis seine Gattin die dampfenden Metbecher brachte.

»Hm, das tut gut«, seufzte sie und kaute ein Stück süßen Gebäcks. Eine Weile schwiegen die Frauen.

»Schon seltsam«, sagte Anna plötzlich und musterte die Freundin. »Mir war, als habe ein äußerst gut aussehender Mann kurz vorher genau jene Scheune verlassen. Wenn ich dich nicht schon so lange kennen würde und wüsste, dass du deinem Michel stets gehorsam bist, dann würde ich auf den Gedanken kommen …« Sie beendete den Satz nicht, sondern zog nur die Augenbrauen hoch.

Anne Katharina lachte schrill. »Was sich in deiner Phantasie so abspielt. Das war doch nur Rugger. Ich habe ihm die Balken gezeigt, die erneuert werden müssen. Ich kann nicht riskieren, dass ein ahnungsloser Bürger in der Gasse das Dach auf den Kopf bekommt.«

Die Büschlerin kaute eine Weile schweigend. »Mir schien er eher ein Landsknecht als ein Baumeister zu sein, aber wie könnte ich je deine Worte anzweifeln?«

Anne Katharina spürte, wie ihr Röte ins Gesicht stieg. »Wie waren deine Tage auf Leofels?«, fragte sie schnell, um Anna abzulenken.

Die Freundin wiegte den Kopf hin und her. »Schön und schrecklich. Er hat mich zum Lachen und zum Weinen gebracht. Wir verlebten Stunden im Paradies und mussten in der Hölle des Zorns brodeln.« Sie starrte trübsinnig vor sich hin.

»Wirst du mir deine Worte erklären?«

»Nun, die Seligkeit von zärtlichen Stunden kannst du dir vielleicht vorstellen, auch wenn du in dieser Hinsicht nie ein gutes Wort über Michel verlierst, was ich – nebenbei gesagt – nicht verstehe, denn ich halte ihn durchaus für einen Mann, mit dem man es in einem Gemach aushalten kann. Aber ich schweife ab. Gestritten haben wir uns, weil er mir Vorwürfe gemacht hat. Ich wäre zu leichtfertig, man würde über mich reden, ich würde andere Männer durch meine anstößige Kleidung und durch meine Blicke reizen.«

Diese Vorwürfe waren nicht von der Hand zu weisen, doch Anne Katharina hütete sich, die Freundin zu erzürnen.

»Und dann immer wieder Erasmus. Er war wild vor Eifersucht

und wollte irgendwelche Schwüre von mir hören. Ja, und er drängt auf eine Entscheidung. Was soll ich tun? Vater würde mich enterben, wenn ich Daniel gegen seinen Willen heiraten würde. Außerdem, was könnte er mir für ein Leben bieten? Er ist ständig für seinen Herrn unterwegs. Glaubst du, ich möchte allein in einer halb verfallenen Burg sitzen, in der im Winter das Wasser von den Wänden läuft und man immer nur friert? Ich würde sterben vor Langeweile!«

»Liebst du ihn?«, fragte Anne Katharina leise.

»Ja, schon«, erwiderte Anna zögernd, »aber wenn ich mit ihm ein paar Tage zugebracht habe, dann sehne ich mich wieder danach, mit Erasmus zu lachen und kindische Streiche auszuhecken. Er hat schon wieder so lange nichts von sich hören lassen.« Den Blick gesenkt, starrte sie auf die rohe Tischplatte.

»Du hast dich noch gar nicht nach Mara erkundigt«, sagte die Büschlerin plötzlich. »Interessiert dich nicht, was aus deinem Schützling geworden ist? Kathi, Kathi, ich erkenne dich nicht wieder. Was ist in diesen Tagen nur passiert, seit ich Hall den Rücken gekehrt habe?«

»Viel ist geschehen. Der Aufstand ist losgebrochen, und ich war mitten drin.« Die Büschlerin öffnete den Mund, doch Anne Katharina brachte sie mit einer Handbewegung zum Schweigen. »Ich werde dir von meinen Tagen bei den Bauern und der Schlacht vor Gottwollshausen berichten, aber erst erzähle mir von Mara!«

»Eine sehr gesprächige Begleitung war deine Mara nicht.« Die Büschlerin verdrehte die Augen. »Dafür klagte sie allerdings auch nie und stellte keine Forderungen für sich und den Wurm, der sich ebenfalls erstaunlich ruhig verhielt. Ich habe immer wieder versucht, sie aus ihrem Schneckenhaus hervorzulocken und etwas über den Vater ihres Kindes zu erfahren – vergeblich.«

Anne Katharina lächelte in sich hinein. »Und Mara hat all die Tage deinem Drängen widerstanden und deine Wissbegierde nicht befriedigt? Sie hat wirklich einen starken Willen und eine göttliche Geduld!«

»Kathi!«, schimpfte die Freundin, »was fällt dir ein, über mich zu spotten!«
»Ich spotte nicht, ich warte mit Spannung, dass du mir weiter berichtest.«
»Nun gut, in Leofels blieb sie nahezu unsichtbar, dann setzten wir unseren Weg nach Rothenburg fort. Ich machte mir die ganze Fahrt Gedanken darüber, wo ich sie hätte unterbringen und was für eine Arbeit ich für sie hätte besorgen können.«
»Hätte?«, wiederholte Anne Katharina.
»Ja, denn in Mergentheim ist sie mit ihrem Kleinen verschwunden! Niemand hat sie gesehen, selbst an den Toren konnte sich keiner an sie erinnern. Allerdings ist dort wie überall im Land alles aus den Fugen geraten, und ich denke, es kann nicht schwer für sie gewesen sein, sich unter die Bewaffneten zu mischen, die im Frankenland herumziehen.«
»Aber warum?«, rief Anne Katharina. »Sie war außer Gefahr, sie hätte einen Platz gehabt, an dem sie mit ihrem Kind leben kann, ohne zu frieren oder Hunger zu leiden. Warum ist sie davongelaufen?«
Die Büschlerin zuckte mit den Schultern. »Mich darfst du nicht fragen. Vielleicht hat sie jemanden getroffen, den sie kannte. Sie erzählte, sie habe im vergangenen Jahr einige Monate in Mergentheim gearbeitet. Es ist müßig, darüber zu spekulieren. Ich denke nicht, dass wir es jemals erfahren.«
Anne Katharina nickte und erhob sich. Sie öffnete ihren Beutel, aber Anna legte die Hand auf die ihre. »Lass mal.« Sie warf ein paar Münzen auf den Tisch, winkte dem Bäcker zu und trat auf die Gasse hinaus.
»Wenigstens hat der Kleine die ersten gefährlichen Wochen hinter sich, und sie ist aus dem Haller Gebiet, das sie ja schon längst hätte verlassen müssen, sicher entkommen. Nun liegt ihr Schicksal in Gottes Hand.«
»Na, ob der sich dafür interessiert?« Das wagte die Büschlerin zu bezweifeln. Sie schritten schweigend nebeneinander her bis zu der Kreuzung, an der sich ihre Wege trennten.

»Ach, Anna, warum warst du überhaupt in der Kerfengasse?«, fragte Anne Katharina.
Die Büschlerin lächelte. »Ich wollte mich in deiner baufälligen, alten Scheune umsehen, ob sie nicht doch noch sinnvoll zu gebrauchen wäre.«

✢ ✢

Die Stunden schlichen dahin. Jede Minute dehnte sich zu einer Ewigkeit. Der Sonntag wollte nicht näher rücken. Am Tag saß Anne Katharina mit Mathilde und den Mädchen in der Stube, um die Bänder des Osterschmucks zu säumen und zu besticken. Die alte Seybothin sagte Psalmen und erbauliche Sprüche auf und mühte sich, Barbaras kindliche Sprechweise zu verbessern und ihr die ersten Gebete beizubringen. Draußen klatschte der Regen auf die Dächer und in die Gassen und spülte den Unrat in Richtung Kocher davon. Nach den milden und sonnigen Tagen mühte sich der April, sich von seiner schlechtesten Seite zu zeigen. Nachts lag Anne Katharina viele Stunden wach, lauschte den Atemzügen ihrer Töchter und dem Wind, der die Regentropfen vor sich hertrieb. Obwohl sie sich ohne Unterlass den Kopf zerbrach, fiel ihr einfach keine Ausrede ein, die auch ihre Schwiegermutter schlucken würde, warum sie ausgerechnet am Ostersonntag nach der Messe allein die Stadt verlassen musste, um erst Stunden später wieder zu ihrer Familie zurückzukehren. Dennoch würde sie gehen! Nichts auf dieser Welt konnte sie davon abhalten, noch ein letztes Mal mit Rugger zusammen zu sein.
Der Samstag brach nass und stürmisch an, gegen Mittag jedoch ließ der Regen nach. Anne Katharina legte ihre Handarbeit nieder und tappte in die Küche hinunter, um einen Becher Kräutersud zu trinken. Ihre Augen schmerzten, und in ihrem Magen rumorte es. Es fiel ihr schwer, bei den Mahlzeiten überhaupt etwas zu sich zu nehmen. Beim Frühmahl hatte Veronica die Mutter besorgt gefragt, ob sie krank wäre, da sie ihre Schüssel nicht leeren wollte. So

zwang sich Anne Katharina zu einem Lächeln und schob das Mus in den Mund.
»Ich werde Agnes beim Eierfärben helfen«, sagte sie und entfloh den wachsamen Augen der Schwiegermutter.
Nun stand sie in der Küche, lehnte ihre glühende Wange an die kalte Wand und genoss es, Mathildes Stimme für kurze Zeit entronnen zu sein. Erschöpft schloss sie die Augen.
»Herrin, Ihr gebt mir Anlass zur Sorge«, erklang Agnes' Stimme hinter ihr.
Anne Katharina fuhr herum. Sie hatte die Magd nicht kommen hören. »Es ist nichts. Vielleicht hat mir Barbara ein wenig ihres Fiebers abgegeben«, sagte sie mit einem schiefen Lächeln.
Die Magd trat zu ihr heran und hob die Hand, als wolle sie ihr über das Gesicht streichen, ließ sie dann jedoch wieder sinken, ohne die Herrin berührt zu haben.
»Ja, es ist ein Fieber, das an Euch zehrt, doch keines, das das Kind befallen könnte.«
Anne Katharina schüttelte den Kopf. »Sprich nicht weiter. Lass mich wieder nach oben gehen und meine Arbeit tun.«
»Hat der Herr noch nichts gesagt?«, wagte die Magd zu fragen.
»Er ist mit dem Sieden, dem Handel und den zusätzlichen Stunden zur Verteidigung des Schiedsgrabens, die der Rat ihm übertragen hat, mehr belastet, als es für einen Mann gut ist.«
In der Halle rumpelte es. Peters Stimme murmelte etwas, das verdächtig nach einem Fluch klang. Anne Katharina ging an der Magd vorbei aus der Küche. Der Anlass, das Gespräch zu beenden, war ihr ganz recht.
»Was hast du vor?«, fragte sie ihren Bruder, der auf den Knien über den Boden rutschte und seine Habseligkeiten einsammelte, die ihm aus einem Bündel gefallen waren. Eine kleine, verschnürte Kiste und ein Rucksack standen vor der Tür. Daneben lehnte ein langer, schlanker Gegenstand, in grobes Leinen gewickelt und verschnürt. Anne Katharina bückte sich und reichte ihrem Bruder eine verbeulte Dose, die quer durch die Halle gerollt war.

»Ich reite nach Heilbronn.«
»Heute? Vor dem Osterfest?«, fragte Anne Katharina überrascht.
Peter nickte.
»Aber warum? Was machst du in Heilbronn? Weißt du nicht, dass das Bauernheer vor Neuenstein lagert?«
Peter reckte das Kinn in die Höhe. »Man fragt einen Advokaten nicht nach seinen Auftraggebern! Wir sind verpflichtet zu schweigen.«
Anne Katharina runzelte die Stirn. »Ich kann es nicht gut finden, dass du über Land reist, während die Lage so angespannt ist. Jetzt, nachdem Hohenlohe sich unterworfen hat, ist es gut möglich, dass die Bauern sich in Richtung Heilbronn aufmachen.«
Peter verdrehte die Augen. »Anka, meine Gluckhenne!« Er drückte ihr einen Kuss auf die Wange. »Mach dir keine Sorgen um mich. Es schadet mir gar nichts, wenn ich mal wieder etwas frische Luft schnuppere, statt hier in eurer Kammer zu versauern.« Er griff nach Rucksack und Bündel und schob die Tür mit dem Fuß auf.
»Wann kommst du wieder?«, rief sie ihm hinterher.
Er zuckte mit den Schultern. »Das kann ich noch nicht sagen. In ein paar Tagen vielleicht.«
Draußen waren zwei gesattelte Pferde angebunden. Peter schnürte auf dem kleinen Schecken zu beiden Seiten die ersten beiden Packen fest und trug dann die Kiste und das schmale Päckchen zu seinem Braunen.
»Lebe wohl und gräme dich nicht«, rief er Anne Katharina zu, die im Türrahmen stand. »So Gott will, werden wir uns bald wiedersehen.«
Er lachte übermütig, schwang sich in den Sattel und griff nach dem Zügel des Schecken. Die Hufe klapperten über das Pflaster. Anne Katharina sah den beiden Pferden nach, bis sie hinter der Biegung an der Klostermauer verschwanden.
Wie sehr er sich über seinen ersten Auftrag freut. Anne Katharina dachte über den Glanz in seinen Augen nach. Diese freudig erregte Aufbruchstimmung, die in ihnen zu lesen stand! War es Neid, der

sich in ihr regte? Ja. Wie gern würde sie sich jetzt auch auf einen Pferderücken schwingen und gen Westen reiten.

Anne Katharina unterdrückte einen Seufzer. Sie wollte die Tür gerade schließen, als eine Stimme sie aufhielt.

»Kathi, warte!«

Die Büschlerin kam die Gasse entlanggehastet. Das Haar quoll ihr unordentlich aus ihrer Haube, Augen und Wangen waren gerötet, ihr Mantel nur hastig über die Schultern geworfen. Sie hielt die Arme vor der Brust verschränkt und umklammerte einen Beutel und einige zusammengeknüllte Kleidungsstücke.

Anne Katharina ließ die Freundin eintreten. Erstaunt glitt ihr Blick an ihr herab. Waren ihre Augen verweint oder vom stürmischen Wind gerötet?

»Anna, was ist denn geschehen? Komm mit in die Stube, trinke einen Becher Wein und erzähle es mir.«

Die Büschlerin setzte ihren Fuß auf die Schwelle, zögerte dann aber. »Ist jemand in der Stube?«

Anne Katharina nickte. »Ja, Mathilde stickt dort mit den Mädchen. Sollen wir lieber in die Küche gehen?«

Die Magd, die für den Sonntag Osterlämmer aus süßem Teig formte, zog sich zurück, ohne dass Anne Katharina sie dazu auffordern musste, und schloss die Tür hinter den beiden Frauen. Anna ließ ihr Bündel auf den Tisch fallen und sank auf einen Schemel, das Gesicht in den Händen vergraben. Anne Katharina wärmte Met am Feuer und schob der Freundin einen Becher hin.

»Willst du es mir nicht sagen?«

»Er hat die Briefe gefunden!«

Anne Katharina holte tief Luft und atmete dann langsam wieder aus. »Dein Vater hat die Briefe von Daniel und Erasmus entdeckt?«, sagte sie, so als hoffe sie, es gäbe noch eine andere mögliche Deutung ihrer Worte.

Die Büschlerin nickte und ließ die Hände sinken. »Du kannst es dir nicht vorstellen, wie er getobt hat. Ich dachte, er würde mich totschlagen.«

Mitleidig legte Anne Katharina ihr den Arm um die Schultern.
»Ich hätte die Familie entehrt und wäre nicht mehr wert als eine Hure«, hat er gesagt. »Er würde mich aus dem Haus jagen und mich enterben. Es wäre ihm egal, wenn ich auf der Straße zu Grunde ginge.«
»Er hat es nicht so gemeint. Warte ab, bis er sich beruhigt hat, dann werden ihm die harten Worte Leid tun.«
Anna straffte sich und wischte die Tränen von den Wangen. »Leid tun? Ha, da kennst du meinen Vater schlecht. Er kann ein liebevoller Mensch sein, aber nur, wenn alle nach seiner Pfeife tanzen. Wehe dem, der nicht demütig nickt, um seine Befehle auszuführen.«
»Und was wirst du nun tun? Möchtest du heute Nacht hier bleiben? Peters Kammer ist für die nächsten Tage leer. Ich könnte Agnes mit einer Nachricht zu deinem Vater schicken.«
»Wozu, du hast doch gehört – er will, dass ich auf der Gasse verende!«
Anne Katharina zog sich einen Schemel heran. »Ich weiß, dass Männer im Zorn schlimme Dinge sagen und dass sie früher oder später wieder zur Vernunft kommen.«
Anna schüttelte trotzig den Kopf. »Es ist vorbei. Heute ist es zu spät, aber morgen werde ich die Stadt verlassen.«
»Wo willst du hin? Zu Daniel nach Leofels?«
»Er ist nicht mehr dort. Wer weiß, wo er sich gerade herumtreibt. Anscheinend erledigt er irgendwelche Aufträge für den Bund. Nein, er wird mir keine Hilfe sein.«
»Erasmus?«, fragte Anne Katharina. »Du sagtest, du hättest ihm geschrieben. Ist er hier auf der Burg?«
»Nein! Ich hatte so gehofft, er würde nach Hall kommen und wir könnten uns sehen. Stattdessen hat er mir einen Brief geschrieben, dass er mir die zwanzig Gulden nicht leihen kann, um die ich ihn gebeten habe. Er brauche das Geld selber, um sich zu kurieren – von seinem schlimmen Bein, wie er sagt. Er sitzt in Würzburg und kann nicht wieder weg, weil seine Krankheit ihm das

Reiten unmöglich macht. Sagt er zumindest. Und ich bin hier ohne Zuhause, ohne Mann und ohne Geld, das ich nun noch dringender bräuchte.«

»Hast du dir öfter Geld von ihm geliehen?«

Die Büschlerin zuckte mit den Schultern. »Nein, meist habe ich ihm Geld gegeben. Seit Vater jedoch ein neues Schloss vor dem Weinkeller anbringen ließ und ich nicht mehr das ein oder andere Fass für meine Bedürfnisse verkaufen kann, ist mein Beutel leer. Dennoch sind nicht die Gulden schuld daran, dass es endgültig vorbei ist zwischen uns.«

Anne Katharina zog fragend die Augenbrauen hoch, unterbrach die Freundin jedoch nicht.

»Immer wieder habe ich ihn ermahnt, habe mit ihm gescholten, doch er stritt die Gerüchte über seine Ausschweifungen ab oder gab mir zu verstehen, dass das nicht meine Sache sei.«

Ihr Ton war bitter. Verwundert sah Anne Katharina die Freundin an.

»Ich weiß sehr wohl, was das kranke Bein ist, von dem er schreibt. In Würzburg macht er eine Pockholzkur und lässt sich mit Quecksilber behandeln, um das Gift, das durch die Badstuben und Hurenhäuser wallt, wieder aus seinem Körper zu vertreiben.«

Anne Katharina riss die Augen auf. »Du meinst aber doch nicht etwa die französische Krankheit«, stotterte sie entsetzt.

»Oh ja, genau die meine ich. Jeder weiß, dass die unreinen Säfte der freien Frauen die Seuche weitertragen, aber das hält die feinen Herren nicht ab, sich trotzdem mit diesen Weibern zu vergnügen! Und nun soll ich ihn trösten und vielleicht auch noch für seine Behandlung aufkommen? Er hat mir vorgejammert, was ihn das alles koste, dabei hätte er hundert Gulden Schulden bei seinem Bruder und müsse für das Einliegen in Würzburg auch noch dreißig bezahlen, von denen er nicht wüsste, woher er sie bekommen solle.« Sie stampfte mit dem Fuß auf. »Ich will ihn nicht mehr sehen! Schon jetzt spricht er davon, dass er nach Ansbach gehen, und nicht etwa, dass er mich besuchen und um Verzeihung bitten will!

Wenn er gesund ist und vor mir zu Kreuze kriecht, dann werde ich mir die Sache vielleicht noch einmal überlegen, bis dahin kann er in Würzburg in den Quecksilberdämpfen über seine Sünden nachdenken. Ich hoffe, er leidet!«, fügte sie rachsüchtig hinzu.

Dass der stolze Schenkensohn vor Anna zu Kreuze kriechen sollte, das konnte sich die Freundin nicht vorstellen. Eher würde er sich ein anderes, nettes Mädchen suchen, das ihm verliebte Briefe schreiben und ab und zu sein Lager mit ihm teilen würde, wenn ihm danach war.

»Vielleicht soll das das Ende sein«, sagte Anne Katharina vorsichtig. »Du weißt, dass Daniel eifersüchtig ist. Nun, nachdem dein Vater die Briefe entdeckt hat, ist er der Einzige, der sich deiner annehmen kann.«

»Hm«, brummte die Büschlertochter unwillig.

Plötzlich fiel Anne Katharina etwas ein, das sie scharf den Atem einziehen ließ. »Anna, was weißt du über die französische Krankheit? Ich meine, man sagt, dass Männer sie bekommen, wenn sie bei einer kranken Hure liegen oder das Bad mit ihr teilen, aber weißt du, ob auch anständige Frauen davon heimgesucht werden? Frauen, deren Männer mit solchen Weibern verkehren?«

Die Büschlerin zuckte mit den Schultern. »Ich glaube schon, dass das passieren kann. Man müsste den Medicus danach fragen. Du meinst, er könnte …?« Sie kaute nachdenklich auf ihrer Lippe. »Noch fühle ich mich völlig gesund, aber du hast Recht.«

Anne Katharina nickte abwesend. Sie dachte nicht an Anna oder den Schenkensohn Erasmus. Sie dachte an ihren Gatten und seine Besuche im Frauenhaus. Er würde nicht mehr bei ihr liegen, das schwor sie sich! Sah er nicht seit Wochen etwas kränklich aus? Hatte er nicht zweimal den Bader wegen irgendwelcher seltsamen Leiden aufgesucht? Oh nein, sie würde sich dieser Gefahr nicht aussetzen! Wie gut, dass sie ihr Lager in der Kammer der Mädchen aufgeschlagen hatte. Anne Katharina zwang sich, ihre Aufmerksamkeit wieder der Freundin und ihren Problemen zuzuwenden.

»Ich werde in aller Frühe nach Esslingen aufbrechen«, sagte sie gerade.
»Esslingen?«, wunderte sich Anne Katharina. »Ich wusste nicht, dass du dort Freunde hast.«
»Habe ich auch nicht. Ich werde zum Reichskammergericht gehen und gegen ihn klagen. Er soll mir das Erbe meiner Mutter geben. Dann bin ich frei und kann mir den Mann suchen, der mir gefällt und mit dem ich leben möchte.«
Anne Katharina stand auf, um ihre Becher noch einmal zu füllen. »Anna«, sagte sie behutsam, als sie sich wieder gesetzt hatte. »Du bist erregt und über seine heftige Reaktion erzürnt. Das ist verständlich, doch glaube mir, vor ein fremdes Gericht zu ziehen ist nicht der richtige Weg. Versuche, dich gütlich mit ihm zu einigen.«
Anne Katharina war lange genug Mitglied einer Ratsherrnfamilie der Freien Reichsstadt, um zu wissen, dass solch eine Tat nicht nur den Vater noch mehr erzürnen würde. Den ganzen Haller Stadtrat würde die Büschlerin gegen sich haben, wenn sich ein fremdes Gericht in die Angelegenheiten der Haller einzumischen versuchte.
»Er hat mich geschlagen und mich hinausgejagt. Soll ich nun demütig angekrochen kommen?«, ereiferte sich die Besucherin.
»Nein, das nicht. Aber bedenke, morgen ist Ostern, das Fest der Liebe und Versöhnung. Geh zu ihm und sprich mit ihm. Vielleicht ist sein Zorn bereits verraucht.«
»Hm«, machte Anna nur. Sie schien nicht überzeugt, widersprach jedoch auch nicht mehr.
»Ich werde nun nach Agnes rufen, damit sie dir dein Lager richten kann«, schlug Anne Katharina vor und verließ die Küche.
Während sie die Treppe hinaufstieg, bahnte sich eine unschöne Erinnerung einen Weg in ihr Gedächtnis. Rugger vor dem Frauenhaus. Hatte auch er zu einer der Huren gehen wollen? Ein Schluchzer stieg in ihrer Kehle auf. Warum waren die Männer so? Gab es für sie keine Liebe und Treue? Zählten nur Lust und Erleichterung

der Triebe? Konnte sie ihn fragen, ob er bei einer Hure gewesen war? Würde er ihr eine ehrliche Antwort geben? Oder sollte sie morgen dem Treffen fern bleiben? Sie bemerkte die Tränen, die ihr über die Wangen rannen, erst, als sie das Salz auf den Lippen schmeckte. Hastig wischte sie sich mit dem Ärmel über das Gesicht, ehe sie in die Stube trat.

✢ ✢

»Warum hat Agnes das Lager unten in der Kammer neu gerichtet?«, fragte die alte Seybothin beim Spätmahl und blickte die Büschlertochter an, die neben Bernhard auf der Bank saß und mit großem Appetit ihre Schale schon zum zweiten Mal leerte. An diesem Abend versammelten sich nur die Frauen und Kinder in der Stube, da Michel mit den Ratsherren noch darüber beriet, wie sie auf die Hilfeersuchen aus Kirchberg, Ilshofen und anderen Gemeinden reagieren sollten, die Unterstützung gegen die umherstreifenden Aufständischen erbaten.

»Anna Büschler wird heute bei uns nächtigen«, antwortete Anne Katharina. »Da Peter einige Tage außer Haus sein wird, kann sie seine Kammer nehmen.«

Die Seybothin kniff die Augen zusammen. »Was für einen Grund könnte es geben, dass eine Haller Ratsherrntochter die Nacht nicht in ihrem Elternhaus zubringt?«, fragte sie in scharfem Ton.

»Das ist eine Sache zwischen ihr und …«, begann Anne Katharina, aber Anna schnitt ihr das Wort ab. Sie sah die Alte an und lächelte scheinbar freundlich.

»Mein Vater hat mich geschlagen und aus dem Haus geworfen«, sagte sie und sah die Alte herausfordernd an.

»Ohne Grund wird er nicht so handeln«, bemerkte die Seybothin.

»Oh ja, er denkt, er habe genügend Gründe. Es wird sicher schon morgen in aller Munde sein, welche Unmoral und schändliches Betragen er mir vorwirft.« Die beiden fixierten sich, ohne auch nur einmal zu blinzeln. Anne Katharina stöhnte innerlich. Das war ge-

nau eine der Situationen, in denen sich die Seybothin dazu berufen fühlte, stundenlange Moralpredigten zu halten. Sie sah die Alte tief Luft holen, und dann ging es auch schon los.
»Ganz aus der Luft gegriffen werden seine Vorwürfe nicht sein«, begann Mathilde. »Ich habe Euch beobachtet. Seit Eure Mutter gestorben ist, kleidet Ihr Euch gar schändlich und werft den Männern Blicke nach, für die Ihr Euch schämen solltet.«
Anne Katharina wunderte sich, dass Anna sich nicht wehrte. Sie saß mit verschränkten Armen da und fixierte die Alte.
»Ihr gebt Euch so leichtfertig, dass es kein Wunder ist, dass Ihr noch nicht standesgemäß vermählt seid.«
Anna schnaubte durch die Nase.
»Aber die Schuld liegt auch bei Eurem Vater!« Anne Katharina hob erstaunt den Kopf. Was waren das für neue Töne? Seit wann ließ die Seybothin einem Gerechtigkeit widerfahren?
»Es ist nicht recht, wenn die Tochter den Platz der verstorbenen Mutter einnehmen soll! Nun gut, eine Weile mag das angehen, aber dann sollte der Vater sich ein neues Weib nehmen. Ich weiß sehr wohl, dass er sehr nachsichtig zu Euch war und Euch zu Eurem unzüchtigen Betragen ermuntert hat, um Euch an sich zu binden. Er hätte Euch beizeiten einen strengen Ehemann suchen müssen, der Euch Eure Keckheit austreibt. Stattdessen wundert er sich nun, dass das Unkraut, das er selbst gesät hat, aufgegangen und emporgeschossen ist. Er hat Recht, Euch zu bestrafen, doch er tut Unrecht, Euch aus dem Haus zu weisen.« Mathilde legte den Löffel in ihre leere Schale und erhob sich.
»Und nun werde ich mich in meine Kammer zurückziehen. Möge Gottes Hand dieses Haus heute Nacht behüten.«
Anna sah der Alten nach. »Was für ein Weib«, sagte sie, als sich die Tür wieder geschlossen hatte. »Ich wäre mir nicht sicher, wenn sie mit meinem Vater stritte, wer von beiden als Sieger aus solch einem Disput hervorgehen würde.«
»Großmutter!«, sagte Bernhard voll Überzeugung.
Anna lächelte und zauste das Haar des Jungen. »Da könntest du

Recht haben. Sie ist schon ein beeindruckendes Weib, unter dessen kämpferischem Blick man weiche Knie bekommen kann.«
Bernhard kicherte. »Nur gut, dass Vater nicht hier ist. Er würde diese Reden nicht dulden.«
»Ja, und er wird nicht erfreut sein, wenn er nach Hause kommt und ihr noch immer nicht in euren Betten liegt«, nahm Anne Katharina den Faden auf. Sie hob Barbara auf den Arm und schob Veronica vor sich zur Tür. Bernhard musste sie noch dreimal auffordern, ehe er murrend in seine Kammer schlich. Er sei kein Kind mehr, hörte sie ihn vor sich hin schimpfen, und er hätte es satt, noch immer wie ein solches behandelt zu werden.
Nachdem im Haus Ruhe eingekehrt war, saßen die beiden Frauen bei Wein und Brot zusammen und schmiedeten Pläne. Sie überlegten, wo Anna unterschlüpfen könnte, falls ihr Vater sich weigerte, sie wieder aufzunehmen. Viele Möglichkeiten fanden sie nicht. Ein paar Tage heimlich, ja, das würde der ein oder andere riskieren, aber würde sich auch nur einer offen gegen den mächtigen Ratsherrn aus Hall stellen?
Anne Katharina bezweifelte das. Sie konnte nur hoffen, dass Anna diplomatisch vorging und sich mit ihrem Vater wieder versöhnte. Momentan jedoch sah es nicht danach aus. Die Büschlerin schimpfte über ihn und zählte alle Möglichkeiten auf, wie sie sich an ihm zu rächen gedachte und wie sie den ihr – in ihren Augen – zustehenden Teil des Familienvermögens bekommen konnte. Es war nach Mitternacht, als sie sich erhob, ihrer Gastgeberin eine gute Nacht wünschte und gähnend zu ihrer Kammer hinabstieg.
Anne Katharina räumte die Becher vom Tisch. Sie würde sie morgen hinuntertragen. Es war spät, und sie sehnte sich danach, sich auf ihrem Lager auszustrecken.
Drunten schlug die Haustür. Anne Katharina hörte Michels Stimme – erstaunt, dann freundlich. Sie konnte nicht verstehen, was die Büschlerin antwortete, doch es schien ihm zu gefallen. Beide lachten. In scherzhaftem Ton tauschten sie Worte, ehe seine Schritte auf der Treppe erklangen und Annas Kammertür zuschlug.

»Wusstest du, dass sich die Büschlerin mit ihrem Vater überworfen hat?«, fragte Michel, noch ehe die Begrüßungsworte seines Weibes verklungen waren.
»Aber ja, deshalb schläft sie in Peters Kammer.«
»Hm.« Die Fröhlichkeit war aus ihm gewichen. Sein Gesicht nahm einen missmutigen Zug an. »Was denkst du dir dabei, sie zu uns einzuladen? Wie stehe ich denn vor den anderen Ratsherren da, wenn Büschler seine Tochter aus dem Haus jagt und sie bei uns Unterschlupf findet?«
»Das ist mir egal«, fauchte Anne Katharina. »Ich bin für meine Freundin da, wenn sie meine Hilfe braucht!«
Michel nickte langsam. »Das ist das Problem an dir, dass du dich nie um die Folgen deines Tuns scherst.«
»Und dein Problem ist, dass du im Geflecht der Konventionen erstarrt bist und seit Jahren kein Hauch an Freude oder Leben mehr in dir wohnt«, gab seine Gattin zurück.
Michel sank auf die Bank und verbarg sein Gesicht in den Händen. »Sei still. Ich hatte einen harten Tag und will, wenn ich nach Hause komme, Ruhe und Wärme und nicht ein zankendes Weib vorfinden. Ich mach das alles doch für euch – für die Kinder, für dich und für Mutter! Ich versuche, das Ansehen der Familie hoch zu halten, damit ich wieder in den Rat gewählt werde, damit man mit mir Geschäfte macht und ihr ein ruhiges Leben in Wohlstand führen könnt. Du hast eine Magd, die die schwere Arbeit erledigt, du musst dich nicht mit krummem Rücken plagen. Ich möchte doch nur, dass du meine Mühen unterstützt. Ist das denn wirklich zu viel verlangt?«
Anne Katharina seufzte. Sie setzte sich neben ihren Gemahl und legte ihm den Arm um die Schultern.
»Vielleicht verlangst du zu wenig von mir. Ich würde gern mithelfen! Meinen Geist und meine Hände zum Wohle unserer Familie einsetzen – ja, selbst hart mit zupacken. Ich würde auf dem Haal Salz schleppen, wenn du es von mir verlangtest!«
Er lachte ungläubig.

»Stattdessen sitze ich müßig daheim, besticke Osterschmuck und lausche Psalmenlesungen!«

Michel erhob sich steif und rieb sich die Augen. »Du bist mir ein Rätsel, Anne Katharina.«

»Hast du jemals versucht, es zu lösen?«, fragte sie leise.

»Hast du jemals versucht, nicht so schwierig zu sein?«

Sie folgte ihm auf den Gang hinaus. Michel blieb vor der Schlafkammertür stehen. Er drehte sich nicht zu ihr um, aber sie konnte die Sehnsucht in seiner Stimme hören. »Wann kommst du wieder in die eheliche Kammer?«

»Ich weiß es nicht. Irgendwann, vielleicht, wenn sich etwas geändert hat.«

»Was sollte sich denn ändern?«

»Noch kann ich es dir nicht sagen«, antwortete sie hilflos. »Gib mir Zeit.«

»Wozu soll ich dir Zeit geben? Du nimmst dir doch eh immer, was du willst.«

# KAPITEL 8

Anne Katharina erhob sich im Morgengrauen. Wie schon die Tage zuvor hatte sie das Gefühl, kaum geschlafen zu haben. Ihr Rücken schmerzte, und ihre Augen brannten. Wie gern hätte sie all ihre Gedanken aus ihrem Kopf verbannt und sich noch einmal unter der warmen Daunendecke verkrochen. Ostersonntag! Ihr Herz klopfte stürmisch. Sie schob die Fensterriegel beiseite und zog den pergamentbespannten Rahmen auf. Feucht sickerte die kühle Morgenluft in die Kammer. Anne Katharina atmete tief durch. Wie konnte sie sich heute des Osterwunders besinnen? Im Stillen bat sie den Herrn, ihr zu verzeihen, dass es nicht der Gottesdienst war, dem sie heute entgegenfieberte.

Anne Katharina löste die Bänder ihrer Nachthaube und zog mit gleichmäßigen Strichen die Bürste durch das lang herabfallende Haar. Die Mädchen schliefen noch, und das war ihr recht. Den Blick in weite Ferne gerichtet, zog sie das lange Hemd über und schlüpfte in ihr Festtagskleid aus rotem und gelbem Brokat, unter dessen geschlitzten weiten Ärmeln ihr Seidenhemd hervorblitzte. Der rund geschnittene Rock fiel in weiten Falten bis zum Boden hinab. Für den Kirchgang legte sich Anne Katharina einen gestärkten Goller mit Goldborte um die Schulter. Der Gewohnheit folgend, flochten ihre Finger die Haarsträhnen, drehten sie auf und steckten sie unter der Kugelhaube fest, die sie stets zum Kirchgang trug. Heute war sie zumindest mit zwei Bändern geschmückt, die ihr bis über den Rücken herabhingen.

Nun wurde es Zeit, die Mädchen zu wecken, anzuziehen und zu frisieren. Noch eine Stunde bis zum Hochamt. Das Morgenmahl würde heute ausfallen. Vor der österlichen Frühmesse würde die

Familie fasten. Erst nach der Verkündigung der frohen Botschaft, dass Jesus Christus von den Toten auferstanden war, und Magister Brenz' Predigt durfte geschmaust und getrunken werden. Anne Katharina wusste, dass Agnes bereits seit Stunden in der Küche rumorte, um die Speisen vorzubereiten und Zuckerwerk und Eier für die Kinder in Moosnester zu verteilen. Am Nachmittag würde die Familie Verwandte besuchen oder andere wichtige Familien der Stadt, um ihnen gefärbte Eier oder andere kleine Kostbarkeiten zu überreichen. Mit Argusaugen würde Mathilde überwachen, wer der Familie Seyboth ihre Referenz erweisen und welche Gaben die Besucher bringen würden, denn diese zeigten genau, wer an welcher Stelle der Stadthierarchie zu finden war.

Veronica räkelte sich und schlug die Augen auf. »Es ist Ostern!«, sagte sie, und ihre Augen leuchteten in Vorfreude auf die süßen Köstlichkeiten, die zu Mittag auf dem Tisch stehen würden.

»Ja, mein Schatz.« Anne Katharina drückte ihre Tochter an sich. Sie half Veronica beim Anziehen und flocht rote Bänder in ihr Haar, dann war Barbara an der Reihe, die in ihrem kurzen Kittel bereits durch die Kammer tollte. Anne Katharina musste Bernhard noch einmal zu seiner Kleidertruhe zurückschicken, da er ein schmuddeliges Hemd trug, und bearbeitete, trotz seiner Proteste, sein Haar mit Wasser und Bürste. Als die Glocken von St. Michael erklangen, war die Familie bereit, den Festtag gebührend zu begehen.

Anna Büschler hatte mit geschnürtem Bündel schon vor einer Stunde das Haus verlassen.

✠ ✠

Drunten in der Stadt läutete die Glocke auf dem Kirchturm zur siebten Stunde. Gleich würden die festlich gekleideten Bürger aus ihren Häusern strömen, um in feierlich ernstem Schritt zum Hochamt zu gehen. Oder würden sie angesichts der Bedrohung vor ihren Mauern heute zu Hause bleiben und die Türen und Fensterläden verbarrikadieren?

Der junge Mann sah von seinem Platz im Gebüsch des Schemelberges zu der alten Welfenburg hinüber, die sich auf dem Bergkegel über der Stadt Weinsberg erhob. Wie viele Männer standen dort oben zur Verteidigung bereit? Wie viele Geschütze waren auf das Bauernfähnlein gerichtet, das sich auf dem Hügel jenseits des Sattels verbarg? Der Salzmann, der im Schloss gefangen gelegen hatte und von dort ausgebrochen war, hatte zwar behauptet, es wären nur acht Mann im Schloss, aber das konnte der Jüngling nicht so recht glauben. Von anderer Seite hatte er gehört, erst gestern sei Graf von Helfenstein persönlich mit sechzig Rittern und Reisigen nach Weinsberg gekommen, um Stadt und Burg zu schützen.
Der junge Mann spürte, wie seine Knie zitterten. Die Hände, die er um den hölzernen Schaft des Bärenspießes klammerte, waren schweißnass. Hoffentlich würde es keiner der Männer um ihn herum bemerken. Wie hatte er sich nur darauf einlassen können? Warum musste er sich ausgerechnet dem verlorenen Haufen anschließen? Sein Oheim hatte ihn geneckt, ob die in Aussicht gestellte Plünderung ihn reize? Nein, bis auf ein Stück zum Andenken würde er nichts aus dem Schloss mitnehmen – wenn es überhaupt so weit kommen sollte! Noch am Abend vorher war ihm die Sache wie ein wundervoll spannendes Abenteuer vorgekommen, doch nun nagten Zweifel an ihm, und zum ersten Mal kam ihm der Gedanke, dass er diesen Tag vielleicht nicht überleben werde.
Nein, das war Unsinn. Sie waren in der Überzahl. Sechstausend Mann! Er konnte einen großen Haufen über die Felder zum oberen Tor der Stadt ziehen sehen, und er wusste, dass der Gewalthaufen unten vor dem sumpfigen Wassergraben stand, bereit, das untere Tor zu nehmen. Sie hatten Schwerter, Spieße und Büchsen, und die schwarze Hofmännin hatte sie alle gesegnet. Sie behauptete, nun seien sie unverwundbar, aber das schien dem jungen Mann ketzerischer Humbug zu sein. Was wäre, wenn sich eine Kugel verirrte? Wenn ein Ritter mit blankem Schwert auf ihn eindrang? Was konnte er mit diesem groben Spieß in seiner Hand

schon ausrichten? Wo war sein Oheim gerade? Irgendwo vor dem unteren Tor vermutlich. Ob auch er Angst verspürte?

Der Jüngling sah zum Hauptmann hinüber, der seinen Hut auf eine Stange gesteckt hatte, die auch vom Tal aus zu sehen war. Der drahtige Mann mit dem grau durchsetzten Vollbart drehte sich zu seinen Männern um.

»Es ist so weit! Konzentriert euch auf die Weidenkorbschanzen im Westteil der Nordmauer, dort, wo die Burgmauern seit Herzog Ulrichs Beschuss noch nicht wieder ausgebessert wurden.«

Der breitkrempige Hut schwankte auf der Stange, dann senkte Dionysius Schmid von Schwabbach den Spieß, bis der Hut herunterglitt. Der Lärm, der aus tausenden Kehlen aufstieg, erhob sich aus dem Tal und brandete gegen die Berghänge. Der junge Mann reckte seinen Spieß in die Höhe und brüllte mit den anderen Männern. Der gemeinsame Schrei ließ seine Zweifel verwehen, und er fühlte den Tatendrang durch seine Adern pochen. Mit glühenden Wangen rannte er hinter seinem Hauptmann den Hang hinunter. Ein Stück weiter drüben führte der Kober aus Bretzfeld ein zweites Fähnlein. Die ersten Schüsse krachten. Große Büchsen wurden auf der Burg gezündet, und auch von der Stadtmauer nahe der Kirche stiegen weiße Wolken auf, als die Kugeln, einen Feuerschweif hinter sich herziehend, zu dem Bergsattel hinaufzischten. Es krachte, der Boden erzitterte, Erde und Holzsplitter spritzten nach allen Seiten.

»Vorwärts, vorwärts«, brüllte der Schwabbacher. Die Klinge seines Schwerts glänzte in der Morgensonne.

Sie ließen den Scheitelpunkt des Sattels hinter sich und rannten zwischen Weinstöcken und Buschwerk den Hang hinauf, an dessen Spitze die Burg aufragte. Der Bursche merkte, wie es in seiner Seite zu stechen begann. Sein Atem ging keuchend, aber der Hauptmann schien nicht daran zu denken, seinen Schritt zu verlangsamen.

Ein Geschoss schlug nur wenige Schritte neben ihm ein, zertrümmerte einen Weinstock und riss einen Mann zu Boden. Für einen

Augenblick sah der junge Mann die Eisenkugel mit der brennenden Lunte, dann explodierte sie, riss den lehmigen Boden auf und ein halbes Dutzend Männer, die nicht mehr rechtzeitig fliehen konnten, von den Beinen. Der junge Mann blieb wie gelähmt stehen. Zwei mussten tot sein, so zerfetzt wie ihre Körper waren, die anderen jedoch schrien und wälzten sich in ihrem Blut. Einem hatte es das Bein kurz unterhalb der Hüfte abgerissen, ein anderer presste die Hände auf seinen Leib, aus dem in schnellen Stößen hellrotes Blut schoss. Ein junger Kerl, kaum älter als er selbst, kniete auf dem Boden und hielt sich wimmernd die Hände vors Gesicht.

»Ich kann nichts mehr sehen«, schrie er.

»Los, weiter«, brüllte eine Stimme neben ihm. »Schnell, wir müssen aus der Schusslinie kommen. Wenn sie nachher noch leben, kümmern wir uns um sie.«

Der Jüngling wurde vorwärts gerissen. Sein Hochgefühl war verflogen. Er brüllte nicht mehr mit den anderen und sah nicht zurück, als die nächsten Kugeln einschlugen. Er rannte nur den Körpern vor sich hinterher. Wie eine Welle schwappten sie über den Erdwall und die Korbwände, rissen die Verschläge nieder und erschlugen die Männer hinter den Geschützen.

✠ ✠

»Agnes, kannst du die Eier zu den Feyerabends, den Blinzigs und den Firnhabern bringen? Ach ja, und das Päckchen ist für Ratsherr von Roßdorf und das große für Richter von Rinderbach. Bitte, sag aber hier im Haus keinem, dass ich sie nicht selbst abgegeben habe.« Anne Katharina drückte der Magd den Korb in die Hand.

»Ihr lasst Euch auf ein gewagtes Spiel ein«, sagte Agnes, aber Anne Katharina hatte sich schon abgewandt, einen einfachen Umhang übergeworfen und die Halle verlassen.

»Wie soll ich in zwei Stunden das Essen auf den Tisch bekommen, wenn ich durch die ganze Stadt gehen und den Boten spielen

soll?«, brummte die Magd und schaute missmutig auf den Korb hinab. Schnelle Füße auf der Treppe ließen sie aufblicken.
»Bernhard! Komm her, du kannst die Präsente austragen, während ich das Lamm auf dem Spieß überwache!«

Zwei Stunden, dachte Anne Katharina. Ihre weichen Lederschuhe flogen lautlos über das Pflaster, während sie auf das Langenfelder Tor zueilte. Den Blick gesenkt, huschte sie an den Wächtern vorbei. Zwei Stunden. Michel war auf dem Weg zu den wichtigsten Leuten der Stadt, während seine Mutter in der Stube die Gäste empfing, die den Seyboths ihre Aufwartung machten. Nun hatte sie sich also zwei Stunden gestohlen. Dann würde sie wieder in ihr altes Leben zurückkehren, mit der Familie beim Osterschmaus sitzen, sich über die leuchtenden Augen der Kinder freuen, die sich über Eier und Naschereien hermachten, und den erbaulichen Worten der Seybothin lauschen – wie in jedem Jahr. Ulrich war zum Mahl geladen und würde mit Michel über die Ratssitzungen reden, und sie durfte mit seinem Weib freundliche Worte wechseln.

Anne Katharina erreichte den Pfad, der den steilen Waldabhang hinunterführte. Rasch blickte sie sich um. Es war kein Mensch zu sehen. In den Haselbüschen sangen die Vögel, die Morgensonne schien ungetrübt vom blauen Himmel. Anne Katharina raffte mit der einen Hand ihren Rock, mit der anderen griff sie, wann immer möglich, nach Zweigen, die über den Weg ragten, denn die glatten Ledersohlen drohten auf dem Erdpfad wegzurutschen. Sie durfte nicht fallen!, beschwor sie sich. Ihr Festgewand voller Erdspuren wäre der letzte Balken an dem Galgen, den sie sich gerade selbst zimmerte. Sie versuchte, die bösen Ahnungen zu verscheuchen, die sich in ihr Gemüt drängten.
Endlich bog der Pfad nach Süden ab und verlief nun parallel zu dem zum Kocher abfallenden Hang, so dass Anne Katharina schneller ausschreiten konnte. Dort vorn schimmerte bereits die

Felswand durch die noch lichten Zweige, die sich erst mit einem Hauch von Frühlingsgrün überzogen hatten. Nun konnte sie die offen stehende Tür der unter einem Felsvorsprung verborgenen Hütte sehen. Ihr Herz schlug bis in ihren Hals, und ihr Körper schien von einem plötzlichen Fieber befallen.

Würde er kommen, oder setzte sie umsonst ihren Ruf und den Frieden der Familie aufs Spiel? War er gar schon da? Anne Katharina fuhr herum. Sie ließ den Blick zwischen den Bäumen hindurchschweifen, konnte aber nichts entdecken, das nicht zu dem friedlichen Frühlingswald gehörte. Und dennoch fühlte sie, wie sich ihre Härchen im Nacken und auf den Armen vor Erregung aufstellten. Zögernd trat sie auf die Lichtung hinaus und schritt auf die schwarze Öffnung unter dem Felsen zu.

»Die Strahlen deiner Wärme dringen durch dicksten Stein.«

Rugger trat durch die niedere Tür und auf sie zu. Er hatte Mantel und Hut abgelegt. Auch das Schwert an seiner Seite fehlte. Seine Kleider waren staubbedeckt, seine Stiefel voller Lehm. Er strich sich das feuchte Haar aus dem Gesicht.

»Verzeih, dass ich mich nicht österlich herausgeputzt habe«, sagte er, als er, die Arme ausgebreitet, auf sie zukam. »Selbst ein Bad zu nehmen war mir nicht möglich. Nur etwas kaltes Wasser aus einem Brunnen am Weg hat ein wenig Schweiß und Reiseschmutz von Gesicht und Händen gespült, ehe ich hier ankam. Glaube mir, ich saß die ganze Nacht über im Sattel, um nicht zu spät zu kommen.«

»Wo hast du dein Fähnlein zurückgelassen?«, fragte Anne Katharina, als müsse sie den Moment, da sie seine Arme spüren durfte, noch hinauszögern.

»Der helle Haufen lagert bei Neckarsulm. Wir gönnten uns nach einem langen Marsch einen Tag Ruhe. Sie haben Jörg Metzler, einen Wirt aus Ballenberg, zum Feldhauptmann gewählt und Hipler zum Kanzlisten. Die Hauptleute sind sich noch nicht einig, ob wir uns gleich auf Heilbronn stürzen oder erst dem Helfensteiner und seinen Männern in Weinsberg das Handwerk legen sollen.«

Anne Katharina zog fragend die Augenbrauen hoch.
»Graf Helfenstein hat seine Ritter immer wieder gegen kleine Gruppen von Bauern geführt und nicht wenige getötet. Sie kamen stets aus dem Hinterhalt oder im Schutz der Nacht. Er ist ein böser Dorn in unserem Rücken, den wir beseitigen sollten, ehe er uns richtig sticht. Ich denke, die Hauptmänner müssen Hipler zustimmen, und dann werden wir das Heer nach Weinsberg führen. Aber das soll heute nicht unser Gedanke sein. Heute ist Ostern, und dies ist unsere Stunde.«
Er stand nun so dicht vor ihr, dass sie den frischen Schweiß riechen konnte und die Süße seines Atems, die ihr nachts den Schlaf raubte.
Noch zögerte er, dann jedoch schlossen sich seine Arme um ihren Leib, und er zog sie an sich. Wozu noch Worte wechseln? Ihre Lippen erkannten sich wieder. Ihre Körper drängte es, einander zu berühren. Rugger ließ sie nur los, um seinen Mantel aus der Hütte zu holen und im sonnenbeschienenen Gras auszubreiten. Er half Anne Katharina aus ihrem Festgewand, seine eigenen Kleidungsstücke warf er achtlos von sich. Ineinander verschlungen verließen sie für eine Stunde ihre verschiedenen Welten.

✢ ✢

Über Weinsberg war der Kriegsruf verhallt. Der junge Mann atmete auf. Sein Magen allerdings wollte noch nicht zur Ruhe kommen. Ja, er verweigerte sogar eine Beteiligung am Siegesmahl, denn noch spukten die zerfetzten und erschlagenen Körper der Gefallenen durch seinen Geist.
Was sollte er tun?
Die Hauptleute und Fähnleinführer hatten sich in einem Wirtshaus versammelt, um den Sieg zu begießen und die nächsten Schritte zu planen. In der Stadt trugen die Bürger ihre Toten in die Kirche und die Verletzten zum Spital hinunter. Der Gestank von Kot und Blut hing in den Gassen. Er wollte diesem Dunst des Todes entkom-

men. So verließ er den nach Süden steil abfallenden Marktplatz, überquerte die breite Straße, die vom oberen Tor herführte, und folgte der Sterngasse bergab bis zum unteren Tor. Schaudernd wandte er sich von den stöhnenden und blutenden Männern ab, die im Hof vor dem Spital lagen und darauf warteten, dass man sich ihrer Wunden annahm. Rasch ließ der junge Mann Spital und Tor hinter sich und überquerte die Brücke über den Graben. Er sog die frische Frühlingsluft in seine Lungen. Sie war noch durchsetzt von Pulverdampf, aber sonst konnte man sich – bei geschlossenen Augen – der Illusion hingeben, es wäre ein ganz normaler Ostersonntag. Sogar die Vögel stimmten wieder ihre Lieder an.

Er öffnete die Augen und sah sich um. Vor ihm erhoben sich zwei große scheunenartige Gebäude, in seinem Rücken zur Rechten ragte die Waschbrücke in den Graben, zur Linken öffnete sich ein grasbewachsener Platz, auf dem sich eine Gruppe Bauern versammelt hatte. Sie standen dicht zusammen und schienen erregt auf etwas in ihrer Mitte zu starren, das der Jüngling nicht sehen konnte. Neugierig ging er zu ihnen hinüber. Er schob sich zwischen einigen Männern mit Brustpanzer und Schwert hindurch und stellte sich dann auf die Zehenspitzen. Nun konnte er erkennen, was der Haufen in seiner Mitte hatte. Es waren die letzten zehn Ritter und einige Reisige, die sich ergeben hatten und nicht oben bei der Kirche erstochen worden waren. Dennoch bluteten die meisten aus unzähligen Wunden. Unter ihnen war der Graf von Helfenstein. Auch er war verletzt. Blut rann ihm aus einem Stich in der rechten Seite.

Der junge Mann schob sich noch ein Stück weiter nach vorn. Was hatten sie vor? Drüben stand der Pfeifer Melchior Nonnenmacher aus Ilsfeld, der gestern so fröhlich aufgespielt hatte. Nun griff er nach seinem Zinken und pfiff eine flotte Melodie. Die Bauern johlten. Der Jüngling erkannte Jäcklein Rohrbach und Remi von Zimmern, die Hauptleute der Neckartäler. Jäcklein hob die Hand. Die Bauern begannen, eine Gasse zu bilden, und reckten ihre Spieße und Hellebarden in die Höhe. Der junge Mann wurde nach vorn geschoben. Jemand drückte ihm einen Spieß in die Hand. Was, um alles in der Welt, ging hier vor sich? Das waren Gefangene, die sich ergeben hatten. Entsetzen umklammerte seinen Magen und wühlte in seinen Eingeweiden. Er musste fort von hier. Er musste sich erleichtern. Seine Gedärme schienen gleich zu platzen, und den kärglichen Inhalt seines Magens würde er auch bald von sich geben. Doch wie sollte er fliehen? Er war eingekeilt zwischen Leibern und blitzendem Eisen, und seine Füße schienen mit der Erde zu verwachsen.

»Hinein mit ihnen!«, jubelten die Bauern. Sie riefen einen Namen: Hans Konrad Schenk von Winterstetten. Zwei der Bewacher stießen ihn in die Gasse, dass er stolperte. Die Klingen blitzten, schossen vor und stachen in das Fleisch des wehrlosen Mannes. Er schrie nicht, stöhnte nur, rappelte sich noch einmal auf und wankte zwei weitere Schritte nach vorn. Dann brach er endgültig zusammen. Ein Dutzend Spieße durchbohrten ihn und entrissen dem sterbenden Körper seine Seele.

»He, Jungchen, du hast ja gar nicht zugestochen!«, rief der Pfeifer Clemens und schlug seinem Nachbarn auf die Schulter. »So geht das nicht. Ich will Blut an deinem Sauspieß sehen. Ist er nicht dazu gemacht, wilde Säue zu stechen?«

»Der Graf, der Graf«, brüllte die Menge, als Urban Metzler Ludwig von Helfenstein mit einem Fußtritt in ihre Mitte stieß.

✠ ✠

Anne Katharina schloss leise die Haustür hinter sich. Sie hatte die ersten Stufen bereits erklommen, als Agnes' Stimme sie zurückhielt.

»Herrin, wartet!«

»Sind schon alle da?«

Die Magd nickte. »Ja, Euer Bruder kam mit seiner Familie zur verabredeten Zeit. Nur David ist nicht mitgekommen. Ich habe das Lamm bereits hinaufgebracht.«

Anne Katharina holte tief Luft und versuchte, die Übelkeit, die in ihr aufstieg, zu vertreiben. »Dann sollte ich wohl schnell nach oben gehen.«

»Wartet«, sagte die Magd noch einmal und griff nach ihrem Ärmel. »Euer Haar ist zerzaust, und die Haube sitzt schief. Außerdem ist Euer Goller verschmutzt. Kommt mit mir in die Küche.«

Das Gefühl tiefer Scham überflutete sie, als sie vor dem Herd saß und die Magd mit geschickten Fingern ihr Haar frisch aufsteckte und das goldene Haarnetz darüber band. Den Goller warf sie in den Bottich mit schmutzigen Hemden. Sie zupfte noch zwei Halme aus dem gelben Brokatstoff, dann schickte sie ihre Herrin zu den Gästen in die Stube.

Alle Augen wandten sich zur Tür. Michel, die Seybothin, Ulrich, sein Weib und die Kinder. Die Gespräche verstummten.

»Verzeiht, dass ich mich verspätet habe. Ich war« – Anne Katharina zögerte und vermied es, einen der Blicke zu treffen – »ich war zu sehr ins Gespräch vertieft, um die Zeit zu beachten.« Sie rutschte auf ihren Platz neben Veronica und Barbara, die sie anstrahlten. Ansonsten waren die Mienen eher nicht freundlich zu nennen.

»Ausgerechnet zum Ostermahl!«, sagte Michel und blitzte sie wütend an.

»Verzeih.« Anne Katharina senkte den Blick auf die gefalteten Hände, die in ihrem Schoß zitterten. Die Seybothin holte Luft, um ihre Meinung über die Pflichtvergessenheit ihrer Söhnerin kundzutun, doch Michel wehrte ab.

»Bitte, Mutter, lass uns jetzt das Lamm zu Ehren des Auferstandenen essen. Über alles andere reden wir später.«

Nachdem alle ihre Schale mit süßer Ostersuppe leer gelöffelt hatten, schnitt Michel das Lamm auf. Bernhard schob seinen Teller vor, um das erste große Stück zu ergattern, erntete aber nur einen mahnenden Blick. Die erste knusprige Lammkeule wanderte auf den Teller seines Oheims Ulrich, die zweite behielt der Vater für sich. Dann kam die alte Seybothin an die Reihe, nach ihr die Vogelmännin und die Mutter. Der Knabe schluckte trocken. Endlich wurde sein Teller gefüllt, bevor die Mädchen ihren Anteil bekamen.

Anne Katharina spießte sich ein Stück Fleisch und eine Backpflaume auf die Spitze ihres Messers und schob sie in den Mund. Sie kaute und schluckte, schmeckte aber nicht, was sie aß.

Wie ungeheuerlich, dachte sie und sah auf ihre Hände hinab, so als bezweifle sie, dass diese zu ihr gehörten. Waren diese Finger, die beim Familienmahl Löffel und Messer hielten, die gleichen, die noch vor einer Stunde den Körper des geliebten Mannes gestreichelt hatten? Glühten nicht noch seine Küsse auf ihnen und in ihrem Gesicht? Hatten sie kein Mal zurückgelassen, auf dass alle die Schande sehen müssten?

Sie hatten sich geliebt. Sie hatten ihre Körper und ihre Seelen vereint, zum letzten Mal. Überschäumendes Glück und tiefste Verzweiflung verwirbelten zu einem Strudel. Es war vorbei, noch ehe ihre Liebe die Chance bekommen hatte, aufzublühen und Früchte zu treiben. Es war ihr, als müsse sie schreien, als müsse sie aufspringen und mit ihren Fäusten gegen die Wand hämmern, um den inneren Schmerz zu übertönen. Stattdessen wandte sie sich an ihre Schwägerin und lobte deren Spitzenkragen an ihrem feinweißen Goller.

Ein Schauder jagte über ihren Rücken. Wie konnte sie nur so falsch sein, ihre Familie belügen und betrügen? Gott würde sie dafür strafen! Blut und Schande würde über sie kommen! Der Gedanke erfasste sie mit solcher Heftigkeit, dass sie erbleichte. Die Vogelmännin hielt mitten im Wort inne.

»Was ist mit Euch, Anne Katharina, Ihr seid so blass. Fühlt Ihr Euch nicht wohl?«

Sie zwang sich zu einem Lächeln. »Nein, nein, es ist nur ein wenig heiß in der Stube.« Sie fächelte sich Luft zu.

Ihre Schwägerin nickte, und ein Lächeln breitete sich auf dem kantigen Gesicht aus. »Gibt es etwa Grund zur Freude?«, fragte sie und

ließ den Blick über die Seybothschen Kinder streichen. Deine Jüngste ist immerhin schon fast zwei Jahre alt!, schien sie damit sagen zu wollen.
Nein, das ist nicht möglich, lag es Anne Katharina auf der Zunge, doch was ging es die Schwägerin an, was sich zwischen ihr und ihrem Ehemann abspielte – oder besser gesagt, nicht abspielte?
»Nein, ich glaube nicht«, würgte sie stattdessen heraus und quälte sich noch ein Lächeln ab.

✠ ✠

Nach der dem Anstand gebührenden Zeit verabschiedeten sich die Gäste. Anne Katharina brachte sie in die Halle hinunter.
»Warum ist David nicht mitgekommen?«, fragte sie ihre Schwägerin leise. Diese war auf ihren Stiefsohn zwar meist auch nicht gut zu sprechen, sie schien jedoch nicht den Hass zu fühlen, den Ulrich ihm gegenüber empfand. Daher wollte Anne Katharina ihren Bruder durch diese Frage nicht zu einem seiner üblichen Ausbrüche treiben, die er jedes Mal bekam, wenn David – seiner Meinung nach – wieder etwas Unverzeihliches angestellt hatte. Dabei, dachte Anne Katharina bei sich, kenne ich keinen Jüngling in seinem Alter, der weniger über die Stränge schlägt als er. Wenn sie an Peters wilde Jahre zurückdachte … Ein Lächeln huschte über ihr bleiches Antlitz. Hoffentlich kam er bald zurück. Sie vermisste ihn.
»Das ist nicht zum Lachen!«, fauchte die Vogelmännin.
»Bitte? Entschuldigt, ich habe nicht recht zugehört«, erwiderte Anne Katharina.
»Ich habe Euch gerade berichtet, dass er Ulrich nicht einmal um Erlaubnis gefragt hat! Und Ihr findet das auch noch komisch.«
»Nein, nein«, beeilte sich Anne Katharina zu versichern. »Ich sage ihm immer wieder, dass er Ulrich nicht verärgern soll.«
»Und Ihr solltet ihn auch nicht dazu ermutigen, immer zu Euch zu laufen, statt mit mir zu sprechen!« Die Vogelmännin kniff ärgerlich die Augen zusammen.

Anne Katharina konnte es David nachfühlen, dass er mit seinen Sorgen nicht zu seiner Stiefmutter ging, die meist nur das Wort an ihn richtete, um ihn zu schelten.
»Ich werde es ihm sagen«, versicherte sie, obwohl sie sich vornahm, sich noch mehr um den Neffen zu kümmern, der in seiner Familie so wenig geliebt wurde. Vielleicht sollte sie ihn bei sich aufnehmen, wenn Peter eine eigene Familie gründete und seine Kammer hier unten endgültig verließ. Sie zwang ihre Lippen zu einem Lächeln und winkte der Familie nach, die sich auf den Weg zur Staffel machte, die sie zurück in die Herrengasse führte.
Mit einem Seufzer schloss Anne Katharina die Tür hinter ihnen. Sie sehnte sich nach Ruhe, aber lange war es ihr nicht vergönnt, in der Stube ihren Gedanken nachzuhängen. Die Kinder waren hinunter auf die Gasse gegangen, um mit ihren Freunden Eier zu tauschen und gemeinsam Süßes zu naschen, bis ihnen übel wurde. In der Stube jedoch gaben sich die Besucher die Klinke in die Hand, die am Vormittag den Weg in die Keckengasse nicht mehr geschafft hatten. Nun machte sich auch die Seybothin auf, ein paar alte Freunde zu besuchen, während Michel und Anne Katharina in trauter Einigkeit ihre Gäste willkommen hießen und höfliche Worte mit ihnen wechselten, bis sie sich wieder verabschiedeten, um die nächste wichtige Familie zu beehren.
Es war schon dunkel, als der Besucher die Treppe erklomm, auf den Michel sicher den ganzen Tag gewartet hatte: Stättmeister Schletz verbeugte sich, überreichte sein Präsent und richtete die besten Grüße seiner Familie aus. Die beiden Männer setzten sich bei Wein, Brot und Speck an den Tisch. Anne Katharina ließ sich in einigem Abstand auf der Bank nieder und griff nach einer Handarbeit. Sie wandte den Blick nicht von ihren Händen, lauschte aber angestrengt den Worten, die die Männer wechselten. Natürlich ging es um die Aufständischen und die Verteidigungssituation der Stadt.
»Es ist noch nicht vorbei«, sagte der Stättmeister gerade und hob seinen Becher, als von der Halle her eine laute Stimme heraufdrang.

»Ich muss ihn sprechen, sofort! Es ist wichtig, gnädige Frau, also lasst mich zu ihm.«

Anne Katharina hörte die Stimme der Seybothin, verstand aber die Worte nicht.

»Ja, ich weiß, dass heute Ostersonntag ist, aber das hat diese Strauchdiebe nicht davon abgehalten, feige zu morden! Nun lasst mich zu ihm oder bringt ihn her. Ich habe mein Pferd nicht zu Schanden geritten, um mich nun still und friedlich nach Hause zu begeben.«

Michel erhob sich und ging hinunter. Wenige Augenblicke später kam er die Treppe wieder heraufgeeilt, einen Mann auf den Fersen, dessen Aussehen von seinem harten Tag und dem wilden Ritt sprach.

»Stättmeister«, stieß er hervor und verneigte sich flüchtig. »Ich bin Martin, Knecht des Junkers Rudolf Nagel von Eltershofen – oder besser gesagt, ich war es.« Er ließ den Kopf hängen.

Michel Schletz nickte. »Ich weiß, wer du bist. Was bringst du für eilige Nachrichten?«

»Mein Herr ist mit anderen Rittern und Geharnischten dem Ruf des Grafen von Helfenstein nach Weinsberg gefolgt, um Burg und Stadt vor den Aufständischen zu bewahren.«

Der Stättmeister nickte. »Ja, ich weiß. Der große Haufen lagert bei Neckarsulm. Die Heilbronner sind in großer Sorge.«

Der Bote schüttelte sein staubiges Haupt. »Da irrt Ihr Euch. Noch in der Nacht der Auferstehung sind sie nach Weinsberg marschiert und haben während der Morgenmesse Burg und Stadt erstürmt. Die Edlen haben sich gewehrt, und auch manch Bürger verteidigte tapfer seine Stadt, aber gegen sechstausend Bauern war sie nicht zu halten. Die Aufständischen beschossen mit ihren Büchsen die Mauern, so dass sich bald kein Bürger mehr an den Schießscharten zeigte. Am unteren Tor hieben sie mit Äxten die äußeren beiden Torflügel auf und rollten dann ein Falkonett heran!«

Michel und der Stättmeister sahen einander an. Das waren schlimme Nachrichten.

»Wie hast du die Stadt zurückgelassen?«, fragte der Stättmeister vorsichtig.
Der Bote schnaubte. »Die Bürger fürchteten sich vor der Rache der Bauern und wollten die Tore öffnen. Bürgermeister Prezel rief zu den Aufständischen hinaus, sie wollten Frieden mit ihnen machen und ihnen die Stadt öffnen, wenn man sie allesamt leben lassen würde, worauf die Bauern antworteten, die Bürger wollten sie leben lassen, die Reisigen jedoch müssten sterben. Prezel stand neben dem Graf und rief: ›Wollt ihr nicht den Graf leben lassen?‹«
Martin machte eine Pause und sah die beiden Haller Ratsherren abwechselnd an.
»Und?«, drängte Michel.
»Nein, und wenn er golden wäre, so müsse er dennoch sterben!, lautete die Antwort. Der Graf sprach: ›Das erbarme Gott!‹, und eilte von der Mauer herunter.«
Stättmeister Schletz stöhnte auf und schüttelte den Kopf.
»Die Kunde, dass das Schloss gefallen war, hatte sich schon in der Stadt verbreitet. Einige Weiber rotteten sich zusammen und forderten, die Bauern einzulassen. Manche schrien gar, man solle die Geharnischten selbst erstechen, damit die Stadt ungeschoren davonkäme!«
Anne Katharina merkte, dass sie vor Anspannung an ihren Fingern kaute, und verschränkte die Hände rasch in ihrem Schoß.
»Die Tore fielen. Ritter und Geharnischte eilten zu Fuß oder zu Pferd zur Kirche hinauf – zwei ritten gar durch das Portal! Einige eilten zum Turm an der Mauer. Ich folgte meinem Herrn über den Kirchhof, wo Pfarrherr Lochner und andere Geistliche beisammenstanden. Ich sah, wie einer der Reisigen dem Lochner um den Hals fiel und ihn anflehte, seine Beichte zu hören, da er nun sterben müsse. Und da rannten die Bauern auch schon die Kirchstaffel hinauf. ›Haut tot, stecht tot‹, brüllten sie. Sie haben den Reisigen im Arm des Pfarrers erstochen und den Lochner übel zugerichtet. Mein Herr war in der Kirche, also lief ich ihm hinterher. Wir verbarrikadierten die Tür, doch die Bauern brachen sie schnell

auf. Im Kirchenschiff und auf der Empore erstachen sie die Edlen und ihre Knechte, die Bürger dagegen verschonten sie. Ich war unter den achzehn Männern, denen es gelang, durch den Mauergang auf den Kirchturm zu gelangen. Junker von Eltershofen war bei mir. Die Bauern schossen zum Kirchturm hinauf. Ich konnte hören, wie sie nach dem Helfensteiner schrien. Er müsse sterben. Dietrich von Weiler rief herab, man solle wenigstens den Graf verschonen. Da traf ihn ein Schuss in den Hals, und er brach tot zusammen. Der Graf schickte nun den Helfer Sitz, der sich auch hier oben verborgen hielt, zu den Aufständischen hinunter. Er müsse mit ihnen verhandeln. Sie würden ihm nichts tun. Mein Herr meinte, ich solle ihn begleiten.« Martin leckte sich die Lippen.

»Uns war nicht sehr heldenhaft zu Mute, als wir den Schnecken herabstiegen. Der Helfer Sitz glaubte, sie würden uns erstechen, so wie sie im Blutrausch waren. Er sagte, er wolle noch nicht sterben, und schlüpfte durch eine Öffnung im unteren Mauergang, der in das Gewölbe der Seitenkapelle führte. Ich folgte ihm.« Betreten sah Martin zu Boden.

»Erzähle weiter!«, drängte der Stättmeister, den es kaum auf seinem Platz hielt.

»Die Bauern forderten die Ritter auf, sich gefangen zu geben, und so ergaben sie sich und händigten ihre Waffen aus. Einer nach dem anderen wurde den Turm herabgeführt. Den toten von Weiler warfen sie einfach aus dem Turmfenster hinaus. Er landete auf dem Kapellendach. Ein Ziegel brach und fiel in unser Versteck, dann schlug die Leiche im Hof unten auf. Während unten in der Kirche das große Plündern anfing, führten sie die Gefangenen hinaus.« Martin wischte sich mit der Hand über die Stirn und verschmierte den Staub zu braunen Streifen.

»Und dann haben sie sie vor der Stadt durch die Spieße gejagt. Alle zehn Edlen und die Geharnischten. Selbst der Graf musste auf diese schändliche Weise sterben.«

Michel und der Stättmeister sprangen bei diesen Worten auf. »Durch die Spieße gejagt?«, keuchte Michel Schletz. »Sie haben es gewagt, Gefangene von Adel wie Strauchdiebe abzuschlachten? Herr im Himmel«, stöhnte er und ließ sich wieder auf seinen Platz sinken. Einige Augenblicke war es still in der Stube. Als der Stättmeister sich wieder erhob, bewegte er sich, als sei er plötzlich um Jahre gealtert.

»Kommt, Michel. Wir müssen eine Sitzung einberufen und beraten, was nun geschehen soll.«

Ratsherr Seyboth straffte sich und folgte ihm zur Tür. »Komm mit, du kannst dir Wein und etwas zu Essen in der Küche geben lassen«, sagte er zu dem Boten. »Wir danken dir für deine Nachricht.«

Der Stättmeister nickte. »Du solltest in der Stadt bleiben und dich zur Verfügung halten, falls wir noch weitere Fragen an dich haben.«

Die Tür fiel hinter den Männern ins Schloss. Anne Katharina saß noch immer reglos da. In ihrem Kopf kreisten Worte und Satzfetzen, ohne sich zu sinnvollen Gedanken zusammenzufügen. Es dauerte eine ganze Weile, ehe es ihr gelang, vernünftig nachzudenken. Langsam erhob sie sich, verließ die Stube und stieg die Treppe hinunter.

Was hatte das zu bedeuten? Rugger – er war nicht dabei gewesen. Hatten sie sein Fehlen bemerkt? Gab es bei den Bauern eine Strafe für Fahnenflucht? Konnte er vorgeben, er wäre dabei gewesen? Oder war es besser, vor aller Welt zu sagen, dass er mit diesen Taten nichts zu tun hatte?

Wie würde der Truchseß reagieren? Das Land mit einem schrecklichen Verwüstungskrieg überziehen, aus Rache für die schändlich erschlagenen Ritter? Hatte er dazu genug Männer? Konnte er Geld für ein Heer von Landsknechten auftreiben? Die Schweizer waren bekannt dafür, an jeder Front zu kämpfen, die ihnen schimmernde Münzen einbrachte. Dass der Truchseß vor Wut schäumte und den Aufständischen Rache schwor, daran bestand kein Zweifel.

Unten in der Halle stand der Bote Martin. Anne Katharina hörte

Agnes' Stimme. Die Magd trat zu ihm und reichte ihm einen Stoffbeutel, in dem sich vermutlich Brot und Speck befanden. Vielleicht auch eines der bemalten Eier. Der Bote beugte sich vor und sprach eindringlich auf sie ein. Agnes schüttelte den Kopf.

»Oh doch, ich habe ihn gesehen, wie er mit einer Hippe in den Händen durch die Gassen stürmte, und ich bin nicht zu ihm gegangen, um zu sehen, ob er mich ersticht, wenn er mich vor seine Klinge bekommt«, widersprach der Bote. Anne Katharina blieb stehen. Die beiden hatten sie noch nicht bemerkt. Woher kannte Agnes diesen Mann, und über wen sprachen sie?

»Das hätte er nie getan!«, protestierte die Magd.

»Ach, und hätte er auch seine Kumpane davon abgehalten, mich aufzustechen wie ein Schwein?«

Agnes ließ den Kopf hängen. »Das kann ich nicht sagen. Ich denke nicht, dass so etwas in seiner Macht stand.« Sie straffte sich wieder. »Vielleicht ist nicht alles recht, was in Weinsberg geschehen ist, dennoch solltest du dir überlegen, warum du für die Herren eintrittst, die schinden und treten, und nicht auf der Seite des einfachen Mannes stehst, der für das Evangelium streitet.«

»Mag sein, dass mein Herr – Gott habe ihn selig – hochfahrend war, aber er hat mich anständig behandelt und mir meinen Lohn bezahlt. Was würdest du tun? Würdest du deinem Herrn den Dolch in den Rücken stoßen? Soviel ich weiß, ist er einer dieser unbelehrbaren Papisten.«

Agnes seufzte. »Verzeih, du hast Recht. Durch viele Familien geht ein Riss.«

Martin nickte. »Stimmt, und ich vermute einmal, wenn deinen Herrschaften zu Ohren kommen würde, was ich weiß, dann würden sie heute Nacht nicht so ruhig schlafen.« Er trat näher zu Agnes heran und senkte die Stimme, so dass Anne Katharina seine Worte nicht verstehen konnte. Agnes stieß einen kurzen Schrei aus, schlug sich aber gleich die Hand vor den Mund, um ihn zu ersticken.

»Herr im Himmel«, stieß sie hervor. »Bist du dir sicher?«

Anne Katharina verlagerte ihr Gewicht auf das andere Bein. Die Treppenstufe knarrte. Die Magd und der Bote fuhren auseinander, ihre Köpfe flogen herum. Anne Katharina blieb nichts anderes übrig, als in die Halle hinunterzusteigen und so zu tun, als habe sie die Stube gerade erst verlassen. Mit möglichst unbefangener Stimme wandte sie sich an Agnes.

»Hast du unserem Boten ein Mahl eingepackt?«

Die Magd nickte. »Er hat gegessen und getrunken und wird nun beim Schmied Vollmer in der Gelbinger Gasse nächtigen, da die Ratsherren ihm untersagt haben, nach Eltershofen zu seiner Herrin zu ziehen.«

Anne Katharina verabschiedete den Boten und folgte Agnes in die Küche.

»Kennst du ihn?«, fragte sie, während sie ihr den Rücken zukehrte und sich am Wandbord zu schaffen machte.

»Ja, er ist der Sohn meines Oheims aus Gelbingen.«

»Ach, so ist das«, murmelte Anne Katharina und ging hinaus. Sie stieg zu ihrer Kammer hinauf. Waren wirklich erst wenige Stunden vergangen, seit sie sich am Morgen von ihrem Lager erhoben hatte? Es kam ihr vor, als wäre in dieser Zeit eine Welt erschaffen und wieder zerstört worden.

✠ ✠

Am Dienstagabend kam Peter zurück. Anne Katharina begegnete ihm erst, als er, in frischen Kleidern und mit nassem Haar, vom Unterwöhrdbad zurückkehrte. Einen Augenblick sah sie ihn entgeistert an, als er so unerwartet vor der Haustür mit ihr zusammentraf, dann aber warf sie sich in seine Arme.

»Wie schön, dass du gesund zurück bist«, rief sie und zog ihn ins Haus.

Vorsichtig löste Peter sich aus ihrer Umarmung. »Hast du etwas anderes erwartet? Du tust ja gerade so, als wäre ich der verlorene Sohn, der nach einem Dutzend Jahren heimkehrt.«

»Es fehlt dir wirklich nichts?«, forschte sie nach und ließ prüfend den Blick über ihn schweifen.
»Na ja, einen rechten Hunger habe ich schon mitgebracht, aber ansonsten kann ich nicht klagen. Was ist mit dir, Anka? Du siehst mich so eigenartig an?«
»Du warst doch in Heilbronn, das hast du mir gesagt!«
Peter schien auf der Hut zu sein. »Ja, das habe ich, warum?«
»Bist du auf deiner Rückreise dann nicht an Weinsberg vorbeigekommen? Weißt du nicht, was dort Schreckliches geschehen ist?«
Peter nickte. »Ich weiß, dass die Bauern Weinsberg eingenommen und einige Ritter getötet haben.«
»Durch die Spieße gejagt!«
»Ja, durch die Spieße gejagt. Das ist nicht fein, das gebe ich zu, aber haben die Landsknechte des Truchsessen in Leipheim fein an den Bauern gehandelt, als sie sie zu Hunderten auf der Flucht von hinten erschlugen oder in die Donau trieben, wo sie wie Ratten ersoffen?«
»Nein, das nicht, ich habe mir nur Sorgen gemacht, was geschehen könnte, wenn du ahnungslos in ihre Hände fällst.«
Peter stieß ein kurzes Lachen aus, das in ein Hüsteln überging. »Anka, mein Herz, du musst mich verwechseln. Ich bin weder Graf noch Ritter, nur ein armer Advokat, der seine ersten Münzen verdienen will. Auf solch Gesindel haben es die Bluthunde der Bauern nicht abgesehen.«
»Dennoch bin ich froh, dich wohlbehalten wiederzuhaben«, fügte sie hinzu. Peter wich einen Schritt zurück, so als fürchte er, sie würde sich erneut an seine Brust werfen, und grinste schief.
»Könntest du deiner Freude in Form eines deftigen Mahles Ausdruck verleihen?«
Sie lächelte zurück. »Für dich tue ich alles, lieber Bruder. Du kannst schon mal in die Stube hinaufgehen. Ich werde sehen, was Agnes und ich für dich auftischen können.«
Anne Katharina fand die Magd dabei, einen Haufen Kleider in warmer Lauge einzuweichen. Die braune Brühe sprach davon, wie

nötig die Gewänder das Waschen hatten. Anne Katharina rümpfte die Nase.

»Sind das Peters Kleider?« Mit spitzen Fingern hob sie ein Hemd aus dem Zuber, dessen Ärmel aufgerissen war. Der Stoff war übersäht mit schwärzlichen Punkten und zeigte um den Riss am Oberarm einen großen, rotbraunen Fleck.

Agnes trat rasch zu ihr und drückte das Hemd wieder unter Wasser. »Euer Bruder hat wohl ein Schlammbad genommen. Oder soll ich so frei sein zu sagen, er ist einer schmutzigen Heilbronner Gasse nach einem Besuch im Wirtshaus zu nahe gekommen?« Sie warf ihrer Herrin einen Blick zu. »Wer weiß, ob ich das wieder sauber bekomme. Wahrscheinlich taugt es nur noch als Fußlumpen.«

Anne Katharina starrte nachdenklich auf die bräunliche Brühe. Etwas regte sich in ihren Gedanken.

»War das Peters Stimme draußen in der Halle?«, fragte Agnes und trat zum Tisch. »Ist er vom Badhaus zurück? Dann wird er wohl nach einem Mahl verlangen nach seinem langen Ritt von Heilbronn her.«

»Hm, ja«, antwortete Anne Katharina zerstreut.

»Was soll ich ihm richten? Ich könnte Speck mit Lauch und Karotten rösten, eine dicke Wurst mit Graupen ist auch noch da und das Brot mit Kümmel und Anis, das ich gestern gebacken habe. Was meint Ihr, Herrin?«

Anne Katharina ließ von der Wäsche ab und ging zu Agnes, die schon eifrig Rüben in kleine Stücke schnitt.

»Oder soll ich ihm ein Huhn braten?«

Anne Katharina schüttelte den Kopf. »Nein, bis du es geschlachtet, gerupft und zubereitet hast, dauert es zu lange.«

Sie griff nach einem Messer und einer Zwiebel und setzte sich der Magd gegenüber.

»Ihr braucht mir nicht zu helfen. Nehmt einen Krug Wein und gesellt Euch zu Eurem Bruder.«

Anne Katharina zögerte. War das ein freundliches Angebot, oder wollte die Magd sie loshaben? Nein, das konnte nicht sein. Agnes war ihr, obwohl sie eine Magd war, auch immer Freundin gewesen – oder nicht? Der Brief, den Rugger abgegeben hatte, fiel ihr wieder ein. Vielleicht sollte sie bei Agnes in Zukunft vorsichtiger sein. Sie sah und hörte zu viel. Wer konnte schon in das Herz eines anderen Menschen hineinsehen? Gab es wirklich jemanden, dem sie absolut vertrauen konnte? Während Anne Katharina mit dem Weinkrug die Treppe hinaufstieg, fiel ihr ein, dass es ja keine Zukunft geben würde – nicht für sie und Rugger. Der Ostersonntag war ihr Abschied gewesen. Nur noch eine goldene Erinnerung in düsteren Zeiten durfte er für sie sein. Das Herz schmerzte ihr, ihre Kehle brannte. Gab es denn wirklich keinen Ausweg? Veronica kam in Hemd und Nachthaube aus der Schlafkammer getappt.

»Ich habe Oheim Peters Stimme gehört. Darf ich ihn begrüßen? Ach bitte, Mutter, erlaube es doch!«

Das Kind schmiegte sich an sie und sah mit großen Augen zu ihr auf. Anne Katharina war klar, dass das Kind von der Überzeugungskraft dieses flehenden Blickes wusste, dennoch gab sie ihm immer wieder nach.

»Dann hole dein langes, blaues Umschlagtuch. Du willst doch nicht, dass dich der Oheim in diesem Aufzug sieht? Und sei leise, damit Barbara nicht aufwacht!«

Das Mädchen huschte davon und war Augenblicke später bereits zurück, das blaue Tuch, das fast bis zum Boden reichte, um die Schultern gebunden. Mit nackten Füßen lief sie durch die Stube und schlang ihre Arme um den Heimkehrer.

»Oheim Peter! Erzähle mir, wie war deine Reise? Ist Heilbronn eine große Stadt? Wie ist es dort?« Ihre Augen glänzten. »Bist du in den Wäldern von Räubern überfallen worden? Bernhard sagt, dass es überall welche gibt und dass sie große Keulen mit sich tragen, die sie ahnungslosen Reisenden auf den Kopf schlagen. Und dann rauben sie ihnen ihr ganzes Geld.«

Peter zog seine Nichte auf den Schoß. »Ich muss dich enttäuschen, liebe Veronica, ganz so aufregend war meine Reise nicht. Nicht der kleinste Räuber weit und breit.«

»Nein?«, warf Anne Katharina scheinbar leichthin ein. »Dem Zustand deines Hemdes nach zu urteilen müsste es ein ganzes Dutzend gewesen sein.«

Veronica riss die Augen auf und sah ihren Oheim erwartungsvoll an.

Peter blickte über den Kopf seiner Nichte hinweg zu seiner Schwester. Ihre Blicke trafen sich.

»Nein, so aufregend muss es nicht sein, wenn man sich seine Kleider beschmutzt. Frage deinen Sohn. Er schafft das täglich völlig ohne Straßenräuber.«

»Oh, du bist auf Bäume geklettert, hast dich mit anderen Gassenjungen geprügelt und bist im Gebüsch draußen in einem heimlichen Lager herumgekrochen? Interessant! Ich dachte, aus diesem Alter wärst du heraus, Herr Advokat.«

»Was willst du hören, geliebte Schwester?«

»Wie wäre es mit der Wahrheit?«

Veronica sah von ihrer Mutter zum Oheim und wieder zurück. »Hat Oheim Peter nun Straßenräuber getroffen oder nicht?«, wollte sie wissen.

»Nein, Oheim Peter war mit anderen Männern im Wirtshaus und hat guten Wein getrunken, und als er durch die fremde, dunkle Gasse zu seinem Quartier schritt, ist er in ein Loch in der Straße gefallen und hat sich das Hemd zerrissen und sich schmutzig gemacht. So langweilig sieht die Wahrheit aus.« Veronica machte ein enttäuschtes Gesicht.

»Und dann hast du Agnes von deinem Missgeschick erzählt«, schloss Anne Katharina.

Peter zog erstaunt die Augenbrauen hoch. »Nein, warum? – Nun ja, vielleicht habe ich so was erwähnt, als ich ihr die Wäsche gab.«

Anne Katharina wollte noch etwas erwidern, doch auf der Treppe ertönten Michels Schritte, die Tür wurde aufgestoßen, und er trat mit hochrotem Kopf auf seine Gattin zu.

»Die Frau, die du eine Freundin nennst, ist nichts weiter als eine Hure!«, rief er. »Eine Hure und Diebin, eine Lügnerin und Verleumderin!«
»Einen guten Abend, Michel«, begrüßte ihn Peter ruhig.
»Oh, du bist zurück«, sagte Michel, wandte sich aber gleich wieder Anne Katharina zu. »Und du hast sie in unser Haus eingeladen! Sage mir, wusstest du davon?«
»Vater, was ist eine Hure?«, wollte Veronica wissen.
Michel erstarrte. »Was hast du hier zu suchen?« Sein ausgestreckter Finger schnellte in Richtung Tür. »Raus! Geh sofort in dein Bett und sei froh, dass ich dir für diese dreiste Einmischung nicht eine Ohrfeige verpasse!«
Veronica rutschte rasch von Peters Schoß und rannte hinaus. Die Tür krachte hinter ihr zu.
»Michel, beruhige dich und setz dich zu mir«, forderte Peter den Freund auf. »Der Medicus sagt, Ärger führt zu einem Krampfmagen mit üblen Schmerzen. Trink Wein und kühle deinen Zorn. Agnes müsste jeden Augenblick mit dem Essen kommen.«
»Danke, dass du mich in meinem eigenen Haus zu einem Wein einlädst«, gab Michel zurück, aber er klang nicht mehr so erregt wie zuvor. Peter grinste.
»Bin eben ein großzügiger Mensch!« Er schob Michel den Weinkrug hin. Anne Katharina eilte zum Wandbord, um ihrem Gatten einen Becher zu reichen.
»Und nun befriedige meine Neugier und verrate mir, welche von Ankas Freundinnen du eine Hure nennst.«
»Anna Büschler!«
Peter stieß einen Pfiff aus. »Sie ist eine kokette Person und stets eine Augenweide mit ihren tiefen Dekolletés und dem üppigen Schmuck an ihren Gewändern, aber die Tochter des zweiten Bürgers der Stadt als Hure zu bezichtigen ist ein wenig stark und nicht ungefährlich, findest du nicht auch?«
Michel brummte. »Ihr Vater hat sie in der Sitzung selber so genannt. Sie hat dem Schreiber am Sonntag einen Brief diktiert, der

heute in der Sitzung vorgelegt wurde. Sie kündigt an, dass sie Hermann Büschler um ihre Mitgift und das Erbe ihrer Mutter verklagen wird – und nicht etwa vor dem Haller Rat, wo solch ein Fall hingehört. Nein, sie hat am Sonntag noch die Stadt verlassen, um nach Esslingen zu reisen. Vor dem Reichskammergericht will sie klagen!«

Peter schüttelte den Kopf. »Mutig, muss ich sagen, eigensinnig, aber mutig.«

»Mutig nennst du das?« Michel schrie schon wieder, und seine Wangen färbten sich rot. »Das ist ein Verrat an der Stadt, an ihrem Vater, an jeder Tradition. Sie tritt die Ehre Hermann Büschlers mit Füßen!«

»Ja, aber warum will sie ihren Vater denn verklagen?«, wollte Peter wissen. »Sie wohnt doch bei ihm im Haus, oder?«

»Er hat sie rausgeworfen, nachdem er dahinter gekommen ist, dass sie mit zwei Männern das Lager geteilt hat!«, knurrte Michel.

Peter pfiff noch einmal durch die Zähne. »Das ist für den stolzen Büschler natürlich ein herber Schlag. Wer waren denn die Glücklichen?«, fragte er neugierig.

»Ein Reiter des Pfalzgrafen Ludwig und« – er machte eine bedeutungsvolle Pause – »und der junge Schenk Erasmus! Alle hat sie an der Nase herumgeführt, hat heimlich Wein ihres Vaters verkauft und in wilder Sünde geschwelgt.«

»Was für ein Weib!«, entfuhr es Peter. Als er sah, wie Michel anschwoll, fügte er hastig hinzu: »Das war natürlich sehr verwerflich. Hätte der Büschler sie nur rechtzeitig verheiratet, dann müsste nicht er den Ärger ausbaden.«

»Dann müsste niemand den Ärger ausbaden«, stieß Anne Katharina hervor, die sich nicht mehr länger zurückhalten konnte. »Denn dann wäre es nicht so weit gekommen. Sie wollte immer heiraten, aber ihr Vater ließ sie nicht gehen. Sie sollte die Stelle ihrer verstorbenen Mutter übernehmen und seinen Haushalt führen. Wie ungeheuer praktisch für den Herrn Ratsherr.«

Sie merkte schnell, dass es ein Fehler war, Michels Aufmerksam-

keit auf sich zu lenken. Er holte tief Luft und brüllte los. Wer weiß, was sie sich alles hätte anhören müssen, wenn nicht in diesem Augenblick Agnes mit dem Essen eingetreten wäre. Michel verstummte, und seine Gattin nutzte die Gelegenheit zur Flucht.
Welch Glück, dass sie nicht mehr mit ihm in einer Kammer schlief. So würde er bis zum nächsten Morgen keine Gelegenheit mehr haben, seine Stimme gegen sie zu erheben.

✢ ✢

»Und, was gibt es Neues in der Welt?«, fragte Pater Hiltprand, als Anne Katharina am Donnerstag mit einem Flugblatt in der Hand seine Kammer betrat. »Geht der Plan der Bauern auf?«
Sie begrüßte den alten Mann mit einem Kuss auf die Wange und zog sich einen Schemel heran.
»Falls Ihr meint, dass der blutige Schrecken, der ihnen voranschreitet, ihnen kampflos die Tore öffnet, so geben die Nachrichten Eurer Vermutung Recht. Löwenstein ist in ihre Hände gefallen, Heilbronn hat ihnen die Tore geöffnet und Treue gelobt. Die Grafen von Neuenstein sollen endlich die Geschütze geliefert haben, die die Bauern seit dem Schwur auf dem Grünbühl angemahnt haben.« Sie seufzte, reichte ihm das Blatt und stützte das Kinn in die Hände.
Pater Hiltprand hielt das Papier so weit weg, wie nur möglich, kniff die Augen zusammen und begann zu lesen. Schließlich ließ er das Flugblatt sinken.
»Du bist verärgert, mein Kind?«
»Warum mussten sie die Grafen von Löwenstein zwingen, im Bauernkittel mit weißen Stangen in den Händen hinter ihnen herzuziehen? Warum verwandeln sie das Recht ihrer Forderung in Unrecht?«
»Du stimmst ja mit mir überein, dass der Kern ihrer Forderungen richtig ist. Zu lange haben die Herren sich an ihnen bereichert, sie in Willkür niedergedrückt und ihren Reichtum auf dem Rücken

der Bauern angehäuft. Wie kannst du nun von diesen zügellosen Haufen erwarten, dass sie sich ritterlicher benehmen, als es die Ritter jemals selbst taten? Du suchst nach edlem Heldentum in ihrem Handeln, doch das findest du nur in alten Geschichten, weil niemand mehr genau weiß, wie sie sich wirklich zugetragen haben. Ich bin bestimmt nicht dafür, grausame Taten zu vollbringen und Menschen zu demütigen, aber haben sich die Herren jemals Gedanken darüber gemacht, ob sie ihre Untertanen demütigen? Was glaubst du wohl, wie viele Bauern aus Nachlässigkeit, aus falscher Anklage, aus Übermut allein im vergangenen Jahr den Tod fanden?«

»Aber, Pater, soll die neue Welt auf Blut gebaut werden?«

»Sie wird auf Blut gebaut werden – viel Blut! Es ist noch lange nicht zu Ende. Sobald der Truchseß im Süden den Rücken frei hat, reitet er nach Württemberg und Franken, so schnell sein Pferd ihn tragen kann – und mit ihm ein riesiges Heer. Große Fürsten werden sich ihm mit ihren Männern anschließen. Eine Weile werden sich die Heerführer auf beiden Seiten abschätzend beobachten, aber dann wird es zum Kampf kommen, und ich vermag nicht zu sagen, wer die Oberhand gewinnen wird.«

»Ihr vergesst Hipler und sein Bauernparlament. Sie wollen sich friedlich einigen und Verträge mit dem Bund aushandeln«, widersprach Anne Katharina.

»Der Truchseß wird sich nicht wirklich auf Gespräche einlassen. Er hat keine ehrlichen Absichten. Er hat bisher nur verhandelt, solange er in arger Bedrängnis war. Jetzt, nach dem Tod der Ritter, schreit er nach Rache.«

»Es war ein großer Fehler, solch sinnlose Grausamkeiten zu begehen!«, schleuderte Anne Katharina ihm entgegen.

»Natürlich war es unklug«, stimmte ihr der Pater zu. »Nur selten handeln Menschen klug, wenn große Gefühle im Spiel sind. Seien diese Hass, Rache, Trauer oder auch Liebe. Du urteilst zu hart. Der einfache Mann spricht nicht mit einer Zunge. Es gibt viele, die für das Evangelium kämpfen, aber es sind auch Männer dabei, die einfach ein paar Tage ihrer Knechtschaft entfliehen, saufen und plündern wollen. Jäckleins Stern ist nach Weinsberg rasch gesunken. Keiner will nun mehr voll Bewunderung seine aufpeitschenden Reden hören. Er hat sich vom hellen Haufen getrennt und versucht in Württemberg sein Glück.«

Anne Katharina fühlte sich plötzlich schwach, und ihr war übel. Obwohl sie fürchtete, ihre Knie könnten nachgeben, verabschiedete sie sich hastig von Pater Hiltprand und stürzte hinaus an die frische Luft.

Sie atmete tief ein und aus, während sie die Staffel hinunterstieg. Ihre Beine fühlten sich immer noch ein wenig weich an, aber die Übelkeit ließ nach.

Sie traf Peter und David in der Küche. Peter hatte sich einen Kanten Brot und eine dicke Scheibe Schinken genommen und kaute herzhaft. David saß ihm gegenüber, die Hände im Schoß gefaltet, den Kopf gesenkt. Noch eben war Peters Stimme mit beschwörendem Nachdruck durch die geschlossene Tür gedrungen, nun verstummte er, als seine Schwester eintrat.

»Warum seid ihr hier unten in der Küche?«, wunderte sie sich. »Wollt ihr nicht in die Stube hinaufgehen?«

Peter schüttelte den Kopf. »Die Seybothin sitzt oben mit den Mädchen und verwirrt ihnen die Köpfe mit ihren frommen Sprüchen. Das tue ich mir nicht an! Dann schon lieber Küche. Außerdem«, fuhr er mit vollem Mund fort, »liegen hier so köstliche Sachen herum. Würdest du so freundlich sein und mir noch eine Scheibe von diesem herrlich geräucherten Schinken abschneiden?«

Anne Katharina gab sich empört. »Der ist für Sonntag gedacht – für die ganze Familie – und nicht nur für deinen gierigen Schlund!« Trotz ihrer Worte ging sie zum Wandbord, nahm den Schinken herunter und schnitt eine Scheibe ab.

»Bitte, auch wenn du es nicht verdient hast!«, sagte sie, als sie Peter den Schinken reichte, doch er grinste nur und biss ein Stück Brot ab.

»Möchtest du auch ein Stück, David?«, wandte sie sich freundlich

an ihren Neffen, der sie nicht einmal richtig begrüßt hatte. Auch jetzt blieb seine Miene starr. Schwerfällig schüttelte er den Kopf.
»Brot? Käse? Met?«, zählte sie auf, aber er starrte auf die Tischplatte, als wäre dort etwas, das er nicht einen Moment aus den Augen lassen durfte.
Anne Katharina zog sich einen Schemel heran und setzte sich neben ihn. »David, was ist denn mit dir los? So bedrückt habe ich dich ja noch nie erlebt.«
»Es ist nichts«, presste er heraus, wobei die Haltung seines Körpers und seine Stimme die Worte Lügen straften.
»Ach! Für wie einfältig hältst du mich? Hast du dich mit Ulrich gezankt? War Dorothe wieder einmal garstig zu dir?« Er schüttelte den Kopf.
»Lass ihn einfach in Ruhe«, schlug Peter vor. »Jungen in seinem Alter sind manches Mal etwas bedrückt.«
»Du musst es ja wissen«, schnaubte seine Schwester. »Ich jedenfalls kann mich nicht erinnern, dich jemals so erlebt zu haben. Du warst in diesem Alter aufmüpfig, frech und am Abend meist betrunken, aber niemals bleich mit einem Ausdruck der Pein im Gesicht, als würdest du fürchten, jeden Augenblick vom Teufel persönlich in die Hölle geschleppt zu werden!« David zuckte zusammen, sah sie aber immer noch nicht an.
Peter schüttelte den Kopf. »Nun zeige ausnahmsweise einmal etwas von deinem zarten Sinn – der den Weibern immer nachgesagt wird – und lass uns beide allein. Mathilde freut sich sicher, wenn du dich zu ihrer Lesung gesellst.«
»Ach, loswerden wollt ihr mich«, fauchte Anne Katharina und schob den Hocker mit solchem Schwung zurück, dass er umkippte und auf den Boden krachte. Sie machte sich nicht die Mühe, ihn aufzuheben, sondern rauschte mit gerafften Röcken hinaus und schlug die Tür hinter sich zu.
»Weiber!«, hörte sie Peter ihr hinterherrufen.

✢ ✢

Anne Katharina sah ihren jüngeren Bruder erst beim Spätmahl wieder. An diesem Abend war auch Michel früher als gewohnt nach Hause gekommen. Er wirkte erschöpft. Die Schultern hingen nach vorn, und seine Haut war von einem ungesunden Grau. Schweigend löffelte er seine Graupensuppe. Auch Peter hielt sich zurück und schien seinen Gedanken nachzuhängen.
Als Michel seine zweite Schale geleert hatte, sah er auf. »Hast du gehört? Georg von Waldburg hat am Montag nach Ostern mit dem Seehaufen einen Vertrag geschlossen.«
Peter brummte. »Ja, das habe ich. Zwölftausend Bauern standen hinter Hurlewang. Er hatte Wagen mit Geschützen und eine gute Stellung, und da zieht der Truchseß mit seinen Reitern heran, klappert ein wenig mit dem Säbel, und Hurlewang zieht den Schwanz ein!«
»Peter Vogelmann!«, dröhnte die alte Seybothin vom anderen Ende des Tisches. »Ich dulde keine solche Gassensprache in meiner Stube!«
Anne Katharina gab ihr zwar einerseits Recht, ärgerte sich aber, dass sie von ihrer Stube sprach.
Peter schreckte hoch. »Verzeiht, gnädige Frau. Ich vergaß, dass auch Ihr und die Kinder bei Tisch seid.«
Die Kinder sahen zu ihrem Oheim auf, und vor allem in Bernhards Miene glühte die Wissbegierde.
»Der Truchseß hat die Bauern beim Verstoß gegen das Waffenruheabkommen ertappt und war völlig im Recht, ihnen mit einem Angriff zu drohen.«
»Ertappt? Ha!«, rief Peter. Auf seinen Wangen zeigten sich rote Flecken. »Sie haben ihre Geschütze in Stellung gebracht, na und? Der Truchseß hat diese ganze Verhandelei sowieso nur dazu benutzt, Zeit zu gewinnen, bis seine Truppen stark genug waren. Er war es, der das Abkommen mit Füßen trat!«
»Dafür hast du keine Beweise«, antwortete Michel kühl.
Anne Katharina dachte an die abgefangenen Briefe, die Rugger bei dem Treffen in Öhringen vorgelesen hatte. Peter hatte Recht, und

es drängte sie, mit ihrem Wissen an dem Disput teilzunehmen. Das würde einen Aufschrei geben! Schließlich war sie nie in Öhringen gewesen, nie mit Rugger durch die Nacht geritten, hatte nie an Hiplers Seite seine Anweisungen auf Pergament festgehalten. Krampfhaft biss sie sich auf die Lippen. Kein Wort durfte ihr entschlüpfen, wenn sie nicht eine Explosion auslösen wollte, die dieses Haus in seinen Grundfesten erschüttern würde.

»Ich weiß nicht, worüber du dich aufregst«, erwiderte Michel. »Die Bauern wollten doch einen Vertrag mit den Herren abschließen, oder ging es ihnen nur darum, sich zusammenzurotten? Wollten sie nur die Kirchenkassen und Klosterkeller plündern und es sich wohl sein lassen?«

»Nein!«, rief Peter. »Natürlich nicht. Ihr Ziel ist es, sich mit den Herren zu einigen, aber der Vertrag von Weingarten ist für die Bauern nicht das Pergament wert, auf dem er geschrieben steht. Zwölftausend Bauern gehen nun brav zu ihren Höfen zurück, und was bekommen sie dafür? Nichts!«

»So wie es mir zu Ohren gekommen ist, werden die Beschwerden jeder Gemeinde durch sechs Unparteiische per Schiedsgericht entschieden, und die Bauern werden für ihren Aufruhr nicht bestraft.«

Peter schnaubte. »Die Frage ist nur, was dabei herauskommt. Jetzt waren sie stark und hätten ihre Forderungen durchsetzen können!«

Die Seybothin erhob sich. »Für uns Frauen und die Kinder wird es Zeit, uns zurückzuziehen.«

Bernhard maulte, verstummte aber unter dem strengen Blick der Großmutter.

»Auch du, Anne Katharina!«, sagte sie und blieb unter der Tür stehen.

In der jüngeren Frau wallte Widerspruch auf. Sie wollte so lange in der Stube sitzen, wie es ihr beliebte! Sie wollte den Gesprächen der Männer lauschen, wenn sie sich schon nicht daran beteiligen durfte! Sie wollte selbst entscheiden, wann es für sie Zeit war, ihre Kammer aufzusuchen.

Veronica befreite sich aus dem Griff der Alten und lief zu ihr.

»Bringst du mich zu Bett? Ach bitte!«
Nun rannte auch Barbara zu ihr herüber und barg ihr Gesicht im Schoß der Mutter. Anne Katharina streichelte den rotbraunen Haarschopf.
»Aber natürlich«, sagte sie, erhob sich, nahm Barbara auf den Arm und verließ mit den Kindern die Stube.

# KAPITEL 9

Zwei Wochen vergingen. Nur spärlich drangen neue Nachrichten nach Hall. Jedes Wort wurde in den Gassen gierig aufgesogen und so lange besprochen, bis keiner mehr genau wusste, in welcher Form die Geschichte angekommen und was die zahlreichen Weitererzähler hinzugedichtet hatten. Auch nach der Messe und der Predigt am Sonntagmorgen standen die Bürger lange auf dem Marktplatz zusammen und unterhielten sich. Hauptthema war noch immer der blutige Ostersonntag in Weinsberg. Ganz ungeniert schlenderten Bauern und Knechte mit weißen Kreuzen auf den Hüten durch Hall und unterhielten sich laut darüber, welches Haus in der Stadt sie demnächst besitzen würden. Der Rat hielt still. Das Verhältnis der Kräfte ließ es nicht ratsam erscheinen, die Bäurischen zu provozieren.

Es schlug bereits zur Mittagsstunde, als sich Michel und Ulrich von einigen anderen Ratsherren verabschiedeten und ihren Familien winkten, ihnen nach Hause zu folgen. Offensichtlich mussten die beiden Männer noch einige Worte austauschen, denn Michel begleitete Ulrich in die Herrengasse. Vor dem Vogelmannshaus trennten sie sich. Michel stieg die Treppe zur Keckengasse hinunter, Anne Katharina folgte ihm mit Barbara an der Hand in einigem Abstand. Ein Stück weiter hinten kamen Veronica und die Seybothin. Bernhard hatte sich irgendwann davongeschlichen. Anne Katharina hoffte nur, er werde pünktlich zum Essen erscheinen, damit sie sich nicht wieder einen Vortrag über die Versäumnisse ihrer Erziehung anhören musste.

Michel hatte die Gasse schon fast erreicht, als ihm ein Mann entgegenkam. Er trat zur Seite und ließ ihn passieren. Anne Katharina, die sich zu Barbara hinabgebeugt hatte, um zu verstehen, was das Kind ihr zu sagen versuchte, blieb unvermittelt stehen. Eine Welle der Schwäche erfasste sie, ihr Herz begann zu rasen. Sie musste sich an die Wand lehnen, um den Schwindel zu bekämpfen, der die erfasste. Sie konnte ihn spüren, noch ehe sie den Blick hob und seine Silhouette sah, die die Treppe herauf auf sie zukam. Sie ließ Barbaras Hand los und griff sich an die Brust. Rugger verlangsamte seinen Schritt und sah zu ihr hoch. Ihre Blicke trafen sich. Keiner achtete auf das kleine Mädchen, das die Treppe weiter hinunterlief. Mit jeder Stufe wurde sie schneller. Ihr Fuß verfing sich im Volant ihres Rockes, sie strauchelte und fiel.

Anne Katharina stieß einen Schrei aus. Sie war viel zu weit weg, um ihre Tochter zu erreichen. Michel, der bereits am Fuß der Treppe angekommen war, drehte sich um, konnte aber nur hilflos zusehen, wie das Mädchen Stufe für Stufe nach unten fiel.

Der Landsknecht reagierte schnell. Mit großen Schritten stürmte er die Treppe hinauf und riss das Kind in seine Arme. Anne Katharina raffte ihre Röcke und eilte zu ihm.

»Barbara!«, rief sie. »Mein Kind, was ist dir geschehen? Ist sie verletzt?«

Bisher hatte das Mädchen keinen Laut von sich gegeben. Nun fing es an zu weinen und streckte seine Arme nach der Mutter aus. Barbaras Hände waren aufgeschürft, Blut rann ihr aus zwei Wunden an der Schläfe und am Kinn. Vorsichtig reichte Rugger ihr das schluchzende Kind.

»Die Wunden sind nicht tief, aber ich kann nicht sagen, ob alle Knochen heil geblieben sind.« Er griff nach Anne Katharinas Oberarm und führte sie zur Keckengasse hinunter, wo Michel noch immer wie erstarrt dastand. Rugger ließ die Gattin des Ratsherrn los und trat einen Schritt zurück.

»Barbara«, stotterte Michel und berührte das Mädchen zart am

Arm. Sein Gesicht war totenbleich. Er wandte sich an Rugger und starrte ihn einige Augenblicke schweigend an. Dann öffnete er den Mund.

»Ich muss Euch danken. Ihr habt vermutlich das Leben meiner Tochter gerettet«

Rugger verbeugte sich. »Es war mir eine Ehre, Ratsherr Seyboth.«

Nun erreichte auch Mathilde mit Veronica das Ende der Staffel.

»Wie konnte das nur geschehen?«, rief sie schrill. »Warum hast du sie allein die Treppe hinuntergehen lassen? Sie hätte sterben können!«

Die Alte beugte sich über das Kind und tastete seine Arme und Beine ab. Noch immer weinte die Kleine bitterlich. Nun fing auch Veronica an zu schluchzen und barg das Gesicht im Gewand der Mutter.

Anne Katharina hatte im Antlitz ihrer Schwiegermutter noch nie solch einen weichen, zärtlichen Ausdruck gesehen. Sie strich Barbara über die unverletzte Wange und sprach beruhigend auf sie ein, doch dann fuhr sie ganz unvermittelt herum.

»Wir müssen den Medicus holen, schnell, Michel, lauf los!«, herrschte sie ihren Sohn an. »Und komm mir nicht etwa mit dem Bader zurück.«

Michel rührte sich nicht von der Stelle. Rugger verbeugte sich.

»Wenn es Euch recht ist, dann werde ich Doktor Brellochs verständigen.«

»Ja, guter Mann, eilt Euch«, rief die Alte und zog Anne Katharina hinter sich her ins Haus.

Barbaras Schreie waren inzwischen zu einem Schluchzen abgeklungen. Sie hatten das Kind entkleidet und vorsichtig mit warmem Wasser gewaschen. Es schienen keine Knochen gebrochen zu sein, endgültige Sicherheit würde allerdings erst der Doktor bringen. Die Magd hatte gerade ein Lager in der Stube der Seybothin gerichtet, als der Medicus eintraf.

»Agnes, geh zur Tür und führe den Doktor herauf. Und lade den

Landsknecht, der sie gerettet hat, auf einen Becher Wein zu uns ein.«

Anne Katharina zuckte zusammen, Michels Miene wurde starr. Er hielt seine Gattin, die Mathilde und dem Medicus nach oben folgen wollte, am Arm fest.

»Ist das nicht der Kerl, der dich damals nachts nach Hause gebracht hat?«

Sie nickte. »Ja, Rugger ist sein Name, Rugger Beltz.«

Sie machte sich los und eilte in die Stube hinauf. Die Kleine wimmerte leise unter den Händen des Medicus', der sie sorgfältig untersuchte.

»Das ist eigentlich eine Sache des Baders«, bemerkte er ein wenig säuerlich. »Die Wunden werden heilen, die Knochen sind noch ganz. Ich vermute, sie wird noch einige Zeit Schmerzen verspüren, dort, wo die Stufenkanten sie in Rücken und Beine trafen. Ihr könnt bei Meister Gessner einen leichten Schlaftrunk holen. Er soll ein wenig Silberweide und einen Hauch Eisenhut gegen die Schmerzen darunter mischen.«

Der Medicus griff nach seinem Hut und nannte die Summe, die sein fachkundiger Rat die Seyboths kostete. Anne Katharina reichte ihm die Münzen und führte ihn dann die Treppe hinunter. Die Seybothin folgte ihnen.

»Agnes, du bleibst bei Barbara, bis ich wieder zurück bin«, rief sie der Magd zu. Ihre Stimme war wieder so herrisch wie gewohnt und der weiche Zug aus ihrer Miene verschwunden.

Mit zitternden Knien trat Anne Katharina in die Stube. Die beiden Männer saßen, jeder mit einem Becher Wein in der Hand, am Tisch. Anne Katharina schien es fast so, als könne sie die Spannung greifen.

Sie schenkte sich ebenfalls einen Becher voll und setzte sich neben Michel, so dass er ihr Gesicht nicht sehen konnte. Sie warf einen scheuen Blick zu Rugger hinüber, der seine Augen jedoch fest auf Michel gerichtet hielt und ihm eine Episode aus dem Kampf um Pavia schilderte. Wie klug von ihm, die Ereignisse im eigenen

Land zu meiden. Die verschiedenen Ansichten des Landsknechts und des Ratsherrn würden sicher in kürzester Zeit zu einem Streit ausarten. Der französische König dagegen war ein gemeinsamer Feind aller Deutschen.

»Das war sicher eine aufregende Schlacht«, sagte Michel zerstreut, als Rugger geendet hatte.

»Landsknecht Beltz, ich möchte Euch noch einmal für das Leben meiner Enkelin danken. Der Medicus sagt, dass ihr nichts Schlimmes zugestoßen ist«, sagte die Seybothin, die hinter Anne Katharina eingetreten war.

Rugger verneigte sich leicht in ihre Richtung. »Welch Erleichterung, dass es mir gelungen ist, größeren Schaden von ihr abzuhalten.«

Erneut trat peinliches Schweigen ein. Die Männer nippten an ihrem Wein. Anne Katharina überlegte krampfhaft, was sie sagen sollte, um die Spannung zu brechen, aber sie fürchtete, einen Fehler zu begehen. Ratlos sah sie zu Rugger hinüber. Ganz kurz trafen sich ihre Blicke, ehe er ihn wieder auf seinen Weinbecher richtete.

»Anne Katharina, ihr kennt euch doch!«, warf die Seybothin plötzlich ein. Die Schwiegertochter fuhr zusammen, auf Ruggers Wange zuckte ein Muskel.

»Ist er nicht der Landsknecht, der dich nach Hall gebracht hat? Nach der Schlacht von Gottwollshausen?«

Anne Katharina wunderte sich wieder einmal, woher die Alte ihre Informationen bekam, und fragte sich bang, was sie noch alles gehört hatte. Sollte sie dem zustimmen? Sie wagte nicht, zu Rugger hinüberzusehen, da ihre Schwiegermutter sie bestimmt scharf beobachtete.

»Ja, gnädige Frau, ich hatte die Ehre. Ich erkannte die Gattin von Ratsherr Seyboth und dachte mir, das Lager der Aufständischen sei nicht der rechte Platz für sie.«

»So«, sagte die Alte nur und musterte ihn durchdringend.

»Wieder Ihr!«, rief Michel aus. »Ich hoffe nur, dass es keine weiteren Gelegenheiten mehr geben wird, dass meine Familie Eurer Hilfe bedarf.«

»Das liegt in der Hand des Allmächtigen«, antwortete Rugger, erhob sich und schritt zur Tür. In diesem Moment stürmte Peter mit Bernhard im Schlepptau in die Stube. Er prallte beinahe mit Rugger zusammen. Die beiden Männer starrten einander an. Rugger fing sich als Erster.

»Einen gesegneten Sonntag, Advokat Vogelmann«, sagte er und neigte den Kopf.

»Ah, ja«, stieß Peter aus und sah hektisch von einem zum anderen, so als erhoffe er sich von ihren Gesichtern eine Erklärung.

»Landsknecht Rugger Beltz hat Barbara auf der Treppe vor einem bösen Sturz bewahrt«, klärte ihn Anne Katharina auf. »Wir sind ihm dafür sehr dankbar.«

»Hm, ja, so ist das«, stotterte Peter. »Aber wie kam es? Ich meine, was hatte er?« Anne Katharina zog fragend die Augenbrauen hoch.

»Ist die Kleine verletzt?«, stieß Peter schließlich hervor und wandte sich von Rugger ab.

»Nicht schwer, dem Allmächtigen sei Dank«, sagte seine Schwester. »Doktor Brellochs hat nach ihr gesehen.«

»Ich danke für die Gastfreundschaft«, ließ sich Rugger vernehmen. Er verbeugte sich noch einmal und schloss dann leise die Stubentür hinter sich.

»Ich werde dann auch mal wieder losziehen«, verabschiedete sich Peter. »Ein paar alte Freunde warten im ›Wilden Mann‹. Ich wollte nur deinen Lausbuben abliefern, da mir der Gedanke kam, du könntest es nicht gutheißen, wenn ich ihn mit ins Wirtshaus nehme.«

»Oh, solch weise Einsichten bin ich von dir gar nicht gewöhnt«, erwiderte seine Schwester und lächelte. Sie erhob sich und strich ihre Röcke glatt. »Ich werde nach Barbara sehen.«

»Bleib!«, befahl die Seybothin. »Das Kind braucht Ruhe. Ich werde mich an sein Lager setzen und Wache halten. Agnes schi-

cke ich zu Meister Gessner, damit sie den Schlaftrunk bereiten lässt.«
»Nein«, begehrte Anne Katharina auf, »ich will an ihrem Lager wachen.« Sie schritt zur Tür, aber Michel hielt sie zurück.
»Setz dich wieder, ich habe ein paar Fragen an dich.« Seine Miene ließ sie schaudern. Langsam näherte sie sich einem Schemel und ließ sich auf der Kante nieder.
»Was gibt es?«, fragte sie vorsichtig und versuchte, ihm eine offene, unschuldige Miene zu zeigen.
»Dieser Rugger, wie gut hast du ihn kennen gelernt?«
Anne Katharina rann es kalt über den Rücken. »Warum?«, fragte sie. Ihre Stimme klang in ihren eigenen Ohren ungewöhnlich hoch. »Nicht sehr gut, ich meine, wie genau kann man einen Menschen kennen lernen, bei ein paar Schritten durch die Stadt und einem kurzen Ritt auf einem Pferderücken?«
»Ich dachte erst, er wäre einer der Landsknechte des Truchsessen, nun aber bin ich überzeugt, er ist ein Bauernfreund. Was hatte er in dem Lager der Aufständischen zu suchen, dass er dich dort fand?« Michel kratzte sich am Kinn. »Er ist nicht nur ein Freund dieser Aufrührer, ich sage, er ist mehr. Vielleicht gar einer ihrer Hauptleute?«
»Wie kommst du darauf?«, fragte seine Gattin und wagte ein kurzes Lachen. »Hat er dir das gesagt?«
»Nein, aber seine Art ist nicht die eines einfachen Speerträgers. Er ist zu befehlen gewohnt, und er ist nicht auf den Kopf gefallen. Darum frage ich dich: Was konntest du beobachten?«
Anne Katharina zuckte mit den Schultern. »Ich habe ihn nicht beobachtet. Dort waren so viele Bauern und Knechte, aber auch Frauen um mich herum, dass ich auf keinen einzelnen Acht gegeben habe. Ich war stets mit Pfarrer Herolt zusammen.«
»Aber du musst doch gesehen haben, wer die Befehle gab und wer gehorchte!«, rief Michel ungeduldig. »Du warst drei Tage mit ihnen unterwegs!«
»Rugger war aber nicht dabei! Er kam mit einer Botschaft und

sprach mit einem Mann«, sie zögerte. »Ich glaube, sie nannten ihn Seitzinger. Aber warum willst du das alles wissen?«

»Georg von Waldburg hat Botschaften an die Fürsten und Räte der freien Reichsstädte geschickt, in denen er klar macht, wie wichtig es ist, die Rädelsführer aufzuspüren und dingfest zu machen. Solange die Bauern hier in Hohenlohe und Württemberg die Oberhand haben, bleibt uns nur, die Augen offen zu halten. Wenn sich die Haufen jedoch zerstreut haben, dann können wir losgehen und die Hauptleute und Fähnleinführer suchen.«

»Was hat der Truchseß denn vor?«, fragte sie, und ihr wurde ganz elend.

»Sie angemessen zu bestrafen, natürlich«, antwortete Michel. »Ich sage dir, da werden Köpfe rollen! Vor allem die, die in Weinsberg zugestoßen haben, müssen wir ausfindig machen und dem Henker überantworten.«

»Aber vielleicht steht Rugger ja gar nicht auf der Seite der Bauern«, wagte Anne Katharina einzuwerfen. »Ich meine, er brachte eine Nachricht. Kann sie nicht vom Bund gekommen sein? Ja, vermutlich ist er ein Bote des Truchsessen!«

»Dir scheint sein Wohl ja sehr am Herzen zu liegen!«, knurrte Michel und starrte sein Weib an.

»Nein, warum, ich denke nur, dass man sich mit Beschuldigungen zurückhalten soll, ehe man Gewissheit hat.«

Sie erhob sich, presste die Hand gegen den Magen und taumelte zur Tür.

»Was ist mit dir?«

»Ich fühle mich nicht wohl. Entschuldige mich. Ich muss ein wenig an die frische Luft.«

Die schweißnasse Hand um das Geländer geklammert, wankte sie hinunter und trat hinaus auf die Gasse. Ihre Wangen glühten, und sie schmeckte die brennende Säure, die aus ihrem Magen aufstieg. Langsam schritt sie die Gasse entlang. Sollte sie Rugger aufsuchen und ihn warnen? Doch würde Michel, jetzt, da er sie bereits misstrauisch beobachtete, nicht erst recht ungute Schlüsse ziehen, wenn eine der Klatschbasen seiner Mutter sie sehen und ihr Bericht erstatten würde? War Rugger wirklich in Gefahr? Michel wusste nichts über seine Rolle bei den Aufständischen, und die Bauern hatten bereits die Oberhand in den meisten umliegenden Fürstentümern. Außerdem war er an jenem Tag nicht in Weinsberg gewesen. Was sollte ihm also passieren? Und dennoch wand sich ein ungutes Gefühl durch ihre Eingeweide. Der Truchseß hatte an der Donau nun den Rücken frei und konnte mit seiner gesamten Streitmacht hinauf zum Neckar und Kocher ziehen. Er hatte bereits bewiesen, dass er nicht daran dachte, den Bauern ihre Rechte zuzugestehen. Er würde es auf eine Schlacht ankommen lassen, wenn auch nur die geringste Aussicht bestand, sie zu gewinnen. Und dann würden Pater Hiltprands Worte bittere Wahrheit werden. Die neue Welt würde aus einem Blutbad auferstehen. Noch war allerdings nicht sicher, wer sich als Sieger daraus erheben würde!

Anne Katharina erreichte den Platz unterhalb des Rathauses. Wie zur Salzsäule erstarrt blieb sie stehen. Dort vorn stand Rugger, lebhaft in ein Gespräch vertieft mit einem Mann, der ihr den Rücken zukehrte. Aber das war ja Peter! Kein Zweifel. Sollte sie warten, bis Peter sich verabschiedete, und dann zu ihm gehen? Sie brauchte ihm im Vorbeigehen nur eine Warnung zuraunen, ihn auffordern, vorsichtig zu sein und sich vor den Ratsherren und dem Schultheiß in Acht zu nehmen. Anne Katharina schob sich hinter einen Stapel Fässer, die, obwohl heute Sonntag war, gerade auf einen Wagen verladen wurden. Ungeduldig lugte sie zwischen den Salzfässern hindurch. Was hatten die beiden miteinander zu reden? Sie kannten sich doch kaum! So wie sie vorhin in der Stube miteinander gesprochen hatten, hätte man vermutet, sie würden sich nur höflich zunicken, wenn sie einander auf der Gasse begegneten, nicht jedoch, dass sie so eng beieinander standen und anscheinend wichtige Neuigkeiten austauschten.

Peter gestikulierte heftig. Rugger hob die Hände, anscheinend um ihn aufzufordern, seine Stimme zu dämpfen. Er griff nach Peters

Oberarm und schob ihn in Richtung Kerfengasse. Aufmerksam sah sich der Landsknecht um, so als wolle er sichergehen, nicht beobachtet zu werden.
Was geht hier vor sich?, fragte sich Anne Katharina und duckte sich noch tiefer hinter den Karren, um nicht entdeckt zu werden. Die beiden Männer hatten den Eingang zu der Gasse noch nicht erreicht, als eine Frau auf sie zugeeilt kam. Sie trat nah zu ihnen und flüsterte Rugger etwas ins Ohr. Er nickte.
Anne Katharina fühlte, wie ihre Knie weich wurden. Sie erkannte die Frau. Sie hatte sie oft genug in der Kerfengasse vor dem Haus gesehen, in dem sie wohnte – oder musste man sagen, arbeitete? Und selbst wenn sie sie nicht erkannt hätte, so zeigte der gelbe Streifen an ihrer Haube deutlich, was sie war.
Was hatten die beiden Männer mit dieser Hure zu schaffen? Es war wieder das Weib, das sie mit Peter gesehen hatte. Obwohl es damals im Hof dunkel gewesen war, zweifelte sie nicht daran.
Anne Katharina trat hinter den Fässern hervor, zog sich jedoch gleich wieder zurück, da sich Rugger abermals umwandte und den Salzmarkt mit zusammengekniffenen Augen musterte. Dann eilten die drei die Kerfengasse hinunter. Anne Katharina folgte ihnen in einigem Abstand. Obwohl sie bereits, als sie die Hure erkannt hatte, wusste, was das Ziel der Männer sein musste, gab es ihrem Herzen einen schmerzhaften Stich, sie im Frauenhaus verschwinden zu sehen. Übelkeit schwappte in ihrem Körper hoch, und Schwindel erfasste sie, so dass sie sich an die Wand eines Schuppens lehnen musste, um nicht auf die Knie zu sinken. Tränen schossen ihr in die Augen und rannen über ihre Wangen. Nun gab es keinen Zweifel mehr, auch Rugger war wie alle anderen Männer, die an einem Besuch bei den Huren nichts auszusetzen hatten.
Du hast ihn freigegeben, mahnte eine Stimme in ihr. Du hast ihm nichts vorzuschreiben.
Nein, wehrte sich ihr Herz. Ich habe den Zwängen nachgegeben, aber er ist und bleibt alles, was mich Tag und Nacht erfüllt. Er hat

gesagt, dass er mich liebt, dass ich sein Leben bin. Hat er mich belogen? Warum? War es ihm nur darum gegangen, seine fleischliche Lust an einer Ratsherrnfrau zu befriedigen? War das der Reiz, der ihn angetrieben hatte? Ein Spiel, das mehr Spannung versprach als eine Stunde in den Armen einer Hure? Der Schmerz drohte, sie in Stücke zu reißen.

Stimmen näherten sich. Drei junge Burschen kamen vom Haal herauf. Hastig wischte sich Anne Katharina die Tränen aus dem Gesicht und wandte den Kopf ab, um die verräterischen Spuren zu verbergen.

Hatte Peter ihn deshalb angesprochen? Wollte er die Bekanntschaft zu dem Landsknecht vertiefen, indem er ihn dazu überredete, mit ihm ins Frauenhaus zu gehen? War es gar eine Geste des Dankes für das, was er für die Familie getan hatte? Konnte es eine Einladung sein, die Rugger nicht abzuschlagen wagte?

Anne Katharina verzog angewidert die Lippen. Männer waren seltsame Wesen. Wie konnte eine Frau sie je verstehen? Mit schleppendem Schritt machte sie sich auf den Heimweg.

Und selbst wenn Peter ihn dazu überredet hatte, er hätte sich etwas ausdenken können, um die Einladung auszuschlagen. Er hätte nein sagen können. Sie wünschte sich, sie wäre nicht aus dem Haus gegangen. Sie wünschte, sie hätte ihn nicht gesehen und beobachtet. Wie sollte sie mit diesem Schmerz weiterleben können?

Es wird dir helfen, ihn zu vergessen, meldete sich die barsche Stimme in ihr wieder zu Wort. Er ist ein Söldner, der durch die Lande zieht, um für denjenigen, der ihn bezahlt, zu töten. Was erwartest du von ihm? Glaubst du, die Landsknechte sind zimperlich und schwören einer Frau ewige Treue? Warum wohl ziehen die Marketenderinnen den Trossen hinterher? Sie leben sicher nicht von den Almosen, die die Söldner ihnen geben!

Anne Katharina wollte die Hände an die Ohren pressen und die gehässige Stimme in ihrem Kopf zum Schweigen zwingen, stattdessen schritt sie ruhig dahin, lächelte Magister Brenz zu, der sich in ihre Richtung verbeugte, und grüßte Ratsherr Sulzer, der mit Weib und Tochter vorbeiging. Niemand durfte sehen, welch Aufruhr in ihr tobte. Daheim angekommen zog sie mit einem Seufzer der Erleichterung die Haustür hinter sich zu. Agnes kam ihr die Treppe herunter entgegen, ein kleines Päckchen in der Hand.

»Ich wollte Euch frische Leinenstreifen bringen«, sagte sie und ließ den Blick prüfend über ihre Herrin schweifen, »aber Ihr habt die oben in der Truhe noch nicht benutzt.«

Anne Katharina blieb stehen und runzelte nachdenklich die Stirn. Über die ungewöhnlichen Ereignisse hatte sie nicht bemerkt, dass die Zeit ihrer unreinen Tage verstrichen war, ohne dass sie zu den Leinenstreifen hätte greifen müssen. Sie legte sich die Hand auf den Bauch.

»Es ist lange her, dass ich unter verstockter Mensis gelitten habe, aber eigentlich darf man sich nicht wundern, bei diesen Aufregungen in den vergangenen Wochen. Ich werde wohl die Trochtelfingerin aufsuchen müssen, damit sie mir einen Käutersud mischt, der die Säfte wieder ungehindert fließen lässt.«

Agnes öffnete den Mund, um etwas zu erwidern, schloss ihn dann aber wieder und setzte ihren Weg in die Küche fort.

»Wie Ihr meint, Herrin«, murmelte sie. Anne Katharina sah ihr erstaunt nach. Was war nur in sie gefahren? Sie wirkte so ernst und verschlossen. War etwas mit Barbara geschehen? Der Schreck raste ihr durch die Glieder, dass sie schwankte und ihr schon wieder schwarz vor Augen wurde.

»Wie geht es meiner Tochter?«, rief sie mit schriller Stimme der Magd hinterher. »Hast du die Medizin besorgt?«

Agnes drehte sich unter der Küchentür um. »Aber ja, Anne Katharina. Macht Euch keine Sorgen. Barbara hat Suppe gegessen und die Medizin getrunken. Sie schläft jetzt. Die alte Herrin ist bei ihr und sagt, das Kind dürfe nicht gestört werden.«

»Ich danke dir.« Zögernd blieb Anne Katharina vor der Treppe stehen. »Dann werde ich mich in die Stube setzen, bis sie aufwacht und ich nach ihr sehen darf.« Langsam, fast schwerfällig erklomm sie die Stufen und setzte sich in der Stube in den Scherenstuhl vor den warmen Ofen. Eigentlich wurde im April nicht mehr geheizt, doch seit ein paar Jahren, seit das Rheuma sie immer stärker plagte, gab die Seybothin immer wieder den Befehl, auch im Herbst oder Frühling die Stube einzuheizen, obwohl es ihr sicher schwer fiel, diese Schwäche einzugestehen und mehr Geld als nötig für Brennholz auszugeben.

Vor dem Nachtmahl gelang es Anne Katharina endlich, nach ihrer Tochter zu sehen. Barbara war weinerlich und drückte sich an die Mutter. Sie klagte über die schmerzenden Schürfwunden an den Händen und im Gesicht und die Prellungen am Rücken, schien aber wirklich keine ernsthaften Schäden davongetragen zu haben. Anne Katharina bestand darauf, ihr süßen Brei zu füttern und ihr den Schlaftrunk einzuflößen. Sie hielt Barbara in ihren Armen, bis das Mädchen eingeschlafen war, dann überließ sie, schweren Herzens, ihren Platz wieder der Schwiegermutter, die ihr befahl, die Tür von außen zu schließen.

In der Stube saßen nicht nur Michel, Peter und die Kinder, auch Stättmeister Schletz war gekommen und hatte die Einladung zum Spätmahl nicht abgelehnt. Agnes räumte gerade die Fleischreste weg und trug dann eine Schüssel mit Kompott und einen Honigkuchen auf.

»Möchtet Ihr Fleisch und dicke Linsensuppe, Herrin?«, fragte die Magd, als Anne Katharina sich setzte. »Ich habe Euch Euer Essen warm gehalten.«

Anne Katharina schüttelte den Kopf. »Nein, ich danke dir. Früchte und Honigkuchen werden mir genügen.«

Die Magd musterte sie einige Augenblicke mit unbeweglicher Miene, ehe sie das Fleischbrett und die leeren Schalen vom Tisch nahm, um sie in die Küche zu bringen.

Anne Katharina schob lustlos ein Stück Honigkuchen in den Mund und kaute darauf herum, als wären es Holzspäne. Sie hörte nicht zu, was die Männer sprachen, und schenkte auch ihren beiden Kindern nur wenig Aufmerksamkeit. Sie sah Peter an und versuchte sich vorzustellen, dass er noch vor ein paar Stunden im Frauenhaus gesündigt hatte. Und nun saß er unschuldig, als wäre nichts geschehen, mit ihnen am Tisch! Kein Mal der Schande zierte seine Stirn, nur ein paar schwarze Flecken an den Fingern und die üblichen düsteren Ränder um die Fingernägel. Sie wollte aufspringen, ihn am Wams von seinem Stuhl zerren und ihn anschreien: Warum? Warum hast du das getan? Warum hast du Rugger in die Klauen dieser Weiber gegeben? Stattdessen schob sie einen Löffel voll gekochter Pflaumen in den Mund und versuchte, nicht daran zu denken, dass sie den Landsknecht ja schon einmal in dieser zwielichtigen Gegend getroffen hatte und er nicht der Typ schien, der sich von Peter zu Dingen verleiten ließ, die er nicht auch selber wollte.

Der Name ihrer Freundin Anne Büschler aus dem Mund des Stättmeisters zog ihre Aufmerksamkeit auf das Gespräch der Männer.

»Kann nicht Hermann Büschler die Aufsicht am Schiedsgraben übernehmen?«, bat Michel. »Ich muss nach dem Sudhaus sehen. Wir haben wieder eine Siedenswoche vor uns, und auch der Handel muss vorangetrieben werden. Es ist schwierig genug in diesen Zeiten, da die Aufständischen sich nicht scheuen, Fuhrleute zu überfallen und in ihre Mitte zu zwingen. Vor allem, wenn sie guten Wein geladen haben.« Er zog eine Grimasse.

»Tut mir Leid, Michel«, lehnte der Stättmeister ab, »dann müsst Ihr Euch eben jemanden suchen, der Euch im Sudhaus vertritt oder Euch die Bücher führt. Der Büschler ist nach Esslingen gezogen, um seine widerspenstige Tochter zurückzuholen. Ich hoffe, es gelingt ihm, sie zur Vernunft zu bringen. Wie stehen wir denn da, wenn eine Anna Büschler ihren Vater, und damit auch die Stadt Hall, vor einem anderen Gericht verklagt?« Sie sahen einander an und nickten einmütig.

»Das kommt davon, weil die jungen Mädchen heutzutage nicht mehr streng genug erzogen werden. Sie vergessen, was ihre Pflicht

der Familie gegenüber ist, und wollen ihren eigenen Kopf durchsetzen. Schande!«, ereiferte sich der Stättmeister. »Wo kommen wir hin, wenn die Weiber denken und mitreden oder gar über ihre Belange selbst bestimmen wollen?!«
Anne Katharina drängte es, Michel Schletz eine harsche Erwiderung entgegenzuschleudern, doch sie schwieg. Sie wies die Männer auch nicht darauf hin, dass sie seit Jahren gern die Bücher führen würde und so ihren Gatten in dieser schweren Zeit entlasten könnte. Sie würden ihr nicht einmal zuhören und ihre Einwände nur als Bestätigung ihrer schlechten Meinung über Anna verwenden.
»Ich verstehe Euch nicht, Michel«, sagte der Stättmeister und lächelte den um so viele Jahre jüngeren Ratsherrn an. »Ihr habt die Lösung Eurer Probleme hier am Tisch sitzen und greift nicht zu. Natürlich verstehe ich, dass Ihr versucht, all Eure Belange selbst zu regeln, aber in Notzeiten ist die Familie dazu da, einander zu helfen und zu stützen. Gebt ein Teil der Arbeit ab!«
Anne Katharina setzte sich kerzengerade hin und ließ den Löffel in die noch nicht ganz geleerte Schale fallen. Mit großen Augen starrte sie den Stättmeister an. Hatten ihre Ohren seine Worte richtig vernommen? Michel würde seinen Rat nicht ausschlagen. Endlich konnte sich etwas ändern. Sie würde etwas Wichtiges für die Familie tun, wäre ein Teil des Ganzen, respektiert und geachtet. Ihr Herz begann aufgeregt zu schlagen. Nun bloß keinen Fehler machen und die Männer nicht erzürnen. Sie biss sich auf die Lippen, damit ihr kein unbedachtes Wort entschlüpfte.
»Wie meint Ihr das?«, fragte Michel.
»Nun, soviel ich weiß, wohnt der Bruder Eurer Gattin schon einige Zeit in Eurem Haus. Auch er kommt aus einer Siederfamilie und hat ein eigenes Sieden. Verzeiht, Peter, aber ich denke nicht, dass Eure Geschäfte als Advokat Euch bereits so erfüllen, dass Ihr nicht ein wenig im Sudhaus nach dem Rechten sehen könntet.«
Peters Augen leuchteten. »Ich? Die Siederei übernehmen? Aber

gerne! Ich wollte schon vor einem Dutzend Jahren unser eigenes Sudhaus führen, so dass sich Ulrich nur um den Handel zu kümmern bräuchte, aber er bestand darauf, dass wir einen Advokat in der Familie haben müssten, und schickte mich nach Heidelberg.« Er sah zu seinem Schwager hinüber. Sein Gesicht glänzte in jugendlichem Eifer.

»Was meinst du, Michel? Wir könnten nicht nur deine und Anne Katharinas Rechte ausüben, sondern auch meine Anteile von Ulrich in dein Haus holen.«

Michel wiegte nachdenklich den Kopf hin und her. »Ja, das wäre eine Möglichkeit.« Ein Lächeln erhellte sein Gesicht, als er Peter über den Tisch hinweg die Hand reichte. »Dann ist das abgemacht.«

Anne Katharina sackte in sich zusammen. Bittere Galle stieg in ihr hoch und brannte in ihrem Hals. Wie hatte sie nur so dumm sein können zu glauben, der Stättmeister würde von ihr sprechen, wo er doch kaum ein paar Sätze vorher klar gemacht hatte, wo er den Platz einer Frau sah! Der kurze Moment der Hoffnung machte es ihr besonders bitter. Sie sprang auf. »Kinder, kommt, es ist Zeit, zu Bett zu gehen.«

Bernhard maulte. Michel sah sie erstaunt an. »Aber du hast deine Schüssel noch nicht geleert und nicht einmal die Hälfte deines Honigkuchens gegessen.«

»Ich fühle mich nicht wohl«, antwortete sie, und das war nicht einmal gelogen. Sie verabschiedete sich von Stättmeister Schletz und nickte den anderen Männern steif zu, ehe sie Bernhard und Veronica aus der Stube schob.

Es war schon spät. Seit Stunden waren die Geräusche im Haus verstummt, dennoch lag Anne Katharina wach in ihrem Bett, die Hände über dem Bauch verschränkt, und starrte zur Decke, die sie in der nächtlichen Finsternis nur erahnen konnte. Irgendwann hatte sie das Fenster geöffnet, da sie zu ersticken drohte. Nun lauschte sie den Geräuschen, die an ihr Ohr drangen. Sie hörte ein

paar verspätete Bürger auf ihrem Nachhauseweg vom Wirtshaus, dann kläffte ein Hund, und eine ärgerliche Stimme rief ihn zur Ruhe, im Haus gegenüber schrie das Baby, bis es an der Brust seiner Mutter verstummte. Jede Stunde erklang der Ruf des Nachtwächters. Ihr war immer noch übel, und obwohl sie erschöpft war, wurde sie von einer inneren Unruhe erfüllt, die den Schlaf vertrieb. In ihren Brüsten zog es schmerzhaft.
Wenn es nicht schon so lange zurückläge, dass ich mit Michel das Lager geteilt habe, dann würde ich fast glauben, ich wäre schwanger, dachte sie und strich über die empfindlichen Brustwarzen. Etwas blitzte in ihrem Gedächtnis auf. Anne Katharina fuhr in die Höhe und schlug sich die Hand vor den Mund, um den Schrei, der aus ihr aufsteigen wollte, zu unterdrücken. Rugger! Herr im Himmel, die Nacht in der Scheune!
Anne Katharinas Herzschlag beschleunigte sich. Nein, das konnte nicht sein!
Warum denn nicht?, lachte eine gehässige Stimme in ihrem Kopf. Er ist ein gesunder, kräftiger Mann, und du kannst noch viele Jahre Kinder gebären. Nur weil du nicht daran gedacht hast und es nicht wahrhaben willst, kann es nicht sein?
Was sollte sie nur tun? Es drängte sie, aufzuspringen und in der Kammer auf- und abzugehen, doch sie fürchtete, Veronica zu wecken, daher zwang sie sich, auf ihrer Matratze sitzen zu bleiben. Michel würde es merken. Warum nur war sie so lange seinem Lager fern geblieben? Warum nur hatte sie sich das letzte Mal nicht überwunden, es über sich ergehen zu lassen? All die Jahre hatte sie ihre ehelichen Pflichten ihm gegenüber erfüllt, doch nun war vielleicht schon zu viel Zeit verstrichen, als dass Michel glauben könnte, das Kind wäre von ihm.
Noch steht gar nicht fest, dass du wirklich schwanger bist, beschwichtigte sie eine sanfte Stimme. Es wäre gut möglich, dass dein Körper so in Aufruhr gebracht wurde, dass sich die Mensis verstockt hat und nun einen reinigenden Kräutersud braucht, um wieder ungehindert zu fließen.

Aber wenn sie nun doch schwanger war und in ihr Ruggers Kind heranwuchs? Wollte sie dieses Geschöpf, das ein Teil von ihnen beiden sein würde, mit den Kräutern der Hebamme hinausspülen? Nein! Sie musste etwas unternehmen. Sie musste sich einen Vater für das Kind beschaffen – den einzigen Vater, den das Kind haben durfte: ihren Ehemann! Und zwar bald. Die Zeit drängte, wenn er nach der Geburt nicht misstrauisch werden sollte.

Sollte sie gleich zu ihm in die Kammer hinübergehen? Nein, er würde sich sowieso wundern, so unerwartet ein williges Eheweib vorzufinden. Wenn sie nun mitten in der Nacht auftauchte, würde das Fragen provozieren, die sie nicht beantworten wollte. Außerdem stand ja noch nicht fest, dass sie überhaupt schwanger war.

Anne Katharina ließ sich wieder auf ihr Lager sinken und zog die Daunendecke bis ans Kinn. Heute in aller Frühe würde sie die Hebamme aufsuchen. Danach müsste sie entscheiden, was zu tun wäre.

Bewegungslos lag sie da und lauschte in sich hinein, als könnte sie die Antwort auf diese Weise ergründen. Endlich forderte die Erschöpfung ihren Tribut, und sie fiel in einen unruhigen Schlaf.

✠ ✠

Gleich nach dem Morgenmahl machte sich Anne Katharina auf, der Hebamme einen Besuch abzustatten. Sie wohnte in der Nähe des Pfleghauses, wenn man vom Schwatzbühl in eine schmale Gasse einbog, die zur Stadtmauer am Kocher führte.

Wie gewöhnlich war die Tür nur angelehnt. Im unteren Teil des Hauses wohnte der Siedersknecht Lenz Reitzin, im oberen Stock der Schuhmacher Nadler mit seiner Frau und zwei Kindern. Die Diele unten diente ihm als Werkraum. Unter dem Dach hatte sich Ruth Trochtelfinger zwei Kammern eingerichtet. In einer wohnte und schlief sie, in der anderen trocknete sie ihre Kräuter und empfing die Frauen, die ihrer Hilfe bedurften. Im Winter war es hier oben sehr kalt, und den beiden Kohlebecken gelang es nicht, die Kammern zu erwärmen. Auch gab es unter dem Dach keinen Herd, der Wärme gespendet hätte. Die Bewohner des Hauses mussten sich die Küche, die unten neben der Diele lag, teilen. So kam es, dass die Frau des Schuhmachers und die Hebamme im Wechsel Mus oder Eintopf kochten, von denen alle satt wurden. Im Ausgleich sorgten die Männer dafür, dass ihnen das Dach über dem Kopf nicht faulte und zusammenbrach und die Lehmfächer zwischen den Fachwerkbalken immer wieder ausgebessert und gestrichen wurden, denn die Nagels, denen das Anwesen gehörte, kümmerten sich seit ihrem Wegzug aus Hall nicht mehr um das alte Haus, das beim Verkauf eh nur eine Hand voll Gulden gebracht hätte. So kam allerdings auch nur selten ein Bote der Herrschaft, um den Mietzins zu kassieren.

Anne Katharina grüßte den Schuster, der einem Stadtwächter gerade neue Stiefel anpasste, und erklomm die steile Stiege bis unter das Dach. Sie klopfte an die einen Spalt weit geöffnete Tür und lehnte sich dann gegen das Holz, bis sie knarrend so weit zurückwich, dass Anne Katharina eintreten konnte.

»Völlig verzogen«, seufzte eine Stimme aus dem Halbdunkeln. »Sie ist im Winter nass geworden und lässt sich nun nur noch mit Gewalt öffnen und schließen. Lenz hat versprochen, Abhilfe zu schaffen, aber während der Siedenswochen brauche ich ihn gar nicht an seine Worte erinnern.«

Eine hagere Gestalt tauchte in den Lichtschein einer kleinen Lampe, trat zur Tür und warf sich mit der Schulter dagegen, bis sie wieder fast geschlossen war.

»Ratsherrin Seyboth, ich wünsche einen gesegneten Morgen. Was kann ich für Euch tun?«, fragte sie die Besucherin.

»Gesegnet sei auch dein Tag, Ruth«, erwiderte Anne Katharina und ließ sich auf einen Schemel sinken. »Warum so förmlich heute? Hast du mir nicht meine drei Kinder auf die Welt gebracht?« Die Gerüche der Kräuter brachten ihren Magen in Wallung.

Das hat nichts zu bedeuten, redete sie sich ein.

Die Trochtelfingerin lächelte. »Ja, Anne Katharina, und ich sehe voller Stolz, dass sie prächtig gedeihen. Sie sind doch alle wohlauf?«
»Ja, eigentlich schon, bis auf den Unfall, der Barbara gestern widerfuhr.« Sie schilderte in kurzen Worten den Vorfall und beruhigte die Hebamme, dass ihr Schützling keinen Schaden erlitten hatte.
»Wenn man die kleinen Würmchen ans Licht der Welt gezerrt hat und der erste Mensch war, der sie in Händen halten durfte, dann fühlt man sich ihnen das ganze Leben verbunden«, entschuldigte die Hebamme ihre Nachfrage.
»Ja, das glaube ich.« Anne Katharina lächelte Ruth an. »Wie viele Gefahren müssen sie bestehen, bis sie erwachsen sind!«
Die Hebamme zündete noch zwei Lampen an und drängte die Schatten der Dachkammer in die verborgensten Winkel zurück.
»Was führt Euch heute zu mir?«, fragte sie, ohne sich zu Anne Katharina herumzudrehen.
»Meine unreinen Tage sind nicht wie gewohnt gekommen. Es war viel Aufregung in den vergangenen Wochen. Sicher ist die Mensis nur verstockt und braucht einen Eurer Kräutersude, um wieder richtig zu fließen.«
»Hm«, die Hebamme wandte sich um, kniff ein Auge zu und musterte die Besucherin kritisch. Verlegen senkte Anne Katharina den Blick.
»Fühlt Ihr Euch nicht wohl? Habt Ihr Schmerzen? Ist Euch übel oder schwindelig? Schmerzen Eure Brüste? Sind sie praller als sonst?«
Gehorsam beantwortete die Ratsherrnfrau ihre Fragen.
»Legt Euch dort auf das Lager. Ich würde gern meine Hände zu Rate ziehen.« Vergeblich versuchte Anne Katharina im Gesicht der Hebamme zu lesen. Nach einiger Zeit erhob sie sich und trat zurück. Sie lächelte die Besucherin an.
»Der Ratsherr Seyboth darf sich auf ein weiteres Kind freuen«, sagte sie. »Ich bin mir ganz sicher.«

Anne Katharina erhob sich, setzte sich aber gleich wieder, als der Schwindel sie erfasste. Sie presste die Hand an ihre schmerzende Stirn und sah zu ihren Schuhspitzen herab, die unter ihrem blauen Rock hervorlugten. Ein Kind. Ruggers Kind. Was fühlte sie? Was war es, das in ihrem Leib und ihrem Kopf wirbelte. Glück? Angst? Schuld? Abscheu vor sich selbst und ihrer Tat? Sie konnte es nicht sagen. Vielleicht waren es alle Gefühle gleichzeitig, die vereint den Sturm in ihr entfachten und ihr Tränen in die Augen trieben. Die Trochtelfingerin trat zu ihr und legte ihr einen Arm um die Schultern.

»Ja, das bringt das Gemüt in Aufruhr. Ich bete zu Gott, dass er das Kindlein wohl gedeihen lässt. Ist Euch wieder besser? Dann lauft nach Hause, um dem Vater die freudige Nachricht zu bringen.«

Der Vater? Der zieht mit den Aufständischen durch die Lande und wartet darauf, wie der Truchseß und der Bund darauf reagieren. Würde es eine freudige Nachricht für ihn sein? Nein! Was sollte ein Landsknecht mit einem Kind? Was sollte ihn daran freuen, dass es zu einem anderen Vater sagen wird?

Anne Katharina wischte sich hastig über die Augen und versuchte sich an einem Lächeln. »Das werde ich tun«, sagte sie und erhob sich. Aus ihrem Beutel nahm sie eine Münze und reichte sie der Hebamme. »Ich danke Euch. Wann soll ich wiederkommen?«

»Aber Anne Katharina, ich komme selbstverständlich zu Euch, um nach dem Rechten zu sehen.«

Sie waren schon fast bei der Tür. Unvermittelt blieb die Besucherin stehen. »Nein, nein, noch behindert mich kein aufgetriebener Leib. Da ist es mir keine Last, dich hier aufzusuchen.«

Die Hebamme öffnete den Mund, schloss ihn dann aber wieder. Das Erstaunen stand ihr ins Gesicht geschrieben. Die Frage in ihren Augen war so klar, als hätte sie sie ausgesprochen.

»Der Ratsherr ist in diesen Zeiten sehr angespannt. Er muss sich um die Verteidigungsanlagen kümmern, sein Sudhaus, den Handel und die Bücher. Er ist in Sorge über die Ereignisse im Land.

Wer weiß, ob die Bauern nicht in wenigen Tagen vor unseren Toren stehen und Einlass begehren? Ich möchte ihm nicht noch eine weitere Sorge aufbürden. Wenn die Wogen geglättet sind, ergibt sich sicher eine Gelegenheit, das freudige Ereignis zu feiern.«
»Gut, wenn Ihr meint«, sagte die Trochtelfingerin, doch Anne Katharina konnte die Verwunderung der Hebamme spüren. Hastig verabschiedete sie sich, raffte ihre Röcke und stieg die Treppe hinunter.

✢ ✢

Ruggers Kind, Ruggers Kind, ertönte es im Takt der klappernden Trippen in ihrem Kopf. Egal, was passieren würde, ein Teil von ihm wäre nun immer bei ihr. Wenn sie das Kind betrachten würde, könnte sie seine Augen sehen, seine Hände spüren, seiner Stimme lauschen. Und sie würde jede Stunde daran erinnert werden, was sie verloren hatte.
Du wirst jeden Tag deine Schande vor Augen haben und hoffentlich niemals aufhören, Gott um Verzeihung anzuflehen, keifte eine Stimme in ihr, die eine gewisse Ähnlichkeit mit der ihrer Schwiegermutter hatte. Du hast dich deiner Wollust hingegeben, deinen Gatten schändlich betrogen, und nun trägst du die lebende Schande in deinem Leib. Der Herr wird dich strafen! Du wirst erleben, wie allumfassend Schmerz sein kann!
Anne Katharina versuchte, die Stimmen in ihrem Kopf zu verjagen. Sie brauchte klare Gedanken, um zu überlegen, was nun geschehen sollte. Sie würde so schnell wie möglich in Michels Lager zurückkehren. Sie musste bei ihm liegen, um dem Kind seinen gesetzlichen Vater zu verschaffen. Auch wenn sich bei diesem Gedanken ihr Magen schon wieder regte, gab es keinen anderen Ausweg. Und dann musste sie für wenigstens einen Monat der Familie ihre Schwangerschaft verheimlichen. Sie hatte nicht viel Hoffnung, dass ihr dies bei Agnes gelingen könnte, aber das ängstigte sie nicht. Die Magd wusste bereits sehr viel und hatte niemals versucht, ihr zu schaden. Ein schwierigeres Problem dagegen stellte

Mathilde dar, die die Schwiegertochter stets mit Argusaugen beobachtete und anscheinend auch über fremde Augen gebot, die ihr jede von Anne Katharinas Verfehlungen zutrugen. Würde sie ihr Unwohlsein lange genug vor ihr verbergen können? Würde ihr jemand von ihren Besuchen bei der Hebamme berichten? Anne Katharina blieb stehen und sah sich um. Keiner der Bürger oder Hintersassen um sie her schien sich für sie zu interessieren. Aber genügte nicht ein kleiner, unglücklicher Zufall, der das ganze Lügengebäude zum Einsturz bringen konnte? Vielleicht sollte sie die Trochtelfingerin erst wieder aufsuchen, wenn sie zu ihrer Schwangerschaft stehen durfte?
Anne Katharina schritt auf den Haal zu. Es zog sie nicht nach Hause, wo sie sicher sogleich der alten Seybothin begegnen würde. Lieber würde sie am Sudhaus vorbeigehen und mit Peter ein paar Worte wechseln. Michel war für den Rat nach Kirchberg geritten, um die Situation zu ergründen, da die Stadt in einem Schreiben um Beistand angefragt hatte.
Anne Katharina raffte die Röcke und schritt zwischen den Sudhäusern und Holzstapeln hindurch. Immer wieder musste sie den Siedersknechten ausweichen, die Feuerholz in die Häuser trugen, Eimer heranschleppten oder die schweren Salzschilpen auf Karren luden. Aus den Sudhäusern erklangen Stimmen, die das Knistern und Knacken des Feuers übertönten. Dichte Rauchschwaden quollen aus den Kaminen und vereinigten sich zu einem düsteren Schleier, der das Atmen erschwerte. Anne Katharina trat zur offenen Tür des Seybothschen Haalhauses. Sie blieb stehen, bis sich ihre Augen an die Düsternis drinnen gewöhnt hatten. Zwei Feurer und ein Siedersknecht schufteten in der Glut der lodernden Flammen, deren Hitze Anne Katharina ins Gesicht schlug. Einer der Männer sah auf, wischte sich mit dem schmutzigen Ärmel den Schweiß von der Stirn und trat zu ihr.
»Gnädige Frau, was wünscht Ihr?«
Anne Katharina sah sich um. »Ist mein Bruder, der Advokat Peter Vogelmann, nicht hier?«

Der Feurer schüttelte den Kopf und sog genießerisch die frische Luft ein, die der Wind ins Sudhaus wehte.

»Nein, Gnädigste. Er kam um fünf, als wir anfingen, und blieb bis zum ersten Klären, musste uns dann aber allein lassen, da er noch andere Geschäfte zu erledigen hätte. Er wird sicher bald wieder zurück sein – das sagte er uns jedenfalls. Soll ich Eurem Herrn Bruder etwas ausrichten?«

»Hm, nein, das ist nicht nötig.« Verwirrt verabschiedete sie sich. Was konnte Peter dazu bewogen haben, gleich am ersten Tag seinen Platz im Sudhaus für mehrere Stunden zu verlassen? Michel würde nicht erfreut sein, das zu hören. Vielleicht hatte Peter noch einen Fall als Advokat bekommen, den er nicht ablehnen wollte. Schließlich musste er sich erst einen Namen machen und zahlreiche Klienten betreuen, wenn er eine Familie gründen und in einem eigenen Haus leben wollte. Aber warum hatte er ihr nichts davon erzählt? Hing der Auftrag mit seiner Reise nach Heilbronn zusammen? Natürlich musste er die Interessen seiner Auftraggeber wahren, aber so schweigsam zu sein, das war gar nicht Peters Art.

Gedankenverloren ging Anne Katharina zum Sudhaus der Vogelmanns weiter. Sie hatte es noch nicht erreicht, als Ulrichs zornige Stimme ihr entgegenscholl. Die Tür wurde so heftig aufgestoßen, dass sie gegen die Wand krachte. Ulrich stapfte ins Sonnenlicht. Er hatte David an seinem Hemd gepackt und zog ihn hinter sich her.

»Was hast du dir dabei gedacht?«, schrie er den Jüngling an. »Denkst du überhaupt jemals etwas? Hörst du mir zu, wenn ich dir etwas sage?« Er ließ David los, hob die Hand und schlug ihm hart auf die Wange. Der Junge zuckte ein wenig zusammen, rührte sich aber nicht vom Fleck. Er stand da, die Augen niedergeschlagen, und ließ die Schimpftriade über sich ergehen.

»Guten Morgen, lieber Bruder«, sagte Anne Katharina laut, als er endlich Luft holen musste, und trat neben David.

»Ach, Anne Katharina«, sagte Ulrich mürrisch, »was tust du hier?«

»Ich komme nachsehen, warum du so brüllst, dass man es noch in der Herrengasse hören kann«, antwortete sie und zog die Augenbrauen hoch.

Ulrich stieß David grob gegen die Brust. »Weil dieser Versager, der sich in meinem Haus wie ein Ungeziefer im Hundefell eingenistet hat, zu dumm oder zu boshaft ist, meine Anweisungen zu befolgen, so dass wir nun eine Pfanne auskippen und von vorn anfangen können.« Ulrich hob die Hände. »Ich weiß nicht, was mit dem Burschen los ist. Er war ja schon immer schwierig und nicht gerade hell im Kopf, aber seit ein paar Tagen ist er unerträglich und würde sogar einen Heiligen dazu bringen, die Hand gegen ihn zu erheben.«

Anne Katharina legte David die Hand auf die Schulter, doch er zuckte vor ihr zurück. »Nun, um deinen Zorn zu entfachen, bedarf es nur eines Lüftchens, keines Sturmes«, erwiderte sie. Ihre Jugendzeit im Haus ihres Bruders stand ihr noch deutlich vor Augen. »Und ich glaube nicht, dass David absichtlich etwas falsch gemacht hat. Er ist erst fünfzehn und hat gerade die Schule beendet. Er muss sich an die harte Haalarbeit erst gewöhnen. Gib ihm die Zeit! Sei einmal in deinem Leben geduldig!«

»Pah!«, schimpfte Ulrich. »Die Flausen muss man ihm austreiben, nicht geduldig mit ihm sein. Er will nicht in meinem Sudhaus arbeiten! Will sich nicht die Hände schmutzig und den Rücken krumm machen. Nein, dazu ist er sich zu fein! Mein hart verdientes Geld soll ich zum Fenster hinauswerfen und ihn nach Heidelberg ziehen lassen, um die Juristerei zu studieren. Ich brauche dir ja nicht zu sagen, wer ihm diesen Unsinn eingeflüstert hat!«

Anne Katharina trat noch einen Schritt vor und fixierte ihren Bruder. Sie senkte die Stimme, als sie weitersprach. »Ich nehme einmal an, dass du, wenn Joseph im richtigen Alter ist, nichts dagegen haben wirst, wenn er studieren möchte. David ist in allen Augen dein Sohn, also behandle ihn auch so! Was kann er für die Sünden seiner Eltern? Du hast kein Recht, die Kränkung deiner Seele an ihm auszulassen.« Sie stach ihm mit ihrem Zeigefinger in sein gepolstertes Wams. »Das wirst du einst verantworten müssen, wenn du vor

deinem Schöpfer stehst und er deine guten und bösen Taten in die Waagschalen wirft.«
Einige Augenblicke funkelte Ulrich seine Schwester wütend an, dann senkte er den Blick.
»David wird jetzt mit mir kommen. Er kann mir meine Einkäufe tragen, und du wirst dich so lange beruhigen und dafür sorgen, dass der Sud weiterläuft. Ich schicke ihn zu seiner Arbeit zurück, wenn ich seiner nicht mehr bedarf.«
Ulrich lief noch röter an, als er eh schon war. »Was erlaubst du dir? Wer glaubst du eigentlich, dass du bist, um mir zu sagen, was ich zu tun habe?«
»Wenn du meinst, deinen Ärger nun über mich ausschütten zu müssen, bitte. Ich finde es zwar nicht gut, dass die Leute stehen bleiben und dieses Schauspiel genießen, aber wenn du das für notwendig hältst …«
»Verschwinde!«
»Genau das wollte ich gerade vorschlagen, dass ich diesen unerfreulichen Ort verlasse.« Sie nickte ihrem Bruder zu, griff nach Davids Arm und zog ihn mit sich. Er folgte ihr schweigend. Wie eine der Puppen, die die Gaukler an Fäden tanzen ließen, tappte er neben ihr her. Er schien durch eine andere Welt zu wandeln und nichts, was um ihn herum geschah, wahrzunehmen. Dreimal musste Anne Katharina ihn ansprechen, ehe sein Blick aus der Ferne zurückkehrte und sie den Eindruck hatte, er würde sie hören.
»Was ist los, David? Willst du es mir nicht sagen? Es ist nicht gut, die ganze Last allein zu tragen.«
Er schwieg.
»Ich habe schon viele Auseinandersetzungen zwischen dir und Ulrich erlebt und weiß, dass es für dich schwierig ist. Nun allerdings beginne ich um dich zu fürchten, so abwesend, wie du seit Tagen durch die Welt läufst.«
David schritt neben seiner Tante die Staffel zwischen Rathaus und Salzhaus hinauf.

»Bitte sprich mit mir und sage mir, was geschehen ist!«
»Die Sole war kurz vor dem Siedepunkt, und der graue Schaum begann sich abzuscheiden«, begann David mit tonloser Stimme.
»Nein!«, unterbrach ihn die Tante. »Ich will nicht wissen, warum Ulrich dich heute angeschrien hat, ich will wissen, was in deinem Leben vorgefallen ist, dass du hier neben mir hergehst, als seist du nur noch ein Geisterwesen. Früher warst du mal fröhlich, mal traurig, hast mir zornig berichtet, was dir widerfahren ist, oder freche Späße getrieben, aber du hast mich nicht angeschwiegen. Vertraust du mir denn nicht mehr?«
Vergeblich wartete sie auf eine Reaktion. Sie umrundeten das alte Barfüßerkloster und stiegen zum Marktplatz hinauf. Eigentlich hatte Anne Katharina keine schweren Einkäufe zu erledigen, aber nun hatte sie David vom Haal geholt und wollte ihn möglichst lange beschäftigen. Vielleicht würde sie, wenn sie hartnäckig blieb, doch noch etwas erfahren.
»Hat Ulrich dich gekränkt – ich meine, tiefer, als er es sonst tut? Hat sein Weib dir etwas getan?«, bohrte sie weiter.
»Ihr solltet meine Stiefmutter nicht Weib nennen«, murmelte David, ohne den Blick vom Boden zu erheben.
»Ja, natürlich, das gehört sich nicht«, stimmte Anne Katharina zu. »Gut, hat deine Stiefmutter dir etwas angetan?«
David schüttelte den Kopf. Sie hatten den Marktplatz fast überquert, als der junge Mann plötzlich stehen blieb. Drüben vor dem Haus der Sibilla Egen standen einige Männer und Frauen beisammen – genauer gesagt hatten sie sich um einen Mann in Kittel und derben Hosen geschart, der ein wertvoll geschmücktes Barett auf dem Kopf trug. Es war der Sichelschmied Michel Kling aus der Vorstadt jenseits des Kochers, der seine Zuhörer mit irgendeiner Geschichte fesselte. Anne Katharina konnte nicht hören, was er sprach, und im Augenblick hatte sie auch andere Sorgen als einen armen Sprücheklopfer, aber David starrte wie gebannt zu dem Sichelschmied hinüber. Als würde ein Fremder seine Schritte lenken, ging er auf die Gruppe der Zuhörer zu und schob sich, ohne Rück-

sicht zu nehmen, weit nach vorn. Anne Katharina blieb nichts anderes übrig, als ihm zu folgen.

»Der Helfensteiner hat um sein Leben gewimmert«, berichtete Michel Kling gerade und drehte sich im Kreis, um die wachsende Zuhörerschaft, die gespannt seinen Worten lauschte, zu genießen. »Einhunderttausend Gulden hat er angeboten, doch der Jäcklein sagte ihm: ›Wir nehmen dein Geld, aber sterben musst du doch.‹«

Ein paar Zuhörer lachten, andere schüttelten angewidert die Köpfe.

»Das ist nicht wahr«, stieß David hervor. »Er hat nicht gebettelt. Obwohl er bereits verletzt war und als Gefangener das Recht auf eine anständige Behandlung gehabt hätte, sagte er keinen Ton, um sein Leben zu retten. Mit hoch erhobenem Haupt ging er in den Tod, ohne einen einzigen Schmerzenslaut!«

Der Sichelschmied trat auf David zu und musterte ihn. »Was redest du da für einen Unsinn, Bürschchen? Woher willst du das wissen? Ich war in Weinsberg dabei!« Er schwenkte das mit üppigem Federschmuck verzierte Barett. »Ein Geschenk von Helfenstein persönlich! Nur dass ich es mir selber nehmen musste und noch so manches andere mehr!« Einige der Zuhörer kicherten.

»Bist du etwa dort gewesen?«, fuhr Michel Kling fort und starrte David an. »Hast du den Graf mit eigenen Augen verrecken sehen?«

David öffnete den Mund, doch Anne Katharina griff nach seinem Arm und schnitt ihm das Wort ab. Das war doch nicht möglich! Und dennoch war ihr alles mit einem Schlag klar, als hätte jemand einen Vorhang zurückgezogen.

»Du solltest aufpassen, was du redest«, fuhr sie den Sichelschmied an, »sonst wirst du nicht nur deine lästerliche Zunge, sondern den ganzen Kopf verlieren.« Der Mann richtete sich drohend auf.

»Weib«, sagte er, aber Anne Katharina war noch nicht fertig.

»Überlege er sich gut, mit wem er in solchem Ton spricht!«, sagte sie kalt. Michel Kling wich unwillkürlich einen Schritt zurück. »Es

werden die Ratsherren und Richter dieser Stadt sein, die über sein Schicksal entscheiden werden, also nehme er den Mund nicht so voll, und sehe er davon ab, Mitglieder von Ratsherrenfamilien zu belästigen!«
Anne Katharina schenkte ihm einen hochmütigen Blick und zog David von der Menge weg.
Sie hörte noch, wie Michel Kling prahlte, wie die Katzen seien die Bauern über die Weinsberger Stadtmauern geklettert, und die sei höher als die Mauer um Hall! Die hochmütigen Bürger sollten sich in Acht nehmen, wenn das Heer seinen Schritt vor die Freie Reichsstadt lenkte! »Aber vielleicht nehmen ihnen die Gaildorfer ja das Geschäft ab. Wer kann das schon sagen. Sie sind rege unterwegs, unsere Nachbarn.« Der Sichelschmied lachte.
Anne Katharina wusste, dass die Bauern der benachbarten Schenken von Limpurg sich seit Ostern erhoben hatten. Die Reden des Pfarrers Kirschenesser aus Fickenhofen hatten die Stimmung aufgeheizt, bis die Männer ihre Höfe und Handwerksbuden verließen, sich mit Sensen und Spießen bewaffneten und nach Murrhardt marschierten. Wütend, dass der Abt seine wichtigen Dokumente rechtzeitig ins Kloster Lorch hatte bringen lassen, plünderten sie das Kloster und die Stadtkirche. Eigentlich wollten sie alles niederbrennen, doch ihr Anführer, der Haller Jakob Pfennigmüller, überredete die Hitzköpfe, das Kloster lieber als Operationsbasis zu nutzen. Von dort zogen sie nach Lorch, um von den Benediktinern ihre Zins- und Gültbriefe zu fordern. Fünf Tage hatten sie das Kloster belagert, bis es in ihre Hände fiel, sie es ausrauben und in Brand stecken konnten. Die Klosterbibliothek und das Archiv brannten bis zum letzten Fetzen Pergament nieder, der Abt Sitterich starb unter ihren Händen. Sie waren nicht zimperlich, die Bauern aus Gaildorf und den umliegenden Dörfern. Vor ein paar Tagen hatte eine Gruppe gar gewagt, die Burg auf dem Hohenstaufen anzugreifen. Man erzählte sich, dass sich die Besatzung in panischer Furcht an Seilen über die Mauer heruntergelassen hatte und vor den anrückenden Bauern geflohen war. Nur wenige hatten

ausgeharrt. In der Hoffnung, verschont zu bleiben, gaben sie den Aufständischen die Torschlüssel, doch die kannten keine Gnade. Sie warfen die Burgknechte über die Zinnen und nahmen sich an Beute, was sie schleppen konnten. Lange noch leuchtete die brennende Burg auf dem Bergkegel als mahnende Fackel übers weite Land.

✢ ✢

David starrte seine Tante mit einer Mischung aus Trotz und Hochachtung an.

»Dass Ihr so reden könnt, verehrte Tante, das hätte ich Euch gar nicht zugetraut«, murmelte er.

»Ich würde noch viel öfter meine Stimme erheben, wenn man mich nur ließe«, knurrte sie.

»Und dennoch ist es nicht recht, einem Mann so über den Mund zu fahren«, wagte ihr Neffe einzuwerfen. »Welche Demütigung, von einer Frau in die Schranken gewiesen zu werden.« Er duckte sich ein wenig und warf ihr einen nervösen Blick zu.

Anne Katharina spürte, wie er ängstlich auf ihre Reaktion wartete. Sie unterdrückte die Worte, dass es noch einige Jahre dauern würde, bis er ein richtiger Mann wäre, und zwang sich stattdessen, das Haupt zu neigen.

»Das lag nicht in meiner Absicht, David. Ich wollte nur verhindern, dass du durch deine unüberlegten Reden in Schwierigkeiten gerätst. Ich denke, nun ist es wirklich an der Zeit, dass du mir einige Dinge erklärst. Warst du mit Peter an Ostern zusammen auf Reisen?«

Er wich ihrem Blick aus. »Aber ja, das wisst Ihr doch.«

»In Heilbronn? In der Angelegenheit eines Advokaten?«

»Hm, ja.«

»Lüge nicht, David! Woher weißt du diese Dinge über den Graf von Helfenstein, die nur jemanden wissen kann, der den blutigen Ostersonntag in Weinsberg zugebracht hat?«

»Ich habe es jemand sagen hören«, murmelte er.

»Und warum bist du, seit du von dieser Reise heimgekehrt, so verstört, dass du sogar einen Sud ruinierst? Ich kann mir nicht vorstellen, dass der Fall eines Advokaten einem die Seele in solche Unruhe versetzen kann.« Sie griff nach seinem Arm und führte ihn noch ein Stück von den Ständen und ihren Käufern weg.

»David, sieh mir in die Augen. Was hast du getan?«

Etwas geschah mit ihm, sie konnte spüren, wie sich die Muskeln verkrampften und dann erschlafften.

»Ich hielt einen Spieß in den Händen, und nach der Tat war er blutbefleckt«, sagte er leise, ohne den Blick zu erheben.

»Heilige Jungfrau«, stieß Anne Katharina hervor.

»Ich dachte, Ihr seid Lutheranerin?«

»Was? Ach ja, natürlich, das ist mir nur so rausgerutscht«, schimpfte seine Tante. Sie griff nach seinem Kinn und zwang ihn, sie anzusehen.

»Ist das wahr? Du hast mit den Bauern gekämpft? Und nicht nur das, du hast die gefangenen Ritter in dieser beschämenden, ehrlosen Weise gemordet?«

»Nicht nur ich!«, protestierte der Jüngling. »Es war Jäcklein Rohrbachs Meute. Er ließ den Nonnenmacher aufspielen und peitschte die Männer an. Sie waren in einem Blutrausch und wollten nur noch Rache für das Unrecht, das ihnen angetan wurde.« Trotzig starrte er seiner Tante in die Augen.

»Schweig!«, herrschte ihn Anne Katharina an. »Eine Tat wird nicht besser, wenn man Unrecht durch Unrecht zu tilgen sucht. Und Gefangene, die sich ergeben haben, durch die Spieße zu jagen ist feiger Mord! Ich kann dir gar nicht sagen, welch tiefes Entsetzen in meinem Herzen schwingt. Ich liebe dich und habe dich immer verteidigt, wenn Ulrich oder sein Weib auf dir herumhackten. Ich sagte ihnen stets, in dir wohne eine gute Seele, doch heute muss ich daran zweifeln, ob ich dich je gekannt habe.«

Tränen traten in seine Augen und rannen über die Wangen. Anne Katharina sah, wie er in sich zusammensackte. Seine Schultern bebten von unterdrücktem Schluchzen. All der Schmerz, das Entsetzen und die Qual brachen hervor und verschlangen ihn in einer großen Woge.

»Ich habe es nicht gewusst«, stieß er hervor. »Ich wollte etwas Großes tun. Ich wollte, dass Oheim Peter mich mit stolzem Blick betrachtet, so als sei ich ein Sohn, den man gerne an seiner Seite weiß.«

Anne Katharina sah sich rasch um. Sie standen am Rand des Marktplatzes. Beim Brunnen auf der anderen Seite schwang der Sichelschmied immer noch seine angeberischen Reden. Bisher achtete niemand auf sie, aber dort drüben schritt Hermann Büschler am Fuß der Kirchtreppe entlang, und die Damen des Hauses Firnhaber näherten sich, aus der Klostergasse kommend, dem Marktplatz. Anne Katharina drängte ihren Neffen in den schmalen Hof neben der Apotheke.

»Als ich hörte, dass der Oheim zu den Bauern ziehen würde, bat ich ihn, mich mitzunehmen. Ich habe mir keine Gedanken darüber gemacht, was das bedeuten könnte. Ich wusste nur, dass sie für die neue Welt kämpfen und das Evangelium aufzurichten suchen. Ich wollte mithelfen, diese helle Welt zu erbauen, statt nutzlos daheim zu sitzen und mit jedem Blick und jedem Wort für die Schande meiner Mutter büßen zu müssen.«

Nachdem der Damm gebrochen war, gab es kein Halten mehr. Anne Katharina blieb, ihm zuzuhören und ihn vor möglichen Blicken abzuschirmen.

»Wir zogen nach Neckarsulm und lagerten bei den Hauptleuten, dem Georg Metzler und dem Jäcklein und den anderen. Es war bereits beschlossen, noch in der Nacht aufzubrechen und gegen Weinsberg zu ziehen, damit sie den Rücken nach Heilbronn freibekämen. Wir saßen auf einer Obstwiese beisammen, und die Pfeifer und Trommler spielten auf. Überall loderten Feuer, Spieße mit deftigem Braten drehten sich darüber. Die Becher mit Wein kreisten. Wir sangen und tranken uns zu, und ich fühlte mich so« – er hielt inne und suchte nach dem richtigen Wort – »so frei und doch gebunden – eingebunden in das große Ganze, das gemeinsam etwas Großartiges vollbringen sollte.«

Anne Katharina nickte. Ja, sie verstand, was David meinte, und sein Schmerz mischte sich mit ihrem eigenen.

»In der Nacht brachen wir auf. Ich meldete mich zum verlorenen Haufen, der den Sturm auf die Burg wagen sollte. Alle waren guter Dinge. Wir wussten, dass nur ein paar Mann Besatzung in der Burg lagen. Der Helfensteiner hatte mit seinen Rittern und Geharnischten die Nacht in der Stadt verbracht. Wir sahen, wie im Morgengrauen ein Dutzend Männer von der Stadt zur Burg hinaufliefen. Während der Messe griffen wir dann an.« Er schwieg. Seine Gesichtsmuskeln verkrampften sich. Mit einer hastigen Bewegung wischte er sich die Tränen aus dem Gesicht und warf seiner Tante einen scheuen Blick zu. Leise sprach er weiter. Es lastete wohl noch zu viel auf seiner Seele, das endlich herauswollte.

»Ich habe vorher nie den Tod erlebt – jedenfalls nicht so. Die explodierenden Kugeln aus ihren Kanonen rissen die Männer in Stücke. Manche waren gleich tot, andere lagen schreiend in ihrem Blut, doch wir mussten weiter, schnell den Schlossberg hoch. Der Hauptmann trieb uns an. Wir durften uns nicht um die Verletzten kümmern! Das Ziel war es, die nur notdürftig geschützte Nordseite zu erklimmen. Wir duckten uns hinter die Hecken. Sie waren zu wenige und konnten ihre Geschütze und Hakenbüchsen nicht schnell genug wieder laden, und so fielen wir über die Männer in den Geschützkörben her wie die Heuschrecken über Ägypten. Ich sah, wie sie erschlagen und niedergestochen wurden. Andere brachen mit Äxten das Tor, stürmten in die Burg, schlugen jede Tür auf und verwüsteten die Kammern und Gemächer. Sie rissen aus den Truhen, was ihnen an Wert schien, rafften Stoffe und Geschirr, Waffen und Vorräte zusammen. In ihrem Zorn stachen sie die Diener des Grafen nieder und zerrten die edle Frau mit ihrem Sohn in den Hof hinaus. Sie bat die Männer um Schonung, doch die lachten nur. Kaum ihr Kleid ließen sie ihr am Körper, rissen Schmuck und Bänder ab. Den Knaben von drei Jahren an sich gepresst, er-

trug sie Schimpf und Schande. Die Männer waren gar so wild, ihr alles abzunehmen, dass einer den Kleinen mit seinem Messer am Arm verletzte!« Davids Augen funkelten wütend.
»Und was hast du dir als Siegespreis genommen?«
»Nichts! Ich habe meinen Spieß weggeworfen und bin mit den Ersten, die das Schloss verließen, den Berg hinabgelaufen.«
»Was ist aus der Gräfin geworden?«
»Später, als sie nichts mehr finden konnten, das sich wegzuschleppen lohnte, haben sie das Schloss in Brand gesetzt. Die Gräfin und das Kind setzten sie auf einen Mistkarren, der sie nach Heilbronn bringen sollte. Ich sah sie, wie sie bitterlich um ihren Gatten weinte.«
»Du sagtest, du hättest deinen Spieß weggeworfen. Wie bist du dennoch zum Mörder geworden?«
David schluckte. Diesen Teil der Geschichte in Worte zu fassen schien über seine Kraft zu gehen.
»Die Stadt war eingenommen, und ich wollte nur noch weg. Also ging ich auf die Wiese am Graben hinaus, wohin sie auch die Gefangenen gebracht hatten. Glaubt mir, ich wusste nicht, was sie vorhatten! Ich stand nur da, vor Entsetzen gelähmt, und konnte weder fliehen noch wegsehen. Sie haben mir einen Spieß in die Hand gedrückt und gesagt, auch ich müsse zustechen. Sie haben gejohlt und geschrien, der Pfeifer hat sich den Hut des Grafen aufgesetzt und zum Tanz aufgespielt. Ein Lied gegrölt haben sie, während sie die wehrlosen Männer, die sich in die Gefangenschaft ergeben hatten, mit Lanzen und Sauspießen zu Tode stachen! Dann gingen sie davon, um zu schmausen und ihren Sieg zu feiern, und ließen die Leichen wie Abfall liegen. Ich bin davongerannt und habe mich versteckt. Ich weiß nicht, wie lange es gedauert hat, bis Peter mich fand.«
Seine Augen waren nun trocken und glänzten fiebrig. Er blinzelte nicht, starrte Anne Katharina an, das Gesicht zu einer Maske versteinert, doch er schien nicht sie zu sehen. Sie konnte nur ahnen, welche Bilder vor seinem inneren Blick vorüberzogen. Sanft legte sie ihm die Hand auf den Arm.

»David, komm mit. Wir müssen hier fort.«
Er sträubte sich. »Ich gehe nicht nach Hause! Ihr könnt mich nicht zwingen.«
»Ich will dich zu nichts zwingen, aber du kannst nicht den Tag über im Hof von Meister Gessner stehen bleiben. Komm mit mir. Du musst nicht in die Stube, wenn du mit niemandem sprechen willst. Setz dich in die Küche. Agnes wird dich nicht mit Fragen quälen.«
Sie umfasste seinen Oberarm mit der einen Hand und legte die andere um seine Taille. Langsam führte sie ihn aus dem Hof und an der Mauer des Klosters entlang in die Keckengasse hinunter. Er folgte ihr widerstandslos, mit eckigen Bewegungen, den Blick in weite Ferne gerichtet.
Anne Katharina schob den jungen Mann auf die Küchenbank. Er zitterte am ganzen Leib, seine Wangen waren blass, die Pupillen geweitet. Rasch holte sie ihm eine Decke aus Peters Kammer und legte sie um seine Schultern, dann wärmte sie ihm kräftigen Gewürzwein.
»Trink das.«
Er rührte sich nicht.
»Du sollst das trinken, dann wird es dir besser gehen!«
Er gehorchte und trank in kleinen Schlucken, bis der Becher leer war. Langsam kehrte Farbe in sein Gesicht zurück.
»Ich bereue meine harten Worte und bitte dich meines vorschnellen Urteils wegen um Verzeihung«, sagte Anne Katharina. Er reagierte nicht. »Ich sehe, dass du in Ereignisse geraten bist, die du nicht vorhersagen konntest, dennoch war es kindlich leichtgläubig von dir, zu den Bauern zu ziehen und zu denken, alles wäre nur ein großes Abenteuer. Unschuldig bist du nun nicht mehr. Deine Hände sind mit Blut befleckt, auch wenn du es nicht wolltest. Wie groß deine Schuld ist, mag ich nicht beurteilen, und es ist auch nicht wichtig, was ich darüber denke. Deinen Frieden musst du mit Gott machen. Ich wünsche dir, dass er dir verzeiht.«
Sie wusste nicht, ob er ihr überhaupt zugehört hatte, so starr blieb

seine Miene. Schließlich bewegte sich der Jüngling. Seine Lippen zitterten.

»Auf meinen Knien sollte ich die Treppe zur Kirche hinaufkriechen, nackt und frierend sollte ich mich dem Allmächtigen zu Füßen werfen. Ich will beichten. Ich will zu Pfarrer Widmann gehen und ihm alles sagen. Er soll mir eine schwere Sühne auferlegen.«

Anne Katharina schüttelte den Kopf. »Nein, das wäre keine gute Idee. Vergiss nicht, die Mörder des Grafen werden gesucht, und ich bin mir sicher, dass der Rat noch Köpfe rollen lässt – wie Michel es ausgedrückt hat. Also sprich mit niemandem darüber, hörst du? Jetzt haben die Bauern die Oberhand, aber das kann sich ändern.«

Ein kaum merkliches Nicken.

»Und warum willst du mit einem altgläubigen Pfarrer reden? Nicht die neue Lehre ist falsch, nur sie mit Waffengewalt zu missbrauchen, um die eigenen Forderungen durchzusetzen, das ist Unrecht. Wenn du mit einem Geistlichen sprechen willst, dann geh zu Pater Hiltprand. Er wird dir zuhören und nichts tun, was dir schaden könnte.«

Es war ihr, als führe sie einen alten, gebrochenen Mann zur Pfarrgasse hinauf. Sie schärfte David noch einmal ein, mit keinem anderen Menschen darüber zu reden. Sie konnte nicht sagen, woher die Furcht in ihr kam. War es eine Ahnung tief in ihr? Vielleicht.

Dass es kein Hirngespinst eines furchtsamen Weibes war, wusste sie spätestens, als sie auf dem Rückweg stehen blieb, um einen Anschlag zu lesen, der an eine Haustür geheftet war und das Siegel des Rates der Stadt Hall trug. Ihre Augen glitten über die Worte, und ihr Herz krampfte sich zusammen. Der Truchseß war auf dem Weg, und ihm voraus seine Henker. Jeder Bürger wurde aufgefordert mitzuhelfen, die Mörder und Aufrührer zu erkennen und zu fassen. Goldgulden wurden auf die Köpfe der Hauptleute und auf die Brandstifter mit Stimme und Feder, die das arme Volk verführten, ausgesetzt. Doch zuerst sollten die Mörder von Weinsberg ihre Tat büßen.

Anne Katharina schluckte trocken. Die Furcht schnürte ihre Kehle zu. Sie begann zu ahnen, mit welchem Nachdruck die Herren und die freien Städte die Männer suchen würden, die bei diesem Frevel mit Hand angelegt hatten, um sie zu verurteilen und sie hinzurichten oder sie einfach wie räudige Hunde auf der Straße zu erschlagen.

# KAPITEL 10

Rugger streckte sich, rieb sich den Rücken mit einem Leinentuch trocken und schlüpfte in Hemd und Wams.

»Ich mache mich besser auf den Weg«, sagte er und hob zum Abschied die Hand. Peter grunzte nur. Mit nacktem Oberkörper ließ er sich bäuchlings auf das Bett fallen.

»Sara, was machst du? Komm sofort her und kümmere dich um meine Leiden! Ich habe mir die Schulter verrenkt, und mein Rücken scheint in tausend Stücke gebrochen. Das ist keine Arbeit für einen Advokaten, das ist Folter!«

Die junge Frau schloss den Deckel ihrer Truhe, in der sie einige schmutzige Kittel verstaut hatte, und trat an das schmuddelige Lager heran.

»An welcher Stelle schmerzt es Euch? Hier? Oder hier?« Sie fuhr mit den Fingerspitzen an seinen Schulterblättern entlang. Peter stöhnte.

»Ich sehe, ich lasse dich in guten Händen zurück«, sagte Rugger kopfschüttelnd. »Lass dir das Hirn nicht zu sehr vernebeln!«

»Hm«, war alles, was er zur Antwort bekam, denn nun ließ sich Sara auf Peters Gesäß nieder, rieb sich die Hände mit Öl ein und begann, seinen Rücken zu kneten. Fast eine Stunde war es in der kleinen, muffigen Kammer ganz ruhig. Nur Peters Grunzen und Stöhnen unterbrachen ab und zu die Stille. Als Sara sich erhob, um ihm einen Becher mit Wein zu füllen, wälzte er sich auf den Rücken, gähnte herzhaft und stemmte sich hoch.

»Ich fürchte, nun muss auch ich mich auf den Weg machen, obwohl ich die Fürsorge deiner Hände noch stundenlang genießen könnte.« Er schlüpfte in sein Hemd.

»Lasst mich das tun«, sagte die Hure und schnürte mit flinken Fingern die Bänder. Sie half ihm in Wams und Jacke und reichte ihm sein Barett.

»Wann kommt Ihr wieder?«, fragte Sara, als er zum Türknauf griff.

Peter drehte sich herum. »Morgen, so um die neunte Stunde. Ich hoffe, dass ich keinen Ärger bekomme, wenn ich mich schon wieder aus dem Sudhaus davonstehle.« Die Hure nickte und unterdrückte ein Gähnen.

Muss das sein? So früh? Wann soll ich denn schlafen? Ich werde die Nacht über meiner Arbeit nachgehen. Schließlich muss ich von irgendetwas leben.

Viele Worte lagen ihr auf den Lippen, aber sie sagte sie nicht. Sie lächelte den jungen Advokaten an und nickte. »Ich werde Euch erwarten.«

»Sara, du bist ein Schatz«, sagte Peter und drückte ihr einen flüchtigen Kuss auf die Wange, und schon war er draußen. Der Boden der Diele knarrte unter seinen Stiefeln.

Sara ließ sich auf das Bett sinken und legte ihre Fingerspitzen auf die Stelle, an der seine Lippen ihre Wange berührt hatten. Sie schloss die Augen und seufzte leise.

✠ ✠

Anne Katharina stand in der Schlafkammer vor dem Spiegel, der an den Rändern bereits trüb wurde. Es war ein wertvolles Stück. Solch einen großen Spiegel, von vergoldeten Holzschnitzereien gerahmt, in dem man sich vom Kopf bis zur Taille sehen konnte, gab es im Haus der Vogelmanns nicht. Einst war er ein Brautgeschenk gewesen, doch Anne Katharina hatte vergessen, wer ihn in die Familie eingebracht hatte, und es war ihr auch gleichgültig. Andererseits konnte sie so ihre Gedanken für einige Augenblicke in eine andere Richtung schicken, um nicht darüber nachdenken zu müssen, was sie in dieser Nacht erwartete.

Hatten sie sich geliebt? War die Braut voll freudiger Erwartung vor dem silbern schimmernden Glas gestanden, oder hatte Furcht ihren Leib verkrampft und ihr die Kehle zugeschnürt? Nein, das waren nicht die richtigen Gedanken, sich abzulenken. Langsam begann Anne Katharina, sich zu entkleiden. Der Spitzenrand ihres Hemdes umschmeichelte ihre Brüste. Sie öffnete die Bänder und schob den seidigen Stoff über die Schultern. Er glitt über ihre weiße Haut und fiel dann zu Boden. Zu beiden Seiten des Spiegels flackerten die Flämmchen der an Wandhaken befestigten Öllampen. Das warme Licht streichelte ihr Gesicht, umschmeichelte ihre Schultern und Brüste, warf flackernde Schatten über ihren Bauch und die von dunklem Kraushaar verhüllte Scham. Noch nie hatte sie sich in dieser Weise nackt im Spiegel betrachtet, noch nie solch seltsame Erregung beim Anblick des eigenen Körpers gefühlt. Sie spürte, wie sich die feinen Härchen im Nacken und an den Armen aufstellten. Ihre Brustwarzen zogen sich zusammen und richteten sich auf.

Rugger. Sie ließ seinen Namen in sich aufsteigen. Ihre Lippen öffneten sich, um ihn zu flüstern und – welch süße Sünde – durch die eheliche Schlafkammer schweben zu lassen. Anne Katharina strich sich mit den Fingerspitzen über ihren Bauch, der von fünf Schwangerschaften weich geworden war und in dem nun wieder ein kleines, unschuldiges Wesen heranwuchs. Es war nicht irgendein Kind – es war die Frucht von Liebe und Leidenschaft, nicht von ehelicher Pflicht.

Anne Katharina schloss die Augen und ließ ihre Finger zu ihren Brüsten hinaufwandern. Sie versuchte sich vorzustellen, es wären seine Hände, die sie liebkosten, und es wäre seine Haut, die unter ihren Fingerspitzen brannte. Sie spürte, wie die Hitze in ihrem Schoß brannte und sich über ihren Körper ausbreitete. Ihre Finger gingen weiter auf Wanderschaft. Ein Schluchzen schüttelte ihren Körper. Es war vorbei, unwiederbringlich zu Ende. Die Gefühle durften nur noch Erinnerung sein. Tränen drangen durch die geschlossenen Wimpern und rannen über ihre Wangen, während sie

sich im Takt einer Musik, die nur sie selbst hören konnte, vor dem Spiegel hin und her wiegte.
Die Tür sprang auf. Sie hatte ihn nicht kommen hören. Anne Katharina riss die Augen auf und starrte ihren Gatten an, der verschwitzt und staubbedeckt vor ihr stand. Hastig wischte sich Anne Katharina über die Augen und Wangen, um die Tränenspuren auszulöschen.
»Michel.« Sie lachte unsicher. »Ich habe deinen Schritt gar nicht gehört.« Sie sah zu seinen bestrumpften Füßen hinab. Die Stiefel hatte er wohl bereits in der Halle ausgezogen.
»Gerade wollte ich zu Bett gehen. Rasch bückte sich Anne Katharina, um ihre Kleider vom Boden aufzuheben. Sie drehte Michel den Rücken zu, während sie mit fahrigen Bewegungen Hemd und Rock zusammenfaltete und versuchte, ihre Fassung wiederzufinden. Sie griff nach einem Nachtgewand, zog es aber nicht an, sondern zerknüllte es nur in ihren Händen.
»Hast du Hunger? Soll ich dir etwas aus der Küche holen?«
Michel schüttelte den Kopf. »Nein, ich sehne mich nur noch nach meinem Lager. Ich wünsche dir eine gute Nacht.«
Das war die Gelegenheit, sich zurückzuziehen. Er erwartete es nicht anders, als dass sie sich nun das Nachtgewand über den Kopf zog, ihm eine gesegnete Nacht wünschte und in die Kammer der Mädchen hinüberging, doch Anne Katharina rührte sich nicht vom Fleck. Ihr Herz schlug schnell. Sie versuchte, es sich nicht auszumalen, was sie nun tun musste. Es war notwendig. Sie würde es für ihr Kind tun, damit es später nicht wie David geschmäht und gehasst werden würde.
Michel trat mit schwerem Schritt in die Kammer. Er sah seine Gattin fragend an, während er mit ungeschickten Fingern begann, sein Wams aufzuschnüren. Anne Katharina holte tief Luft und trat zu ihm.
»Lass mich das machen. Du bist ja völlig erschöpft.«
Michel ließ die Hände sinken. »Was ist mit dir? Du bist so – seltsam.«

Anne Katharina befreite ihn geschickt von Wams und Hemd. »Warum? Darf ich mich nicht um meinen Gatten kümmern, wenn er abgekämpft nach einem langen Tag nach Hause kommt?«
»Doch, schon, das ist angenehm. Ich kann mich nur nicht erinnern, dass du mich je so umsorgt hast.«
Ihr Gewissen drückte sie schmerzhaft, und ein Gefühl tiefer Scham stieg in ihr auf. »Nie? Nein, das ist nicht wahr. Du hast es sicher nur vergessen«, murmelte sie.
Michel umfing sie und küsste sie kurz auf den Mund, ließ sie dann jedoch gleich wieder los. »Es ist spät, und ich bin müde.«
Sollte sie nun gehen? Es morgen wieder versuchen? Nein! Mit jedem Tag, der verstrich, würde die Gefahr wachsen, dass irgendjemand nachrechnen und misstrauisch werden könnte. Anne Katharina zog ihn an sich, und ihre Lippen legten sich auf die seinen. Er schien ihr ausweichen zu wollen. Sie öffnete den Mund und strich mit der Zungenspitze über seine Lippen. Erstaunen spiegelte sich in seinen Augen, dann jedoch siegte die Erregung über die Erschöpfung. Er presste seinen Körper gegen den seiner Gattin, seine Finger gruben sich in ihren Rücken und sein Mund saugte sich gierig an ihr fest.
Seltsam, dachte Anne Katharina, es ist anders. Ja, sicher, das war zu erwarten, aber es ist nicht unangenehmer als früher, eher das Gegenteil! Es erregte sie und ließ ihren Leib glühen. Wie konnte das sein? Sie liebte Rugger! Sie hatte Michel nie Liebe entgegengebracht, und die körperlichen Berührungen waren ihr stets eine Qual gewesen. Müsste es nun nicht noch schlimmer sein? Jetzt, da sie die Liebe kennen gelernt hatte? Jetzt, da sie ihn so schändlich betrog?
Ja, sie fühlte das mahnende Gewissen, und dennoch klopfte ihr Herz in seltsamer Erwartung. War in ihrem Körper etwas erwacht, das nun, nachdem es einmal die Süßigkeit gekostet hatte, nach mehr Nahrung schrie? War das die Unkeuschheit, die böse, weibliche Wollust, vor der die Priester immer warnten? Es war ihr, als rege sich ein unheimliches Tier in ihr, fremd und unberechenbar.

Anne Katharina fühlte, wie die Männlichkeit in seiner Hose wuchs. Sie schauderte, aber es war nicht das Gefühl der Furcht, das sie so gut kannte. Sie nestelte an den Bändern von Beinkleidern und Bruech.

Plötzlich befreite sich Michel von ihr. Fast grob schob er sie von sich.

»Wir sollten jetzt schlafen. Geh in deine Kammer.«

Anne Katharina ließ die Hände sinken. Wie merkwürdig, sie empfand nicht nur den Schrecken, dass er ihre Pläne durchkreuzte, sie fühlte sich durch die Zurückweisung gekränkt. Wie konnte er es ablehnen, seine ehelichen Pflichten zu erfüllen? Nein, so einfach würde sie sich nicht in ihre Kammer schicken lassen!

Sie drängte sich wieder an ihn heran und ließ ihre Finger in seinen Schritt wandern. Michel riss die Augen auf. »Anne Katharina!«, stieß er halb verwundert, halb vorwurfsvoll aus. »Was ist nur in dich gefahren? So kenne ich dich gar nicht.«

»Willst du nicht noch einen Sohn?«, flüsterte sie ihm ins Ohr und küsste seinen Hals.

Sein Atem wurde schneller. Er stöhnte auf. Ihre Finger öffneten die Bänder, seine Hose fiel herab.

»Ja! Oh, was tust du da? Willst du nicht die Lampen löschen? Komm unter die warme Decke.«

Anne Katharina reagierte nicht, sondern machte sich an seiner Bruech zu schaffen.

»Nein!« Michel trat zwei Schritte zurück.

»Was ist?«, fragte Anne Katharina erstaunt. Nun gut, er war müde und erschöpft von seinem langen Tag, aber sein Körper regte sich. Was für einen Grund konnte er haben, sich ihr zu verweigern? Wie ein trotziges Kind hielt er seine Unterhose fest.

»Lass mich erst das Licht – ich meine, das ist doch schon immer so gewesen. Also …« Er errötete und wandte den Blick ab. Michel ging auf die Wandhalter zu und ließ dabei seine Hose los. Da die Bänder offen waren, fiel sie zu Boden. Hastig bückte sich Michel, um sie wieder hochzuziehen. Er wandte sich von seiner Gattin ab,

aber es war zu spät. Anne Katharina stieß einen Schrei aus und schlug sich die Hand vor den Mund.
»Heilige Jungfrau! Was ist das?«
»Nichts. Ich weiß nicht, was du meinst. Auf ins Bett mit dir. Ich blase nur noch die Lampen aus.«
Er zog die Bruech hoch und begann die Bänder zu schnüren, doch Anne Katharina schnellte vor und riss sie ihm herunter, ehe er den Knoten festgezogen hatte. Ihr Zeigefinger zitterte in der Luft.
»Was, um alles in der Welt, ist das?«
Der männliche Stolz sank unter ihrem anklagenden Blick nach unten und schrumpfte, als wolle er sich vor ihr verstecken.
»Eine Wunde, nichts Schlimmes, ich weiß gar nicht, weswegen du solch ein Theater machst.«
»Und wie hast du dir die Wunde zugezogen?«
Michel errötete und zuckte mit den Schultern. »Wer weiß, beim Reiten aufgescheuert. Das kommt vor. Es brennt ein wenig, wird aber schon bald heilen.«
»Hast du das einem Bader oder dem Medicus gezeigt?«
Michel band sich die Hose wieder fest und entzog die Wunde mit den geschwürigen Rändern ihrem Blick.
»Wozu? Warum soll ich jemand damit belästigen? Es ist nichts!«
»Ach nein?« In Anne Katharina stieg Wut auf. »Darum war es dir auch so wichtig, dass ich es nicht sehe, weil es gar nichts zu bedeuten hat! Auf den Gedanken, dass dies eine Folge deiner Besuche bei den freien Weibern sein könnte, bist du wohl nicht gekommen?«
»Anne Katharina! Solche Dinge haben eine anständige Frau nicht zu kümmern!«
»So?«, schrie sie, und ihre Stimme hallte schrill von den Wänden wider. »Es hat mich nicht zu kümmern, wenn mein Gatte sich die französische Krankheit holt und dann das Licht löscht, damit die Gemahlin nichts bemerkt?«
»Du wolltest es doch, oder etwa nicht?«, schimpfte Michel.
»Ja, ein Kind, aber nicht den schleichenden Tod!«
»Jetzt ist es aber genug! Woher willst du wissen, was das ist? Außer-

dem kann man solch eine Krankheit nur bei unkeuschem und unsauberem Beisammensein bekommen.«

»Das ist nicht wahr«, sagte Anne Katharina leise. »Jeder, der die französische Krankheit hat, kann sie auch weitergeben.« Sie riss ihr Nachtgewand von der Truhe und drückte es wie einen Schutzschild vor ihren nackten Leib.

»Das ist keine Angelegenheit, mit der du dich befassen solltest. Woher willst du das überhaupt wissen?«, polterte er, aber nun klang seine Stimme unsicher.

»Frauen sprechen über Angelegenheiten, die sie betreffen. Es ist nicht wichtig, wer mir das gesagt hat, wichtig ist, dass du den Medicus aufsuchst, bevor dir Eiter und Geschwüre das Gesicht verunstalten und die Menschen dich meiden, wie sie es mit den Aussätzigen tun.«

Michel wurde blass. »Das kann nicht sein. Du bist ein übergeschnapptes Frauenzimmer.« Er straffte den Rücken, trat auf sie zu und griff hart nach ihrem Arm.

»Du kommst jetzt sofort zu mir ins Bett. Erst umgarnst du mich, um mich dann zu beschimpfen? Ich lasse mir deine Demütigungen nicht länger gefallen. Ich bin dein Gebieter, dem du zu gehorchen hast, ohne immer alles in Frage zu stellen. Du wolltest ein Kind? Das kannst du haben!«

»Michel, lass mich los, du tust mir weh!« Anne Katharina wurde blass, das Nachthemd fiel zu Boden. Sie stemmte die Füße gegen die Bohlen, aber sie fanden auf dem glatten Holz keinen Halt. Stück für Stück zerrte er sie zum Ehebett hinüber.

»Du bist verrückt«, kreischte sie, »lass los!« Ihre Fingernägel krallten sich in seine Brust und hinterließen blutige Striemen. Er schrie auf. Mit der freien Hand holte er aus und schlug ihr ins Gesicht. Anne Katharina trat ihm gegen das Knie, sein Bein knickte ein, so dass er gegen das Bett taumelte. Michel stöhnte vor Schmerz. Für einen Moment ließ er ihr Handgelenk los. Anne Katharina zögerte nicht. Sie rannte zur Tür und riss sie auf. Ehe Michel die Verfolgung aufnahm, hatte sie den Gang überquert und war in die Kam-

mer der Mädchen gestürzt. Die Tür schlug zu. Keuchend vor Anstrengung machte sich Anne Katharina daran, sie mit der schweren Wäschetruhe zu blockieren.
»Mama?« Verschlafen rieb sich Veronica die Augen. Anne Katharina hörte Michels Schritte. Die Klinke senkte sich. Einen Moment war es still, dann begann er, an der Türklinke zu rütteln.
»Mach sofort die Tür auf, Anne Katharina, hörst du?«
»Mama, bist du da? Was ist passiert? Mach Licht. Ich habe Angst!«
»Anne Katharina? Bitte. Ich habe das nicht gewollt. Öffne die Tür.« Seine Stimme klang nun kläglich.
»Was ist mit Vater? Warum trommelt er so gegen die Tür?«
Barbara erwachte und begann zu weinen.
»Anne Katharina! Antworte mir!«
Die Hände auf die Truhe gelegt, stand sie nackt im Dunkeln. Die Kinder weinten, Michel schlug gegen die Tür, ihr Kopf schien gleich auseinander zu platzen. Ihre Fingernägel krallten sich in das Holz.
»Was ist denn dort unten los?« Die scharfe Stimme der Seybothin drang die Stiege herab. »Michel! Würdest du mir bitte sagen, was der Aufruhr mitten in der Nacht soll?«
Anne Katharinas Eingeweide zogen sich beim Klang dieser Stimme zusammen. Es war ihr, als müsse sie sich gleich übergeben.
»Mama, wo bist du?«
Veronicas Hände tasteten nach ihr. Barbara weinte noch immer.
»Geh wieder zu Bett, Mutter«, drangen Michels Worte barsch durch die Tür. »Es ist nichts, das dich kümmern sollte!«
Die Dielen knarrten, als er sich entfernte. Die Schlafkammertür schloss sich geräuschvoll. Endlich fiel die Starre von Anne Katharina ab. Sie legte Veronica den Arm um die Schultern und führte sie zum Bett zurück. Barbara schluchzte, an ihre Brust gepresst, sich wieder in den Schlaf, und auch Veronicas Atem ging bald wieder regelmäßig. Anne Katharina lag auf dem Rücken zwischen ihren Töchtern und starrte in die Dunkelheit.
Was war geschehen? Wie konnte ihr das Leben so entgleiten? Die

Verzweiflung schnürte ihr die Luft ab. Was sollte sie tun? Sich bewusst in seine Arme werfen, ohne Gedanken an den Tod, den er vielleicht mit sich trug? Oder sollte sie es ertragen, ihm ihre Schande vor Augen zu führen? Mit jedem Tag würde sein Misstrauen wachsen, sich von Ungläubigkeit in Hass wandeln. Sie kannte diesen Blick, den David seit seinem ersten Jahr von Ulrich ertragen musste. Durfte sie das ihrem Kind – Ruggers Kind – antun?
Vielleicht war es doch nur eine normale Wunde, und sie hatte diesen furchtbaren Streit umsonst verursacht? Vielleicht konnte anständigen Frauen wirklich nichts passieren? Sie hatte mit Anna nur Vermutungen angestellt, aber mit keinem Medicus darüber gesprochen. Aber war sie denn noch eine anständige Frau? Tränen füllten ihre Augen. Nein, dieses Wort konnte sie nicht mehr für sich in Anspruch nehmen.
Sie würde der Trochtelfingerin einen Besuch abstatten und sie dabei – ganz unauffällig – über die französische Krankheit und die anderen Geißeln, die von den Frauenhäusern ausgingen, befragen.

✠ ✠

Beim Morgenmahl vermieden sie es, dass sich ihre Blicke trafen. Die Seybothin sah von einem zum anderen, doch weder Anne Katharina noch Michel wollten der unausgesprochenen Aufforderung folgen, ihr eine Erklärung zu geben. Auch die Mädchen wirkten bedrückt, und Bernhard hatte wie üblich nicht ausgeschlafen und jammerte, so früh zur Schule zu müssen. Nur Peter schien glänzender Laune zu sein. Er schöpfte sich zum dritten Mal seine Schale voller Mus.
»Die Haalarbeit macht hungrig«, verkündete er mit vollem Mund.
Die Seybothin setzte gerade zu einer Bemerkung an, als die Tür aufflog und David in die Stube stürzte.
»Habt ihr es gehört?« Sein Gesicht war bleich, er taumelte zur Seite, so dass er sich an der Wand abstützen musste. Mit fahrigen Bewegungen wischte er sich eine Haarsträhne von der Stirn.

»David Vogelmann!«, donnerte die Seybothin. »Was ist das für ein Benehmen? Du stürmst hier herein ohne Morgengruß und nimmst nicht einmal deine Mütze ab!«
»Verzeiht«, stieß er hervor, riss sich das Barett vom Kopf, dass ihm sein Blondhaar nach allen Seiten abstand, und verbeugte sich vor der Alten und in Richtung Michel und Peter, die auf der Bank saßen.
»Setz dich doch, David, und nimm dir vom Mus«, forderte ihn Anne Katharina auf.
»Und sage uns, was wir deiner Meinung nach heute in aller Frühe schon gehört haben sollten«, bat ihn Peter.
Anne Katharina schob ihm eine volle Schale hin. David sank auf einen Stuhl, machte jedoch keine Anstalten, nach dem Löffel zu greifen.
»Sie haben den Michel Kling verhaftet.« Er stieß einen ächzenden Laut aus. »Er soll noch heute hingerichtet werden – wegen Weinsberg, weil er dabei war, als der Graf und seine Ritter durch die Spieße gejagt wurden.«
Die Seybothin murmelte zustimmend, während Michel seine Meinung darüber äußerte, welche Todesarten er für dieses mörderische Pack für angemessen hielt.
»Sie sagen, sie werden alle suchen und finden – die dort auf der Wiese vor der Stadt daran beteiligt waren, und es wird keinen geben, der seiner Strafe entgeht.« Schweißperlen traten ihm auf die Stirn.
»Nur der Tod könne diesen Frevel sühnen.« Sein Blick hing Hilfe suchend an Peter, der noch immer Mus in sich hineinschaufelte.
»Mutter, kann ich zu der Hinrichtung gehen?«, mischte sich Bernhard ein. Seine Augen glänzten. »Haben sie schon gesagt, wie sie ihn richten? Mit dem Schwert oder dem Strang? David, sag schon!«
»Du wirst in die Schule gehen, Bernhard«, befahl Anne Katharina.
Der Junge verzog die Lippen.
»Um zwölf werden sie ihm auf dem Marktplatz den Kopf abschlagen«, antwortete David tonlos.

»Mutter, um zwölf! Dann kann ich nach der Schule hingehen. Der Kurg Finhaber und der Hans Röhler werden bestimmt auch kommen. David, du nimmst mich doch mit?«

»Ich glaube nicht, dass David sich dieses Spektakel ansehen wird, und du solltest es auch nicht!«, erwiderte seine Mutter, zu ihrer Überraschung jedoch schüttelte David den Kopf.

»Ich werde hingehen und mir ansehen, was mit den üblen Tätern geschieht!«

Tu das nicht, wollte sie ihm zurufen. Belaste deine Seele nicht noch mehr. Das wird deine Albträume bestimmt nicht vertreiben und deine Ängste besänftigen, aber sie sagte es nicht. Sie hätte zu viele Fragen ausgelöst und sein blutiges Geheimnis verraten. Plötzlich fragte sie sich, wie Michel reagieren würde? Auf welche Seite würde er sich stellen? Er war einer der Ratsherren, die hinter diesem Urteil standen und geschworen hatten, die Täter zu finden und zu strafen. Würde er ihren Neffen ausliefern? War ihm die Gerechtigkeit wichtiger als die Familie? Sie wusste darauf keine Antwort.

✠ ✠

Als Bernhard nach der Schule nicht nach Hause kam, wusste Anne Katharina, wo sie ihn zu suchen hatte. Sollte sie losziehen und ihn holen? Wie wütend würde er wegen dieser Demütigung auf seine Mutter sein: vor den Augen seiner Freunde heimgeschleppt zu werden! Obwohl es ihr nicht danach war, mit ihrem Gatten auch nur ein Wort zu wechseln, fragte sie Michel um Rat. Er hob nicht einmal den Kopf von seinen Büchern.

»Lass ihn. Er soll zum Mann werden und nicht zum verweichlichten Muttersöhnchen. Da schadet es ihm nicht, wenn er mit ansieht, wie ein Übeltäter mit dem Schwert gestraft wird.«

Anne Katharina schluckte ihre Widerworte. Sie hatte in ihrem Leben nur einer Hinrichtung beigewohnt, und obwohl es schon mehr als ein Dutzend Jahre her war, sah sie manches Mal noch immer in ihren Träumen, wie der Käfig, in dem die Frau ertränkt werden

sollte, sich in den Kocher hinabsenkte, und hörte die letzten verzweifelten Schreie der Verurteilten.
Anne Katharina verließ das Haus und machte sich auf den Weg zur Hebamme. Unterwegs überlegte sie, was sie der Trochtelfingerin als Grund nennen sollte, warum sie schon wieder bei ihr auftauchte. Und wie sollte sie das Gespräch unauffällig auf die Franzosenkrankheit bringen?
Eine Stunde verging, ehe sich Anne Katharina auf den Rückweg machte. Sie verlangte nach Nachrichten aus dem Land. Vielleicht konnte sie einen Hinweis entdecken, wo Rugger sich im Augenblick aufhielt. Der Gedanke an ihn bereitete ihr körperliche Schmerzen. Schützend legte sie die Hand auf ihren Bauch. Dort drinnen ruhte das Einzige von ihrer Liebe, das ihr kein Mensch nehmen durfte. Der beunruhigende Gedanke an ihren Ehegatten drängte sich in das freudige Bild. Was sollte sie nur tun?
»Ach, Herr im Himmel, gib mir ein Zeichen«, seufzte sie. War das nun die Strafe für ihre Wollust und ihre Untreue? Wenn wenigstens Anna in der Stadt wäre, doch seit sie an Ostern nach Esslingen gezogen war, hatte Anne Katharina nichts mehr von ihr gehört oder gesehen. Hatte sie die Klageschrift eingereicht? Wie hatte ihr Vater reagiert? Würde er ihr das Erbe und die Mitgift überlassen oder seinen Stolz wahren wollen und gegen die eigene Tochter kämpfen?
Anne Katharina dachte an den Ratsherrn, der in der großen Zwietracht gegen Junker Nagel und seine adeligen Parteigänger gekämpft hatte. Bis zum Kaiser war er gezogen, um sein Recht zu bekommen. Nein, er war kein Mann, der klein beigab.
Die große Glocke auf dem Turm von St. Michael schlug zur zweiten Mittagsstunde. Anne Katharina beschloss, zum Marktplatz hinaufzugehen. Das blutige Spektakel war sicher schon vorüber, die Leiche weggebracht. Vielleicht hatten sie seinen Kopf auf eine Stange gespießt und vor einem der Tore aufgestellt, um den anderen Aufrührern zu zeigen, dass die Stadt entschlossen war, ihre Ordnung zu wahren.

Oben an der Rathaustreppe standen der Stättmeister und einige andere Ratsleute zusammen. Anne Katharina grüßte und ging langsam an ihnen vorbei. Sie wollte so viel wie möglich von ihrem Gespräch auffangen.

»Wir sollten noch heute Abend eine außerordentliche Sitzung einberufen«, sagte der Stättmeister gerade. »Wir müssen darüber beraten, wie wir auf dieses Schreiben reagieren sollen.«

»Ihr denkt doch nicht etwa daran, diesen räuberischen Rotten nachzugeben?«, entrüstete sich Utz von Rinderbach.

»Nein, so leicht werden sie es nicht mit uns haben. Dennoch müssen wir uns bewusst sein, was eine Absage bedeuten kann.«

»Was man über Lorch, Kirchheim und den Hohenstaufen hört, lässt Böses ahnen«, gab Hans Ott zu bedenken.

Anne Katharina blieb stehen und tat so, als suche sie etwas in ihrer Gürteltasche.

»Wir sollten den Brief verbrennen und den Boten aufhängen«, rief Volck von Roßdorf und ballte die Fäuste.

Peter Firnhaber schüttelte den Kopf. »Ich halte es nicht für klug, sie zu reizen. Der helle Haufen hat bereits gezeigt, dass er Städte wohl einzunehmen vermag, und die Gaildorfer scheinen mir noch gewaltsamer und zu allem bereit zu sein. Wer weiß, ob der Truchseß uns zu Hilfe eilen wird und ob er rechtzeitig da ist, das Schlimmste zu verhindern.«

Lienhard Mangolt trat zu den Männern und verbeugte sich höflich vor seinen Amtsbrüdern. »Was gibt es Neues, dass Ihr solch ernste Gesichter macht?«

Es war der Stättmeister, der ihm antwortete. »Der Gaildorfer Haufen hat an den Rat der Stadt Hall einen Brief geschickt, in dem er uns – in aller brüderlichen Liebe – dazu auffordert, der christlichen Bewegung beizutreten. Wir sollen ihnen Männer und Geschütze schicken, sie in unseren Mauern aufnehmen und sie ernähren. Sie lassen keinen Zweifel daran, dass sie die Stadt mit Gewalt nehmen wollen, wenn wir ihrer Aufforderung nicht Folge leisten.«

Lienhard Mangolt schien ein Fluch auf den Lippen zu liegen, den

er aber hastig unterdrückte. »Wissen wir schon, wie sich die Schenken entscheiden?«
Der Stättmeister schüttelte den Kopf. »Hermann Büschler ist zur Limpurg und nach Gaildorf geritten, um die Schenken zu befragen. Wir erwarten seine Rückkehr noch in dieser Stunde.«
Bei der Erwähnung von Büschlers Namen tauschten die Männer viel sagende Blicke.
»Man müsste etwas unternehmen«, murmelte Hans Ott. »Es ist nicht recht. Er ist ein Repräsentant unserer Stadt und steht im Licht der Aufmerksamkeit.«
»Was er mit seinem Fleisch und Blut tut oder lässt, ist seine Angelegenheit«, widersprach der Ratsherr von Rinderbach. »Sie hat sich ja nicht gerade so aufgeführt, wie man es von einer anständigen Tochter erwarten kann.«
Anne Katharina horchte auf. Sprachen die Ratsherren von Anna? War sie wieder zurück? Warum hatte sie sich nicht bei ihr gemeldet? Was hatte ihr Vater ihr angetan?
»Ich werde mit ihm reden«, sagte der Stättmeister ruhig. »Wenn er an Maria Magdalena zum Stättmeister gewählt werden will, dann sollte er auch in der Lage sein, sein eigenes Haus in Ordnung zu halten. Er muss eine Lösung finden, die nicht gegen die Sitten und den guten Geschmack verstößt.«
»Da kommt er!«, rief Lienhard Mangolt und deutete über den Marktplatz zum Büschlerhaus hinüber, von dem aus Hermann Büschler, in Reithosen und Stiefeln, mit großen Schritten auf sie zustrebte. Er war noch völlig außer Atem, als er bei den Richtern und Ratsherren anlangte.
»Sie wollen annehmen«, stieß er hervor.
»Was?«, riefen die Männer wie aus einem Mund. Hermann Büschler atmete tief durch.
»Ich habe Schenk Wilhelm angetroffen. Auch er ist von den Aufständischen zum Anschluss aufgefordert worden. Er sagte zu mir: Murrhardt ist gefallen, ebenfalls Lorch und der Hohenstaufen. Ich will nicht, dass sie auch mein Schloss gen Himmel schi-

cken. So schlucke ich die bittere Medizin und nehme ihre zwölf Artikel an.«

Anne Katharina hörte nicht mehr richtig zu. Sie wusste nicht, ob sie es gut finden sollte, dass die Nachbarn, deren Ländereien direkt hinter dem Schiedsgraben begannen, dem Druck der Bauern nachgegeben hatten. Im Augenblick beschäftigte sie vor allem das Schicksal ihrer Freundin Anna. Hatte sie die Worte richtig verstanden? War sie etwa wieder im Haus des Vaters? Wie konnte das sein? Gütlich geeinigt hatten sie sich offensichtlich nicht!

Anne Katharina überquerte den Marktplatz, der sich nach und nach leerte. Einer der Büttel bestreute eine rotbraune Lache mit Sägespänen, sonst war nichts mehr von der Hinrichtung zu sehen. Anne Katharinas Gedanken waren auf die prächtige Eingangstür des Büschlerhauses gerichtet, das mit seinen Nebengebäuden einst die Pfalz gewesen war, in der der Kaiser bei seinen Besuchen in Hall abgestiegen war. Sie ließ den eisernen Klopfer gegen das Holz fallen. Der Ton schallte durch das Haus. Eine Weile geschah nichts, dann aber hörte sie Schritte. Ein Riegel wurde zurückgeschoben, und im Türspalt erschien das runde Gesicht der Magd Barbara Dollen.

»Ja? Was wünscht Ihr, gnädige Frau?«

»Ich möchte bitte zu Anna Büschler.«

Die Magd schüttelte so heftig den Kopf, dass ihre schmuddelige Haube verrutschte. »Das geht nicht, gnädige Frau.«

»Aber sie ist doch hier im Haus, nicht wahr?«, versuchte Anne Katharina die Magd zu überrumpeln.

Barbara Dollen presste die Lippen aufeinander und schwieg. Man konnte ihr ansehen, dass sie fieberhaft überlegte, was sie der Besucherin sagen sollte, ohne den Anweisungen ihres Herrn zuwiderzuhandeln. Polternde Schritte auf der Treppe enthoben sie der schweren Entscheidung.

»Was ist los, Barbara?«, rief eine Männerstimme.

»Die Frau Ratsherrin Seyboth fragt nach dem Fräulein Anna.«

Ein bärtiges Gesicht erschien. Zwei derbe Hände schoben die Magd von der Tür weg.
»Lienhard, ich möchte wissen, ob Anna, die Herrin des Hauses, da ist«, sprach Anne Katharina den Knecht in dem fordernden Ton an, den ihre Schwiegermutter stets benutzte.
»Das Fräulein ist nicht da, und wir haben Anweisung, niemand ins Haus zu lassen, solange der Herr unterwegs ist.«
»Ich glaube dir nicht!«, empörte sich Anne Katharina.
»Das ist nicht meine Sache«, brummte der Knecht und schlug ihr die Tür vor der Nase zu.
Anne Katharina ballte die Fäuste. Nun war sie sicher, dass Anna irgendwo im Haus war. Hatte ihr Vater ihr verboten hinauszugehen? Hatte er sie gar eingeschlossen? Prüfend ließ sie den Blick an den Fenstern entlangschweifen. Sie waren alle verschlossen, und es war nichts Verdächtiges zu entdecken. So blieb Anne Katharina nichts anderes übrig, als den Heimweg anzutreten. Einen Augenblick erwog sie, sich an Annas Vater zu wenden, doch sie verwarf den Gedanken sofort wieder. Wenn er Anna gegen ihren Willen zurückgebracht hatte und sie nun von ihren Freunden fern halten wollte, würde er ihr kaum die Wahrheit erzählen. Ja, sie war sich sicher, dass er sie hochmütig abblitzen lassen und ihr die Aufforderung mit auf den Weg geben würde, sie solle sich um ihre eigenen Angelegenheiten kümmern.
Den ganzen Tag trug Anne Katharina die Gedanken an ihre Freundin mit sich herum. Täuschte sie ihr Gefühl? Hatte der Knecht die Wahrheit gesagt, und Anna war gar nicht in der Stadt? Aber was hätte dann das Missfallen der Ratsherren erwecken können? Was konnte der Büschler Unrechtes mit Anna getan haben, dass seine Amtskollegen so über ihn sprachen? Egal, wie sie es drehte und wendete, immer wieder kam sie zu dem Schluss, dass Anna – gegen ihren Willen – in ihrem Elternhaus festgehalten wurde.

Bernhard war bereits zu Hause, als seine Mutter in die Stube trat.
»Ich habe nicht weggesehen und mich nicht übergeben müssen«,

berichtete er stolz, aber Anne Katharina schenkte ihm nur ein flüchtiges Lächeln. Wenigstens tat ihm seine Schwester den Gefallen, die Augen weit aufzureißen und in ehrfürchtigem Ton zu fragen, wie alles vor sich gegangen war.

»Das war sehr mutig von dir«, hauchte Veronica, während er ihr die grausigen Details berichtete.

»Der Kury Firnhaber hat auf den Boden geguckt, als der Henker sein Schwert hob, und der Hans Röhler hat uns über die Schuhe gekotzt.«

»Bernhard!«

»Verzeiht, Großmutter, er hat sich übergeben.«

Die Seybothin wandte sich wieder ihrer Spitzenstickerei zu, hob aber bereits nach ein paar Stichen wieder den Blick und fixierte dieses Mal ihre Schwiegertochter.

»Du warst heute bei der Trochtelfingerin?«

Michels Kopf ruckte. Anne Katharina erstarrte.

»Wie kommt Ihr darauf?«, erwiderte sie vorsichtig.

»Die Eisenmengerin hat es mir berichtet«, gab die Alte Auskunft. »Sag, was hat das zu bedeuten? Habe ich richtig beobachtet, und du bist endlich wieder schwanger?«

Anne Katharina verwünschte diese alten Klatschbasen, denen nichts entging und die auch nichts Besseres zu tun hatten, als ihre Beobachtungen auf schnellstem Weg zu verbreiten. Sie konnte die schmeichlerische Stimme der Eisenmengerin förmlich hören, wie sie ihre falsche Süßigkeit in Mathildes Ohr säuselte.

Was sollte sie nur sagen? Sie spürte Michels Blick, der sich in ihre Brust bohrte.

»Nein, Ihr irrt Euch leider, liebe Schwiegermutter. Nur eine verstockte Mensis und ein wenig Leibschmerzen, die die Kräuter der Trochtelfingerin rasch zum Verschwinden bringen werden. Macht Euch keine Gedanken über mich. Eine solch wichtige Nachricht hätte ich Euch doch nicht vorenthalten!« Sie kniff die Augen zusammen und sah zu Mathilde hinüber, die ihren Blick wieder auf ihre Arbeit gesenkt hatte.

»Das habe ich auch nicht anders erwartet«, erwiderte sie und ließ das Thema damit auf sich beruhen. Anne Katharina sah, wie die Luft, die Michel in Spannung angehalten hatte, aus seinem Brustkorb entwich. Hatte er gefürchtet, sie würde hier bei Tisch anfangen, von der französischen Krankheit zu sprechen? Sie warf ihm einen unauffälligen Blick zu. Er schien nervös, ja geradezu ängstlich. Hoffentlich hatte sie ihn so sehr aufgescheucht, dass er zu Meister Brellochs gehen und ihm die heikle Angelegenheit zeigen würde. Das Bild, das die Hebamme ihr von dieser Krankheit gezeichnet hatte, war entsetzlich, aber vielleicht war es noch nicht zu spät, sie auszuheilen. Sie nahm sich jedenfalls vor, ihn nicht zur Ruhe kommen zu lassen. War er sich nicht im Klaren, dass er sonst irgendwann von Wucherungen und offenen Geschwüren entstellt sein würde? Und selbst wenn diese äußerlich heilten, was meist der Fall war, hatte die Trochtelfingerin ihr erklärt, siechten die meisten Infizierten einem jämmerlichen Tod entgegen.
Michel musste das wissen, war aber anscheinend noch nicht bereit, sich diesem furchtbaren Gedanken zu stellen, falls er wirklich die Syphilis hatte und es nicht nur eine harmlose, kleine Wunde war, die er sich beim Reiten zugezogen und die sich dann entzündet hatte.

✢ ✢

Die nächsten Tage konzentrierte sich Anne Katharina darauf, etwas über Anna zu erfahren, um nicht ständig darüber nachdenken zu müssen, was passieren würde, wenn sie ihre Schwangerschaft nicht mehr geheim halten konnte. Ein paar Mal schien die Panik über ihr zusammenzuschlagen, so dass es ihr vorkam, als würden die Blätter des Sadebaums hinten auf dem Friedhof ihr als Erlösung zuwinken, aber sie verdrängte diesen Gedanken. Nein, sie konnte das Kind ihres Geliebten nicht töten. Niemals!
Sie zwang sich, wieder an Anna zu denken. Wenn sie in Hall war, musste sie irgendjemand gesehen haben! Anne Katharina machte sich auf, einige Kleinigkeiten einzukaufen, und versäumte es nicht,

den Schuster in der Gelbinger Gasse, die Bäckerin am Markt, den Krämer am Grasmarkt, einen Säckler aus St. Kathrin und den Metzger beim Rathaus unauffällig nach Anna zu fragen, aber alle reagierten gleich: Sie hatten nur gehört, dass die Büschlertochter nach Esslingen gezogen war, um ihren Vater zu verklagen.
Auch der nächste Tag brachte sie nicht weiter. Zweifel stiegen in ihr auf. Hatte sie sich da in eine fixe Idee verrannt? Wie konnte es sein, dass sie wieder im Haus des Vaters war, sie aber niemand gesehen hatte? Sie schritt gerade über den Grasmarkt, als ihr eine Idee kam.
»Ha!«, stieß sie aus und blieb unvermittelt stehen. Ein Siedersknecht, der hinter ihr gegangen war, prallte mit ihr zusammen, so dass sie beinahe auf das unratbedeckte Pflaster gefallen wären.
»Verzeiht, gnädige Frau«, entschuldigte er sich und ließ sie erst los, als er sicher sein konnte, dass sie auf ihren Trippen das Gleichgewicht wiedergefunden hatte. »Es tut mir sehr Leid. Ich wollte Euch nicht belästigen. Ist Euch auch wirklich nichts geschehen?«
»Nein, nein«, wehrte Anne Katharina ab und klopfte sich den Holzkohlestaub vom Ärmel, den seine schmutzigen Hände auf dem zartgelben Stoff zurückgelassen hatten. »Es ist alles in Ordnung. Du kannst deiner Wege gehen. Es war nicht deine Schuld.«
Der Siedersknecht verbeugte sich und ging davon. Anne Katharina sah ihm einige Augenblicke nach, dann wandte sie sich um und eilte zur Rittersbrücke hinunter.
Wenn einer Anna bei ihrer Rückkehr gesehen haben musste, dann war es der Wächter, der zu dieser Zeit die Aufsicht über das Tor gehabt hatte. Leider wusste sie nicht, wann das gewesen sein sollte, daher würde sie eine ganze Reihe von Wächtern befragen müssen. Immerhin war sie sich ziemlich sicher, dass Anna und ihr Vater, wenn sie von Esslingen gekommen waren, die Stadt beim Riedener Tor betreten haben mussten, und genau dort begann Anne Katharina mit ihren Nachforschungen.
Es war mühsamer, als sie gedacht hatte. Sie fand zwar schnell die beiden Wächter, die den Ratsherrn Büschler bei der Abfahrt nach

Esslingen aus dem Tor gelassen hatten, aber an seine Rückkehr konnte sich keiner erinnern. Den ganzen Nachmittag ließ sich Anne Katharina von einem zum anderen schicken, bis schließlich Volkhard, Ruggers jüngerer Bruder, vor ihr stand. Verlegen trat er von einem Fuß auf den anderen. Ja, den Ratsherrn habe er auf dem Kutschbock seines Wagens gesehen, als er vor einer Woche nach Hall zurückgekehrt war.

»Und Anna, seine Tochter, war sie nicht bei ihm? Du kennst sie doch, nicht wahr?«

»Wer würde die Büschlerin nicht erkennen!« Ein Hauch von Rot huschte über seine schlecht rasierten Wangen. Sicher dachte er an die durchsichtigen Stoffe, die sich wie eine zweite Haut um ihren Körper schmiegten, und an die tiefen Dekolletés.

»Ja, und?«, drängte Anne Katharina. »War sie bei ihm?«

»Nun, ja, offiziell saß er allein im Wagen.« Volkhard war sichtlich unwohl zumute.

»Offiziell? Was soll das heißen?«, hakte Anne Katharina nach. »Sprich!«

»Ich habe etwas gesehen, das ich nicht sehen durfte.« Er wand sich. Anne Katharina hätte ihn am liebsten an seinem Kittel gepackt und geschüttelt.

»Ihr dürft aber niemandem verraten, dass ich es Euch gesagt habe«, beschwor sie der Wächter. Anne Katharinas Nacken prickelte unangenehm.

»Natürlich nicht. Kein Wort! Los, sage mir, was du entdeckt hast.«

»Nun« – Volkhard sah sich rasch um, so als befürchte er, belauscht zu werden – »der Büschler war schon durch das Tor hindurch, als hinten im Wagen ein Fass umkippte. Es standen mehrere Kisten und Fässer auf der Ladefläche, und dann lag da noch eine Decke über etwas gebreitet. Als das leere Fass umfiel, hielt der Ratsherr an. Ich lief dem Wagen hinterher, um dem Büschler zu helfen, aber er war schon vom Kutschbock gesprungen. Recht barsch sagte er zu mir, er brauche keine Hilfe. Da fiel mir auf, dass es unter der Decke seltsam zappelte. Was für ein Tier hat er denn da mitgebracht, dachte ich bei mir, als die Decke plötzlich zur Seite rutschte. Der Büschler war schon auf dem Wagen und zog sie wieder zurecht, aber ich hatte bereits gesehen, was er darunter verbarg.« Anne Katharina hielt den Atem an.

»Er hatte die Hände seiner Tochter mit Eisenketten hinten an den Kutschbock gefesselt und ihr mit einem Tuch den Mund verbunden, damit sie nicht schreien konnte!« Volkhard schüttelte den Kopf, als könne er es nicht fassen.

»Sein eigen Fleisch und Blut! Ich weiß nicht, was sie getan hat, aber kann man solch ein Verhalten eines Vaters gutheißen? Ich sage Euch, wenn unsereins so etwas machen würde, dann würde der Rat empört aufschreien und uns verurteilen, aber was die Herren tun, das geht niemanden etwas an!«

Anne Katharina legte ihre Hand auf Volkhards Arm. »Ich danke dir, dass du mir das erzählt hast.«

»Was habt Ihr vor?«, fragte er, anscheinend erschreckt über die Entschlossenheit, die er in ihrer Miene sah.

»Wenn er sie auf diese Weise nach Hall zurückgeholt hat, dann ist sie jetzt sicher auch nicht freiwillig in seinem Haus – wenn sie sich überhaupt im Büschlerhaus aufhält und er sie nicht irgendwo anders gefangen hält. Ich werde es herausfinden und dafür sorgen, dass sie gehen kann, wohin sie will!«

Volkhard schüttelte den Kopf. »Ihr werdet Ärger bekommen, gnädige Frau.«

Anne Katharina nickte grimmig. »Das ist schon möglich, doch bei den dunklen Wolken, die sich gerade über mir zusammenbrauen, ist es nur ein weiterer Regenguss vor dem großen Sturm.«

Er zuckte mit den Schultern, verbeugte sich höflich zum Abschied und wollte sich schon abwenden, als Anne Katharina ihn zurückhielt.

»Volkhard,« sie senkte ihre Stimme, »hast du etwas von deinem Bruder gehört? Hast du Nachricht von Rugger?«

Ein Muskel zuckte an seiner Schläfe. Seine Miene wurde abweisend. »Gnädige Frau, ich weiß, dass mir das nicht zusteht, so etwas zu Euch zu sagen, aber ich muss es tun. Ich bitte Euch, lasst meinen Bruder in Frieden, denn sonst werdet Ihr ihn verderben und seinen Tod auf Euer Gewissen laden.«

Anne Katharina schnappte nach Luft. »Was fällt dir ein? Ich weiß nicht, wovon du sprichst, und außerdem geht dich das nichts an!«

»Ich mische mich nicht in Eure Angelegenheiten. Er ist mein Bruder, und die eigene Familie geht einen etwas an. Ich will nicht, dass wir ihn eines Tages beweinen müssen.«

»Wenn ihr ihn beweint, dann deshalb, weil er dem Schwert eines Bündischen zu nahe gekommen ist. Glaub mir, nichts liegt mir ferner, als ihm zu schaden. Aber diese Ungewissheit quält meine Seele. Wenn du weißt, wo er ist, dann sage es mir bitte.«

Volkhard schüttelte den Kopf. »Ich habe viele Tage nichts mehr von ihm gehört.«

Anne Katharina blinzelte die Tränen weg, die in ihr aufstiegen, nickte dem Wächter zu und wandte sich ab.

»Von ihm nicht und auch nicht von Mara«, murmelte Volkhard, aber Anne Katharina war zu sehr in ihre Gedanken versunken, um die Worte zu hören.

✢ ✢

»Michel«, fragte sie ihren Gatten am Freitag beim Nachtmahl. »Weißt du, ob Anna Büschler wieder daheim ist? Ich habe gehört, sie sei im Haus ihres Vaters, und man sagt, er lasse sie nicht hinaus.«

Einen Versuch, weitere Einzelheiten zu erfahren, war es wert. Immerhin zählte Michel zum Rat und war vielleicht in den Skandal um das Haus Büschler eingeweiht, den die Herren geheim zu halten suchten.

»Kann schon sein«, brummte Michel, »das geht uns aber nichts an.«

»Sie ist meine Freundin, und ich finde, es geht mich sehr wohl etwas an, wenn sie gegen ihren Willen eingesperrt wird.«

»Du tust gerade so, als habe er sie in den Faulturm gesteckt.«

»Dann weißt du also darüber Bescheid?«, drängte sie. »Wo ist sie? Was hat er mit ihr gemacht?«
»Ich weiß gar nichts«, murmelte Michel und senkte seinen Blick auf die Salzheringe auf seinem Teller, aber Anne Katharina fühlte, dass er log. Unter dem Tisch ballte sie die Hände zu Fäusten, dennoch schaffte sie es, ihre Stimme zu beherrschen.
»Ich habe gehört, dass ihr Vater sie gegen ihren Willen nach Hall zurückgeschleppt hat, und die Ratsherren haben darüber geredet, dass es nicht recht ist, was der Büschler mit seiner Tochter tut! Ich denke, dass sie den Fall im Rat besprochen haben, also bitte, verstelle dich nicht und sage mir, wo ich sie finden kann und was mit ihr geschehen ist.«
Auf Michels Stirn zeigten sich die Falten, die ein Gewitter ankündigten. »Du hast gelauscht? Anne Katharina, ich bin entsetzt über deinen Mangel an Takt und Schamgefühl. Und nun willst du das unrecht erworbene Halbwissen auch noch zu deinem Vorteil einsetzen. Ich möchte nichts mehr über dieses Thema hören. Es geht weder dich noch mich etwas an.«
Anne Katharina sprang auf und schlug so hart mit der Faust auf den Tisch, dass ein stechender Schmerz ihren Arm hinaufschoss.
»Gibt es in deinem Kopf noch Platz für etwas anderes außer den Verhaltensregeln der führenden Familien in dieser Stadt? Haben die Vorschriften die Stelle deines Herzens und deines Gefühls eingenommen? Nur nicht auffallen! Ja nicht über den Fuß eines Nachbarn stolpern, es könnte ja deinem Ansehen im Rat schaden!« Sie raffte die Röcke und eilte zur Tür.
Auch Michel war während ihrer Worte von der Bank aufgesprungen.
»Wenn einer der Familie blind wie ein tollwütiger Ochse über alles hinwegtrampelt, was bewährt ist und Tradition hat, dann muss der andere umso mehr dafür sorgen, dass wir nicht in Schimpf und Schande versinken. Du wirst dich nicht weiter um den Büschler und seine Angelegenheiten kümmern! Ich verbiete es dir! Und wage ja nicht, irgendeine Wahnsinnstat zu begehen. Anna Büsch-

ler wird keinen Fuß mehr über die Schwelle meines Hauses setzen, solange sie sich nicht mit ihrem Vater ausgesöhnt und er sie in Gnaden wieder aufgenommen hat!«

Anne Katharina hielt unter der Tür inne und wandte sich noch einmal um. »Das ist der Weg zur Seligkeit, nicht? Wie spricht unser Herr Jesus Christus? Selig bist du, denn du hast mich gekleidet, als ich nackt war, du hast mich eingelassen, als ich ohne Obdach war, du hast mir die Hand gereicht, als ich von Schimpf und Schande verfolgt wurde!«

Ohne seine Antwort abzuwarten, knallte sie die Tür zu und polterte die Treppe hinunter. Sie war so wütend, dass ihr Magen sich regte und sich zusammenzuziehen begann. Mit ein paar schnellen Schritten schaffte es Anne Katharina gerade noch in die Küche und übergab sich in Agnes' Zuber mit dem Spülwasser.

Die Magd zog nur die Augenbrauen hoch, sagte aber nichts. Sie legte Anne Katharina einen Arm um die Taille und schob sie mit sanfter Gewalt auf einen Hocker. Mit einem feuchten Tuch wischte sie ihr das Gesicht ab.

»Es ist nur – ich habe mich so sehr über Michel geärgert«, versuchte sich die Herrin an einer Erklärung.

»Bleibt ruhig hier sitzen. Ich brühe Euch einen Kräutersud, der die Übelkeit dämpft. Aber lasst mich erst das Wasser wegbringen, ehe die alte Herrin vielleicht herunterkommt und Fragen stellt.«

Anne Katharina nickte schwach. Was machte es für einen Sinn, Agnes in die Irre führen zu wollen? Wusste sie nicht immer mehr als alle anderen im Haus? Stumm saß sie da, bis die Magd das übel riechende Wasser in das heimliche Gemach hinter dem Haus gekippt hatte und ihr den heißen Kräutersud in einem Becher reichte. Mit versteinerter Miene schluckte Anne Katharina das stechend riechende Gebräu. Agnes saß ihr gegenüber, die Hände gefaltet, und ließ keinen Blick von ihrer Herrin, bis diese den leeren Becher von sich schob. Die Magd sagte nicht: Das wird schon wieder, oder: Morgen ist alles wieder gut, Gott wird es richten, wie sie es zu den Kindern zu sagen pflegte, wenn diese über Bauchschmerzen oder Übelkeit klagten. Anne Katharina ließ sich nach vorn auf den Tisch sinken und barg das Gesicht in ihren Armen.

»Ach, Agnes, das Unheil rast wie eine Gewitterwolke im Sturmwind heran. Was kann ich nur tun?«

Die Magd warf einen Blick zur Tür, ehe sie leise antwortete: »Jedes Kind braucht einen Vater, dann wird alles gut.«

Anne Katharina wischte sich über die Augen. »Wenn es nur so einfach wäre! Es ist viel verzwickter, als du es dir vorstellen kannst, und ich weiß nicht, welchen der beiden Dornenpfade ich wählen soll.«

✢ ✢

Stundenlang strich Anne Katharina am nächsten Morgen über die Nordseite des Marktplatzes, ohne das Haus der Büschlers aus den Augen zu lassen. Sie sah Hermann Büschler im feinen Wams und Rock zum Rathaus gehen und beobachtete Barbara Dollen, die mit einem Korb am Arm das Haus verließ. Nun war nur noch der Knecht da. Würde er weggehen? Würde er die Haustür unverschlossen lassen? Eine weitere Stunde verging, dann ratterte ein Fuhrwerk mit Weinfässern beladen aus dem Hof. Auf dem Kutschbock saß Lienhard Vahmann. Anne Katharina wartete, bis er außer Sicht war, dann eilte sie, so schnell es möglich war, ohne aufzufallen, auf das Büschlerhaus zu. Sollte sie das Haupttor nehmen oder durch den Hof hineinzukommen versuchen? Sie hatte sich noch nicht entschieden, da kam Barbara Dollen zurück und traf mit Anne Katharina vor der Treppe zusammen, die zu der prächtig verzierten Eingangstür hinaufführte.

»Einen guten Morgen, gnädige Frau«, grüßte die Magd, klang aber alles andere als erfreut.

»Guten Morgen, Barbara. Ich möchte zu Anna. Du brauchst sie gar nicht zu verleugnen, ich weiß, dass sie da ist.«

Anne Katharina hatte den herrischen Ton angeschlagen, dem Dienstboten normalerweise nicht zu widersprechen wagten, dennoch schüttelte die Magd den Kopf.

»Es ist völlig gleichgültig, auf welche Weise Ihr es versucht. Der Herr hat bestimmt, dass das Fräulein keinen Besuch empfängt, und daran müssen sich alle halten.«
»Ich will doch nur wissen, ob sie unversehrt ist. Mich davon überzeugen, dass es ihr gut geht.«
Barbara Dollen zögerte. »Es geht ihr gut«, sagte sie, ohne Anne Katharina anzusehen. Sie drängte sich an der Ratsherrnfrau vorbei, verschwand im Haus und ließ hinter sich geräuschvoll den Riegel einrasten.
Anne Katharina lag ein Fluch auf den Lippen, den sie rasch unterdrückte. Nun würde es noch viel schwerer werden, unbemerkt das Haus in Augenschein zu nehmen, und wenn sie ertappt würde, konnte sie sich nicht mehr damit herausreden, sie hätte vom Verbot des Vaters nichts gewusst. Wütend auf sich selbst schritt sie nach Hause. Sie suchte überall nach Agnes, konnte sie aber nicht finden. Es war ein warmer Tag. War sie vielleicht unten im Waschhaus? Anne Katharina hörte den Schritt ihrer Schwiegermutter oben auf der Treppe. Rasch verließ sie das Haus wieder und eilte die Treppen zum Kocher hinunter zum Waschhaus, wo an diesem herrlichen Frühlingstag einige Mägde über Wannen und Zuber gebeugt standen und die Hemden, Röcke und Bettsachen ihrer Herrschaften in der Lauge rubbelten. Die Zungen bewegten sich noch flinker als die Hände. Gab es doch kaum eine bessere Gelegenheit, den Klatsch der verschiedenen Familien auszutauschen.
Agnes stand an der letzten Steinwanne und wusch Leinentücher. An einem kleinen Bottich zu ihren Füßen kniete Veronica und rubbelte mit großem Ernst die Strümpfe ihres Vaters in der düsteren Brühe. Barbara rannte in ihrem kurzen Kittel zwischen den Frauen auf und ab und kreischte entzückt, wenn eine der Mägde sie mit Wasser bespritzte. Als sie ihre Mutter kommen sah, lief sie ihr entgegen und drückte sich in die Falten ihres Rockes. Das Kind strahlte, als die Mutter ihr über das Haar strich. Anne Katharina wollte Barbara auf den Arm nehmen, doch anscheinend war die

Arbeit im Waschhaus zu aufregend. Sie machte sich los und lief wieder zwischen den Waschtrögen umher.
Anne Katharina trat zu Agnes heran. Dies war nicht der richtige Ort, ein vertrauliches Gespräch zu führen, dennoch wollte sie nicht warten, bis Agnes fertig war. Der Berg schmutziger Wäsche zu ihren Füßen sprach davon, dass das noch Stunden dauern konnte. Sie sah sich um. Die Mägde schienen alle in ihre Klatschgeschichten vertieft. Den anderen Frauen den Rücken zugekehrt, trat Anne Katharina näher zu ihrer Magd und senkte die Stimme, so dass nur Agnes ihre Worte verstehen konnte.
»Kennst du Barbara Dollen?«
»Die Büschlermagd? Ja, natürlich.«
»Ich meine, kennst du sie gut? Sprichst du manches Mal mit ihr? Tauschst du die Neuigkeiten der Stadt mit ihr aus?«
Agnes schüttelte den Kopf. »Nein, mehr als ein paar belanglose Worte habe ich bisher nicht mit ihr gewechselt.«
Anne Katharina kaute auf ihrer Unterlippe. Die Antwort der Magd passte nicht in ihren Plan, dennoch war sie nicht bereit, ihn so schnell aufzugeben.
»Dann wirst du eben heute damit anfangen.«
Agnes sah von dem Leinentuch auf, von dem sie vergeblich versuchte, einen hartnäckigen Fleck zu entfernen. Er war inzwischen nicht mehr schwarz, sondern schimmerte in dunklem Blau.
»Du wirst das Gespräch mit ihr suchen und sie ablenken. Erzähle ihr, was dir einfällt, Hauptsache, sie verriegelt nicht die Tür und ihre Aufmerksamkeit ist vornehmlich auf dich gerichtet.« Die Magd seufzte.
»Herrin, wie stellt Ihr Euch das vor? Könntet Ihr einfach zu den – was weiß ich – den von Roßdorf gehen oder den Hofmeisters und ein seichtes Geplauder mit ihnen beginnen?«
Anne Katharina nickte. »Ja, das könnte ich wohl. Los, packe deine Sachen und komm mit.«
»Was soll ich der alten Herrin sagen, warum ich die Wäsche nicht fertig gewaschen habe?«

»Sie braucht es nicht zu erfahren«, antwortete Anne Katharina ungeduldig.
»Und was ist mit den Mädchen? Ihr wollt sie doch nicht etwa mitnehmen?«
Anne Katharina atmete geräuschvoll aus. »Wie immer hast du Recht. Mach du deine Wäsche fertig, aber beeile dich! Ich warte zu Hause.«
Sie nahm Barbara an die Hand und machte sich daran, erneut die vielen Stufen hinauf zur Keckengasse zu erklimmen. Veronica zog es vor, bei Agnes zu bleiben und ihr beim Waschen zu helfen.

✢ ✢

Anne Katharina beobachtete Agnes und Barbara Dollen. Die beiden standen im Hof des Büschlerhauses, Agnes erzählte etwas, die Büschlermagd hörte zu. Soweit Anne Katharina es von ihrem Beobachtungsplatz hinter einem Stapel leerer Kisten und Fässer, die gleich hinter der Hofeinfahrt aufgestapelt waren, erkennen konnte, war der zuerst erstaunte und dann misstrauische Gesichtsausdruck reger Neugierde gewichen. Sie wusste nicht, was Agnes ihr erzählte, aber offensichtlich gelang es ihr, Barbara Dollens Interesse zu fesseln und ihre Wachsamkeit zu trüben.
Würde sie Agnes ins Haus bitten? Würde sie die Tür unverschlossen lassen? Anne Katharina hielt die Luft an. Nun sprach Barbara Dollen. Sie zeigte auf den Stall hinüber, in dem die feine Kutsche der Büschlers und einige ihrer Pferde standen. Offensichtlich wollte sie wieder an ihre Arbeit gehen. Oh nein, ließ Agnes sich abwimmeln?
Anscheinend versuchte es die Büschlermagd, aber Agnes folgte ihr, weiter vor sich hin plappernd, in den Stall und schob die Tür hinter ihnen zu.
Anne Katharina zögerte keinen Augenblick. Das war die Gelegenheit! Sie raffte die Röcke und eilte auf ihren Ledersohlen über den Hof. Auf die Trippen hatte sie verzichtet, denn auf ihnen verlor

man zu leicht den Halt, außerdem klapperten sie auf den Treppen und Holzböden. Rasch zog sie die schmale Hintertür auf und schlüpfte ins Haus. Auf der Schwelle blieb sie stehen, um ihre Augen an das Dämmerlicht zu gewöhnen und um zu lauschen. Hier und da knackte es im Holz, vom Marktplatz her drang das gedämpfte Stimmengewirr der Bürger herein, aber hier im Haus war kein menschliches Geräusch zu hören. Anne Katharina schlich den schmalen Gang entlang und warf einen Blick in die Kammern zu beiden Seiten. Hier schliefen der Knecht und die Magd, es gab Lager- und Vorratsräume. Eine Holztür brachte sie in die prächtige Eingangshalle. Von oben her hörte Anne Katharina ein metallisches Klirren. Rasch stieg sie die breite Treppe hinauf. Rechts war das große Speisezimmer, in dem wichtige Gäste bewirtet wurden. Anne Katharina wusste, dass es noch aus den Zeiten stammte, da Kaiser und Könige öfter in Hall abgestiegen waren. Anna hatte es ihr einst gezeigt. Daneben war die Schreibkammer des Hausherrn. Auf der anderen Seite lagen die Küche und die Stube, die die Familie normalerweise benutzte. Anne Katharina lugte durch die offene Küchentür in den leeren Raum und öffnete dann zaghaft die Stubentür. Erst dachte sie, auch dieses Zimmer sei leer, dann aber entdeckte sie die Gestalt, die auf dem Boden kauerte, das Gesicht im Rock vergraben, die Arme um die Knie geschlungen.

»Anna!«

Die Gestalt bewegte sich. Hände strichen das fettige Haar aus dem Gesicht, der Kopf hob sich. Anne Katharina schlug die Hand vor den Mund, um einen Aufschrei zu unterdrücken. Mit drei Schritten war sie bei der Freundin und ließ sich vor ihr auf den Boden sinken.

»Anna, was hat er dir angetan?«

Langsam hob sie den Blick. Ihre Augen lagen tief in ihren Höhlen, blutige Kratzer verunstalteten ihre Wangen, Hemd und Rock waren schmuddelig und voller Flecken, ihr Körper roch, als habe sie schon lange keinen Badezuber mehr gesehen.

»Anna, nun sag doch etwas!« Sie schlang die Arme um die Freundin und zog sie an sich.
»Ich habe die Familie entehrt und meinen Vater vor dem Rat beschämt, ich habe das Recht verwirkt, wie ein menschliches Wesen behandelt zu werden«, sagte sie mit heiserer Stimme.
»Anna, so darfst du nicht reden.«
»Ich? Er spricht so. Mein eigener Vater erzählt es mir Stunde für Stunde, wenn er daheim ist. Er hat mich in Esslingen eingefangen wie ein wildes Tier. Ich habe mich gewehrt, habe geschrien und gebissen, um mich geschlagen und getreten, aber er hat mich dennoch auf den Karren gefesselt und mir einen Knebel in den Mund gesteckt. Ich konnte mich kaum regen. Während der Fahrt wurde ich zwischen Fässern und Kisten hin und her geworfen, doch das hat ihn nicht gekümmert. Ich dachte, ich hätte kein Stückchen Haut mehr am Leib, als wir endlich in Hall anlangten.« Sie sah die Freundin aus ihren blauen Augen an, deren früheres Strahlen von einem trüben Schleier verdeckt wurde. »Ich dachte, das Schlimmste hätte ich hinter mir. Wie einfältig ich war!« Sie stieß ein raues Lachen aus. »Wie dumm von mir zu glauben, er könne verzeihen, es wäre ein Hauch von Mitleid und Menschlichkeit in ihm.«
Anne Katharina griff nach den Händen der Büschlerin. Sie waren rot und rissig geworden wie die einer Magd.
»Das darf er nicht mit dir tun, auch wenn er dein Vater ist! Komm mit mir. Wo ist dein Stolz geblieben? Dein Zorn? Dein Drang nach Freiheit?«
»Den hat er an die Kette gelegt«, sagte sie müde. »Glaubst du, sonst wäre ich noch hier?« Sie zog ihren schmutzigen Rocksaum so weit zurück, dass Anne Katharina einen Eisenring sehen konnte, von dem aus eine starke Kette zum Tisch führte, wo das andere Ende befestigt war. Anne Katharina keuchte auf. Dieser Mann war ein Ungeheuer!
»Ich habe mit allen Mitteln versucht, die Kette zu brechen, aber ich komme weder an grobes Werkzeug heran, noch kann ich das Fens-

ter erreichen, um die Schmach, die mir angetan wird, in die Welt zu schreien.«

Anne Katharina packte die Kette. »Es muss eine Möglichkeit geben, sie zu sprengen. Ich werde dir helfen. Ich lasse dich nicht im Stich.«

Anna zuckte mit den Schultern. »Dann bring das nächste Mal am besten eine ganze Armee mit, die mit Kanonen mein Gefängnis zerschießt und meine Schande der ganzen Stadt vor Augen führt.«

Anne Katharina antwortete nicht. Sie überlegte krampfhaft, wie sie die Kette lösen könnte.

»Ich kann es nicht verstehen, dass kein Aufschrei durch Hall geht! Hat er seit Wochen alle Besucher von der Stube fern gehalten?«

Zorn wallte in ihr auf, als sie an das Gespräch der Ratsherren dachte. Wie konnten sie nur einen Moment zögern? Warum zwangen sie den Büschler nicht, sie freizulassen? Warum straften sie ihn nicht für seine Taten?

Sie können nicht wissen, in welcher Weise er seine Tochter nach Hall geschafft hat und wie grausam er sie hier gefangen hält, sagte sie sich, wurde aber durch Annas Worte sogleich dieser Illusion beraubt.

»Dem Ott und dem Troßmann waren der Anblick der am Boden kriechenden Tochter vergönnt. Aber ein Ratsherr spuckt nicht nach dem anderen. Sie haben ihm versprochen, nicht darüber zu reden.«

»Einverstanden sind sie wohl nicht damit«, murmelte Anne Katharina, als ihr Ratsherr Otts Worte wieder in den Sinn kamen. »Und anscheinend haben sie in einer geheimen Sitzung ohne deinen Vater darüber gesprochen, aber sie konnten sich nicht einigen, ob sie etwas dagegen unternehmen sollen oder nicht.«

Anna schnaubte durch die Nase. »Das glaube ich gern. Wer will schon dem mächtigen Büschler in die Quere kommen, der die große Zwietracht für die Bürger gewonnen und den Streich der Junker verhindert hat! Er wird Stättmeister, ob er mich hier zu Grunde gehen lässt oder nicht, darauf kannst du wetten.«

Anne Katharina wollte widersprechen, doch ein Aufschrei von der Tür her ließ sie herumfahren. Barbara Dollen stand in der Stube, ein frisches Hemd und einen auffällig golddurchwirkten Rock über dem Arm und eine Waschschüssel in den Händen.
»Gnädige Frau! Wie kommt Ihr hierher? Das kann ich nicht dulden, der Herr hat es verboten!«
Anne Katharina erhob sich. Ihre Augen funkelten vor unterdrücktem Zorn. »Ja, das kann ich mir denken, dass dein Herr nicht will, dass ich dieses Verbrechen sehe, das er an seinem Kind begeht!«
Barbara Dollens Miene wurde abweisend. Plötzlich zuckte die Erkenntnis über ihr Gesicht. »Das war ein hinterlistiger Plan!«, rief sie. »Eure Magd sollte mich ablenken, damit Ihr unbemerkt in das Haus des hohen Ratsherrn eindringen konntet! Er wird nicht erfreut sein, wenn ich ihm das berichte, und es wird Eurem Gatten im Rat nicht zur Ehre gereichen, wenn es bekannt wird!«
»Der Ratsherr Büschler sollte erst einmal darüber nachdenken, was ihm hier nicht zur Ehre gereicht!«, erwiderte Anne Katharina zornig. »Ich weiß zufällig genau, dass unser Stättmeister mit dem hier nicht einverstanden ist!« Anklagend wies sie auf die am Boden sitzende Anna.
»Lassen wir doch die Stadt darüber diskutieren! Was meinst du, wie viel Respekt man dem Herrn dann noch entgegenbringt?« Anne Katharina spürte die Unsicherheit der Magd.
»Bitte, geht jetzt. Das Fräulein soll sich waschen und umkleiden, ehe ihr Vater vom Rathaus zurückkehrt.« Sie trug Schüssel, Rock und Hemd zu Anna hinüber.
»Euer Vater wünscht, dass Ihr Euch herrichtet und ihm eine angenehme Gesellschaft seid, wenn er zum Essen nach Hause kommt.«
Anna stieß mit dem Fuß gegen die Schüssel, dass sie an die Wand flog und das heiße Wasser über eine Truhe zu Boden floss.
»Ja, das kann ich mir denken. Und die Kette soll ich hübsch unter meinem Rock verstecken, damit sie sein Auge nicht beleidigt, während er seinen Rehrücken und seine Wachteln verspeist, aber ich denke nicht daran! Er soll vor Augen haben, was er mir antut!

Vielleicht peinigt ihn nachts sein Gewissen und raubt ihm die Ruhe, falls er so etwas überhaupt besitzt!« Drunten schlug eine Tür.

»Du kannst dich auf mich verlassen!«, rief Anne Katharina der Freundin zu, ehe sie die Treppe hinunterhastete. Zum Glück war es nur der Knecht, der sie irritiert anstarrte, jedoch keine Anstalten machte, sie aufzuhalten.

# KAPITEL 11

Setz dich, mein Kind!«

Anne Katharina ignorierte die Aufforderung des Paters und fuhr mit ihrer Wanderung durch seine Kammer fort. Sie kaute auf ihrer Lippe und wälzte Ideen und mögliche Lösungen in ihrem Kopf hin und her, prüfte sie und verwarf sie dann wieder. Ab und zu stieß sie zornige Worte über Ratsherr Büschler hervor, den sie als Sohn des Teufels bezeichnete, als Schande der Stadt, als machtgierig und grausam. Kopfschüttelnd verfolgte Pater Hiltprand ihrem unruhigen Auf und Ab.

»Nun beruhige dich doch!«

Anne Katharina blieb stehen und funkelte ihn an. Endlich schien sich ein neues Opfer darzubieten, an dem sie ihren Zorn erproben konnte.

»Ach, ich soll mich beruhigen und alles vergessen? Wollt Ihr mir auch sagen, dass es mich nichts angeht und der Büschler mit seiner Tochter umspringen kann, wie er es will? Schließlich hat sie es ja herausgefordert, nicht? Sie hat sich unzüchtig aufgeführt, sie hat den Vater blamiert, sie hat gar ein fremdes Gericht gegen ihn angerufen! Ja, legt die widerspenstigen Frauen in Ketten. Michel wird sich in Zukunft sicher gern ein Beispiel daran nehmen. Sollen wir den Büschler nicht fragen, welcher Schmied ihm so freundlich zu Diensten stand?« Die Hände in die Hüften gestemmt, die Augen zusammengekniffen, stand sie vor dem Pater. »Nun, sagt Eure Meinung, ich warte darauf!«

Pater Hiltprand hob abwehrend die Hände. Ein Lächeln umspielte seine Lippen. »Gott bewahre mich vor dieser Torheit, sonst werde ich noch heute vor der Himmelspforte stehen, erdrosselt von den

Händen voller Zorn, die danach lechzen, sich um den Hals zu legen, dessen Stimme es wagte, die zornige Rächerin zu reizen.«
»Pater, nein, wie könnt Ihr denken, ich würde Euch etwas antun?«, rief sie entrüstet.
»Nun, deine Stimmung lässt das Schlimmste befürchten.«
Misstrauisch studierte sie sein Gesicht. »Spottet Ihr über mich?«
»Nein!« Sein Lächeln war verschwunden, seine Stimme klang ernst. »Es entfacht auch in mir Wut, wenn ich höre, wie er seine väterliche Gewalt missbraucht, aber wenn der Rat sich entscheidet, nicht einzugreifen, sehe ich keine Möglichkeit, deiner Freundin zu helfen – zumindest keine offizielle!«
Anne Katharina knetete ihre Hände. »Gut, dann sollten wir uns Gedanken darüber machen, wie die inoffizielle Möglichkeit aussehen wird, denn in den Rat brauchen wir keine Hoffnung zu setzen!«
Pater Hiltprand seufzte. »Ich weiß, dass dir ein nächtlicher Einbruch vorschwebt, bewaffnet mit einem Henkersbeil oder Ähnlichem, um die Ketten zu sprengen.«
»Ja und, was habt Ihr daran auszusetzen?«
»Du wirst es nicht hören wollen, aber solch eine Vorgehensweise würde deiner Familie großen Schaden zufügen.«
Anne Katharina schnaubte. »Ihr redet schon wie Michel.«
»In manchen Dingen hat er nicht Unrecht, auch wenn sie dir nicht bequem erscheinen.« Er hob abwehrend die Hand. »Nein, überschütte mich nicht mit deinem Unmut. Hole mir lieber Papier, Feder und Tinte. Ich werde ein Schreiben an Magister Brenz aufsetzen, das du dann gleich zu ihm hinüberbringen kannst.«
Anne Katharina murrte, folgte aber den Anweisungen des Paters. Während er schrieb, rutschte sie unruhig auf dem Schemel herum, auf dem sie schließlich Platz genommen hatte, nachdem Pater Hiltprand sich beklagte, bei ihrer ständigen Herumrennerei könne er sich nicht konzentrieren. Kaum jedoch, dass die Tinte trocken war und er das Blatt zusammenfaltete, sprang sie wieder auf. Sie konnte es nicht erwarten, dass er ihr das Schreiben in die Hand drückte.

»Wozu es versiegeln? Ich bringe es Magister Brenz sofort hinüber!«
Sie nahm sich kaum Zeit, sich ordentlich von Pater Hiltprand zu verabschieden, so eilig hatte sie es. Eines dieser aufrührerischen Flugblätter wehte ihr vor die Füße, doch dieses Mal hob Anne Katharina es nicht auf, um es zu lesen. Mit fliegenden Röcken rannte sie über den Platz am Ende der Pfarrgasse und klopfte an die Tür des Predigerhauses. Eine Magd öffnete und führte die Frau des Ratsherrn Seyboth in die Stube, in der Magister Brenz mit einem Gast saß. Anne Katharina knickste vor dem Hausherrn, ehe sie mit nur mäßig gezähmter Ungeduld Margarete Gräter, die Gattin des Sieders Hans Wetzel, begrüßte. Mit gefalteten Händen saß die junge Frau, die kaum die zwanzig Jahre überschritten hatte, da, den Blick auf ihre Hände gesenkt: Das mustergültige Vorbild einer keuschen Ehefrau, die ihrem Herrn und Gebieter gehorcht und für das Wohl der Familie sorgt. Anne Katharina wollte sie gern dafür verachten, aber sie konnte nur Mitleid mit der Frau empfinden, die – gerade mal sechzehn Jahre alt – mit dem dreiundfünfzigjährigen Ratsherrn Wetzel verheiratet worden war und eine Schar Stiefkinder hatte übernehmen müssen, die zum Teil älter waren als sie selbst. Nun war ihr Gatte schwer erkrankt, und sie wusste nicht, ob der Tod ihn bald erlösen würde oder ob ihr eine lange Zeit des Leidens und der Pflege bevorstand. Und dennoch schien sie sich eine heitere Freundlichkeit bewahrt zu haben. Anne Katharina konnte sie dafür nur bewundern und fühlte ein wenig Neid in sich aufsteigen, als sie in die strahlenden Augen und auf den zu einem Lächeln geöffneten Mund blickte. Wie konnte sie in ihrer Situation so gelassen sein? Spürte sie nie den quälenden Drang der Rebellion in sich aufblitzen?
Margarete Gräter erhob sich und strich ihren in düsterem Grau gehaltenen Rock glatt.
»Dann werde ich mich jetzt verabschieden, lieber Magister Brenz, damit auch andere dem erlösenden Klang Eurer Worte lauschen können.« Sie reichte ihm ihre schmale Hand, die er mit seinen beiden Händen ergriff.

»Ich danke Euch für Eure Zeit und Euren Trost. Ich werde Euch in meine Gebete einschließen, denn Ihr seid ein Geschenk für die Menschen und für unsere Stadt. Ich gehe nun, um meinen Platz am Bett meines Gemahls wieder einzunehmen.«

»Euer Gatte weiß es sicher zu schätzen, eine solch wundervolle Frau an seiner Seite zu wissen.«

Errötend senkte sie den Blick und entzog ihre Hand denen des Predigers, der so väterlich mit ihr sprach, obwohl er ebenso jung war wie sie. Er sah ihr nach, bis die Tür sich hinter ihr geschlossen hatte, dann erst wandte er sich seiner neuen Besucherin zu.

»Gnädige Frau? Was kann ich für Euch tun?«

Wortlos überreichte ihm Anne Katharina Pater Hiltprands Schreiben. Der Prediger bot seinem Gast erst einen Platz auf der Bank und einen Becher Met an, ehe er das Blatt entfaltete und in aller Ruhe zweimal durchlas. Er setzte sich auf einen Hocker gegenüber und legte dann das Schreiben auf den Tisch. Keine Gemütsbewegung zeichnete sich in seiner Miene ab. Schweigend sah er zu Anne Katharina hinüber, so als stehe auf ihrer Stirn geschrieben, was nun zu unternehmen war.

»Wir müssen sie befreien!«, rief Anne Katharina, die die Stille nicht mehr aushielt. »Hat Pater Hiltprand Euch das nicht geschrieben?«

Johannes Brenz schüttelte den Kopf. »Er überlässt es mir, eine Entscheidung zu treffen. Er hat mir nur die Tatsachen geschildert.«

»Aber es ist eine Sünde, ein Verbrechen, eine zum Himmel schreiende Schande, die der Büschler seiner Tochter antut. Man kann doch nicht einfach wegsehen und nichts tun!«

»Nein, das darf man nicht. Sich vom Leid eines Mitmenschen abzuwenden, das heißt, gegen das Evangelium zu handeln. Aber man darf auch nicht im Übereifer, zu helfen und zu retten, die Gefühle anderer mit Füßen treten. Ich werde mich sogleich aufmachen und mit Ratsherr Büschler reden.«

»Pah!«, stieß Anne Katharina aus. »Er wird Euch sagen, es sei sein Recht, über die rebellische Tochter zu verfügen. Was macht Ihr dann? Euch verbeugen und höflich zurückziehen? Man muss sie befreien! Jetzt!«

Der Prediger lächelte. »Mir ist bekannt, dass Ihr der Rebellion nicht abgeneigt seid, doch muss ich Euch sagen, dass es durchaus üblich ist, Familienmitglieder, deren Geist verwirrt ist, im Hause anzuketten, damit sie sich und anderen nicht schaden.«

»Sie ist aber nicht verwirrt in ihrem Geist! Redet mit ihr, dann werdet Ihr es merken. Die Fessel dient allein als grausame Strafe, die sie ihr Vater in blinder Willkür erleiden lässt. Auch er ist nicht gerade unschuldig, dass die Situation so außer Kontrolle geriet! Hat er ihr nicht jeden möglichen Ehemann verjagt? Hat sie des elterlichen Hauses verwiesen, als – nun ja, als er den Beweis gefunden zu haben schien, dass sie nicht ganz die züchtige Jungfrau war, die er forderte. Sie soll die Stelle ihrer toten Mutter ausfüllen. Das ist Unrecht!«

»Ich stimme Euch zu, und ich verspreche Euch, dass ich es nicht auf sich beruhen lasse, wenn Ratsherr Büschler mir zu verstehen gibt, dass es seine häusliche Angelegenheit ist, in die ich mich nicht einzumischen habe. Es muss ein Weg gefunden werden, Vater und Tochter miteinander auszusöhnen.«

»Da müsstet Ihr schon ein Wunder vollbringen.«

Johannes Brenz lächelte. »Mit Gottes Hilfe? Warum nicht.«

✢ ✢

Den ganzen Abend lauschte Anne Katharina auf ein Klopfen an der Tür oder einen fremden Schritt auf der Treppe, aber niemand kam, um von Anna Büschlers Befreiung zu berichten. Sie mahnte sich selbst zur Geduld, aber wie konnte sie geduldig sein, wenn jede Stunde für Anna, angekettet wie ein Tier, eine Qual sein musste?

Nach und nach zogen sich die Familienmitglieder in ihre Kammern zurück, Anne Katharina konnte sich jedoch nicht aufraffen, es ihnen gleichzutun. Wie konnte sie sich schlafen legen, wenn sich viel-

leicht drüben auf der anderen Seite des Marktplatzes dramatische Dinge abspielten?
Die Glocke schlug elf, als sie auf der Treppe Schritte vernahm. Anne Katharina sprang auf, doch es war ihr Bruder Peter, der erschöpft und verdreckt in die Stube wankte.
»Ach, du bist es nur«, sagte sie enttäuscht und ließ sich wieder auf die Bank sinken.
»Was heißt hier nur?«, entrüstete er sich. »Ich bin immerhin dein Bruder! Du solltest voller Sorge in die Küche eilen und mir ein kräftiges Mahl bereiten.«
»Du hättest ja pünktlich zum Spätmahl kommen können, da gab es genug kräftige Dinge, mit denen du deinen Bauch hättest füllen können!« Er grunzte und warf sich in Michels Lehnstuhl.
»Wo kommst du überhaupt so spät her? Soviel ich weiß, hatten wir heute keinen Sud!«
»Das liebe ich!«, stöhnte er und barg das Gesicht in den Händen. »Weiber, die einen auszanken und mit Fragen quälen, statt einen zu umsorgen. Glaube mir, du willst es gar nicht wissen, woher ich komme.«
Erstaunen huschte über Anne Katharinas Gesicht und wandelte sich dann in Ärger. »Ach, gibt es im Frauenhaus nichts zu essen? Wie dumm für die Männer, die sich dort so verausgaben müssen.«
Peter ließ die Hände sinken und starrte seine Schwester mit einem Ausdruck des Entsetzens an. »Anka, woher weißt – ich meine, was sagst du da?« Er blinzelte, schüttelte den Kopf und grinste dann. »Wenn Gott dir in diesem Moment in deinen Kopf hineinsieht, wird er entsetzt sein, welch schmutzige Gedanken sich unter dem kostbaren Haarnetz einer Ratsherrnfrau finden lassen.« Seine Miene wurde wieder abweisend. »Das solltest du in Zukunft lassen! Ich habe dir schon einmal deutlich gemacht, dass du dich nicht in mein Leben einmischen sollst und es dich überhaupt nichts angeht, was ich in der Kerfengasse oder sonst wo in Hall mache!«
»Aber mitten in der Nacht in die Küche gehen, um dir Essen zu bereiten, das darf ich!«, ereiferte sich seine Schwester.

»Ja, das wäre zu freundlich von dir.« Er lächelte, so dass seine braunen Augen strahlten und er wieder aussah wie ein Jüngling.
Anne Katharina erhob sich und ging zur Tür. Sie schwankte zwischen Ärger und Lachen. »Ich weiß nicht, warum ich das tue. Verdient hast du es jedenfalls nicht!«

✠ ✠

Ein Klopfen drängte sich in Anne Katharinas Schlaf, das nicht so recht in ihre Träume passen wollte. Die Tür knarrte, als sie sich öffnete, nackte Füße eilten über den Holzboden, eine Hand griff nach ihrer Schulter.
»Herrin, wacht auf.«
Anne Katharina fuhr hoch. »Ist etwas mit den Kindern?« Hektisch suchte ihr Blick die Umrisse der schlafenden Mädchen in der Dunkelheit.
»Nein, alles in Ordnung. Seid leise. Nehmt Euch Eure Schuhe und einen Umhang und kommt in die Küche hinunter.«
Agnes schärfte der Herrin noch einmal ein, niemanden aufzuwecken, und huschte davon. Anne Katharina blieb noch einen Augenblick auf ihrer Matratze sitzen, um die wirren Fetzen ihres Traumes zu verscheuchen, dann griff sie nach ihrem Umhang. Die hölzernen Schuhe in der Hand, tastete sie sich die Treppe hinunter und trat in die Küche, aus der ihr Wärme und Licht entgegenfluteten.
»Anna!« Sie ließ die Schuhe fallen und eilte der Freundin entgegen, um sie in ihre Arme zu schließen. »Anna«, seufzte sie noch einmal, als sie die schlanke Gestalt an sich zog. »Wie bin ich froh, dass er dich gehen ließ.«
»Gehen ließ?« Sie lachte bitter. »Wie kommst du auf diesen törichten Gedanken?«
»Weil, ich dachte, nun, ich bin gleich zu Pater Hiltprand gelaufen und habe mit ihm überlegt, wie man dich befreien könnte, und da hat er einen Brief an Magister Brenz geschrieben, und der wollte sogleich mit deinem Vater reden und …« Sie verstummte.

»Da wären schon Hammer und Schwert notwendig gewesen, statt der Stimme eines Lutheraners!«
»Aber wieso stehst du nun vor mir?« Anne Katharina konnte es nicht fassen. Die Büschlerin antwortete nicht, ihr Blick glitt über die Freundin hinweg zu deren Magd, die abwartend vor der geschlossenen Küchentür stand.
»Herrin, braucht Ihr noch etwas? Sonst ist es wohl besser, wenn ich mich auf mein Lager zurückziehe und mich morgen über meinen seltsamen Traum wundere.«
Anne Katharina lächelte der Magd zu. »Ich danke dir und wünsche dir eine gesegnete Nacht.«
Agnes griff nach dem Türknauf, ging jedoch nicht hinaus. Ohne zu den Frauen hinüberzusehen, sagte sie: »Falls das gnädige Fräulein die Nacht hier verbringt, solltet Ihr Vorkehrungen treffen, dass sie in der Frühe weder dem Ratsherrn noch seiner Mutter über den Weg läuft.«
Anne Katharina nickte. »Ja, ich weiß, geh jetzt.«
Agnes verschwand und schloss die Küchentür hinter sich.
»Nun erzähle mir endlich, wie du entkommen konntest!«
»Ich war nicht schön und roch nicht gut genug für die Gesellschaft des hohen Herrn. Er wollte sich der Illusion hingeben, mit seiner ach so reizenden Tochter zu Tisch zu sitzen.«
»Und du hast die Wasserschüssel an die Wand geworfen und dich geweigert, dich umzuziehen!«
»Ja. Er war wütend, als er heimkam.« Anna seufzte und strich sich über die geschwollene Wange. »Also ließ er Barbara heißes Wasser bereiten und den Zuber in der kleinen Kammer zum Hof raus füllen. Er drohte, er würde mir selbst die Kleider vom Leib reißen und mich in die Wanne werfen, wenn ich ihm nicht gehorche.«
»Also hast du gebadet«, schloss Anne Katharina, der schon aufgefallen war, dass die Freundin nicht mehr so streng roch wie am Nachmittag.
»Ja, Barbara nahm meine alten Kleider und legte mir ein frisches Hemd bereit, ehe sie die Tür verschloss. Ich hörte, wie sie in der

Küche rumorte. Und dann ging Vater noch einmal weg. Leise stieg ich aus der Wanne, trocknete mich ab und zog das Hemd an.« Die Büschlerin lächelte ihre Freundin an. »Sie hätten mich besser in der Küche baden lassen sollen, denn dort ist das Fenster zu klein. Dann hätte ich mich allerdings mit dem größten Messer bewaffnet, das es dort gibt, und mir meine Freiheit erkämpft.«

»Und dann bist du aus dem Fenster gestiegen?«

»Ja. Es war eine Quälerei, dort hindurchzuschlüpfen, vor allem, da es mehr als vier Schritte über dem Hof liegt, aber ich musste es riskieren.«

Anne Katharina schlug sich die Hände vor den Mund bei dem Gedanken, wie leicht die Freundin sich zu Tode hätte stürzen können.

»Ich konnte auf das Schuppendach springen und mich von dort zu Boden fallen lassen. Dann irrte ich durch die Gassen, immer in der Angst, meinem Vater in die Arme zu laufen. Inzwischen hatten sie bemerkt, dass ich ihnen entkommen war, und suchten mich. Zweimal bin ich ihnen nur knapp entwischt, und einmal wäre ich beinahe dem Nachtwächter in die Arme gelaufen. Ich wusste nicht weiter, deshalb habe ich es gewagt, in euer Haus einzudringen. Ich wollte mich ein wenig aufwärmen, aber deine Magd ist wach geworden und hat mich erwischt, als ich die Glut im Herd anfachen wollte. Ich kann es noch immer kaum fassen, dass sie kein Geschrei gemacht und den Hausherrn nicht geweckt hat. Wehe ihr, wenn er erfährt, dass sie ihm nicht treu ergeben ist!«

»Agnes ist meine Magd. Sie muss mir treu ergeben sein, nicht Michel.«

Die Büschlerin wiegte den Kopf hin und her. »Das sehen die Männer ganz anders! Jedenfalls hat Agnes mir als Erstes einen Umhang gegeben und das Feuer geschürt, ehe sie hinaufschlich, um dich zu holen.« Anne schlug den groben Stoff auseinander und zeigte ihr Hemd, das von ihrer Flucht an einigen Stellen verschmutzt und zerrissen war.«

»Ist das alles, was du auf deiner Flucht am Leib hattest?«, stieß Anne Katharina entsetzt aus.

»Aber ja. Mehr haben sie mir in meinem Badekerker nicht gelassen.«
Sie streckte ihre nackten Füße vor. Morast klebte zwischen ihren Zehen. An der linken Ferse tropfte Blut aus einem kleinen Schnitt, den sie sich irgendwo auf der nächtlichen Gasse zugezogen hatte.
»Ach, Anna, was hast du nun vor?«
»Es war eine harte Gefangenschaft. Er hat mich geschlagen, er hat mich gedemütigt und gequält.« Tränen standen in Annas Augen. »Er hat mein jungfräuliches Schamgefühl verletzt. Das alles kann und werde ich ihm nicht vergessen.«
Anne Katharina schwieg eine Weile. Sie goss der Freundin heißen Met aus einem Krug, den Agnes ans Feuer geschoben hatte, in ihren Becher. »Hast du Hunger?«
Die Büschlerin nickte. Während Anne Katharina Scheiben von einem frischen Laib Brot schnitt, Schinken und Käse aus dem Kühltopf holte und Dörrpflaumen, Äpfel und Nüsse in einer Schale anrichtete, schwieg die Besucherin und malte mit dem Zeigefinger Kreise auf das blank geputzte Holz des Küchentisches.
»Als Erstes muss ich dir etwas zum Anziehen und ein Paar Schuhe besorgen!«, unterbrach Anne Katharina das Schweigen. Sie überlegte. Ihre Kleidertruhe stand in der ehelichen Kammer. Nur die Kleider, die sie den Tag über am Leib getragen, und die, die sie sich für den kommenden Morgen bereitgelegt hatte, lagen bei den Sachen der Mädchen.
»Du kannst mein Hemd und die Strümpfe haben.« Sie kaute auf ihrer Lippe. »Wenn Michel das Haus verlassen hat, kann ich dir einen meiner älteren Röcke heraussuchen, den er nicht vermissen wird.«
Sie grübelte, welchen Mantel sie Anna geben konnte. Und die Schuhe waren auch ein Problem.
Anna gähnte. »Kann ich hier irgendwo ein wenig schlafen?«
Die Freundin überlegte, schüttelte aber den Kopf. »Ich würde dir mit Freuden meine Matratze überlassen, aber was ist, wenn die

Mädchen aufwachen? Wie leicht könnten sie sich der Alten oder Michel gegenüber verplappern. »Nein, ich fürchte, das geht nicht.«
»Soll ich die ganze Nacht durch die Stadt wandern? Vor Tagesanbruch werden die Tore nicht geöffnet. Wohin soll ich mich wenden?«, fügte sie leise hinzu.
Anne Katharina erhob sich und straffte den Rücken. »Wir werden dich in der Scheune unterbringen. Ich gebe dir genug Decken, damit du nicht frieren musst, und auch zu Essen kann ich dir bringen. Wenn es bei Mara über Wochen gut ging, warum sollte es nicht auch bei dir klappen? Du überlegst dir, an wen du dich möglicherweise wenden könntest. Deine Verwandten in Rothenburg? Oder in Heilbronn? Wir werden ihnen Botschaften senden. Wenn sie dich einladen, machst du dich auf den Weg. Es hat keinen Sinn, ohne Ziel durch die Lande zu streifen. Auch musst du wissen, wie die Lage dort ist. Wir müssen bedenken, dass viele Städte den Bauern in die Hände gefallen sind oder sich ihnen angeschlossen haben. Außerdem zieht von Süden der Truchseß mit seiner ganzen Streitmacht heran. Nicht auszudenken, wenn du zwischen die Fronten gerietest.«
Die Büschlerin hob den Kopf und griff nach Anne Katharinas Hand. »Du bist eine wahre Freundin in der Not. Ich werde nicht klagen und dir niemals zur Last fallen. Das verspreche ich.«
Eine Stunde später schlichen die beiden Frauen aus dem Haus und machten sich durch die nächtlichen Gassen zu der Scheune auf. Die Büschlerin trug Hemd, Strümpfe und Holzpantinen der Freundin und einen Rock und den Winterumhang der Magd. In ihrem Korb hatte Anne Katharina genug Lebensmittel für den nächsten Tag, während sich Anna zwei warme Decken unter den Arm geklemmt hatte. Vorsichtig lugten sie um jede Ecke, um nicht dem Nachtwächter oder seinen Helfern, die ihn bei seinen Runden seit den Unruhen unter den Bauern unterstützten, in die Hände zu fallen. Auch wussten sie nicht, ob Annas Vater noch durch die Stadt streifte oder ob er die Suche für heute beendet hatte.
Sie erreichten die Kerfengasse ohne Zwischenfälle. Es musste

schon sehr spät sein, denn selbst das Frauenhaus lag dunkel da. Anne Katharina steckte den Schlüssel in das neue Schloss, das sich geräuschlos öffnen ließ. Die beiden Frauen huschten in die Scheune.

Maras Lager befand sich noch hinter den alten Kisten, wie sie es bei ihrer Flucht aus der Stadt zurückgelassen hatte. Auch die Lampe war noch da. Anne Katharina entzündete die Flamme und hängte das Binsenlicht wieder an den Haken am Stützbalken.

»Kathi, das werde ich dir nie vergelten können.« Die Büschlerin umarmte die Freundin zum Abschied.

»Wer weiß, ob ich in diesem Leben nicht auch einmal auf deine Hilfe angewiesen bin«, wehrte Anne Katharina ab. »Ich werde die Briefe gleich morgen losschicken. Vielleicht sind Stadtboten nach Norden und nach Westen unterwegs, die deine Schreiben mitnehmen können, dann wird es nicht so teuer. Schlafe dich aus und sammle Kräfte für deinen langen Weg. Hier bist du sicher.« An der Scheunentür drehte sich Anne Katharina noch einmal um. »Willst du nicht doch auch an Daniel schreiben?«

Die Büschlerin schnaubte. »Es ist lange her, dass er sich gemeldet hat, und in seinem letzten Brief hat er mir nur Vorhaltungen gemacht. Er hat mir gar mit Prügel gedroht, wenn ich meine – wie er es nannte – Wallfahrten zu St. Erasmus nicht einstellen würde. Und nun soll ich zu ihm kriechen und ihn bitten, mich gnädigerweise aufzunehmen?«

Anne Katharina zuckte mit den Schultern. »Er liebt dich. Sicher wird er dir helfen, wenn du ihm in Zukunft treu bist.«

Die Büschlerin nickte. »Ja, vielleicht, aber wie lange will ich mit ihm leben und ihm treu sein? Wie lange immer wieder auf einen Mann warten, der für seinen Herrn durch die Lande reist?«

»Überlege es dir«, sagte Anne Katharina, schlüpfte aus der Scheune und schloss die Tür hinter sich ab.

Langsam machte sie sich auf den Heimweg. Die Stimme der Freundin klang in ihrem Kopf, wie sie erzählte, dass der Vater sie nicht gehen lassen wollte und stattdessen an die Stelle der Mutter gesetzt

hatte. Ihr jungfräuliches Schamgefühl habe er verletzt, waren ihre Worte gewesen. Voller Furcht dachte Anne Katharina darüber nach, was dies bedeuten konnte. War es möglich, dass die Freundin ihr das Schlimmste andeuten wollte, was ein Vater seiner Tochter antun konnte? Anne Katharinas Hände zuckten und falteten sich schützend über ihrem Leib. Das Wort Blutschande kroch durch ihre Gedanken. War das möglich? Waren Schläge und die Demütigung der Gefangenschaft nicht genug Leid? Wenn das ans Licht käme, dann wäre der Rat gezwungen, einzugreifen und den Übeltäter zu verurteilen. Der große Hermann Büschler würde von seinem Podest kippen und auf dem Pflaster der Gasse in tausend Scherben zerspringen.
Nein, dachte Anne Katharina, selbst wenn die Freundin diese ungeheuerlichen Worte aussprach – was nicht einmal sie so leicht über die Lippen bringen dürfte –, würden die Mitglieder des Rats seinen Worten glauben und nicht den ihren. Wer wollte schon, dass der Held der großen Zwietracht eine solch finstere zweite Seite besaß?

✢ ✢

Beim Frühmahl gesellte sich der Stättmeister wieder einmal zu den Seyboths. Im Morgengrauen waren die ersten Boten zurückgekehrt, die er in alle Richtungen gesandt hatte, um sich ein Bild von der Lage zu machen.
»Der österreichischen Regierung ist es in Stuttgart zu heiß geworden«, berichtete der Sättmeister gerade, als Anne Katharina mit den beiden Mädchen in die Stube trat. Nach den wenigen Stunden Schlaf fühlte sie sich, als würde ein schwerer Stein in ihrem Leib sie zu Boden ziehen. Außerdem konnte sie zu dieser frühen Stunde keine Essensgerüche ertragen, geschweige denn Getreidebrei oder Milchsuppe zu sich nehmen. Anne Katharina betete inbrünstig, sie möge sich nicht vor ihrer Schwiegermutter und den Männern übergeben müssen. Zum Glück schenkten sie ihr keine Beachtung, so dass niemand sie nach der Ursache der dunklen Schatten unter

ihren Augen fragte oder nach der ungesunden Blässe in ihrem Gesicht.
»Stimmen die Gerüchte, dass die Habsburger sich auf den Hohentübingen zurückgezogen haben?«, erkundigte sich Peter.
Der Stättmeister nickte. »Ja, sie haben es dem Bürgerrat überlassen, Stuttgart gegen den Württembergischen Haufen zu verteidigen, aber die Herren üben sich in Diplomatie und versuchen, es sich mit keiner Seite zu verderben. Schon vor zwei Wochen hat die österreichische Regierung mehr als tausend Söldner nach Marbach geschickt, um sie gegen den hellen, christlichen Haufen, wie sich die Aufständischen aus Württemberg nennen, antreten zu lassen, aber die haben bereits bei dessen Anblick gemeutert. Ihr Hauptmann, Ludwig Ziegler, konnte sie zu nichts bewegen, und so ließen sie die Bauern abziehen.«
»Ich dachte, die Bauern seien längst in Stuttgarts Mauern eingedrungen?«, wunderte sich Peter.
»Ja, sie waren dort. Einige haben während eines Unwetters wohl auch in der Stadt Zuflucht gefunden, aber dann sind sie weitergezogen, über Cannstatt, Türkheim, Waiblingen bis nach Kirchheim. Sie haben die Gaildorfer Bauern aus ihren Tälern rausgeworfen. Sie wollen keine Fremden in Württemberg haben, die sich in ihre Angelegenheiten mischen.«
Michels Miene hellte sich auf. »Dann bekämpfen sie sich nun schon gegenseitig! Das ist großartig.«
Der Stättmeister ignorierte den Einwurf und fuhr fort: »Der Württemberger Haufen lag einige Tage in Kirchheim. Die Stadt konnte nicht lange widerstehen, vor allem, da der Vogt sich gleich auf den Hohenneufen in Sicherheit gebracht hat.«
»Sie haben die Burg auf der Teck abgebrannt, nicht wahr?«, mischte sich Peter wieder ein.
Der Stättmeister nickte.
»Wo bleibt nur der Truchseß mit seinem Heer?«, rief Michel und schlug mit der Faust auf den Tisch.
»Oh, er kommt!«, versicherte der Stättmeister. »Mit jedem Tag

rückt er den Bauern näher auf die Pelle. Zuerst wird er sich wohl die Württemberger vorknöpfen.«

Anne Katharina stieß langsam die Luft aus, die sie unwillkürlich angehalten hatte. Sicher war Rugger noch bei Hipler mit den Odenwälder und Hohenloher Bauern zusammen. Sie waren von Heilbronn weiter nach Norden gezogen und würden daher von der großen Schlacht verschont bleiben. Vielleicht, so hoffte ihr wundes Herz, wäre das das Ende des Krieges. Vielleicht würden sich die Parteien nach der Schlacht an einen Tisch setzen, so wie Wendel Hipler es schon immer hoffte, und in vernünftigem Ton darüber reden, wie die Welt in Zukunft aussehen sollte. Sie zwang sich, ihre Aufmerksamkeit wieder dem Stättmeister zuzuwenden.

»Der Truchseß hat die Grenze nach Württemberg überschritten und alle Bauern aufgefordert, nach Hause zu gehen, sich auf Gnade und Ungnade zu ergeben und die Entscheidungen des abzuhaltenden Landtages abzuwarten.«

»Oh, und dann haben die Aufständischen ihre Hüte abgenommen und sich in tiefer Ehrfurcht vor ihm verneigt?«, spottete Michel.

»Nein, aber er hat sie aufgescheucht. Im Eilmarsch sind sie von Kirchheim nach Stuttgart gezogen. Im Moment lagern sie bei Nellingen, während der Truchseß mit seinem Heer sein altes Lager am Neckar, zwischen Rottenburg und Tübingen bezogen hat.« Der Stättmeister hob seinen Becher. »Ich sage Euch, der Sieg des Truchsessen ist nur noch eine Frage von wenigen Tagen! Irgendwo bei Stuttgart wird er sie stellen, und dann ist es aus damit, Schlösser und Klöster zu verwüsten und deren Keller leer zu saufen!«

Peter musterte den Stättmeister aus zusammengekniffenen Augen. »Wie könnt Ihr Euch da so sicher sein? Ist es nicht so, dass der Truchseß seinen Knechten befahl, die plündernden Bauern aus dem Kloster Bebenhausen zu vertreiben, doch sie weigerten sich, da er ihnen noch einen Monatslohn schuldig ist? Liegt er nicht bereits drei Tage untätig am Wurmlinger Berg, weil er seiner Truppe nicht mehr sicher ist?«

Michel Schletz sah Peter voller Staunen an. »Woher habt Ihr diese Geschichte? In den Botschaften, die der Truchseß uns schickte, war nichts davon zu lesen. Seid Ihr sicher, dass Ihr nicht den Lügen dieser Flugblattschreiber aufsitzt?«

Er kramte zwei schmuddelige Blätter aus seiner Gürteltasche, glättete sie und knallte sie auf den Tisch, dass die Becher und Schüsseln klirrten.

»Wir müssen diese Schmierfinken endlich zum Schweigen bringen, die die Stadt mit immer mehr ihrer Pamphlete überschwemmen! Sie unterhöhlen die Moral des Volkes. Es schwelt an allen Ecken und Enden. Wir wollen nicht, dass unsere Bauern sich mit in die Schlacht stürzen, weil sie glauben, die Sache hätte die Oberhand. Ich werde alle Männer, die wir dafür entbehren können, auf die Flugblattschreiber ansetzen, und wenn wir sie haben, wird das letzte Aufsehen, das sie erregen, ihr eigener Tod am Galgen sein!«

Anne Katharina beugte sich ein wenig vor, um die Schrift zu entziffern. Das eine Blatt berichtete vom Erfolg der Bewegung, von den Städten und Ländern, die sich nun zu den zwölf Artikeln bekannten. Es lobte Götz von Berlichingen, der als Ritter und erfahrener Kämpfer dem hellen, lichten Haufen voranschritt. Franken sei der Kern des neuen Bauernreiches. Wendel Hipler habe vor wenigen Tagen in Miltenberg mit dem Stellvertreter des Erzbischofs von Mainz einen Vertrag geschlossen. Sein geistlicher Herr stellte für das ganze Erzstift, das bis hinauf nach Thüringen reichte, den Antrag, in den Bauernbund aufgenommen zu werden. 15 000 Gulden Kontributionen war der Erzbischof bereit zu zahlen! Er erkannte die zwölf Artikel an und forderte seine Geistlichen auf, den Ornat abzulegen. Das war die Krönung, nachdem schon so viele Ritterschaften und Reichsgrafschaften, freie Städte und geistliche Herrschaften zu ihnen geschworen hatten! Das große Ziel war zum Greifen nah!

Anne Katharina verdrehte den Kopf, um das zweite Blatt entziffern zu können, doch sie hatte gerade die ersten beiden Zeilen gelesen, als Michel ihren Blick bemerkte. Er nahm die Blätter vom Tisch und faltete sie zusammen.

Die Männer schoben ihre leeren Schüsseln und Becher zur Seite und brachen auf. Der Stättmeister ging mit Michel zum Rathaus und Peter auf den Haal hinunter, um den nächsten Sud anzusetzen, die ausgehärteten Salzschilpen vom letzten Sud ins Lager zu bringen und dort aufzustapeln, bis die nächste Fuhre nach Straßburg oder Koblenz fertig war.

Auch Anne Katharina und die Kinder machten sich fertig, das Haus zu verlassen. Sie begleitete die Kinder, trotz Bernhards Gemaule, zur Schule und eilte dann weiter, um für Anna einige Dinge zu besorgen. Sie würde ihr einen groben Rock kaufen, robuste Schuhe und einen einfachen, dunklen Mantel, damit Agnes ihren bald zurückbekam. Voll Sorge dachte sie daran, wie sie Michel die fehlenden Münzen erklären konnte, ihr fiel aber nichts ein. Vielleicht sollte sie einen ihrer Hüte etwas ausschmücken und behaupten, er sei ein neuer, der leider etwas teurer geworden sei, oder ein Schmuckstück? Sollte sie ihm ein Schmuckstück schenken? Sie verwarf den Gedanken. Sein Namenstag war erst im September. Wie sollte sie jetzt schon ein Geschenk rechtfertigen? Oder ein Küchengerät, das kaputtgegangen war? Aber was wäre so teuer wie ein Kleid, Schuhe und ein Mantel zusammen? Sie konnte ja schlecht behaupten, allen Töpfen sei gerade jetzt der Boden durchgebrochen.

Den ganzen Tag war Anne Katharina unterwegs. Sie suchte Boten, die die Briefe an Annas Verwandte befördern würden, und kaufte all die Kleinigkeiten, die die Freundin in der Scheune und auf ihrer Reise brauchen würde. Zweimal schlich sie zu Anna, die bereits nach diesen wenigen Stunden, eingesperrt in der Scheune, unruhig zu werden begann.

»Ich war lange genug gefangen!«, begehrte sie auf. »Ich danke dir für deine Hilfe, Kathi, aber nun lass mich ziehen.«

Anne Katharina blieb unerbittlich. »Nein, Anna, jetzt hast du die schweren Kerkerwochen bei deinem Vater überlebt, da wirst du es auch ein paar Tage in dieser Scheune aushalten können! Glaube mir, es wird nicht lange dauern, bis Antwort kommt. Wir haben Glück. Ich konnte zwei Stadtboten finden, die noch heute Morgen nach Heilbronn und Rothenburg aufbrachen.«

Die Büschlerin zog die Augenbrauen hoch und kaute auf ihrer Unterlippe. »So, so«, murmelte sie, widersprach jedoch nicht weiter.

✠ ✠

Es war bereits dunkel, als sich Anne Katharina zur Pfarrgasse aufmachte. Im Trubel der vergangenen Nacht und über den zahlreichen Besorgungen des Tages hatte sie ganz vergessen, dem Pater von Annas Flucht zu berichten. Sie war schon in ihrer Schlafkammer beim Auskleiden, als es ihr einfiel. Im Haus war es ruhig. Niemand würde ihr Fehlen bemerken, und obwohl sie die Erschöpfung der vergangenen Nacht spürte, wollte sie damit nicht bis zum Morgen warten.

Der Nachtwind vertrieb alle Schläfrigkeit, bis sie das Häuschen in der Pfarrgasse erreichte. Beschwingt stieg sie die Treppe hinauf und durchquerte den schmalen Gang. Sie hob die Hand, um anzuklopfen, als eine Stimme hinter der Tür sie innehalten ließ.

War das nicht Peter? Was hatte der nun wieder bei Pater Hiltprand zu tun? Suchte er den Rat des Paters, nachdem er ihn fast dreißig Jahre lang nicht einmal wahrgenommen hatte?

Nun sprach eine andere Stimme. David? Das wurde ja immer seltsamer. Er musste mit Peter gekommen sein. Verwundert schüttelte Anne Katharina den Kopf. Sie konnte den Pater antworten hören, verstand aber nicht, was er sagte. Noch einmal hob sie die Hand, um anzuklopfen, als eine vierte Männerstimme durch das Holz drang. Anne Katharina war es, als habe man die Bohlen unter ihren Füßen weggezogen. Ihr Herz hörte auf zu schlagen, heiße Wogen zogen durch ihren Körper, bis der Herzschlag wieder einsetzte und mit doppelter Geschwindigkeit bis in ihren Hals klopfte. Ihr Mund wollte seinen Namen rufen, aber er war plötzlich so ausgetrocknet, dass nicht einmal ein Stöhnen über ihre Lippen kommen wollte. So stand sie nur da, die Hand erhoben, und zitterte am ganzen Leib, während der Mann, dem all ihr Sehnen galt, dessen Kind sie in ihrem Leib trug, den sie weit weg bei den Hohenloher Bauern wähnte, hier hinter dieser Tür lässig mit dem Pater, ihrem Bruder und ihrem Neffen plauderte. Ohne über die Folgen nachzudenken, schob sie die Tür auf und wankte ins Zimmer. Mit weit aufgerissenen Augen ließ sie den Blick über die vier Männer schweifen, die, jeder einen Becher Met in den Händen, beisammensaßen.

Peter sprang auf, als seine Schwester in die Kammer trat, David stieß einen Schrei aus, Rugger und der Pater musterten sie nur schweigend.

Anne Katharina trat vor Rugger und sah ihm in die Augen. Kein Wort kam über ihre Lippen, doch die überschäumenden Gefühle waren deutlich von ihrem Gesicht abzulesen. Rugger erhob sich langsam von seinem Schemel, kam ihr aber nicht entgegen.

»Aber du bist doch schon zu Bett gegangen!«, stieß Peter hervor und sah dann rasch zu Pater Hiltprand hinüber, so als wolle er sich bestätigen lassen, dass er an dem plötzlichen Auftauchen seiner Schwester keine Schuld trug.

»Anne Katharina, welch Überraschung, dich zu dieser Stunde hier zu sehen«, sagte der Pater ruhig. »Möchtest du dich nicht setzen und einen Becher Met mit uns trinken?«

»Sie soll verschwinden«, schimpfte Peter. »Sie hat hier nichts zu suchen!«

Pater Hiltprand verdrehte die Augen. Ihm war wohl klar, dass das nicht die rechten Worte waren, Peters Schwester zu beruhigen.

»Was?«, rief sie empört. »Ich soll hier verschwinden? Ich habe kein Recht, hier zu sein? Ich besuche den Pater, schon seit ich ein kleines Mädchen bin, und kümmere mich um ihn, nun, da er der Hilfe bedarf. Ich frage mich dagegen, was tust du hier?«

»Das geht dich nichts an«, murrte ihr Bruder.

»Ach, mich geht das nichts an? Ich bin nur ein dummes Weib, das man zu Bett schicken kann und ausschimpft, wenn es sich für Dinge interessiert, die den Männern nicht passen. Aber so einfach werdet ihr mich heute nicht los. Ich will wissen, was ihr beide mit dem Pater zu schaffen habt und warum Rugger hier ist.« Sie sah wieder zu dem Landsknecht, als könne sie die Antwort in seinen Augen lesen.

Peter zuckte mit den Schultern. »Wir haben Rugger auf der Gasse getroffen und ihn auf einen Wein in den ›Wilden Mann‹ eingeladen, das ist alles. Ich dachte, das wären wir ihm schuldig, nachdem er deine Barbara vor einem schlimmen Sturz bewahrt hat.«

»Ja, erst in den ›Wilden Mann‹, dann noch ein wenig ins Frauenhaus, wie sich das für richtige Männer gehört.« David zuckte zusammen. »Und nun willst du mir weißsmachen, dass das die einzige Verbindung zu ihm ist? Peter, ich bin ein Weib, aber nicht blöd!«

Anne Katharina ließ ihren Blick durch die Kammer wandern. Der Sessel des Paters war an den Tisch gerückt worden, vor ihm lagen Papier und eine aufgeschlagene Bibel, ein Tintenfass stand geöffnet daneben. Noch immer drehte der Pater die Feder in der Hand, mit der er die ersten Sätze auf das Pergament geschrieben hatte. Ihr Blick schweifte weiter über die drei Männer, die sie wie einen Eindringling musterten, über einen Stapel bedruckter Blätter, die Rugger bei ihrem Eintreten in der Hand gehalten hatte und die nun aufgefächert auf dem Tisch lagen. Drüben unter dem Fenster stand eine Kiste, die nicht hierher gehörte. Dennoch kam sie ihr seltsam bekannt vor. Das Bild der Scheune huschte durch ihr Gedächtnis, die Männer vor dem Frauenhaus, Peter mit der Hure, und plötzlich verstand sie. Ihre Knie wurden weich, und sie sank auf den Hocker, den Rugger ihr heranschob.

»Sagt, dass das nicht wahr ist«, stöhnte sie.

»Was?«, fragte Peter und versuchte sich an einer unschuldigen Miene.

Anne Katharina kramte in ihrer Gürteltasche und zog das kleine Metallklötzchen mit dem scharfen, gebrochenen Grat hervor.

»Das hier!«, schrie sie und schleuderte es auf den Tisch. Es schlitterte bis auf die andere Seite und schlug klingend gegen das Tintenfass. Der Pater nahm es in die Hand und drehte es zwischen den Fingern.

»Sieh an, das gebrochene ›L‹.«

»Wie konntet ihr das nur tun«, rief Anne Katharina. Tränen schossen ihr in die Augen. »Wie konntet ihr mir das nur antun«, schluchzte sie, das Gesicht in den Händen vergraben. Ihre Schultern bebten. Rugger trat hinter sie und hob die Hände, berührte sie aber nicht. Er sah in die Runde und ließ die Hände wieder sinken. Langsam trat er zum Tisch zurück.

»Anne Katharina«, hub der Pater behutsam an, »die Bauern sind im Recht! Viel zu lange wurden sie gequält. Es wird Zeit, dass die Waage zwischen Herren und Knechten eine neue Balance erhält. Wie konnte ich die Bewegung anders unterstützen als mit meiner Feder? Jetzt, da mich meine Beine nicht mehr tragen und ich nicht einmal hinausgehen und ihnen predigen kann.« Anne Katharina schluchzte noch heftiger.

»Ich habe Peter und David gebraucht, die Flugblätter zu setzen und zu drucken. Sie haben sie in Hall verteilt, und Rugger war so freundlich, uns Nachrichten zu bringen und sie in andere Dörfer und Städte mitzunehmen.«

»Warum nur?«, weinte Anne Katharina und wandte ihnen ihr tränennasses Gesicht zu. »Ich dachte, ich kenne euch. Ihr seid ein Teil meines Lebens.« Sie sprang auf und wischte sich mit einer hastigen Bewegung über das Gesicht. »Ihr habt euch zusammengetan, um die Welt zu verändern. Männer, klug, entschlossen und hart! Ihr habt gelogen und eure Geheimnisse gepflegt, habt mir unverwandt in die Augen geblickt, bei jedem Wort.« Sie sah einen nach dem anderen ins Gesicht. Peter und David senkten die Blicke.

»Wusstet ihr nicht, dass ich euch liebe? Dass ich euch vertraue? Dass man mir vertrauen kann?« Noch einmal fixierte sie die Männer.

»Wusstet ihr nicht, dass auch ich ein Mensch bin, der teilhaben will, wenn die neue Welt entsteht, auch wenn ich nur ein Weib bin? Warum habt ihr mir nichts gesagt? Warum durfte nicht auch ich mit meinem Geist und meiner Kraft dazu beitragen?«
Ihre Hand hob sich zitternd, der Zeigefinger deutete auf Rugger. »Du hast es gewusst! Welche Ausrede findest du für deinen Betrug?« Ihre Stimme überschlug sich. Die anderen tauschten verwirrte Blicke. Rugger trat zu ihr und nahm behutsam ihre Hände in die seinen. Sie ließ es geschehen.
»Ja, ich kenne dein Herz, das für die Sache schlägt, deinen Geist, der kühl und klug ist, und deinen Mut, der auch nicht verzagt, wenn Geschütze donnern. Ich – wir alle haben nur eine Entschuldigung für unser Verhalten und hoffen, du wirst das verstehen. Wir wollten dich beschützen, gerade weil du uns so lieb und teuer bist. Wie hätten wir uns zwischen dich und deinen Gatten stellen können? Du weißt, dass er unser Tun auf das Schärfste verurteilen – ja, uns vielleicht sogar dem Stättmeister melden würde.«
»Michel!«, stieß sie abfällig hervor. »Dachtet ihr, ich würde euch an ihn verraten?«
»Nein«, beschwichtigte sie der Pater, »aber wir wollten keinen Keil zwischen euch treiben.«
»Was würde so ein kleiner Keil mehr schon ausmachen!«
Sie verschränkte die Arme vor ihrer Brust. Tränen rannen über ihr Gesicht. Die Schultern nach vorn gesunken, den Nacken gebeugt, so stand sie da. Sie wiegte sich sacht hin und her und sah aus, als würde sie gleich in sich zusammensacken. Die Männer beobachteten sie voller Sorge.
»Der Rat macht Jagd auf euch«, schluchzte sie. »Sie wollen euch fangen und hängen.«
»Siehst du! Wie konnten wir dich in solche Ängste stürzen oder dich gar selbst in Gefahr bringen?«
»Aber den Schmerz, euch unterm Galgen beweinen zu müssen, den lasst ihr mir gern übrig!«

Rugger hob hilflos die Hände. »Kathinne, so weit wird es nicht kommen. Ich verspreche dir, wir sind vorsichtig.«
Sie schüttelte seine Hände ab. »Warum sollte ich euren Worten noch vertrauen?«
»Anne Katharina, komm zu mir«, forderte der Pater sie auf. Zögernd gehorchte sie.
»Wir haben uns an dir versündigt, und uns bleibt nur die Hoffnung, dass du uns glaubst, dass es kein böser Wille war, sondern reine Liebe und Sorge, und wir bitten dich, dass du uns die Möglichkeit gibst, dein Vertrauen zurückzugewinnen. Von nun an soll es keine Geheimnisse mehr zwischen uns geben.«
Anne Katharinas Blick huschte zu Rugger hinüber. Rasch sah sie zu Boden und nickte kaum merklich.
»Komm, mein Kind, nimm dir einen Schemel und setze dich zu uns. Ich werde dir erzählen, wie alles anfing.«
Anne Katharina gehorchte. Auch die anderen Männer setzten sich wieder. David knetete seine Hände und starrte düster vor sich hin, Rugger und Peter beobachteten Anne Katharina, die den Worten des Paters lauschte. Er berichtete über seine ersten Schriften, seine tastenden Versuche, gleichgesinnte Geister zu finden, seine ersten zaghaften Gespräche mit Peter.
»Ich habe die Flugblätter gelesen«, unterbrach ihn Anne Katharina. »Ich dachte, Ihr wärt auf der Seite Luthers. Stattdessen treibt Ihr es mit diesem Thomas Müntzer, der die Bibel leugnet.«
Der Pater schüttelte den Kopf. »Nein, so einfach ist es leider nicht. Während Rugger und ich es mit der Lehre von Martin Luther hielten, fühlten sich Peter und David zu den Schwärmern hingezogen. In einem waren wir uns aber einig: Es ist für den gemeinen Mann an der Zeit, die Fesseln abzustreifen. Viele der Schriften stammen aus meiner Feder, einige jedoch hat Peter verfasst. Er hat auch die Druckerpresse besorgt und das geniale Versteck in den Kellergewölben unter dem Frauenhaus eingerichtet.«
Anne Katharinas Kopf fuhr hoch. Ihre brauen Augen fixierten

Rugger. »Ich habe dich und Peter beim Frauenhaus beobachtet. Sage mir die Wahrheit, warst du bei den freien Weibern?«
Er wich ihrem Blick nicht aus. »Ich war in ihrem Haus, ja, aber nicht in ihren Armen.«
Der Pater zog die Augenbrauen hoch, Peter sah von seiner Schwester zu dem Landsknecht und stieß einen tonlosen Pfiff aus.
»Wir sind wohl nicht die Einzigen, die ihre Geheimnisse für sich zu wahren wissen«, murmelte er. Nur David starrte weiter vor sich hin. Seine Gedanken schienen weit weg an einem anderen Ort, in einer anderen Zeit zu weilen.
Als der Pater geendet hatte, schwiegen alle. Peter stand auf, um einen Krug Wein und einen Becher für seine Schwester zu holen, und schenkte allen ein. Dabei ließ er Anne Katharina nicht aus den Augen.
»Es wird spät, wir sollten eine Entscheidung treffen«, brach Rugger die Stille. »Ich muss in aller Frühe aufbrechen.«
»Wohin wirst du reiten? Zu Hipler und dem neuen Hauptmann, dem Ritter mit der eisernen Faust?«
Rugger schüttelte den Kopf. »Ich bin zu den Württembergern gesandt und will ihrem Hauptmann Matern Feuerbacher Nachricht bringen. Nachdem der Truchseß ihnen den Weg nach Tübingen versperrt hat, sind sie im Eilschritt nach Böblingen gezogen. Dort sitzen die Hauptleute in einem Kloster, beratschlagen und verhandeln mit dem Waldburger. Nicht nur Hipler denkt, es wäre klug, wenn sie sich mit uns vereinen würden, aber die Württemberger wollen keine Fremden in ihrem Land. Sie denken, sie sind stark genug, dem Truchseß zu begegnen. Der Klang der Schlacht liegt schon in der Luft. Wir müssen siegen, sonst ist die große Sache in Gefahr. Wir haben schon so viel erreicht, dass es töricht wäre, diese Erfolge durch kleinliche Unstimmigkeiten zu gefährden.«
Peter machte eine wegwerfende Handbewegung. »Der Truchseß hat seine Männer nicht im Griff. Sie weigern sich ja jetzt schon, für ihn ins Feld zu ziehen, obwohl sie nur einen kleinen Haufen aus

dem Kloster Bebenhausen rauswerfen sollten. Er hat kein Geld und ohne Geld auch keine Söldner. So einfach ist das!«
Der Pater wiegte den Kopf hin und her. »Ich weiß nicht, Peter. Die Nachrichten mögen stimmen, aber Georg von Waldburg ist ein nicht zu unterschätzender Taktiker. Wir wissen, was seine Reiterei in Leipheim angerichtet hat. Es wäre klug, alle Kräfte zu bündeln.«
Rugger nickte. »Ja, wir sollten nach Würzburg hinaufziehen. Dort belagert ein guter Haufen den Unserfrauenberg. Die Stadt ist noch unschlüssig. Fürstbischof von Thüngen hat seine liebe Not, Unterstützung zu finden. Graf Henneberg, der Meister des Taktierens und Vertröstens, hat endlich zu den Bauern gelobt, und Markgraf Kasimir von Ansbach führt seine eigenen Intrigen. Thüngens Festung zu gewinnen wäre ein wichtiger Schritt.«
»Gut, dann reite mit deiner Botschaft nach Böblingen. Nimm die Hälfte der Flugblätter mit und verteile sie unterwegs. Ich fürchte, es wird zur Schlacht kommen, noch ehe der Feuerbacher sich mit seinen Fähnleinführern beraten kann, aber man soll ja stets hoffnungsvoll sein.«
Peter straffte den Rücken. »Ihr meint, es kommt in den nächsten Tagen zur Schlacht?« Der Pater nickte, Rugger zuckte mit den Schultern.
»Dann werde ich mitreiten! Endlich tut sich etwas Großes.« Seine Augen funkelten. »Dieses Mal werden wir Seite an Seite in den Kampf ziehen.«
David sackte in sich zusammen. Er schien sich unsichtbar machen zu wollen. Die Angst, die Männer würden ihn auffordern, mit ihnen zu kommen, stand ihm ins Gesicht geschrieben.
»Ihr wollt euch in diese Schlacht stürzen?«, rief Anne Katharina entsetzt. »Habt ihr euer Leben nicht schon oft genug riskiert? Wollt ihr nun in das nächste blanke Schwert laufen?«
»Kathinne«, sagte Rugger sanft, »du weißt, dass ich ein Landsknecht bin, und das Kämpfen ist meine Arbeit. Ich bin jetzt ausgeschickt, um Nachrichten zu überbringen, die Lage zu erkunden und Verhandlungen zu führen, aber wenn es zur Schlacht kommt,

dann werde ich mich nicht auf mein Ross werfen, um zu fliehen, sondern das Schwert ziehen und kämpfen, bis mein Arm erlahmt.«

»Aber Peter, du bist Advokat und kein Kämpfer. Hast du aus Weinsberg nichts gelernt?«

»Ich weiß nicht, worüber du dich eigentlich ereiferst«, murrte er. »Vor dir kann man doch gar nichts geheim halten. Außerdem war Weinsberg ein Kinderspiel und nicht einmal eine Schlacht zu nennen!« David wurde totenblass und atmete schwer.

»Wir haben sie überschwemmt, und die meisten Bürger waren, als sie diese Armee des armen Mannes sahen, gleich auf unserer Seite. Nun, wenn nicht dieses Missgeschick mit den Rittern geschehen wäre, dann würde keiner mehr an Weinsberg denken.«

»Es ist aber geschehen«, zischte seine Schwester. »Und der erste Kopf ist wegen dieses Frevels bereits gerollt. Wie leichtfertig bist du, dass du glaubst, die anderen Täter würden ungestraft davonkommen. Der Rat wird nicht lockerlassen!«

Peter zuckte mit den Schultern. »Ja, ich war in Weinsberg dabei, aber ich habe keinen Spieß gegen einen gefangenen Edelmann erhoben. Mir können sie nicht mit dem Schwert drohen.« Davids Schultern bebten.

»Nein, aber mit einem Strick«, erinnerte ihn seine Schwester und hielt ihm einige der frisch gedruckten Flugblätter entgegen.

»Dazu müssen sie mich erst einmal kriegen und beweisen, dass ich damit zu tun habe«, wehrte Peter ab. »So leicht werden sie sich nicht an einem Advokat und Mitglied einer angesehenen Ratsfamilie vergreifen.«

»Nein, leicht sicher nicht«, bestätigte der Pater, »dennoch haben wir uns auf ein gefährliches Spiel eingelassen, und wir dürfen nicht übermütig werden. Noch stehen die Sieger nicht fest!«

»Na, dann wollen wir das Pendel ein wenig in die richtige Richtung verschieben«, rief Peter, erhob sich und griff nach einem Packen Flugblätter. »Komm, David, es gibt Arbeit.«

»Hoffen wir, dass der Truchseß seinen Truppen noch eine Weile keinen Sold bezahlen kann. Vielleicht kommt es dann gar nicht erst zum großen Kräftemessen. Peter, ich denke, du bist uns hier von größerem Nutzen«, sagte Rugger und gähnte. »Ich werde mich ein paar Stunden auf mein Lager verkriechen. Morgen erwartet mich ein harter Ritt.« Er erhob sich ebenfalls.

Anne Katharina sah den Pater an. »Und was bleibt uns?«

»Das Warten und das Beten, so wie es den Mönchen und den Frauen seit jeher zustand«, antwortete er resignierend und wandte sich dann an Peter.

»Als Erstes bringst du deine Schwester sicher nach Hause. Für die Flugblätter ist dann immer noch Zeit genug.«

»Also, dann komm!«, rief Peter und schritt zur Tür. Sie hörte seine Stiefel die Treppe hinunterpoltern. Anne Katharina reichte dem Pater die Hände und sah dann zu Rugger hinüber. Wie drängte es sie, zu ihm zu laufen und sich in seine Arme zu werfen, in die Welt hinauszuschreien, dass er sich nicht leichtsinnig in Gefahr begeben durfte, weil sie in liebte, weil sie ihn brauchte, weil sein Kind in ihr wuchs. Doch hatten sie sich nicht an Ostern mit der Vernunft zweier Erwachsener getrennt, die einsahen, dass es keine Zukunft geben konnte? Und so war nur der Schmerz geblieben, mit dem jeder neue Tag begann und der in ihr brannte, bis die Erschöpfung sie am Abend erlöste. Anne Katharina rührte sich nicht von der Stelle. Sie verschlang jede Einzelheit seiner Gestalt mit ihren Blicken, als müsse sie diesen letzten Augenblick festhalten, um ihn auf ewig in ihrem Herzen tragen zu können.

»Anka! Kommst du endlich!«

»Geh, es wird Zeit«, sagte er sanft.

»Pass auf dich auf«, antwortete sie mit zitternder Stimme. »Die Welt kann dich noch nicht entbehren.«

✠ ✠

Am Morgen schlich sich Anne Katharina wieder unbemerkt aus dem Haus und besuchte die Büschlerin in ihrem Scheunenquartier. Sie brachte ihr die Wäsche mit, die sie gekauft hatte, und ein paar

Leckereien, um ihr das Warten zu versüßen. Im Gegensatz zu Mara fügte sich die Büschlerin nicht klaglos in die gegebenen Notwendigkeiten. Wie ein gefangener Fuchs schritt sie über den festgestampften Boden und wirbelte so viel Staub auf, dass sie husten musste.

»Anna, bitte setz dich hin und nimm von dem Latwerg, das ich extra für dich beim Apotheker geholt habe.«

»Ich will keine Süßigkeiten, ich will meine Freiheit, mein Recht und mein Geld!«

»Ja, ich weiß, aber die Boten können noch nicht zurück sein, also finde dich damit ab, dass es noch mindestens zwei oder drei Tage dauern wird, bis wir wissen, ob deine Verwandten bereit sind, sich deiner Sache anzunehmen.«

»Und wenn sie nicht bereit sind? Wenn sie erst gar keine Antwort schicken? Wie lange soll ich dann hier sitzen und die Strohhalme zählen?«

»Jetzt warte doch erst einmal zwei Tage ab, dann können wir uns immer noch Gedanken darüber machen, wohin du dich sonst noch wenden kannst.«

Anna hielt in ihrer Wanderung inne und verschränkte abweisend die Arme vor der Brust. »Er ist an allem schuld«, sagte sie mürrisch. »Er hat mich aus meinem Heim vertrieben und mich in diese schreckliche Lage gebracht, aber dafür wird er bezahlen. Ich schwöre es dir, er wird bezahlen!« Sie ballte sie Fäuste. »Er bildet sich ein, er sei der große Held dieser Stadt, der neue Stättmeister. Herrschen will er wie ein Landesfürst und sich in der Bewunderung sonnen, die ihm alle Welt dann zollen muss. Ja, herrschen und beherrschen, das ist seine Leidenschaft, doch ich werde ihm seinen Wein versauern! Er hat Böses gesät und wird Böses ernten, dafür werde ich sorgen. Ich werde ihm zeigen, dass niemand so mit Anna Büschler umspringt. Ich werde meine Rache bekommen und genüsslich zusehen, wie sein Stern sinkt. Ich bin im Recht, und er hat gefehlt, Kathi, nicht wahr? Kathi! Hörst du mir überhaupt zu?«

Anne Katharinas Gedanken waren in die Ferne geschweift. Erst als sie, in scharfem Ton gesprochen, ihren Namen hörte, verschwanden die Schatten und entließen sie in die Wirklichkeit.

»Was ist mit dir? Hast du auch nur ein Wort von dem mitbekommen, was ich gesagt habe?«

»Aber ja, natürlich«, log Anne Katharina.

Die Büschlerin musterte sie misstrauisch. »Ich werde dir die Schmach erlassen, wie eine Schulmeisterin von dir zu verlangen, den letzten Satz zu wiederholen.« Zum Glück war es in der Scheune so düster, dass sie unmöglich die Röte bemerken konnte, die Anne Katharina in die Wangen stieg.

»Was ist los mit dir? Anscheinend hat mir mein Schicksal den Blick dafür verstellt, dass auch andere Probleme haben könnten.«

Anne Katharina schüttelte den Kopf. »Nein, nein, mach dir keine Gedanken über mich. Es ist alles in Ordnung.«

Anna runzelte die Stirn. »Du bist eine schlechte Lügnerin, Kathi. Warum vertraust du mir nicht? Mein Leben liegt in deinen Händen, wie könnte ich da falsch an dir handeln?«

Anne Katharina zuckte mit den Schultern. »Nein, das ist es nicht, aber es ist so unglaublich viel geschehen, dass es selbst in meinem Kopf noch ein wildes Durcheinander bildet. Wie kann ich erzählen, was in mir tobt, wenn ich dafür noch keine Worte gefunden habe?«

Die Büschlerin setzte sich auf die Decke, die Anne Katharina ihr gegeben hatte, und klopfte einladend auf den freien Platz neben sich.

»Dann fange an, die Worte zu suchen. Ich habe Zeit, wie du weißt.« Zögernd ließ sich Anne Katharina neben ihr auf der Decke nieder.

»Kathi, du bist ein seltsamer Vogel. Manches Mal kommt es mir so vor, als bemühtest du dich, allen in dieser Stadt zu helfen und sie zu retten, weil du nicht daran denken willst, dass du dich selbst nicht retten kannst.«

✢ ✢

Mit jeder Stunde, die verstrich, wurde die Büschlerin ungeduldiger. Ihre schlechte Laune war nur mühsam zu ertragen, dennoch suchte Anne Katharina sie so oft auf wie nur möglich, da sie fürchtete, Anna würde sich zu einem unbedachten Schritt hinreißen lassen. Sie wusste wohl, wie ungern sich die Freundin gerade jetzt einschließen ließ.

Am Donnerstag, kurz vor Einbruch der Dunkelheit, kehrte der Bote aus Rothenburg zurück und übergab Anne Katharina die Antwort auf das Schreiben, das sie losgeschickt hatte. Der Heilbronner Bote war bereits am Nachmittag angekommen, doch Annas Verwandtschaft hatte ihm keinen Brief mitgegeben. Anne Katharina rutschte während des Nachtmahls unruhig auf ihrem Platz hin und her. Sie hatte das Siegel nicht gebrochen, obwohl der Brief ihren Namen trug. Sicher wollte Anna die freundliche Einladung selbst lesen – wenn es denn eine war.

»Was wollte der Bote?«, platzte die Seybothin in ihre Gedanken.

»Er hat Mutter einen Brief gegeben«, erklärte Veronica, ehe Anne Katharina auch nur ein Wort sagen konnte. Michel und seine Mutter sahen sie aufmerksam an und warteten auf eine Erklärung.

Was sollte sie nur sagen? Himmel hilf, flehte sie. Ihr fiel einfach keine Antwort ein.

»Von wem ist der Brief?«, drängte Michel, als die Augenblicke verstrichen und seine Gattin immer noch keine Antwort gab.

»Ich weiß es nicht«, stotterte Anne Katharina.

Michel zog ungläubig die Augenbrauen hoch. »Du nimmst einen Brief an und weißt nicht, von wem er ist?«

»Er war nicht für mich«, stieß sie hervor, während sie um eine rettende Eingebung betete. »Er ist für – Peter.«

Zwei Augenpaare wandten sich von ihr zu ihrem Bruder, der sich bis dahin nur mit dem mächtigen Stück Schweinenacken auf seinem Teller beschäftigt hatte.

»Was?«

»Der Brief, den ich vorhin für dich angenommen habe«, wieder-

holte Anne Katharina und hoffte, er würde kurz von seinem Braten aufsehen und ihren flehenden Blick bemerken.
»Ein Brief?«
»Aus Heidelberg! Den ich dir vor dem Nachtmahl gegeben habe.«
Ein Moment herrschte völlige Stille. Peter leckte sich das Fett von den Lippen und grinste dann.
»Ach der, von einem Freund aus Studententagen. Den habe ich noch nicht gelesen. Wahrscheinlich schreibt er, wie sich die Stadt unter dem Pfalzgrafen aus den Unruhen heraushält und die Professoren die Vorkommnisse mit tadelnden Blicken kommentieren. Warum? Ist etwas nicht in Ordnung?«
Michel und seine Mutter schüttelten die Köpfe und wandten sich wieder ihren Tellern zu.
»Dann ist es ja gut«, sagte Peter mit übertriebener Fröhlichkeit. »Ich kann ihn gern holen und euch vorlesen, wenn ihr Wert darauf legt.« Er beobachtete seine Schwester, die kaum merklich den Kopf schüttelte. »Schließlich haben wir in diesem Haus keine Geheimnisse voreinander!«
Er spielte mit ihr, lachte über ihre Ängste, forderte sie heraus. Sie warf ihm einen wütenden Blick zu.
Was willst du?, schien er zu antworten. Habe ich deine Lüge nicht gedeckt? Du bist mir etwas schuldig, Schwesterlein. Glaube nur nicht, dass du so einfach davonkommst!
Er würde ihr nach dem Essen auflauern und sie mit Fragen quälen. Wie konnte sie ihm entkommen? War es nicht das Einfachste, ihm von Anna und ihrer Flucht zu erzählen? Er würde sie nicht verraten. Vermutlich würde der ganze Fall ihn nicht einmal interessieren. Ja, sie musste Peters Misstrauen besänftigen. Hatte nicht sie von ihm und den anderen Offenheit gefordert?

✠ ✠

Endlich hatte sie die Kinder ins Bett gebracht und die nun immer häufiger werdende Streiterei mit Bernhard hinter sich, der nicht

mehr wie ein Knabe behandelt werden wollte. Endlich war die Seybothin in ihrer Kammer verschwunden und Michel zu einem der Wirtshäuser der Stadt aufgebrochen. Peter hatte sich natürlich so lange herumgetrieben, bis er sie ungestört ausfragen konnte. Nun war seine Neugier gestillt, und er zog sich zurück. Vermutlich würde er warten, bis es in der Stadt völlig ruhig geworden war, ehe er seine nächtliche Tätigkeit an der Druckerpresse fortführen konnte. Anne Katharina wunderte sich nicht mehr über die tiefen Schatten unter seinen Augen und den müden, schleppenden Gang. Er hatte in dieser Woche drei harte Siedenstage hinter sich gebracht und die Nächte meist im Keller des Frauenhauses gearbeitet. Zum Glück dachte sich keiner, der ihn kannte, etwas bei seinem Zustand. Schließlich war er nie Verächter einer ordentlichen Zecherei gewesen, und wenn man ihn vor dem Frauenhaus ertappte, würde sich höchstens ein Pfarrer entrüsten. Oder seine Schwester, dachte Anne Katharina und zog eine Grimasse, als sie an den Streit dachte, den sie mit ihrem jüngeren Bruder einst in der Kerfengasse ausgefochten hatte.
Vor der Scheune blieb Anne Katharina stehen und sah sich um. Niemand war in der Nähe. Aus dem Frauenhaus drangen warmes Licht und Gelächter auf die Gasse. Hoffentlich enthielt der Brief eine gute Nachricht, dann musste sie Anna das, was Michel heute beim Nachtmahl berichtet hatte, gar nicht erzählen. Bei dem Gedanken an seine Worte schüttelte sie noch einmal fassungslos den Kopf. Wie konnte nur so viel Hass zwischen Menschen entstehen, die sich von Natur aus lieben sollten, die ein Fleisch und Blut waren!
»Da bist du ja endlich!«, begrüßte sie die Freundin, als sie die Scheunentür aufgeschlossen und hinter sich wieder zugeschoben hatte. »Ich dachte schon, nun willst du mich hier elendig verschmachten lassen.«
Anne Katharina umarmte sie. »Nein, das hatte ich nicht vor, weder verhungern noch verschmachten.« Sie packte ihren Korb aus und legte die entwendeten Lebensmittel in eine Schale.

»Hm, Schweinebraten, und sogar noch warm«, freute sich die Büschlerin und grub ihre Zähne in das von Fettadern durchzogene Fleisch.«

Wie gut, dass Agnes niemals fragte, wohin die Reste des Essens verschwanden. Erst Mara und nun die Büschlerin, aber die Magd würde schweigen und weiterhin so tun, als bemerke sie nichts.

Anne Katharina wartete, bis die Freundin fertig gegessen hatte, ehe sie den Brief aus ihrer Gürteltasche zog.

»Aus Rothenburg.«

»Und? Was steht drin?«

»Ich habe ihn nicht gelesen.« Sie reichte Anna das versiegelte Blatt und rückte die Lampe näher. Die Büschlerin riss den Brief auf und ließ den Blick voller Erwartung darüber gleiten.

Anne Katharina musste nicht fragen – die schlechte Nachricht war im Gesicht der Freundin zu lesen. »Sie wollen dich nicht aufnehmen.«

Anna schüttelte den Kopf. »Der Bote brachte ihnen auch ein Schreiben meines Vaters, und seine Drohungen haben gereicht, sie einzuschüchtern. Wer weiß, was er ihnen für Verleumdungen über mich berichtet hat.«

Anne Katharina nickte nachdenklich. »Dann hat er vermutlich auch nach Heilbronn geschrieben. Es kam mir gleich ein wenig seltsam vor, dass noch am selben Tag Boten nach Rothenburg und Heilbronn geschickt wurden.«

»Ja, der Gedanke ist mir auch schon gekommen. Man hätte den Boten bestechen und ihm die Briefe meines Vaters abnehmen müssen.«

Anne Katharina dankte dem Himmel, dass die Freundin nicht schon früher auf diese Idee gekommen war. »Dann wissen wir auch, was es zu bedeuten hat, dass die aus Heilbronn gar nicht erst geantwortet haben«, sagte sie leise.

»Der Bote ist auch zurück?« Die Büschlerin seufzte, als die Freundin nickte. »Dann bleibt mir nur noch, Daniel aufzusuchen.« Glücklich sah sie bei dem Gedanken nicht aus. Anne Katharina fragte sich, wie sehr sich die beiden schon voneinander entfernt hatten. Der großen Liebe ähnlich, die sie für Rugger empfand, konnte es wohl nicht sein. Sonst hätte die Freundin sich schon längst aufgemacht, ihn zu heiraten.

»Anna«, sagte sie vorsichtig, »da ist noch etwas, das ich dir sagen muss.«

»Noch mehr schlechte Nachrichten?« Anne Katharina nickte. »Das ist ein bisschen viel für einen Abend. Doch sprich frei heraus. Ich kann alles ertragen.«

Anne Katharina räusperte sich. »Dein Vater hat an seinen Schwager Oeffner geschrieben, hat Michel erzählt.«

»Ja und? Zu dem würde ich eh nicht gehen.«

»Du weißt, dass er Kanzler des Markgrafen von Brandenburg-Ansbach ist?«

»Aber ja! Nun sag schon, welch Teufelei er sich wieder ausgedacht hat.«

»Er hat sich eine Vollmacht ausstellen lassen, dass er auch in den gräflichen Landschaften von Werdeck und Bamberg ungehindert Jagd auf dich machen darf.«

Eine Weile schwiegen die Frauen. »Ja, er ist ein Teufel!«, sagte Anna schließlich. »Er weiß, dass Daniel für Wilhelm von Vellberg Amtmann in Werdeck geworden ist.«

Anne Katharina nickte. »Ja, er denkt, du bist zu ihm geflohen.«

Anna erhob sich und begann, in der Scheune auf und ab zu schreiten. »Wenn ich also zu Daniel gehe, dann begebe ich mich in die Gefahr, seinen Häschern in die Arme zu laufen und wieder angekettet an seinem Esstisch zu landen. Aber wohin soll ich mich denn sonst wenden, wenn er meine Verwandtschaft bereits gegen mich aufgebracht hat?«

»Ach, ich weiß auch keinen Rat mehr«, stieß Anne Katharina unglücklich aus.

»Dann muss ich einen Weg finden.« Wieder schwiegen sie, während die Büschlerin ihre Wanderung durch die düstere Scheune fortsetzte. Nach einer Weile hielt sie inne.

»Wie viel Geld kannst du mir leihen?«
»Nicht viel«, wehrte Anne Katharina ab. »Ein paar Batzen – vielleicht zwei Gulden. Ich weiß schon jetzt nicht, wie ich die Ausgaben für den Umhang, den Rock und die Schuhe rechtfertigen soll.«
Anna stieß einen tiefen Seufzer aus. »Nun gut, dann muss es eben so gehen. Ich bitte dich nur noch um ein gut gefülltes Bündel mit Reiseproviant und einem Trinkschlauch. Dann werde ich mich in aller Frühe aus der Stadt schleichen.«
»Und wohin wirst du gehen?«
»Zuerst zu Daniel.« Sie hob die Hand, um Anne Katharinas Einwände wegzuwischen. »Ich muss es riskieren. Vielleicht weiß er mir einen sicheren Unterschlupf. Und dann werde ich meine Kräfte sammeln und gegen diesen Satan, der sich mein Vater nennt, zurückschlagen!«

✠ ✠

»Hast du dir Geld aus der Truhe genommen?«, begrüßte Michel seine Gattin, als sie in die Stube trat. Er stand vor seinem Sekretär, die Geldbüchse geöffnet, das kleine Büchlein, in dem die Ausgaben notiert wurden, in den Händen. Seine Miene kündigte Ärger an. »Mutter sagt, sie habe in den vergangenen Tagen nichts herausgenommen.«
Anne Katharina warf der Schwiegermutter einen raschen Blick zu. Sollte sie sie bitten hinauszugehen? Aber die Gelegenheit zu erleben, wie ihr Sohn seine Gattin in ihre Schranken wies, würde sie sich nicht entgehen lassen. Anne Katharina sah Michel ins Gesicht. »Oh, das tut mir Leid, ich habe mir« – sie schluckte – »einen neuen Hut mit Straußenfedern gekauft und seidene Handschuhe und auch ein besticktes Tuch. Ich habe wohl vergessen, die Summe zu notieren.«
»Fast drei Gulden hast du für diesen Tand verschwendet?«, stieß er hervor und sah die Gattin anklagend an. Anne Katharina senkte die Lider.

»Ich habe es erst hinterher gemerkt, dass die Sachen so teuer waren. Verzeih mir. Es wird nicht wieder vorkommen.«
Die Stimme der Seybothin schrillte durch die Stube. Sie sprach von Verschwendung und von der Sünde der Hoffart. Die beiden Eheleute schwiegen, bis sie geendet hatte. Anne Katharina wagte es, den Blick wieder zu ihm zu erheben. Er sah nicht mehr ganz so wütend aus.
»Ich hoffe nur, der Hut gefällt mir wenigstens, wenn du dafür ein Vermögen ausgibst. Du kannst ihn ja am Sonntag tragen.«
Anne Katharina nickte und floh aus der Stube. Wo sollte sie, um alles in der Welt, bis Sonntag einen neuen, extravaganten Hut hernehmen? Sollte sie einen alten umdekorieren oder darauf hoffen, dass Michel es bis zum Sonntag vergessen hatte? Sie seufzte schwer. Lügen waren eine Sünde, und sie woben ein immer enger werdendes Gewirr von Stricken um einen her, das einen irgendwann zu Fall bringen würde.

# KAPITEL 12

Anne Katharina bückte sich, um das Linnen aufzuheben, das sie der Freundin, zusammen mit den Decken, gegeben hatte. Sie schüttelte es kräftig aus und zupfte gedankenverloren ein paar Strohhalme ab, die sich in dem Gewebe verfangen hatten, ehe sie das Tuch zusammenfaltete.

Es war später Morgen am Tag des heiligen Pankratius. Eigentlich war es die Zeit der Eisheiligen, an diesem Maitag jedoch wehte laue Luft durch die Stadt, und die Sonne sandte ihre wärmenden Strahlen zwischen den Federwolken hindurch. Es wäre ein Frühlingstag gewesen, um sich wohl zu fühlen, dennoch jagten Anne Katharina die Gedanken wie düstere Sturmwolken durch den Kopf.

Wie es Anna wohl jetzt ging? Einsam unterwegs auf der Landstraße, ohne klares Ziel vor Augen. Wie hart musste es gerade sie treffen, verwöhnt und in Reichtum aufgewachsen, gewöhnt, ihren Willen durchzusetzen. Nun wanderte sie im einfachen Gewand einer Magd über Land, sie, die die prächtigsten und die skandalösesten Gewänder in ganz Hall besessen und sie gern und oft zur Schau gestellt hatte. Wie fühlte sie sich? War sie niedergeschlagen und voller Ängste? Nein, das passte nicht zu Anna Büschler! Sicher schmiedete sie Rachepläne, mit denen sie ihren Vater das Unrecht büßen lassen würde. Sie war nicht die Frau, die das Haupt demutsvoll senkte und sich den Regeln unterwarf, die die Männer für sie aufstellten. Sie würde immer weiterkämpfen, bis zu ihrem Tod.

Anne Katharina erschrak. Wie eine Vision tauchte das Bild ihrer Freundin vor ihr auf. Alt und ausgemergelt, tiefe Linien des Hasses in ihr Gesicht gegraben. Verbitterung war alles, was ihr am Ende eines Lebens voller Entbehrung blieb. Hat es sich gelohnt?, fragte sie die alte Anna. Unversöhnlich war ihr Leben nur noch Kampf gewesen, seit sie aus Hall weggegangen war. Anne Katharina wischte die Tagträume beiseite und griff nach einer der Decken. Welch wundersame Gedanken man so hegte! Ihr Geist kehrte zu der jungen Büschlerin zurück.

Würde sie Daniel antreffen, oder war er mit den Bündischen unterwegs? Würde ihr Vater sie noch einmal ergreifen und vor aller Welt demütigen, oder war es ihr vergönnt, in einer Ehe mit dem Rittmeister zur Ruhe zu kommen? Anne Katharina schüttelte zweifelnd den Kopf. Sie kannte Daniel Treutwein nicht, hatte ihn nur wenige Male von fern gesehen. Ein ernster Mann um die vierzig, der einem im Vorbeigehen nicht auffallen würde. Sicher nannte er nur ein bescheidenes Auskommen sein Eigen, auch wenn er jetzt zum Amtmann ernannt worden war. Anne Katharina konnte sich nicht vorstellen, dass Anna so einfach auf die Annehmlichkeiten verzichten würde, die sie in ihrem Elternhaus als selbstverständlich hingenommen hatte, ohne sich Gedanken darüber zu machen. Nein, selbst beim besten Willen konnte sie sich keine zufriedene Ehefrau Anna Treutwein vorstellen, mit ein paar hoffnungsvollen Sprösslingen an ihrer Schürze. Ja, sie konnte Annas Zögern verstehen, endgültig auf ihre Freiheit zu verzichten und sich in die Hand eines Mannes zu geben, den sie zwar gern mochte, der aber ihrem Naturell völlig entgegengesetzt war.

Wenigstens hast du viele Jahre lang das Leben geführt, das du dir ausgesucht hast, dachte Anne Katharina und fühlte erstaunt ein wenig Groll in sich. Du hast alle Konventionen mit Füßen getreten und zwei Männer für deine eigene Lust benutzt.

Nein, das war ungerecht. Wer konnte schon sagen, was hinter den Mauern des Büschlerhauses vor sich gegangen war, seit die Mutter Anna noch in Kinderschuhen zurückgelassen hatte? Wer konnte schon sagen, was die junge Frau in die Arme dieser Männer getrieben hatte. Sicher nicht nur der Übermut. Ja, sie wollte leben, feiern und genießen, aber war sie nicht tief in ihrem Herzen einsam und auf der Suche nach Halt und Geborgenheit?

Wer ist das nicht?, schnaubte eine Stimme in ihr. Anne Katharina legte die Decken auf das Linnen in ihrem Korb und griff dann nach dem Binsenlicht. Ihre Finger strichen über die raue Hülle der Lampe, die in dieser Scheune schon so viel gesehen hatte. Nein, sie wollte jetzt nicht an Rugger denken, nicht wieder seine Lippen spüren, den Hauch seines Atems riechen, seine Hände an ihrem Rücken fühlen. Sie sah seine Augen in der Dunkelheit, so groß, so übervoll von Zärtlichkeit und doch auch ernst und voller Fragen auf sie gerichtet. Auch Mara hatte diesen tiefen Ernst in ihrem Blick gehabt, der verriet, dass diese Augen schon viel gesehen hatten.

Maras schmales Gesicht tauchte vor ihr auf. Wo hielt sich die junge Frau jetzt auf, die, kaum dem Mädchenalter entwachsen, schon selbst Mutter war? Wie ging es dem Knaben? Lebte er überhaupt noch? Warum war sie mit dem Kind nicht zu Annas Verwandten gegangen? Dort hätte sie eine Mahlzeit an jedem Tag und ein warmes Lager in der Nacht gehabt. Glaubte sie, in den Wirren dieser Tage Johannes' Vater finden zu können? Welch Wahnsinn, mit einem Neugeborenen zwischen den verfeindeten Haufen umherzuziehen!

Anne Katharina sah sich suchend in der Scheune um, ob sie alle Spuren der heimlichen Besucher beseitigt hatte, während ihre Gedanken sich unbemerkt nach Westen schlichen. Dort irgendwo bei Böblingen war er, führte Verhandlungen mit den anderen Anführern und versuchte, ihnen Hiplers Argumente zu verdeutlichen. Es war ihr, als könne sie seine Stimme in ihrem Kopf hören, wie er behutsam versuchte, ihnen ihre falschen Gedankengänge aufzuzeigen. Würde er es schaffen, sie zu überzeugen, oder würden wieder kleinliches Gezänk über Machtpositionen und die Habgier auf Beute die Entscheidungen lenken? Die gleichen Fehler, die der helle, lichte Haufen beging. Sie konnte Rugger den Kopf schütteln sehen.

»Sie haben ein Bündnis mit den Landsknechten, die aus Pavia heimströmten und sich in der Heimat der Sache der Bauern annehmen wollten, abgelehnt! Warum? Weil sie sonst die Beute in Klöstern, Schlössern und Kirchen mit ihnen teilen müssten! Narren! Der Tag wird kommen, an dem sie diese Männer wiedersehen. Hunderte, Tausende mit Schwertern in der Hand, aber dann werden sie auf den Befehl des Truchsesses hören und Bauernleiber aufspießen!

Viele begreifen den Ernst der Lage nicht«, hatte er ihr erklärt. »Für sie ist es ein Spaziergang. Ein paar Wochen der Fron entkommen, ein paar Klosterkeller leeren und mit den anderen sich voll fressen und voll saufen. Dann, meinen sie, kann man wieder zum heimischen Hof zurückkehren und den Bruder, Vetter oder Knecht zum Haufen schicken. So geht das nicht! Immer wenn wir eine Truppe zusammengestellt haben und sie gerade begreifen, was sie in einem Kampf zu tun haben, läuft die Hälfte wieder davon, und andere kommen – neugierig, durstig und hungrig nach Abenteuer. Der Hipler rauft sich das Haar, und der von Berlichingen ließ sich nur zu einer vierwöchigen Amtszeit als Hauptmann verpflichten. Ach, Kathinne, so kann man keine Kriege gewinnen. So kann man keine neue Welt aufbauen.«

Anne Katharina nahm den Korb unter den Arm. Was blieb ihr, außer hoffen und beten? Sie versuchte, in Gedanken wieder zu ihm und seinen Verhandlungen zu wandern, wollte bei ihm sein und ihn gegen jeden Widerstand stärken, aber das Bild wollte sich nicht in ihr einstellen. Eisige Furcht stieg plötzlich in ihr hoch und kroch durch ihre Eingeweide.

Das sind nur die üblichen Stimmungen einer Schwangeren, redete sie sich ein. Sie schlang sich ihr farbenfrohes Tuch um die Schultern.

Sobald du wieder in der wärmenden Sonne draußen bist, wird die Kälte in dir vergehen. Ihre Hand griff nach dem hölzernen Knauf. Anne Katharina sah trotz der Düsternis, wie sehr sie zitterte. Angstschweiß perlte über ihre Schläfen. Ihr Herz raste. Was war nur in sie gefahren?

Anne Katharina rügte sich selbst. Es war diese Scheune mit all ihren Erinnerungen, die sie quälte. Sie würde diesen Ort in den nächsten Wochen nicht mehr aufsuchen, nahm sie sich vor. Nun war es an der Zeit, zu ihren Kindern zurückzukehren und mit ihnen den herrlichen Frühlingstag zu genießen. Er war ein Geschenk Gottes, und sie wollte ihm dafür danken. Anne Katharinas Finger schlossen sich um das abgegriffene Holzstück. Die Tür schwang auf.

Der Schmerz traf sie wie ein Dolchstoß. Mit einem Aufschrei ließ sie die Tür los. Die Bretter krachten gegen den Türpfosten. Anne Katharina fiel auf die Knie. Es war ihr, als könne sie nicht mehr atmen. Tränen schossen ihr in die Augen. Zitternd kauerte sie auf dem Boden. In ihr tobten Angst und ein tiefer Schmerz, der nicht von ihrem Körper zu stammen schien. Eine Welle von Verzweiflung drückte sie nieder. Sie sah zerfetzte Körper und Ströme von Blut. Warum? Was war nur los mit ihr?

»Du bist ein jämmerliches Weib!«, schimpfte sie laut. Ihre Stimme hallte durch die Scheune. Sie zwang sich aufzustehen. Schnell trat sie auf die Gasse hinaus und stolperte fast über den Knaben, der gerade die Scheunentür öffnen wollte. Zwei braune Augenpaare trafen sich. Der Knabe erholte sich als Erster von dem Schreck und wollte sich davonmachen, doch Anne Katharina erwischte ihn am Ärmel.

»Bernhard Seyboth! Was tust du hier? Warum bist du nicht in der Schule?«

Der Junge versuchte, sich von seiner Mutter loszureißen, aber sie verstärkte ihren Griff. Endlich gab er es auf und senkte den Kopf. Er faltete die Hände, wohl um ein Bild reiner Unschuld zu bieten.

»Es ist keine Schule heute, Mutter.«

Anne Katharina ließ ihn los und wischte sich hastig die Reste von Tränenspuren von der Wange.

»Was soll das heißen, keine Schule? Ist der Schulmeister plötzlich erkrankt?«

Bernhard wand sich. Sie spürte, wie er überlegte. »Keine Lügen!«,

fauchte sie. »Ich werde es sowieso herausbekommen, und dann wirst du dir wünschen, wir hätten weiche Kissen auf der Bank!«
Ein zorniger Blick schoss zu ihr hoch, dann aber senkten sich die Wimpern wieder. »Nein, er erfreut sich bester Gesundheit. Es ist nur heute – keine Schule für mich.«
Wie schön er war. Dieses ebenmäßige Gesicht, der wohlgeformte Mund, das Kinn, das langsam die Rundungen des Kindes abstreifte und seine kantige Form herausbildete. Auch die Wangen waren nicht mehr so prall wie noch vor einem Jahr. Doch das Schönste an ihm waren die Augen, groß und dunkel und von dichten Wimpern umrahmt. Wie sehr sie ihn liebte! Ihren Sohn.
Anne Katharina riss sich zusammen, um eine ärgerliche Miene aufzusetzen. »Nicht für dich? Das heißt wohl: Mutter, verzeih mir, denn ich habe mich wieder so schlecht benommen, dass der Schulmeister mich hinausgeworfen hat!«
»Ja, so ähnlich. Er war heute wirklich besonders schlecht gelaunt und hat für jede Kleinigkeit Striche verteilt. Ich sage dir, es ist sein Rheuma!«
Anne Katharina unterdrückte ein Lächeln. Er war wie Peter früher, und es fiel ihr schwer, ihm dafür zu zürnen.
»Rheuma?«, fragte sie barsch. »Bei diesem sonnigen Frühlingswetter?«
Bernhard zuckte mit den Schultern. »Ich bin kein Medicus, Mutter, woher soll ich das wissen?«
Unverschämter Schlingel, dachte sie voller Zärtlichkeit, verbot sich jedoch, ihm liebevoll über das Haar zu streichen, und sagte stattdessen: »Dein Kompott kannst du heute Abend deinen Schwestern überlassen, und es gibt am Sonntag keine süßen Kringel für dich.«
Bernhard setzte die Miene eines Märtyrers auf und nickte.
»Los, komm jetzt. Wir gehen nach Hause. Du kannst meinen Korb tragen.«
Bernhard strahlte sie an, verbeugte sich wie ein Herr und übernahm den Korb mit dem Linnen und den Decken. Sie sah, wie er

auf seiner Unterlippe kaute und mit einer Entscheidung rang. Immer wieder warf er seiner Mutter schnelle Blicke zu, senkte aber jedes Mal die Lider, wenn er sah, dass sie ihn beobachtete. Sie hatten die Haalgasse bereits erreicht, als Anne Katharina etwas einfiel. Sie blieb stehen.

»Du hast mir noch nicht gesagt, was du in der Kerfengasse zu suchen hattest!«

Bernhard verschränkte die Hände um den Griff des Korbes und ließ den Blick zu den qualmenden Haalhäusern wandern. »Ach, nichts Besonderes. Ich bin nur so durch die Stadt gestreift«

»Lügen ist eine schwere Sünde, Bernhard!«

»Nun ja, ich war auf dem Salzmarkt und habe gesehen, wie du in die Kerfengasse eingebogen bist, und da war ich neugierig, wohin du gehst. Ob du wieder die alte Scheune aufsuchst oder wie Vater und Oheim Peter ins Haus der freien Weiber gehst. Aber das besuchen ja nur Männer«, fügte er nachdenklich hinzu.

Anne Katharina holte tief Luft. »Hast du dir das so zur Gewohnheit gemacht, andere Familienmitglieder zu beobachten und zu verfolgen?«, fragte sie ruhig.

Bernhard zuckte mit den Schultern. »Nur wenn es so aussieht, als würde etwas Spannendes passieren.«

»Was denn, zum Beispiel?«

»Ach, wenn du einen Korb voller Sachen packst und sagst, du würdest zu Pater Hiltprand gehen, dann aber nicht die Treppen zur Pfarrgasse hinaufsteigst, sondern den Weg in die Unterstadt nimmst, oder wenn Peter und David, wenn es dunkel ist, große Kisten wegtragen und sie ins Frauenhaus bringen oder rüber in die Scheune.«

»Warst du in der Scheune? Hast du gesehen, was in den Kisten war? Sieh mir in die Augen und wage nicht zu schwindeln!« Ihre Stimme war scharf geworden. Bernhard betrachtete seine Mutter mit Interesse, schien aber nicht eingeschüchtert zu sein.

»Nein, leider war die Scheune immer verschlossen, und als jemand das Schloss zerbrochen hatte, waren keine Kisten mehr zu finden.«

Er räusperte sich. »Was hast du in der Scheune gemacht, Mutter? Hast du da drinnen jemanden versteckt?«
Anne Katharina legte ihre Hände auf die Schultern ihres Sohnes, der nur noch einen Kopf kleiner war als sie, und sah ihn ernst an. »Bernhard, hör mir gut zu, denn dies ist eine Sache, mit der nicht zu spaßen ist. Das Leben von Menschen, die dir teuer sind, kann davon abhängen.«
Bernhard sah sie voll Erwartung an. Seine Augen leuchteten. »Ein Geheimnis, das ich niemandem verraten darf?« Seine Mutter nickte. »Dann erzähle!«, drängte er. »Ich werde den Mund halten. Du kannst dich auf mich verlassen, Mutter. Schließlich bin ich kein kleines Kind mehr.«
»Gut, ich werde dir manches sagen. Nein, nicht alles, egal, wie sehr du mich beschwatzt. Eines aber musst du mir, bei allem, was dir lieb ist, versprechen: Kein Wort zu irgendjemandem! Auch nicht zu deinem Vater. Und keine Verfolgungen mehr, hörst du?«
Bernhard nickte feierlich. »Ich verspreche es, Mutter. Und nun erzähle!«
Leise sprach sie auf ihn ein, während sie ihren Weg in die Keckengasse fortsetzten. Bernhard schwieg, nachdem sie geendet hatte, und brütete vor sich hin, bis sie in die heimische Halle traten, wo sie bereits erwartet wurden.
»Mutter«, rief Veronica und lief ihr mit ausgestreckten Armen entgegen. »Da bist du ja endlich. Wir wollten doch vor die Stadt gehen und nach Maiglöckchen sehen, und an den Bach wollten wir auch. Bernhard sagt, er wird einen Damm bauen.«
»Aber ja, mein Herz. Wie war die Schule?« Das Mädchen zog die Nase kraus, aber Anne Katharina verzichtete darauf, der Sache weiter nachzugehen. Sie umarmte die Tochter und strich ihr über das Haar.
Welch ein Glück waren die Kinder in ihrem Leben, und heute gehörten sie ihr allein.
Den ganzen Tag spielte und lachte sie mit den Kindern und lief draußen vor der Stadt mit ihnen über die blühenden Wiesen. Erst

als sie abends zu Bett ging, kehrten in ihrem Geist die Bilder blutender Körper zurück, und sie hörte die Schreie von Sterbenden.

✠ ✠

Sein Kopf dröhnte von der durchwachten Nacht. Er hatte geredet und argumentiert, aber es hatte nichts genutzt. Den Feuerbacher zu überzeugen war nicht das Problem. Die Württemberger wollten Matern nicht mehr als ihren Hauptmann haben. Ritter Bernhard Schenk übernahm den Oberbefehl, und er lehnte einen Abzug nach Norden kategorisch ab. Was hatte der Haufen außerhalb seines Landes zu suchen? Wie konnten sie ihre Dörfer mit Weibern, Kindern und dem Vieh schutzlos zurücklassen?
Viel Wein floss in dieser Nacht die Kehlen hinunter. Man musste dem Truchseß ein Angebot unterbreiten. Eine Einigung unter dem Bauernhaufen, wie dieses aussehen sollte, war jedoch nicht in Sicht. Mit jedem Krug Wein, der aus dem Klosterkeller geholt wurde, färbten sich die Köpfe röter, und die Stimmung wurde hitziger. Waren sie nicht stark genug, die Bedingungen des Friedens zu diktieren?
Ein Bote platzte mitten in ein lautes Streitgespräch hinein und berichtete, der Truchseß hätte es geschafft, Geld aufzutreiben und seine Söldner zu bezahlen. Die Waagschale begann, sich ganz langsam wieder in die andere Richtung zu neigen.

Rugger hatte noch keine Stunde geschlafen, als ihn einer der Männer wach rüttelte und ihm meldete, dass der Truchseß mit seinem gesamten Heer schon vor dem Morgengrauen in Weil im Schönbuch aufgebrochen war und sich nun von Böblingen her durch den Wald dem Lager der Württemberger Bauern näherte. Der Tag der Entscheidung war gekommen.
Nun, im heller werdenden Licht des Morgens, waren die Streitereien der Nacht und die heißblütig vorgetragenen Argumente verweht wie die Blätter vom vergangenen Herbst. Es gab nichts mehr

zu besprechen, keine Verhandlungsvorschläge mehr vorzulegen. Georg von Waldburg, Truchseß und oberster Heeresführer des Kaisers, würde an diesem zwölften Mai Tatsachen schaffen, die mit Blut geschrieben waren.

Rugger stand mit Ritter Schenk, dem Fähnleinführer Theus Gerber, der die Stuttgarter führte, und anderen Hauptleuten vor der Wagenburg, die sie am Goldberg zwischen Sindelfingen und Böblingen zusammengezogen hatten, und sah die feindliche Reiterei aus dem Böblinger Forst auf sie zupreschen. Er erkannte die Farben des Heinrich Traysch, der die Ritter und Landsknechte anführte.

Wo war das Hauptheer? Die feindlichen Reiter nahmen auf dem Hügel gegenüber Aufstellung. Die aufgehende Sonne brach sich in den Brustpanzern der Rennfahne.

Ein Bote kam und meldete, dass der Truchseß durch Mauren gezogen sei und nun über den Kleberberg herankäme. Plötzlich schallten Trommeln und Trompeten, und das gewaltige Heer ergoss sich aus dem Forst. Wagen mit leichten Falkonetten ratterten den Hügel herauf. Die ersten Geschütze der Bündischen donnerten.

Dies war nicht der Zeitpunkt für einen brummenden Schädel und einen vom nächtlichen Wein rumorenden Magen. Dies war die Stunde des Schwertes. Rugger zog seinen Katzbalger aus der Scheide und drehte die Klinge so, dass sie die Sonne in sein Gesicht reflektierte.

»Also los, Männer«, sagte der Ritter Schenk ruhig. »Theus, Ihr bewegt Euch mit Euren Stuttgartern und den vierzehn Fähnlein nach Sindelfingen und haltet den Rückzugsweg über den Hasenberger Wald nach Kaltental offen. Der Haupthaufen bleibt hier bei der Wagenburg. Richtet die Geschütze aus! Böblingen ist der Stützpunkt unseres Vordertreffens. Vogt Breitschwerdt hat uns Treue gelobt.«

Die Fähnleinführer schwangen sich auf ihre Rösser und jagten zu ihren Männern.

»Butlars Reiter kommen!«, durchdrang eine schrille Stimme die Befehle des Ritters.
»Kommt, Rugger, es gibt Arbeit«, rief Ritter Schenk und schwang sich auf sein schweres Schlachtross. Er galoppierte zu den wartenden Männern des Verlorenen Haufens hinunter, der Landsknecht folgte ihm.
Er hat die Position der Haufen auf den Hügeln hier zwischen den Seen und Moosen vortrefflich gewählt, dachte Rugger, den Blick auf den schimmernden Panzer vor sich gerichtet. Er ist ein schlauer Feldherr. Wenn Gott auf unserer Seite steht, wird das gegen den berüchtigten Truchseß reichen.
»Rugger, nehmt Ihr den rechten Flügel und folgt mir nach«, rief der Ritter. Schon rannten die Männer den herannahenden Reitern entgegen. Vom Schloss oben donnerten die Geschütze. Es gab ein heftiges Aufeinandertreffen. Heinrich Traysch von Butlar erkannte bald, dass er gegen die Übermacht der Bauern nichts ausrichten konnte. Im Schutz der Kanonen, die der Truchseß schnell in Position bringen ließ, zog er sich mit dem Rest seiner Männer zurück.
Drei Stunden war die Schlacht bereits im Gange. Die Bündische Reiterei tat sich schwer, durch das sumpfige Gelände an die Aufständischen heranzukommen, die Ritter Schenk auf den waldigen Höhen postiert hatte. Auch der ununterbrochene Beschuss aus den großen Geschützen machte ihnen zu schaffen.
Rugger ritt zwischen den Haufen der Bauen hin und her, gab die Befehle des Hauptmannes weiter und schleppte Verwundete hinter die Linien zurück. Der Pfarrer von Digisheim nahm sich ihrer an und betete für sie.
»Seht«, rief der Ritter, als Rugger wieder zu ihm stieß. »Der Waldburger schickt Büchsenschützen zum oberen Stadttor. Verflucht, es müssen über zweihundert sein. Wir können nur hoffen, dass die Bürger ihnen gewachsen sind.«
»Herr im Himmel«, stieß Rugger kurz darauf aus, als er sah, wie der Truchseß einige seiner Geschütze zum Böblinger Tor hinüberbringen ließ. »Das sieht böse aus.« Er sah sich um. Konnte er mit

einem schnellen Trupp den Vorstoß wagen, um das Schlimmste zu verhindern?
Doch es war bereits zu spät. Böblingen hatte dem Truchseß die Tore geöffnet, und nun richteten die Bündischen die eigenen Kanonen auf die Bauern im Moos. Dichter Rauch hüllte die Stadt ein. Rugger konnte nicht fassen, wie die Geschosse über sie hereinbrachen. Sie trafen die Fähnlein völlig unvorbereitet. Glaubten die Bauern doch, die Rohre seien gegen die Bündischen gerichtet. Sie mussten weichen und den Vorteil ihrer Position aufgeben. Der Verlorene Haufen geriet in Unordnung. Ritter Schenk preschte durch die Reihen und brüllte seine Befehle, als plötzlich Huttens Reiterei um den Galgenberg herum auftauchte. Rugger rieb sich die Augen. Wie waren die unbemerkt dorthin gekommen? Es blieb ihm keine Zeit, darüber nachzudenken, denn schon traf die Reiterei des Bundes auf die Flanke des Bauernhaufens, und nun rückte der Truchseß selbst auch noch von der anderen Seite her an. Der Hauptmann brüllte und schwenkte sein Schwert, aber seine Männer hörten nicht mehr. Sie wehrten sich, stachen auf Pferdeleiber und Männer ein, die über sie hereinbrachen. Sie stießen Schwerter zur Seite und zogen sich so schnell wie möglich zur Wagenburg zurück. Immer mehr kehrten dem Kampf einfach den Rücken und rannten, so schnell sie ihre Beine trugen. Die Reiter des Truchsessen setzten ihnen nach. Schon durchbrachen die Ersten den Wall der Wagenburg.
Rugger warf einen raschen Blick nach Sindelfingen hinüber, wo Theus Gerber mit seinen Männern stand. Konnte er den Zerfall des Bauernheeres aufhalten? Würden sie neuen Mut schöpfen und einen zweiten Angriff wagen? Reflexartig riss er sein Schwert hoch und parierte den Hieb eines ihm unbekannten Ritters. Sie kreuzten die Klingen. Rugger drückte das Schwert des anderen nach oben und stieß dann blitzschnell zu. Seine Klinge glitt zwischen Brustharnisch und Bauchreifen. Mit einem Ruck zog der Landsknecht sein Schwert zurück. Die Klinge war rot. Es blieb ihm keine Zeit zuzusehen, wie der Ritter den Handschuh gegen seinen Leib

presste, wankte und ein Stöhnen ausstieß. Noch ehe er von seinem Pferd fiel, hatte Rugger den nächsten Bündischen getötet. Er sah, wie die Bauern um ihn herum fielen: abgeschlachtet, verstümmelt und von den explodierenden Geschossen zerrissen, aber sein Gehirn weigerte sich, die Bilder aufzunehmen. Zeit, das Grauen oder Trauer und Verzweiflung zu spüren, würde erst nach der Schlacht sein, das kannte der Landsknecht bereits seit vielen Jahren. Die Gefühle würden kommen, ihn quälen und ihm den Schlaf rauben – später, falls er es überleben sollte.

Er spornte sein Ross an und jagte zur Wagenburg hinüber. Vielleicht konnte er die Fliehenden aufhalten und sie dazu bringen, die Geschütze wieder auf das anrückende Heer zu richten.

Erst fühlte er den Schlag gegen seine Schulter, dann kam der Schmerz. Die Zügel entglitten Ruggers linker Hand. Er stöhnte auf, hob aber das Schwert mit der Rechten, um einen Reiter abzuwehren, der ihm den Weg versperrte. Er hatte rote und weiße Federbüschel am Helm. Das war das Letzte, was Ruggers Geist aufnahm, dann wurde es dunkel um ihn. Selbst den Aufprall auf den schlammigen Boden, als er rückwärts vom Pferd fiel, spürte er nicht mehr.

✢ ✢

Die ersten Berichte von der großen Schlacht erreichten am frühen Samstagmorgen die Stadt Hall. Ein Bote sprach mit dem Wächter am Riedener Tor. Der Seitz, der gerade ein Bündel Reisig nach Hause brachte, hielt inne und konnte so jedes Wort hören. Er berichtete es seinem Weib, und die erzählte beim Brunnen die Geschichte.

Eine zweite Quelle war der Ratsherr Ott, der Einzige, den der Bote so früh im Rathaus angetroffen hatte. Dieser musste die Nachricht erst einmal mit einem Becher Wein am Stand des Bäckers Rummel begießen, und so hatte der Bäcker seiner Kundschaft nicht nur Brot, Gebäck und Wein, sondern auch aufregende Neuigkeiten zu bieten. Bereits um sieben Uhr schwirrte der Marktplatz von Nachrichten und Gerüchten über die große Schlacht bei Böblingen. Eine halbe Stunde später trafen zwei leicht verwundete Knechte ein, die der Hölle glücklich entkommen waren. In einem düsteren Schankraum in der Gelbinger Vorstadt ließen sie sich ihre Wunden versorgen und berichteten dem stumm lauschenden Publikum, das aus dem Wirt, seinem Weib und drei vom Vorabend übrig gebliebenen Zechern bestand, die, weil sie unter der Bank geschlafen hatten, dem wachsamen Auge des Nachtwächters entgangen waren. Man riet den geschlagenen Kämpfern, die Stadt sogleich wieder zu verlassen. Wer konnte schon sagen, wie die Sieger, auf deren Seite auch Hall stand, sich nun verhielten?

Um acht machte sich Anne Katharina zum Marktplatz auf. Sie wollte für den Sonntag eine Rinderlende und geräucherten Speck kaufen. Vielleicht auch einen Schweinefuß für eine kräftige Suppe. Außerdem hatte sie den Mädchen süße Ringlein versprochen, wenn Veronica aus der Schule käme.

Anne Katharina hatte in dieser Nacht nicht gut geschlafen. Erschöpft hatte sie sich auf ihrem Lager hin und her gewälzt, denn immer, wenn sie die Augen schloss, quälten sie Bilder von Schmerz und Tod. Sie versuchte es mit Beten, fand aber keinen Trost. Was war nur mit ihr los?

Nun sind sie alle weg. Mara, Anna und auch Rugger, noch ehe ich begreifen konnte, dass er zurückgekommen war. Sie sind in eine unbekannte Zukunft gezogen, dachte sie voller Sehnsucht.

In Gefahr und Mühsal! Während du hier in deinem warmen Bett liegst, mit sattem Bauch und einem sicheren Dach über dem Kopf. Vielleicht müssen sie hungern, vielleicht müssen sie frieren. Es kann nicht sein, dass du ihnen das neidest!

Aber sie sind frei! Sie haben die Fesseln abgeworfen und sind in die Welt hinausgezogen, um ihr Schicksal selbst in die Hand zu nehmen und ein Teil der neuen Welt zu sein.

Oh ja, wie wundervoll, spottete die Stimme in ihrem Kopf. Willst du dir ein Bettlergewand überwerfen und in die Welt ziehen? Ja, probier es aus, lass Mann und Kinder zurück, Haus und Hof, Wärme

und Sicherheit. Du wirst schnell merken, dass es sich – auch in der neuen Welt – auf der untersten Sprosse der Leiter nicht besonders gut leben lässt. Freiheit! Was bedeutet Freiheit mit einem knurrenden Magen, mit einem steifen Rücken vom harten Lager, mit der Angst im Nacken, was der nächste Tag dir bringen wird?
Rugger hat keine Angst! Er geht, wohin er will, und lebt jeden Tag! Er zieht dorthin, wo man Männer braucht, die anderen das Herz aus dem Leib schneiden. Ja, er lebt jeden Tag, denn er weiß, dass es sein letzter sein könnte!
Eine neue, hellere Welt bricht für das Land an. Und wann kommt die neue Welt für mich? Wann werde ich ein Mensch sein mit Wünschen und Entscheidungen und nicht nur ein Fleisch gewordener Teil von Regeln, die ich nicht aufgestellt habe? Ich bin Ratsherrnfrau, Gattin, Söhnerin, Mutter und Bürgerin. Dabei will ich doch nur Anne Katharina sein!
Sie hatte es nicht geschafft, die Stimmen zum Schweigen zu bringen, und stand am Morgen auf, ohne geschlafen zu haben. Nun reihte sie sich vor dem Bäckerstand ein, zu müde, um überhaupt noch etwas zu denken.
»Man sagt, es sollen sechstausend Männer getötet worden sein!«, sagte eine raue Stimme hinter Anne Katharina.
»Das ist bestimmt übertrieben. Ich habe gehört, es seien dreitausend Tote auf der Seite der Aufständischen. Der Truchseß soll nur ein paar Dutzend seiner Reiter verloren haben.«
Anne Katharina erstarrte.
»Wenn Herzog Ulrich mit seiner Schar rechtzeitig gekommen wäre, dann hätte es für den Truchseß eng werden können«, sagte der Mann mit der heiseren Stimme. »Man sagt, er ist nur um Stunden zu spät herangezogen.«
»Sie sind mit ihrer Vorhut in das eigene Kanonenfeuer hineingedrängt worden«, mischte sich eine dritte Stimme ein. »Das war die Wende. Sie mussten gen Sindelfingen fliehen, wo der Gerber mit seinen Stuttgartern die Stellung hielt.«
Anne Katharina drehte sich um. Der Mann mit der rauen Stimme

war der Brückenschmied, der lange Kerl neben ihm stammte aus der Kochervorstadt. Er war Schneider oder Weber. Der vierschrötige Mann mit kahlem Schädel, der sich eben zu den anderen gesellte, war der Eselswirt Hans Blank, der seine kleine Schankstube in der Eselsgasse hatte.

»Ha«, rief der Schmied, »genützt hat es ihnen nichts. Sie flohen wie die Hasen, liefen in die Wälder und schlugen sich ins Dickicht, um den Reitern zu entgehen, die sie wie Ungeziefer zerquetschten. Auch als die Schlacht längst vorbei war, schickte der Truchseß seine Männer durch die Wälder, um die Geflohenen aufzustöbern. Sie schossen sie von den Bäumen herab, zerrten sie aus Scheunen und Gebüsch und stachen jeden nieder, ob er sich nun wehrte oder um Gnade wimmerte.«

»Ach, und woher willst du das wissen?«, fragte der Eselswirt und stemmte die pfannengroßen Hände in die Hüften.

»Ich habe meine eigenen Informanten«, sagte der Schmied und reckte das Kinn vor.

»Ah!«, rief der Schlaksige. »Ist dein Bruder aus Stuttgart zufällig im Fähnlein gewesen? Wo ist er denn? Ich vermute mal, er hat die Sache überlebt und ist zufällig in Hall vorbeigekommen?«

»Willst du es nicht noch lauter über den Platz brüllen«, schimpfte der Schmied. »In Hall steht die Mehrheit nicht auf der rechten Seite.« Er musterte Anne Katharina, die ihn mit weit aufgerissenen Augen anstarrte.

»Was gibt es?«, brummte er und fügte dann widerstrebend hinzu: »Gnädige Frau Ratsherr?«

»Es hat eine Schlacht gegeben?«, stotterte sie. »Wo? Wann? Ich meine, was ist passiert? Ihr spracht von vielen tausend Toten?«

Der Schmied lächelte und ließ seine schwarzen Zähne sehen. »So viele Fragen auf einmal, Gnädigste? Aber ich beantworte sie Euch gerne, wenn Ihr die Neuigkeiten noch nicht vernommen habt.« Er räusperte sich, straffte den breiten Rücken und zeigte noch einmal seine schlechten Zähne.

»Gestern in aller Frühe hat der Truchseß das große Württembergi-

sche Bauernheer auf dem Moos zwischen Böblingen und Sindelfingen angegriffen. Die ersten Stunden sah es ganz gut aus für die christlichen Kämpfer, aber dann hat der Teufel sich auf die Seite des Bundes gestellt und dem Truchseß und seinen Reitern das Schwert geführt.« Er spuckte auf den Boden und machte keinen Hehl daraus, für welche Seite sein Herz schlug.
»Ihr spracht von sechstausend Toten?« Ihre Stimme klang flehend, doch er nickte nur. »Ja, das habe ich gesagt. Es kann sein, dass das ein wenig hoch gegriffen ist«, räumte er ein. »Wer kann das so kurz nach einer solchen Schlacht schon genau sagen? Aber eines ist sicher, Gnädigste, selbst wenn es heute zu hoch gegriffen ist, werden es bald schon so viele sein, denn der Truchseß wird seine Schlächter in alle Richtungen senden, um die Entflohenen zu jagen. Keiner hier im Reich ist mehr sicher!«
Anne Katharina vergaß die Ringlein, vergaß das Fleisch und den Speck. Den Blick in weite Ferne gerichtet, stolperte sie durch die Stadt. Sie sah nicht die Bekannten und Freunde, die sie höflich grüßten. Sie versuchte, sich nicht sechstausend erstochene und erschlagene Leiber vorzustellen, und vor allem, nicht daran zu denken, dass Rugger einer von ihnen sein könnte.
Die nächsten beiden Tage konnte sie an nichts anderes mehr denken. Sie horchte auf, wenn Michel mit Peter über die Schlacht sprach, oder die Leute in den Gassen, aber wie konnte sie hoffen, dass jemand über Ruggers Schicksal Bescheid wusste? Ein paar Mal war sie nahe daran, schwach zu werden und zu seinem Bruder Volkhard in die Vorstadt jenseits des Kochers zu gehen, doch sie schaffte es, dem Drängen in ihr zu widerstehen. Er hatte ihr deutlich gemacht, was er von ihr erwartete. Selbst wenn er etwas von seinem Bruder gehört hatte, würde er es ihr sicher nicht sagen.
Auch nicht, wenn er tot ist? Würde er es dir nicht ins Gesicht schreien, dass du mit Schuld daran trägst?
Warum sollte ich schuldig sein, wenn er in der Schlacht fällt?, verteidigte sie sich zaghaft.

Weil er seine Sinne nicht beieinander hatte, weil du ihm den Kopf verdreht hast – so wird es sein Bruder sehen!
Nein, ich habe ihn nicht in die Schlacht getrieben. Ich wollte verhindern, dass er geht.
Noch immer in ihre innerlichen Streitgespräche verstrickt, saß Anne Katharina bei Tisch. Blind und taub für das Leben um sich herum, führte sie mit steifen Bewegungen den Löffel zum Mund.
»Der edle Truchseß von Waldburg persönlich hat dem Rat einen Brief gesandt«, berichtete Michel seinem Sohn, da Peter wieder einmal unentschuldigt dem Spätmahl fern blieb.
»Was will der Truchseß?«, fragte Bernhard, während er mit den Fingern Speckstücke aus seiner Suppe angelte.
»Er fordert die Ratsmitglieder auf, nach den Geflüchteten von Böblingen Ausschau zu halten. Wir sollen sie festnehmen und streng bestrafen.«
Bernhard stopfte sich zwei Speckstücke in den Mund. »Warum, Vater? Warum sollen sie gestraft werden? Weil sie von der Schlacht weggelaufen sind? Aber wenn der Truchseß doch stärker war mit seinen vielen Reitern und sie es mit der Angst zu tun bekamen, warum durften sie dann nicht weglaufen?«
»Sie werden nicht fürs Weglaufen gestraft, sondern dafür, dass sie es gewagt haben, gegen ihre Herren aufzustehen und das Land zu verwüsten. Sie haben sich mit Waffengewalt gegen den Schwäbischen Bund gestellt und alle freundlichen Aufforderungen, wieder an ihre Arbeit zu gehen, missachtet. Dafür werden sie nun gestraft. Man muss allen vor Augen führen, was mit Aufrührern und Verführern geschieht.«
»Ach so«, murmelte der Sohn, dessen Miene seine Gedanken widerspiegelte. »Ich wäre jedenfalls nicht weggelaufen!«, brüstete er sich. »Ich habe vor keinem Kampf Angst.«
»Das ist nicht wahr«, mischte sich Veronica ein. »Vor dem dicken Schletz hast du wohl Angst. Wenn deine Freunde nicht dabei sind und er die Gasse runterkommt, dann versteckst du dich immer in einem Schuppen oder Hinterhof.«

»Rede keinen solchen Unsinn«, zischte ihr Bruder und funkelte sie wütend an. »Ich bin nie vor ihm weggelaufen, weil ich Angst hatte. Man muss seine Kräfte für den Augenblick aufheben, da man die besten Siegeschancen hat. Das nennt man Taktik, aber davon verstehen kleine Mädchen nichts, also halte den Mund und misch dich nicht in Männergespräche ein.«
»Du bist noch gar kein Mann«, schnappte seine Schwester und verschränkte die Arme vor der Brust. »Und außerdem hast du wohl Angst gehabt«, fügte sie so leise hinzu, dass der Vater, der sie stirnrunzelnd betrachtete, es nicht hören konnte.
Die Seybothin ließ es sich nicht nehmen, sich abfällig über Peters Erziehung zu äußern, und ging dann dazu über, die Kritik auf weitere Mitglieder der Familie Vogelmann auszudehnen. Anne Katharina floh, obwohl sie der Schwiegermutter damit neue Nahrung für ihre Nörgeleien gab. Ziellos tappte sie die Treppe hinunter, durchquerte die Halle und näherte sich der angelehnten Küchentür. Ein warmer Lichtstreifen flutete über den frisch gekehrten Boden der Halle, und Anne Katharina konnte zwei Stimmen hören.
Gerade sagte Peter: »Gib mir ruhig noch ein Bündel von diesen Leinenstreifen und ein paar größere Tücher.«
»Ist es eine schwere Verletzung?«, fragte die Magd. Anne Katharina hörte, wie eine Truhe geöffnet und wieder geschlossen wurde. Eine Schranktür quietsche.
»Stell mir keine Fragen, Agnes.«
»Ich weiß von nichts, junger Herr, und ich werde Euch nicht fragen, wer er ist und woher er kommt, aber wenn Ihr mir nichts über die Wunde verratet, dann kann ich Euch nicht die richtigen Sachen einpacken, die Ihr benötigt. Ist die Wunde tief? Nässt sie? Ich habe hier eine Kräutersalbe für kleine Kratzer und Bernhards aufgeschürfte Knie, auf eine große Wunde würde ich sie jedoch nicht auftragen.«
Eine Weile herrschte Stille. Anne Katharina trat langsam näher. Sie spürte, wie das Blut aus ihrem Kopf wich und ein Schwindelgefühl sie erfasste.

»Es ist eine tiefe Wunde, sie eitert, und ich vermute, dass der Bolzen einer Armbrust noch in ihr steckt.«
Die Magd stöhnte auf. »Und das wollt Ihr allein hinbekommen? Nicht, dass ich Euch beleidigen will, Peter, aber Ihr seid in solchen Sachen nicht gerade erfahren. Ihr müsst einen Bader zuziehen, der den Bolzen entfernt …« Sie verstummte, als Anne Katharina die Tür aufstieß und in die Küche wankte.
»Was ist passiert?«, hauchte sie und sank auf einen Schemel.
Peter hob abwehrend die Hände. »Nichts, was soll denn passiert sein?«
»Wer ist schwer verletzt?« Ihre Stimme klang schrill. »Streite es nicht ab, ich habe euch reden hören.«
»Ach, ein Freund hat sich – also – ja – es ist nichts Schlimmes, nichts, das dich …«
»Peter!«
»Gut, es ist Rugger. Halt – fall mir jetzt nicht vom Schemel, du bist ja bleich wie der Tod. Agnes, tu doch was, ich will nicht, dass sie hier gleich ohnmächtig auf dem Boden liegt.«
Die Magd hielt Anne Katharina eine angeschnittene Zwiebel unter die Nase und reichte ihr dann einen Becher Kräutersud mit Honig. Der Becher zitterte so in ihrer Hand, dass die grünliche Flüssigkeit überschwappte und ihren zartgelben Rock beschmutzte.
»Was ist mit ihm, sag es mir!«
Peter verdrehte die Hände im Schoß. »Nun, du hast ja gehört, was vor Böblingen vorgefallen ist. Er hatte wirklich Glück, so davongekommen zu sein und es, ohne dass er den Schergen des Truchsessen in die Hände fiel, bis nach Hall geschafft zu haben. Weißt du, sie versuchen, alle aus Württemberg herauszukommen, denn der Truchseß hält allerorts ein blutiges Gericht! Ich weiß nicht, wie viele Köpfe außerhalb des Schlachtfeldes in den vergangenen Tagen schon gerollt sind.«
»Was ist mit Rugger?«, stieß Anne Katharina hervor.
»Ein Armbrustbolzen im Rücken – unter der linken Schulter, und einen Schlag auf den Kopf hat er wohl auch erhalten.«

Anne Katharina atmete stoßweise. »Wird er durchkommen?«
Peter zuckte mit den Schultern. »Keine Ahnung. Bin ich ein Medicus? Aber ich denke mal, wenn er es mit der Wunde bis hierher geschafft hat, muss die Lunge noch heil sein. Wenn ihn der Wundbrand nicht umbringt, wird er schon wieder auf die Beine kommen.«
»Wo ist er?«
Peter warf der Magd einen nervösen Blick zu.
»Soll ich hinausgehen?«, bot Agnes an. »Ich möchte Euch allerdings noch einen Rat geben. Bader Hipp vom Unterwöhrdbad ist ein Anhänger des Evangeliums. Er wird niemanden an die Richter oder die Schergen des Truchsessen verraten.« Sie warf ihrer Herrin noch einen Blick zu und verließ dann die Küche.

✠ ✠

»Herr im Himmel«, flüsterte Anne Katharina, als sie in Pater Hiltprands Kammer trat und die Gestalt, bleich und mit geschlossenen Augen, auf dem Boden liegen sah. Mit ineinander verkrampften Händen blieb sie mitten im Raum stehen. Alles in ihr schrie danach, zu ihm zu stürzen, ihn in ihre Arme zu nehmen und sein blutverschmiertes Haupt an ihre Brust zu drücken, doch wie konnte sie das unter den Blicken des Paters und ihres Bruders?
»Hier ist das Verbandszeug«, sagte Peter und drückte dem Pater das Bündel in die Hand. »Ich lauf dann gleich zum Unterwöhrdbad. Agnes sagt, der Bader ist auf unserer Seite.« Pater Hiltprand nickte.
»Ja, ich fürchte, wir können nicht auf ihn verzichten.«
Die Tür schlug zu, und Peters Schritte dröhnten auf der Treppe, dann war es wieder still.
Anne Katharinas Blick strich über Ruggers zusammengekrümmten Körper, der auf ein eilig gerichtetes Lager gebettet war. Nur sein Kopf ragte unter der Decke hervor. Jemand hatte ihm das Gesicht gewaschen, das Haar jedoch war noch immer von Blut und

Schlamm verkrustet, und auch an den Schläfen und am Hals klebten Reste von bräunlichen Schlieren. Anne Katharina spürte, wie ihre Knie zitterten. Kalte Angst wallte in ihr auf, und sie warf dem Pater einen Hilfe suchenden Blick zu.

»Er ist doch nicht – ich meine – was ist mit ihm?«

Pater Hiltprand versuchte, sich aus seinem Sessel zu stemmen, aber seine Beine wollten ihn nicht tragen. Hilflos sank er in die Kissen zurück.

»Er schläft. Vielleicht hat er auch das Bewusstsein verloren. Wundern würde es mich nicht. Ich frage mich eh, wie er den Ritt hierher überstehen konnte. Ein harter Bursche mit einem noch stärkeren Dickschädel, würde ich sagen.«

Anne Katharina setzte eine möglichst starre Miene auf und trat zu dem Verletzten. Sie ließ sich auf die Knie sinken und legte sacht ihre Hand an seine Wange. Sie war trocken und heiß. Ihre andere Hand griff nach der Decke und hob sie ein Stück an. Gerade so weit, dass sie das blutverschmierte Hemd sehen konnte, das jemand an der linken Schulter aufgeschnitten hatte. Der Verband darunter war an den Rändern weiß und frisch, in der Mitte aber sickerte Blut durch den Stoff.

»Peter hat die Wunde ausgewaschen und neu verbunden. Leider ist sie dabei wieder aufgebrochen. Wir haben nicht gewagt, ihn auszuziehen und zu waschen. Wer weiß, wie viel Blut ihn das noch gekostet hätte. Peter hat mich zu ihm getragen. Es sind keine Knochen zersplittert, aber ich fürchte, der Bolzen steckt noch in der Schulter. Wie hart ihn der Schlag auf den Kopf getroffen hat, können wir erst beurteilen, wenn wir mit ihm geredet haben.«

Anne Katharina nahm Ruggers schlaffe Hand in die ihre. »Ihr habt nicht mit ihm gesprochen?«

»Er kam zu mir in die Kammer, als es draußen schon dunkel war. Aufrecht stand er da, mit einem Blick – ich kann es dir nicht beschreiben. Ich sah im trüben Licht nur den Schmutz in Gesicht und Haaren und wollte ihn herzlich begrüßen, da schwand alles Leben aus seinen Zügen, und seine Wangen wurden bleich. Der Umhang, mit dem er sich verhüllt hatte, fiel herab, und ich sah sein blutdurchtränktes Wams. Ach, hätte ich aufspringen und ihn auffangen können!«, stieß der alte Mann bitter hervor. »Aber nein, ich musste hilflos mit ansehen, wie er, ohne ein Wort zu sagen, auf meiner Schwelle zusammenbrach.«

»Heilige Jungfrau! Was ist dann geschehen?«

Der Pater warf ihr einen Blick zu und lächelte. »Ja, der Herr zeigte Erbarmen und schickte Peter vorbei. Er nahm die Decken von meinem Bett und legte Rugger darauf, holte einen Kessel Wasser aus der Küche und wusch ihm die Wunden, Gesicht und Hände. Dann trug er mich zu ihm, damit ich ihn untersuchen konnte.«

»Aber der Bolzen? Warum habt Ihr den Bolzen nicht entfernt? Ihr wart früher ein berühmter Chirurg, bevor Ihr Euch ins Kloster zurückgezogen habt, ich weiß es, Großvater hat es mir erzählt. Der Bolzen muss doch raus!«

Pater Hiltprand nickte. Seine Miene war voller Grimm. »Ja, er muss raus, da hast du Recht, mein Kind, sonst können wir das Wundfieber nie stoppen.« Er seufzte tief und betrachtete seine Hände. »Früher, ja früher hätte ich nicht gezögert, aber heute? Ich bin alt und schwach, mein Kind. Meine Glieder zittern.«

»So schlimm kann es nicht sein. Ihr könnt noch immer schreiben! Habt Ihr nicht die Flugblätter verfasst und die Briefe an Pfarrer Herolt?«

Der Pater nickte. »Ja, eine Feder zu halten, dazu taugen sie noch, doch haben diese Finger noch die Kraft und das Geschick, ein Messer in einer Wunde zu führen?« Traurig schüttelte er den Kopf. »Die Lunge ist so nah, ich wage es nicht.«

Rugger regte sich. Er versuchte, sich auf den Rücken zu drehen, und stöhnte auf.

»Nein!«, rief Anne Katharina und hielt ihn an beiden Händen fest. »Nicht auf die Wunde legen!«

Der Landsknecht stöhnte noch einmal und öffnete dann die Augen. »Ich träume«, murmelte er und schloss die Lider wieder.

»Nein, du träumst nicht«, murmelte Anne Katharina, die noch immer seine Hände festhielt. »Dieser Albtraum ist die Wirklichkeit.«

»Albtraum? Wie kann es ein Albtraum sein, wenn ein solch liebes Gesicht an meinem Lager wacht, oder hast du vor, dich, wenn ich die Augen noch einmal öffne, in einen hässlichen Dämon zu verwandeln?«

»Seinen Humor jedenfalls haben sie ihm nicht aus dem Leib geschossen«, meinte der Pater trocken.

Anne Katharina schwankte zwischen Lachen und Weinen. »Wie kannst du nur so reden? Du musst doch schreckliche Schmerzen haben!«

Der Landsknecht schlug die Augen wieder auf und verzog das Gesicht zu einer Grimasse. »Ja, die habe ich. Was ist das nur, das wie ein glühendes Schwert in meinem Rücken tobt?«

»Ich vermute, ein Armbrustbolzen«, ließ der Pater vernehmen. »Er scheint festzustecken. Knochen und Lunge sind heil geblieben, jetzt müssen wir das Ding nur noch irgendwie herausbekommen.«

Rugger versuchte zu nicken, ließ es dann aber bleiben. Er schielte zum Fenster hinüber

»Ah, Pater, Ihr seid es. Ich wusste nicht mehr, wo ich gelandet bin.« Er stöhnte. »Mein Schädel scheint gespalten zu sein. Hölle auf Erden! Was ist nur passiert? Ich kann mich noch erinnern, dass ich das Schwert mit einem Ritter kreuzte, doch dann ist in meiner Erinnerung alles schwarz.«

»Das können wir dir auch nicht sagen«, erwiderte der Pater. »Entweder hast du noch einen Schlag auf den Kopf bekommen, oder du bist unglücklich vom Pferd gestürzt. Jedenfalls hast du es geschafft, vom Schlachtfeld zu entkommen und dich bis nach Hall durchzuschlagen. Du warst doch in Böblingen?«

»In der Hölle der großen Schlacht? Ja, mittendrin. Erst lief es gut – wir standen günstig auf der Höhe zwischen den sumpfigen Tümpeln, so dass der Truchseß den Vorteil seiner Reiterei nicht einsetzen konnte. Dann aber ist etwas passiert.« Rugger runzelte angestrengt die Stirn.

»Man sagt, der Truchseß hätte Böblingen genommen.«
Rugger sah Anne Katharina an. »Ja, richtig, sie haben die Kanonen umgedreht und in unseren Haupthaufen geschossen, und dann kam die Reiterei des von Hutten plötzlich wie aus dem Nichts um den Galgenberg herum und fiel uns in die Flanke. Ich versuchte einen geordneten Rückzug, aber die Männer rannten in Panik davon, und die Reiter fuhren in sie wie die Sichel ins Korn. Ja, und dann weiß ich nichts mehr.« Er schwieg und dachte nach. »Es war dunkel, als ich erwachte. Ich lag auf niedergetrampeltem Schilf auf sumpfigem Grund. Noch ehe ich die Augen öffnete, wusste ich, dass ich auf einem verlassenen Schlachtfeld war. Der Gestank nach Pulver und Blut, Angst und Kot – nie kann man ihn vergessen, wenn man ihn einmal gerochen hat.« Wieder schwieg er. Ob es der körperliche Schmerz war oder der der Erinnerung – Anne Katharina vermochte es nicht zu sagen.
»Ich weiß nicht, warum sie mich übersehen haben. Ich habe nicht lange darüber nachgedacht, sondern bin auf allen vieren davongekrochen. Im Wald fand ich ein Pferd mit einem Bündel am Sattel. Ich stopfte mir einen Stoffballen unters Hemd, damit die Blutung aufhören sollte, schlüpfte in den Mantel, den ich unter den Sachen fand, und zog mich auf das brave Tier. Es beschloss, nach Osten zu traben. Als es Tag wurde, schlief ich in einer Scheune. Ein Bauer fand mich, gab mir zu trinken und verband meine Schulter, aber er wollte mich nicht bei sich behalten. Zu groß war seine Angst, die Bluthunde des Truchsessen könnten mich bei ihm finden, denn das wäre vielleicht auch sein Todesurteil gewesen.«
»Du sollst nicht so viel reden. Hier, trink etwas.« Sie hob seinen Kopf an, vorsichtig darauf bedacht, die Wunde über seiner Schläfe nicht zu berühren, und hielt ihm den Becher, der neben seinem Lager stand, an seine rissigen Lippen. Rugger trank. Anne Katharina konnte sehen, wie schwer es ihm fiel. Ein Rinnsal floss aus seinem Mundwinkel, rann über sein Kinn und tropfte auf die Decke.
»Ich weiß nicht, wie ich es geschafft habe«, fuhr er fort, als Anne Katharina ihm Lippen und Kinn trocken getupft hatte, »aber ir-

gendwann erreichte ich Murrhardt, und da beschloss ich, mich bis Hall durchzuschlagen.«
Schritte auf der Treppe unterbrachen ihn. Peter stieß die Tür auf und führte einen kleinen, korpulenten Mann mit strähnigem Haar herein, das zu beiden Seiten platt an seinem Schädel klebte. Er hatte wässrige Augen und pralle, rote Wangen. Er trug die weißen Leinenhosen und das dünne Hemd, mit dem er stets in der Badstube zugange war, und hatte sich nur einen Umhang übergeworfen und seine Tasche mit den notwendigen Utensilien unter den Arm geklemmt. Mit gewichtiger Miene kniete er neben dem Verletzten nieder und zog die Decke weg.
»Ein Landsknecht?« Fragend sah er sich nach dem Pater um. »Ich dachte, es wäre, nun ...« Er brach ab und leckte sich die Lippen.
»Ja, ein Landsknecht, der das Evangelium mehr liebt als die Verlockung des Geldes, die zum Beispiel der Truchseß als Sold bezahlen würde«, antwortete Pater Hiltprand.
»So ist das«, nickte der Bader.
»Ja, und deshalb solltet Ihr auch kein Wort über den Patienten, der hier in meiner Kammer liegt, verlieren.«
»Ich rede nie über meine Kunden«, entrüstete sich der Bader und machte sich an Ruggers Kleidern zu schaffen.
»Meister Vogelmann, helft mir, ihn auszuziehen. Die gnädige Frau sollte vielleicht in die Küche gehen und heißes Wasser bereiten«, schlug der Bader vor.
»Ja, das ist eine gute Idee!«, pflichtete ihm Pater Hiltprand bei.
Widerstrebend erhob sich Anne Katharina. Sie wollte bei ihm bleiben, ihm Trost spenden und seine Hände halten, wenn der Bader ihn quälte. Was kümmerte sie seine Blöße! Das war kein unbekannter Anblick für sie. Aber das konnte sie natürlich nicht sagen. Nein, das durfte niemand erfahren. Also blieb ihr nichts anderes übrig, als in die Küche zu gehen, wo sie auf eine beleidigte Magd traf.
»Er hat mich rausgeschmissen!«, schmollte sie. »Zwei Jahre diene ich dem Pater nun schon und bekomme kaum eine Münze dafür,

aber nun wirft er mich raus und sagt, ich solle mir morgen einen angenehmen Tag machen und spazieren gehen! Was glaubt er, vor mir verbergen zu müssen?«

Anne Katharina versuchte, sie zu beschwichtigen, ohne Rugger zu verraten. Viel Erfolg hatte sie nicht, aber immerhin putzte sich die Magd geräuschvoll die Nase und machte sich dann am Feuer zu schaffen. Endlich war das Wasser warm. Anne Katharina bat die Magd, noch ein kräftiges Getreidemus mit Milch und Früchten zu kochen und Gewürzwein zu wärmen, ehe sie mit dem Wasser in die Kammer zurückkehrte.

Die Männer hatten Rugger ausgezogen, ihn in eine Bruech des Paters gesteckt und die Decke wieder bis zu den Hüften hochgezogen. Nun brütete der Bader über der hässlichen Wunde unter dem linken Schulterblatt.

»Und Ihr meint, der Bolzen steckt noch drin?«, zweifelte der Bader und fuhr mit seinem Zeigefinger in das gelb geränderte Loch. Rugger schrie auf, und Anne Katharina zuckte so zusammen, dass ein Teil des Wassers über den Boden schwappte. Peter eilte zu ihr und nahm ihr den Kessel ab.

»Geh lieber hinaus«, riet er, »das ist nichts für schwache Frauennerven.« Er selbst wandte sich wieder dem Bader zu, obwohl auch er ganz weiß im Gesicht geworden war.

»Ja, Ihr habt Recht. Aber wie soll ich den rausbekommen, ohne ihm die Lunge anzupiken? Nein, nein, das ist unmöglich. Ich pinsele ihm die Wunde mit heißem Öl aus und lege eine Mulleinlage auf, um das notwendige Schwären zu fördern. Das muss bei einer solch schweren Wunde sein! Wir können die Haut straff zusammennähen, und dann lasse ich ihn zur Ader, damit das Fieber sinkt und das Gift aus seinem Körper getrieben wird. Die Chancen sind nicht sehr hoch, aber er kann es schaffen. Ich kenne Männer, die mit Pfeilspitzen im Leib herumlaufen!«

»Nein!«, rief der Pater, »Ihr werdet ihn nicht zur Ader lassen. Er hat genug Blut verloren, und Ihr werdet auch kein Öl in die Verletzung schmieren. Es ist ein großer Irrtum, dass eine Wunde nässen muss und dass man den Eiter fördern soll. Eine trockene Wunde heilt besser.«

Der Bader machte ein beleidigtes Gesicht. »Nun hört einmal zu, Herr Mönch, die berühmte Salerner Schule hat über Jahrhunderte diese Theorie vertreten. Ich habe die Abschrift eines ihrer Traktate. Ich kann es Euch gern zum Studium leihen, wenn Ihr mir nicht glaubt.«

»Ich weiß, dennoch waren sie im Irrtum, was Bologna schon vor dreihundert Jahren gemerkt hat.«

»Bologna«, sagte der Bader wegwerfend.

»Ja, Bologna, und auch der Franzose Henri de Mondeville hat gefordert, dass Fremdkörper zu entfernen und die Wundränder möglichst zu schließen sind, bevor der Eiter sich sammelt. Er empfiehlt austrocknende Mittel und eine ätzende Salbe von grünem Kupfersalz für flache Wunden.«

»Aber die Erfahrung zeigt ...«, widersprach der Bader, doch Pater Hiltprand brachte ihn mit einer zornigen Handbewegung zum Schweigen.

»Wir werden den Bolzen entfernen! Wenn Ihr es nicht tun wollt, dann muss eben ich es versuchen. Und wir werden den Eiter mit Branntwein entfernen, um die Wundränder dann zu vernähen. Peter, hilf dem Bader, Rugger auf den Tisch zu legen. Und dann schiebt meinen Stuhl hinüber.«

Hastig räumte Anne Katharina Bücher, Schreibsachen, einen Krug und eine Schale voller Nüsse und getrockneter Früchte vom Tisch. Sie wollte eine Decke darauf ausbreiten, aber der Bader schüttelte den Kopf. »Lohnt sich nicht, sie mit Blut zu besudeln.«

Pater Hiltprand ließ sich vom Bader ein schmales, scharfes Messer geben.

»Anne Katharina, du solltest hinausgehen«, sagte er, als er in seinem Stuhl vor dem Tisch saß und seine Fingerspitzen über den Rand der Wunde gleiten ließ.

»Nein, ich bleibe!«

»Dann setz dich auf einen Schemel. Wir haben keine Hände frei,

dich aufzufangen, falls du ohnmächtig werden solltest. Der Bader und Peter müssen Rugger festhalten.«
Anne Katharina schob sich einen Schemel ans Kopfende und nahm Ruggers rechte Hand. Die Linke band der Pater an Ruggers Bein fest.
»Es wird schmerzhaft«, warnte er.
»Das habe ich mir nicht anders vorgestellt«, versuchte Rugger zu scherzen, doch seine Augen zeigten, dass er mit seinen Kräften fast am Ende war.
»Hier, nehmt das Holz zwischen die Zähne«, riet der Bader. »Damit Ihr Euch die Zunge nicht abbeißt.«
»Könnt Ihr ihm nichts gegen die Schmerzen geben?«, rief Anne Katharina.
»Es gibt die Möglichkeit, ihn zu betäuben. Ein Schwämmchen in der Nase, das mit Bilsenkraut getränkt ist«, schlug Pater Hiltprand vor. »Habt Ihr so etwas, Bader?«
Der Bader verdrehte die Augen. »Glaubt Ihr, ich hätte eine Apotheke in meiner Badstube? Da müsst Ihr schon zu Meister Gessner gehen.«
»Gut, ich werde es besorgen«, sagte Anne Katharina und erhob sich. Der Pater hielt sie zurück.
»Nein, das ist nicht gut. Er würde wissen wollen, wofür wir es brauchen. Er ist ein zu enger Freund des Stättmeisters. Wir sollten keinen Verdacht erregen.«
»Ich hätte einen Sirup aus Portulak und Hanf in Honig mit einem Hauch Schierling – zwei Batzen das Fläschchen«, bot der Bader an.
Der Pater verzog zweifelnd das Gesicht.
»Nur her mit dem Gebräu«, ächzte Rugger.
»Ich hoffe nur, Ihr wart vorsichtig mit dem Schierling«, brummte der Pater, während Anne Katharina dem Landsknecht zwei Löffel des Sirups gab.
»Was denkt Ihr«, wehrte sich der Dicke, »glaubt Ihr, ich will meine Kunden vergiften?«
Pater Hiltprand drehte das Messer in seiner Hand. Er schloss die

Augen und murmelte ein Gebet. Ruggers Atemzüge waren inzwischen ruhiger und tiefer geworden, dennoch dachte Anne Katharina, er würde ihr die Hand brechen, als der Pater mit dem Messer in die Wunde fuhr. Vielleicht war das ganz gut so, denn der Schmerz hielt sie davon ab, von ihrem Schemel zu sinken. Seine Gesichtsmuskeln spannten sich an, die Kieferknochen traten deutlich hervor. Es war ihr, als spüre sie, wie sich seine Zähne in das Holzstück gruben. Am schlimmsten jedoch war es, die Pein in seinen Augen zu sehen. Ihr Blick hielt dem seinen stand, denn das war alles an Kraft und Mut, was sie Rugger geben konnte. Sie vermied es, die stark blutende Wunde zu beachten, in die der Pater nun schon zum dritten Mal mit seinem Messer stach.

»Da ist das böse kleine Ding!«, rief Pater Hiltprand und hielt eine blutbedeckte Metallspitze in die Höhe. Rugger stieß ein Grunzen aus. Sein Blick schweifte ab, sein Griff in Anne Katharinas Hand erschlaffte.

»Pater!«, schrie sie in heller Panik.

»Keine Angst, mein Kind, die Ohnmacht hat ihn für eine Weile von seinen Schmerzen befreit.«

Pater Hiltprand wusch die Wunde mit gebranntem Wein aus und nähte dann die Hautränder zusammen. Anne Katharina ließ ihren Blick auf Ruggers Antlitz ruhen, denn ihr Magen rumorte verdächtig, und sie wollte sich nicht vor den Männern übergeben müssen. Erst als der Bader einen frischen Stoffballen auf den noch blutenden Riss drückte und der Pater mit Peters Hilfe die Leinenstreifen festband, wagte sie, den Blick wieder zu heben.

»Du warst sehr tapfer, mein Kind«, lobte der Pater.

Der Bader machte sich daran, Ruggers Haar von Schlamm und verkrustetem Blut zu befreien. Dabei brach die Kopfwunde wieder auf.

»Ich werde auch sie nähen«, sagte der Pater und zog einen neuen Faden auf die Nadel, während der Bader die Haare um die Wunde bis auf kurze Stoppeln herunterschnitt.

Gewaschen und in ein knielanges Hemd des Paters gehüllt, legten sie Rugger behutsam ins Bett des Paters zurück. Peter zog los, um

eine Strohmatratze zu besorgen, damit der Pater nicht auf dem Boden schlafen mußte.
Es dauerte über eine Stunde, bis Rugger erwachte. Anne Katharina musste ihre Tränen wegblinzeln, als er endlich die Augen aufschlug und ihr ein Lächeln schenkte.
»Nun, was hat der gute Hiltprand alles aus mir herausgeschnitten?«, fragte er mit heiserer Stimme.
»Alles, was Ihr zum Leben braucht, ist noch drin«, gab der Pater Auskunft. »Nur ein wenig Blut ist uns verloren gegangen. Wenn Ihr jedoch kräftig esst und trinkt, werdet Ihr bald wieder zu Kräften kommen.«
Rugger versuchte, sich aufzurichten, gab den Versuch aber mit einem Stöhnen auf. »Das wäre nicht schlecht. Im Moment fühle ich mich hilflos wie ein neugeborenes Kätzchen.«
»Das Mus müsste fertig sein«, fiel Anne Katharina ein. Sie sprang auf und eilte in die Küche. Die Magd war nirgends zu sehen. Es war schon spät. Sicher war sie bereits zu Bett gegangen. Anne Katharina rührte noch einen halben Krug Honig unter den Brei und nahm dann den ganzen Kessel und ein paar Schüsseln mit in die Kammer des Paters hinüber. Ein paar Löffel Mus ließ sich der Landsknecht füttern, und er trank ein paar Schlucke von dem starken, gewürzten Wein, dann sank sein Kopf zurück auf das Lager, und die Augen schlossen sich. Anne Katharina blieb neben ihm sitzen, seine Hand in der ihren.
Sie merkte nicht, dass der Pater sie beobachtete. Seine Miene war voller Sorge.

✠ ✠

»Wo, um alles in der Welt, kommst du um diese Zeit her?« Michels Stimme überschlug sich. »Es hat bereits Mitternacht geschlagen!« Er packte sie am Arm und zerrte sie hinauf in die hell erleuchtete Stube. Drei leere Weinkrüge auf dem Tisch sprachen davon, dass er seit Stunden hier saß und auf sie wartete.
»Und wie siehst du aus! Hast du dich im Schmutz gesuhlt?«

Anne Katharina versuchte, die rostroten Flecken auf ihrem Rock mit den Händen zu verbergen, aber er zog sie weg und begutachtete den zerknitterten, schmutzigen Stoff.

»Ich warte auf eine Antwort, Anne Katharina!«

»Ich war bei Pater Hiltprand«, stotterte sie. »Verzeih, über die spannende Disputation habe ich die Zeit vergessen.«

»Ach ja? Und dabei bist du zufällig in die Latrinegrube gefallen!«

»Nein, ich habe für den Pater gekocht, und da ist mir etwas auf den Rock gefallen. Ein Stück Fleisch war es, noch blutiges Fleisch.«

»Und das soll ich dir glauben.« Er packte sie wieder beim Handgelenk. »Los, gehen wir zusammen zu deinem Pater und sehen, ob er deine Geschichte bestätigen kann.«

»Nein!«, schrie sie, fügte dann jedoch hastig hinzu: »Er schläft sicher schon. Es wäre nicht recht, ihn jetzt noch einmal zu stören. Du kannst ja Peter fragen, wenn du mir nicht glaubst, er war auch dort und hat mich gerade nach Hause gebracht, bis vor die Tür! Dann musste er noch einmal weg. Er wird sicher bald kommen.«

»Peter, bei einer Disputation mit dem Pater?« Ungläubig bewegte Michel den Kopf. »Du lügst und wagst es, mir dabei in die Augen zu sehen. Du betrügst mich und lachst mir ins Gesicht.« Seine Stimme wurde immer lauter, sein Gesicht rötete sich. Erschrocken wich Anne Katharina vor ihm zurück, doch das schien ihn noch mehr zu erzürnen. Er stürzte auf sie zu, packte sie an den Schultern und begann sie zu schütteln, dass ihre Zähne aufeinander schlugen.

»Ich will wissen, was du getrieben hast, du Hurenweib! Du bist meine Frau, und ich werde nicht tatenlos zusehen, wie du meine Ehre mit Füßen trittst.«

Anne Katharina wollte ihn bitten, sie loszulassen, aber sie brachte keinen Ton heraus. Er schien sich immer weiter in seine Wut hineinzusteigern, seine Aussprache war vom vielen Wein undeutlich, seine Kraft jedoch schien ungebrochen.

»Ich werde es aus dir herausprügeln, wenn du es mir nicht freiwillig sagst«, schrie er. Seine Finger krallten sich so fest in ihre Arme, dass sie blaue Flecken zurücklassen würden. Die Stubentür öffnete sich, und Peter trat herein. Für einen Moment blieb er ratlos stehen, dann ging er zu Michel.

»Gibt es ein Problem?«

Michel ließ sein Weib los. Anne Katharina taumelte gegen die Bank zurück, ihre Knie gaben nach, und sie sank auf ein Kissen.

»Michel will mir nicht glauben, dass wir uns bei Pater Hiltprand verspätet haben«, klagte sie.

Peter zog die Augenbrauen hoch und betrachtete den Freund, der, die Wangen gerötet, die Stirn schweißnass, die Hände zu Fäusten geballt, schwer atmend vor ihm stand.

»Natürlich war sie mit mir bei Hiltprand. Warum sollte sie dir etwas Falsches sagen? Ja, es ist spät geworden, aber das ist doch kein Grund, sich so aufzuführen.«

»Sie ist eine falsche Schlange. Sie betrügt und belügt mich und kümmert sich einen Dreck um Anstand und Würde!«

Peters Blick wanderte zu den leeren Weinkrügen. »Ich denke, du siehst Trugbilder. Meine Schwester kannst du mit diesen Worten jedenfalls nicht meinen. Ich rate dir, nicht mehr so viel Wein zu trinken, wenn er dir so schnell zu Kopf steigt«, fügte er kühl hinzu.

Michel holte tief Luft und straffte sich, seine Augen glänzten im Lampenschein. Er hob die geballten Fäuste. Anne Katharina duckte sich auf der Bank und hätte sich am liebsten unsichtbar gemacht.

»Wir können uns schlagen, Michel. Wenn du heute Nacht gerne noch eine blutige Nase haben möchtest, bitte. Aber ich warne dich, im Gegensatz zu dir bin ich völlig nüchtern. Allerdings würde ich vorschlagen, dass du dein entwürdigendes Schauspiel nicht vor den Augen deiner Gattin gibst. Es sei denn, du möchtest, dass sie dir hinterher das Blut von der Nase tupft, denn ich werde es ganz bestimmt nicht tun!«

»Ach, geh doch zum Teufel«, schimpfte Michel, und seine Fäuste sanken herab. »Dies ist mein Haus, und ich werde mich hier nicht mit dir schlagen.« Er sank auf einen Schemel. Alle Kraft schien aus ihm zu weichen. Seine Schultern sanken nach vorn, der Rücken krümmte sich, die offenen Hände hingen herab.

»Vielleicht solltest du dich, statt deine Nächte im Wirtshaus und bei den freien Weibern zuzubringen, mehr um deine Familie kümmern und für ihre Sorgen und Nöte ein offenes Ohr haben.«

»Das sagst ausgerechnet du, der mehr bei den Huren wohnt als in seiner Kammer«, brüllte Michel.

»Das kann schon sein«, nickte Peter, »aber im Gegensatz zu dir bin ich nicht verheiratet und habe keine drei Kinder, die ihren Vater brauchen.«

»Meine Mutter kümmert sich um sie.«

»Da bist du ja fein raus«, schloss Peter und winkte Anne Katharina zu sich.

»Du solltest dich ins Bett legen und deinen Rausch ausschlafen. Ich werde meine Schwester zu ihrer Kammer begleiten.«

Er nahm Anne Katharinas Hand und verließ mit ihr die Stube.

»Ich habe Ruggers Pferd in den Marstall gebracht. Es wäre nicht gut, wenn es morgen noch immer in der Pfarrgasse herumsteht.«

»Warum musstest du ihn auch noch reizen«, sagte seine Schwester, den Knauf ihrer Kammertür in der Hand.

»Ach was, das musste schon lange mal gesagt werden. Außerdem treibt er sich für meinen Geschmack zu oft beim Frauenhaus herum. Ich will nicht, dass er Wind davon bekommt, was in den Kellern vor sich geht. Es wäre unser Untergang, denn Michel würde nicht zögern, uns dem Rat auszuliefern. Am besten, er bleibt am Abend zu Hause.«

»Dann bin ich hier unter seinem Blick zur Untätigkeit verdammt!«, widersprach Anne Katharina.

»Jeder hat seine Aufgabe zu erfüllen. Deine ist es, uns Michel vom Hals zu halten. Kannst du ihn nicht öfter auf dein Lager ziehen und seine Männlichkeit beschäftigen?«

»Nein, das kann ich nicht!«, zischte sie und schlug die Tür hinter sich zu.

✢ ✢

Am liebsten hätte Anne Katharina ihre ganze Zeit an Ruggers Lager verbracht, aber es wurde für sie immer schwieriger, den wachsamen Augen ihres Sohnes und dem misstrauischen Blick des Gatten zu entwischen. An manchen Tagen war es überhaupt nicht möglich, zu ihm zu eilen. Dann musste sie sich mit den wenigen Sätzen begnügen, die Peter ihr zuraunte, wenn sie sich, ohne neugierige Lauscher in der Nähe, in der Halle oder auf der Treppe begegneten.

Bereits nach einer Woche war der Landsknecht nicht mehr auf seinem Lager zu halten. Anne Katharina protestierte vergeblich, und auch die mahnenden Worte des Paters vermochten ihn nicht zu zähmen.

»Was wollt Ihr? Soll ich mich mein Leben lang im Bett verkriechen, weil mich ein Schuss aus einer Armbrust getroffen hat? Das ist nicht die erste und auch nicht die letzte Wunde, die ich mir in einem Kampf zugezogen habe. Möge Gott es fügen, dass ich auch beim nächsten Mal in solch kundige Chirurgenhände gerate«, sagte er und nahm die knochigen Hände des Paters in die seinen. »Nur der Herr kann es Euch vergelten«, murmelte er.

Der Pater lächelte sanft. »Aber ja, vielleicht werden mir dafür ein paar meiner Sünden vergeben, wer weiß.«

»Sünden? Ihr habt gesündigt? Das kann ich kaum glauben«, grinste der Landsknecht.

»Jeder Mensch ist ein Sünder vor dem Herrn«, flüsterte der ehemalige Mönch. »Und um manche Sünden zu büßen, reicht das Leben hier auf Erden nicht aus.« Rugger öffnete den Mund, um ihn zu fragen, schloss ihn aber angesichts der Miene des alten Mannes wieder.

»Und vielleicht drücken auch diese Schreiben auf mein Sündenkonto«, murmelte er und deutete auf die Kiste mit neuen Flugblättern, die in einer Ecke stand.

»Aber nein! Ihr habt dem Evangelium gedient. Ihr seid auf der richtigen Seite.«

»Ich habe die Menschen zum Ungehorsam gegen ihre Herren aufgerufen und sie in den Tod getrieben. Tausende sind es, die auf dem Schlachtfeld gefallen sind, und Hunderte sind es schon jetzt, die sie allerorts gehängt, geköpft und auf das Rad geflochten haben.« Der Pater sah auf. »Was haben sie mit dem Melchior Nonnenmacher getan? Der Pfeifer von Ilsfeld, der dem Helfensteiner zu seinem Tod aufspielte?«

Rugger sah zu Boden. »Er ist nach Sindelfingen geflohen und hielt sich dort versteckt. Der Truchseß muss es irgendwie erfahren haben, denn er ritt vor das Städtchen und drohte, dass er Sindelfingen mit all seinen Männern, Weibern und Kindern verbrennen werde, wenn sie den Pfeifer nicht finden und ihm übergeben würden. Also suchten sie ihn und fanden ihn in einem Taubenschlag verborgen.«

Er warf Anne Katharina einen Blick zu, erzählte dann aber weiter. »Sie brachten ihn dem Herrn Georg von Waldburg, und dieser ließ ihn unweit von Maichingen in seinem Lager an einen Apfelbaum binden, so dass er zwei Schritte weit laufen konnte. Dann befahl er, Holz herbeizuschaffen. Jeder der großen Herren trug ein Scheit herbei: der Truchseß, Graf Ulrich von Helfenstein, Friedrich von Fürstenberg, Frowen von Hutten und die ganze Ritterschaft. Es wurde Nacht, und die Sterne zogen herauf, als sie das Holz entzündeten. Drüben auf dem Schlachtfeld lagen die Toten, und die Verwundeten stöhnten ihrem Sterben entgegen, während die Sieger tranken und sangen und um das lodernde Feuer tanzten, hinter dem der Nonnenmacher langsam zu Tode geröstet wurde.«

Er schwieg, Anne Katharina schluckte trocken. »Aber woher willst du das wissen? Du lagst doch ohnmächtig auf dem Feld.«

»Ich war heute Morgen in der Stadt unterwegs und habe mit jemandem gesprochen, der dabei war – und mit den Siegern gefeiert hat.«

Es klopfte. Anne Katharina eilte zur Tür, um den Besucher abzuweisen, aber da schwang sie schon auf, und Magister Brenz schritt ins Zimmer.

»Guter Freund, ich habe viele Tage nichts von Euch gehört. Ich

hoffe, Ihr seid wohlauf?« Er reichte dem Pater die Hände und verbeugte sich vor Anne Katharina.
»Ah, wie ich sehe, habt Ihr Besuch. Da will ich nicht stören.« Er nickte dem fremden Mann zu, der ebenfalls den Kopf neigte. Die Augen des Predigers huschten zu der Stelle mit dem abgeschnittenen Haar, an der man deutlich die schwarze Naht erkennen konnte, aber er sagte nichts.
»Bleibt nur, Magister Brenz, ich wollte soeben gehen.«
Rugger stülpte sich einen altmodischen Hut auf den Kopf und ging zur Tür. Auch Anne Katharina verabschiedete sich und eilte ihm nach.
»Was hast du vor?«, fragte sie. »Es ist gefährlich, wenn du durch die Gassen gehst. Jemand könnte dich erkennen.«
Rugger schnitt eine Grimasse. »In der Aufmachung bestimmt nicht!«
Anne Katharina sah an dem langen schwarzen Rock des Paters hinab, den er an der Brust nicht ganz geschlossen hatte, da er ihn sonst beim ersten Atemzug sprengen würde.
»Ich muss mir ein paar Kleider besorgen und dann ein neues Schwert und ein paar andere Dinge, die mir auf meiner Reise unentbehrlich sein werden.«
»Brauchst du Geld?«, fragte sie bang. Was würde Michel mit ihr machen, wenn sie es noch einmal wagte, unerlaubt Münzen aus der Truhe zu nehmen? Zu ihrer Erleichterung schüttelte Rugger den Kopf.
»Nein.« Er grinste. »Das Pferd trug an seinem Sattel einen wohlgefüllten Beutel. Ich weiß nicht, von welchem Raubzug er stammt, aber nun, da ich mein Pferd und all meine Habseligkeiten verloren habe, werde ich die Münzen als meine Schlachtbeute ansehen. Außerdem habe ich bei meinem Bruder etwas zurückgelegt – für schlechte Zeiten.« Er zog eine Grimasse.
Auf dem Salzmarkt verabschiedeten sie sich voneinander. Rugger ging langsam davon, vorsichtig jeden Fuß vor den anderen setzend. Anne Katharina sah ihm nach. Er konnte noch so lächeln

und scherzen, sein Gang verriet, dass er noch immer Schmerzen litt und die Wunde erst oberflächlich verheilt war.
Hinter ihr kam ein Mann die Rathaustreppe herunter und ging auf sie zu. Anne Katharina bemerkte ihn erst, als er neben sie trat und sie ansprach.
»Wer war denn dieser seltsame Mensch?«
Anne Katharina zuckte zusammen. »Ach, du bist es, Michel. Wie schön. Ist die Sitzung schon vorbei? Kommst du mit nach Hause? Agnes hat Honigringlein mit Dörrpflaumen und Mandeln gebacken.«
Ein Lächeln huschte über Michels Miene und verschwand dann wieder. »Ja, die werden mir gut schmecken, doch du hast meine Frage nicht beantwortet. Mit wem hast du da gerade gesprochen?«
Offensichtlich hatte er Rugger in dem alten Gewand des Paters nicht erkannt. Anne Katharina versuchte sich an einer unschuldigen Miene und zuckte mit den Schultern.
»Ich weiß es nicht. Er scheint nicht aus Hall zu sein. Ein Prediger oder so. Er fragte mich nach dem Weg, und da ich eh ins Brothaus wollte, habe ich ihn bis hierher begleitet.«
Michel nickte. »Ach so. Mir schien es, als wärt ihr in ein vertrauliches Gespräch versunken.«
Er ließ den Gedanken fallen, um sich den süßen Genüssen zuzuwenden, die ihn zu Hause erwarteten.
»Dann komm, mein Weib, lass uns eilen, warm schmecken sie am besten.«

# KAPITEL 13

Am Samstag kam der Stättmeister während des Spätmahls vorbei, einen fremden Mann in seiner Begleitung. Er war groß und vor einem Jahrzehnt sicher schlank zu nennen gewesen. Nun jedoch wölbte sich der erste Ansatz eines Bauches hervor, der mit den Jahren sicher noch wachsen würde. Sein Gesicht war angenehm anzusehen, Haare und Bart sauber gestutzt. Die aufrechte Haltung und der offene Blick verrieten, dass er eher gewöhnt war, Befehle zu erteilen, als sie auszuführen.

»Sebastian Besserer«, stellte der Stättmeister den Fremden vor. »Michel, ich muss Euch bitten, ihm für die nächsten Tage ein Quartier anzubieten.«

Der Hausherr zog verwundert die Augenbrauen hoch, stellte jedoch keine Fragen, sondern lud den unerwarteten Gast ein, sich zu setzen, Wein und das Mahl mit der Familie zu teilen. Sebastian Besserer dankte höflich, bat aber, erst seine Kammer aufsuchen zu dürfen.

»Seht mich an, schmutzig und staubig von unserem langen Ritt, in ein Gewand des Krieges gehüllt. So möchte ich mich nicht zu den Damen an den Tisch setzen.« Er nickte der alten Seybothin und Anne Katharina zu.

»Wenn Peter bei Bernhard schlafen würde, könnte der Herr die Kammer unten bekommen«, schlug Anne Katharina vor. Michel nickte erleichtert. Vielleicht hatte er befürchtet, er müsse sein bequemes Bett dem Gast überlassen.

»Ich werde der Magd Bescheid sagen. Sie soll alles richten und einen Kessel Wasser erwärmen, damit Ihr Euch den Staub von Gesicht und Händen waschen könnt.« Sie lächelte den Besu-

cher an. Dieser verbeugte sich elegant und schwang seinen Federhut.
»Gnädige Frau, ich werde es Euch nie vergelten können.«
Sie führte Sebastian Besserer in Peters Kammer und gab Agnes Anweisung, ein Bett für ihn zu beziehen und Peters Sachen zu Bernhard zu bringen. Es war sicher kein Problem, wenn er sich für ein paar Nächte mit dem Jungen das Bett teilen musste.
»Lasst Euch Zeit«, sagte sie freundlich. »Die Magd wird das Essen für Euch warm halten.«
»Sechshundert Mann hat Eytel Sigmund vom Berg heute nach Hall geführt«, sagte der Stättmeister gerade, als Anne Katharina in die Stube zurückkehrte. »Der Hauptmann ist bei mir untergebracht, Rudolf von Westerstätten wohnt im Büschlerhaus und Hans Daniel beim Junker von Roßdorf. Die Reiter habe ich auf die Gasthöfe und andere Familien verteilt.«
»Und was wollen die hier?«, fragte Peter mit vollem Mund.
»Ordnung schaffen«, antwortete der Stättmeister, und es war ihm anzusehen, dass er es nicht gerne sah, dass das eine fremde Truppe zu übernehmen gedachte.
»Hat der Truchseß sie geschickt?«, wollte Michel wissen.
»Natürlich!«, erwiderte Stättmeister Schletz. »Er sieht sich nach seinem Sieg bei Böblingen nun als oberster Herr, und der Erzherzog lässt ihm freie Hand.«
»Und der Kaiser?«, wagte Anne Katharina zu bemerken.
»Der Kaiser.« Michel Schletz machte eine wegwerfende Handbewegung. »Der Kaiser sitzt in Spanien, und es kümmert ihn wenig, was hier im Reich passiert, Hauptsache, alle bezahlen ihre Steuern und schicken Truppen, wenn er sie benötigt.«
»Und was haben die nun vor?«, bohrte Peter weiter.
»Sie suchen Hälse für die Schwerter ihrer Henker. Insbesondere die, die in Weinsberg dabei gewesen sind, und alle, die sie Anführer und Verführer nennen: Fähnleinführer, Prediger, Boten und diese vermaledeiten Flugblattschreiber.«
Anne Katharina hob den Blick zu Peter. Um seine Mundwin-

kel zuckte es, aber ansonsten aß er scheinbar mit Gleichmut weiter.

»Sie meinen, eine dieser geheimen Druckereien müsste in Hall zu finden sein, und nun wollen sie die ganze Stadt auseinander nehmen. Drüben, jenseits des Kochers, sind sie schon dabei, ihre Nase in jeden Keller und auf jeden Dachboden zu stecken.«

»Ich würde sie zum Frauenhaus schicken«, ließ sich die Seybothin plötzlich vernehmen. Anne Katharinas Löffel fiel mit einem Platsch in die Suppe, doch zum Glück achtete niemand auf sie.

»Mutter!«, rief Michel erstaunt. Er konnte es nicht fassen, dass seine sonst so auf Anstand bedachte Mutter gegen die guten Sitten verstieß und sich in ein Gespräch zwischen ihm und dem Stättmeister einmischte.

Die Seybothin senkte den Blick. »Es ist eine Schande für die Stadt, und es wäre eine gute Tat, diesen Sündenpfuhl trockenzulegen.«

Der Stättmeister lächelte nachsichtig. »Da habt Ihr sicher Recht, gnädige Frau, auch Prediger Brenz setzt sich schon lange dafür ein, dass das Haus geschlossen wird. Dennoch, trotz der vielen Sünden, die die Weiber dort begehen, gehört verbotene Flugblätter schreiben und die Bauern aufhetzen sicher nicht zu ihren Vergehen. Ich bezweifle, dass diese Geschöpfe überhaupt lesen und schreiben können.«

Die Seybothin sagte nichts mehr, aber Michel kaute nachdenklich auf seiner Unterlippe. »Vielleicht wäre es dennoch keine schlechte Idee, sich dort einmal umzusehen.«

Anne Katharina legte ihren Löffel nieder. Sie fürchtete, dass ihre zitternden Hände sie verraten könnten. Warum blieb Peter so ruhig? Erkannte er das Schwert nicht, das über seinem Kopf schwebte?

»Ich muss mich nun um meinen Gast kümmern. Vielleicht gelingt es mir ja, den Hauptmann zu überzeugen, dass die Bestrafung der Haller eine Sache des Stadtrates ist und nicht die eines Überfallkommandos des Truchsessen!«

Der Stättmeister war kaum gegangen, da trat Sebastian Besserer wieder in die Stube. Er hatte sich gewaschen und umgezogen und war nun ganz der reiche Patrizier seiner Stadt. Sein Rock war aus schwerem Tuch, das Wams mit Goldfäden bestickt, seine seidigen Strümpfe fleckenlos. Er dankte höflich, nahm Platz und ließ sich Wein und Suppe geben. Anne Katharina schnitt Brot für ihn. Die Seybothin erhob sich und scheuchte die Kinder hinaus. Sogar Bernhard ging ohne die üblichen Widerstände, aber Anne Katharina war noch zu sehr mit den Worten des Stättmeisters beschäftigt, um darauf zu achten.

»Wie lange werdet Ihr bleiben?«, fragte Peter lässig.

»Das kann ich nicht sagen. So lange, bis unsere Aufgaben erledigt sind.«

»Und was werdet Ihr morgen anfangen?«

Warum fragte er? Wollte er es noch immer nicht glauben, dass er in tödlicher Gefahr schwebte?

»Morgen durchsuchen wir die Stadt nach den Übeltätern von Weinsberg und nach anderen Aufrührern. Wenn die Nacht hereinbricht, ziehen wir dann nach Gaildorf und werden unter der Führung des Hauptmanns vom Berg alles daransetzen, den Aufständischen die Geschütze zu entreißen, die sie von Burg Hohenstaufen geraubt haben.«

»Sie haben sie nach Gaildorf gebracht?«, wunderte sich Michel.

Sebastian Besserer nickte. »So lauten unsere Informationen.«

»Wie viele Bauern erwartet Ihr in Gaildorf?«, fragte Peter. »Ich hörte, der Hauptmann habe sechshundert Reiter bei sich.«

Der Gast nickte. »Das ist richtig. Wir haben bei einem Überfall einige verloren. Die Aufständischen, die sich in den Wäldern verkrochen haben, wurden uns zur Bedrängnis. Sie haben uns einen Wagen mit Beutegut wieder abgerungen.« Seine Miene verfinsterte sich. »Diesen Zorn werden die Gaildorfer Bauern zu spüren bekommen! Der Hauptmann muss nur noch den Stättmeister dazu bewegen, ihn mit einem Trupp seiner Haller Miliz zu unterstützen.«

»Die Haller Bürger sollen mit Euch ziehen?«, rief Anne Katharina aus.
Der Gast zog die Augenbrauen hoch. »Aber ja. Noch hat die Reichsstadt nicht viel dazu beigetragen, dem Spuk ein Ende zu bereiten. Die Ratsherren sollten bei ihrer Antwort wohl bedenken, dass es nicht klug ist, sich den Truchseß zum Feind zu machen.«
»Nein, das ist sicher kein Vergnügen«, murmelte Peter und erhob sich.
»Ich wünsche dem werten Herrn und der Familie eine geruhsame Nacht und Gottes Segen. Ich werde noch einen Schlummertrunk zu mir nehmen.«
»Wo willst du um diese Uhrzeit hin?«, wunderte sich Michel. »Das Brückentor ist geschlossen. Zum ›Wilden Mann‹ wirst du nicht gehen können.«
Peter lächelte liebenswürdig. »Ich werde schon eine Wirtsstube finden – und außerdem öffnet der Brückenwächter für einen Heller das kleine Türlein.«
Er warf einen Heller in die Luft, fing ihn geschickt wieder auf und verließ die Stube.

✠ ✠

Anne Katharina lag lange wach in ihrem Bett und lauschte, ob nicht irgendein Geräusch Peters Rückkehr anzeigte. Sie hörte die Turmuhr schlagen und den Nachtwächter die Stundenlieder singen. Selbst um drei Uhr war er noch nicht wieder zurück! War sie vielleicht eingenickt und hatte ihn verpasst? Anne Katharina stand auf, öffnete die Tür zu Bernhards Kammer einen Spalt und lauschte in die Dunkelheit. Kein Laut war zu hören.
»Peter?«, wisperte sie. Sie wagte nicht, lauter zu rufen oder Licht zu machen, da sie Bernhard nicht wecken wollte, denn im Moment fühlte sie sich seinen drängenden Fragen nicht gewachsen. Noch einmal lauschte sie. Nichts. Wenn Peter in der Kammer schliefe, dann würde sie es hören können! Was er nur so lange zu tun hatte? War er gar den Bütteln oder den fremden Männern des Truchses-

sen in die Hände gefallen? Am liebsten hätte sie sich angekleidet und wäre hinausgelaufen, um ihn zu suchen. Stattdessen zwang sie sich, sich wieder ins Bett zu legen, die Augen zu schließen und ruhig zu atmen. Schließlich schlief sie ein.

Ein hartnäckiges Klopfen mischte sich in ihre Träume. Dann fühlte sie einen kleinen, warmen Körper zu sich unter die Decke schlüpfen.

»Herrin, es ist Zeit. Es wird schon hell.«

Anne Katharina schlug die Augen auf. Sie fühlte sich, als habe sie in dieser Nacht überhaupt nicht geschlafen, aber die Magd hatte Recht. Trübes Licht sickerte durch das mit Pergament bespannte Fenster. Veronica kuschelte sich an ihren warmen Körper und seufzte wohlig. Anne Katharina küsste die rosigen Kinderwangen. Das Mädchen kicherte.

»Das kitzelt, mach noch mal.«

»Ja, noch ein Mal, dann müssen wir aufstehen.«

Inzwischen war auch Barbara erwacht und schlüpfte aus ihrem Bett. Anne Katharina half den Mädchen beim Ankleiden, kämmte ihr Haar und flocht es zu Zöpfen. Veronicas Zöpfe steckte sie zu einer Krone auf, dann schlüpfte sie in Hemd, Rock und Mieder und verstaute das üppige, rotbraune Haar unter einer goldbestickten Kugelhaube.

»Bernhard?«, rief sie. »Bist du schon auf?«

Sie brachte die Mädchen in die Stube. »Setzt euch und wartet, bis Agnes die Milchsuppe bringt. Bernhard! Wir gehen zur Frühmesse. Magister Brenz wird uns heute eine Predigt halten.« Sie schritt zu seiner Kammer. »Los, du Faulpelz, ich …«

Anne Katharina verstummte. Das Bett ihres Sohnes war nicht nur leer, es war sauber gerichtet! Das hatte er noch nie getan. Nein, das sah eher nach Agnes' Hand aus. Auch Peter schien in der Nacht nicht zurückgekommen zu sein. Anne Katharina machte kehrt und rannte die Treppe hinunter.

»Agnes, hast du Bernhard gesehen?«

Die Magd trat mit der Schüssel Milchsuppe in den Händen aus der Küche. »Nein Herrin, warum?«
Anne Katharina öffnete den Mund, sagte aber kein Wort. Der Schall eines Horns, wie sie die Türmer stets bei sich trugen, ertönte, dann begann eine Glocke zu läuten. Es war die von St. Michael, und die Glocken der anderen Kirchen fielen nach und nach mit ein. Doch es war nicht das Geläut, das zum Gottesdienst rief. Die Frauen sahen sich in stummem Entsetzen an. Es wurde Sturm geläutet!
»Was ist denn los?«
Die Tür von Peters Kammer flog auf, und der Gast kam mit offenem Hemd heraus, die Hosen noch nicht fertig angenestelt.
»Sie läuten Feuer«, hauchte Anne Katharina. »In der Stadt ist ein Feuer ausgebrochen.«
In diesem Augenblick kam Michel die Treppe heruntergerannt. Auch er war noch nicht vollständig angekleidet. Das Wams stand offen. Er riss es sich wieder vom Leib und schleuderte es in eine Ecke. Rasch schlüpfte er in seine Schuhe und griff nach den beiden Ledereimern, die jeder Bürger zu Hause haben musste.
»Zieht Euch rasch an und folgt mir. Dort sind noch mehr Eimer«, rief Michel dem Gast zu und stürmte hinaus.
»Mutter, was ist denn geschehen?«, erklang Veronicas Stimme von der Treppe her. Barbara an der Hand, kam sie in die Halle herunter.
Anne Katharina griff nach zwei Eimern und drückte einen davon Agnes in die Hand.
»Es brennt in der Stadt, und alle werden zum Löschen gerufen. Geht rasch nach oben zu eurer Großmutter und wartet dort auf mich.«
»Wir wollen auch beim Löschen helfen.«
»Nein, ihr seid noch zu klein.« Anne Katharina schob die Mädchen wieder die Treppe hinauf.
»Barbara, ja, aber ich bin schon groß und kann einen Wassereimer tragen.«

»Ich habe nein gesagt. Ihr bleibt bei eurer Großmutter, bis ich zurückkomme.«
»Darf ich das Feuer nicht wenigstens ansehen?«, bettelte Veronica. »Nur ganz kurz.«
»Nein! Und nun will ich kein Wort mehr hören.« Sie begleitete die Mädchen bis zum oberen Absatz, stürzte dann an ihre Kleidertruhe, zog das Sonntagsgewand und die teure Haube aus und schlüpfte in einen alten Rock, den sie mit einem Gürtel schürzte, und eilte in die Halle zurück, wo Agnes mit den Eimern in der Hand wartete. Sebastian Besserer hatte inzwischen seine Hose gebunden und war in Strümpfe und Stiefel geschlüpft. Er folgte den Frauen auf die Straße hinaus.
Anne Katharina blieb in der Keckengasse stehen und sah sich suchend um. Inzwischen war der Tag erwacht, und die Sonne würde bald aufgehen. Es war windstill, doch der Geruch nach verbranntem Holz lag in der Luft. Ein junger Bursche rannte mit einem Einreißhaken in der Hand vorbei.
»Weißt du, wo das Feuer ist?«, rief Anne Katharina.
Für einen Moment hielt er inne. »Drunten, irgendwo in der Unterstadt. In der Nähe des Haals. Von der Mauer aus konnte ich den Rauch sehen.«
Er lief weiter, die drei auf den Fersen. Anne Katharina hatte keine Schwierigkeiten, ihm zu folgen, da sie nur ihre flachen Kuhmaulschuhe trug.
Sie bogen in die Haalgasse ein. Der Brandgeruch wurde stärker, und nun konnten sie auch den Rauch sehen, der von einem Dach in der Kerfengasse aufstieg. Anne Katharina fühlte, wie ihr Herz unruhig schlug. Ob es nur daran lag, dass sie es nicht gewöhnt war, so schnell zu laufen? Sie sahen Männer und Frauen, die vom Haal her mit gefüllten Eimern herbeieilten.
War es das Frauenhaus, das da in Flammen stand? Nein, es war eines der Häuser auf der anderen Gassenseite, ein kleines, frei stehendes mit durchhängendem Dach. Anne Katharina blieb unvermittelt stehen, so dass Agnes in sie hineinlief.

»Es ist die Scheune, meine Scheune!«, rief sie entsetzt und eilte dann der Magd hinterher, die schon einige Schritte voraus war. Nun konnte sie das Knistern und Brausen der Flammen hören, die im Innern der Scheune tobten. Noch quoll nur der Rauch zwischen den hölzernen Dachplatten hervor, aber schon bald würden die Flammen in den Himmel schlagen.
Von allen Seiten kamen Bürger und Hintersassen gelaufen, und auch die einquartierten Reiter trugen volle Wassereimer. Sie kletterten über Leitern auf die umliegenden Häuser, durchweichten deren Wände und Dächer und belegten sie mit schwerem, nassem Zeltstoff. Die Scheune zu retten, dafür war es längst zu spät. Nun galt es, dafür zu sorgen, dass sie das einzige Gebäude blieb, das dem Feuer zum Opfer fiel. Welch Glück, dass sich kein Lüftchen rührte, welches die Flammen durch die Stadt hätte treiben können. Der Schultheiß und die Büttel liefen zwischen den aufgeregten Menschen umher und schafften es endlich mit viel Gebrüll, zwei Reihen aus Bürgern vom Milchmarktbrunnen und dem Haal aufzustellen, die die Eimer in gleichmäßigem Rhythmus weitergaben, damit nicht jeder in wildem Chaos selbst zum Brunnen lief und bei der Rückkehr die Hälfte des Wassers unterwegs verschüttete! Anne Katharina wollte sich gerade in die Kette einreihen, als Agnes sie am Arm fasste.
»Himmel, hilf! Herrin, oh Gott, seht nur!«
Es musste schon Schlimmes passieren, dass Agnes außer Fassung geriet. So erregt hatte Anne Katharina sie noch niemals erlebt. Sie fürchtete sich davor, was sie sehen würde, wenn ihr Blick dem ausgestreckten Arm der Magd folgte, aber etwas zwang sie, zum Giebel der Scheune hinaufzusehen. Die Luke, durch die man früher einmal Säcke und Heuballen auf den Dachboden gezogen hatte, stand offen, und in dem dunklen Viereck bewegte sich etwas. Anne Katharina kniff die Augen zusammen, um besser sehen zu können.
»Mutter, hilf mir«, drang eine helle Knabenstimme an ihr Ohr. »Die Tür ist verschlossen, und überall sind Flammen.« Der Schrei

erstarb und ging in ein Husten über. Dichter Rauch quoll nun durch die Luke.
»Bernhard!«, kreischte Anne Katharina und ließ ihren Eimer fallen. Sie rannte zum Fuß der Scheune. Der Schultheiß fasste sie bei der Schulter, um sie aufzuhalten.
»Mein Sohn, er ist dort oben. Schnell! Helft ihm. Er wird ersticken. Er wird verbrennen.«
Wieder erscholl ein kläglicher Hilferuf durch das Brausen der Flammen, die bereits im hinteren Teil durch das Dach drangen.
Der Schultheiß zögerte nicht lange. Er winkte zwei Männern, die in der Nähe standen, und eilte mit ihnen zur Scheunentür. Vergeblich rüttelte er an dem festen Schloss.
»Wir brauchen Äxte, schnell!«, rief er.
Zwei Wächter kamen gelaufen, und auch ein Flößer, der seine lange Axt dabeihatte. Mit kraftvollen Schlägen machten sie sich ans Werk. Anne Katharinas Blick huschte zwischen den Männern und dem Kind hin und her, das in der Öffnung kauerte.
»Nicht springen, nicht springen!«, rief sie zu ihm hinauf. »Du brichst dir alle Knochen. Die Männer werden gleich bei dir sein.«
Holz splitterte. Noch zwei gezielte Schläge, dann trat der Schultheiß mit seinen Stiefeln die Tür ein. Mit einem Aufschrei fuhren die Männer zurück, als ihnen Flammen aus der Türöffnung entgegenschlugen. Mit rußigen Gesichtern, aber unverletzt, zogen sich die Männer einige Schritte zurück. Die Hitze war unerträglich.
»Was ist?«, schrie Anne Katharina und rannte zu ihnen.
Der Schultheiß schüttelte bedauernd den Kopf. »Da geht niemand mehr hinein, gnädige Frau.«
»Eine Leiter! Schnell, Ihr müsst eine Leiter holen.« Hektisch sah sie sich um, konnte jedoch keine Leiter entdecken, die annähernd lang genug war, um an die Giebelluke heranzukommen. Anne Katharina heulte auf wie ein verletztes Tier und wollte sich in die Flammen stürzen, aber der Schultheiß hielt sie fest. Die Leute in der Nähe starrten mit offenen Mündern zu ihnen her und vergaßen, ihre Eimer weiterzureichen.

»Was steht ihr hier und glotzt?«, brüllte der Schultheiß. »Weiter, los macht weiter, oder wollt ihr, dass uns die ganze Stadt abbrennt?«
»Tut bitte irgendetwas«, bettelte Anne Katharina und versuchte noch einmal, sich loszureißen. »Ihr könnt doch nicht einfach zusehen, wie mein Sohn verbrennt.«
Eine behandschuhte Hand legte sich auf ihre Schulter. »Sei ganz ruhig, ich werde Bernhard holen«, drang eine Stimme an ihr Ohr.
Der Schultheiß ließ sie los und schickte ein paar Männer zu der hinteren Wand, die zu knistern und sich schwarz zu färben begann. Sie sollten sich mit den Einreißhaken bereitstellen.
»Dorthin! Wir brauchen Wasser. Die Flammen brechen jeden Moment durch!«, schrie er.
Anne Katharina drehte sich um. Rugger! Wo kam er plötzlich her? Sein Hemd war schweißnass und voller Staub.
»Rugger!« Ihr Blick saugte sich an seinem Gesicht fest. »Was hast du vor?«
Er antwortete nicht. Suchend sah er sich um und packte den Schultheiß am Ärmel. »Gibt es denn nirgends eine so lange Leiter, dass man an die Luke herankommt?«
»Doch, oben im Zeughaus. Wir müssen sie holen lassen.«
Der Landsknecht schüttelte den Kopf. »Bis dahin ist es zu spät. Gebt mir eine der kurzen Leitern und ein Seil.« Zwei Büttel liefen davon, um das Gewünschte zu holen. Rugger wandte sich wieder der ängstlich zitternden Mutter zu.
»Kathinne, rühr dich nicht von der Stelle. Ich bringe dir deinen Sohn.«
Er drückte kurz ihre Hände, dann rannte er los. Der Büttel lehnte die Leiter an die Wand und reichte dem Landsknecht das aufgerollte Seil. Rugger erklomm so schnell die Sprossen, dass er bereits auf dem Dach stand, noch ehe Anne Katharina begriff, was er vorhatte. Sie hörte das Knistern und Fauchen der Flammen, die Schreie der Leute und dazwischen, kläglich und hell, die Hilferufe ihres Kindes.
»Anka, was geht hier vor sich?«, erklang plötzlich Peters Stimme

hinter ihr. »Ist das Rugger auf dem Dach? Was macht er denn da? Ist er von allen guten Geistern verlassen?«
»Bernhard«, stieß Anne Katharina schwach hervor. »Er ist in der Scheune, dort oben an der Luke.«
Peter stöhnte. »Dieser neugierige Kerl! Wie kommt er da hinein? Ich habe doch vorhin abgeschlossen.«
»Ja«, stieß seine Schwester hervor, »und ihn dabei vermutlich eingesperrt. Er war die ganze Nacht nicht daheim. Er muss dir nachgeschlichen sein.«
Peter fluchte leise.
Rugger hatte inzwischen fast den Dachfirst erreicht, als ein paar Schindeln nachgaben und er mit dem Fuß einbrach. Er fiel hart auf sein Knie, das andere Bein verschwand im Scheunendach. Anne Katharina presste sich die Hand auf den Mund. Er zog und zerrte, bekam das Bein frei und kroch schnell weiter. Sein Stiefel war geschwärzt, sein Hosenbein rauchte. Hinter ihm schlugen Flammen aus dem Loch, aber er hielt sich nicht auf und sah nicht zurück. Geschickt balancierte er den First entlang bis auf den Balken hinaus, unter dem eine eiserne Rolle hing, über die man die Kornsäcke und Heuballen zum Dachboden hinaufgezogen hatte. Rugger setzte sich auf den Balken, beugte sich nach vorn und zog das Seil über die Rolle. Dann ließ er sich vom Balken gleiten und rutschte ein Stück am Seil herab. Anne Katharina schlug die Hände vors Gesicht. Er würde abstürzen, er war noch nicht wieder vollständig bei Kräften und würde sich nicht halten können, und dann wären beide verloren. Breitete sich nicht bereits ein roter Fleck über seiner Schulter aus? Die kaum verheilte Wunde hielt solchen Strapazen nicht stand.
Immer mehr Menschen sammelten sich auf der Gasse, drangen so nah zu der Scheune vor, wie die Hitze es ihnen erlaubte, und starrten zu dem Schauspiel am Giebel hinauf, das sich ihnen dort bot.
»Bernhard, mach Platz, ich komme zu dir«, rief Rugger dem Knaben zu. Der Junge wollte antworten, doch sein Leib krampfte sich

in quälendem Husten zusammen. Seine Augen aber waren weit aufgerissen, während er zusah, wie Rugger das Seil zum Schwingen brachte, bis er mit der einen Hand den hölzernen Laden greifen konnte. Zweimal rutschte seine Hand ab, beim dritten Mal jedoch gelang es ihm, sich zur Luke hinüberzuziehen. Die Menschen unten stießen erleichtert Rufe aus, Anne Katharina kaute sich den dritten Fingernagel ab.

Bernhard hustete noch immer und brachte kein Wort heraus. Rugger umarmte den Jungen kurz, zeigte auf das eine Seilende und schlang es dann um Bernhards Brust. Er zog den Knoten fest und schob den Knaben über die Kante. Das näher rückende Feuer, das ihn in einem leuchtenden Flammenschein umkränzte, mahnte den Landsknecht zur Eile. Schon kräuselte sich sein Haar in dem heißen Sturm. Rasch ließ er das Seil durch seine Finger gleiten. Anne Katharina rannte herbei, und auch ein paar andere Bürger kamen, um den Jungen in Empfang zu nehmen und ihn loszubinden. Schnell schoben sie das Kind aus der Gefahrenzone. Anne Katharina schlang ihre Arme um Bernhard. Er hustete noch immer ohne Unterlass, sonst schien er unversehrt. Lautlos rannen ihr die Tränen übers Gesicht und tropften in sein Haar. Sie küsste seine Stirn und seine Wangen.

»Nicht, Mutter!«, presste Bernhard zwischen den Hustenstößen hervor und wischte sich mit dem rußigen Ärmel das Gesicht. Anne Katharina brachte keinen Ton heraus.

Mit lautem Getöse brachen die hinteren beiden Wände ein, das Dach sank herab und zog die noch stehenden Bretter mit sich, Flammen schossen in die Höhe. Der Schultheiß rief Befehle und schickte die Männer mit den Eimern in den schmalen Hof des Nebengebäudes. Wie eine Welle wälzte sich schwarzer Rauch durch die Gasse bis hinunter zum Haal. Anne Katharina blinzelte. Als sich ihr Blick wieder klärte, stand Rugger vor ihr. Sie ließ Bernhard los und warf sich ihm an die Brust.

»Du hast ihn gerettet. Dir verdanken wir sein Leben. Es gibt keine Worte für das, was ich empfinde.«

Der Landsknecht strich ihr leicht über das mit Asche bedeckte Haar.
»Nun fasse dich, Kathinne, die Leute starren dich an, ich bitte dich«, sagte er leise.
Er sah den Ehemann nicht kommen. Erst als der sich vor ihm aufbaute, die Hände zu Fäusten geballt, erkannte er den Ratsherrn.
»Was ist hier los?«, polterte Michel. »Was habt Ihr mit meinem Weib zu schaffen?«
Rugger löste Anne Katharinas Finger, die sich in sein Hemd gekrallt hatten, und trat einen Schritt zurück.
»Es ist alles in Ordnung, Herr Ratsherr. Eurem Sohn ist nichts geschehen.«
»In Ordnung? Mein Weib hängt sich an den Hals eines dahergelaufenen Landsknechts, und er sagt mir, es sei alles in Ordnung?«
»Die Erleichterung, ihren Sohn gesund in die Arme schließen zu dürfen, nachdem sie seinen Tod schon vor Augen sah, hat ihre Sinne verwirrt, so dass sie sich aus Dankbarkeit zu dieser ungebührlichen Regung hinreißen ließ.«
»Dankbarkeit? Euch gegenüber?«
Anne Katharina schob sich zwischen die beiden Männer. »Ja, Dankbarkeit. Mehr, als ich es ermessen kann!« Sie deutete auf die Scheune, von der nun nur noch ein glühender Haufen übrig war.
»Dort drin, in dieser Höllenglut, war dein Sohn, und er wäre jämmerlich erstickt und verbrannt, wenn Rugger ihn nicht durch eine tollkühne Tat gerettet hätte. Auch du schuldest ihm Dank und solltest ihn höflich behandeln, statt ihn so drohend anzugehen.«
Michel sah Rugger hasserfüllt an. Seine Hände öffneten sich und schlossen sich wieder. Anne Katharina konnte ihm ansehen, wie schwer es ihm fiel, einen freundlicheren Tonfall anzuschlagen.
»Dann sage ich: Habt Dank für Eure Hilfe. Ich hoffe nur, dass es von nun an keine weiteren Anlässe mehr geben wird, in Eure Schuld zu geraten.« Seine Augen verengten sich zu Schlitzen. »Am

besten, Ihr haltet Euch in Zukunft von meiner Familie fern. Wir werden Euer nicht mehr bedürfen!«

Er packte mit der einen Hand sein Weib am Handgelenk, mit der anderen den Sohn und zog sie mit sich fort, ohne noch einen Blick zurückzuwerfen. Anne Katharina schämte sich zutiefst für sein rüdes Verhalten, war aber zu klug, um Michel deswegen Vorhaltungen zu machen. Ein wenig konnte sie seinen Zorn verstehen. Es wäre seine Aufgabe gewesen, rechtzeitig zur Stelle zu sein, als seine Familie ihn so dringend gebraucht hatte. Seine Wut überdeckte die Scham in ihm, versagt zu haben. Und dann war da wohl noch die Ahnung, die ihn vor dem anderen Mann warnte, der seine Rechte verletzt und das eigene Weib für sich genommen hatte. Er konnte den Gedanken glücklicherweise nicht greifen, aber dennoch schwelte die Eifersucht in ihm.

Anne Katharina schwieg, bis sie die Keckengasse erreichten. Vor der Haustür ließ er sie los.

»Wirst du Bernhard mit ins Bad nehmen?«, fragte sie den Gatten. »Er hätte eine gründliche Wäsche nötig. Ich hole ihm frische Kleider. Ich werde hier auf Agnes warten und mich in der Küche am Zuber waschen.« Sie unterdrückte den Wunsch, ihren Sohn noch einmal fest an sich zu pressen und ihn zu küssen. Michel nickte.

»Bring mir ein frisches Hemd, meine samtenen Hosen und das Wams mit.«

Anne Katharina streckte die Hand nach dem Sohn aus. »Komm mit in deine Kammer, Bernhard. Ich möchte noch ein paar Worte mit dir sprechen, bevor du dir dein Abenteuer von Haut und Haaren wäschst.«

Bernhard verzog das Gesicht. »Muss das denn sein, Mutter? Reicht das nicht irgendwann später?«

»Nein!«, sagte sie streng. »Du kommst mit mir in deine Kammer. Sofort und ein bisschen schneller, damit dein Vater nicht so lange auf dich warten muss!«

»Du willst ja nur mit mir schimpfen und mir vorhalten, was ich wieder angestellt habe«, maulte er, folgte ihr aber die Treppe hinauf und in die Kammer, deren Tür seine Mutter rasch hinter ihm schloss.

Sicher wäre es jetzt an der Zeit gewesen, ihn auszuschimpfen, dass er sein Versprechen gebrochen und sich in der Nacht davongeschlichen hatte, um den Oheim zu beobachten, aber es gab dringendere Fragen.

»Was hast du gesehen, Bernhard«, fragte sie leise. »Lüg mich nicht an, ich werde dich nicht bestrafen, doch ich muss es wissen!«

Stockend begann der Junge von seinem nächtlichen Abenteuer zu berichten. Hemd und Hosen in der einen Hand, den Truhendeckel in der anderen, stand Anne Katharina reglos da und lauschte seinen Worten.

»Ja, und dann hat er die Tür versperrt, und ich konnte nicht mehr hinaus«, schloss er seinen Bericht.

Anne Katharina sah ihn an. Ihre Stimme klang ernst. »Was du mir erzählt hast, darfst du keinem anderen Menschen berichten. Auch deinem Vater nicht! Sag, dass du in der Scheune schlafen wolltest, ein Abenteuer, meinetwegen, um mich zu ärgern, weil ich dich ausgezankt habe. Überlege dir eine einfache Erklärung, aber sprich niemals davon, dass du Peter, David oder Rugger in dieser Nacht gesehen hast.«

Bernhard sah seine Mutter aus großen Augen an.

»Hast du das verstanden?« Sie ließ den Deckel fallen und packte ihn an seiner Schulter. »Versprich es mir.«

Der Junge nickte. »Gut, wenn du mir dafür meine Strafe erlässt.« Er griff nach seinen Kleidern und lief in die Halle hinunter, wo sein Vater auf ihn wartete.

✠ ✠

Es war schon gegen Mittag, als die Glocke – fünf Stunden verspätet – an diesem Sonntag zur Messe rief. Im Badhaus wäre, berichtete Bernhard, ein solches Gedränge gewesen, dass der Bader sie zusammen in eine Wanne gesteckt und bereits nach weniger als einer halben Stunde wieder hinausgeworfen hätte. Wenigstens wären sie unter den Ersten gewesen, die sich noch an heißem Wasser hätten erfreuen können. Später hätten die Badenden mit dem zunehmend kühleren Inhalt der Zuber vorlieb nehmen müssen, da die Zeit an diesem Morgen vor der Messe nicht reichte, für jeden späteren Gast die Wannen frisch zu füllen.

Prediger Brenz mahnte die Menschen an diesem Sonntag zu Liebe und Versöhnung. »Hass und Rachsucht werden vom Teufel in unsere Herzen gelegt, und er reibt sich freudig die Hände, da seine Saat in diesen Zeiten grünt und blüht.«

Die Stirn gerunzelt, die Augenbrauen zusammengezogen, ließ er den Blick über jeden einzelnen Besucher des Gottesdienstes wandern, als wolle er ihnen bis in die Herzen sehen und den teuflischen Hass entlarven. Anne Katharina betrachtete den Gatten an ihrer Seite, der die Worte des Predigers nicht auf sich zu beziehen schien. Ja, er wirkte gar so, als habe er sie nicht einmal gehört. Anne Katharina drehte sich um und reckte den Kopf, um nach den Fremden und den Zuhörern aus den Vorstädten zu sehen, die hier in der St.-Michael-Kirche keinen Platz auf den Bänken hatten. Ihr Blick huschte über die ernsten Gesichter, doch Ruggers Antlitz konnte sie nicht entdecken. Die alte Seybothin, die wie üblich die Mädchen rechts und links neben sich gesetzt hatte, ermahnte Anne Katharina, so dass diese sich rasch wieder umwandte und den Blick auf ihre gefalteten Hände senkte.

Nach der Predigt, als sie alle die Freitreppe hinunterschritten, kam der Stättmeister auf sie zugeeilt.

»Ich konnte den Hauptmann überzeugen, dass es sinnvoll ist, erst einmal einen Boten auszusenden, der in Erfahrung bringt, ob der Haufen mit den Geschützen noch in Gaildorf lagert, bevor der ganze Zug dorthin aufbricht. Er besteht allerdings darauf, dass wir ihm wenigstens zweihundert Mann mitgeben.« Er seufzte. »Der Hauptmann ist sehr erzürnt. Er glaubt nicht daran, dass es ein Zufall war, dass die Scheune ausgerechnet vor dem Morgen abbrannte, an dem er die Unterstadt durchsuchen lassen wollte. Er meint, da seien wichtige Hinweise vernichtet worden.« Michel

Schletz zuckte mit den Schultern. Anne Katharina vermied es, in seine Richtung zu sehen, und betrachtete stattdessen die Marktstände am Fuß der Treppe.
»Jedenfalls hat er den Boten bereits nach Gaildorf geschickt. Wenn der Söldner Seuter zurück ist, brechen wir auf. Michel, Peter, ich bitte Euch, Euch in Harnisch und Waffen mit Euren Pferden auf dem Marktplatz einzufinden, sobald die Trommel geschlagen wird.«
»Ich soll mein Schwert ziehen und gegen die Bauern reiten?«, rief Peter.
Sein Entsetzen missverstehend, sagte der Stättmeister: »Ja, fasst Mut. Wir haben erfahrene Söldner bei uns und auch leichte Geschütze. Keiner frohlockt in seinem Herzen, dennoch müssen wir uns rüsten und unsere Pflichten dem Bund gegenüber erfüllen.«
Peter schüttelte den Kopf. »Nein, das werde ich auf keinen Fall tun. Ich habe in Heidelberg studiert und werde bald dorthin zurückkehren. Ich bin kein Haller mehr.«
Michel runzelte die Stirn. »Rede keinen solchen Unsinn. Du besitzt das Bürgerrecht dieser Stadt, ob du nun ein paar Jahre an einer Universität zugebracht hast oder nicht, daher musst du auch die Pflichten teilen, die den Bürgern dieser Stadt auferlegt werden.« Er wandte sich an den Stättmeister. »Wir werden da sein, sobald umgeschlagen wird. Ihr könnt Euch darauf verlassen.«
Der Stättmeister nickte und wandte sich der Familie von Roßdorf zu, die gerade die Treppe herunterkam.
»Versprich nichts, das du nicht halten kannst«, zischte Peter Michel zu, während sie den Marktplatz überquerten.
»Du wirst kommen«, fauchte Michel zurück. »Du wohnst unter meinem Dach und wirst meiner Familie nicht durch dein Verhalten Schaden zufügen! Nimm dich zusammen. Glaubst du, mir macht es Freude, meine Haut zu Markte zu tragen und nicht zu wissen, ob an diesem Tag eine Witwe und drei Halbwaisen zurückbleiben?«
»Ich habe keine Angst«, empörte sich Peter. »Aber ich werde mein Schwert nicht gegen die Bauern erheben.«

»Diese Bauern hatten auch keine Skrupel, die Junker in Weinsberg abzuschlachten. Überlege dir gut, auf welche Seite du dich stellst!«
Sie erreichten das Haus. Michel stürmte nach oben, Peter eilte in seine Kammer und schlug die Tür hinter sich zu. Anne Katharina blieb ratlos in der Halle stehen. Natürlich wollte sie nicht, dass ihr Bruder sich in Gefahr begab, aber war es sinnvoll, sich gerade jetzt als Freund der Bauern zu bekennen, da die Bündischen in der Stadt waren und ihre Schwerter nach Verrätern lechzten?
Ihr Herz wog schwer in ihrer Brust, als sie an die Kammertür klopfte und eintrat.

✠ ✠

Es wurde schon dunkel, als die Trommelklänge durch Hall schallten. Männer strömten mit ihren Pferden auf dem Marktplatz zusammen, Waffen und Harnische schimmerten im Fackelschein. Doch nicht nur die Söldner des Truchsessen und die Bürgermiliz machten sich zum Treffpunkt auf. Auch Alte, Frauen und Kinder kamen zum Marktplatz, um sich das Spektakel anzusehen und Vater, Bruder oder Sohn zu verabschieden. Anne Katharina ging mit Bernhard und Veronica zusammen hin. Die Kleine ließ sie lieber in der Obhut der Seybothin zurück. So viele Stiefel und Hufe waren nichts für ein kleines Mädchen. Sie hielt Veronica fest an der Hand und nahm sich vor, Bernhard nicht aus den Augen zu lassen.
Vor dem Brunnen trafen sie auf Michel und einen ziemlich mürrischen Peter, der sein Ross am Zügel führte. Es dauerte mehr als zwei Stunden, bis sich alle versammelt hatten. Der Hauptmann schickte die erste Gruppe seiner Männer schon zum Langenfelder Tor hinaus, da es auf dem Marktplatz mit den vielen Menschen und Tieren bald zu eng wurde.
Die Seyboths erfuhren, dass der Söldner Hans Seuter am späten Nachmittag mit der Meldung zurückgekehrt war, dass die Bauern Gaildorf bereits verlassen und nach Bühlertann gezogen waren. Die Leute lachten hinter vorgehaltener Hand, als sie von seinem Missgeschick erfuhren.

»Er ist einem der Wachtrupps der Bauern in die Hände gefallen«, ging die Nachricht von einem Ohr zum anderen. »Sie haben ihm das Pferd genommen und ihn zu Fuß nach Hause geschickt. Sie lassen den Hauptmann schön grüßen. Er könne sich den Wagen, den sie ihm genommen haben, und des Seuters Pferd gerne bei ihnen abholen.« Das Lachen blieb den Bürgern allerdings im Hals stecken, als sie erfuhren, dass die Bauern, weit über zweitausend Mann stark, vor Bühlertann lagerten.

Herr im Himmel, betete Anne Katharina, als die Männer um Mitternacht endlich aufbrachen und der Zug sich auf das Langenfelder Tor zuwälzte, mach, dass sie gesund zurückkehren. Lass mich nicht am Tod meines Bruders schuldig werden. Ich habe ihn überredet, diesen Zug mitzumachen.

»Anne Katharina!«

Sie fuhr herum und starrte den Mann im Harnisch verständnislos an.

»Aber Pfarrer Herolt, was tut Ihr hier in diesem kriegerischen Aufzug?«, keuchte sie, als sie ihn erkannte.

»Meine Pflicht!«, antwortete der Kirchenmann grimmig. »Wir müssen alle zusammenhalten, damit die göttliche Ordnung bald wiederhergestellt ist.«

Er grüßte und ritt den Söldnern des Bundes und den bewaffneten Bürgern hinterher. Anne Katharina starrte ihm nach.

»Herrin, habt Ihr gehört?«, riss Agnes sie aus ihren Gedanken. »Auf dem Einkorn wurde ein Leuchtfeuer entzündet.«

»Was hat das zu bedeuten?«

»Ich glaube nicht, dass sie die Bauern überraschen können«, meinte die Magd, und die Zufriedenheit in ihrer Stimme war nicht zu überhören.

»Das Trommeln war ja weithin zu hören. Der eine oder andere Bauernfreund wird es wohl mitbekommen und weitergeleitet haben.«

»Dann reiten sie in eine Falle?« Anne Katharina erschrak.

Die Magd zuckte mit den Schultern. »Oder zu einem verlassenen Nest. Wir werden es bald erfahren.«

Anne Katharina rief nach Bernhard und machte sich, mit den Kindern an Agnes Seite, auf den Heimweg.
»Wie kannst du nur so ruhig daherreden? Ich werde heute Nacht kein Auge zutun.«
»Man muss es lernen«, sagte sie leise. »Ich habe seit Böblingen nichts mehr von meinen Brüdern gehört.«
Anne Katharina griff nach ihrer Hand. »Oh, verzeih mir, dass ich in meinen Gedanken so selbstsüchtig war.«
»Das ist das Recht der Herrschaft«, murmelte die Magd.

✠ ✠

Michel trat in die Kammer. Er blieb stehen und betrachtete Anne Katharina, die mitten im Raum stand, beide Hände auf ihren Leib gelegt, und sich im Spiegel betrachtete. Es dauerte eine ganze Weile, ehe sie ihn bemerkte. Erschreckt fuhr sie zusammen und verschränkte rasch die Hände hinter dem Rücken.
»Oh, du bist wieder zurück. Ich habe dich nicht hereinkommen hören. Bist du unversehrt? Was ist mit Peter?«
»Er ist unten in seiner Kammer und hat sich, wie ich vermute, in seinen schmutzigen Kleidern auf sein Lager geworfen, um sofort einzuschlafen.«
»Ist es zum Kampf gekommen? Sag schnell, mussten Männer ihr Leben lassen?«
Michel schüttelte den Kopf. »Die Vögel waren bereits ausgeflogen, und da wir nicht für einen langen Zug gerüstet waren, befahl der Hauptmann den Rückzug. Wir haben also nichts mitgebracht, außer den Staub auf unseren Stiefeln. Nein, das stimmt nicht ganz. Wir haben Bühlertann mit sechzig Gulden gebrandschatzt und den geraubten Wagen zurückgeholt. Der Hauptmann wollte seine Söldner nicht plündern lassen, da er fürchtete, sie würden sich in Bühlertann sinnlos besaufen und allerlei Händel anfangen. Wir haben ein paar Kanonenschüsse abgefeuert, um das Bauerngesindel, das im Dorf zurückgeblieben war,

zu erschrecken. Pfarrer Herolt war ganz wild darauf, den ersten Schuss zu tun. Außerdem haben wir den Karrenmann Semmelhans aus Neuenstein aufgegriffen, der ein Fähnlein zur Weinsberger Burg geführt hat. Noch heute Abend wird entschieden, was mit ihm geschieht.«

»Ja, gut, dann gehe ich jetzt zu den Kindern. Sie warten sicher schon auf mich. Ich habe gar nicht auf die Zeit geachtet. Wirst auch du dich nach der durchrittenen Nacht ausruhen? Ich wünsche dir einen geruhsamen Schlaf.«

Sie wollte an ihm vorbei zur Tür, aber er hielt sie auf. »Wie geht es Bernhard?«

»Gut. Warum fragst du? Er hat seine Eskapade, ohne Schaden davonzutragen, überstanden. Ich hoffe, dass ihn das lehrt, in Zukunft etwas vorsichtiger zu sein.«

»Ich denke, er hat mir nicht die ganze Wahrheit erzählt. Ich habe mit ihm gesprochen, als wir zusammen im Zuber saßen, doch es kommt mir so vor, als wolle er etwas vor mir verheimlichen. Was könnte das sein? Hast du eine Ahnung?«

Anne Katharina lachte unsicher. »Verheimlichen? Aber nein, warum sollte er?«

»Ich weiß nicht. Aus dem gleichen Grund, warum mich hier alle belügen. Was ist beispielsweise mit dir los, mein Weib?«

»Nichts! Was soll denn sein?«, versuchte sich Anne Katharina an einem leichten Ton. Michel kniff die Augen zusammen.

»Ich kann es nicht genau sagen. Es ist, als greife man in Nebelschwaden. Man ist sich sicher, dass man etwas gesehen hat, man spürt, dass es da ist, man kann es aber nicht greifen.«

Anne Katharina versuchte zu lächeln. »Deine Worte sind selbst wie Nebel, den man nicht greifen kann.«

Er ging um sie herum und betrachtete sie eingehend vom Kopf bis zu den Füßen.

»Bin ich ein seltsames Tier, das man begaffen muss?«

»Ja, vielleicht könnte man es so ausdrücken. Seltsam bist du und warst es, seit ich dich kenne. Das Tier habe ich lange nicht gesehen, nun jedoch scheint mir wirklich, du bist mehr ein Tier denn ein Weib.«

»Michel, was soll das? Warum beleidigst du mich? Geh zur Seite, so etwas muss ich mir nicht gefallen lassen.«

»Du bleibst hier!« Er trat ihr in den Weg und schlug die Kammertür zu. »Es gibt ein paar Dinge, über die ich mir klar werden muss.«

Eine kalte Furcht sammelte sich in Anne Katharinas Magen und begann sich langsam auszubreiten.

»Ich hatte auf meinem Ritt nach Bühlertann und zurück viel Zeit, über so manches nachzudenken, und ich begann mich zu fragen, wie es kommt, dass ein gewisser Landsknecht so häufig in deiner Umgebung anzutreffen ist. Seltsam, nicht, dass er dich unversehrt von deinem Ausflug zu den Aufständischen nach Hause brachte und dass er immer zur Stelle ist, wenn es Lob zu sammeln gibt.«

»Willst du ihm vorwerfen, dass er unsere Kinder gerettet hat?«, zischte Anne Katharina.

»Willst du mir vorwerfen, dass nicht ich es war?«, fauchte Michel zurück.

»Wenn dich das anficht, dann solltest du überprüfen, warum du nie da bist, wenn deine Familie dich braucht, statt unserem Retter Böses zu unterstellen!«

»Ja, und weil er der große Retter ist, gebührt ihm natürlich auch die Dankbarkeit des Weibes, nicht?«

Anne Katharina spürte ein kaltes Prickeln in ihrem Rücken. Wohin würde sie dieses Gespräch noch führen? Sie schwieg.

»Ich habe gesehen, wie du ihm um den Hals gefallen bist, wie du dich an ihn gedrückt hast wie eine läufige Katze.«

»Michel! Es ist genug! Bernhard wäre beinahe in den Flammen umgekommen. Hast du das vergessen? Ich habe in meiner Freude und Erleichterung den Retter unseres Sohnes umarmt. Ich hätte bei jedem anderen Mann oder jeder Frau in dieser Situation das Gleiche getan. Wenn das dein Schamgefühl verletzt, kann ich es nicht ändern.«

»Nein, kannst du nicht, und es tut dir nicht einmal Leid. Was hast du sonst noch alles getrieben, was mein Schamgefühl verletzen würde, wenn ich es wüsste? Hast du dich ihm hingegeben? Hast du dich mit Lust in seinen Körpersäften gesuhlt? Wie vielen Männern gewährst du deine Gunst? Dein Gatte ist jedenfalls schon lange nicht mehr unter ihnen.«

»Michel, hör auf und lass mich gehen.« Sie versuchte, sich an ihm vorbeizudrücken, doch er stellte sich breitbeinig vor die Tür.

»Ich muss mir solch dummes Zeug nicht länger anhören. Du weißt, warum ich das Lager nicht mit dir teile. Warst du inzwischen beim Medicus? Hast du dir Medizin geholt?«

»Ausflüchte!«, schimpfte er. »So ein Weibergeheul um eine kleine Wunde, die – wie ich sagte – völlig harmlos war. Ich brauche keinen Medicus oder Bader, der an mir herumschröpft. Es ist alles in bester Ordnung und meine Männlichkeit durchaus in der Lage, ihre Rechte auszuführen.« Er griff sich an den Bund und begann seine Hose aufzuschnüren.

Anne Katharina wich zurück. »Was hast du vor? Lass das!«

»Ich will es dir beweisen. Los sieh her, was für ein Prachtstück ich habe!« Er schwoll in seiner Hand und richtete sich auf.

Anne Katharina wich noch ein Stück weiter gegen die Wand zurück. Mit angewiderter Miene warf sie einen kurzen Blick auf das ihr entgegengereckte Körperteil, das den ganzen Stolz der Männer ausmacht. Sie konnte keine Wunde mehr entdecken. Auch die kleinen geschwürartigen Erhebungen waren verschwunden. Nur das zarte Rosa frischer Haut sprach noch von der Verletzung. Hatte sie sich geirrt? Erleichterung strömte für einen kurzen Moment durch ihren Sinn, doch Michels nächste Worte ertränkten das zarte Freudenpflänzchen in einem eisigen Schwall.

»Es war also falsch und niederträchtig von dir, mir meine ehelichen Rechte vorzuenthalten. Aber wir können es ja nachholen, mein liebes Weib, am besten jetzt gleich!«

»Nein, Michel, mir ist jetzt nicht danach. Zieh dich wieder an.«

»Warum willst du nicht? Bist du noch satt von deinem Liebhaber?

Wer war es dieses Mal? Der Landsknecht? Lass mich sehen, ob deine Wäsche noch feucht von ihm ist.«
Er stieg aus der zu Boden gefallenen Hose und kam auf sie zu, die Hände wie Krallen vorgestreckt, das Gesicht zu einer Dämonenfratze verzerrt.
»Michel, komm zu dir, hör doch, was für einen Unsinn du sprichst. Ich bitte dich, halte ein. Was ist, wenn die Kinder hereinkommen oder deine Mutter?«
Sie stand nun zwischen Truhe und Bett und konnte nicht weiter zurückweichen. Er packte sie an den Armen und zerrte sie zu sich.
»Michel, bitte, es soll ein Akt der Liebe sein, nicht der Gewalt.«
»Liebe?«, höhnte er. »Du weißt ja nicht einmal, was dieses Wort bedeutet. Kalt bist du wie ein Stein, böse und hinterlistig wie eine Schlange. Bei deinen Buhlen machst du sicher nicht so ein Geschrei.«
Er gab ihr einen Stoß, dass sie auf die Knie fiel. Ehe sie sich aufrappeln konnte, war er schon über ihr und riss ihren Rock nach oben.
»Wenn du dich benimmst wie eine Hure, dann nehme ich dich auch so. Ja, schrei. Es sollen ruhig alle sehen, dass ich es wohl verstehe, meine Rechte in dieser Familie zu wahren.«
Sie gab keinen Laut von sich. Ihre Hände und Knie wurden über die Holzbohlen geschoben, während er seinen Zorn an ihr ausließ. Ein Span bohrte sich schmerzhaft in ihre Handfläche. Gedanken schossen ihr wie Wolkenfetzen durch den Sinn. Wenn nur keines der Kinder die Tür öffnete. Der neue Spitzenbesatz ihres Hemdes riss. Ach, welch vergebliche Stunden hatte sie dagesessen und mit winzigen Stichen den Ausschnitt verziert. Wie spät war es inzwischen? Wie würde sie erklären, woran sie sich die Hand verletzt hatte?
Nur nicht daran denken, dass die Vereinigung ein Akt zärtlicher Liebe sein konnte, mit wundervollen Gefühlen. Nur keinen Raum für den Funken der Erniedrigung geben, damit die Demütigung nicht in ihr gedeihen konnte. Nein! Diesen Triumph würde sie ihm nicht gönnen!

Ein letzter kräftiger Stoß gegen ihre Schenkel und ihr Gesäß. Ein Zittern lief durch Michels Körper, er stöhnte auf, hielt einen Moment inne und befreite sich dann mit einem Ruck. Schwankend erhob er sich, zog seine Hose wieder an und tappte zur Tür. Ohne auch nur einen Blick zurückzuwerfen, verließ er die Schlafkammer. Anne Katharina rührte sich nicht, bis seine Schritte in der Halle verklangen und die Haustür ins Schloss fiel. Sie biss die Zähne aufeinander und presste die Lippen so fest zusammen, bis sie aufhörten zu zittern. Langsam stand sie auf. Mit spitzen Fingern öffnete sie Bänder und Schlaufen und wand sich aus ihren Kleidern. Sie holte einen der Leinenstreifen für die monatlichen Blutungen aus der Truhe und wischte sich den klebrigen Schleim ab, den Michel in und auf ihr hinterlassen hatte. Ihr Magen begann sich zu regen, aber sie schaffte es, sich ein frisches Gewand anzuziehen und zum heimlichen Gemach hinunterzulaufen, ehe sie sich übergeben musste.
Mit schweren Schritten erklomm sie die Treppe. Sie hörte Veronica in der Stube lachen, und dann die Stimme der Seybothin, die das Kind zur Ruhe mahnte. Anne Katharina graute es davor, den Geruch der Schande einzuatmen, doch sie wollte die Kleider so schnell wie möglich in den Waschtrog werfen. Vor der geschlossenen Tür atmete sie tief ein, ging dann schnell hinein, raffte die Gewänder zusammen und war wieder draußen, ehe sie ein zweites Mal Luft holen musste. Dennoch konnte sie dem Geruch nicht entkommen. Er klebte in den Kleidern und hatte sich an ihre Haut geheftet.
»Anne Katharina? Bist du das da draußen? Wir warten auf dich!«, erklang die strenge Stimme der Seybothin.
Sie hatte versprochen, die neuen Nachtgewänder der Mädchen mit Rosenblüten zu besticken. Wie fern ihr das alles schien. Die schmutzigen Kleider unter den Arm geklemmt, öffnete sie die Stubentür. Barbara und Veronica strahlten sie erwartungsvoll an, die Alte blickte wie üblich eher mürrisch drein. Sie hatte Barbaras Hemd auf dem Schoß liegen und fädelte gerade einen zartrosa Fa-

den ein. Einige frischgrüne Blätter zierten bereits die gerafften Armbündchen.

»Ich helfe später gern. Jetzt muss ich erst ins Mühlenbad«, entschuldigte sich Anne Katharina. Das Strahlen in den Kinderaugen erlosch.

»Mutter, ich möchte mit dir kommen«, rief Veronica.

Anne Katharina schüttelte den Kopf.

»Was willst du denn jetzt im Mühlenbad?«, fragte die Alte barsch.

»Es dauert nicht lang«, versprach die Schwiegertochter. »Ich fühle mich nur so kalt und schmutzig.«

Ohne auf die erstaunte Frage der Seybothin einzugehen, schloss sie die Tür. Sie warf die Wäsche in einen Wasserbottich in der Küche und eilte dann die Treppengasse zum Mühlenbad hinunter. Sie konnte es gar nicht erwarten, ihren Körper in den Zuber sinken zu lassen und das klebrige Gefühl und den Geruch ihres Gatten wegzuwaschen.

✢ ✢

Bei Sonnenuntergang versammelten sich die Bürger von Hall wieder auf dem Marktplatz. Unter Beifall und Gejohle wurde der Gefangene vorgeführt. »Einer der Täter von Weinsberg«, verkündete der Hauptmann, der oben auf der Treppe stand, mit lauter Stimme. So konnte er sich wenigstens an einer kleinen Flamme des Erfolges wärmen.

Bernhard quengelte und jammerte so lange, bis Anne Katharina einwilligte, dass er dem Spektakel beiwohnen durfte. Allerdings kam sie mit, um ein Auge auf ihn zu haben. Vor der Apotheke trafen sie Ulrich mit seiner Gattin und David. Sie lauschten den Worten des fremden Hauptmannes und reckten die Köpfe, als der Semmelhans eine Runde über den Marktplatz geführt wurde, damit ihn auch jeder sehen, beschimpfen und anspucken konnte.

»Jagt ihn durch die Spieße!«, schrie einer der Söldner.

»Ja«, brüllte ein anderer, »soll es ihm ergehen wie dem Grafen und seinen Rittern.«

David duckte sich ein wenig. Er war schon wieder leichenblass. Immer mehr der fremden Reiter nahmen den Ruf auf, und auch einige der Haller Bürger schlossen sich der Forderung an.
»Wir sollten gehen«, drängte Anne Katharina. »David, willst du nicht mit uns kommen?« Bernhard verschränkte schmollend die Arme vor der Brust.
»Nein, du hast versprochen, dass wir es uns ansehen. Wir sind schließlich gerade erst gekommen.«
»Ja, und dennoch werde ich es nicht zulassen, dass du dir ansiehst, wie der Gefangene durch die Spieße gejagt wird.«
»Aber warum nicht? Er ist ein böser Mann, der in Weinsberg Unrecht begangen hat. Hat er es dann nicht verdient, gestraft zu werden?«
Anne Katharina zögerte. »Vielleicht hat er einen Fehler gemacht, aber wer kann in der heutigen Zeit schon entscheiden, was Recht und was Unrecht ist und welche Strafe dafür angemessen ist?«
»Die Richter«, antwortete Bernhard fest. Anne Katharina wünschte, sie würde auch diese kindliche Sicherheit besitzen.
Der Hauptmann befahl dem Trommler an seiner Seite, auf das Fell zu schlagen, bis Ruhe einkehrte. Er hob die Arme und wollte etwas sagen, der Stättmeister kam ihm jedoch zuvor.
Er wolle nicht abstreiten, dass der Semmelhans durch seine bösen Taten in Weinsberg den Tod verdient habe, sagte er. Die Zuhörer murmelten beifällig. Dennoch dürfe es hier auf dem Marktplatz der Freien Reichsstadt Hall kein Spießrutenlaufen geben, ohne dass ein Urteil gesprochen worden sei.
»Dann sprecht das Urteil, Herr Richter, damit wir anfangen können!«, schrie einer der Reiter. Einige Männer lachten.
Magister Brenz eilte die Treppenstufen hinauf. Sein langes, schwarzes Gewand bauschte sich im Wind, sein Gesicht war gerötet. Er sprach leise auf die beiden Männer ein. Seine ausladenden Handbewegungen zeugten davon, wie erregt er war. Nach einer Weile fuhr der Stättmeister fort: »Schon die großen Stauferkaiser haben Hall zur Freien Reichsstadt erhoben und ihr die Blutsgerichtsbar-

keit verliehen. So sind auch heute noch die Richter des Rats die Herren über Leben und Tod. Daher verkünde ich hier, dass der gefangene Semmelhans aus Neuenstein in den Turm gelegt wird, bis die Richter sich beraten haben und zu einem Urteil gekommen sind. Dann mag der Scharfrichter seines Amtes walten, heute jedoch wird es keine Hinrichtung geben!«

Viele schimpften und hoben drohend ihre Fäuste. Es waren vor allem die Männer des Bundes, die sich um ein aufregendes Schauspiel betrogen fühlten. Anne Katharina jedoch atmete erleichtert auf, und auch Davids Wangen bekamen wieder Farbe.

»Gut, dann können wir ja wieder nach Hause gehen«, sagte Anne Katharina heiter, verabschiedete sich von Bruder und Schwägerin und folgte dann, mit einem mürrischen Bernhard im Schlepptau, dem Weg entlang der Klostermauern hinab in die Keckengasse.

Am nächsten Morgen verließen die Geharnischten des Bundes mit ihrem Hauptmann Eytel Sigmund vom Berg Hall, um – auf Befehl des Truchsessen – weiter in Richtung Ulm zu ziehen. Nicht nur die Ratsmitglieder atmeten erleichtert auf, als der letzte Reiter durch das Langenfelder Tor verschwunden war.

✢ ✢

Am Abend saß Anne Katharina bei Pater Hiltprand und las mit ihm in der Abschrift eines Traktates von Galen. Da es in lateinischer Sprache verfasst war, kam Anne Katharina nur langsam voran. Wie unendlich lang schienen die lateinischen Lektionen im Kloster der Barfüßer zurückzuliegen.

»Ihr müsst Euch Eurer Schülerin schämen, Pater«, seufzte sie und rieb sich die Stirn. »Wozu habt Ihr Eure Zeit verschwendet, wenn all die Lehren bald wieder vergessen sind.«

Pater Hiltprand schmunzelte. »Leider ist der menschliche Geist nicht wie ein Stück Pergament, das, einmal beschrieben, sein Wissen für immer behält. Dafür ist das Pergament irgendwann gefüllt und kann keine weiteren Worte mehr aufnehmen. Unser Geist dagegen ist unermesslich und nimmt Jahr für Jahr weitere Schätze der Gedanken in sich auf, ohne jemals voll zu werden. Ist das nicht ein herrliches Wunder?«

»Natürlich wird unser Geist nie voll, denn er ist ein löchriges Gefäß, aus dem stets ein Strom des Vergessens rinnt.«

Pater Hiltprand nickte. »Ja, mancher Ballast wird abgeworfen.«

»Ich habe die lateinischen Wörter nicht als Ballast empfunden«, murmelte Anne Katharina düster.

Es klopfte, die Tür schwang auf und Magister Brenz trat mit einem Bündel Blätter in den Händen ein. Er grüßte Anne Katharina und den Pater und warf dann die Seiten mit einer Grimasse auf den Tisch.

»Was kann ich für Euch tun, verehrter Magister Brenz?«, fragte Pater Hiltprand.

»Ich weiß es nicht«, seufzte der Prediger. Die Hände auf den Rücken verschränkt, begann er in der Kammer auf und ab zu gehen. Eine Weile sahen ihm Anne Katharina und der Pater schweigend zu.

»Wollt Ihr uns nicht an Euren Gedanken teilhaben lassen? Vielleicht finden wir gemeinsam eine Lösung für Euer Problem«, sagte Pater Hiltprand sanft. »Was sind das für Papiere, die Ihr mitgebracht habt?«

»Meine Predigt für den Sonntag«, gab Johannes Brenz Auskunft. »Aber ich kann sie so nicht halten. Zerreißen sollte ich sie, aber was soll ich den Menschen denn sagen, die zu mir kommen, um das Wort Gottes zu hören?«

»Wovon handelt Eure Predigt?«

»Von der Liebe und der Güte Gottes«, schnaubte der Prediger. »Und von der Barmherzigkeit unter den Menschen.«

»Ist das nicht ein schönes Thema für den Sonntag?«

»Ja, schön ist es, wenn man die Augen und die Ohren verschließt und sich eine andere Welt sucht, denn auf dieser Erde gibt es nur noch Hass und Rache und Gewalt.«

»Die Menschen sind fehlbar, das war seit jeher so, dennoch ist die

Lehre richtig«, sagte der Pater und sah den jungen Mann aufmerksam an. »Was hat Euch so erschüttert, dass Ihr an den Grundfesten unseres Glaubens zu zweifeln beginnt?«

Johannes Brenz ließ sich auf einen Schemel sinken und begann seine Hände zu kneten. Anne Katharina fühlte Mitleid in sich aufsteigen und den Wunsch zu trösten. Nun war er nicht mehr der Prediger, der mit seinen feurigen Reden und seiner Begeisterung die Gläubigen in der Kirche mitriss. Nun war er nur noch ein junger Mann, unsicher und von Zweifeln zerfressen.

»Ihr wisst, dass ich immer auf der Seite von Doktor Luther stand«, sagte er, ohne den Pater anzusehen. »Ich verehre ihn. Er hat die Lehre gereinigt und von ihrem prunkvollen Ballast befreit, den machthungrige Kirchenmänner ihr angehängt haben. Er hat uns zum wahren Evangelium geführt, und ich habe mir geschworen, immer an seiner Seite zu stehen und überall, wo ich bin, das reine Evangelium zu verbreiten.« Er hob resignierend die Hände und verstummte. Pater Hiltprand schwieg und wartete geduldig darauf, dass Johannes Brenz weitersprechen würde.

»Ich habe den Aufrührern immer gesagt, dass es wider die göttliche Ordnung ist, gegen die Herren aufzustehen oder gar das Schwert gegen sie zu erheben, und ich sehe voll Abscheu auf die Weinsberger Tat. Aber ich kann doch nicht die Augen davor verschließen, dass die Fürsten der Länder und der Kirche die Bauern mit den ungerechten Lasten, ihrer Willkür und Prunksucht dazu getrieben haben, sich zu wehren!«

Er seufzte tief. Anne Katharina rutschte unruhig auf ihrem Stuhl hin und her, der Pater jedoch schien keine Ungeduld zu kennen. Noch verstand auch er nicht, worauf die Rede des Predigers hinauslaufen würde, doch sein Gesicht strahlte die Zuversicht aus, dass sich alles klären und ineinander fügen würde. Plötzlich sprang Johannes Brenz auf, ging zum Tisch und zog drei Blätter unter dem Stapel hervor.

»Kennt Ihr das? Eine Schrift von Doktor Luther, die allerorts nachgedruckt und von Hand zu Hand gereicht wird.«

Anne Katharina reckte den Hals, um die Überschrift entziffern zu können.

»Wider die räuberischen und mörderischen Bauern«, stand dort in verschlungenen Lettern.

»Ich will Euch ein paar Worte daraus vorlesen«, sagte der Prediger leise.

»Drum soll hie zuschmeißen, würgen und stechen, heimlich oder öffentlich, wer da kann, und gedenken, dass nichts Giftigeres, Schädlicheres, Schändlicheres, Teuflischeres sein kann denn ein aufrührerischer Mensch. Gleich als wenn man einen tollen Hund totschlagen muss; schlägst du nicht, so schlägt er dich, und ein ganz Land mit dir.«

Johannes Brenz ließ das Blatt sinken. »Sie haben den Jäcklein Rohrbach gefasst und wie den Nonnenmacher den qualvollen Hitzetod sterben lassen.«

Er hob die Arme. »Gut, das mag gerecht sein, denn er hat die Ritter durch die Spieße gejagt, aber der Truchseß begnügt sich nicht damit, die Anführer zu strafen. Es reicht ihm nicht, nach einer gewonnenen Schlacht den Fliehenden nachzuhetzen und sie zu Tausenden in den Rücken stechen zu lassen. Nein, Luthers Schrift in Händen, ist er der Rächer, der durch das Land zieht, um Gottes Gericht vorwegzunehmen.« Er strich sich über die schweißglänzende Stirn.

»Der Truchseß ist gestern nach Weinsberg gezogen. Er ist der Meinung, die Bürgerschaft habe sich schuldig gemacht, als sie sich den Bauern unterwarf, ja, vielleicht sogar mit ihnen geliebäugelt hat und sie nach deren Sieg vier Wochen in der Stadt sitzen ließ.«

»Und was hätten die Weinsberger dagegen machen können?«, platzte Anne Katharina heraus. »Der Haufen zählte Tausende!«

Johannes Brenz nickte. »Ja, aber solche Argumente will der Truchseß nicht hören. Er sagt, die ganze Stadt ist an dem Frevel mit schuldig und soll auch den ganzen Preis bezahlen. Er rückte mit seiner Übermacht heran. Die Bauern – man sagt, sechstausend an der Zahl – zogen sich über Öhringen nach Norden zurück.« Der Prediger holte tief Luft.

»Auf Befehl des Truchsessen wurden die Stadt und fünf umliegende Dörfer niedergebrannt und mehrere hundert Männer erschlagen. Niemals wieder soll sich Weinsberg aus seinen Trümmern erheben.« Er hob die Arme und rief: »Soll ich von der Kanzel die Sieger auch noch antreiben, zu plündern, zu brennen und zu strafen? Soll noch mehr Blut vergossen werden?«

Pater Hiltprand schüttelte den Kopf. »Nein, und das will auch unser verehrter Doktor Luther nicht. Vielleicht tut es ihm bereits Leid, solch harte Töne angeschlagen zu haben. Ihr kennt ihn. Er ist ein Mann der großen Gefühle. Reißt er nicht gerade deshalb die Zuhörer mit sich und bannt sie mit dem Feuer seiner Reden? Sprecht am Sonntag über Liebe und Barmherzigkeit und warnt die Sieger vor blinder Wut und Rache. Das kann nicht Gottes Wille sein.«

»Manchmal ist es für mich schwer zu glauben, dass Er uns all dieses Leid aufbürdet. Wie viel unschuldiges Blut wird in diesen Tagen vergossen! Diese Gedanken zeigen mir, wie klein und schwach ich bin. Was wird Er für mich in diesem Leben noch für Prüfungen bereithalten? Ich bete um Stärke, sie zu bestehen, ohne in meinem Glauben zu wanken.«

Johannes Brenz trat an den Tisch, schob die Papiere zu einem sauberen Stapel zusammen und nahm sie in die Hand.

»Ich werde über die Liebe und die Güte predigen, über Milde und Verzeihen, denn Gott ist bereit, uns alle Sünden zu vergeben und uns in seine Arme zu nehmen.«

»Amen«, sagte Pater Hiltprand und nickte dem Prediger zum Abschied zu.

# KAPITEL 14

Vier Tage vergingen. Ruggers Wunde verheilte, und er war nicht mehr in der Stube des Paters zu halten. Er strich durch die Stadt, obwohl Pater Hiltprand ihn zur Vorsicht mahnte und Anne Katharina ihn anflehte, er solle sich nicht leichtsinnig in Gefahr begeben.

»Die Bündischen sind weitergezogen«, wehrte Rugger ab. »Was soll mir in Hall passieren? Ich muss wissen, was dort draußen vor sich geht. Der Truchseß hat Blut geleckt und Gefallen am Kampf gefunden. Nun heckt er die nächste Teufelei aus. Ich vermute, er wird weiter nach Heilbronn ziehen und dann den Neckar entlang.«

»Und was wird Hipler mit seinem hellen Haufen unternehmen? Was meinst du?«, fragte Anne Katharina, die im Schutz der Dunkelheit neben ihm auf einem Steinblock unter dem zugemauerten Limpurger Tor saß.

Rugger klopfte sich auf die Brust, wo ein gefalteter Brief in seiner Tasche steckte. »Wir sind uns einig, mit all unseren Kräften nach Norden zu ziehen, um uns mit den Aischgründern, den Mainfranken, der Rothenburger Landwehr und dem Haufen, der Würzburg belagert, zu vereinen. Wir haben schon zu viel verloren. Unsere einzige Chance ist es, dem Truchseß mit vereinten Kräften entgegenzutreten. Aber ich weiß nicht, ob der Haufen auf ihn hören wird. Sie vertrauen Sprücheklopfern und Großmäulern und verkennen die großen Geister. Nach dem Ritter Götz und Metzler ist nun Hans Reizer, ein Leibeigener des von Berlichingen, die dritte Hand. Hipler hat keinen offiziellen Posten mehr und darf nur noch beraten. Und die Fränkischen sind keine Spur klüger. Ihr Feldhauptmann ist der Wirt Jakob Kohl, statt dass sie ihr Geschick in Florian Geyers Hände legen.«

»Der Ritter aus Giebelstadt?« Rugger nickte. »Ich habe von ihm gehört. Vielleicht wollen sie sich nicht wieder einem Adeligen unterwerfen, jetzt, da sie endlich über sich selbst bestimmen können.«

Der Landsknecht zuckte mit den Schultern. »Ja, schon, aber es ist dennoch unklug, Weitblick und Kriegserfahrung auszuschlagen.«

»Wo steht der Waldburger mit seinem Heer gerade?«

»Er fährt als rächender Teufel durch die Lande und bringt immer mehr Ritter und Junker auf seine Seite. Sie fallen von der bäurischen Seite ab, wenn sie seine Stärke wie eine Windböe sich nähern spüren. Wenn wir nach Norden ziehen, wird er uns folgen, und dann werden wir ihn stellen!«

Er lächelte Anne Katharina an. »Hauptsache, wir können den Ritter mit der eisernen Faust davon abhalten, nach Hall zu ziehen. Denn davon spricht er schon, seit er sich zum Hauptmann machen ließ.«

»Ja, sorge dafür, dass er den Krieg nicht zu uns bringt«, bat Anne Katharina und griff nach seiner Hand. Sie hätte sich gern an seine Brust gelehnt und seine Arme eng um sich gezogen. Sie wollte ihn spüren, wollte ihn küssen und ihm sagen, dass sein Kind in ihrem Leib heranwuchs. Nachts, wenn sie wach auf ihrem Bett lag, war es ihr, als könne sie es schon in sich spüren.

Nein, es durfte nicht sein. Warum von einem Kind reden, dessen Vater er nie sein konnte? Das Kind hatte nun einen anderen Vater: Michel, ihren Ehemann, der sie mit Gewalt genommen hatte. Es war ihr, als habe sie erneut diesen Geruch in der Nase. Wie sollte sie je wieder etwas anderes für ihren Gemahl empfinden als Verachtung und Hass?

»Kathinne? Hast du mir zugehört?«

»Oh nein, verzeih, meine Gedanken sind abgeschweift. Was hast du gesagt?«

»Es ist Zeit, Abschied zu nehmen.«

Anne Katharina nickte. »Ja, es ist schon spät, und ich will nicht wieder mit Michel aneinander geraten. Er ist schrecklich misstrauisch und eifersüchtig geworden.«

»Das habe ich nicht gemeint. Ich werde morgen mit einigen Männern in aller Früh Hall verlassen. Wir reiten Richtung Neckarsulm, um uns Hipler anzuschließen.«

Anne Katharina klammerte sich an seinem Wams fest. »Nein, das darfst du nicht. Du bist noch nicht gesund. Deine Wunde könnte wieder aufreißen, du könntest erneut verletzt oder gar getötet werden.«

»Ja, mein Liebes, ich weiß, und dennoch muss ich gehen. Es ist wichtiger denn je, dass sich alle Kräfte sammeln. Wie könnte ich mich jetzt in Pater Hiltprands Kammer verstecken, da das Schicksal der Welt auf Messers Schneide steht?«

Anne Katharina schwieg. Sie wusste, dass es keine Worte gab, die ihn zurückhalten konnten.

»Küss mich noch einmal wie ein Liebender, damit die Erinnerung an deine Lippen mich in den einsamen Nächten tröstet.«

»Ach, Kathinne …«

»Und versprich mir, dass du zurückkommst.«

»Das kann ich nicht. Unser Leben liegt in Gottes Hand. Wenn er entscheidet, mich weitere Jahre auf dieser Welt zu lassen, dann werden wir uns wieder begegnen.«

Er küsste sie voller Leidenschaft, obwohl sie beide wussten, dass sie damit den Abschiedsschmerz noch vergrößerten.

✢ ✢

Anne Katharina saß mit den Kindern beim Frühmahl, als Peter in Reithosen und Lederwams, ein geschnürtes Bündel über dem Rücken, in die Stube trat.

»Setz dich, die Milchsuppe ist noch warm«, forderte ihn seine Schwester auf, doch er schüttelte den Kopf und blieb unter der Tür stehen.

»Ich habe bereits in der Küche etwas gegessen und bin gekommen, um mich zu verabschieden.«

»Wohin gehst du?«, fragte Anne Katharina abwesend, während sie Barbara den Mund abwischte und Bernhard, der sich mit den Fingern Rosinen aus der Schüssel angelte, einen scharfen Blick zuwarf.

»Nach Neckarsulm.«

Sie sah zu ihrem Bruder auf und fragte stotternd: »Aber wie, ich meine, warum willst du ausgerechnet jetzt nach Neckarsulm, wo die Kämpfe jederzeit ausbrechen können?«

Peter trat zwei Schritte heran und stützte sich mit beiden Händen auf die Tischplatte. »Ich weiß, Anka, deshalb ziehe ich mit den Landsknechten heute los und hoffe, dass wir das Bauernlager rechtzeitig vor der großen Schlacht erreichen, denn dies wird die Entscheidung. Wir werden Hipler aufsuchen, der sich vermutlich noch dort aufhält, und dann mit ihm und seinen Männern nach Norden ziehen, um uns mit den anderen fränkischen Haufen vor Würzburg zu vereinen.«

Anne Katharina fuhr von der Bank hoch und trat zu ihrem Bruder. »Du willst für die Bauern dein Leben auf einem Schlachtfeld riskieren? Hat dich Böblingen nichts gelehrt? Der Truchseß kennt kein Erbarmen. Er wird wieder über sie kommen wie der Wolf über die Schafe und ein Blutbad anrichten, wie wir es uns in unseren schlimmsten Träumen nicht ausmalen können.«

Peters Miene verdüsterte sich. »Oh doch, ich kann es mir ausmalen«, sagte er leise.

»Und dennoch willst du dorthin?«

Er griff nach ihren Armen und drückte sie, dass es schmerzte. »Ich werde nicht noch einmal gegen die Bauern ins Feld ziehen, dann schon lieber mit ihnen. Sie brauchen jeden Mann. Wenn wir jetzt scheitern, dann ist alles verloren, und wir fallen zurück in die finsteren Zeiten, schlimmer noch, als es bisher war. Dann werden Raffgier und Willkür herrschen, und der kleine Mann wird auf ewig der Sklave sein, auf dessen Rücken es sich die Pfaffen und Grafen

wohl sein lassen. Anka«, sagte er beschwörend, »es geht um die neue Welt, in der das Wort Christi Gesetz ist, in der die Menschen in Liebe und Eintracht miteinander leben. Eine Welt, in der Gerechtigkeit herrscht und die Fürsten ihrem Volk ein gütiger Vater sind, und nicht Unterdrücker. Wir kämpfen für die Freiheit. Der Tag der Entscheidung rückt näher. Nur wenn alle fest zusammenstehen und in eifrigem Glauben für ihren Traum kämpfen, dann werden wir dem grausamen Bauernjörg widerstehen und ihn besiegen können. Sieh, wie viele kirchliche Herren und Grafen sich den Bauern an der Jagst, am Main und der Tauber angeschlossen haben! Selbst Bischof Wilhelm von Straßburg hat im Namen des abwesenden Mainzer Kürfürsten die Artikel angenommen und den Bauern Treue geschworen. Wir haben Götz von Berlichingen als Kommandant. Er ist ein erfahrener Kriegsherr und wird klug gegen den Truchseß taktieren.«
Die feurige Rede hatte alle ergriffen. Bernhard sah mit leuchtenden Augen zu seinem Oheim auf. Doch bald schon schlichen sich wieder ängstliche Zweifel in Anne Katharinas Herz.
»Wie viele Männer von Kirche und Adel sind den Bauern freiwillig zugezogen? Ist es nicht so, dass der Zwang der bewaffneten Haufen, die drohten, Burgen, Städte und Klöster niederzubrennen, sie zur Unterschrift trieb?« Sagte Rugger nicht, dass die Ersten schon wieder begannen, sich gegen die Bauern zu wenden, sobald die Gefahr für ihr Leben und ihre Güter vorüber war?
Peter runzelte die Stirn. »Du hast Recht, so mancher Herr ist in seinem Herzen noch verstockt, und gerade deshalb müssen wir jetzt siegen. Erst dann wird Ruhe in den Ländern einkehren. Wen sollen die Unbelehrbaren anrufen, wenn der Truchseß besiegt und der Bund zerschlagen ist?«
»Der Kaiser wird Mittel und Wege finden.«
Peter machte eine wegwerfende Handbewegung. »Der Kaiser ist weit weg in Spanien, und der Erzherzog ist viel zu schwach, gegen ein geeinigtes Reich anzugehen. Außerdem haben die Bauern nie die Hoheit des Kaisers in Frage gestellt. Gegen die Bischöfe und

Grafen, Ritter und Klosterherren mit ihrem selbstherrlichen Gebaren richtet sich der Zorn.«

Von draußen erschallten zwei Pfiffe. Eilig drückte sich Peter sein Barett auf den Kopf und küsste seine Schwester auf die Wange.

»Ich muss gehen, mein Herz.«

»Gibt es keinen Weg, dich aufzuhalten? Ich fürchte um dein Leben.«

Doch Peter schüttelte nur den Kopf und stürzte davon.

Sie starrte auf die leere Türöffnung und lauschte dem Poltern seiner Stiefel auf der Treppe. Die Haustür fiel ins Schloss. Eine heiße Welle der Angst schwappte in ihr hoch. Anne Katharina rannte zum Fenster und riss es auf. Vielleicht war das der letzte Blick auf ihren Bruder, den sie für immer in ihrem Herzen einschließen musste. Da stand er in der Gasse, von einem halben Dutzend Landsknechten umringt, und lächelte zu ihr herauf. Auch die anderen Männer folgten seinem Blick.

»Da kommt der Hauptmann«, rief einer und deutete die Keckengasse entlang, wo sich vom Hafenmarkt her ein mit einem Schwert bewaffneter Mann näherte. Anne Katharina erkannte seinen Schritt, und ihr Herz begann wild zu schlagen. Ihre Blicke trafen sich für einen Moment. Die Liebe und Wärme, die sie sah, trieben ihr Tränen in die Augen. Schon rief er den Männern kurze Befehle zu. Noch einmal hob er die Hand zum Abschied und marschierte dann, seine Landsknechte und den jungen Advokaten auf den Fersen, in Richtung Marstall davon. Da gingen sie, ihr geliebter Bruder und der Mann, dessen Kind in ihr wuchs. Würden sie zu ihr zurückkehren? Behutsam legte Anne Katharina die Hände auf ihren Leib, sank auf einen Hocker und weinte lautlos in ihre Schürze.

»Mutter, was ist mit dir?« Eine Kinderhand strich ihr über das Haar. Anne Katharina schluchzte auf und nahm Veronica in die Arme. Nun begann auch Barbara zu weinen und wollte auf den Schoß der Mutter. Sie verstand noch nicht, was gesprochen wurde, aber die Trauer und Verzweiflung konnte sie spüren.

»Mutter, warum weinst du?«, fragte Veronica noch einmal und wischte zärtlich die Tränenspuren von Anne Katharinas Wange.
»Sie weint, weil der Oheim in den Krieg zieht und sie sich fürchtet, dass er von den Rittern des Truchsessen totgestochen wird«, antwortete Bernhard.
Veronica schnüffelte und schmiegte sich noch enger an die Mutter. »Wird der Oheim Peter sterben? Ist das wahr?«
Anne Katharina wiegte ihre beiden Töchter eine Weile. Sie antwortete erst, als sie sicher war, dass sie ihrer Stimme einen zuversichtlichen Klang geben konnte, der die Mädchen beruhigen würde, auch wenn sie selbst verzweifelt war.
»Unser Leben liegt in Gottes Hand. Der Herr Jesus Christus wird bei ihnen sein und sie schützen, denn sie kämpfen für eine gerechte Welt. Er wird bald schon zu uns zurückkehren. Wir werden gemeinsam für ihn beten.« Für ihn und für meinen Geliebten, fügte sie in Gedanken hinzu.

Der Tag glitt träge dahin. Geistesabwesend erledigte Anne Katharina ihre häuslichen Pflichten. In der Nacht wurde sie von bösen Träumen geplagt, so dass sie in der Frühe mit schmerzendem Kopf und dunklen Schatten unter den Augen beim Morgenmahl saß. Eine seltsame Stille lag über der Stube, die nicht einmal Michel entging.
»Was ist mit dir?«, fragte er sein Weib, ehe er zu seinem Gespräch mit einem Koblenzer Weinhändler aufbrach.
Anne Katharina bewegte langsam den Kopf hin und her. »Nichts von Bedeutung. Ich hatte eine schlechte Nacht.« Sie wollte nicht mit ihm über ihre Ängste reden und nicht hören, was er über Peters Entscheidung zu sagen hatte.
Er kam noch einmal zurück und strich ihr über die Wange. »Du siehst nicht gut aus. Ich hoffe, du wirst nicht krank.« Die Besorgnis in seiner Stimme berührte sie seltsam. Warum nur hatten sie keinen Weg zueinander gefunden? Warum musste es in Schmach und Gewalt münden?

»Es wird schon nicht so schlimm werden«, sagte sie. Ihre Blicke trafen sich. Rasch sah sie zu Boden.

»Nein, vielleicht nicht. Hoffen wir das Beste.« Er wandte sich zum Gehen. Gedankenverloren sah ihm Anne Katharina nach.

»Wir müssen zur Schule«, erinnerte Veronica, als die Glocken von St. Michael zu läuten begannen. Sie schob ihre Schale weg, sprang auf und küsste die Mutter. Anne Katharina umarmte das Kind.

»Ja, es wird Zeit für euch. Seid schön brav und hört zu, was der Schulmeister euch erzählt.«

Veronica nickte und eilte zur Tür. »Nun komm schon, Bernhard, ich möchte nicht wieder gerügt werden. Zu spät kommen gibt zwei Kreidestriche!«

Bernhard erhob sich aufreizend langsam. »Und wenn schon! Auf die kommt es bei mir auch nicht mehr an. Die nächsten Streiche sind eh bald wieder fällig.«

»Bei dir kommt es vielleicht nicht darauf an«, erwiderte seine Schwester spitz, »bei mir aber wohl! Ich bin erst zweimal geschlagen worden!«

Bernhard lief zur Tür, kam jedoch noch einmal zurück und umarmte seine Mutter. Er öffnete den Mund, um etwas zu sagen, schloss ihn dann aber wieder, schluckte und wandte sich abrupt ab. Er rannte aus dem Zimmer, die Treppe hinunter bis auf die Straße, so dass seine Schwester ihm kaum folgen konnte. Seine Mutter sah ihm erstaunt nach.

»So warte doch auf mich«, rief Veronica und eilte ihm hinterher.

Während Agnes den Tisch abräumte und den Boden wischte, saß Anne Katharina reglos auf der Bank, die Arme um den Leib geschlungen.

»Ihr solltet Euch ablenken«, schlug die Magd nach einer Weile vor. »Es wird viele Tage dauern, vielleicht auch Wochen, bis wir hoffen können, etwas von ihnen zu hören.«

Anne Katharina fragte sich nicht, woher Agnes ihre Gedanken kannte. »Was ist mit deinen Brüdern?«

»Jakob ist nicht von Böblingen zurückgekehrt. Wir müssen wohl davon ausgehen, dass er getötet wurde.« Sie wischte sich rasch über die Augen, sprach aber mit fester Stimme weiter. »Sie wurden während der Flucht getrennt. Wolf hat später überall nach ihm gesucht. Sicher wäre er inzwischen in Hall aufgetaucht, wenn er noch am Leben wäre. Wolf zieht jetzt mit den anderen zu Hiplers Haufen. Mein Vetter Martin wird wohl immer noch auf der Seite des Truchsessen stehen.« Stumm blickten sich die Frauen an. Schließlich senkte Anne Katharina den Blick.

»Dann werde ich mal sehen, ob ich Silbergarn bekomme. Mein Haarnetz ist gerissen, und ich würde es gerne flicken.«

»Ja, tut das.«

Den Vormittag verbrachte die Ratsherrngattin mit Besorgungen. Jedes Mal, wenn sie Gesprächsfetzen von den Unruhen dort draußen auffangen konnte, blieb sie stehen und lauschte begierig, obwohl es noch viel zu früh war, um auf eine Nachricht zu hoffen. Mittags saß sie mit der Seybothin und Barbara in der Stube und nähte an der Haube mit dem silbernen Netz. Die Alte hatte ihre eigene Meinung über die Aufständischen und schimpfte ohne Unterlass über die undankbaren, bösen Buben und ihre Verführer, die falschen Prediger. Die schärfsten Worte jedoch behielt sie sich für den Ketzer Luther vor, der Schuld an der ganzen Misere trüge.

Als Veronica von ihrer nachmittäglichen Schulstunde kam, besuchte Anne Katharina mit dem Kind Pater Hiltprand. Mit ihrer Tochter Geschichten längst vergangener Tage zu lauschen würde ihrem Herz und Geist vielleicht ein wenig Ruhe schenken, doch auch hier drehte sich heute alles um Krieg und Kampf, um Blut und Tod. Als es zu dämmern begann, machten sich Mutter und Tochter auf den Heimweg. Bernhard war sicher schon zu Hause, hatte einen Bärenhunger und wartete, bis endlich etwas auf dem Tisch stand, und auch die Seybothin musste von ihrer Gebetsstunde bereits zurück sein.

Ein junger Bursche kam ihnen auf der engen Treppe von der Pfarrgasse herab entgegen. Plötzlich blieb er mitten im Lauf stehen, wandte sich um und wollte in die Herrengasse verschwinden.

»David?«
Zögernd hielt er inne. Veronica erreichte ihn als Erste und umarmte ihn herzlich.
»David, wie schön, dich zu treffen«, begrüßte ihn Anne Katharina. Der Gedanke, er wäre vielleicht auch in diesen Wahnsinn gezogen, war ihr noch gar nicht gekommen. Nun jedoch empfand sie Erleichterung, ihn hier zu sehen.
»Möchtest du uns beim Spätmahl Gesellschaft leisten? Bernhard freut sich sicher, mit dir ernste Männergespräche führen zu können und nicht wieder nur in einer Weiberrunde dasitzen zu müssen. Michel ist nach Koblenz unterwegs und wird erst in ein paar Tagen zurückkehren.«
David mied ihren Blick. »Ich danke Euch für das freundliche Angebot, das ich leider ablehnen muss. Ich werde bereits daheim erwartet und muss mich eilen.« Er verbeugte sich hastig, sprang die letzten Stufen hinunter und verschwand in der düsteren Gasse. Verwundert sah ihm seine Tante nach. Ob er wieder Streit mit Ulrich hatte? Der arme Junge. Für ihn konnte es nur von Vorteil sein, wenn er sein Elternhaus bald verließ, um in Heidelberg zu studieren.
Licht und Wärme und ein gedeckter Tisch empfingen Mutter und Tochter, als sie in die Stube traten, aber auch eine höchst verärgerte Schwiegermutter. Sie saß stocksteif auf ihrem Stuhl und trommelte mit den Fingerspitzen auf die Tischplatte. Anne Katharina begrüßte sie, füllte jedoch zuerst Barbaras und Veronicas Schalen, ehe sie die Alte fragte, was sie so erzürne.
»Es ist bereits dunkel, und dein Sohn ist bislang nicht nach Hause gekommen!«
Anne Katharina unterdrückte einen Seufzer. Wie oft hatte sie ihn deswegen schon geschimpft, hatte ihn geschlagen oder ihm unliebsame Arbeiten aufgegeben. Vergeblich, er war ein Herumtreiber und liebte es, mit seinen Freunden die dunkelsten und geheimnisvollsten Ecken zu erkunden.
»Den ganzen Tag hat er sich hier nicht blicken lassen, obwohl ich

ihm aufgetragen habe, er solle mir zwei Eimer Kohlen in meine Kammer hinaufbringen.«

»Das tut mir Leid, Mutter. Ich werde Agnes gleich nach dem Essen losschicken.«

»Ich kann das der Magd auch selber sagen. Darum geht es nicht! Wenn ich dem Jungen etwas auftrage, dann hat er das auch auszuführen. Er ist völlig verwildert, ohne Verantwortungsgefühl und Disziplin. Wie habe ich mich bemüht, die Kinder zu rechten Bürgern zu erziehen – nun ja, Veronica ist recht gehorsam, aber Bernhard ist ein hoffnungsloser Fall.«

In Anne Katharina staute sich schon wieder Wut an. Was erwartete sie von einem Elfjährigen? Dass er immer nur neben seiner Großmutter stand, um ihre Befehle auszuführen? Sie erinnerte sich noch genau, wie Peter in diesem Alter das große Abenteuer gesucht hatte und fast jeden Abend verschmutzt und mit blutigen Knien oder Ellenbogen, aber mit leuchtenden Augen ins Vogelmannshaus zurückgekehrt war.

»Ihr verlangt zu viel von dem Knaben. Lasst ihn seine Freiheit genießen, solange es möglich ist. Das Leben wird ihn später noch genug zu harter Arbeit und Verzicht zwingen.«

»Das ist genau das Problem: Du stellst dich immer gegen mich und verdirbst die Kinder dadurch!«

Anne Katharina atmete langsam ein und aus. Sie durfte jetzt nichts sagen, sonst würde sie der Mutter ihres Gatten ihre ganze Wut ins Gesicht schreien. In Gedanken zählte sie die mit einem Relief verzierten Kacheln am Ofen.

Erst als sie bei zwanzig angekommen war, sagte sie: »Wir sind oft unterschiedlicher Meinung, wie die Kinder behandelt werden sollen, dennoch verwahre ich mich dagegen, dass Ihr meinen Sohn als hoffnungslosen Fall bezeichnet. Es mag sein, dass er Euch nicht immer gehorcht, dafür wird er dann ja auch bestraft. Ansonsten ist er ein ganz normaler Junge, der in seine Welt hineinwächst. Wenn seine Zeit gekommen ist, dann wird er der Familie Ehre machen! Und nun entschuldigt mich, ich werde Barbara zu Bett bringen.«

Sie nahm das Mädchen in ihre Arme und trug es in die Schlafkammer.

✢ ✢

Als die beiden Mädchen in ihrem Bett schliefen und Anne Katharina in die leere Stube hinüberkam, war Bernhard immer noch nicht zurück. Die alte Seybothin hatte sich erbost in ihre Kammer zurückgezogen, und Agnes säuberte in einem Zuber in der Küche das Geschirr. Anne Katharina wurde unruhig. Sie stieg die Treppe hinunter und setzte sich der Magd gegenüber auf einen Dreibein.

»Wo er nur bleibt? Der Nachtwächter dreht schon seine Runden. Er muss doch wissen, dass er mir Sorgen bereitet.«

Agnes schrubbte den rußigen Boden des großen Suppenkessels. »Wenn sie mit ihren Freunden unterwegs sind, dann vergessen sie die Zeit, die Vorschriften und die eigene Mutter.«

»Aber dass er erst so spät heimkommt?« Die Unruhe hielt sie nicht mehr auf ihrem Platz. Die Hände ineinander verschränkt, schritt sie auf und ab.

»Hast du ihn heute schon zu Gesicht bekommen?«

Die Magd schüttelte den Kopf. »Ich sah ihn nur, als er heute Morgen mit einem dicken Bündel auf dem Rücken zur Schule aufbrach.«

Anne Katharina blieb in der Küche, bis Agnes alle Töpfe, Schalen und Messer gereinigt, getrocknet und an ihren Platz geräumt hatte. Dann weichte sie Hafer und Leinsamen für das Mus am nächsten Morgen ein.

»Wir müssen ihn suchen. Hast du gehört? St. Michael hat bereits Mitternacht geschlagen.«

Agnes griff nach dem Arm der Herrin. »Wo wollt Ihr Eure Suche beginnen und wo beenden? Wollt Ihr jeden Schober und jeden Verschlag in Hall ausräumen?«

»Wenn es sein muss!«, fauchte sie. »Los, hole zwei Kienspäne und deinen Umhang. Du wirst mich begleiten.«

Die Magd seufzte kaum hörbar, wagte aber nicht zu widersprechen.

Kurz darauf wanderten die beiden Frauen durch die leeren, nächtlichen Gassen. Wenn er nicht gefunden werden wollte, dann gab es unzählige Möglichkeiten für ihn, sich zu verstecken, das war Anne Katharina klar, vor allem, da ihr Lichtschein ja schon von weitem gesehen werden konnte. Immer wieder blieb sie stehen und rief gedämpft den Namen ihres Sohnes. Einmal begegneten sie ein paar trunkenen Siedern, die lachend nach Hause schwankten.

»Herrin, es hat keinen Sinn. Vielleicht ist er längst daheim und wundert sich, wo Ihr geblieben seid. Oder er hat sich in einer der Vorstädte verspätet und es nicht rechtzeitig bis zum Schließen der Tore geschafft. Dann wird er nicht vor dem Morgen in die Oberstadt zurückkehren können.«

»Du weißt genau, dass die Wächter die Pforte für einen Heller auch nach Einbruch der Dunkelheit öffnen!«

»Und wenn er keinen Heller bei sich hat?«

Anne Katharina kaute auf ihrer Unterlippe. Mit ihrer Fackel in der Hand stand sie unterhalb der Schmalzstaffel und ließ ihren Blick umherschweifen. Plötzlich näherte sich ein Licht vom Hafenmarkt her. Ein Mann mit einem breitkrempigen Hut auf dem Kopf und einer Hellebarde in der Hand kam auf die beiden Frauen zu. Der Nachtwächter trat zu ihnen und verneigte sich.

»Ich grüße die Bürgerinnen und hoffe, sie verzeihen mir die Frage, was sie in tiefer Nacht in den Gassen suchen, in denen nur noch der Nachtwächter unterwegs sein sollte?«

»Mein Sohn Bernhard ist nicht nach Hause gekommen«, teilte ihm die Ratsherrngattin mit.

Der Nachtwächter nickte. Sie war nicht die erste besorgte Mutter, die er auf seinen nächtlichen Runden antraf. »Ich kann Eure Sorge verstehen, gnädige Frau, dennoch solltet Ihr nun den Rückweg antreten. Ich werde Euch begleiten und verspreche Euch, nach dem Ausreißer Ausschau zu halten.«

Widerstrebend folgte Anne Katharina dem Nachtwächter, der sie

bis zur Tür des Seybothhauses brachte. Noch einmal verneigte er sich, dann setzte er seine Runde fort und stimmte das Lied zur ersten Morgenstunde an.
Auch die beiden nächsten Stundenlieder bekamen die Frauen zu hören, die mit einem Becher Met in der Küche am Feuer saßen, dann gelang es Agnes endlich, Anne Katharina dazu zu überreden, sich in ihr Bett zu legen.
»Ich wecke Euch sogleich, wenn er zurückkommt«, versprach sie. »Ich habe einen leichten Schlaf und höre die Haustür, wenn sie geöffnet wird.«
Anne Katharina erhob sich und nickte. Steifbeinig ging sie zur Treppe und stieg nach oben. Ihr Gesicht war zu einer Maske erstarrt, doch in ihrem Innern tobten die Dämonen der Angst und peinigten ihre Seele mit schrecklichen Bildern.

✢ ✢

Rugger saß mit den anderen Hauptleuten in einem großen Zelt, das im Schutz zweier Eichen oben auf einem Hügel nahe Adolzfurt aufgestellt worden war. In dieser Nacht waren es nur noch wenige Feuer, die sich von diesem Mittelpunkt die leicht geneigten Hänge hinabzogen. Zweitausend Männer und auch einige Frauen lagerten um die Feuer, aßen Brot, Speck und Käse und wärmten sich Wein an den Flammen. Die Hauptmänner oben im Zelt hatten andere Sorgen, als ihren Hunger und Durst zu stillen. Auf zwei Kisten standen unbeachtet Schalen mit Fleisch und Brot, und auch der Wein blieb unberührt. Mit ernsten Mienen beugten sich die Männer über die Karte, die Götz von Berlichingen ausgebreitet hatte. Er markierte die Stellen, wo, nach Angaben seiner Späher, die Truppen des Truchsessen lagerten, und schrieb die Zahl der Geharnischten, der Landsknechte und Speerträger daneben, die der Waldburger vermutlich mit sich führte. Auch eine nicht unerhebliche Anzahl an Feldgeschützen hatten die Kundschafter gesehen.
Angesichts der drohenden Gefahr hatte der Haufen das Lager vor

Neckarsulm verlassen und war nach Osten gezogen, um sich mit dem Taubertaler Haufen zu vereinen. Inzwischen hatten sie Öhringen fast erreicht, aber von der ersehnten Verstärkung fehlte jede Spur.

Die Boten berichteten, Neckarsulm sei verloren. Die beiden besten Fähnlein der Odenwälder, die die Hauptleute in der Stadt zurückgelassen hatten, waren aufgerieben, die schweren Geschütze in Feindeshand gefallen. Ein Bürger, der heimlich aus der Stadt hatte entkommen können, meldete, dass der Truchseß die beiden Fähnleinführer und den Pfarrer Jakob Leutz hatte hinrichten lassen.

Rugger spürte die Angst im Lager, und nicht nur er sah, wie sich immer mehr Männer heimlich davonschlichen, um wieder nach Hause zu ihren Familien zu eilen.

Georg Bopp strich mit dem Finger über das vergilbte Blatt. »Wo, um alles in der Welt, sind die Taubertaler? Es müssen an die siebentausend Mann sein. Die können doch nicht einfach verschwinden!«

»Wir müssen in der Dunkelheit an ihnen vorbeigezogen sein«, meinte der Graf von Wertheim. »Anders kann ich es mir nicht erklären.«

»Oder die faule Bande hat irgendwo einen Ruhetag eingelegt«, schimpfte Georg Metzler.

»Wir müssen unsere Kräfte vereinen«, drängte Wendel Hipler. »Nur wenn unser heller, lichter Haufen mit den Taubertalern und den anderen Frankenhaufen zusammen gegen den Truchseß antritt, können wir ihn besiegen. Wir müssen uns nun eilig nach Norden wenden, damit er uns nicht den Weg über die Tauber abschneidet. Wir sollten noch ein Dutzend Boten aussenden, die nach den Taubertalern suchen, und dann auf dem schnellsten Weg nach Krautheim ziehen.« Er zeichnete den Weg auf der Karte nach.

Das wird die Entscheidung, ob die neue Welt leben oder untergehen wird, dachte Rugger, als sein Blick über die Zahlen des bündischen Heeres strich. Zusammen hatte der Truchseß fast dreitausend Reiter und zehntausend Fußknechte. Und doch war es nicht die Zahl allein, die die Bauern das Fürchten lehrte, denn wenn es ihnen gelang, sich zu vereinen, dann wäre das Bauernheer von der Anzahl der Köpfe her weit überlegen. Rugger wusste von Laupheim und Böblingen, was ein paar wenige Ritter in einem Haufen fliehender Bauern anzurichten im Stande waren. Es kam nicht darauf an, ob sie tausend Männer mehr oder weniger auf ihrer Seite hatten, es war entscheidend, eine gute Position zu beziehen, und dann mussten die Kämpfenden bis zum Schluss auf ihren Posten bleiben und durften den Mut nicht verlieren.

»Machen wir eine Pause«, schlug Wendel Hipler vor. »Mir knurrt der Magen. Wer weiß, wie lange wir die süßen Früchte dieser Erde noch genießen dürfen.«

»Was sind das für Reden?«, widersprach Georg Metzler. »Wenn wir diesen Haufen dort draußen mit den anderen zusammenführen, dann werden wir den Truchseß durch das ganze Land jagen, bis er uns um Gnade anfleht.«

»Ich werde die Boten losschicken«, bot Georg Bopp aus Adelsheim an und verließ das Zelt.

»Wir hätten nach Hall ziehen sollen, so wie ich es wollte«, knurrte Götz von Berlichingen und krümmte seine eiserne Hand.

Georg Metzler murmelte etwas Unverständliches. Er griff nach dem Weinkrug und füllte zwei Becher, trank den einen mit einem Schluck zur Hälfte leer, den anderen reichte er Rugger. Der Landsknecht nahm den Wein dankend entgegen.

»Ich werde ein paar Schritte gehen und nachsehen, ob im Lager alles in Ordnung ist.« Er nickte den anderen Männern zu. Kühle Nachtluft schlug ihm entgegen, als er den schweren Stoff, der den Eingang verhüllte, zur Seite schob. Rugger trat ein paar Schritte vor und blieb dann stehen. Er hob den Becher an den Mund und ließ den Blick über das Lager schweifen. Es war so ruhig. Nichts war von der Ausgelassenheit geblieben, die noch vor ein paar Wochen zwischen den Lagerfeuern geherrscht hatte. Die Nachricht, dass Neckarsulm gefallen war, hatte sich rasch verbreitet. Die Bau-

ern wussten, dass ihnen der Truchseß mit dem gesamten schwäbischen Heer im Nacken saß.
Eine Gestalt löste sich aus der Dunkelheit und trat zu dem Landsknecht. Er nahm aus den Augenwinkeln wehendes Haar und einen langen Rock wahr, doch er beachtete die Frau erst, als sie zu sprechen begann.
»Sie sagten mir, dass du hier oben bist, aber ich habe es nicht geglaubt. Zu oft wurde meine Hoffnung schon enttäuscht.«
Rugger fuhr herum. Aus der Zeltöffnung fiel Licht auf das niedergetretene Gras und strich über die Gestalt vor ihm. Die Stimme fuhr ihm wie ein Schwert durch sein Herz. Konnte das wirklich sein, oder narrte ihn der Teufel mit einer Truggestalt? Sie trat einen Schritt näher und strich sich das dichte, dunkle Haar aus dem Gesicht. Diese schlichte Geste! Wie oft hatte er sie heimlich beobachtet, wie oft diese Handbewegung gesehen, die seine Seele erwärmte. Er stürzte vor und schlang seine Arme um die zierliche Frauengestalt. Tränen traten in seine Augen.
»Mara, mein Herz, ich habe nicht geglaubt, dass wir uns in diesen Zeiten wiedersehen.« Er schob sie eine Armeslänge von sich. »Wo warst du nur? Ich habe dich überall gesucht. Ich war in Mergentheim und Hall, aber keiner konnte mir sagen, wo ich dich finden kann. Ich hörte, der Rat hätte dich dazu verurteilt, mit Ruten aus der Stadt gejagt zu werden. Sie sagten, du wärst schwanger? Ich wusste nichts davon!«
Sie lachte leise. »Ja, du warst lange fort.«
»Was ist nur passiert, dass sie dich aus Hall verbannten?«
»Ach, das ist eine lange Geschichte. Ich saß im Hezennest, als die Wehen einsetzten. Die Büttel führten mich ins Spital, und von dort bin ich dann geflohen. Eine Bürgerin nahm sich meiner an, half mir, den Sohn zu gebären, und versteckte mich, bis sie eine Gelegenheit fand, mich aus der Stadt zu schmuggeln.«
»Gott segne sie«, stieß Rugger aus und drückte Mara noch ein wenig fester an sich. »Doch sage mir, was ist mit dem Kind geschehen?«

»Ich habe ihn Johannes genannt. Ich hoffe, das ist dir recht? Ihm geht es gut. Er schläft drüben unter dem Apfelbaum. Der Schmied aus Neckarsulm und sein Weib wachen über ihn, bis ich zurück bin.«
»Johannes«, sagte er und lauschte dem Klang des Namens. »Bring mich zu ihm, damit ich ihn in meine Arme schließen kann.«

Als Rugger in das Zelt der Anführer zurückkehrte, schritt Wendel Hipler schon wieder unruhig auf und ab.
»Wo bleibt der Ritter von Berlichingen«, schimpfte er.
Rugger zog erstaunt die Augenbrauen hoch. »Ich habe den Hauptmann mit einigen seiner Knechte bei den Pferden getroffen. Er wollte wegreiten, um Männer anzuwerben. Hat er Euch das nicht gesagt?«
Die Männer im Zelt sahen sich verblüfft an. »Aber nein, kein Wort.«
Stille senkte sich herab. Voller Unbehagen tauschten sie Blicke aus, sagten aber nichts. Was hatte das nur zu bedeuten? Rugger schob den Verdacht, der sich böse grinsend in ihm erhob, energisch beiseite. Götz von Berlichingen war ein Ritter, er hatte auf die Sache der Bauern geschworen. Nie würde ein Mann von Ehre sein Heer kurz vor einer Schlacht so schändlich im Stich lassen, auch wenn die vierwöchige Frist, die er mit dem Haufen abgemacht hatte, heute Nacht zu Ende ging.

✢ ✢

Bleich und stumm saß Anne Katharina vor ihrem Mus. Sie rührte den Löffel nicht an. Auch die Mädchen hatten keinen Appetit. Zum Glück war die Seybothin noch nicht heruntergekommen, denn ihr Gekeife hätte Anne Katharina noch den Rest an Beherrschung geraubt.
»Wo ist Bernhard? Geht er heute wieder nicht mit in die Schule?«, fragte Veronica und sah ihre Mutter aus unschuldigen Augen an.

»Ich weiß es nicht, er …« Sie stutzte. »Wieder nicht? Was willst du damit sagen?« Anne Katharina fuhr hoch und starrte ihre Tochter an.
»Ich musste ihm versprechen, es nicht zu verraten.« Tränen rannen dem Mädchen über die Wangen. »Er hat mich gestern bis zum Tor der Barfüßer gebracht und ist dann weggegangen. Er hat mich umarmt und gesagt, dass ich seine liebe Schwester bin.«
Anne Katharina taumelte ein Stück zurück und musste sich an der Tischkante festhalten, um nicht zu stürzen. Wie blind und taub war sie gewesen! Warum war es ihr nicht aufgefallen, dass er sich von ihr verabschiedet hatte, um fortzugehen? Plötzlich fiel ihr etwas ein. David! Deshalb wollte er ihr gestern nicht begegnen! Er hatte sie auf der Staffel wohl erkannt und versucht, ihr auszuweichen. Er wusste etwas und hatte ein schlechtes Gewissen. Sie würde ihm so lange zusetzen, bis er ihr alles gesagt hatte!
»Veronica, mein Schatz, Agnes wird dich heute zur Schule bringen. Ich weiß nicht, ob ich daheim sein werde, wenn du zurückkommst, aber die Großmutter und Agnes werden sich um dich kümmern. Sei ein braves Kind und gehorsam, bis ich wiederkomme.«
»Wo gehst du hin?«
»Zuerst einmal zu David, um ihn etwas zu fragen!«
Sie küsste ihre Tochter und nahm dann Barbara auf den Arm, um sie zur Seybothin zu bringen. Dann riss sie ihren Umhang vom Haken und stürmte hinauf in die Herrengasse. Ihre Sohlen klapperten über die Holztreppe, die ihr seit ihrer Kindheit vertraut war. Mit einem Ruck riss sie die Stubentür auf. Sechs Paar Augen starrten sie erstaunt an.
»Schwester, schließ die Tür, es zieht«, begrüßte sie Ulrich mit verdrießlicher Miene. »Was ist in dich gefahren, dass du hier am frühen Morgen hereingestürmt kommst?« Sein Weib kniff die Lippen zu einem Strich zusammen und nickte zustimmend. Dass sie nichts von ihrer Schwägerin hielt, hatte sie nie verborgen.
»Ich möchte mit David sprechen«, stieß Anne Katharina keuchend

hervor. Sie war so schnell gerannt, dass es bei jedem Atemzug in ihrer Seite stach.
»Was hat der Junge nun wieder ausgefressen?«, donnerte Ulrich und sah seinen Stiefsohn drohend an. Davids Wangen färbten sich rot, und er senkte den Kopf. Obwohl Anne Katharina auf ihn wütend war, empfand sie nun Mitleid.
»Das möchte ich mit ihm lieber draußen besprechen, wenn du erlaubst.«
Ulrich zuckte mit den Schultern. »Von mir aus kann er gehen, doch er braucht sich nicht einzubilden, dass er sein Essen später nachgereicht bekommt.«
David griff nach seiner angebissenen Scheibe Brot, erhob sich und folgte Anne Katharina in die Halle hinunter. Dort drehte sie sich um und sah ihn scharf an.
»Wo ist Bernhard?«, fragte sie mit mühsam beherrschter Stimme.
»Woher soll ich das wissen?«, antwortete er, sah seine Tante jedoch nicht an.
Sie hob die flache Hand und schlug mit aller Kraft zu. Flammende Röte schoss in die Wange des Jünglings, die den ersten Bartflaum zeigte, und auch Anne Katharinas Hand glühte schmerzhaft.
»Lüg mich nicht an«, rief sie. »Ich will wissen, wo mein Sohn ist! Weißt du, was für eine Nacht ich hinter mir habe?« Sie griff nach seinen Schultern und schüttelte ihn. Tränen schossen ihr in die Augen.
»Er ist fortgegangen, gestern Morgen.«
»Wohin? Wohin?«, schrie sie und hoffte mit all ihrer Kraft, dass er nicht die eine Antwort geben würde, aber sie kam wie ein Todesstoß.
»Nach Norden zu den Bauern. Nach Würzburg, glaube ich. Er will Oheim Peter suchen und an seiner Seite für die neue Welt kämpfen.«
»Er ist doch noch ein Kind«, schluchzte Anne Katharina fassungslos.
»Das habe ich ihm auch gesagt, die Knechte jedoch meinten, jeder, der für die Sache kämpfen will, ist willkommen.«

Die Mutter horchte auf. »Knechte? Welche Knechte?«
»Ich habe nur ein paar erkannt. Ein Feurer von Ulrich und einer eurer Siedensknechte, Gutmannsmichl heißt er, glaube ich, und der Gilg Heyden, der Karrenmann. Die anderen kannte ich nicht.«
»Warum hast du ihn nicht zurückgehalten?«
David riss sich los. »Wie hätte ich das denn machen sollen? Ihn gefesselt durch die Stadt schleppen? Er ist kein kleines Kind mehr!«
»Aber auch kein Mann, der in die Schlacht ziehen sollte!«
»Er nannte mich einen Feigling, weil ich ihm nicht folgen wollte«, stieß David voll Bitterkeit hervor.
»Und warum bist du nicht zu mir gekommen und hast es mir erzählt? Nicht einmal als du mir am Abend begegnet bist, fandest du den Mut dazu.«
»Ihn zu verraten verstößt gegen die Ehre«, sagte er nur.
»Ehre? Ehre?«, schnappte Anne Katharina mit sich überschlagender Stimme. »Wenn ihm etwas passiert, dann klebt sein Blut an deinen Händen!«, zischte sie. »Das werde ich dir niemals verzeihen.«
Sie drehte sich auf dem Absatz herum und stürmte aus der Halle. Sie wollte sein blasses Gesicht nicht sehen, in dem sich tiefer Schmerz und Gewissensbisse widerspiegelten.
Später bereute sie die harten Worte, die den Jüngling in Verzweiflung stürzten, doch jetzt war ihr Herz voller Angst um das Leben ihres Sohnes.

✠ ✠

Anne Katharina lief nach Hause. In ihrem Kopf wirbelten Gedanken und Bilder umher. Der Teufel grinste ihr ins Gesicht. Ich werde dir deinen Sohn nehmen, schien er zu höhnen. Kriegsgeschrei klang in ihren Ohren, wüste Drohungen von Männerstimmen, im Rausch der Schlacht voll von Hass, doch sie konnten die helle Knabenstimme nicht übertönen. Ihr Sohn rief nach ihr! Eine Woge von Angst und Schmerz schlug über ihm zusammen und verschlang ihn. Ein roter Schleier legte sich über die Augen der Mutter. Es war Blut. Sein Blut, das dort auf einem Schlachtfeld sinnlos vergossen wurde. Vom Schluchzen geschüttelt, blieb Anne Katharina auf der Treppe stehen. Was konnte sie nur tun? Sollte sie hier ihre Knie vor den Altären wund scheuern und auf Gottes Hilfe bauen? Würde er ihren Sohn beschützen und zu ihr zurückbringen, wenn sie Tag und Nacht im Gebet verbrächte? Anne Katharina wischte sich mit dem Ärmel die Tränen aus dem Gesicht. Ihr Atem wurde ruhiger, ihr Herzschlag verlangsamte sich. Ein harter Zug legte sich auf ihr Gesicht. Sie hatte sich entschieden.

Mit festem Schritt stieg sie zur Ehekammer hinauf und öffnete Michels Truhe. Ihr Finger zitterten nicht mehr, als sie die Bänder ihres Rockes löste und das Mieder aufschnürte. Sie schlüpfte in wildlederne Reithosen und zog ein dick gefüttertes Wams über ihr Hemd, an das sie ein Paar nur mäßig gebauschte Ärmel nestelte. Sie wog Michels feinen Mantel in der Hand und ließ ihn wieder in die Truhe fallen. Seinen warmen Reiseumhang hatte er nach Koblenz mitgenommen. Sie würde ihren alten, grauen Wollumhang mitnehmen, den sie Agnes vor dem Winter geschenkt hatte. In ein Bündel packte sie eilig noch ein paar Wäschestücke, Leinenstreifen und die Paste, die sie auf offene Knie und Ellenbogen zu schmieren pflegte. Eine Kürbisflasche mit Wasser, ein Laib Brot, Käse, Dörrobst und Nüsse füllten den Leinensack vollends aus. Anne Katharina eilte noch einmal in die Kammer hinauf, band sich Michels Jagdmesser um die Taille und schob ein paar Münzen in ihren Beutel.

Hatte sie nun alles? Ein Hut fehlte noch! In der Truhe fand sie eine breitkrempige, verblichene Kopfbedeckung, die ihr leidlich passte. Anne Katharina atmete tief durch und murmelte ein Gebet. Sie war bereit.

In der Halle stieß sie auf Agnes, die mit einem Korb voller Gemüse vom Markt zurückkehrte. Schweigend sahen sich die Frauen an. Anne Katharinas Blick flehte, sie nicht zu fragen. Es lag jedoch auch eine Härte darin, die klar machte, dass sie sich nicht umstimmen lassen würde. Schließlich bewegte sich Anne Katharina wieder und trat einen Schritt auf die Tür zu.

»Wartet, Herrin«, sagte die Magd und hob die Hände.
»Du wirst mich nicht ...«
»Nur einen Augenblick, ich bitte Euch!«
Zögernd blieb Anne Katharina stehen und sah der Magd nach, die in den Keller hinuntereilte. Kurz darauf kam sie wieder, ein Stück Kreide in der Hand, mit dem Michel seine Weinfässer zu beschriften pflegte. Die Magd trat zu ihrer Herrin und malte ein weißes Kreuz auf ihren Hut und eines auf den Ärmel ihres Wamses.
»Nun könnt Ihr gehen, Anne Katharina. Möge Gott Euch behüten und Euch bei Eurer Suche beistehen.« Ihre Augen schimmerten. Die Frauen umarmten sich, so als wäre die eine nicht Herrin, die andere nicht Magd. Für einen Moment waren sie Vertraute, die sich schon fast ihr ganzes Leben lang kannten.
»Gib auf meine Töchter Acht«, flüsterte Anne Katharina unter Tränen. Dann eilte sie hinaus in den noch immer kühlen Morgen.

✢ ✢

Im Marstall ließ sich Anne Katharina die Stute satteln, die Michel dort eingestellt hatte. Das Tier war bereits über seine besten Jahre hinaus, aber Anne Katharina war schon öfter auf ihr geritten und traute sich eher zu, die alte Stute zu beherrschen als den feurigen Hengst, der seit dem Herbst Michels ganzer Stolz war. Er hütete ihn so fürsorglich, dass er für seine Reise nach Koblenz lieber eines der Stadtpferde gemietet hatte, damit sein prächtiger Rappe keinen Schaden nehmen konnte. Die Stute dagegen, auf der Anne Katharina nun durch das Eichtor ritt, war von unauffällig blassbrauner Farbe und verfiel nur widerwillig in eine schnellere Gangart.
Anne Katharina trabte über die erhöhte Straße zwischen dem träge dahinfließenden Kocher links von ihr und dem sumpfigen Morast, der bis an die Mauer der Gelbinger Vorstadt heranreichte. Bald schon gelangte sie zu den Höfen des Weilers Gelbingen, von dem

aus der Fluss in einem kühnen Schwung die Richtung änderte, um den Neuberg fast vollständig zu umfließen. Der Karrenweg jedoch führte über die Bergzunge hinweg. Trotz des Protestes ihrer Reiterin nahm die Stute den steilen Anstieg nur in langsamem Schritt. Drüben angekommen fügte sich die Straße wieder in die Flussaue ein. Am anderen Ufer ragte die sechsseitige Geyersburg in den Himmel, die noch vor einigen Wochen einem Haufen Bauern als Unterschlupf gedient hatte. Nun lag sie ruhig da.

Ein Reiter kam Anne Katharina entgegen. Nach seinem Pferd und den Kleidern zu schließen, ein Junker oder reicher Bürger aus einer anderen Stadt, denn Anne Katharina kannte ihn nicht. Sie nickte ihm zu und wandte dann den Blick ab. Dennoch spürte sie, dass er sie betrachtete. Die Reiterin lenkte ihre Stute an den Straßenrand, damit der Edle passieren konnte, aber er folgte in die gleiche Richtung und versperrte ihr den Weg.

»Wohin des Weges, schönes Kind?«

Anne Katharina funkelte den Reiter an. »Die Zeit, da ich dem Kinderkittel entwachsen bin, ist schon viele Jahre her!«, fauchte sie.

Der Junker drängte sich an ihr Pferd heran. »Aufmüpfiges Bauernpack!«, zischte er und griff nach ihrem Umhang. »Aufhängen sollte man euch alle!«

Sie fürchtete schon, er würde sie aus dem Sattel reißen, da glitt ihm der Stoff aus den Fingern. Anne Katharina schlug der Stute die Fersen in die Seiten und stieß einen hellen Schrei aus. Erschreckt machte das Tier einen Satz nach vorn und galoppierte die Straße entlang. Anne Katharina hielt sich nur mühsam im Sattel. Zurückzusehen – daran war nicht zu denken! So blieb ihr nur zu lauschen, ob der Mann ihr folgte. Die Stute verfiel schon wieder in Trab und dann zurück in ihre normale Schrittgeschwindigkeit. Hastig wandte sich die Reiterin um, doch zu ihrer Erleichterung folgte ihr niemand.

Tief in Gedanken versunken, ritt Anne Katharina weiter und vergaß ganz, die Stute wieder zu einer schnelleren Gangart anzutreiben. Ihr kam zum ersten Mal die Erkenntnis, was für ein Wahnsinn ihr Vorhaben war. Sie konnte von Glück sagen, wenn sie es unversehrt bis nach Würzburg schaffte. Und dann? Was würde sie in Würzburg machen? Wie konnte sie Bernhard finden? Sie wusste, dass viele tausend Männer auf beiden Seiten unterwegs waren, außerdem war es keineswegs sicher, dass die Entscheidungsschlacht im Schatten des Marienberges stattfinden würde. Was, wenn die Männer sich unterwegs für ein anderes Ziel entschieden?

Anne Katharina beschloss, sich diese Gedanken für später aufzuheben und ihre Kraft erst einmal auf ihre Reise zu konzentrieren. Vielleicht gelang es ihr ja, die Männer auf ihrem Weg einzuholen. Immerhin waren sie zu Fuß unterwegs, und sie saß auf dem Rücken eines Pferdes.

»Vorwärts, du faules Tier«, rief sie der Stute zu und zwang sie in einen leichten Trab.

Eine halbe Stunde später passierte die Reiterin den von einem Wassergraben umgebenen Burgstall, der den Kocherübergang nach Untermünkheim bewachte. Der ehemalige Sitz der Münkheimer war verlassen, das Dach des Hauses eingestürzt. Anne Katharina wusste, dass diese Schäden zumindest nicht auf das Kerbholz der Aufständischen gingen. Die Junker Senft, die das Gemäuer als Hohenlohisches Lehen innehatten, hatten es dem Verfall preisgegeben. Das neue Schlösschen auf der anderen Flussseite mit seinem prächtigen Fachwerkaufsatz war sicher eine bequemere Behausung für die ehemals hällischen Adeligen.

Die Reiterin passierte die Brücke und ritt durch das Dorf. Einige bewaffnete Bauern kamen ihr entgegen und schwenkten ihre Hüte, als sie das Kreidezeichen entdeckten. Anne Katharina grüßte zurück, lehnte die Einladung zu einem Schluck Schlehenwein jedoch dankend ab. Kaum lag der letzte Hof hinter ihr, trieb sie die Stute wieder an. Sie musste so schnell wie möglich weiterkommen. Anne Katharina verdrängte das seltsame Gefühl, das in ihr aufstieg, als ihr bewusst wurde, dass sie die Haller Landheg nun hinter sich gelassen hatte: Ein Graben hinter einem Wall, der mit einer dichten Hainbuchenhecke bepflanzt war, so dass kein Reiter sie passieren konnte. Sie begrenzte und schützte das Haller Land und diente natürlich auch dazu, dass kein Karren sich unbemerkt an den Zolleintreibern vorbeischleichen konnte.

✢ ✢

Anne Katharina redete der Stute, die schon wieder nur im Schritt dahintrotten wollte, aufmunternd zu. Noch beschwor sie die tröstliche Hoffnung, die Männer würden an einem Tag zu Fuß keine große Strecke zurücklegen können, noch dazu, da der Knabe bei ihnen war.

Hinter Enslingen verengte sich die Aue, an manchen Stellen traten graue Steilwände nah ans Ufer heran. Als die bewaldeten Hänge wieder zurückwichen, lag der Kessel vor ihr, in dem die Bühler sich mit dem Kocher vereinte. Dort, wo sich die beiden Gewässer vermischten, lagen die Höfe von Geislingen. Hier querte auch der Weg den Kocher und führte nun an der rechten Aue vorbei an Braunsbach und Jungholzhausen bis nach Kocherstetten, das, hoch oben über der Felswand, von einer mächtigen Burg überragt wurde.

Inzwischen war es Mittag, und die Sonne brannte heiß vom fast wolkenlosen Himmel. Durst quälte sie, Rücken und Hintern schmerzten von dem ungewohnt langen Ritt. Am ersten Hof von Kocherstetten stieg Anne Katharina vom Pferd.

»Daran wirst du dich jetzt gewöhnen müssen«, knurrte sie und zog eine Grimasse, als sie die ersten Schritte auf festem Boden tat und ihre verkrampften Beine ausschüttelte.

Eine Frau im groben Kittelkleid einer Bäuerin mit schmuddeliger Schürze und einem Tuch um den Kopf näherte sich ihr.

»Was willst du hier?«, fragte sie. Ihre Stimme klang feindselig.

»Nun ein paar Minuten rasten, gute Frau«, antwortete die Ratsherrngattin und lächelte die Bäuerin freundlich an. Sie schlüpfte

aus dem Wams, unter dem es ihr unerträglich heiß geworden war. Der Mantel lag längst zusammengerollt hinter dem Sattel.
»Ich bin durstig und hungrig von meinem Ritt«, fügte Anne Katharina hinzu und trank einen Schluck aus der bauchigen Kürbisflasche.
»Ich kann dir nichts geben«, sagte die Frau immer noch abweisend. »Ich habe nichts mehr, nur noch einen Sack voll kleiner Kinder.«
Anne Katharina hob abwehrend die Hand. »Nein, nein, so war das nicht gemeint. Alles, was ich von dir möchte, ist eine Auskunft. Doch darf ich dich erst fragen, wie deine Worte zu verstehen sind? Wer hat dir alles genommen?«
»Nachdem wir im letzten Jahr die zweite schlechte Ernte hatten, konnten wir die Gült nicht bezahlen, aber das war dem Vogt des Hohenlohers gleichgültig. Er nahm uns das Vieh, weil nicht genug Korn in der Scheune lag. Und nun sind mein Mann, unser Erstgeborener und die beiden Knechte in den Kampf gezogen. Ich kann es nicht glauben, dass eine neue Zeit für uns Bauern anbricht und die Herren uns nicht mehr pressen und drücken. Ich weiß nur, dass, wenn die Männer nicht zurückkehren, es aus ist mit uns. Wie soll ich denn allein die Felder bestellen und die Ernte einbringen?« Sie deutete auf den nächsten Hof. »Die Greta hat den Mann und beide Söhne verloren. Nur der Knecht kam zurück.«
Betroffen blickte Anne Katharina in die gewiesene Richtung. Welch Leid brachte der Kampf um Freiheit und Gerechtigkeit über Tausende Familien.
»Du wolltest mich etwas fragen. Doch sag mir erst, wer du bist und woher du kommst. Du trägst zwar das Kreidezeichen, aber so wie du sprichst, bist du keine von uns armen Dorfweibern.«
Anne Katharina stellte sich vor. »Ich suche meinen Sohn Bernhard. Er ist elf Jahre alt und mit ein paar Knechten aus Hall nach Würzburg aufgebrochen – das haben sie gesagt, aber ich bin mir nicht sicher, ob das wirklich ihr Ziel ist. Daher wollte ich dich fragen, ob er und die Männer gestern hier gerastet oder gar die Nacht im Dorf verbracht haben.«

Die Miene der Bäuerin verlor ihre Feindseligkeit. Die Fremde war eine Mutter, die um ihr Kind bangte wie sie auch. Da machte es keinen Unterschied, dass sie eine reiche Bürgerin war, die sich nie Sorgen machen musste, wie sie ihre Brut satt bekommen sollte. Sie nickte.

»Gestern um die Mittagszeit haben sie eine kurze Rast im Dorf gemacht. Sie ließen sich gerade einmal Zeit, ein wenig Wasser zu trinken und einen Kanten Brot zu essen, und schon zogen sie weiter. Ein hübscher Knabe, Euer Sohn. Sie haben ihn auf eines der Pferde gesetzt. Vielleicht war er müde oder hatte wunde Füße nach der Strecke von Hall hierher.«

Anne Katharinas Herz wog schwer in ihrer Brust. Die Männer mussten einen strammen Schritt vorlegen. Bisher war sie ihnen noch nicht näher gekommen. Eilig verabschiedete sie sich von der Bauersfrau und führte ihr Pferd an einen Holzpflock, von dem aus sie wieder in den Sattel steigen konnte.

»Auch Euch wünsche ich Glück und Gottes Segen«, antwortete die Frau und winkte zum Abschied.

Ohne auf die schmerzenden Glieder zu achten, trieb Anne Katharina die Stute schärfer an als zuvor.

Der Fluss bog nun Schleifen ziehend nach Westen ab. Der Pfad war eng und stieg immer wieder steil an, nur um dann erneut zum Fluss hin abzufallen. An manchen Stellen führte er so nah an das unterspülte Ufer heran, dass Anne Katharina abstieg und die Stute an der Abbruchkante vorbeiführte. Nicht nur einmal fürchtete sie, der Boden könne plötzlich unter ihr nachgeben und sie, samt des Pferdes, ins Wasser stürzen. So folgte sie dem nördlichen Ufer, bis sie die Stadt Künzelsau erreichte. Anne Katharina führte ihr Pferd über die Brücke und durch das Tor. Sie erkundigte sich überall nach den Haller Knechten und dem Knaben, doch keinem waren die Fremden auf der Durchreise aufgefallen. Verständlich, bei der großen Zahl, die jeden Tag durch die Gassen strömten. Auf dem Markt kaufte sich Anne Katharina ein Stück Räucherspeck und ein dunkles Brot. Sie band die Stute an einen Pfahl, setzte sich ein paar

Schritte weiter auf den Rand des Brunnens und begann, gierig zu essen. Keiner der Bürger kümmerte sich um sie. Als die Kirchturmuhr dreimal schlug, brach sie wieder auf.

✢ ✢

Anne Katharina folgte dem Strom von Karren und Wanderern zurück über die Brücke und dann die ansteigende Straße an der grauen Felswand entlang nach Westen, bis sich der Weg gabelte. Die meisten zogen weiter am Flussufer entlang, Anne Katharina jedoch folgte dem Weg durch ein schmales Tal nach Norden. Sie war noch nicht lange unterwegs, da begann sich die Straße den linken Hang hinaufzuwinden, bis sie die bewaldete Höhe zwischen den beiden Flusstälern des Kochers und der Jagst erreichte. Auf einer grasigen Lichtung neben dem Weg lagerten zwei Dutzend Männer. Sie waren bewaffnet, und manch Kleidungsstück sprach von einem harten Marsch. Auf Hüten und Ärmeln sah Anne Katharina rote oder weiße Kreuze, zwei hatten sich württembergische Hirschhörner auf die Brust gemalt, das Zeichen des vertriebenen Herzogs Ulrich.

»Wohin des Weges, schöne Frau?«, fragte ein bärtiger Hüne mit einem Sauspieß.

Anne Katharina zögerte. »Nach Würzburg, und ihr?«

»Wir eilen nach Neckarsulm. Hipler und sein Odenwälder Haufen haben die Stadt besetzt, doch wie man hört, zieht das Heer des Bundes heran, um sie ihnen wieder zu nehmen. Auch der Erzbischof Reichart soll mit einem kurpfälzischen Aufgebot dem Truchseß zugezogen sein. Es wird eng für uns.«

Seine Begleiter widersprachen ihm lauthals, tranken aus ihren Schläuchen und reckten siegessicher die Fäuste in die Luft. Anne Katharina schaute den Hünen an. Was sie in seinen Augen zu erkennen glaubte, ließ sie schaudern. Anscheinend wusste er, wovon er sprach.

Anne Katharina schwang ein Bein über den Rücken der Stute und glitt aus dem Sattel. »Dann wird die Entscheidung in Neckarsulm fallen?«

Der Bärtige schüttelte den Kopf. »Nein, wenn Nackarsulm nicht zu halten ist, werden die Odenwälder und die Württemberger, die Böblingen überstanden haben, nach Norden ausweichen.«

»Und der Truchseß?«, fragte Anne Katharina zaghaft.

»Der ist nicht dumm. Er wird versuchen, den versprengten Haufen im Jagsttal den Weg abzuschneiden.«

Der Bärtige, der sich als Lienhard vorstellte, bot ihr seinen Weinschlauch an. »Und was hoffst du zu finden? Willst du mit dem Messer da gegen die Landsknechte und Ritter des Truchsessen antreten?« Er wies auf die Scheide an ihrer Seite. »Weißt du, worauf du dich da einlässt? Ich war bei Böblingen dabei.« Seine Miene verdüsterte sich. »Ich habe schon einige Weiber bei den Haufen gesehen, aber gutheißen kann ich es nicht. Rechne nicht mit Milde! Die Männer des Bundes kennen keine Gnade.«

»Du weißt viel«, sagte Anne Katharina. Das vertrauliche du aus dem Mund dieses Unbekannten kam ihr seltsam vor.

»Ja, ich bin dabei, seit der Aufstand begann, und habe mein Fähnlein geführt, bis es mir in Böblingen aufgerieben wurde. Nur zwei Männer sind mir geblieben, und nun suche ich noch einmal Kämpfer, die meinem Ruf folgen.«

»Komm mit uns!«, rief ein anderer und ließ seine gelben Zähne sehen. »Du würdest uns sicher Glück bringen. Und schöner als die schwarze Hofmännin bist du auch.«

Anne Katharina schüttelte den Kopf. »Ich suche eine Gruppe Haller, die gestern Morgen gen Würzburg aufbrachen. Ich muss versuchen, sie einzuholen.«

»Ah, das Weib folgt dem geliebten Mann, so wie es in der Bibel steht«, lachte ein kleiner Kerl mit mausgrauem Haar.

Ruggers Bild stieg vor ihr auf, doch sie wischte es rasch beiseite. »Nein, ich suche meinen Sohn. Er ist erst elf Jahre alt, und ich werde nicht tatenlos zusehen, wie er von einem Ritter einfach so abgeschlachtet wird.«

Lienhard trat einen Schritt näher und sah sie ernst an. »Der Kampf um Recht und Freiheit fordert Opfer. Auch wir wären glücklich, wenn die Herren sich einsichtig zeigten und sich christlich verhielten. Sie lassen uns jedoch keine andere Wahl, als zum Schwert zu greifen.« Er machte eine ausladende Handbewegung. »Sieh dir meine Männer an. Auch sie haben Mütter und Schwestern oder Weiber und Kinder, die um sie weinen werden. Wer kann sagen, wie viele in drei Tagen oder in sieben noch am Leben sind?«

Widerstrebend betrachtete Anne Katharina die Gesichter. Einige waren noch nicht zum Mann geworden und zählten kaum ein paar Jahre mehr als Bernhard, es gab junge Männer in der ersten Blüte ihres Lebens, auf die zu Hause sicher ein liebendes Weib wartete, und andere, die vermutlich Frau und zahlreiche Kinder zurückgelassen hatten. Zwei der Bauern waren alt und sahen nicht so aus, als hätten sie einem kampferprobten Ritter etwas entgegenzusetzen. Mit einem Ruck wandte sich Anne Katharina ab und sah Lienhard an.

»Wenn er für die neue Welt kämpfen will, dann darfst du ihn nicht daran hindern.«

Wut wallte in der Mutter auf. »Für die neue Welt? Was weiß ein Knabe in seinem Alter von euren Zielen? Er riecht das Abenteuer und will seinem Oheim folgen. Er will als Mann gelten und Bewunderung ernten und weiß nicht, worauf er sich einlässt. Ein paar Prügeleien mit seinen Kameraden sind die Kampferfahrung, die er gegen Ritter und Landsknechte mitbringt. Und diesen Wahnsinn soll ich zulassen?«

Der Hüne sah sie nachdenklich an. »Unsere Ziele? Sind es nicht auch deine, oder muss ich sagen Eure?«

»Es ist mir egal, wie du es sagst. Wenn du wissen willst, auf welcher Seite ich stehe, dann kann ich nur sagen, auf der des Friedlichen und Barmherzigen! Ich kann weder die Grausamkeiten des Truchsessen gutheißen, noch die Taten des kleinen Mannes, der nach Freiheit und Gerechtigkeit ruft, aber plündernd übers Land zieht und Ritter durch die Spieße jagt!«

Einige der Männer, die ihre Worte vernommen hatten, sprangen auf und traten näher. Waren ihre Mienen nur ernst oder drohend? Anne Katharina und der Bärtige starrten sich einige Augenblicke an.

»Die Tat in Weinsberg wurde bereits mehr als gerächt«, sagte Lienhard leise, »dafür hat der Truchseß gesorgt. Aber wie viele der Grausamkeiten der Herren bleiben auf immer ungesühnt? Habt Ihr darüber einmal nachgedacht?«

Anne Katharina hob abwehrend die Hände. »Ich bin nicht ausgezogen, um die Welt zu ändern. Ich will meinen Sohn finden.«

»Und was wollt Ihr tun, wenn Ihr ihn gefunden habt? Ihn nach Hause schleppen und in seine Kammer sperren, bis wieder Ruhe im Land herrscht?«

Darüber hatte sie sich auf ihrem Ritt auch schon Gedanken gemacht. Was sollte sie tun, wenn er sich weigerte, mit ihr zu kommen? Wenn er sich so störrisch aufführte, wie es in letzter Zeit öfter vorkam?

»Ja!« Sie wich seinem Blick nicht aus.

»Was wäre, wenn alle Weiber so handeln würden?«

»Dann gäbe es keine Kriege mehr in dieser Welt!«

Lienhard zog die Augenbrauen hoch und runzelte die Stirn, dann jedoch teilte ein Lächeln das Gewirr dunkler Barthaare. »Vielleicht habt Ihr Recht. Aber wäre die Welt dann auch gerechter?«

Hilflos zuckte Anne Katharina mit den Schultern. »Ich kann es nicht sagen, Lienhard, ich wünsche mir nur, dass keine Mutter, kein Weib und keine Tochter mehr um einen Erschlagenen weinen muss.«

Er griff nach ihren Händen und drückte sie. »Ja, das wünsche ich auch. Betet zu Gott, dass Er den Fürsten die Augen öffnet. Der Hipler ist ein schlauer Kopf. Wenn die Herren sich mit dem Bauernparlament einigen, dann wird es kein Blutvergießen mehr geben.«

Anne Katharina zog ihre Hände zurück. »Ja, ich werde dafür beten«, sagte sie und trat an ihre Stute heran. Lienhard hob sie in den Sattel.

»Gottes Segen mit Euch«, sagte er.
»Gottes Segen mit euch allen«, antwortete Anne Katharina, hob noch einmal grüßend die Hand und folgte dann weiter der Straße, die sie immer tiefer in den dichten Wald führte.

✢ ✢

Anne Katharina überquerte die Hochebene. Es dämmerte bereits, als sie den steilen Berghang ins Jagsttal hinunterritt. Sie fragte jeden Menschen, den sie traf, nach Bernhard, aber niemand konnte sich an die Männer und den Knaben erinnern. So überquerte sie den Fluss und folgte seinem nordöstlichen Ufer noch ein Stück, bis es völlig dunkel war. In einer Scheune am Wegesrand verbrachte sie die Nacht. Es war nicht kalt, und dennoch fror Anne Katharina auf ihrem einsamen Strohlager. Nur das Schnauben des Pferdes schenkte ihr ein wenig Trost.
Hatte sie es nicht so gewollt? Allein auf sich selbst gestellt zu sein, in eigener Verantwortung Entscheidungen zu treffen, niemanden um Rat fragen und sich nicht nach Vorschriften richten zu müssen? Nun lag sie hier in finsterer Nacht und wünschte sich, sie könnte jemanden um Rat fragen und es würde jemand an ihrer Seite sein und sie führen.
Wenn Gott uns strafen will, dann erfüllt er unsere Wünsche, dachte sie und schämte sich für den Gedanken.
Wie würde es weitergehen, wenn der Tag anbrach? Wie sollte sie seine Spur wiederfinden? Lange lag sie wach und grübelte, ohne zu einer Lösung zu gelangen. Die Nacht war schon weit fortgeschritten, als sie endlich in einen unruhigen Schlummer hinüberglitt, der, angefüllt von schaurigen Visionen, sie sich unruhig hin und her werfen ließ. Bereits im Morgengrauen war sie wieder wach und sattelte das Pferd. Sie mühte sich auf den Rücken der Stute und zog die Zügel an. Jeder Knochen in ihrem Leib schien zu schmerzen. Sie fühlte sich zerschlagen und mutlos. Nicht einmal die in der aufgehenden Sonne glitzernden Tautropfen im Gras und

der morgendliche Gesang der Vögel konnten die tiefen Falten auf ihrer Stirn ein wenig glätten.
Anne Katharina folgte den Auwiesen der Jagst, bis die Straße sich in einem Weiler verzweigte. Am ersten Hof stieg sie ab, gab der Bäuerin einen Heller und bekam dafür eine Schale Milchsuppe. Freundlich bat die Bauersfrau sie in die Küche, wo zwei Mägde und sechs Kinder um den Tisch saßen. Männer waren keine zu sehen, und Anne Katharina wagte nicht zu fragen. Stattdessen erkundigte sie sich nach Bernhard und den Hallern.
Die Frauen schüttelten die Köpfe. »Es ist wie in einem Bienenhaus ein ständiges Kommen und Gehen. Wer fragt noch nach dem Woher und Wohin oder merkt sich die Gesichter. Vielleicht sind sie nach Krautheim gegangen. Dort sind die Odenwälder und die Taubertaler zusammengetroffen.«
Die Tür ging auf, und zwei Männer traten in die Küche. Die Bäuerin stieß einen Schrei aus und eilte auf den Älteren der beiden zu. Er ließ einen prall gefüllten Sack zu Boden gleiten und umarmte sein Weib. Anne Katharina sah, wie eine der Mägde dem anderen einen Blick zuwarf und dann errötend die Augen senkte.
»Wo kommt ihr nur her?«, stieß die Bäuerin fassungslos aus. Die Männer zogen sich Hocker heran und füllten sich Schalen mit Milchsuppe. Der Bauer führte den Löffel erst ein paar Mal zum Mund, ehe er seinem Weib antwortete.
»Wir haben uns bei Krautheim von unserem Fähnlein getrennt. Der Metzler hat nur zweitausend Männer mitgebracht, obwohl er mit mehr als doppelt so vielen in Neckarsulm aufgebrochen ist. Als seine Männer hörten, dass sich der Ritter mit der eisernen Faust in der Heimlichkeit der Nacht einfach davongeschlichen hat, wurde aus ihrem Rückzug vor dem Truchseß eine wilde Flucht. Viele der Männer trieb die Furcht zurück zu ihren Höfen. Den Rest konnten die Hauptmänner erst in Krautheim wieder sammeln.« Er schlürfte einen Becher Bier leer, den sein Weib ihm hingestellt hatte.
»Wir standen mit sechstausend Männern an der Jagst, als die Boten meldeten, dass der Truchseß in schnellem Marsch von

Neckarsulm nach Möckmühl eilte, die Stadt einnahm und dann westlich unseres Haufens weiterzog. Alle Dörfer auf seinem Weg plündert er und brennt sie nieder. Die Bauern, die er fassen kann, werden an den Bäumen aufgeknüpft oder einen Kopf kürzer gemacht. Auch Ballenberg hat er bluten lassen und Hauptmann Metzlers Wirtshaus eingeäschert. Das war ihm sicher ein großes Vergnügen.« Er trank noch einen Becher leer.
»Er hat mit diesem Gewaltmarsch den hellen Haufen überholt. Das ist wirklich übel! Denn nun steht er im Norden zwischen uns und den Würzburgern. Der Haufen ist rasch aufgebrochen, um den Tauberübergang bei Königshofen vor dem Bündischen Heer zu gewinnen. Dann kommen sie vielleicht am Truchseß vorbei und können sich mit den anderen treffen. Der Hipler und der Metzler jagen die Männer im Laufschritt über Land, um den Wettlauf zur Tauber zu gewinnen. Ja, und da haben der Albert und ich gedacht, wir gehen lieber nach Hause.« Er rülpste.
»Ziehst du ihnen nach?«, fragte die Bäuerin.
Der Hausherr schüttelte den Kopf. »Nein, für uns ist dieser Zug gelaufen. Wir waren einige Wochen dabei, wir haben gekämpft und unseren Anteil an Beute gemacht.« Er deutete auf den Sack. »Darin ist genug für ein paar Schweine und eine Kuh und vielleicht auch für ein junges Pferd. Wir haben mehr als einmal unseren Kopf riskiert, nun sind andere dran, die bisher am warmen Ofen gesessen haben.«
In Anne Katharina regte sich Widerspruch. Jetzt, wo vermutlich die größte Schlacht kurz bevorstand, die letzte Möglichkeit, den Bund zu besiegen, wollten die Männer es sich am heimischen Herd gemütlich machen und ihre Beute zählen? Wenn der Bauer Recht hatte, dann verließen sie in diesen Tagen zu Hunderten, ja, zu Tausenden ihre Hauptleute. Wie konnten sie da noch auf einen Sieg hoffen? Wer sollte ihn gegen den Truchseß erkämpfen, wenn nicht der einfache Mann, jeder Einzelne, alle gemeinsam, Seite an Seite? Sie dachte an Peter und Rugger und an ihren Sohn, der dort draußen irgendwo mit ein paar Knechten unterwegs war, und ihr blie-

ben die Worte im Hals stecken. Wie leicht war es, andere der Pflichtvergessenheit zu rügen, solange die Haut der eigenen Männer nicht zu Markte getragen wurde.
Anne Katharina erhob sich schwerfällig. Ihre Glieder schmerzten, ihr Herz wog schwer in ihrer Brust.
»Ich danke euch für das Mahl und wünsche euch allen Gottes Segen. Möge er die Hand über den einfachen Mann halten und ihm Kraft und Mut verleihen.«
Anne Katharina kletterte auf den Rücken der Stute. Die Bäuerin trat zu ihr und reichte ihr ein Stück altbackenes Brot.
»Weißt du den Weg nach Königshofen?«

# KAPITEL 15

Hinter Mergentheim überquerte Anne Katharina die Tauber. Es war kurz nach Mittag, und obwohl sie erst am Marktbrunnen angehalten und von dem kühlen Wasser getrunken hatte, plagte sie bald schon wieder der Durst. Dieser zweite Tag im Juni war drückend heiß und zwang die Stute zu einer gemächlicheren Gangart.

Sie folgte in der Aue dem Fluss, der sich nun in einem weiten Bogen von Osten her kommend nach Norden wand. Nur noch zwei kleine Weiler trennten sie von Königshofen und vielleicht auch von ihrem Sohn. Obwohl die Sonne vom Himmel brannte, zog sie die Zügel ein wenig straffer. Sie konnte es nicht erwarten, Bernhard in ihre Arme zu schließen.

»Dann reiten wir heim, und bald schon werden uns Rugger und Peter – siegreich und voller Stolz – folgen«, erzählte sie der Stute, um sich selbst Mut zu machen. Sie passierte den Weiler Unterbalbach. Kaum hatte Anne Katharina die letzten Häuser hinter sich gelassen, zügelte sie das Ross und starrte mit offenem Mund über die leicht zur Furt abfallenden Wiesen, die sich bis zu den Gehöften von Königshofen erstreckten. Was für ein Anblick! Statt friedlich grasendem Vieh auf seiner Weide erblickte sie Karren, Kanonen und Pferde und vor allem Menschen, mehr als sie zählen konnte. Es mussten viele Tausende sein, die sich hier im Gras und unter vereinzelten Bäumen zur Rast niedergelassen hatten und genüsslich schmausten. Langsam ritt Anne Katharina weiter. Furcht schlich sich in ihr Herz angesichts dieser vielen, bewaffneten Männer, die sie neugierig musterten. Sie ließ ihren Blick über die Gesichter wandern auf der Suche nach einem, das sie kannte. Es schien ein hoffnungsloses Unterfangen. Wen sollte sie fragen? Wer konnte ihr helfen?

Etwas abseits waren Pferde angebunden. Daneben umstanden einige Männer einen Klapptisch. Einer kam Anne Katharina bekannt vor. Sie ließ sich von ihrer Stute gleiten und führte das Tier an zwei Wagen vorbei, aus denen schlanke Geschützrohre ragten. Sie hängte den Zügel über den Ast eines knorrigen Apfelbaumes und näherte sich zaghaft den Hauptleuten. Der Mann, auf den Anne Katharina zusteuerte, nahm den Hut vom Kopf, wischte sich die Stirn und kratzte sich den Nacken. Mit einem Stöhnen streckte er den Rücken, und sein Blick hob sich von der Karte, die auf dem Tisch ausgebreitet lag. Er sah Anne Katharina an und stutzte, dann breitete sich ein Lächeln über sein Gesicht aus.

»Wenn das nicht die Bürgerin Anne Katharina mit dem scharfen Verstand und der klaren Schrift ist«, rief er aus und kam auf sie zu. »Was tut Ihr denn hier?«

Mit wenigen Worten berichtete Anne Katharina von ihrem Sohn und seinem wahnsinnigen Plan, in die Schlacht zu ziehen. »Habt Ihr ihn gesehen, Herr Hipler?«, fragte sie voller Hoffnung, doch der Bauernführer schüttelte den Kopf.

»Nun, ich habe natürlich nicht darauf geachtet. Es ist schon möglich, dass er hier irgendwo im Lager zwischen diesen zehntausend Köpfen ist.«

»Und mein Bruder, Peter Vogelmann? Er kam mit Rugger her.«

»Ja, er hat ihn mir vorgestellt, aber ich weiß nicht, in welchem Fähnlein er jetzt ist. Da müsst Ihr wohl warten, bis Rugger zurückkommt. Er ist zu unserem Posten auf der Warte geritten.« Wendel Hipler deutete auf den Berg im Osten, dessen Hänge mit Weinstöcken und vereinzelten Nussbäumen bewachsen waren und auf dessen grasiger Kuppe ein runder Turm aufragte. Anne Katharina blickte auf den steilen Weg, der in einer geraden Linie die Weinberge durchschnitt. »Da kommt ein Reiter«, rief sie. »Und er scheint es recht eilig zu haben.«

Wendel Hipler kniff die Augen zusammen. »Das könnte Ruggers Fuchs sein.«
Wenige Minuten später preschte der Landsknecht durch das Lager und zügelte sein Ross so nah vor den Hauptleuten, dass sie alle in eine Staubwolke gehüllt wurden. Er schwang sein Bein über den Pferderücken und sprang ins Gras. Anne Katharina musste sich streng zur Ordnung rufen, ihm nicht um den Hals zu fallen und all die Ängste, die sich in den vergangenen Tagen in ihr angestaut hatten, an seiner Brust auszuweinen.
»Sie kommen«, keuchte Rugger. »Ich habe sie vom Turm aus gesehen. Es ist kein Zweifel möglich.«
»Was?«, rief Georg Metzler. »Der ganze Tross?«
Rugger hustete. »Bisher konnten wir nur von Huttens Rennfahne und die Reiterei des pfalzgräflichen Marschalls ausmachen. Wer weiß, wie weit die Fußknechte und der Tross zurückgefallen sind.«
Georg Metzler warf seinen Hut auf den Boden. »Sie kommen zu früh. Wie sollen wir es mit dem ganzen Heer aufnehmen?«
»Wo bleiben die Rothenburger und die Aischgrunder? Und wo, um alles in der Welt, ist die Verstärkung aus Mainfranken und Würzburg?«, rief einer der Weibel. »Haben wir ihnen nicht geschrieben, wie dringlich Eile geboten ist?«
Hans Flur nickte. »Wenn sie nicht bald kommen, dann wird uns das Lachen heute noch vergehen.«
»Und wenn wir nicht schnell was unternehmen, dann sind die Reiter unter uns, ehe wir unsere Hintern aus dem Gras erhoben haben«, schimpfte Georg Metzler. Rugger und Hipler tauschten Blicke.
»Die Wagen und alle Männer rauf zur Warte, so schnell es geht«, sagte Wendel Hipler.
»Lasst die leichten Geschütze hier. Sie müssen die Furt bestreichen und die Reiter aufhalten, bis die Wagenburg errichtet ist.«
Mit wenigen Worten verteilten sie die Aufgaben an die Weibel und Fähnleinführer. Noch immer hatte Rugger Anne Katharina nicht bemerkt. Er rief alle Büchsenmeister zu sich und scheuchte die

Knechte los, damit sie die Kanonen in Stellung brachten. Trommeln wurden geschlagen, und schon wenige Augenblicke später waren alle auf den Beinen und abmarschbereit. Rasch wurden die Pferde vor die Geschützwagen gespannt. Es war kein leichtes Unterfangen, die schweren Rohre den steilen Pfad auf den Hügel hinaufzubeförden. Ein Dutzend Männer eilten zu jedem Gespann und schoben von hinten mit an. Die wenigen Reiter der Haufen waren bereits aufgesessen und ritten zwischen den Weinstöcken zum Turm hinauf, die anderen sammelten sich um ihre Fähnleinführer und marschierten hinter ihnen her. Rugger behielt nur so viele Männer bei sich, wie er für einen raschen Rückzug mit den halben Schlangen und Falkonetten benötigte. Er starrte über den Fluss, wo aus dem Tal der Umpfer sich nun eine deutlich sichtbare Staubwolke näherte, aus der sich Reiter und wehende Fahnen schälten.

Endlich wagte Anne Katharina, sich bemerkbar zu machen. »Rugger, ich muss mit dir sprechen.«

Der Landsknecht fuhr herum und starrte sie entgeistert an. »Sag mir, dass das ein schlechter Traum ist!«, stieß er hervor. »Was, um alles in der Welt, tust du hier?«

Das Entsetzen in seiner Miene traf sie wie ein Messerstich. Sicher war dies nicht der rechte Zeitpunkt für ein zärtliches Wiedersehen, doch war das ein Grund, sie so von sich zu stoßen? Vielleicht dachte er, sie wäre hinter ihm hergereist.

»Es geht um Bernhard, meinen Sohn«, sagte Anne Katharina schnell. »Ich muss ihn finden und von hier wegbringen.«

Rugger rief den Büchsenmeistern ein paar Befehle zu, ehe er sich Anne Katharina wieder zuwandte.

»Was redest du da? Was soll mit ihm sein?«

»Er ist mit ein paar Knechten nach Norden gezogen, um sich dem großen Haufen anzuschließen. Er ist gerade erst elf Jahre alt! Hast du ihn nicht gesehen?«

Rugger schüttelte den Kopf. »Nein. Und bei Peter ist er ganz sicher auch nicht gelandet. Er hätte mir davon berichtet.«

Anne Katharina traten Tränen in die Augen. »Mein Sohn, ich will meinen Sohn zurück. Wo kann er nur sein? Bitte, hilf mir. Ich muss ihn in Sicherheit bringen, ehe es hier gefährlich wird.«
»Gefährlich wird?« Rugger griff nach Anne Katharinas Schultern und schüttelte sie. »Es ist schon gefährlich, sogar tödlich gefährlich. In wenigen Minuten ist die Vorhut der größten Streitmacht da, die du dir vorstellen kannst, und wir sind mit unseren paar Geschützen die Einzigen, die sie aufhalten können. Es geht darum, Zeit zu gewinnen, nicht, sie zu besiegen! Ich kann mich jetzt nicht um dich kümmern.« Er sah sich um. »Ist das dein Pferd? Dann reite Hipler hinterher. Versteck dich in der Wagenburg und bete, dass die Verstärkung eintrifft, ehe der Truchseß seine Fußknechte herangeführt hat.«
Rugger zog sie zu ihrer Stute und hob sie in den Sattel. »Reite! Dies ist kein Ort für dich.«
Sie wollte protestieren, aber er hatte sich schon abgewandt. Deutlich sah Anne Katharina nun die Reiter auf der anderen Seite des Flusses auf die Furt zupreschen.
»Entzündet die Lunten. Feuer!«
Es zischte und krachte. Der Boden erzitterte, und beißender Dampf stieg in die Luft. Sand und Erdreich spritzen auf, als die Kugeln auf der anderen Tauberseite einschlugen. Die vordersten Reiter zügelten ihre Rösser.
»Ladet, so schnell ihr könnt, und feuert.« Rugger eilte zum letzten Geschütz in der Reihe und half, es ein wenig weiter nach links auszurichten.
Anne Katharina schlug der Stute die Fersen in die Flanken und sprengte auf den Bergsporn mit der Warte zu. Sie ritt am Fuß der Feldsteinmauern entlang, die ihr mit ihrem wuchernden Gebüsch die Sicht zum Turm hinauf versperrten. Der Weg war mit den Wagen völlig versperrt, und sie kam nur langsam voran. Obwohl sie jede Lücke nutzte, um an den sperrigen Gefährten vorbeizukommen, brauchte sie fast eine Stunde, um das grasige Haupt des Hügels zu erklimmen. Noch immer donnerten unten in der Aue die

Geschütze. Die Reiterei des Bündischen Heeres hatte sich außerhalb der Reichweite der Kanonen zurückgezogen. Es war ihnen nicht möglich, die Furt zu durchqueren, ihre Verluste würden zu hoch ausfallen. Nun schienen sie zu beratschlagen, welch anderer Weg ihnen offen stand. Oder wollten sie auf die Ankunft des Hauptheeres warten? Nein, nun setzten sie sich wieder in Bewegung und ritten in einem Bogen flussabwärts. Gab es hinter Königshofen noch eine Furt?

Der Geschützdonner verklang. Anne Katharina sah, wie die Männer die Pferde anspannten und sie auf den Berg zutrieben.

Zwei Stunden waren vergangen, seit die Vorhut des Truchsessen an der Furt erschienen war, und die Bauern und Knechte hatten es in dieser Zeit tatsächlich geschafft, all die Karren mit den schweren Büchsen und Vorräten den steilen Berg hinaufzuschaffen und um die Warte eine Wagenburg aufzubauen. Anne Katharina traf Wendel Hipler am Fuß des Turmes. Er gab den Fähnleinführern Anweisungen.

»Bleibt am besten hier in Deckung und betet, dass wir diesen Tag überstehen«, riet er ihr, als er Anne Katharina herantreten sah.

Stumm ließ sie den Blick umherschweifen. So viele Menschen waren um sie herum, liefen von einem Platz zum anderen, brachten Pulver und Kugeln zu den Geschützen und stapelten Kisten, um die Hakenbüchsen auflegen zu können. Obwohl es ihr wie ein wildes Durcheinander schien, arbeiteten alle besonnen und wussten anscheinend, was sie zu tun hatten.

»Anka!«, rief plötzlich eine Stimme und ließ sie herumfahren. Peter kam auf sie zugelaufen. »Wie kommst du denn hierher? Hast dir einen turbulenten Tag für einen Heeresbesuch ausgesucht.«

»Peter, ist Bernhard bei dir? Hast du ihn gesehen?«

»Nein.« Er schüttelte verblüfft den Kopf. »Was sollen wir hier mit Kindern anfangen? Unterstelle mir nicht, ich hätte ihn mitgenommen, nur weil David in Weinsberg war. Er ist schon fast ein Mann!«

»Das sage ich ja gar nicht. Ich weiß, dass er dir heimlich hinterher-

gereist ist. Du bist sein Vorbild, und er will eine Heldentat begehen, um in deinen Augen zu glänzen.«
Peter starrte sie an. Betroffenheit spiegelte sich in seiner Miene. »Und wo ist er nun?«
»Wenn ich das nur wüsste. David sagte, sie hätten Würzburg erwähnt.«
Peter atmete auf. »Dann haben sie den Treffpunkt verpasst. Gut, jeder andere Ort auf dieser Welt ist heute besser als dieser.«
Rechts krachten ein paar Gewehrschüsse. Peter fuhr herum. »Geht es los? Sind sie schon da? Ich muss zu meinem Fähnlein zurück. Pass auf deine Haut auf, Schwesterchen, und bleibe schön in Deckung.« Er drückte ihr einen Kuss auf die Wange.
»Du auch«, sagte sie so leise, dass er das Beben in ihrer Stimme nicht hören konnte.
Sie sah, dass ein paar Männer nach rechts zu einem Karren rannten, über dem Pulverdampf schwebte. Einer winkte hektisch, ein anderer rief nach einem Mann namens Gerklinger, aber Anne Katharina achtete nicht auf sie. Sie ging vor bis zu den Wagen und Geschützen, die sich hinter der Hangkante reihten, und sah ins Taubertal hinunter. Den Reitertruppen war es gelungen, flussabwärts, im Schutz von Königshofen, die Tauber zu durchqueren. Nun kamen sechshundert Berittene mit Fanfarenklang und unter der roten Fahne des Pfälzer Löwen auf die Galgensteige zugeritten.
»An die Geschütze!«, schrie Georg Metzler. »Feuer! Schießt, was ihr könnt!«
Leiser sagte er zu Wendel Hipler: »Wenn sie den Ringweg unten erreichen, können wir nichts mehr ausrichten. Die Bäume und die Steinriegel geben ihnen Deckung.«
Hipler nickte. »Ja, aber die Steige können wir sichern. Dort kommt kein Reiter herauf. Da ist Rugger mit den Büchsen – macht Platz. Schiebt den Wagen beiseite!«
Die Männer griffen zu und zogen die Geschütze in die Wagenburg. Das Krachen der Kanonen war Ohren betäubend, der Pulverdampf verdichtete sich zu beißendem Nebel. Die Männer standen

beisammen und sahen zu, wie es unten auf den Feldern und Wiesen Mann um Mann vom Pferd riss. Dennoch schafften es die meisten Reiter, sich unbeschadet am Fuß des Berges in Deckung zu bringen. Ein Jüngling rannte auf die Hauptleute zu.

»Rugger, komm schnell.« Er deutete hektisch auf den Wagen, hinter dem die Gewehrschüsse losgegangen waren.

»Was ist denn?«

»Es ist etwas passiert.« Er sah zu Boden. »Die Männer haben die Gewehre geladen, und da sind einige umgefallen, und es haben sich Schüsse gelöst, und …« Er stockte und warf dem Landsknecht einen flehenden Blick zu.

»Wurde jemand verletzt?«

»Du solltest mitkommen.«

Rugger folgte dem jungen Mann mit großen Schritten über die Wiese. Anne Katharina sah ihm nach. Was hatte das zu bedeuten? Sollte sie hier warten oder lieber zu ihm gehen? Vielleicht konnte sie helfen, irgendetwas tun, sich nützlich erweisen. Den Kopf hoch erhoben, lief sie ihm nach und versuchte, nicht bei jeder abgeschossenen Büchse zusammenzuzucken. Sie erreichte den Wagen, hinter dem er verschwunden war, und sah sich suchend um. Wo war er nur hingegangen? Er konnte die Wagenburg doch nicht verlassen haben. Und da entdeckte sie ihn. Er kniete auf der Erde, über eine reglose Gestalt gebeugt.

»Rugger!« Anne Katharina raffte ihren Umhang und rannte zu ihm.

Die Gestalt in seinen Armen stöhnte und begann sich zu bewegen. Rugger nahm ihr den Hut vom Kopf, der ihr Antlitz verborgen hatte. Dichtes, dunkles Haar fiel über die Schultern herab. Jetzt erst bemerkte Anne Katharina, dass in dem Kittel und den unförmigen Hosen eine junge Frau steckte. Das Gesicht kam ihr bekannt vor, aber das konnte nicht sein. Was hatte sie hier zu suchen?

»Mara! Was in aller Welt …?«

Die Lider hoben sich. Die ernsten braunen Augen glitten über die

Ratsherrnfrau zu Rugger, der ihr beruhigend über die Wange strich. In der Geste lag so viel Zärtlichkeit, dass Anne Katharina dachte, ihr Herz müsse zerspringen. Konnte das möglich sein? Nein, ein Zweifel war ausgeschlossen. Die Liebe stand in seinem Blick.

»Mein Kleines«, flüsterte er, »wie konnte das nur passieren?«

»Ich habe den Männern Pulver gebracht«, krächzte sie und presste die Hände auf ihren Unterleib. Rugger hob sie behutsam an und schob den Umhang zur Seite. Blut quoll aus ihrem Wams, das kurz über dem Hosenbund vom Pulver geschwärzt und von der Kugel zerfetzt worden war. Gequält schloss Rugger die Augen. Eine Träne rann über seine Wange. Anne Katharina war es, als müsse sie auf der Stelle sterben. Nein, diesem Schmerz würde ihr Herz nicht standhalten. Gleich würde es bersten, und dann wäre alles vorbei.

Ein Mann kniete sich neben Rugger nieder, beugte sich über die Verletzte und begann, die Wunde mit einem breiten Leinenstreifen straff zu umwickeln.

»Rugger, wo seid Ihr?« Wendel Hipler kam angelaufen. Sein Gesicht war verzerrt.

»Die restlichen Reiter des Heeres sind in Sicht und überqueren vielleicht schon in wenigen Minuten die Tauber. Es müssen zwischen zwei- und dreitausend Mann sein, und die Vorhut reitet nach Süden. Ich fürchte, sie wollen den Bergrücken hinauf und uns dann über die Ebene von Osten her einschließen.«

Nun traten auch Georg Metzler und zwei der Weibel heran.

»Wir können sie mit unseren Geschützen zwar von der Wagenburg fern halten, aber nicht verhindern, dass sie den Kreis um uns schließen. Das Gelände nach Osten ist zu wellig, und mit seinem Buschwerk und den Bäumen bietet es ihnen Schutz vor unseren Kugeln.«

»Sie wollen uns festhalten, bis die Hauptstreitmacht der Fußknechte eintrifft«, vermutete Rugger. »Dann können sie die Wagenburg stürmen.«

»Ja, und um uns zurückzuziehen, ist es zu spät. Sie würden uns auf ihren Rössern jagen und abschlachten, wie sie es mit denen in den Sindelfinger Wälder getan haben.« Wendel Hipler schüttelte den Kopf. »Wir brauchen die Unterstützung der anderen Haufen, und zwar jetzt, denn sonst wird es uns nicht mehr geben. Wir müssen noch einmal Boten schicken und sie zu höchster Eile antreiben. Vielleicht schaffen wir es, hier so lange die Stellung zu halten. Wir haben Zeit, bis der Truchseß mit seinen Fußknechten eintrifft. Wenn wir noch einmal Zehntausend zählen, dann nehmen wir es mit ihm auf!«

»Gut«, nickte Rugger, »aber lasst schnell schreiben, damit die Boten noch durchkommen, ehe der Ring um uns geschlossen ist.«

Wendel Hipler schüttelte den Kopf. »Nein, wir werden selbst reiten. Metzler macht sich zu den Aischgrundern auf, ich werde die Rothenburger suchen, und Ihr werdet den Würzburgern entgegenreiten. Ich hoffe, wir können sie überzeugen, wie dringlich die Sache ist. Wolf Meng und Hans Flur werden hier das Kommando übernehmen und die Stellung halten, bis wir zurück sind – oder bis der Truchseß sie überrennt«, fügte er düster hinzu. Er warf einen Blick auf die verletzte Frau in Ruggers Armen.

»Nehmt Abschied«, sagte er, »und dann kommt, ehe es zu spät ist.«

Die Männer wandten sich ab. Metzler und Hipler eilten zu ihren Pferden, die neuen Hauptleute begaben sich auf ihre Posten.

Rugger starrte ihnen einige Augenblicke schweigend nach, dann straffte er seine Schultern und sah Anne Katharina an.

»Kathinne«, sagte er beschwörend. »Willst du etwas für mich tun? Ich bitte dich, nein, ich flehe dich an, bring Mara und den Kleinen von hier weg. Wenn der Truchseß kommt, bevor wir mit der Verstärkung zurück sind, dann wird er uns einfach hinwegschwemmen.« Er griff nach ihrer Hand.

»Ich soll sie retten? Ausgerechnet mich fragst du?« Sie konnte es nicht fassen.

»Bitte, Kathinne. Sie hat hier keine Chance. Noch könnt ihr nach

Osten entkommen. Der Junge liegt drüben am Fuß der Warte in dem Wagen dort.«

»Ich bin hier, um Bernhard zu retten!« Anne Katharina befreite sich aus seinem Griff. »Da er hier nicht ist, werde ich meine Suche eben woanders fortsetzen.«

»Kathinne, wohin willst du dich wenden? Wo willst du suchen? Nutze diese letzte Möglichkeit, um mit Mara und Johannes zu fliehen. Wenn Bernhard es bis zu den Würzburgern geschafft hat, dann werde ich ihn dort finden, und ich schwöre dir, ich werde auf ihn Acht geben.« Er drückte noch einmal ihre Hände. »Rette mein Kind. Ich werde mein Leben für das deine geben.«

Anne Katharina zögerte. Sie sah zu Mara, deren Antlitz bleich geworden war. Die blutleeren Lippen zitterten, und sie stöhnte leise. Ihre Zähne gruben sich in die Unterlippe.

»Warum hast du es mir nicht gesagt?«

»Was gesagt?«

»Dass es eine andere Frau in deinem Leben gibt! Dass du ein Kind hast!«

»Aber, Liebes, das ist doch schon so lange her.«

»So lange kann es nicht her sein, wenn ich deinem Sohn erst vor wenigen Wochen auf die Welt half.«

»Johannes?« Rugger lachte auf. »Johannes ist nicht mein Sohn.«

»Aber«, Anne Katharina blinzelte verwirrt, »du liebst Mara, streite es nicht ab, ich sehe es in deinem Blick.«

Rugger nickte. »Ja, ich liebe sie! Und einst habe ich ihre Mutter geliebt. Kathinne, Mara ist meine Tochter, und ihr Leben ist mir teuer.«

»Deine Tochter?« Anne Katharina keuchte. Es war, als würde ein Vorhang weggezogen. Aber natürlich! Diese Augen, dieses Haar, dieses Gesicht.

»Rugger!« Ein Mann mit einem Katzbalger in den Händen kam auf sie zugerannt. »Du solltest reiten. Sie sind schon auf der Höhe.«

»Ja, natürlich.« Er legte Mara zu Boden und sprang auf. Rugger

eilte zur Warte hinüber und löste die Zügel von seinem und Anne Katharinas Ross.
»Kathinne, komm her. Ich helfe dir in den Sattel und hebe dann Mara zu dir hinauf.« Anne Katharina zögerte noch immer.
»Du gibst mir meine Tochter und Johannes, ich bringe dir Bernhard und Peter, wenn Gott es zulässt.«
Rugger zog Anne Katharina an sich und küsste sie. »Ach, wären wir uns in einem anderen Leben zu anderen Zeiten begegnet, Kathinne, ich wäre nicht mehr von deiner Seite gewichen, und wir wären glücklich geworden.« Rugger nahm Anne Katharina den Hut vom Kopf und wischte das Kreidekreuz ab.
»Es ist für deine Sicherheit in diesen Tagen nicht mehr gut, mit unserem Zeichen angetroffen zu werden. Und besorge dir so schnell wie möglich ein Kleid.«
Er hob sie auf den Rücken der blassbraunen Stute und setzte Mara vor ihr in den Sattel. Sie war bei Bewusstsein, litt aber offensichtlich starke Schmerzen. Rugger eilte davon und kam mit dem in ein Bündel gewickelten Knaben zurück. Geschickt band er das Kind auf Anne Katharinas Rücken und schwang sich dann selbst auf seinem Fuchs in den Sattel.
»Komm, folge mir.«
»Der Truchseß kommt!«, erschallte der Ruf von der Warte herab. »Ich kann die Staubwolke über Sachsenflur sehen.«
»Komm schon!«
Sie wollte protestieren, wollte ihm sagen, dass sie Peter nicht hier zurücklassen würde, aber sie blieb stumm, presste Mara an sich und versuchte, dem Landsknecht so schnell wie möglich zu folgen. Sie strebten auf ein Wäldchen zu, das sich im Nordosten von ihnen erstreckte, doch bis sie den Waldrand erreichten, war Anne Katharina schon hundert Pferdelängen zurückgefallen. Im Schutz der Bäume wartete Rugger auf sie.
»Können wir nicht mit dir kommen?«, flehte sie. »Wenn Bernhard bei den Würzburgern ist, dann kann ich ihn gleich mitnehmen.«
»Nein, ich muss so schnell reiten, wie es der Fuchs schaffen kann.

Ihr würdet mich aufhalten.« Ein harter Zug legte sich um seinen Mund. »Vielleicht hängt das Leben Tausender davon ab.«
»Dann lebe wohl«, schluchzte Anne Katharina und blinzelte, damit er ihre Tränen nicht sah.
»Lebe du auch wohl. Ich wünsche euch Glück auf eurem Weg. Reite weiter nach Nordosten bis zum nächsten Dorf. Dann kannst du einen Bogen nach Süden schlagen. Vielleicht könnt ihr in Mergentheim bleiben. Wenn alles vorbei ist, dann werde ich dich suchen und finden.« Er hob grüßend die Hand und galoppierte dann am Waldrand entlang nach Norden. Mit starrem Blick sah ihm Anne Katharina nach. Wie hatte sie sich nur auf diesen Wahnsinn einlassen können? Maras Stöhnen brachte sie wieder in die Wirklichkeit zurück. Sie mussten weiter. Im Schritt durchquerten sie das Wäldchen. Sie begann zu beten und flehte im Takt der klappernden Hufe Gott um Gnade für die vielen unschuldigen Menschen an.

✠ ✠

Welch ein Spektakel! Man hätte den Anblick des herannahenden Heeres von der Anhöhe aus genießen können: In wohlgeformter Ordnung marschierten die Fähnlein heran, dahinter der Wagentross und die Reiternachhut. Die blanken Rüstungen glänzten im Schein der tief stehenden Sonne, die blauweißen Fahnen wehten in der leichten Abendbrise. Ja, er hätte es prächtig genannt, wenn es nicht der Tod gewesen wäre, der dort unten über die Ebene heranmarschierte. Peter schloss für einen Moment die Augen, doch so leicht ließ sich der Schrecken nicht vertreiben. Die Sonne drang rot durch seine Lider. Rot wie das Blut, das noch in dieser Nacht die Erde tränken wird, dachte er.
Zwei Stunden stand das Bauernheer nun schon oben auf dem Bergsporn und beobachtete, wie sich aus der näher rückenden Staubwolke Männer, Wagen und Pferde herausschälten. Im blendenden Licht der Sonne erst kaum zu erkennen, dann jedoch immer deutlicher. Nun schickte sich die Streitmacht an, die Tauber zu

überqueren. Waren die Geschütze in den vergangenen Stunden geschont worden – bis auf ein paar Warnschüsse auf die im Verborgenen lauernden Reiter –, so machten sich die Männer nun bereit, das Heer aus allen Kanonenrohren zu begrüßen. Sobald sie das Ufer erreicht hatten, gehörten sie ihnen, und sie würden ihre Chance nutzen, die Reihen zu lichten.

»Wo bleibt nur die Verstärkung«, murmelte ein bäriger Kerl, der neben Peter stand. »Jetzt wäre ein wirklich guter Zeitpunkt, endlich zu uns zu stoßen und uns von dieser verdammten Reiterei in unserem Rücken zu befreien.«

»Männer, hört zu!«, rief der Fähnleinführer. »Die Hauptleute haben beschlossen, dass wir den Rückzug in das Gehölz im Osten wagen müssen, wenn die anderen Haufen nicht eintreffen, und zwar, ehe das Hauptheer in der Klinge den Hang erklimmt. Bleibt zusammen und lauft, so schnell ihr könnt. Auf dem freien Feld sind wir eine leichte Beute für die Reiter. Im Wald können wir unsere Vorteile nutzen.«

»Und die Wagen?«, fragte einer der Männer.

»Wir lassen alles zurück. Nehmt nur eure Spieße und Schwerter mit.«

Noch einmal brauste der Geschützlärm auf, dann schwiegen die Büchsen. Die Männer sammelten sich an der Ostseite der Wagenburg. Die Reiter waren nicht zu sehen, aber sie wussten, dass sie dort draußen lauerten. Der Hauptmann auf seinem Pferd hob das Schwert.

»Los!«

Dicht hinter ihren Fähnleinführern rannten die Männer los. Die wenigen, die auf einem Pferd saßen, hatten die Strecke schon fast hinter sich gelassen, als die ersten Bündischen auftauchten. Mehr als dreitausend gut bewaffnete Reiter machten auf die Bauern Jagd! Die Männer zu Fuß hatten keine Chance, das Holz rechtzeitig zu erreichen. Die Schwerter und Spieße erhoben, ritten die Geharnischten in die Bauernhaufen hinein, die nicht anhielten, um sich zu wehren. Wer konnte, lief weiter, so schnell ihn seine Beine trugen. Peter versuchte, in der Nähe des Fähnleinführers zu bleiben. Wie von fern schallten das triumphierende Brüllen der Reiter und die Todesschreie der Erstochenen. Ein Mann neben ihm fiel von einem Schwerthieb getroffen, aber Peter konnte zwei Angriffen ausweichen und entging glücklich den Klingen. Nun sprengten auch von der anderen Seite Reisige herbei. Es waren Tausende, die einfach niedergemäht wurden und auf der Wiese zwischen der Wagenburg und dem Forst den Tod fanden. Ihr Blut färbte das Gras rot. Nur einem kläglichen Haufen gelang die Flucht ins Unterholz.

Peter sah sich nicht um. Das Gebüsch war schon zum Greifen nah. Zweige schlugen ihm ins Gesicht. Er konzentrierte sich nur auf den braunen Kittel vor sich und versuchte, dicht bei ihm zu bleiben. An einigen Stellen standen die Bäume so weit auseinander, dass ein Pferd wohl hindurchkommen konnte, dann war das Unterholz wieder dicht und undurchdringlich, voller dorniger Ranken und wuchernder Nesseln. Peter sah einige Männer sich tief ins Gestrüpp kämpfen, andere erklommen die Bäume, um sich in den Blätterkronen zu verbergen. Ein kleines Fähnlein hatte seine Steinschlossgewehre mitgenommen. Im Schutz der Schlehenbüsche legten sie die Büchsen auf und feuerten auf die Reiter, die gerade einige Nachzügler jagten. Einige der Berittenen trieben ihre Tiere ins Unterholz, aber sie kamen nicht weit. Die Bauern fielen über sie her, rissen sie von den Rössern und erstachen sie.

»Weiter, schnell!«, drängte der Fähnleinführer.

Wo wollte er nur hin? Warum suchten sie sich nicht auch ein Versteck? Bald hatten sie die anderen Gruppen zurückgelassen. Der Kampfeslärm drang nur noch gedämpft zu ihnen. Sie näherten sich dem Waldrand, aber der Anführer hielt nicht an. Er lief vor seinen Männern über eine schmale Lichtung, an einem verwilderten Rain entlang und unter Obstbäumen hindurch auf ein weiteres Waldstück zu. Peter sah sich immer wieder um. Würde es ihnen gelingen, dem Wahnsinn zu entwischen? Noch war keiner der Reiter zu sehen. Der Trupp von ein paar hundert Männern hatte den Forst fast erreicht, als die ersten Rüstungen hinter ihnen auftauchten. Sie stießen wütende Schreie aus und nahmen die Verfolgung auf, waren aber zu weit weg, um sie auf offenem Feld noch zu erreichen. Peter warf einen letzten Blick zurück. Die Reiter hatten das kleine Wäldchen, in dem der kärgliche Rest des Haupthaufens steckte, umstellt. Sie machten keine Anstalten, den Bauern zu folgen, aber sie würden auch nicht zulassen, dass einer entwischte. Peter versuchte, den Stand der Sonne abzuschätzen. War nicht eine Ewigkeit vergangen, seit sie über die Ebene geblickt hatten? Müsste die Sonne nicht bald untergehen und die gnädige Nacht den Blick der Ritter trüben? Etwa fünfzig Reiter hielten am Waldrand an und schwangen sich von ihren Rössern.

»Wir bekommen Arbeit«, sagte der Fähnleinführer grimmig und ließ sein kurzes Schwert ein paar Mal herabsausen.

Nun war es so weit. Ein Kampf Mann gegen Mann. Die Klingen stießen gegeneinander. Bauern und Reisige fielen in ihr Blut. Langsam zog sich das Fähnlein weiter ins Unterholz zurück.

Du Wahnsinniger!, fuhr es Peter durch den Sinn. Er wehrte sich gegen einen Mann mit glänzendem Brustschild und einem Helm, auf dem ein gelber Federbusch aufragte.

Wie hast du dich voll Leichtsinn in dieses Abenteuer gestürzt. Es ist dein letztes! Dies ist nicht Weinsberg, ein Spaziergang in übermütiger Weinlaune. Dies ist das Ende. Wir sterben als Helden für unseren Traum.

Der Fähnleinführer sprang herbei und stach den Geharnischten in den Rücken. Der Mann verdrehte die Augen und fiel nach vorn. Peter machte einen Satz zurück, um nicht vom Schwert des Sterbenden durchbohrt zu werden.

»Danke«, keuchte er.

Nein, er wollte kein toter Held sein. Er wollte leben! Nur nicht darüber nachdenken. Die Angst würde ihn zu Boden drücken, wenn er zu begreifen begann, was gerade um ihn herum geschah.

Die restlichen Reisigen zogen sich ein Stück zurück. Gegen die fast fünfhundert Bauern, die sich hier im Forst verschanzt hatten,

konnten sie nichts ausrichten, jetzt, da sie im Unterholz dem Vorteil ihrer Rösser und der langen Spieße beraubt waren.
Ein paar Minuten Zeit, Luft zu holen. Der Anführer untersuchte die Verletzten und Gefallenen. Ein paar Männer begannen, Bäume zu erklimmen. Die langen Schatten verdüsterten sich. Irgendwo dort hinter den Hügeln ging die Sonne unter.
Plötzlich horchte Peter auf. Der Boden erzitterte. Das Klirren von Rüstungen und Waffen schwirrte durch die Luft, und das Gewirr tausender Stimmen drang bis in den Forst. Es war so weit. Das große Hauptheer des Truchsessen mit seinen neuntausend Mann Fußvolk, noch einmal mehr als tausend Reitern und ebenso vielen Büchsenschützen hatte den Turmberg erklommen und schloss nun das Holz ein, in das sich der – von den Reitern schwer gelichtete – Bauernhaufen zurückgezogen hatte. Auf die Schultern hatten sie sich große, rote Kreuze genäht, um auch im Dämmerlicht Freund von Feind unterscheiden zu können. Nun drangen sie in den Forst ein und erschlugen Mann für Mann. Die Schreie der Kämpfenden und der Sterbenden erfüllten die Luft.
»Herr im Himmel, sei unseren Seelen gnädig«, sagte der Fähnleinführer und ließ den Blick über seine Männer schweifen, die sich um ihn scharten.
»Ziehen wir uns noch weiter in den Wald zurück. Wir werden unsere Haut so teuer wie möglich verkaufen!«
Zwei Stunden wogte der Kampf hin und her. Auf beiden Seiten fielen die Männer wie die Blätter im Herbst. Der Waldboden verwandelte sich in roten Schlamm. Die Schützen des Bundes schossen die Bauern aus den Bäumen herunter und stachen in jedes Gebüsch. Allmählich ebbte der Kampfeslärm auf der anderen Seite der Wiese ab, und ein Trupp Reisiger kam auf den Forst zu, in dem sich Peters Fähnlein verborgen hielt. Inzwischen war die Nacht hereingebrochen, und man konnte unter den Bäumen kaum mehr einen Schritt weit sehen. War es Feind oder Freund, dessen Atem hinter dem nächsten Busch pfiff? Das Geklirr der Waffen verklang. Anscheinend zogen sich die Männer des Truchsessen zum Waldrand zurück.

Es musste schon bald auf Mitternacht zugehen. Peter war es, als könne er das Schwert kein einziges Mal mehr heben. Er blutete aus zahlreichen kleinen Schnittwunden an Armen und Beinen, war sonst jedoch bisher unverletzt geblieben. Er wusste den Fähnleinführer drei Schritte hinter sich, obwohl er kaum mehr als eine schattenhafte Bewegung wahrnehmen konnte.
»Ergebt euch«, hallte da eine Stimme durch die Nacht. »Ihr seid die Letzten, die noch übrig sind. Ich bin Wilhelm von Fürstenberg. Unter meinem Befehl steht das vereinte Fußvolk, so zahlreich, dass ihr es nicht zu zählen vermögt. Ihr seid umstellt. Ihr habt keine Möglichkeit, im Schutz der Nacht zu entwischen. Wenn ihr euch ergebt und ohne Waffen herauskommt, dann schenken wir euch euer Leben. Wenn nicht, dann warten wir bis zum Morgen und schneiden jeden von euch langsam in Stücke!«
Peter hörte den Fähnleinführer tief ein- und ausatmen.
»Was sollen wir tun?«, flüsterte eine Stimme aus dem Dunkeln. »Können wir ihnen trauen?«
»Ich weiß es nicht«, seufzte der Fähnleinführer, »aber wenn ihr einverstanden seid, dann greifen wir nach dem Zweiglein, das uns gereicht wird, auch wenn es sich als morsch erweisen könnte. Den Kampf gegen sie werden wir nicht gewinnen.«
Peter hörte gemurmelte Zustimmung unter den Schattengestalten um ihn her. Er selbst brachte keinen Ton heraus. Er wagte noch nicht, nach der Hoffnung zu greifen. Wie leicht könnte sie sich als trügerisch herausstellen und ihm ein noch viel schlimmeres Schicksal bevorstehen als das, von einer Gewehrkugel zerrissen oder von einem Schwert aufgespießt zu werden.
»Habt ihr euch entschieden?«, erklang noch einmal die Stimme des Junkers.
»Ja, wir kommen heraus und vertrauen auf Euer Wort«, rief der Fähnleinführer. Sie legten ihre Waffen auf einen Haufen und tasteten sich dann auf den Fackelschein zu, der ihnen zwischen den Bäumen entgegenleuchtete.
Dreihundert Mann waren von Hiplers und Metzlers stolzem Bau-

ernhaufen geblieben, der noch am Morgen zehntausend Köpfe gezählt hatte. Erschöpft, hungrig und durstig und viele auch verletzt, standen sie beisammen, ließen sich auf verborgene Waffen durchsuchen und die Hände binden.

Von bewaffneten Reisigen und Männern mit Fackeln umringt, machten sich die Gefangenen auf den Rückweg zum Turmberg. Sie passierten das Wäldchen, in dem Tausende erschlagene Bauern, aber auch einige hundert tote Reisigen lagen. Die Wiese zwischen dem Wald und der Wagenburg auf dem Berg war mit Leichen übersät. Peter sah vereinzelte Grüppchen über das Feld gehen. Ihr Fackelschein huschte über bleiche und blutige Gesichter. Sie hatten Spieße in den Händen und stießen immer wieder damit zu.

»Was machen die da?«, hauchte sein Mund, obwohl er die Frage eigentlich nicht stellen und die Antwort nicht hören wollte. Anscheinend hatte er die Worte laut ausgesprochen, denn einer ihrer Bewacher drehte sich zu ihm herum und grinste ihm ins Gesicht.

»So mancher Bauer hatte den Einfall, sich still zwischen die Toten zu legen und so seiner Strafe zu entgehen. Aber keiner narrt den Truchseß. Um sicherzugehen, durchstechen sie alle geschlossenen Augen.«

Ein Todesschrei hallte über das Feld. Welche Teufel! Welch Dämonen voll unmenschlicher Grausamkeit! Peter fühlte, wie seine Knie weich wurden. Er fiel in eine Blutlache und übergab sich auf einen abgetrennten Arm. Der Fähnleinführer griff nach seiner Schulter und zog ihn hoch.

»Komm weiter. Dies ist noch nicht die rechte Zeit, schwach zu werden.«

Sie durchquerten die Wagenburg und stolperten die Galgensteige hinunter. Die Männer führten sie nach Königshofen und schoben sie in die dem heiligen Martin geweihte Kirche. Die Tür fiel hinter ihnen ins Schloss und ließ die Gefangenen im Dunkeln zurück.

✠ ✠

Sie kamen nur langsam voran. In ihrem Kopf hämmerte nur ein Gedanke: Welche ihrer Lieben würde sie am Ende in die Arme schließen dürfen und wen an seinem Grab beweinen müssen? Würde Gott einen Handel mit ihr abschließen?

Wen bist du bereit zu opfern, damit ich dir deinen Sohn zurückgebe? Deinen Bruder? Deinen Liebsten? Der Teufel grinste ihr ins Gesicht. Oder soll ich mir seine Tochter und ihr Kind nehmen? Ist es nicht besser, er fühlt den Schmerz als du?

Anne Katharina versuchte, die Gesichter und Gestalten zu vertreiben. Nein! Ich werde mich nicht versündigen, schrie sie die Dämonen an. Ich habe mein Wort gegeben, und ich werde es halten.

Das Kind auf ihrem Rücken begann zu schreien. Sicher war es hungrig, aber sie hatte nichts, um es zu füttern.

»Gib ihn mir. Ich werde ihn stillen«, sagte Mara mit schwacher Stimme.

»Nein, nicht hier. Dort vorn ist ein Dorf. Da können wir anhalten.«

Zwei Mägde halfen ihr, die Verwundete vom Pferd zu heben. Mara legte den Knaben an ihre Brust. Ihre Lippen waren fest aufeinander gepresst. Nur der stoßweise Atem verriet, wie sehr sie litt. Anne Katharina sah, dass der Verband, den ihr der Mann in der Wagenburg angelegt hatte, bereits durchgeblutet war.

»Ihr könnt in der Scheune bleiben«, bot eine der Frauen an. »Die Bäuerin wird schon nichts dagegen haben.«

Anne Katharina schüttelte den Kopf. »Ich muss sie nach Mergentheim bringen. Dort werden wir einen Chirurgen oder zumindest einen Bader finden, der ihre Wunde versorgen kann.«

»Aber es wird bald dunkel. Willst du durch die Nacht reiten?«

Anne Katharina blieb stur, und bald darauf zockelte die Stute weiter nach Süden.

Sie erreichten die Mauern von Mergentheim um Mitternacht. Die Tore waren geschlossen, und keiner der Wächter war in diesen Zeiten bereit, das Risiko einzugehen, für zwei Fremde nachts ein Türlein zu öffnen. So blieb den Frauen nichts anderes übrig, als, eng aneinander gepresst auf dem Boden kauernd, den Knaben in den Armen, vor dem Hadergassentor den Morgen abzuwarten.

Mit der Hilfe eines freundlichen Fuhrmannes brachte Anne Katharina Mara zum ersten Gasthaus, das in der Stadt an ihrem Weg lag. Sie bettete die junge Frau auf eine Strohmatratze und deckte sie mit ihrem Mantel zu. Mara stieß seltsame Töne aus. Ihr Blick schweifte unkontrolliert umher. Sie war nicht mehr in der Lage, ihr Kind zu stillen. Der Verband war von Blut verkrustet, doch Anne Katharina wagte nicht, ihn zu wechseln. Mit Hilfe eines Schwämmchens fütterte sie dem Knaben wässrige Ziegenmilch und machte sich dann auf den Weg, den Bader zu holen, der – wie die Wirtin versicherte – nur ein paar Schritte entfernt am Gänsemarkt wohnte.

Der Mann machte ein ernstes Gesicht, als er die Kammer betrat und die Verletzte ohne Bewusstsein fand, seine Miene wurde jedoch noch besorgter, nachdem er den Verband entfernt und den Schaden besichtigt hatte, den das Geschoss angerichtet hatte. Er betrachtete Anne Katharina nachdenklich.

»Ich frage nicht, woher ihr kommt und was euer Aufzug zu bedeuten hat. Es sind viele brave Bürger in der Stadt, die fein stillhalten – vor allem jetzt, da sich das Blatt gewendet hat. Auch wenn die meisten – und das sage ich jetzt nicht so laut – es schon gern sähen, wenn alle Deutschherren auf immer verschwänden und Mergentheim eine Freie Reichsstadt werden würde.«

Anne Katharina nickte nur. Sie fragte den Bader nicht, auf welcher Seite er stand. Ihre Gedanken wanderten zurück zum Turmberg über Königshofen. Die Schlacht war sicher schon seit Stunden vorüber, aber wie war sie verlaufen, und vor allem, wer waren die Sieger? Hatten Rugger, Metzler und Hipler ihr Ziel erreicht und rechtzeitig Verstärkung bringen können?

Der Bader wandte sich wieder seiner Patientin zu. Er rührte eine zähe Flüssigkeit an und goss sie in die Wunde. Mit flinken Fingern drehte er schmale Stoffröllchen zusammen, tränkte sie mit der Mi-

schung und schob sie zwischen die zerfetzten Innereien, die an einigen Stellen wieder zu bluten begannen.
»Ich mache dir nicht viel Hoffnung, gute Frau. Das kann nur Gott wieder in Ordnung bringen. Falls sie aufwacht, gib ihr einen Trunk gegen die Schmerzen.«
»Wann kommt Ihr wieder?«, fragte Anne Katharina und zählte ihm die geforderten Münzen in die Hand. Viele Besuche des Baders würde sie nicht mehr bezahlen können. Was sollte sie dann tun? Mara in diesem Zustand nach Hall zu bringen, daran war nicht zu denken. Anne Katharina zerbrach sich den Kopf, ob ihr ein Händler in Mergentheim einfiel, der mit der Familie Vogelmann oder den Seyboths Geschäfte machte und der ihr vielleicht eine kleine Summe leihen würde. Sie begleitete den Bader zur Tür.
»Hol mich morgen wieder, wenn sie bis dahin noch lebt«, sagte er. »Und wenn nicht« – er zuckte mit den Schultern – »ja, dann kannst du dir die Münzen sparen.«
Den ganzen Tag saß Anne Katharina an Maras Bett, Johannes in den Armen. Einmal erwachte sie und verlangte, das Kind an den Busen zu legen, aber anscheinend bekam er nicht genug Milch, denn bereits eine Stunde später brüllte er aus Leibeskräften, so dass Anne Katharina die Wirtin wieder um Ziegenmilch bitten musste.
Viele Stunden schwebte Mara zwischen Fieberträumen und Bewusstlosigkeit. Ein paar Mal versuchte Anne Katharina, ihr warmen Kräutermet einzuflößen, doch sie wehrte sich und schlug wild um sich.
Der Tag verrann, und die Nacht senkte sich herab. Anne Katharina entzündete ein Binsenlicht und setzte sich wieder an Maras Lager. Ihr Gesicht war nun rot glühend vor Hitze, der Knabe schlief an ihrer Seite. Anne Katharina versuchte zu beten, aber ihr fielen nicht die rechten Worte ein. Sie war müde, ihr Körper schmerzte, und die Erschöpfung drückte auf ihre Lider. Ihre Gedanken wurden immer wirrer, ihr Oberkörper kippte nach vorn auf die Matratze, und sie schlief ein.

Ein Geräusch weckte sie. Ihr Nacken schmerzte. Steif richtete sie sich auf und bewegte den Kopf und die Schultern, um die Schläfrigkeit zu vertreiben. Anne Katharina trat ans Fenster und sah auf die verwaiste Gasse hinaus. Vorn auf dem Platz mit dem Brunnen verkündete der Nachtwächter die erste Stunde des heiligen Pfingstsonntages. Mondlicht fiel auf ihr Gesicht und warf einen silbernen Streifen auf den schmutzigen Boden. Anne Katharina schloss die Augen und fühlte den kühlen Nachthauch über ihre Wangen streichen. Sie suchte in ihrem Herzen nach denen, die sie liebte und die in die Arme zu schließen sie verlangte. Wo waren sie? Konnten ihr Herz und ihr Gefühl ihr sagen, ob sie noch atmeten? Ob sie noch von dieser Welt waren? »Bernhard«, flüsterte sie in die Nacht, »Rugger, Peter.« Die Nachrichten, die ihr in der Gaststube zu Ohren gekommen waren, klangen furchtbarer, als sie es sich in ihren schlimmsten Träumen hätte ausmalen können.

»Herr im Himmel«, weinte sie, »warum lässt Du das zu? Sind Deine Kinder solch schlimme Sünder, dass sie dieses Schicksal verdienen? Warum verdammst Du die, die an Dich glauben, und verhilfst denen zum Sieg, die andere bedrücken, um selbst im Überfluss zu schwelgen?«

»Erwarte keine Antwort«, klang eine raue Stimme vom Lager in der Ecke.

Anne Katharina fuhr herum und eilte zur Matratze zurück. Maras Augen waren weit geöffnet und schienen klar.

»Wir hoffen vergeblich auf Gerechtigkeit in diesem Leben. Vielleicht werden wir sie dort erlangen, wohin ich jetzt gehe.«

Anne Katharina griff nach ihren heißen Händen. »Du sollst nicht so reden. Ruh dich aus und werde mit Gottes Hilfe wieder gesund.«

Ihr Lachen ging in ein Keuchen über. »Warum sollte er das tun, wenn er so viele Tausend verderben lässt?«

»Weil« – Anne Katharina seufzte – »weil ich Rugger versprochen habe, dich und deinen Sohn zu retten.«

Mara hustete. »Das wäre schon ein Grund, aber ich fürchte, ich muss dein Versprechen brechen. Ich spüre die Kälte, die nach mir greift. Kannst du den Knochenmann sehen, der dort unten auf mich wartet?« Mara stemmte sich mühsam ein wenig hoch. Anne Katharina folgte mit ihrem Blick dem zitternden Zeigefinger. Fast war es ihr, als würde sich in den nächtlichen Schatten etwas bewegen. Ein eisiger Schauder rann ihr über den Rücken, und sie umschlang die schmalen Schultern der Frau.

»Egal, was passiert, ich bleibe bei dir.«

»Und wer bleibt bei meinem Kind, wenn mein Leib von den Würmern zerfressen wird?«

»Ich werde Johannes mit nach Hall nehmen, ich verspreche es, und dich auch.«

Mara schüttelte langsam den Kopf. »Vielleicht meinen Körper, aber nicht mich. Ich gehe zu Stephan. Er wartet sicher schon.«

»Johannes' Vater?«

»Ja, Rugger sagte mir, dass er vor Pavia gefallen ist. Es war eine kurze Zeit stürmischer Liebe, die uns vergönnt war.« Sie lächelte versonnen, dann verzerrte wieder der Schmerz ihre Züge.

»Anne Katharina, ich fühle es. Das Ende ist nah. Zweimal hast du Johannes und mich gerettet. Ich danke dir dafür und wünsche dir mehr Glück in deinem Leben, als ich es erleben durfte.«

Sie wollte noch etwas sagen, doch ein Hustenanfall raubte ihr die Worte. »Dieser Schmerz«, keuchte sie.

Anne Katharina flößte ihr Medizin ein, und bald darauf entspannten sich die verkrampften Gesichtszüge ein wenig. Mara fiel in einen unruhigen Fieberschlaf, aus dem sie nicht wieder erwachte. Eine Stunde später starb sie in Anne Katharinas Armen.

✠ ✠

Der Heimweg war für sie wie ein böser Traum. Den Blick auf ihren Weg gerichtet, setzte sie einen Fuß vor den anderen. Sie trug das Kind auf dem Rücken, die Stute mit ihrer traurigen Last führte sie hinter sich her. Anne Katharina fühlte keinen Hunger und keinen Durst und auch keinen Schmerz mehr. Der Rhythmus ihrer Schritte und das Geklapper der Hufe hallten in ihrem Kopf wider und jagten die Gedankenfetzen durch ihren Geist. Wenn der Knabe nach Milch verlangte, suchte sie ein Gehöft auf. Ansonsten mied sie die Menschen mit ihren Fragen. So vergingen die Stunden. Am Abend des zweiten Tages erreichte sie Hall. Sie führte das Pferd durch das Gelbinger Tor, durch die Stadt und aus dem Langenfelder Tor wieder hinaus. Nicht lange, da zweigte der Pfad nach rechts ab, auf dem sie die Stute hinter sich herzerrte, bis sie die Lichtung mit der verborgenen Hütte erreichte. Düster und abweisend schien sie ihr im Licht des schwindenden Tages, und doch war sie ihr einmal wie das Paradies vorgekommen – an einem sonnigen Ostersonntag. Es schienen Jahre seit diesem Tag des Glücks vergangen zu sein. Anne Katharina ließ den Blick schweifen.

Nein, nicht die Lichtung war eine andere geworden, die ganze Welt um sie herum und das Leben der Menschen waren nicht mehr das, was sie noch zu Ostern gewesen waren.

Anne Katharina trug die in ein Linnen gewickelte Tote in die kühle Hütte. Morgen würde sie wiederkommen und Mara auf der Lichtung begraben.

Die Erste, die sie in der Halle antraf, war Agnes. Wortlos umarmten sich Herrin und Magd. Die Frage stand in Agnes' Augen, sie brauchte sie nicht auszusprechen.

»Nein, ich konnte ihn nicht finden, aber ich habe Rugger und Peter gesehen. Rugger hat mir versprochen, Bernhard zurückzubringen. Das war vor der großen Schlacht.« Sie schwieg.

»Die Boten berichten, sie sind alle tot«, sagte die Magd leise.

Anne Katharina nickte stumm. Das Bündel in ihren Armen begann sich zu regen und forderte mit lautem Geplärr seine Milch.

»Aber«, stotterte Agnes, als Anne Katharina ihr den Jungen in die Arme drückte.

»Ich erkläre es dir später. Jetzt braucht er etwas zu Essen und auch eine frische Windel, fürchte ich. Er heißt Johannes und wird zumindest vorläufig bei uns bleiben. Wo sind die Mädchen?«

»Mit der alten Herrin in der Stube. Der Herr ist heute Abend noch nicht zurückgekehrt.«

»Würdest du mir einen Kessel mit Wasser wärmen? Ich gehe hinauf und hole mir frische Kleider.«

Sie wollte sich den Kindern und ihrer Schwiegermutter nicht in ihrem blutigen und verschmutzten Männergewand präsentieren, aber die Mädchen hatten wohl ihre Stimme gehört, denn sie stürmten mit Freudengeheul aus der Stube, noch ehe Anne Katharina den Treppenabsatz erreichte. Barbara lachte und Veronica weinte, das Gesicht an die staubige Hose gepresst.

»Anne Katharina, bist du das?«, rief die alte Seybothin, und so blieb ihr nichts anderes übrig, als in die Stube zu treten und die Schwiegermutter zu begrüßen.

Der Seybothin blieb der Mund offen stehen, als sie Anne Katharina in Hosen und Wams ihres Sohnes hereinkommen sah. Sie schnappte nach Luft und war minutenlang nicht in der Lage, ihrer Empörung Ausdruck zu verleihen. Dann jedoch prasselte der Tadel auf die Sünderin herab. Anne Katharina senkte den Kopf, doch sie hörte dem Wortschwall nicht zu. Sie lächelte die beiden Mädchen an und streichelte ihr weiches Haar und die rosigen Wangen. Kein Krieg, kein Kampf, kein Leid, nur zwei heile Kinderseelen, die sich freuten, nach ein paar Tagen der Trennung ihre Mutter wiederzuhaben.

»Agnes sagte mir, du wolltest Bernhard zurückbringen. Hast du ihn gefunden? Er hat eine Tracht Prügel verdient, dass er tagelang lieber steht, statt auf der Bank zu sitzen. Ich hoffe, sein Vater wird nicht zu gnädig mit ihm verfahren. Wo ist der Junge?«

»Ich habe ihn nicht gefunden«, presste Anne Katharina hervor.

»Was? Und dennoch bist du zurückgekommen?« Die Vorwürfe hagelten auf Anne Katharina herab.

»Entschuldige mich, Mathilde«, unterbrach sie den Redeschwall ihrer Schwiegermutter mit eisiger Stimme. »Ich möchte mich

waschen und umziehen. Ich werde die Mädchen mit hinunternehmen.«
Ohne eine Reaktion der Seybothin abzuwarten, zog Anne Katharina die Kinder mit hinaus in den Flur und schlug die Tür hinter sich zu.

✢ ✢

Anne Katharina saß allein in der Stube, als Michel hereinkam.
»Ach, du bist zurück«, sagte er und musterte sie vom Kopf bis zu den Füßen. »Wo ist Bernhard?«
»Ich konnte ihn nicht finden. Er war nicht bei dem großen Bauernheer, das am Freitag vor Königshofen vernichtet wurde.« Sie hob ihren Blick. »Aber ich habe Peter kurz vor der Schlacht dort gesehen.«
Michels Miene blieb reglos.
»Man sagt, es gibt keine Überlebenden«, fügte Anne Katharina leise hinzu.
Michel zuckte mit den Schultern. »Er ist selber schuld. Wenn er sich auf die Seite derer schlägt, die sich mit Waffen gegen ihre Herren auflehnen, dann darf er sich nicht beklagen, wenn er unter dem Schwert der Herren umkommt.«
»So einfach ist das für dich?«
»Ja, das ist der Lauf der Welt.«
»Er war mein Bruder. Du nanntest ihn Freund«, ereiferte sich Anne Katharina. »Und doch kümmert es dich nicht, dass er wahrscheinlich einen grausamen Tod auf dem Schlachtfeld erlitten hat?«
»Er hat sich selbst zum Feind derer gemacht, die die Ordnung aufrechterhalten wollen. Hat er mich um Rat gefragt? Hat er auf meine Worte gehört? Ja, es stimmt mich traurig, meinen Freund nicht mehr zu haben. Ich verlor ihn an dem Tag, als er sich den Aufständischen anschloss! Nicht erst bei der Schlacht. Aber wie ich sehe, drückt dich das Schicksal deines Bruders mehr als das unseres Sohnes.«
»Das ist nicht wahr«, rief Anne Katharina. »Aber für Bernhard

kann ich noch hoffen. Rugger ist den Würzburgern entgegengeritten, bevor die Truppen des Truchsessen das Bauernheer einschließen konnten, und er hat mir versprochen, Bernhard zu suchen und ihn sicher nach Hall zurückzubringen.«

»Ich traue meinen Ohren nicht! Welche Teufel haben dich geritten, Weib? Nicht nur, dass du wie eine Marketenderin durch das Land gestreift bist, nun hast du auch noch das Leben meines Sohnes diesem Landsknecht anvertraut, der sich kurz vor einer Schlacht einfach feige davonmacht?«

»Wie kannst du so etwas sagen!«, protestierte sie voller Leidenschaft. »Er ist nicht geflohen. Wendel Hipler selbst hat ihn als Boten weggeschickt, um Verstärkung zu holen. Er ist ein Mann von Ehre, und ich vertraue seinem Schwur. Was hätte ich denn sonst tun sollen? Du warst in Koblenz und bist, wie ich höre, erst gestern nach Hall zurückgekehrt.«

»Ach, willst du mir nun vorwerfen, dass ich trotz der schweren Zeiten Geschäfte mache und Goldstücke für das Wohl der Familie herbeischaffe?«, empörte sich ihr Ehegatte.

»Nein«, sagte Anne Katharina müde. »Ich versuche nur, dir mein Handeln zu erklären, und mein Hoffen, das nun in Ruggers Händen liegt. Bete mit mir, dass er uns Bernhard unversehrt zurückbringt.«

Michel knirschte mit den Zähnen, sagte aber nichts. Er nahm sich einen Becher vom Wandbord und schenkte sich Wein ein. Anne Katharina saß mit im Schoß gefalteten Händen da und beobachtete ihn. Plötzlich sah Michel auf. Etwas Böses lauerte in seinem Blick.

»Ich denke, ich werde dem Stättmeister sagen, dass er einen Weinsberger Mörder in der Stadt hat, wenn der Landsknecht sich noch einmal in Hall blicken lässt, und dann, meine Liebe, wird er unter dem Henkersschwert den Kopf verlieren.«

»Er wird Bernhard zum zweiten Mal das Leben retten!«

»Das hat damit nichts zu tun. Ein Mörder muss für seine Taten bestraft werden. Deshalb muss ich ihn dem Stättmeister melden, ob er nun mit Bernhard nach Hall kommt oder ohne ihn.«

Anne Katharina erhob sich und trat auf ihn zu. »Das wirst du nicht tun, denn es wäre eine Lüge.«
»Ach«, ereiferte sich Michel, »hat er dir das gesagt? Hat der ach so ehrenhafte Landsknecht dir geschworen, dass er nicht einer der Mörder von Weinsberg ist?«
»Nein, hat er nicht, aber ich weiß es dennoch.« Anne Katharina wich seinem Blick nicht aus.
»Schützen willst du ihn, ja? Für ihn lügen! So weit ist es gekommen.«
»Nein, ich lüge nicht für ihn«, widersprach Anne Katharina. Ihre Stimme klang fest. »Aber ich werde die Wahrheit sagen, wenn du mich dazu zwingst.«
»Was ist die Wahrheit? Dass du dir einen Buhlen genommen und deiner Wollust mit ihm gefrönt hast? Denkst du, das weiß ich nicht? Und nun willst du mir einreden, dass du ausgerechnet am heiligen Ostersonntag mit ihm zusammen warst?«
»Ja, denn es ist so, und wenn du mir keine andere Wahl lässt, dann werde ich das auch vor dem Rat bezeugen.«
Michel sprang auf, der Becher mit Wein kippte um, und die tiefrote Flüssigkeit breitete sich über den Tisch aus. »Das würdest du nicht wagen!«, stieß er hervor. Sein Blick huschte hektisch über das Antlitz seiner Gattin.
»Doch, das würde ich. Es sind genug Menschen gestorben, und ich werde es nicht zulassen, dass du dich aus Eifersucht zum Mörder machst. Du kannst dir dein Toben und deine Drohungen sparen, sie beeindrucken mich nicht, und sie werden meine Entschlossenheit nicht ins Wanken bringen.«
Michel starrte seine Gemahlin an. Die Farbe wich aus seinen Wangen, und er trat einen Schritt zurück.
»Du willst, dass ich ruhig zusehe, wie du mir Hörner aufsetzt, und verlangst, dass ich deinen Buhlen auch noch schütze?«, stotterte er fassungslos.
»Nein, das habe ich nicht gesagt. Ich will nur nicht, dass du dich in blindwütige Rache stürzt. Was geschehen ist, ist geschehen und

kann nicht zurückgenommen werden. Wir können nur die Zukunft neu gestalten, ohne Lügen und Betrug. Ich werde es versuchen. Mein Platz ist bei meiner Familie, und ich werde dort meine Pflichten erfüllen.«
Ohne auf eine Reaktion ihres Gatten zu warten, verließ Anne Katharina die Stube.

✢ ✢

Am nächsten Morgen verließ Michel das Haus, noch bevor sich die Familie in der Stube um ihre Schalen voller Mus versammelte. Anne Katharina brachte Veronica zur Schule und teilte dem Schulmeister mit, dass Bernhard nicht in der Stadt weile, sobald er jedoch zurück sei, wieder zur Schule kommen würde.
Anne Katharina traf Agnes in der Küche. Sie hielt Johannes in den Armen und fütterte ihn mit dünnem Haferschleim. Die Magd hatte das Öffnen der Tür nicht bemerkt. Mit einem verklärten Lächeln betrachtete sie den Jungen und sprach leise auf ihn ein. Anne Katharina blieb reglos stehen und nahm das Bild, das sich ihr bot, in sich auf. Warum gab es ihr einen schmerzhaften Stich, Agnes in einem solchen Moment des Glückes zu erleben? Weil sie selbst von Ängsten und Unruhe geplagt wurde?
Ihr fiel plötzlich ein, dass sie sich nie Gedanken darüber gemacht hatte, was sich Agnes vom Leben wünschen würde, hätte sie eine Wahl. Sie war Anne Katharina immer Freundin gewesen, eine Vertraute ohne Worte, aber hatte auch die Herrin für die Sorgen der Magd ein offenes Ohr gehabt? Hatte sie an deren Träume je einen Gedanken verschwendet?
Anne Katharina schämte sich. Agnes war nicht nur Magd, auch sie war eine Frau und wollte einen Mann und Kinder lieben. Sie überlegte, wie alt die Magd war. Vierzig vielleicht? Die Zeit, eine eigene Familie zu gründen, würde für sie bald vorbei sein. Anne Katharina musste sich eingestehen, dass sie nicht einmal wusste, ob Agnes einen Mann kannte, den sie heiraten wollte. Vor vielen Jahren hatte sie sich in den Knecht des Junkers Senft verliebt, das wusste

sie noch, aber seitdem? Hatte sie ihre Liebe jemals wieder verschenkt? Wie aufmerksam dagegen Agnes im Gemüt der Herrin las!
Die Magd wandte den Kopf. »Ach, Ihr seid zurück. Seht nur, wie brav der Junge isst. Ich habe ihn schon ganz ins Herz geschlossen. Wird er bei uns bleiben?«
Anne Katharina ließ sich ihr gegenüber am Tisch nieder und betrachtete den Knaben, in dem Ruggers Blut floss.
»Ich weiß es nicht. Vielleicht will seine Familie ihn zurückhaben. Wenn nicht, dann wird Johannes in diesem Haus mit den anderen Kindern zusammen aufwachsen, und es wird ihm an nichts fehlen.«
»Weiß der Herr schon davon?«
»Ich glaube nicht, dass seine Mutter es versäumen wird, ihn zu informieren«, sagte Anne Katharina. Seit der Nacht grübelte sie darüber nach, was sie der Seybothin und Michel sagen sollte, woher das Kind stammte und warum sie es bei sich aufnahm. Sicher war es klug, Ruggers Namen nicht zu erwähnen.
Es klopfte an der Haustür. Anne Katharina öffnete und nahm ein an sie gerichtetes Schreiben aus Heilbronn entgegen. Mit zitternden Händen betrachtete sie den Brief von allen Seiten. Es war kein Absender verzeichnet. War die Nachricht von Rugger? Hatte er Bernhard gefunden und sich bis Heilbronn durchgeschlagen? Wollte er ihr so schnell wie möglich die Angst nehmen und ihr ankündigen, dass sie den Sohn bald wieder in die Arme schließen konnte? Oder war er von Peter? War ihr Bruder dem Gemetzel entkommen? Lag er nun verletzt in Heilbronn und bedurfte ihrer Hilfe? Sie starrte auf ihren Namen auf dem Pergament und wagte nicht, es auseinander zu falten, zu sehr fürchtete sie, ihre Hoffnung enttäuscht oder gar die grausige Gewissheit des Todes zu finden.
Anne Katharine kehrte in die Küche zurück, den geschlossenen Brief in den Händen. Agnes hatte den Kleinen in sein Körbchen gebettet und strich nun die Decke sorgfältig glatt, ehe sie sich zu ihrer Herrin umwandte.

»Was ist mit Euch? Schlechte Nachrichten? Ihr seid so blass geworden.«
»Ich weiß noch nicht, ob die Nachricht schlecht ist«, antwortete Anne Katharina. »Vielleicht ist sie wundervoll, und ich werde dir sogleich in Glückseligkeit um den Hals fallen.«
»Dann öffnet das Schreiben.«
Anne Katharina reichte es der Magd. »Ich wage es nicht. Mach du es auf.«
Agnes brach das Wachs, in dem kein Siegel eingedrückt war, faltete das Blatt auseinander und gab es der Herrin zurück.
»Lesen müsst Ihr es schon selber. Ich bin darin nicht geübt.« Widerstrebend sah Anne Katharina auf.
»Der Brief ist von Anna Büschler«, sagte sie, nachdem ihr Blick über die letzte Zeile gehuscht war. Erleichterung und Enttäuschung schwangen in ihrer Stimme. Sie ließ sich auf einen Schemel nieder und las, während Agnes Teig für einen Gewürzkuchen zu kneten begann.

»Meine herzallerliebste Freundin, der ich mein Leben und meine Freiheit verdanke«, begann die Büschlerin in ihrer gewohnt überschwänglichen Art. Sie berichtete von ihrer Reise und dass sie Daniel Treuwein nicht angetroffen hatte. Ein paar Tage habe sie gewartet und war in der Gegend umhergestreift, schrieb sie, aber dann wäre ihr der Markgräfler Boden zu gefährlich geworden. »Ich sehnte mich nicht danach, weitere Wochen und Monate an den heimischen Stubentisch gefesselt zu verbringen«, fuhr sie fort. »Außerdem wurde mir klar, dass ich Daniel nicht ein Leben lang angetraut sein möchte.«
Also hatte sie sich nach Heilbronn aufgemacht, in der Hoffnung, bei Verwandten der verstorbenen Mutter eine Bleibe zu finden.
»Auf meiner Fahrt lernte ich den Edelmann Hans von Leuzenbrunn kennen. Er ist ein faszinierender, leider jedoch auch ein armer Mann. Die Leute sagen, er sei ein Spieler, aber das kümmert mich nicht. Er ist mir eine verwandte Seele, und ich fühle mich in

seiner Gesellschaft wohl. Stell dir nur vor, liebste Kathi, er hat mir angeboten, mich zu heiraten und mich bei meiner Klage gegen den Mann, den ich einst Vater nannte, zu unterstützen! Je länger ich darüber nachdenke, desto mehr erscheint es mir eine vortreffliche Idee zu sein. Ich bin müde, allein und von allen verlassen über die Landstraße zu ziehen und nicht zu wissen, wohin ich am Abend mein müdes Haupt betten soll. Auch habe ich das Gefühl, die Tante wird mich nicht mehr lange an ihrem Tisch dulden. Die Blicke, die mir die Männer in ihrem Haus zuwerfen, gefallen ihr nicht – ich hörte, wie sie es zu einer Nachbarin sagte.
Nun, so bin ich also hoffnungsvolle Braut und werde bald schon auf dem Schlachtross meines Gatten mit der Lanze in der Hand nach Hall reiten, um mein Recht zu fordern! Wünsche mir Glück und vergiss mich nicht, meine teure Kathi. Wenn das Unrecht gesühnt und der Tyrann besiegt ist, werden wir uns wiedersehen.
Für immer die Deine, Anna Büschler.«

Anne Katharina hatte den Brief noch nicht zur Seite gelegt, als Agnes mit einem weiteren Schreiben zu ihr kam. »Der Bote wartet auf Eure Antwort«, teilte sie der Herrin mit.
In Gedanken noch bei Anna und ihren Plänen, faltete sie das schmutzige Blatt Papier auseinander und überflog die wenigen Zeilen.
Anne Katharina sprang vom Schemel auf und stieß einen Schrei aus.
»Agnes, gib dem Boten zu Essen und zu Trinken, aber lass ihn auf keinen Fall gehen, ehe ich zurück bin!«
Sie rannte durch die Halle, riss die Tür auf und war auf der Gasse verschwunden, ehe die Magd sie fragen konnte, was das alles zu bedeuten habe.

✠ ✠

»Pater Hiltprand!«, keuchte Anne Katharina, als sie in seine Kammer stürzte. Sie machte sich nicht die Mühe, die Tür hinter sich

zu schließen, sondern lief auf den alten Mönch zu. Schwer atmend fiel sie auf die Knie und drückte ihm die Nachricht in die Hand.
»Er lebt«, stieß sie hervor und schloss für einen Moment die Lider. Die Erleichterung trieb ihr Tränen in die Augen. »Peter lebt, und er ist nur leicht verletzt. Der Herr hat meine Gebete erhört.«
Der alte Mann strahlte. »Ach, mein liebes Kind. Wie dunkel waren meine Tage, seit die, die in meinem Herzen wohnen, in die Schlacht gezogen sind.«
»Doch seht nur, was für eine hohe Summe sie für seine Freilassung verlangen!« Sie deutete auf die Zahl, die Peters Bewacher mit krakeliger Schrift unter die Zeilen gesetzt hatten. »Woher soll ich noch heute so viele Gulden nehmen?«
Pater Hiltprand schüttelte traurig den Kopf. »Mit Freuden gebe ich dir jeden Heller, den ich besitze, aber du weißt, es ist nicht viel. Ich habe auch keinen Schmuck oder sonstigen Besitz, den du zu Geld machen könntest. Peter bietet sein Sieden an, bis die Schuld getilgt ist. Warum gehst du nicht zu deinem Gatten? Ich bin mir sicher, dass er das Geld für Peter auslegen kann.«
»Können schon, aber wird er es auch wollen?«, stieß sie bitter hervor.
Pater Hiltprand zog die Augenbrauen hoch: »Dann musst du dich an Ulrich wenden. Er wird sich nicht weigern, seinen Bruder auszulösen.«
Anne Katharina nickte und erhob sich. »Ja, natürlich, Ihr habt Recht. Wie viel lieber würde ich selbst für ihn bezahlen. Ich würde jede Münze aus meinem Sieden für ihn geben, aber es ist ja nicht mehr mein. Meine Mitgift gehört nun meinem Gatten.«
Anne Katharina schloss die Kammertür hinter sich und lief die Treppe zur Gasse hinunter. Sollte sie zu Michel oder zu Ulrich gehen? Wo war ihr Bruder? Sie würde sein Weib fragen müssen. Vielleicht sollte sie doch bei ihrem Gatten einen Versuch wagen? Vermutlich war er im Sudhaus, jetzt, wo der Rat den Verteidigungsbefehl aufgehoben und die Zahl der Wächter auf den

Mauern auf die in Friedenszeiten benötigten zurückgenommen hatte.

✠ ✠

»Weißt du, was du da von mir verlangst?«, herrschte Michel seine Gattin an. »Das ist alles, was wir in der Truhe haben, und selbst das wird nicht reichen. Ich würde mir noch zwanzig Gulden borgen müssen.«

Die ganze Familie hatte sich in der Stube versammelt. Die Abenddämmerung senkte sich herab, und jeden Moment würde Agnes das Essen servieren.

Anne Katharina hatte Michel im Sudhaus gefunden, aber er war der Meinung, vor den Feurern und Knechten solle man nicht über Geld reden. Die Entscheidung hätte bis zum Abend Zeit. Den Bauch voller Wut war Anne Katharina zum Vogelmannshaus in der Herrengasse geeilt, aber Ulrich war nicht zu Hause.

Er sei nicht in der Stadt und würde erst am Mittag des folgenden Tages zurückerwartet, gab seine Gattin Auskunft. So blieb Anne Katharina nichts anderes übrig, als ihr den Brief zu zeigen und sie um Hilfe zu bitten, doch Dorothe weigerte sich, ihr auch nur einen Gulden ohne das Wissen ihres Gatten zu geben.

Wie ein gefangenes Raubtier ging Anne Katharina den ganzen Nachmittag in der Küche und der Halle auf und ab und grübelte über eine Lösung nach. Agnes versuchte vergeblich, sie zu beruhigen.

»Setzt Euch, Herrin. Der Bote sagte mir, dass er nach dem anstrengenden Ritt gern eine Nacht in Hall bleiben würde. Wir können ihm hier unten ein Lager richten. Dann ist es heute zum Nachtmahl immer noch rechtzeitig genug, mit dem Herrn zu sprechen.«

»Und wenn sich Michel weigert? Ich habe oben nachgesehen. Wir haben wirklich nicht genug Münzen im Haus. Was soll ich nur tun? Ich könnte zum Stättmeister gehen. Ja, das ist eine gute Idee. Der Rat soll das Geld für seinen Bürger vorstrecken. Peter kann es

dann aus seinem Sieden zurückzahlen. Borgen sie nicht auch anderen, die Hilfe nötig haben, zuweilen Geld?«
Agnes wiegte zweifelnd den Kopf hin und her. »Ich weiß nicht, ob Ihr das tun solltet, Herrin. Bedenkt, Peter hat auf Seiten der Bauern gekämpft. Das wird der Rat nicht gutheißen. Sie könnten ihn gar für einen Anführer halten, da er gelehrt ist und aus gutem Hause kommt. Fahnden sie nicht allerorts nach diesen Männern, um ihnen den Prozess zu machen? Ich denke, es wäre klug, wenn Peter sich von Hall fern hielte, bis der Staub sich gelegt hat.«
Widerstrebend gab ihr Anne Katharina Recht und nahm ihre Wanderung wieder auf.
Endlich war es Abend geworden und Michel vom Sudhaus nach Hause gekommen. Er starrte auf das Schreiben, das Anne Katharina im gegeben hatte, und steigerte sich immer weiter in einen Zorn hinein, der nichts Gutes verhieß.
»Du tust ja gerade so, als wollte ich das Geld für Putz und Tand verschwenden«, ereiferte sich Anne Katharina. »Es geht um das Leben meines Bruders! Außerdem verspricht er, alles zurückzuzahlen.«
Die Seybothin erhob sich, ging zu ihrem Sohn und nahm ihm das Schreiben aus der Hand. Mit gerunzelter Stirn las sie die Zeilen.
Jetzt habe ich verloren, dachte Anne Katharina, als die Seybothin das Wort ergriff und sie zur Ruhe mahnte.
»Setzt euch, alle beide, und hört mir zu. Das ist eine stolze Summe, die der Vertreter des Bundes von uns fordert«, sagte sie. Anne Katharina wollte etwas erwidern, aber die Alte fuhr sie an, sie solle den Mund halten.
»Jetzt spreche ich. Deine Meinung haben wir bereits gehört!« Sie kehrte mit dem Schreiben an ihren Platz zurück und betrachtete noch einmal die Worte.
»Die Familie ist das Wichtigste«, fuhr sie nach einer Weile fort. »Um sie geht es zuallererst. Wir haben die Aufgabe, die Ehre und den Wohlstand der Familie zu vermehren.«

Anne Katharina dachte, sie müsse bersten, so sehr drängte es sie, der Alten ins Wort zu fallen. Ihre Fingernägel gruben sich schmerzhaft in ihre Handflächen, so viel Mühe kostete es sie, sich zu zähmen.

»Mit eurer Ehe haben sich auch unsere Familien vereint, und ihre Schicksale sind miteinander verbunden.« Anne Katharina richtete sich kerzengerade auf und starrte die Alte überrascht an.

»Es darf überhaupt keine Frage sein, ob wir ein Mitglied der Familie der Gefahr einer schändlichen Hinrichtung aussetzen, egal, wie viele Goldstücke das kosten mag. Ich will damit Peters Verblendung nicht entschuldigen! Er hat für die Aufständischen das Schwert erhoben und die Familienehre in Gefahr gebracht. Doch wie er dies und auch den Verlust des Geldes wieder gutmachen kann, werden wir sehen, wenn er frei ist.« Ihr Ton duldete wie immer keine Widerrede.

Michel sah sie finster an. »Gut, wenn Ihr meint, Mutter. Die restlichen Gulden kann mir der Firnhaber sicher leihen.«

In Anne Katharina wallte ein Gefühl der Dankbarkeit auf, von dem sie nie geglaubt hätte, es einmal ihrer Schwiegermutter gegenüber empfinden zu können.

Die Tür öffnete sich, und Agnes trug das Essen auf. Sie stellte Schalen, die Schüssel mit Suppe und das Brett mit Brot auf den Tisch. Von unten drang das Weinen eines Kleinkindes in die Stube hinauf. Michel deutete zur Tür.

»Ich weiß nicht, was du dir dabei gedacht hast, dieses Balg in mein Haus zu bringen. Jedenfalls ist es bis morgen verschwunden!«

Erschrocken sah Anne Katharina ihren Gatten an. »Das geht nicht, Michel. Ich habe seiner sterbenden Mutter versprochen, mich um ihren Sohn zu kümmern.«

»Das ist dein Problem, nicht meines. Hier kann er jedenfalls nicht bleiben.«

Noch einmal an diesem Abend übernahm die alte Seybothin das Wort. »Michel, du solltest nicht von ihr verlangen, einen solchen

Schwur zu brechen, auch wenn wir finden, dass sie ihn leichtfertig gegeben hat, Gottes Zorn könnte sie und uns alle treffen. Barmherzigkeit gefällt dem Herrn. Willst du dir einst sagen lassen: Ich war nackt, aber du hast mich nicht gekleidet, ich war hilflos und ohne Schutz, aber du hast mir deine Tür nicht aufgetan?«

»Was geht mich so ein Bauernkind an?«, murrte der Sohn.

»Wer maßt sich an, den Herrn zu erkennen? Wie können wir sagen, in welcher Gestalt Er zu uns kommt?«

»Nun gut«, knirschte er widerwillig. »Aber ich will das Balg nicht hier zwischen meinen Füßen haben.«

»Ich kümmere mich gern um den Kleinen«, sagte Agnes rasch, ohne den Blick zu heben.

»Gut«, sagte die Seybothin, »dann nimm ihn in deine Kammer. Du bist für ihn verantwortlich.« Die Magd knickste und verließ die Stube.

Fassungslos sah Anne Katharina die Alte an. Wie war so etwas möglich? Hatte die Schwiegermutter sie nicht all die Jahre bekämpft, gedemütigt und auf ihr herumgehackt? Warum ergriff sie plötzlich ihre Partei und wandte sich gegen den eigenen Sohn?

»Anne Katharina! Nimm Barbara den Löffel weg und gib ihr einen Klaps auf die Finger. Wenn du dem Kind gestattest, so mit seiner Suppe zu spielen, lernt es nie ordentliche Manieren, und die Familie muss sich ihrer schämen.«

Plötzlich verstand sie. Die Seybothin war nicht für sie oder gegen sie. Sie ergriff für niemanden Partei. Nein, sie folgte ihren strengen Regeln für Anstand und Moral und versuchte, mit allen Mitteln das zu erreichen, was ihrer Meinung nach das Beste für die Familie war. Und wer sich ihr entgegenstellte, der wurde ohne Gnade niedergeritten.

»Großmutter«, fragte Veronica zaghaft, die den Schlagabtausch mit weit aufgerissenen Augen verfolgt hatte, »haben wir jetzt einen neuen Bruder?«

»Nein, der Junge wird bei uns wohnen, aber er ist nicht euer Bruder. Auf einen Bruder oder eine Schwester müsst ihr noch bis zum Beginn des Winters warten – so es Gottes Wille ist.« Sie sah Anne Katharina herausfordernd an.
»Ich bin zwar alt, aber weder blind noch dumm.«
Michel schnappte nach Luft und starrte seine Gattin ungläubig an.

# KAPITEL 16

Am nächsten Tag war Michel schon wieder früh auf den Beinen, um dem Ruf des Stättmeisters ins Rathaus zu folgen. Der Rat tagte bis zum Nachmittag. Nun, da auch Würzburg befreit war und der Rest der Bauern sich zerstreut hatte, ging es darum, die Aufständischen für ihren Frevel zu strafen. Hart und unnachgiebig wollten sich die Sieger zeigen, so dass es dem gemeinen Mann über Generationen hinweg im Gedächtnis bliebe. Wer wollte schon riskieren, dass sie in ein paar Jahren wieder aufstanden, wenn ihnen eine Steuer oder eine Erhöhung der Gült nicht passte?

Magister Brenz, der darauf bestanden hatte, der Sitzung beizuwohnen, mahnte immer wieder zu Milde und Versöhnung.

»Ihr sollt die Schafe scheren, nicht ihnen die Haut abziehen!«, rief der junge Prediger mit seiner voll tönenden Stimme.

»Magister Brenz«, sagte der Stättmeister und erhob sich. »Wir schätzen Euch alle sehr und sind um Eure Ratschläge dankbar, aber hier geht es nicht um Eure Schäfchen, die Ihr von der Kanzel her ermahnt, hier geht es darum, dass wir über eine Stadt, ihre Ländereien – von nicht zu verachtender Größe – und zahlreiche Dörfer herrschen. Es muss Ruhe und Ordnung einkehren, Frondienste müssen geleistet werden und Steuern und Gülten bezahlt. Und dies geht nur mit einer harten Hand. Dass die Bauern nicht auf freundliche Bitten reagieren, das haben sie ja gezeigt.«

Der Prediger seufzte. »Ihr solltet den Bauern mehr gütiger Vater denn strenger Richter sein. Ist dies der Herr im Himmel nicht auch für uns? Übt Er nicht immer wieder Nachsicht mit Seinen Sündern und nimmt sie in ihrer Unvollkommenheit an?«

»Wir sind wie die Väter!«, entgegnete der Stättmeister. »Ist es nicht so, dass man ein Kind, welches man erziehen will, für seine Vergehen strafen muss, damit es aus seinen Fehlern lernt? Wenn es sein Unrecht eingesehen und die Strafe erlitten hat, dann kann man wieder in Güte und Milde handeln.«

Johannes Brenz wischte sich das Haar aus der Stirn. In dem Stättmeister hatte er einen würdigen Gegner gefunden, aber er war nicht bereit, so schnell klein beizugeben. Wenn er mit seinen Appellen an die christliche Nächstenliebe nichts erreichen konnte, dann musste er den Rat eben mit seinen eigenen Waffen schlagen und von dem reden, was sie neben ruhigen, fügsamen Bürgern am meisten schätzten: Gold! Er setzte sich in einen der bequemen Stühle, stützte die Ellenbogen auf den herrlich polierten Nussbaumtisch und faltete die Hände.

»Es liegt nicht nur im Interesse des Rates, sondern auch der ganzen Stadt Hall, die Bauern auf dem Lande nicht zu sehr zu belasten«, begann er ruhig und fixierte nach der Reihe die Richter und Ratsherren. Manche heuchelten Aufmerksamkeit, andere zeigten ihm deutlich ihre Ungeduld, aber der Prediger ließ sich nicht entmutigen.

»Wenn Ihr die Bauern jetzt kräftig brandschatzt, dann gelangen eine Anzahl Münzen in Eure Kasse, das will ich nicht bestreiten, doch wozu führt das? Der Mann auf dem Land ist ausgepresst, hat Schulden und kann seine Lasten nicht mehr tragen. Er hat keine Münzen mehr, um nach Hall auf den Markt zu ziehen und zu kaufen, was die Haller Handwerker feilbieten! Und um in seiner Misere noch leben zu können, muss er den Preis für Getreide, für Obst und Gemüse steigern, den Eure Frauen und Mägde bezahlen müssen. Es sind Eure Münzen, die dann schneller aus Euren Truhen verschwinden, als Ihr es je erlebt habt! Auch können Männer, die in Euren Kerkern sitzen, und deren Familien weder arbeiten noch Steuern entrichten oder Güter kaufen. Die Pacht wird nicht gezahlt, die Felder liegen brach. Scharen von bettelnden Frauen und Kindern werden in die Stadt strömen und Euer Almosen verlangen!«

Einige der Richter und Ratsherren sahen sich verwundert an.

»Wie aber geht es weiter, wenn Ihr Milde zeigt und auf Brandschatzung und Gefangene verzichtet? Hoch rühmen wird der Bauer seine Herrschaft und fleißig für sie arbeiten. Die Preise werden stabil bleiben, der Handel florieren. Das Haller Land wird blühen – ja, ihm stehen goldene Zeiten bevor, während die anderen Fürstentümer noch viele Jahre im Schmutz von Armut und Hass kriechen und sich nur langsam daraus erheben.«

Johannes Brenz schwieg und genoss die Verwirrung, die er in den Gesichtern sah. Die Ratsherren begannen, sich leise mit ihren Nachbarn zu unterhalten. Ein Flüstern und Zischeln summte durch den Raum. Einige der hohen Herren nickten beifällig.

»Wir haben Männer angeworben, wir haben die Stadt mobilgemacht, wir haben jede Nacht die Mauern und Türme dreifach besetzt. Nun sind die Kassen leer. Wer soll sie wieder füllen?«, warf Michel Seyboth laut ein und ließ den Blick über die Gesichter schweifen. »Die Bürger etwa, die der Stadt und dem Kaiser treu zur Seite standen, bereit, ihr Leben zu geben?« Unwilliges Gebrummel machte die Runde. »Oder diejenigen, die gegen ihre Herren aufgestanden sind, freche Reden geschwungen, Kirchenkästen und Keller geplündert und sich voll gesoffen haben, statt auf ihren Feldern zu arbeiten und die Gült zu bezahlen?!«

Johannes Brenz suchte den Blick des Stättmeisters. Ihn musste er überzeugen. In seinem Kopf wohnte ein heller Geist.

»Ich finde, wir sollten die Worte des Magisters Brenz nicht außer Acht lassen«, rief Ratsherr Ott.

»Aufknüpfen sollte man sie alle, dann werden sie sich bestimmt nicht mehr gegen uns erheben«, schimpfte ein anderer.

Der Prediger verdrehte die Augen. Solch Unverstand quälte seine Seele. Das Stimmengewirr wurde immer lauter, so dass er nur noch einzelne Worte heraushören konnte. Die Richter und Ratsherren sprangen von ihren Sitzen auf und versuchten, mehr durch Lautstärke als durch Argumente, die Gegner von ihren Vorstellungen zu überzeugen. Nur der Prediger und der Stättmeister saßen noch auf ihren Plätzen und musterten einander stumm.

Schließlich erhob sich Michel Schletz und schlug gegen die Glocke, die vor ihm auf dem Tisch stand. Es dauerte eine ganze Weile, ehe Ruhe im Ratssaal herrschte und die Männer zu ihren Plätzen zurückgekehrt waren. Als das Stühlerücken verklungen war, sprach der Stättmeister und unterbreitete seinen Vorschlag. Danach meldeten sich Hermann Büschler, der Junker von Roßdorf, Hans Ott und Lienhard Mangold zu Wort. Es war ein zähes Ringen, doch schließlich beschlossen die Herren Richter und Räte, die Haller Büttel und Geharnischten in alle Dörfer innerhalb der Langheg zu schicken, um Ausschau nach den bekannten Aufrührern zu halten. Egal, ob sie der großen Spitzbuben habhaft werden sollten oder nicht, in jedem Dorf wären sie angehalten, darüber hinaus zwei Bewohner zu fangen, nach Hall zu führen und in den Turm zu legen, befahl der Stättmeister. Die Ratsherren einigten sich darauf, jedes Bauernhaus mit sechs Gulden zu brandschatzen. Wer innerhalb einer gesetzten Frist das Geld nicht abliefere, dessen Haus und Hof solle niedergebrannt werden. Erst wenn alle Höfe eines Dorfes ihre Schuld geleistet hätten und die dringend gesuchten Personen ausgeliefert wären, würden die im Turm Festgesetzten wieder in die Freiheit entlassen.

Die Sitzung löste sich auf. Die Ratsherren strömten zur Trinkstube am Marktplatz. Der Prediger und der Stättmeister waren die Letzten, die den Sitzungssaal verließen. Michel Schletz hob die Hand, um dem jungen Magister den Vortritt zu lassen.

»Es ist ein Kompromiss«, sagte der Stättmeister.

Johannes Brenz nickte. »Ja, wir werden sehen, welche Folgen er hat. Sagt mir Bescheid, wenn die ersten Unschuldigen in den Türmen liegen. Ich werde sie besuchen, um ihnen mit Rat und Trost zur Seite zu stehen.«

Die Miene des Stättmeisters blieb undurchdringlich. »Ja, tut das, Magister Brenz«, sagte er und hob seinen Hut zum Abschied.

✢ ✢

Am Morgen, nachdem sie Veronica zur Schule begleitet hatte, verließ Anne Katharina, Barbara an der Hand, durch das Langenfelder Tor die Stadt. Auf einer Wiese neben der Straße, die nach Vellberg führte, pflückten sie Margeriten, Salbei und Hahnenfuß. Barbara setzte sich ins Gras und zupfte die Blüten von einem Büschel Storchschnabel.

»Komm, mein Kind. Wir gehen ein wenig im Wald spazieren.«

Sie reichte der fröhlich vor sich hin plappernden Kleinen die Hand und führte sie den steilen Abhang hinunter bis auf die Lichtung, auf der sich nun ein frischer, erdiger Hügel erhob. Anne Katharina legte die Blumen auf das Grab. Suchend sah sie sich um. Sie trat zu einem Haselstrauch in der Nähe, schnitt zwei gerade Äste ab, band sie zu einem Kreuz zusammen und steckte es in die weiche Erde. Barbara trat zu ihr und warf die Gänseblümchen, die sie in ihrer Faust zusammengepresst hatte, neben das Kreuz. In Erwartung, für dieses Opfer gelobt zu werden, sah sie zu ihrer Mutter auf.

»Das ist sehr lieb von dir«, sagte Anne Katharina und strich der Tochter über das Haar. Sie sank auf die Knie nieder und faltete die Hände. Barbara sah die Mutter aufmerksam an und kniete sich dann neben sie.

Niederknien und beten, das hat die Seybothin dir schon prächtig eingebläut, dachte Anne Katharina bitter. Ist das das Wichtigste, was ein Kind von ein paar Jahren können muss? Ihre Augen schweiften über die Erde, die sie voller Mühsal gelockert und zur Seite geschaufelt hatte. Immer wieder hatte sie keuchend innehalten müssen. Ihre Arme schmerzten, und ihr Rücken wollte sich nur mit Mühe aufrichten lassen. Das Grab war zu flach, sie wusste es, aber den steinigen Boden darunter hatte sie nicht auflockern können.

Es tut mir Leid, Mara, dachte sie. Ich hätte dir gern ein schönes Grab in geweihter Erde verschafft. Vielleicht werde ich Magister Brenz herbitten, damit er deine letzte Ruhestätte segnet.

Warum nur musste das passieren? Welch schrecklicher Streich des Schicksals, dich durch einen Freund und Verbündeten niederzustrecken und deinem Sohn die Mutter zu rauben, noch ehe er der Brust entwöhnt ist. Doch sei beruhigt, es geht Johannes gut. Er gedeiht prächtig, und Agnes liebt ihn, als sei er ihr Sohn. Er wird es gut bei uns haben.

Sie merkte, dass Barbara aufgestanden war und einem Schmetterling nachjagte. Anne Katharina sprach für die Tote noch ein Gebet, dann erhob sie sich und klopfte die Erdkrumen von ihrem Rock.

»Barbara?«

Das kleine Mädchen fuhr herum. Die Augen ängstlich aufgerissen, die Schultern hochgezogen, kam sie auf die Mutter zu, so als erwarte sie jeden Augenblick einen schmerzhaften Schlag. Wut stieg in Anne Katharina hoch. Das waren die Erziehungsmethoden der Seybothin. Angst und Schrecken hatte sie in die zarte Kinderseele gepflanzt, um sie zum Gehorsam zu zwingen.

»Komm, mein Kind«, sagte sie sanft und streckte die Hand aus. »Gehen wir nach Hause.« Sie lächelte ihrer Tochter zu, bis auch das Kind ein zaghaftes Lächeln wagte.

Am Nachmittag bestand die Seybothin darauf, die Kinder mit zur Kirche zu nehmen. Anne Katharina fühlte sich so schwach und müde, dass sie nicht wagte, den Kampf mit ihr aufzunehmen. So ließ sie die Mädchen ziehen. Vielleicht sollte sie die Gelegenheit nutzen, um bei der Hebamme vorbeizusehen? Kurz entschlossen machte sie sich auf den Weg zur Unterstadt.

✠ ✠

Es war, als habe ihr jemand nicht nur den festen Boden geraubt, sondern auch die Luft zum Atmen aus der Stube entfernt.

In Gedanken noch bei der Hebamme in der Vorstadt, war Anne Katharina in die heimische Halle getreten und die Treppe zur Stube hinaufgestiegen. Wo war Agnes? Der Kleine lag allein in seinem Körbchen in der Küche und schlief. Anne Katharina öffnete die Tür zur Stube, trat ein und blieb dann wie versteinert stehen.

Sie fühlte, wie ihre Knie weich wurden. Sie öffnete den Mund, um etwas zu sagen, aber kein Wort kam heraus.

»Mutter!«

Der Junge auf der Bank ließ das Stück Schinken, das er in der Hand gehalten hatte, auf das Brett vor sich fallen und flog durch den Raum auf sie zu. Vielleicht wäre sie in sich zusammengesunken, wenn er sie in diesem Augenblick nicht erreicht und seine Arme um ihre Taille geschlungen hätte.

»Mutter«, stammelte Bernhard noch einmal, das Gesicht gegen ihr geschnürtes Leibchen gedrückt. »Ich bin wieder zu Hause.«

Da war er, ihr Sohn, um dessen Leben sie Tag und Nacht gefleht hatte. Sein Körper schien gesund und unversehrt zu sein. Welchen Schaden die kindliche Seele bei diesem Abenteuer genommen hatte, würde erst die Zeit zeigen. Zaghaft, so als fürchte sie, er wäre nur ein Trugbild, legte sie ihre Arme um den mageren Rücken und barg ihr Gesicht in seinem Haar. Es roch nach Lauge und irgendeiner Mischung von Blumen, doch darunter lag der vertraute Geruch ihres Kindes, das sie in ihren Armen getragen und an ihrer Brust genährt hatte.

»Bernhard«, flüsterte sie und blinzelte die Tränen weg, die sich schon wieder ihren Weg bahnten. Nein, er sollte seine Mutter nicht weinen sehen. Er sollte nur fühlen, wie unendlich erleichtert und glücklich sie war, ihn wieder bei sich zu haben.

Wenn doch die Zeit stehen bleiben würde. Sie hätte nichts dagegen gehabt, ihn in alle Ewigkeit so zu halten.

»Mutter, du kannst mich jetzt wieder loslassen«, drang seine Stimme zu ihr. Vorsichtig löste er sich aus ihren Armen, die ihn immer fester umklammert hatten.

»Das war schon ein aufregendes Abenteuer«, sagte er, strich sich das offensichtlich frisch gewaschene Haar aus dem Gesicht und grinste zögernd. »Aber ich war dann doch ganz schön froh, als Rugger zu mir kam und sagte, er würde mich nach Hause bringen.«

Anne Katharina sah, dass er ein frisches Hemd trug. Es war alt und verschlissen und offensichtlich für jemanden mit kräftigeren Körpermaßen gefertigt worden. Seine Beine steckten in den nur notdürftig von Staub und Schmutz befreiten Hosen, die er an dem Morgen, an dem er weggelaufen war, getragen hatte. Über seine linke Hand zog sich ein bereits mit Kruste überzogener Kratzer, an der rechten Wange hatte er einen bläulichen Fleck. Anne Katharina ließ ihren Blick über ihn schweifen und saugte jede Einzelheit in sich auf, als wären sie kostbare Schätze.

»Mutter? Bist du sehr böse mit mir?«

Sie lächelte ihren Sohn an. »Nein, nicht böse. Ich habe um dein Leben gefürchtet und bin nun sehr froh, dass dir nichts passiert ist.«

Bernhard ging zurück zu Schinken, Brot und warmer Milch mit Honig. Seine ernste Miene stand in seltsamem Kontrast zu den kindlichen Zügen. »Vielleicht wäre ich jetzt tot wie all die anderen, wenn Rugger nicht gekommen wäre.« Er biss in eine dicke Scheibe Brot und runzelte die Stirn.

Anne Katharina hob den Kopf und sah zu dem Landsknecht hinüber, der sich in Michels bequemem Sessel zurückgelehnt hatte und sie über den Rand eines Bechers beobachtete. Ihr Blick versank in dem seinen. Noch einmal kam es ihr vor, als würde der Boden unter ihr seine Festigkeit verlieren. Was sollte sie sagen? Wie konnte sie ihm für das danken, was er für sie getan hatte? Alle Worte, die ihr in den Sinn kamen, waren zu schal und abgenutzt.

Rugger erhob sich. Sie hätte ihre Arme um ihn geschlungen und ihr Gesicht in seinem Hals vergraben, wenn sie nicht die Blicke des Sohnes auf sich ruhen gespürt hätte. So trat sie nur auf ihn zu und nahm seine Hand in die ihren.

Plötzlich war sie wieder inmitten der Wagenburg. Das Heer des Feindes rückte heran, um sie herum wurden Geschütze in Stellung gebracht, Kugeln und Pulver herbeigeschafft. Noch einmal hörte sie Ruggers Worte.

»Du gibst mir meine Tochter, ich bringe dir Bernhard, wenn Gott es zulässt.«

Er hatte sein Versprechen gehalten, aber sie hatte kläglich versagt.

An ein Grab würde sie ihn führen müssen, statt in die Arme seiner Tochter. Und dennoch war Anne Katharina dem Herrn im Himmel dankbar, dass Er das Pendel des Schicksals nicht auf ihre Seite hatte ausschlagen lassen. Beschämt senkte sie die Augen. Nie wieder würde sie ihn, ohne sich schuldig zu fühlen, anblicken können. Warum fragte er nicht nach Mara? Warum zwang er sie nicht, ihr Versagen zuzugeben? Stattdessen stand er nur da, seine warme Hand zwischen ihren Händen. Konnte er in ihren Gedanken lesen? Fast kam es ihr so vor. Rasch sah sie zu ihm auf, fand aber keine Anklage in seinen Augen, nur Freude und Zärtlichkeit.

Bernhard wischte sich die letzten Krümel vom Mund und trank seinen Becher leer.

»Ich denke, unser junger Abenteurer braucht nun ein Lager, auf das er seine müden Glieder betten kann. Gebadet hat er bereits unterwegs.«

»Ich bin überhaupt nicht müde«, begann Bernhard zu protestieren, doch die letzten Worte gingen in einem herzhaften Gähnen unter.

Rugger entzog Anne Katharina seine Hand und trat mit einem warmen Lächeln auf den Lippen auf den Knaben zu.

»Du hast viel erlebt und einen langen Ritt hinter dir. Auch ich werde mich bald zur Ruhe begeben.« Er legte Bernhard den Arm um die Schultern. »Wo ist deine Kammer?« Der Junge strahlte zu dem Landsknecht hoch.

Als wäre er sein Vater, ging es Anne Katharina durch den Kopf. Sie legte die Hände auf ihren Leib. Ach mein Kind, könntest du deinen Vater kennen und lieben lernen, dachte sie.

Die beiden verschwanden in Bernhards Kammer. Anne Katharina folgte ihnen langsam. Sie blieb unter der Tür stehen und sah zu, wie Rugger dem Knaben aus dem Hemd half. Bernhard schlüpfte aus seiner schmutzigen Hose und warf sie neben der Kleidertruhe auf den Boden. Schwungvoll sprang er ins Bett und zog sich die Decke bis ans Kinn. Noch einmal gähnte er herzhaft.

»Bist du noch da, wenn ich aufwache?«, fragte er Rugger, der sich zu ihm herabbeugte und über sein Haar strich.

»Nein, vermutlich nicht. Nein, Bernhard, zieh kein Gesicht. Ich habe dir gesagt, dass ich nicht bleiben kann.«
»Wenigstens ein paar Tage?«, flehte der Junge.
Rugger schüttelte den Kopf, wandte sich ab und trat in den Flur hinaus. Anne Katharina huschte in die Kammer, küsste Bernhard die Stirn und schloss dann die Tür hinter sich. Allein standen sie im düsteren Gang, ohne sich zu berühren.
Warum fragte er sie nicht? Wie sollte sie den Mut finden, ihre Schuld einzugestehen?
»Ich habe Johannes gesehen. Er sieht prächtig aus«, brach Rugger das Schweigen. »Wirst du«, er räusperte sich, »wirst du mich zu ihr führen können?«
Das Leid in seiner Stimme zerriss ihr das Herz. Er wusste es, und dennoch zürnte er ihr nicht.
»Wo ist es geschehen?«
»In Mergentheim«, antwortete Anne Katharina. »Ich habe sie so schnell, wie es möglich war, zu einem Bader gebracht. Dennoch starb sie noch in derselben Nacht. Ich habe sie in meinen Armen gehalten und ihr versprochen, dass es Johannes an nichts fehlen soll.«
Ruggers Arme umschlangen sie und zogen sie an seine Brust. »Ich danke dir, meine Liebste.«
»Ich habe meine Versprechen gebrochen.«
»Nein! Du darfst dir keine Vorwürfe machen. Du hast dich ihrer angenommen und sie vom Schlachtfeld weggeführt. Ihr Überleben lag nicht in deiner Hand.« Anne Katharina presste sich an ihn. »Wo kann ich meine Tochter finden?«
»Ich habe sie mitgenommen und auf dem Land der Schenken begraben. Ich führe dich zu ihr, komm.«
Rugger und Anne Katharina verließen das Haus, stiegen die Staffeln an der Stadtmauer entlang bis zum großen Büchsenhaus hinauf und betraten das Gebiet der Schenken durch das Langenfelder Tor. Seit sie das Haus verlassen hatten, war kein Wort mehr über Ruggers Lippen gekommen. Finster brütete er vor sich hin.

»Willst du mir erzählen, wie du Bernhard fandest?«, fragte Anne Katharina, als sie die Stadt hinter sich gelassen hatten.
Rugger schwieg noch immer, aber Anne Katharina wagte nicht, ihre Bitte zu wiederholen. Dann, als sie die Straße verließen und auf den schmalen Waldpfad abbogen, begann er plötzlich zu sprechen. Seine Stimme war leise und ließ den festen Klang, den Anne Katharina gewöhnt war, vermissen.
»Ich ritt so schnell nach Norden, wie ich mein Pferd antreiben konnte. Mit jeder Stunde, die verstrich, schwand die Hoffnung, rechtzeitig Hilfe zu finden, und es wuchs die Verzweiflung in mir. Der Tag war längst schon verstrichen, und die Nacht des heiligen Pfingstsonntages brach bereits an, als ich auf den Haufen stieß. Sie waren noch nicht einmal losgezogen! Bei Heidingsfeld, unweit vor Würzburg, lagerten sie. Wertvolle Zeit verstrich, in der sie noch fünfzig Landsknechte anwarben, denn die Würzburger Geistlichkeit hatte keine Lust, ihre Haut zu Markte zu tragen. Endlich, am frühen Morgen, erklomm der Haufen die Steige. Fünftausend waren es an der Zahl, und sie waren in grimmiger Stimmung. Ich hörte, wie manche schworen, keine Gefangenen zu machen. Die Reiter wollten sie hängen, den Fußknechten den Hals abschneiden.«
»Und Bernhard? Was war mit Bernhard?«, wagte Anne Katharina einzuwerfen.
»Bernhard? Ach ja. Es dauerte nicht lange, bis ich ihn in dem Haufen entdeckte. Noch bevor wir aufbrachen, habe ich ihn zu mir geholt und zu mir aufs Pferd gesetzt.« Er senkte den Blick zu Boden. Was war nur mit ihm los? Er wirkte kleiner, gebeugter, als würde eine große Schuld ihn niederdrücken. Doch wie konnte das sein? Er hatte seinen Schwur gehalten und ihren Sohn heil nach Hause gebracht.
Leise sprach er weiter. »Wir zogen rasch nach Süden, obwohl uns die niederschmetternde Nachricht vom Ende der Schlacht bei Königshofen bereits erreicht hatte. Bis zu einem Weiler namens Sulzdorf kamen wir voran, dann holte das grausame Schicksal uns

ein.« Er blieb stehen, seine Züge verhärteten sich, und seine Hände ballten sich zu Fäusten.

»Wir dachten, der Truchseß lagere noch an der Tauber, und nun sahen wir uns plötzlich seiner besten Reiterei gegenüber. Die Rennfahne preschte auf uns zu und schnitt uns den Weg zum Guttenberger Forst ab. Anscheinend haben sie aus Königshofen gelernt. Wir versuchten, rasch eine Wagenburg zu bilden, doch da kamen die Reiter schon über uns wie das Jüngste Gericht. Es war kein Kampf, es war ein Schlachtfest für die Bündischen Reiter!

Auf unserem Weg zurück nach Hall hörten wir die schrecklichen Einzelheiten. Viele der Bauern versuchten, sich nach Giebelstadt zu retten, aber die Reiter umstellten die Häuser und verbrannten die Geflohenen, die in ihnen Schutz gesucht hatten. Auch Sulzdorf und Bütthard gingen in Flammen auf. Allein in der Kirche von Giebelstadt sollen zweihundert verbrannt sein. Die letzten Männer retteten sich am Fuß des Schlosses der von Zobels in den Sumpf. Die Bündischen konnten ihnen mit ihren schweren Rössern nicht folgen und hatten wohl keine Lust, abzusteigen und sich ihre Beinlinge zu beschmutzen. Sie riefen hinüber, wer den Bruder an seiner Seite ersteche, der solle begnadigt werden. Und da zogen die Bauern ihre Messer und metzelten sich gegenseitig. Die beiden letzten umklammerten sich im Todeskampf, das Messer in dem Rücken des anderen, fielen in den Schlossgraben und ertranken.

Mir gelang mit den angeworbenen Knechten aus Würzburg und einem kleinen Fähnlein der Rückzug in das ausgebrannte Schloss von Ingolstadt.« Wieder stockte er. Sein Atem ging schwer. Er griff nach einem Ast, der über den Weg hing, und klammerte sich daran, dass die Fingerknöchel weiß hervortraten.

»Das Schloss hat feste Mauern, dennoch war uns allen klar, dass wir dem Heer des Truchsessen auf Dauer nicht standhalten können. Ich musste eine Entscheidung treffen. Im Gegensatz zu den meisten Männern hatte ich ein schnelles Pferd, auf dem ich den Bündischen entkommen konnte. Wäre ich bei ihnen geblieben, dann wäre am Ende auch ich in einem der Keller in die Luft ge-

sprengt worden – ich und auch Bernhard.« Er sah Anne Katharina an. Die Qual stand ihm ins Gesicht geschrieben.
»Ich hatte dir mein Wort gegeben. Allein konnte Bernhard es nicht schaffen, also ließ ich die Männer im Stich und ritt davon. Die Falle schnappte zu. Man sagt, sie hätten sich bis in die Nacht hinein tapfer verteidigt, doch dann ging ihnen das Pulver aus. Die Bündischen warfen Pulverfässer und brennendes Stroh in die Keller. Die Männer hatten keine Chance zu entkommen. Mehr als zweihundert wurden zerfetzt oder sind jämmerlich verbrannt.«
Anne Katharina legte die Hand auf seinen Arm. »Du hättest sie nicht retten können, wenn du bei ihnen geblieben wärst«, sagte sie sanft. »Aber ich hätte mit ihnen sterben können, das wäre meine Pflicht gewesen.«
Anne Katharina schüttelte den Kopf. »Nein, dein Sterben wäre sinnlos gewesen. Deine Entscheidung war richtig, denn so hast du wenigstens das Leben eines unschuldigen Kindes gerettet.«
Ein schwaches Lächeln huschte über sein Gesicht. »Du bist die Mutter, du darfst so denken«, sagte er, wandte sich ab und stapfte den Weg weiter entlang, bis sich die Bäume lichteten und sie die Lichtung unterhalb der Felswand erreichten.
»Ich bin nur noch eine leere Hülle mit einem Leben, das nicht mir gehört, denn meine Seele ist in Ingolstadt mit den Männern verbrannt. Begraben bin ich dort, wo das Schicksal mir meine letzte Stunde zudachte, zusammen mit der Hoffnung auf eine neue, gerechte Welt.« Er ließ den Blick über das frische Grab mit den Blumen gleiten, die bereits zu welken begannen. Schwerfällig sank er auf die Knie und faltete die Hände.
»Mara, meine Tochter, du wirst es nicht mehr erleben, wie die Herren die Geknechteten mit ihrer Knute noch tiefer in den Morast stoßen. Du musst nicht mit ansehen, wie das Evangelium mit Füßen getreten wird. Ach, könnte ich doch bei dir sein und meine Seele mit der deinen in den Himmel schwingen.«
Anne Katharina ließ sich neben ihm nieder, die Hände aneinander gelegt.

»Es ist vorbei. Wir sind endgültig geschlagen. Würzburg ist eingenommen, Unserfrauenberg befreit, und alle kleinen Haufen, die es im Land noch gab, haben sich zerstreut. Der kleine Mann eilt zu seinem Hof zurück und beugt den Nacken, in der Hoffnung, dass der Herr keine Schwertklinge auf ihn herabsausen lässt. Die Witwen und Waisen kann schon heute keiner mehr zählen. Ach, Kathinne, warum muss es so enden?«
Stumm knieten sie nebeneinander und beteten. Schließlich erhob sich Rugger und reichte Anne Katharina die Hand, um ihr beim Aufstehen zu helfen. Einen Augenblick hielt er sie mit ausgestrecktem Arm von sich, dann jedoch zog er sie an sich und umklammerte sie, als wolle er ihr das Rückgrat brechen.
»Ich habe es nicht verdient, dich noch einmal in den Armen zu halten. Ich habe es nicht verdient, noch einmal auch nur einen Hauch von Glück zu spüren«, stieß er hervor und vergrub sein Gesicht an ihrem Hals. Anne Katharina fühlte sein Haar an ihrer Wange und schloss die Augen.
Sie spürte das Unheil, das sich heranschlich, die dunkle Wolke des Schicksals, die die Sonne verhüllte, und dennoch begriff sie erst, als Rugger sie plötzlich losließ und sie von sich stieß, dass sie taumelte und zu Boden stürzte. Der Landsknecht fuhr zurück und hob abwehrend die leeren Hände. Anne Katharina rappelte sich auf. Wie der gefallene Engel Luzifer in seiner Rachsucht stand Michel mitten auf der Lichtung, das Gesicht zu einer Grimasse verzerrt, die Augen voller Hass.
»Du hast mir mein Weib gestohlen«, stieß er hervor. »Du machst mich zum Gespött der ganzen Stadt.« Er hob den Arm, die Hand um den Griff eines langen Dolches geklammert.
»Michel, beruhigt Euch und steckt das Messer weg.«
»Warum sollte ich das tun? Ich habe euch auf frischer Tat ertappt, und es ist mein Recht als Ehemann, mir das Leben des Buhlen zu nehmen.«
Blitzschnell stieß er zu, aber der Landsknecht sprang zurück. Anne Katharina stieß einen Schrei aus.

»Ja, schrei nur, mein Weib, und sieh zu, wie ich ihm die Seele herausschneide. Du bist nicht nur eine Hure, du bist auch noch eine elendige Lügnerin. Was hast du gesagt? Wir könnten die Zukunft neu gestalten, ohne Lügen und Betrug? Du würdest es versuchen, hast du gesagt. Dein Platz sei bei deiner Familie, und dort würdest du deine Pflichten erfüllen. Und ich habe dir geglaubt. Ich von Gott verdammter Narr habe dir verziehen! Aber kaum sind ein paar Tage vergangen, sind die Worte längst vergessen, und sie schleicht sich mit ihrem Buhlen aus dem Haus.« Noch einmal sprang er vor und stieß den Dolch nach vorn. Rugger jedoch war auf der Hut und wich dem Stoß aus.
»Michel, hör auf, nein, so ist es nicht, bitte!«
Warum verteidigte sich Rugger nicht? Warum zog er nicht das Messer, das an seinem Gürtel hing?
»Wie ist es dann? Erkläre es mir! Ich will es gern verstehen«, presste Michel hervor und hieb auf den Landsknecht ein, der sich seitlich wegduckte.
»Ich will es dir gern erzählen, in aller Ruhe, nur stecke endlich das Messer ein! Tu nichts, was du später bereuen könntest.«
»Das Einzige, was ich bereue, ist, dass ich nicht schon viel früher meinen Ahnungen gefolgt bin und ihn nicht bereits vor Wochen wie eine Ratte erschlagen habe«, schrie er voller Hass. »Ich wollte meiner Mutter nicht glauben, doch heute habe ich die Trochtelfingerin auf dem Salzmarkt getroffen, und sie hat mir erzählt, was du seit April mit dir herumträgst!«
Anne Katharina sackte zusammen, schlang die Arme um ihren Leib und wimmerte leise.
»Versuche nicht, mir Sand in die Augen zu streuen. Ich kann rechnen und weiß daher wohl, dass es nur ein verfluchter Bastard sein kann!«
Rugger erstarrte. Sein Blick glitt zu Anne Katharina hinüber, als wolle er es aus ihrem Mund hören. Sein Kind!
In diesem Moment schlug Michel zu. All seine Wut und der aufgestaute Hass vereinten sich in diesem Stoß. Rugger reagierte zu spät.

Es gelang ihm noch, sich ein Stück zur Seite zu drehen, doch dann fuhr ihm das Messer bis an den Griff in den Leib.
»Nein!« Anne Katharinas Stimme überschlug sich.
Rugger machte einen unsicheren Schritt zur Seite. Auf seinem Gesicht lag der Ausdruck des Erstaunens, als könne er nicht begreifen, was soeben geschehen war. Seine Knie gaben nach. Er sank ins Gras und fiel dann, ohne auch nur einen Laut von sich zu geben, auf das Grab seiner Tochter.
»Rugger!«, kreischte Anne Katharina und wollte zu ihm stürzen, doch Michel sprang ihr in den Weg und packte sie.
»Ja, sieh zu, wie dein Geliebter sein Leben aushaucht. Sieh es dir genau an, denn das wird das Letzte sein, das deine Augen sehen! Ich werde keinen Bastard in meinem Haus dulden und nicht länger eine Hure mein Weib nennen.« Seine Hände legten sich um ihren Hals.
»Michel, nein«, krächzte sie, dann schlossen sich die Finger und schnürten ihr die Luft ab.
»Fahr zur Hölle, Weib!«
Es war ihr, als müsse ihr Kopf platzen, als würden die Augen gleich aus ihren Höhlen springen. Es rauschte in ihren Ohren, ein seltsames Pfeifen und Klingen ließ ihren Kopf vibrieren.
Luft!, schrie alles in ihr. Luft! Ihre Hände zuckten, ihre Fäuste schlugen ins Leere. Rote Schlieren begannen die Waldlichtung zu verhüllen. Der letzte Blick auf ihren Geliebten. Noch lebte er. Seine Augen waren geöffnet, und er hatte sich ein Stück aufgerichtet. Seine Hand griff nach etwas. Dann wurde es dunkel.
Sie fiel durch die Schwärze, tiefer, immer tiefer. Würden die Engel des Herrn sie auffangen und sanft in den Himmel geleiten, oder würde sie bis hinab in die Hölle fallen, wo Luzifer sie bereits erwartete, um sie für ihre Sünden zu strafen und in seinem Feuer zu martern?
Hart schlug sie auf dem Boden auf. Ihre Lungen füllten sich mit Luft. Ein Stöhnen drang an ihr Ohr. Welche Pein! Jeder Atemzug war eine Qual. Der Hals und die Lungen schmerzten, und sie

fühlte Tränen hinter den geschlossenen Lidern. Sie spürte, wie ein Tropfen über ihre Wange rann. Lebte sie noch? Zaghaft öffnete Anne Katharina die Augen und schloss sie rasch wieder.

Nein, das konnte nicht sein. Bewegungslos blieb sie liegen und lauschte den Qualen ihres Körpers. Ihr Arm und die Hüfte taten ihr weh, die Hand schien aufgeschürft, und auch ihr Hals schmerzte unerträglich, bei jedem mühsamen Atemzug. In ihrem Kopf dröhnte und pochte es. Noch einmal hob sie die Lider und ließ den Blick auf dem Gesicht verweilen, das neben ihr im Gras lag. Zwei weit aufgerissene graue Augen, starr und ohne Leben.

Anne Katharina richtete sich so schnell auf, dass sie vor Schmerz stöhnte. Was war nur geschehen? Narrten sie ihre Sinne? Zaghaft streckte sie die Hand aus und berührte Michels Gesicht. Seine Wangen waren warm, aber seine Augen zeigten ihr, dass das Leben aus ihm gewichen war. Sie ließ den Blick über seinen Körper wandern, bis er an dem Dolchgriff hängen blieb, der aus seinem Rücken ragte.

Rugger! Mit einem Mal fiel ihr alles wieder ein. Sie versuchte aufzustehen, doch ihre Beine wollten sie nicht tragen. So kroch sie auf allen vieren zu Maras Grab hinüber, auf dem Ruggers zusammengekrümmter Körper lag. Seine Wange ruhte auf dem Strauß Blumen, den Anne Katharina gepflückt hatte, sein Gesicht war fahl, die Augen geschlossen. Blut sickerte aus der Wunde in seiner Seite, in der noch immer Michels Messer steckte.

Sie zitterte, als sie ihre Hand hob und sanft über seine Wange strich.

»Mein Liebster«, krächzte sie mit rauer Stimme. »Du hast es geahnt. Es ist vorbei. Unsere Welt liegt in Trümmern, und in der Finsternis gibt es keine Hoffnung mehr.«

Rugger regte sich und öffnete die Augen. Ein Lächeln erhellte sein Antlitz.

»Kathinne, du bist da. Ich wollte dir deinen Gatten nicht nehmen, doch wie konnte ich zulassen, dass er dich tötet? Dich und – unser Kind?«

Sie legte ihm ihren Zeigefinger auf die Lippen. »Sprich nicht. Schone deine Kräfte. Der Dolch sitzt tief, und du hast viel Blut verloren.«

»Mein Blut tränkt das Grab meiner geliebten Tochter. Ist es Gott oder der Teufel, der sich solch ein Schicksal ausdenkt?« Er stieß einen Laut aus, der vielleicht ein Lachen hätte sein sollen, jedoch mehr nach einem Stöhnen klang.

»Begrabe mich an ihrer Seite und pass gut auf unser Kind auf.«

»Bitte rede nicht so«, flehte Anne Katharina. »Ich werde das Messer herausziehen und deine Wunde verbinden, und dann laufe ich in die Stadt und hole ein paar Männer, die dich zu Pater Hiltprand bringen. Er hat dich schon einmal gesund gepflegt. Er ist ein großer Heiler.«

»Kathinne, lass mich gehen. Es ist nur noch ein Schatten, mit dem du sprichst. Ich bin bereits in Ingolstadt gestorben.«

Sie warf sich über seinen Körper und umklammerte ihn. »Du darfst mich nicht allein lassen. Ich brauche dich. Michel ist tot!«

Erst jetzt, als sie die Worte aussprach, wurden sie ihr bewusst. Sie richtete sich mit einem Ruck auf. »Rugger, es gibt keine Ehebande mehr, die mich fesseln. Du kannst mich doch nicht gerade jetzt allein zurücklassen!«

»Ach, meine Liebste«, hauchte er mit schwacher Stimme. »Ich wurde nicht gefragt. Küss mich noch einmal, dann will ich mich dem Tod ergeben.«

Anne Katharina umarmte ihn. Ihre Tränen tropften auf sein Gesicht. Sie legte die Lippen auf die seinen und spürte, wie das Leben aus seinem Körper wich.

Die Sonne ging unter, der Tag verrann, und dann brach die Nacht herein. Reglos saß Anne Katharina auf der Lichtung, Ruggers Kopf in ihren Schoß gebettet. Sie weinte nicht mehr, ihre Wangen waren längst getrocknet, ihr Blick war in die Ferne gerichtet. Kein Gedanke bewegte sich in ihrem Kopf, kein Gefühl regte sich in ihrem Körper. In ihr war nur noch Leere und Finsternis. Vielleicht war sie ja mit den beiden Männern hier auf der

Lichtung gestorben, und ihre Seele schwebte nun, gemeinsam mit der ihres Geliebten, in den Himmel. Ja, sie war tot, nur hatte ihr Körper es bisher noch nicht bemerkt.

✢ ✢

Regen fiel auf das Dach, rann über die Schindeln und tropfte hinunter auf das Pflaster. Anne Katharina stand am offenen Fenster und sah auf die Pfarrgasse hinaus. Ihre Haut war blass, die Miene zu einer Maske erstarrt. Gestern hatten sie Michel Seyboth, der vierzehn Jahre lang ihr Gatte gewesen war, begraben. Alle führenden Familien waren dem Leichenzug gefolgt und sprachen der trauernden Mutter, der Witwe und den Kindern ihr Beileid aus. Pfarrer Johann Eisenmenger las die Messe, und Magister Brenz hielt eine Totenpredigt. Bis zum späten Abend gaben sich Besucher im Seybothhaus die Klinke in die Hand, und Agnes stieg ständig mit leeren Krügen in den Keller und mit vollen wieder in die Stube hinauf. Dreimal schickte Anne Katharina Bernhard und Veronica zum Bäcker, um mehr Brot und Kuchen zu besorgen. Die Nacht war längst schon hereingebrochen, als sich Anne Katharina mit pochenden Schläfen in ihre Kammer zurückziehen konnte, an Schlaf war jedoch nicht zu denken. Sie hörte den Atem der beiden Mädchen, und dieses Geräusch schenkte ihr ein wenig Frieden. Das Bett in der ehelichen Kammer zu benutzen, brachte sie noch nicht über sich.

Nun war ein neuer Tag angebrochen, so grau und leer, als spiegele er ihre Seele wider. Auf dem Kirchhof durchtränkte der Regen die frisch aufgeworfene Erde des Grabes ihres Gatten, aber ihre Gedanken wanderten zum Langenfelder Tor hinaus auf die kleine Lichtung vor der Stadt, wo sich neben Maras Grab nun ein zweiter Hügel erhob. Anne Katharina stand am Fenster und sah in den Regen hinaus. Nicht eine Träne löste sich aus ihren Wimpern und rann die Wange herab.

Der Wind wehte den Klang von Hörnern und das Wirbeln von

Trommeln vom Marktplatz herüber. Die Ratsherren hatten heute den Tag angesetzt, an dem die verurteilten Aufständischen aus dem Haller Land gerichtet wurden: der Semmelhans, der in Weinsberg dabei gewesen war, der Limpurgische Pfarrer Wolfgang Kirschenbeißer, der sich hatte nötigen lassen, den Bauern als Schreiber zu dienen, die Hauptleute Veit Lang und der Seitzinger aus Geislingen und der verletzte Michel Weidern. Der Trommellärm schwoll an und verstummte dann. Nun würde der Henker sein Schwert heben. Nun würden ihre Köpfe fallen.

Anne Katharina schloss die Augen. Sie sah den großen, sehnigen Seitzinger vor sich, mit seinem dunklen, kurzen Haar und den Bartstoppeln auf seinem kantigen Gesicht, wie er in jener Nacht im April im Hof des Pfarrers Herolt in Reinsberg aufgetaucht war. Er hatte zu seiner Verteidigung beteuert, er wäre mit Todesdrohungen zum Eid auf den Haufen genötigt worden, doch die Richter glaubten ihm nicht. Nun war auch für ihn die Reise zu Ende. Der Hafenstephan hatte Glück, ihm und einigen anderen wurden nur zwei Finger abgehauen, und sie mussten das Haller Land auf ewig verlassen. Zwei wurden durch die Backen gebrannt.

Überall im Land ereigneten sich gleiche Szenen, nur mit dem Unterschied, dass an kaum einem anderen Ort so wenige Hinrichtungen stattfanden wie in Hall. Stolz hatten die Richter der Freien Reichsstadt darauf gepocht, in ihrem Land selbst für Ordnung zu sorgen, und Magister Brenz war nicht müde geworden, für die zahlreichen Eingekerkerten um Gnade zu bitten. So durften die meisten wieder nach Hause ziehen, und nur diejenigen, die schwere Schuld auf sich geladen hatten, wurden heute auf den Marktplatz geführt.

Derweil zog der Truchseß mit seinen Geharnischten und drei Henkern von einem Ort zum anderen und sorgte dafür, dass zu den vielen Tausenden, die auf den Schlachtfeldern gefallen waren, noch einmal tausend Tote dazukamen. Es war das Recht der Sieger zu strafen, und, bei Gott, sie nahmen ihr Recht gründlich in Anspruch!

Anne Katharina hörte die Menschenmenge auf dem Marktplatz aufschreien, einige pfiffen schrill, dann erklangen wieder die Trommeln. Endlich wurde es still. Nur der Regen rauschte noch immer vom Himmel herab, bildete Pfützen und kleine Rinnsale, die den Unrat die Treppengassen hinunter zum Kocher wuschen.

»Anne Katharina? Sprich mit mir, mein Kind. Nun stehst du schon seit Stunden an meinem Fenster, ohne dich zu rühren.«

Pater Hiltprands Stimme drang wie von weit her an ihr Ohr, aber sie regte sich nicht. Nicht einmal ein Blinzeln verriet, dass sie ihn überhaupt gehört hatte.

Der alte Mann stemmte sich aus seinem Sessel hoch. Seit Monaten hatten seine Beine ihn nicht einen Schritt getragen, aber nun hielt ihn der eiserne Wille aufrecht. Stück für Stück schob er seine Füße über den Holzboden, bis sie die Entfernung zurückgelegt hatten, die für einen gesunden Mann gerade einmal drei Schritte bedeuteten.

Schweigend blieb er neben Anne Katharina stehen und betrachtete ihr Gesicht. Seltsam stumpf schienen ihre tränenlosen Augen.

»Weine, mein Kind. Lass den Schmerz heraus. Nur wenn du dich der Trauer stellst, wird der Schmerz eines Tages gelindert werden. Es ist hart, in so jungen Jahren den Gatten zu verlieren und mit drei unmündigen Kindern zurückgelassen zu werden. Du hast das Recht, deine Trauer und deine Verzweiflung in die Welt zu schreien und dich von denen auffangen zu lassen, die dich lieben.«

Noch immer reagierte Anne Katharina nicht.

»Mein liebes Kind, ich sorge mich um dich. Ich habe gehört, du isst nicht, du schläfst nicht. Du darfst dich nicht selbst zerstören. Auch wenn du um deinen Gatten trauerst, darfst du nicht vergessen, dass deine Kinder dich brauchen.«

Langsam wandte sich Anne Katharina dem Pater zu. »Mein Gatte?«, sagte sie, und es klang verwundert. Sie legte die Hand auf ihren Bauch.

»Ich werde weinen, Pater, ganze Meere werde ich vergießen, um den Vater meines ungeborenen Kindes.«
Langsam sickerten die Worte in den Geist des alten Mannes ein. Erst sah Anne Katharina Verwirrung in seiner Miene, dann Erstaunen, und endlich schien er zu verstehen. Er stöhnte auf und barg das Gesicht in seinen Händen.
»Warum nur, warum«, stöhnte er. »Gott im Himmel, Du machst es uns schwer, Deine Wege zu verstehen.«
Abrupt wandte sich Anne Katharina wieder dem Fenster zu. »Auch Ihr verurteilt mich, ich hätte es wissen müssen.«
»Nein!«, stieß er hervor und ließ die Arme sinken. »Du missverstehst mich.« Er schob sich noch ein Schrittchen nach vorn und legte seine Hände auf ihre Oberarme. »Ich war so blind, weil ich mich geweigert habe zu sehen und weil ich es nicht wahrhaben wollte, dass sich die Geschichte wiederholt«, fügte er leise hinzu. »Ach, mein liebes Kind. Ich verstehe dich, und ich leide mit dir.«
Anne Katharina riss sich von ihm los und fuhr herum. »Was meint Ihr damit, dass sich die Geschichte wiederholt? Gar nichts versteht Ihr! Wie solltet Ihr auch, Ihr, der Ihr fast Euer ganzes Leben im Kloster verbracht habt! Ihr habt mit den Mönchen zusammengelebt und wart stets von der Liebe Gottes umgeben. Wie könnt Ihr sagen, Ihr würdet nachempfinden, wie es ist, den Menschen zu verlieren, den man von ganzer Seele liebt und von dem man geliebt wird?«
»Es gab ein Leben vor dem Kloster«, sagte er voll tiefer Trauer. Er wankte und musste sich am Fensterrahmen abstützen, um nicht zu fallen.
»Ich werde nun einen Schwur brechen, den ich einst deinem Großvater gegeben habe, aber ich muss diese Sünde auf mich nehmen und hoffen, dass Gott sie mir verzeiht.«
Anne Katharina blitzte ihn an und verschränkte abweisend die Arme vor der Brust.
»Ein Bursche war einst gut Freund mit einem edlen Mann. Er

war ihm Vater und Bruder zugleich und nahm ihn oft mit nach Hause. Dort lernte er die wundervolle Tochter seines väterlichen Freundes kennen und entbrannte in Liebe. Er konnte sein Glück nicht fassen, als er merkte, dass seine Liebe erwidert wurde. Aber das Schicksal meinte es nicht gut mit dem jungen Mann. Der Vater hatte andere Pläne mit ihr, und sie war eine zu gehorsame Tochter, um sich zu wehren. Sie heiratete den Mann, den ihr Vater für sie bestimmte, und bereits nach einem Jahr brachte sie einen Sohn zur Welt.« Der Pater räusperte sich und ließ seinen Blick über Anne Katharina schweifen. Ihre Miene war nicht mehr abweisend.

»Was ist dann geschehen?«, drängte sie.

»Der junge Mann verließ die Stadt und versuchte, seine Liebe zu vergessen. Er zog durch die Lande, weit bis nach Frankreich, und stürzte sich in seine Arbeit, vergessen konnte er sie jedoch nicht.

Nach zehn Jahren führte ihn sein Weg wieder in die Heimat. Der väterliche Freund war wieder für ihn da, und so sah er auch die geliebte Frau wieder. Es war, als sei nicht ein Tag verstrichen. Er dachte, er müsse vergehen, als er die Liebe und das Verlangen in ihren Augen erkannte. Sie suchte seine Nähe und sprach von dem Unglück, in einer Ehe gefangen zu sein und einen anderen zu lieben. So ergaben sich die Liebenden der Sünde. Gott möge ihnen verzeihen.« Er seufzte und wischte sich über die Augen. »Sie gebar ihrem Buhlen eine Tochter. Die heimlichen Treffen belasteten ihre Seele, und so entschied sie, den Konventionen zu trotzen und mit dem Geliebten gehen, denn die Lüge zerstörte sie Stück für Stück. Sie beichtete ihrem Vater. Er war sehr zornig, kann ich dir sagen. Der junge Mann versprach, seine Geliebte nicht mehr zu sehen, um sie nicht in das Unglück der Schmach und der Ächtung zu stürzen. Er hätte die Stadt verlassen sollen, aber er brachte es nicht über sich. Er meinte, es wäre einfacher, wenn er sie nur ein paar Häuser entfernt wüsste, und so trat er ins Kloster der Barfüßer ein.« Pater Hiltprand lachte bitter. »Jeder Tag, jede Stunde wurde zur Qual. Ab und zu sah ich sie von fern, aber ich durfte mich ihr nicht mehr nähern.«

Anne Katharina hing an seinen Lippen, die Augen weit aufgerissen.

»Zwei Jahre später gebar sie wieder einen Sohn, von dessen Geburt sie sich nicht mehr erholte. Sie starb.«

Anne Katharinas Lippen öffneten sich. Wie eine Ertrinkende streckte sie dem Pater Hilfe suchend ihre Arme entgegen. »Wer war sie?«, hauchte sie kaum hörbar.

»Ihr Name war Barbara Katharina Vogelmann.«

Anne Katharina stand da wie erstarrt, dann lief ein Zittern durch ihren Körper. Sie taumelte einen Schritt nach vorn und wäre vielleicht gestürzt, hätte der Pater sie nicht aufgefangen. Er zog sie an seine Brust und schlang die Arme um sie.

»Warum, warum nur habt Ihr mir das nie gesagt?«, schluchzte sie. Als wäre der eisige Damm in ihr gebrochen, strömten nun die Tränen über ihr Gesicht. »Wie gern hätte ich so einen Vater gehabt.«

Er streichelte ihren Rücken. »Ich durfte nicht, ich musste es deinem Großvater schwören. Ich liebe dich, meine Tochter, ich habe dich viele Jahre unterrichtet, ich habe dein Leben begleitet, aber die Wahrheit konnte ich dir nicht sagen.«

Anne Katharina merkte, wie seine Beine nachgaben. Es war ein Wunder, dass die Kraft so lange zurückgekehrt war, nun aber gewann die Schwäche des Alters wieder die Oberhand über seinen eisernen Willen. Anne Katharina stützte ihn und führte ihn zu seinem Sessel zurück. Sie kauerte sich vor ihn nieder und bettete ihren Kopf in seinen Schoß. Nach einer Weile hob sie das tränennasse Gesicht.

»Weiß Ulrich Bescheid?«

Der Pater schüttelte den Kopf. »Nein, niemand weiß es. Die Einzigen, die die Wahrheit kannten, waren deine Mutter und dein Großvater, und sie haben ihr Geheimnis mit in ihr Grab genommen.«

»Ach, Pater – Vater, ich sollte mich nun glücklich fühlen, aber alles, was ich in mir finde, ist Dunkelheit und Leere.«

»Ich weiß, mein Liebes, und ich kann dich nicht einmal damit trösten, dass es bald vorbeigehen wird. Dennoch wirst du merken, dass um dich herum Menschen sind, die dich lieben und die auch du liebst. Sieh, deine Kinder werden dir eine Freude sein, und auch Peter wird nicht ewig in Heidelberg bleiben. Jetzt ist es gut, dass er bei einem Freund aus Studienzeiten untergetaucht ist, doch die Wogen werden sich glätten, und er wird nach Hall zurückkehren.«

»Ich weiß, und ich bin sehr froh, dass sie ihn auch wirklich freigegeben haben, nachdem der Bote das Lösegeld gebracht hat. Mein Geist weiß das alles, aber mein Herz weint.«

»Gib deinem Herzen Zeit und habe Geduld mit dir.«

Anne Katharina erhob sich und wischte mit dem Ärmel über ihr Gesicht.

»Ich muss nach den Kindern sehen. Wer weiß, ob sich Bernhard wieder einmal davongeschlichen hat, um das Spektakel auf dem Marktplatz nicht zu versäumen.«

Sie versuchte sich an einem Lächeln, beugte sich vor und küsste Pater Hiltprand auf die Wange.

»Ich liebe dich, Vater, und ich danke dir. Vielleicht hat es mein Herz schon immer gewusst, denn du warst schon in meiner Kindheit meine Zuflucht, und das hat sich nie geändert.«

Sie legte sich ihren leichten Umhang um die Schultern und trat hinaus in den noch immer vom bleiernen Himmel herabströmenden Regen.

✠ ✠

Anne Katharina fand ihre drei Kinder bei Agnes in der Küche. Veronica half mit großem Ernst, Gemüse zu schneiden, während Bernhard mehr damit beschäftigt war, die Nüsse und Rosinen zu naschen, die Agnes nicht schnell genug in den Teig einknetete. In der Ecke beim Herd saß Barbara auf dem Boden

und sah mit verzückter Miene in das Körbchen, in dem Johannes schlief.
»Welch friedliches Bild«, sagte Anne Katharina und setzte sich zu Veronica auf die Bank.
»Ich bin ganz vorsichtig mit dem großen Messer«, erklärte ihre Tochter strahlend und hob den linken Zeigefinger, der mit einem Leinenstreifen umwickelt war. »Ich habe mich nur ein kleines bisschen geschnitten und auch gar nicht geweint.«
Bernhard zog eine Grimasse. »Dann muss es wohl in die Küche geregnet haben, als Agnes dir die Salbe auf den Schnitt gestrichen hat.«
Veronica streckte ihm die Zunge heraus. »Das hat auch ganz schrecklich gebrannt! Aber ich habe nicht laut geheult.«
Anne Katharina legte ihr den Arm um die Schultern. »Ich bin überzeugt, dass du tapfer warst.« Sie warf Bernhard einen warnenden Blick zu, als sie sah, dass er den Mund öffnete, um etwas zu erwidern.
»Ist Mathilde in der Kirche?«, fragte Anne Katharina. Seit sie vom Tod ihres Sohnes erfahren hatte, hatte sie sich kaum mehr von ihren Knien erhoben. Sie war nur nach Hause gekommen, um Agnes Anweisungen für die Beerdigung zu geben und sich mit Pfarrer Brenneisen über die Anzahl von Seelenmessen zu streiten. Magister Brenz gönnte sie nur noch feindselige Blicke, seit er ihr gesagt hatte, sie könne sich das Geld für Kerzen, Seelenmessen und Gedenktage sparen und solle es lieber den Armen spenden. Ihrem Sohn jedenfalls könne sie damit nicht mehr helfen. Vielleicht war es das erste Mal in ihrem Leben, dass sie den Anstand so bewusst missachtete, doch als der Prediger davon sprach, es gäbe gar kein Fegefeuer, in dem Michel für seine Sünden leiden müsse, sondern dass Gottes Güte und Barmherzigkeit ihm die Tore des Himmels öffnen würden, da drehte sie sich wortlos auf dem Absatz um und ließ Johannes Brenz allein im Kirchhof stehen.
»Großmutter ist in der Stube«, gab Bernhard Auskunft. »Aber da würde ich jetzt nicht hingehen.«

»Warum?«, fragte Anne Katharina.

»Sie weint, weil der Vater tot ist!«, sagte Veronica, und bei dem Gedanken füllten sich auch ihre Augen mit Tränen.

Die alte Seybothin weinte? Es gab kaum etwas, das Anne Katharina seltsamer anmuten könnte. Nie hatte sie bei der Schwiegermutter auch nur eine Minute der Schwäche erlebt. Auch in den vergangenen Tagen hatte ihr Gesicht nie den harten Zug verloren, den Anne Katharina die ganzen Jahre über gewöhnt war. Nicht einmal, als sie von Michels Tod erfahren hatte, war sie zusammengebrochen.

Anne Katharina trocknete Veronicas Gesicht und küsste ihre Wangen.

»Ich werde nach ihr sehen«, sagte sie fest, obwohl sie ein seltsam banges Gefühl im Magen spürte. Die Treppe schien ihr heute steil und lang. Zögernd blieb sie vor der Stubentür stehen. Es war kein Laut zu hören. Sollte sie anklopfen? Sie entschied sich dagegen, holte tief Luft und trat ein.

Die Seybothin saß auf der Bank, die Ellenbogen auf den Tisch gestützt, das Gesicht in den Händen verborgen. Ihre sonst so straffen Schultern hingen nach vorn, der Rücken war gekrümmt.

»Mathilde? Kann ich etwas für dich tun?«

Ihre Augen waren rot und lagen tief in den Höhlen. Die Haut wirkte grau. Wo war die strenge, Furcht einflößende Matrone geblieben? Die Gestalt, die vor ihr in der Stube saß, war nur noch ein gramgebeugtes Weiblein.

»Nein, du kannst nichts für mich tun. Dazu ist es zu spät. Es ist, als habe man auch mich mit dem letzten meiner Söhne zu Grabe getragen. Es ist nicht recht, seine Kinder zu überleben.«

Anne Katharina setzte sich neben sie, wagte aber nicht, sie zu berühren. »Du hast noch eine Tochter, die gar nicht weit von hier lebt, und viele Enkel.«

»Ja«, sagte die Seybothin abwesend. Es klang aber nicht so, als würde sie Anne Katharinas Argument annehmen. Plötzlich wandte sie den Kopf und sah die Schwiegertochter an.

»Du hättest mir eine Tochter werden sollen, die mir jetzt eine Stütze sein könnte. Aber du hast dich mir stets entzogen, meine Zuneigung zurückgewiesen und meine Ratschläge missachtet. Ich wollte Michel, Hand in Hand mit dir zusammen, das Zuhause schaffen, das ihm Ruhe und Frieden bringt, in dessen Luft er sich stärken und erholen kann, um am nächsten Tag wieder für uns zu arbeiten. Die Männer sollen der Familie Ruhm und Ansehen bringen, Aufgabe der Frauen ist es, das Erreichte zu wahren und an die nächste Generation weiterzugeben.«

Sie schwieg. Vielleicht wartete sie auf eine Antwort, aber Anne Katharina wusste nicht, was sie darauf sagen sollte. Sie fühlte sich müde und leer. Wie konnte sie dieser Frau begreiflich machen, dass sie ein ganz anderes Leben erhofft hatte, als ihr Bruder sie gegen ihren Willen mit Michel verheiratet hatte. Sie war nicht zu Demut und Schweigen erzogen worden. Aus der Not, die Eltern so früh verloren zu haben, ließ Ulrich es zu, dass sie die Bücher führte und ihren Teil zum Wohlstand der Familie beitrug. Sie sorgte bereits in ihren Mädchenjahren für Peter, wenn Ulrich oft tagelang unterwegs war, um neue Handelspartner zu suchen. Pater Hiltprand lehrte sie viel, nicht nur lesen und schreiben. Er war ein Wunder des Wissens für sie, der ihren Geist stets aufs Neue forderte. Und dann plötzlich sollte das alles vorbei sein, nur weil sie einen fremden Mann, dem sie nicht einmal lauwarme Gefühle entgegenbrachte, ihren Gatten nennen musste? Sie sollte nur noch nähen und sticken und sinnlose Konversation mit anderen Frauen treiben, die sie nicht interessierten, nur weil sie aus Familien stammten, die den Seyboths nützlich sein konnten. Als Bernhard geboren wurde, dachte sie, endlich eine sinnvolle Aufgabe gefunden zu haben, aber die Schwiegermutter befand, dass sie sich selbst, ihrer Erfahrung mit Kindern wegen, besser dafür eignete, sich um den Knaben zu kümmern.

»Du hast mir die Liebe und den Respekt meines Sohnes geraubt«, fuhr die Alte fort und hob anklagend die zitternde Hand. Anne Katharina öffnete verblüfft den Mund.

»Nie vorher hat er eine Anweisung von mir auch nur in Frage gestellt. Er war nachsichtig zu dir, aber du hast ihn zurückgewiesen und gedemütigt. Du hast ihn vor den Ratsherren bloßgestellt und seinem Ansehen geschadet, und nun hast du ihn auch noch getötet.«

Der Vorwurf fiel auf sie herab wie ein Henkersschwert. In Anne Katharina regte sich Widerspruch, doch sie brachte kein Wort heraus. Hatte die Alte nicht Recht? Wenn sie sich nicht in Rugger verliebt, wenn sie ihren Gefühlen nicht nachgegeben hätte, dann wäre Michel noch am Leben. Beide Männer wären dann noch am Leben.

Die Seybothin erhob sich schwerfällig und schlurfte zu dem Sekretär an der Wand. Sie öffnete die Geldtruhe und nahm sich einige Münzen.

»Ich gehe in die Kirche, um zu beten. Ich werde meinem Sohn eine Kerze stiften und ihm eine Seelenmesse lesen lassen.«

Sie sah Anne Katharina herausfordernd an, doch die sagte nichts, auch wenn ihr die Worte des Predigers auf den Lippen lagen. Wenn die Münzen halfen, ihre Trauer zu lindern, dann sollte sie sie haben. Anne Katharina wünschte, sie würde auch ein Mittel finden, das sie selbst von ihrer Qual erlöste.

✢ ✢

Die Tage schlichen dahin. Eine düstere Stimmung lag über dem Seybothhaus. Mathilde hatte ihre Schwäche überwunden und schritt nun wieder mit gestrafftem Rücken und eisiger Miene umher, ständig eine Ermahnung auf den Lippen. Anne Katharina schwieg meist. Ab und zu schenkte sie ihren Kindern ein Lächeln, sonst waren ihre Züge wie versteinert. Oft saß sie in der Küche, reglos, den Blick in weite Ferne gerichtet, während die Seybothin über die Stube herrschte und den Mädchen Aufgaben zuteilte. Bernhard floh trotz des Zornes, den er sich jedes Mal auf sein Haupt lud. Auch er war still geworden.

»Du vermisst deinen Vater«, versuchte Anne Katharina ein Gespräch zu beginnen, um ihn aus seinem dumpfen Brüten zu locken. Bernhard nickte.
»Ich habe meine Eltern auch sehr früh verloren. Meine Mutter starb, kurz nachdem dein Oheim Peter geboren wurde, der Vater, als ich acht war. Ich weiß, was du fühlst.« Sie wollte ihn in ihre Arme nehmen, aber er entzog sich ihren Zärtlichkeiten.
»Bist du auch traurig?«, fragte er stattdessen.
Anne Katharina nickte. »Ja, sehr, es ist, als würde mich ein Gewicht zu Boden drücken, und jeden Morgen frage ich mich, wie ich die Kraft finden soll, mich zu erheben und einen neuen Tag durchzustehen«, sagte sie ehrlich, erstaunt über sich selbst, dass sie so mit ihrem Sohn sprach.
»Wen vermisst du mehr? Vater oder Rugger?«
Die Frage erschreckte sie. Was sollte sie antworten?
»Wen hast du lieber gehabt?«
Welch törichter Gedanke, Kinder könnten nicht sehen, könnten nicht fühlen, was vor sich ging!
»Dein Vater und ich mussten heiraten, weil seine Eltern und dein Oheim Ulrich es so beschlossen haben«, sagte sie vorsichtig. »Michel war mein Ehegatte.«
»Und Rugger?«
»Rugger habe ich sehr gerne gemocht. Er war ein Mann mit edler Gesinnung, selbstlos und voller Mut. Ich vermisse seine Nähe.«
Bernhard seufzte. »Ja, ich vermisse ihn auch. Er war mein Freund. Er war so ganz anders als Vater, und doch wird mir auch ganz weh zu Mute, wenn ich an ihn denke.«
Anne Katharina strich ihm sanft über das Haar. Mit einem Ruck wandte er sich ihr zu und sah ihr in die Augen.
»Warum hast du uns angelogen?«
Anne Katharina zuckte zusammen.
»Ich weiß, dass du uns über ihren Tod nicht die Wahrheit gesagt hast. Ich will aber wissen, was wirklich passiert ist!«
Wie konnte sie ihm sagen, dass der Vater aus Eifersucht seinen

Freund erstochen und dass Rugger seinen Vater getötet hatte, um das Leben der Mutter zu retten?

Langsam schüttelte sie den Kopf. »Ich will dich nicht belügen, mein Sohn, aber es gibt Dinge, die richten viel Schaden an, wenn man über sie spricht. Zürne mir nicht.« Sie dachte an Pater Hiltprand, der sein Geheimnis so lange bewahrt hatte.

»Die Zeit wird kommen, da du reif genug bist, es zu verstehen. Dann werde ich mit dir sprechen.«

Sie sah den Trotz in seinen Zügen, dann aber glättete sich das Gesicht des Sohnes wieder, und er nickte.

»Weißt du, Mutter, bei manchen Dingen ist es auch besser, man hört sie nur und ist nicht selber dabei gewesen. Die anderen Jungen auf der Straße werden nicht müde, über die großen Schlachten zu reden und davon, wie die Reiter des Truchsessen die Aufständischen niedergestochen und totgeschossen haben, aber ich wäre froh, wenn ich die Toten und Zerfetzten nicht immer und immer wieder sehen müsste. Nachts kann ich die Schlacht auch hören und riechen.«

Anne Katharina fiel auf die Knie und schlang ihre Arme um seine Taille. »Ach, Bernhard, es gibt so viel Leid in dieser Welt.«

Vorsichtig befreite er sich aus der Umklammerung. »Lass nur, Mutter. Ich komme schon klar.« Er zauberte ein mutwilliges Grinsen in sein Gesicht und eilte aus der Stube.

✠ ✠

Anne Katharina saß vor dem Herd und starrte in die Flammen. Es war so heiß, dass ihr der Schweiß auf der Stirn stand, aber sie schien es nicht zu bemerken. Es was Samstag, am Montag würden die Seybothschen Sieden im Sudhaus wieder dran sein, aber keiner war da, der die Feurer anwies und die Knechte an die Arbeit schickte. Die Salzschilpen der letzten Siedensgänge stapelten sich in der Halle, es gab jedoch keinen Fuhrmann, der kommen würde, um sie abzuholen, der sie verkaufen und auf dem Rückweg Wein mitbringen könnte, um die Anzahl der erzielten Münzen noch einmal zu verdoppeln.

Anne Katharina wusste, dass etwas geschehen musste, aber was? Bis auf ein paar Hellermünzen war die Truhe oben inzwischen geleert. Peters Lösegeld hatte die Barschaft aufgebraucht, und seit Michels Tod war nur ein Händler vorbeigekommen, der eine fällige Schuld an die Witwe bezahlen wollte.

Agnes trat in die Küche. Anne Katharina bemerkte sie nicht. Ihre Gedanken waren schon wieder bei Rugger. Sie versuchte, sich die Einzelheiten seines Gesichtes ins Gedächtnis zu rufen, den Glanz des Lichts in seinem Haar, das Gefühl seiner Hände.

»Herrin?«

Der Klang seiner Stimme, sein Lachen.

»Anne Katharina, hört Ihr mich? Ihr versengt Euch das Kleid, wenn Ihr so nah am Feuer sitzt.«

Anne Katharina schreckte auf und schob ihren Schemel ein Stück vom Herd weg.

»Ich wollte Euch um einen Gefallen bitten«, sagte die Magd, die ihre Herrin aufmerksam betrachtete. »Es ist mir unangenehm, Euch zu stören, dennoch wäre ich sehr dankbar, wenn Ihr mir das Einkaufen abnehmen könntet. Würdet Ihr auf den Markt gehen und Rhabarber kaufen? Über Erdbeeren würden sich die Kinder sicher freuen, und ich hätte gern Petersilienwurzeln und dicke Rüben für die Suppe. Ich habe noch einen großen Korb Wäsche zu waschen und die Stube zu fegen, und die alte Herrin verlangt nach frischem Linnen auf ihrem Bett.«

Anne Katharina wusste wohl, dass Agnes lange über diese Rede nachgedacht hatte. Nicht die viele Arbeit bewog sie dazu, ihre Herrin um Hilfe zu bitten. Es war ein Versuch, sie aus ihrer Lethargie zu reißen.

»Agnes, sind denn dein Bruder Wolf und dein Vetter Martin zurückgekehrt?«, fragte Anne Katharina, ohne die Magd anzusehen.

»Nein, Herrin«, antwortete sie leise, »Martin starb vermutlich auf der Seite des Truchsessen bei Königshofen, Wolf – für die Bauern kämpfend – in der gleichen Schlacht. Aber wer kann das schon so genau sagen, bei den Tausenden von unbekannten Toten, die sie in Gruben warfen oder einfach den Tieren zum Fraß überließen? Und Jakob ist tatsächlich bei Böblingen gefallen.«

»Wie kannst du dir da sicher sein?«

»Er hat sein Leben im Wald hinter Sindelfingen gelassen, von einem Bündischen Reiter aufgespießt. Der Tagelöhner Rümmel sagte mir, er habe ihn sterben sehen.«

»So viel Leid in jedem einzelnen Leben«, seufzte Anne Katharina, erhob sich, griff nach dem Korb und ging hinaus, um sich Geld aus der Truhe zu holen. Sie trat in die Stube und blieb wie erstarrt vor dem Sekretär stehen. Die Truhe, die die vergangenen Jahre hier immer gestanden hatte, war verschwunden. Wie betäubt sah Anne Katharina auf die Stelle, an der sie sein müsste. Dann fiel ihr auf, dass auch die Bücher nicht mehr an ihrem Platz lagen. Verwirrt stieg sie noch eine Treppe höher, klopfte und trat in die kleine Stube der Schwiegermutter.

»Mathilde«, sagte sie atemlos, »die Geldtruhe, sie ist verschwunden, und die Bücher …«

Anne Katharina verstummte, denn ihr Blick fiel auf eine Reihe Buchrücken, die sich sauber auf einem Wandbord aneinander reihten, ein hölzernes Kästchen stand gleich daneben. Sie starrte das Regal einige Augenblicke sprachlos an, ehe sie sich zu der Alten umwandte.

»Du hast sie genommen?«

Die Seybothin nickte. »Ja, ich hielt es für das Beste, dass ich die Geldtruhe und die Bücher bei mir behalte, bis es wieder einen Mann im Haus gibt, der sich um alles kümmert.«

»Ich kann ab jetzt die Bücher führen!«, begehrte Anne Katharina auf.

Die Seybothin schüttelte mit Nachdruck den Kopf. »Das kommt nicht in Frage. Wir werden den Anwalt der Familie konsultieren. Er und die Verwandten kommen morgen, um zu beraten, was mit der Siederei und mit Michels Kindern geschehen soll.« Anne Katharina schnappte nach Luft. »Es kann ja sein, dass du wieder heiratest, und da müssen wir zusehen, dass Bernhards Interessen und sein Erbe gewahrt werden. Schließlich wird er den Mannesstamm Seyboth fortführen.«

Endlich fand Anne Katharina ihre Sprache wieder. »Es sind auch meine Kinder, nicht nur Michels!«, schrie sie.

»Aber ja, du brauchst deswegen nicht ausfällig zu werden. Die Verwandtschaft wird sich um sie kümmern. Du kannst dir sicher sein, dass uns ihr Wohlergehen am Herzen liegt.« Für die Seybothin schien das Thema erledigt zu sein. Sie deutete auf Anne Katharinas Korb.

»Du willst einkaufen gehen? Wie viel Geld brauchst du? Was genau willst du besorgen?«

Das ist nicht wahr, dachte Anne Katharina, während sie die Besorgungen aufzählte, um die Agnes sie gebeten hatte. Sie streckte die Hand aus und ließ sich die Münzen in die Handfläche zählen.

»Den Rest bringst du mir wieder«, befahl die Alte.

Herr im Himmel, betete sie stumm, als sie die Treppe hinunterstieg, lass dies einen bösen Traum sein, aus dem ich bald erwache. Hatte sie die Worte der Seybothin richtig verstanden? Wollten sie nun, nachdem sie ihren Gatten und ihren Geliebten verloren hatte, ihr auch noch die Kinder und das Seybothsche Vermögen entziehen? Selbst ihre eigene Mitgift, die sie in die Ehe eingebracht hatte? Zum ersten Mal seit Ruggers und Michels Tod machte sie sich Gedanken über die Zukunft. Sie war so düster und neblig trüb, dass sie keinen Lichtstrahl erkennen konnte. Was sollte sie tun? Hatte sie denn gar keine Rechte? Gab es denn niemanden, der auf ihrer Seite stand?

Einen Moment lang dachte sie daran, aufzugeben, dem Druck für immer zu entfliehen, wegzugehen, irgendwo hin. Hatte die Seybothin nicht davon gesprochen, dass sie wieder heiraten könnte?

Nein, der einzige Mann, an dessen Seite sie hätte leben wollen, war mit ihrem Gatten zusammen gestorben.
Mit gesenktem Kopf schritt Anne Katharina zum Markt. So viele Gedanken zogen durch ihren Geist, aber keiner, der ihr auch nur einen Funken Hoffnung brachte. Sie übersah einige Bekannte, die sich höflich in ihre Richtung verneigten, und stieß vor der Apotheke fast mit dem Schultheiß zusammen. Im letzten Moment sprang er zur Seite und entschuldigte sich wortreich, obwohl es nicht seine Schuld gewesen war.
Auch die Frau, die Anne Katharina in einigem Abstand folgte, bemerkte sie nicht. Von Stand zu Stand ging sie ihr hinterher und ließ sie nicht aus den Augen. Erst als Anne Katharina sich auf den Heimweg machte und der Keckengasse wieder zustrebte, trat sie heran und sprach die Ratsherrnwitwe an.
»Verzeiht, dass ich mich Euch nähere, gnädige Frau«, sagte sie, ohne den Blick zu heben.
Verwirrt blieb Anne Katharina stehen. Wer war diese Frau, die sie auf offener Straße einfach ansprach? Sie musterte sie kritisch vom Kopf bis zu den Füßen, bis ihr Blick an dem gelben Saum ihres Rockes hängen blieb. Eine Hure!
Anne Katharina wich einen Schritt zurück. Die Frau war jung und ihr Gesicht ungeschminkt. Wäre das gelbe Band nicht gewesen, hätte man sie für eine Magd oder eine Handwerkerfrau halten können, denn ihr Gewand war ordentlich, einfach und sauber.
»Bitte, erlaubt mir, Euch eine Frage zu stellen«, sagte sie leise.
Etwas in Anne Katharina sträubte sich, auch nur ein weiteres Wort von dieser Person zu hören, doch das Flehen in ihrer Stimme hielt sie zurück. Noch einmal betrachtete sie das Gesicht. Es kam ihr bekannt vor.
»Darf ich Euch fragen, ob Ihr etwas von Eurem Bruder gehört habt?«, fragte die Frau.
Ja, richtig, es war die Hure, die sie mehrmals mit Peter zusammen gesehen hatte. Damals war ihr Gesicht grell geschminkt

gewesen, und sie hatte diese unzüchtige Kleidung getragen, mit der es ihr anscheinend gelang, Männer in ihre Arme zu locken.
»Was geht das dich an?«, entgegnete Anne Katharina kühl und abweisend.
»Ich weiß, dass Peter den Bauern zuzog, als der Mai zu Ende ging«, fuhr die Frau fort. »Und dann drangen die Nachrichten an mein Ohr, wie das Heer bei Königshofen und Giebelstadt vernichtet wurde. Bitte, meine Seele kann erst wieder Ruhe finden, wenn ich weiß, welch Schicksal ihm zugestoßen ist.«
Der Ratsherrnwitwe lag die Frage auf der Zunge, ob freie Weiber überhaupt eine Seele hätten, stattdessen fragte sie: »Was willst du von meinem Bruder?«
Die Hure hob abwehrend die Hände. »Nichts, gnädige Frau. Ich habe nicht vor, ihn zu belästigen. Es ist nur so, wenn ich wüsste, dass er lebt und es ihm gut geht, dann könnte ich wieder ruhig schlafen. Und wenn ich erfahren würde, dass er gefallen ist, würde ich für ihn beten und um ihn weinen.« Für einen kurzen Moment sah sie mit ihren erstaunlich blauen Augen zu Anne Katharina auf. Was diese darin entdeckte, ließ sie ihre ablehnende Bemerkung hinunterschlucken. Mochte sie eine Hure sein, die ihren Leib verkaufte und ihrer sündigen Arbeit nachging, um sich zu ernähren, in ihrem Blick stand die Furcht um einen geliebten Menschen.
»Wie heißt du?«
»Sara, gnädige Frau.«
»Dann schlafe beruhigt, Sara. Er ist dem Schrecken entkommen und verbirgt sich in Heidelberg, bis der Rachedurst der Sieger gestillt ist.«
Die Hure knickste. »Habt Dank, gnädige Frau, für Euer Mitleid. Möge Gott Euch segnen.«
Sie wandte sich um, raffte ihren Rock und eilte davon. Anne Katharina sah ihr nach und dachte an Peter. Wie ging es ihm im fernen Heidelberg? Bis auf das kurze Gekritzel nach seiner Freilas-

sung hatte sie nicht wieder von ihm gehört. Wie wundervoll wäre es, wenn er nach Hall zurückkehren würde.

✠ ✠

»Ich könnte Bernhard mit nach Nördlingen nehmen und ihn mit meinen Söhnen zusammen erziehen, bis er alt genug ist, dass wir ihn zur Universität nach Tübingen schicken«, schlug Michels Vetter vor, dessen Vater einst Stadtschreiber in Hall und später Kanzler in Eichstätt gewesen war.

Die Seybothin wiegte den Kopf hin und her. »Ja, das ist eine vernünftige Idee.«

»Die Sieden müssen wir in Pacht geben«, sagte der alte Advokat. »Das ist zu viel für Euch, gnädige Frau. Schließlich muss man im Sudhaus nach dem Rechten sehen und die Fuhrleute beauftragen und den Wein an die Wirte verkaufen. Es wäre natürlich gut, wenn die Sieden in der Familie verbleiben würden. Was haltet Ihr davon, Philipp Seyboth, den Vetter zweiten Grades vom Gensberg, zu beauftragen?« Die Seybothin überlegte.

Anne Katharina saß etwas abseits auf einem Schemel und starrte stumpf vor sich hin. Die Kinder waren bei Agnes in der Küche, und sie war froh, dass Bernhard nicht hören konnte, wie er zum Spielstein auf einem Brett wurde. Jemand hatte »Macht und Ansehen für die Familie Seyboth« in leuchtenden Lettern darauf geschrieben, und nun wurden die Figuren aufgestellt, die Pfründe aufgelistet und der Gewinn mit gierigen Augen zusammengerechnet. Nur eine Figur kam in dem Spiel nicht vor: Die Witwe, die sie auf einen Zuschauerplatz außerhalb der Runde verwiesen hatten.

Bereits am Morgen hatte die Seybothin ihr erklärt, dass sie in Zukunft die eheliche Schlafkammer ihr Eigen nennen würde, damit sie näher bei den Kindern wäre. Anne Katharina solle dafür in die Kammer unter das Dach ziehen. Sie halte es nicht für gut, wenn die Söhnerin weiterhin mit den Töchtern einen Raum teile.

Die Worte der Seybothin und der Männer, die sich um den Tisch versammelt hatten, vereinten sich zu einem Rauschen in ihren Ohren, das zu einem Getöse anschwoll. Der Raum begann sich um sie zu drehen. Es war, als habe sie nun endgültig den letzten Halt verloren. Ein Strudel riss sie mit sich und zog sie in die Tiefe. Sie stieß einen Schrei aus, fuhr hoch und wankte gegen die Wand zurück.

Alle, bis auf die Seybothin, sprangen auf und starrten sie an.

»Was ist mit Euch?«, fragte der Anwalt besorgt.

»Mir ist so übel«, hauchte Anne Katharina und erbrach sich über den frisch gescheuerten Stubenboden.

✢ ✢

»Manches Mal wünschte ich mir, Rugger hätte noch eine Weile gewartet, ehe er sein Messer warf, dann wäre auch ich auf der Lichtung dort draußen gestorben.«

Die Spitze der Feder zitterte über dem Papier. Ein Tropfen löste sich und breitete sich über der letzten Silbe aus. Eine Träne vermischte sich mit der Tinte zu schlierigem Grau. Anne Katharina nahm das Blatt, zerriss es in kleine Stücke und warf diese ins Herdfeuer.

Die Seybothin war mit den Kindern zum Grab des Vaters gegangen, um dort zu beten. Anne Katharina hatte sich unter dem Vorwand, sie fühle sich schlecht, zurückgezogen. Seit Tagen schon wollte sie Peter einen Brief schreiben, aber die Seybothin hatte die Federn und das Tintenfass in ihrer neuen Kammer verstaut und Anne Katharinas Bitte barsch abgelehnt. Die Münzen, die sie zum Einkaufen bekam, waren stets abgezählt, so dass sie sich nicht einfach Feder und Tinte kaufen konnte. Natürlich hätte sie Pater Hiltprand bitten können, doch da sie wusste, wie sparsam er mit seinen wenigen Münzen umgehen musste, verbot es ihr Stolz, zu ihm zu gehen. Sie sah, dass er hungerte, wenn sie ihm nicht regelmäßig zu Essen brachte, aber es wurde von Tag zu Tag

schwieriger, etwas von den Mahlzeiten, die Agnes kochte, für ihn abzuzweigen und zu ihm zu bringen. Die alte Seybothin wachte wie ein Kerkermeister über die ungeliebte Schwiegertochter.
Anne Katharina nahm das letzte leere Briefpapier und tauchte die Feder in die Tinte.
»Geliebter Bruder«, schrieb sie, »ich hoffe sehr, du befindest dich wohl.« Sie zögerte. »Ich vermisse deinen Rat. Am liebsten würde ich dieses Haus hinter mir lassen, in dem ich nicht mehr willkommen bin und in dem mir wahrscheinlich nicht einmal mehr das Hemd gehört, das ich auf dem Leib trage. Auch die Kinder sind nicht mehr mein, sagen sie. Sie beschließen über das Haus und die Sieden und wollen Bernhard noch in diesem Herbst in die Fremde schicken. Das Wort einer Mutter wiegt nichts. Die Mädchen wenigstens bleiben im Haus, auch wenn die Seybothin nun im Ehegemach residiert und mich auf einen Platz in der Dachkammer verwiesen hat. Schon heute überlegt sie, mit welcher Familie es klug wäre, einen Bund einzugehen, und welcher Junge als Gatte für Veronica in Frage käme!
Jedes Mal, wenn ich an einem neuen Tag erwache, möchte ich fortgehen, dies Haus und dieses Leben, das keines mehr für mich ist, für immer verlassen. Aber wohin soll ich mich wenden? Wie kann ich meine Töchter bei diesen hungrigen Raubtieren zurücklassen? Doch mitnehmen und ins Elend reißen kann ich sie auch nicht.
Peter, was soll ich nur tun? Schreibe mir, denn meine Tage sind so dunkel geworden, dass ein paar Worte von dir wie die wärmende Sonne für mich sein werden.
Gottes Segen mit dir!
Deine dich liebende Schwester Anne Katharina«

✠ ✠

Ein gewittriger Augusttag neigte sich seinem Ende zu. Es war schwül in der Stube, aber die Seybothin hatte Bernhard untersagt, eines der Fenster zu öffnen. Sie saß auf Michels bequemem Stuhl und löffelte die fleischlose Suppe. Bernhard schaufelte mit missmutiger Miene sein Essen in sich hinein. Die Mädchen dagegen schienen nichts daran auszusetzen zu haben. Anne Katharina saß am anderen Ende des Tisches und starrte auf ihre unberührte Schale hinab.

»Warum darf Agnes keinen Speck hineinschneiden?«, maulte Bernhard.

»Weil wir um deinen Vater trauern und für sein Gedenken fasten. Außerdem müssen wir sparsam sein.«

Das drückende Schweigen, das nun so oft in der Stube herrschte, senkte sich wieder herab. Besucher, abgesehen vom Seybothschen Advokaten, waren selten geworden. Seit Mathilde David angefahren hatte, er würde sich auf Kosten einer Witwe durchessen, war auch er nicht mehr erschienen.

Anne Katharinas Ohren meldeten Schritte auf der Treppe, aber sie reagierte nicht. Sie dachte auch nicht darüber nach, dass sie nach Stiefeln klangen und nicht nach Agnes' nackten Füßen. Nicht einmal als die Tür geöffnet wurde, sah sie auf. Erst als Bernhard den Löffel in seine Schale fallen ließ, von seinem Schemel aufsprang und mit einem Schrei zur Tür stürzte, hob sie den Blick.

»Oheim Peter!«, rief der Knabe und warf sich in die ausgebreiteten Arme. Nun rutschten auch die Mädchen von der Bank und liefen auf Peter zu, der alle drei Kinder lachend umfing. Er hob Barbara hoch und wirbelte sie durch die Luft, dass sie in helles Gelächter ausbrach.

Welch seltsames Geräusch, dachte Anne Katharina. Lange habe ich so etwas nicht mehr in dieser Stube gehört.

Peter stellte das Kind auf den Boden, grüßte die Seybothin und ging dann zu seiner Schwester hinüber.

»Anka, willst du deinen von den Toten zurückgekehrten Bruder nicht begrüßen?« Er sah ein wenig gekränkt aus. »Ich habe nicht gerade einen Empfang erwartet, wie er dem verlorenen Sohn einst bereitet wurde, aber dass du nur auf deinem Schemel sitzt und mich anstarrst?«

Anne Katharina erhob sich und tappte mit glasigem Blick auf ihn zu. »Peter?«, hauchte sie, so als traue sie ihren Sinnen nicht.

»Aber ja, in Fleisch und Blut und voller Größe stehe ich vor dir!«

Seine Schwester schlang die Arme um seinen Hals und warf sich mit einem Schluchzer an seine Brust. Tränen rannen über ihre Wangen und fielen auf braunen Samt.

»Anka, was ist denn los? Halte ein, du ruinierst mir mein neues Wams«, rief er, zwischen Verlegenheit und Ärger schwankend. Er löste ihre Arme von seinem Nacken und führte sie zu ihrem Platz zurück.

»Nun trockne deine Tränen, liebes Schwesterchen, ich bin den langen Weg von Heidelberg hergeeilt, um dir zur Seite zu stehen und diese Aasfresser, die sich deine Verwandtschaft nennen, in ihre Löcher zurückzutreiben.«

Anne Katharina sah ihn mit starrer Miene an, die Seybothin jedoch ließ die Beleidigung ihrer Familie nicht auf sich beruhen und rief Peter scharf zur Ordnung.

»Verzeiht, Gnädigste«, entschuldigte sich Peter bereitwillig und setzte sich neben Bernhard. Er zog die Schüssel mit zerkochtem Gemüse zu sich heran und sah hinein. Seine Nase krauste sich.

»Es ist nicht einmal Speck drin«, teilte ihm Bernhard mit. »Großmutter sagt, wir fasten!«

»Das ist eure Sache. Ich jedenfalls muss nicht fasten«, stellte Peter fest. »Läufst du zu Agnes und sagst ihr, ich hätte gern ein Stück Schinken oder Speck? Und sie soll nicht sparsam sein!«, rief er dem Jungen hinterher, der bereits zur Tür geflitzt war.

Die Seybothin plusterte sich auf und ließ eine Schimpftriade über Peter herabregnen, von der er aber offensichtlich nichts mitbekam. Ohne dazu aufgefordert zu werden, holte er sich einen Becher und schenkte sich Wein ein. Er verzog das Gesicht, kaum berührte der saure Kocherwein, den die Seybothin mit Wasser verdünnen hatte lassen, seine Lippen.

»Früher hat es hier bessere Tropfen gegeben«, maulte er und schob den Becher weg. Aufmerksam betrachtete er seine Schwester, die mit gefalteten Händen dasaß und auf die Tischplatte hinabstarrte.
»Anka, du gefällst mir nicht«, murmelte er. »Was ist nur aus dir geworden? Dein Stolz, dein Kampfgeist? Ist denn gar nichts übrig geblieben?«
Müde hob sie ihren Blick. »Wozu soll ich noch kämpfen? Ich habe alles verloren. Schickt man seine Männer in eine aussichtslose Schlacht?«
Bernhard kam mit einem Brett zurück, auf dem Schinken, fetter Speck und eine grobe Wurst lagen. Peter seufzte genüsslich, griff nach der Wurst und biss hinein. Drei Paar Kinderaugen beobachteten ihn.
»Wollt ihr auch?« Er brach drei Teile von der Wurst, schnitt auch noch ein wenig vom Speck ab und schob die Stücke den Kindern hin. Den Schinken allerdings behielt er für sich.
»Wir fasten«, keifte die Seybothin. »Das hat Bernhard Euch bereits gesagt!«
Peter winkte ab. »Es wird Michel weder nützen noch schaden, ob Ihr nun Schinken esst oder nur Kohlsuppe. Die Gnade Gottes allein ist es, die ihm jetzt noch helfen kann.«
»Wenn Ihr Euch meinen Anweisungen nicht beugen wollt, dann verlasst das Haus!«, erwiderte sie scharf. »Ich dulde es nicht, dass Ihr die Kinder verderbt, die nun unter meiner Obhut stehen.«
Mit nachdenklicher Miene kaute Peter auf seinem Schinken herum. »Da sprecht Ihr ein Thema an, das mich sehr verwunderte, als ich davon hörte. So sehr, dass ich noch am selben Tag mein Bündel schnürte und mich nach Hall aufmachte«, sagte er und sah mit gerunzelter Stirn zu der Seybothin hinüber. »Ich habe gehört, Eure Familie und der Advokat haben sich getroffen, um über den Nachlass Eures verstorbenen Sohnes Michel zu beraten.«

Die Seybothin nickte. »Ja, das ist richtig, doch was geht es Euch an?«
»Ich nehme an, dass es nicht im Sinne meiner Schwester ist, wenn Bernhard zu einem Vetter geschickt wird, dass Ihr die Mädchen erzieht und über Haus und Gut entscheidet und dass Euer Anwalt über die Sieden verfügt?«
»Ich weiß nicht, wie Anne Katharina darüber denkt, und es ist auch nicht von Interesse«, sagte die Alte barsch. »Die Familie Seyboth hat über das entschieden, was ihr zusteht.«
Peter zog die Augenbrauen hoch. »Dann muss ich Euch sagen, dass Euer Advokat entweder ein rechter Hochstapler ist, der von der Sache keine Ahnung hat, oder er ist ein Betrüger! Es wäre seine Aufgabe gewesen, Euch darauf hinzuweisen, dass Ihr nicht über Sachen verfügen könnt, die nicht Euer sind!«
»Was soll das Geschwätz? Mein Sohn wurde schändlich ermordet, und nun fällt das Erbe an die Familie und an seinen minderjährigen Sohn. Es ist unsere Aufgabe, es zu mehren, bis er selbst alt genug ist, seine Pflichten zu übernehmen.«
»Das ist falsch«, sagte Peter kühl. »Ihr hättet Recht, wenn Euer Sohn und meine Schwester nicht schon vor ihrer Heirat Bürger von Hall gewesen, also erst nach der Eheschließung vom Land zugezogen wären. So aber sagen die Rechtsbücher eindeutig, dass die Witwe des verstorbenen Bürgers alles erbt und auch das Recht hat, über die minderjährigen Kinder zu bestimmen.«
Die Seybothin legte die Hand auf ihre Brust. »Das ist nicht wahr. Ihr lügt!«
»Nein, ich lüge nicht. Fragt jeden freien Advokaten dieser Stadt, fragt den Stättmeister, den Rat, den Stadtschreiber, Ihr werdet überall die gleiche Antwort erhalten.«
Peters Worte rauschten an Anne Katharinas Ohr vorbei. Wozu sollte sie sich noch für irgendetwas interessieren? Ihre Seele war doch längst gestorben und mit ihrem Liebsten gen Himmel gefahren. Nun würde nur noch ihr Körper die Tage ertragen müssen, bis Gott sie gnädigerweise zu sich rief.

Ein paar von Peters Worten streiften, ohne dass sie es wollte, ihren Geist. »Was war falsch? Was war eine Lüge?« Anne Katharina hob den Kopf. Hatte er gesagt, die Witwe würde erben? Hatte er eben gesagt, sie dürfe über ihre Kinder bestimmen?
»Peter«, hauchte sie, »ich glaube, meine Ohren narren mich. Bist du dir ganz sicher? Bitte sage es noch einmal.«
Peter erhob sich, trat hinter seine Schwester und legte ihr die Hände auf die Schultern.
»Liebe Anka, du bist Michels Witwe, und daher geschieht in diesem Haus nur noch dein Wille! Das Haus, das Lager mit seinen Vorräten, die Siedensrechte sind dein, und natürlich entscheidest du, wer deine Kinder erzieht und wo sie leben.«
Anne Katharina sprang auf und umarmte ihren Bruder. »Peter, du bist mein Retter. Wie froh bin ich, dich zu haben.«
»Das will ich meinen«, brummte er verlegen.

✢ ✢

»Du willst mich aus dem Haus treiben!«, warf die Seybothin Anne Katharina vor. »Du bist schuld, dass mein Sohn so jung sterben musste, aber damit nicht genug, jetzt wirfst du mir mein Bündel auf die Gasse und weist mir die Tür!«
Bereits zwei Tage, nachdem Peter in Hall angekommen war, hatten sich die Seybothschen Verwandten und der Familienadvokat wieder im Haus in der Keckengasse versammelt. Peter trug noch einmal die Rechtslage vor, dann herrschte Schweigen. Anne Katharina sah, wie die Vettern und der Advokat Blicke tauschten. Sie hatten es von Anfang an gewusst! Widerstände musste Peter keine überwinden. Den Seyboths war klar, dass kein Richter ihnen Recht geben würde. Keiner von Michels Verwandten hielt es allerdings für nötig, Anne Katharina um Verzeihung zu bitten. Warum auch? So schlimm konnte der Versuch nicht sein, ein Weib um seine Rechte zu betrügen! Sie jammerten und klagten ein wenig über den Verlust, doch es blieb ihnen nichts anderes

übrig, als Peter die erst vor zwei Wochen aufgesetzten Schriftstücke auszuhändigen. Nur die alte Seybothin konnte und wollte noch immer nicht begreifen, was vor sich ging. So kam es, dass sie völlig außer Fassung geriet, als Anne Katharina sie aufforderte, ihr nicht nur die Geldtruhe und die Bücher zu übergeben, sondern auch die eheliche Kammer wieder zur Verfügung zu stellen.

»Ich weise dir nicht die Tür, Mathilde«, erwiderte Anne Katharina, um Geduld bemüht, »ich bitte dich lediglich, wieder in deine alte Kammer zu ziehen, da ich die große Schlafkammer benötige.«

»Willst du etwa schon wieder heiraten?«, keifte sie. »Dein Gatte ist kaum ein paar Wochen unter der Erde, und schon zerrst du dir einen neuen Mann in dein Bett. Ich wusste schon immer, dass du ein verderbtes Wesen bist und ganz und gar schamlos!« Ihre Stimme überschlug sich.

»Nein, ich habe nicht vor, mir einen Mann zuzulegen, der mir dann seinen Willen aufzwingt«, sagte Anne Katharina kühl. »Und ich bitte dich, dass du damit aufhörst, mich bei jeder Gelegenheit zu beschimpfen und meine Entscheidungen in Frage zu stellen.«

Die Seybothin richtete sich steif auf und funkelte Anne Katharina an.

»Ich weiß nicht, warum du versuchst, mich zu demütigen. Ich glaube nicht, dass ich dir je einen Anlass gegeben habe, dass du dich mir gegenüber nun so benimmst. Oder ist es einfach dein böses Wesen, das ich von jeher in dir bemerkte?«

Anne Katharina hielt die Luft an und schüttelte fassungslos den Kopf.

»Aber so, wie du es dir denkst, wird es nicht gehen!«, fuhr die Alte fort. »Ich war stets an deiner Seite, habe Ratschläge gegeben und all meine Kräfte in den Dienst dieser Familie gestellt. Nie war ich nachtragend oder kleinlich, wenn du mir deinen Unmut zeigtest, aber ich lasse mich nicht demütigen! Und ich setze mich nicht deinen grundlosen Rachegedanken aus. Nie

wollte ich es so weit kommen lassen, aber auch ich bin nur ein Mensch, der nicht alles ertragen kann. Die Folgen hast du dir selber zuzuschreiben, also jammere nicht, wenn ich nicht mehr an deiner Seite bin, um dir zu helfen.« Sie holte tief Luft. »Noch heute werde ich dieses Haus verlassen und niemals wieder zurückkehren. Ich werde bei meiner Tochter leben, die mich gern bei sich haben möchte.«
Mit einem Ruck drehte sie sich um und stolzierte in ihre Kammer, wo sie anfing, ihre Reisetruhe zu packen.
Zwei Stunden später zog die alte Seybothin die Haustür hinter sich zu und machte sich auf den Weg zum Haus ihrer Tochter, das am Milchmarkt stand. Zwei Knechte holten am Abend ihren Koffer und ein paar weitere Bündel ab.

✠ ✠

Ein seltsames Lächeln auf den Lippen, ging Anne Katharina durch das Haus. Vom Keller bis zum Dachboden durchstreifte sie jeden Winkel, als würde sie es heute zum ersten Mal sehen. Es war ihr Haus und würde endlich, nach so vielen Jahren, ihr Zuhause werden.
»Herrin?«
Anne Katharina stand in der großen Schlafkammer, in der noch immer das breite Bett stand, das sie lange Zeit mit Michel geteilt hatte.
»Agnes, komm herein. Es müssen einige Veränderungen im Haus geschehen, die wir noch heute zusammen anpacken werden.«
»Wie froh bin ich, Euch so voller Tatendrang zu sehen«, sagte die Magd.
»Peter und Bernhard werden die beiden Kammern unter dem Dach bewohnen, die Mathilde früher ihr Eigen nannte. Ich habe das Gefühl, Bernhard ist froh, meinen wachsamen Augen zu entkommen.« Anne Katharina lächelte. »Außerdem kannst du bei Bernhard ein weiteres Lager für David richten, falls er sich ab

und zu Ulrichs Launen entziehen möchte. Die Kammer unten brauchen wir für den Aufseher, der bei uns anfangen wird. Peter hat versprochen, sich umzuhören und mir ein paar fähige Männer vorbeizuschicken, damit ich mir einen aussuchen kann. Ihn zieht es wohl nach Heidelberg zurück, sobald wir hier ohne ihn zurechtkommen. Soviel ich seinen Worten entnehmen konnte, gibt es dort ein Mädchen, das seine Gedanken so sehr fesselt, dass er ihr, seit er wieder in Hall ist, schon drei Briefe geschrieben hat!« Agnes nickte. »Ja, er hat mir von ihr erzählt.«
»Jedenfalls brauchen wir eine starke Männerhand, die die Flößer und Feurer anweist und hier im Haus notwendige Reparaturen übernimmt.«
Die Magd nickte. »Das ist gut. Die Fensterläden klappern, und in Bernhards alter Kammer zieht es im Winter schrecklich.«
»Dann soll er das als Erstes erledigen, denn wir werden dort eine Stube für mich und das Kleine einrichten, das prächtig in mir gedeiht.« Zärtlich strich sie sich über ihren Bauch, der sich inzwischen merklich unter ihrem Leibchen hervorwölbte.
»Ja, aber was geschieht mit der großen Schlafkammer hier?«, wunderte sich die Magd. »Ihr wollt sie doch nicht etwa leer stehen lassen?«
»Aber nein«, wehrte Anne Katharina ab und lächelte geheimnisvoll. »Sie eignet sich perfekt. Das Bett ist breit und bequem, sie hat ein richtiges Fenster, durch das Licht hereinkommt, und sie ist nur wenige Schritte von der Stube entfernt.«
Agnes sah ihre Herrin fragend an.
»Warte es nur ab, du wirst es noch heute erfahren. Ein wenig hatte die Seybothin schon Recht. Es wird ein Mann in diesem Zimmer wohnen. Einer, der mich liebt und mir mit gutem Rat zur Seite stehen wird.«
»Wie schön, Herrin«, sagte die Magd nur. »Soll ich dann gleich hier drin mit dem Putzen anfangen? Ihr braucht mir nicht helfen. Bis heute Abend habe ich alle Kammern hergerichtet. Ich denke, Ihr habt genug Arbeit, die getan werden muss.«

Anne Katharina nickte, legte kurz den Arm um Agnes' Schultern und verließ die Kammer. Sie trat in die Stube. Barbara saß auf dem Boden und spielte mit ihrer Puppe. Um sie herum lagen kleine Klötzchen verteilt, die Peter in bunten Farben bemalt hatte. Die Kleine strahlte, als die Mutter hereinkam und sich auf den Stuhl vor dem Sekretär setzte. Zögernd griff Anne Katharina nach dem dicken Lederband und zog ihn zu sich her. Ihre Finger zitterten, als sie das Lagerbuch aufschlug und nacheinander die Seiten umblätterte. Sie suchte die Namen der Fuhrleute, die für Michel gearbeitet hatten, heraus und verglich die Preise und Gewinne der Händler in Koblenz, Basel und den anderen Orten. Wohin lohnte es sich, die Salzschilpen und -fässer zu verkaufen? Welcher Wein hatte besonders viel Gewinn abgeworfen? Welche Routen waren mit nur wenig Zoll belastet?

Von der Gasse her schallten die Stimmen von Bernhard und Veronica zu ihr herauf, die dort mit ein paar Kindern aus der Nachbarschaft in der Sonne spielten. In der Kammer nebenan hörte sie Agnes rumoren. Ein Lied klang zu ihr herüber. Anne Katharina hörte einige Augenblicke zu, ehe sie sich wieder ihrer Arbeit zuwandte.

Hinten im Buch lagen einige schmuddelige Zettel, auf denen die Erträge der letzten Handelsreisen notiert waren. Anne Katharina tauchte die Feder in die Tinte und ließ sie dann langsam und gleichmäßig über das Papier gleiten. Seite für Seite füllte sie mit ihrer klaren Schrift, bis der Tag verblasste und Agnes hereinkam, um die Lampen anzuzünden.

»Ich bringe gleich das Nachtmahl«, sagte sie und streckte die Hand nach Barbara aus, die fröhlich auf sie zuhüpfte. »Komm, wir holen deine Geschwister und sehen nach, ob der kleine Johannes schon wieder Hunger hat.«

Anne Katharina rieb sich die Augen und legte die Feder nieder. Gleich morgen würde sie mit dem Fuhrmann Oswalt reden und ihn mit einer Ladung Salzschilpen nach Koblenz schicken. Außerdem musste sie den Eselswirt, den Hesplin am Eichtor und einige andere Wirte und Bäcker ansprechen, ob sie ihr für den Wein, den der Fuhrmann auf dem Rückweg mitbringen sollte, einen guten Preis bieten würden.

Ein Gefühl des Glücks flatterte durch ihren Geist und streifte ihre Seele. Sie lächelte, als Ruggers Bild vor ihr aufstieg.

»Ich danke dir, dass du mir ein zweites Leben geschenkt hast«, flüsterte sie.

# EPILOG

Geliebter Bruder!

Lange habe ich nichts mehr von dir gehört, doch ich hoffe, dass du dein junges Eheweib nach wie vor von Herzen liebst und dass deine beiden Söhne vortrefflich gedeihen. Wie gern würde ich sie einmal kennen lernen, aber die Siederei und der Handel lassen es nicht zu, dass ich zu solch einer langen Reise aufbreche. Auch würde ich Agnes und Pater Hiltprand nur ungern mit fünf Kindern zurücklassen. Nein, ich muss vier Kinder sagen, sonst zürnt mir Bernhard. Er hat sein sechzehntes Jahr beendet und ist zu einem jungen Mann herangewachsen. Er kann sehr ernst und vernünftig sein, aber manches Mal erinnert er mich an dich und die vielen Flausen, die du in diesem Alter – und lange später – im Kopf hattest.

Die Mädchen entwickeln sich prächtig, und ich habe an Veronica eine echte Stütze mit den Kleinen. Sie kümmert sich um Barbara, Johannes und dein Patenkind Peter, wenn ich zum Sudhaus oder zu Verhandlungen wegen Salz und Wein aus dem Haus muss.

Der Pachtvertrag, den du mir für dein Sieden gabst, ist übrigens abgelaufen und das Lösegeld, das Michel einst für dich bezahlte, längst getilgt. Fünf Jahre ist es schon her – wie schnell sind sie verflogen. Ich lege dir deine Abrechnung bei. Auch unter Geschwistern muss es in Gelddingen ordentlich zugehen.

Der Brunner, den du mir als Aufseher empfohlen hast, hat sich gut entwickelt. Er ist ein fröhlicher Geselle, der hart zupackt und die Männer im Griff hat, wenn es darauf ankommt. Auch Agnes kann ihn gut leiden, und obwohl sie es gern verheimlichen möchte, weiß ich, dass sie schon seit vielen Monaten zärtliche Bande zu ihm knüpft. Meinen Segen jedenfalls hat sie, falls sie ihn heiraten möchte.

Da ich gerade vom Heiraten schreibe. Unser Prediger Johannes Brenz hat Margaretha Gräter zum Altar geführt. Du erinnerst dich an sie? Die junge Witwe des Ratsherrn Wetzel. Ich habe sie immer bemitleidet, einen Mann heiraten zu müssen, der älter war als ihr Vater! Schon lange hatte ich den Eindruck, dass sie und unser junger Magister einander gut waren. Nun hat er also den letzten Bruch mit der alten Kirche getan und eine Ehegattin heimgeführt. Bereits vor vier Jahren zeigte er den Altgläubigen gegenüber seinen Mut, als er zu Weihnachten das Abendmahl in beiderlei Gestalt austeilte.

Ach, es waren schlimme Zeiten, und doch denke ich oft an sie zurück. Welch Tragik, dass Wendel Hipler nach mehr als einem Jahr doch noch in die Hände der Häscher fiel und im Gefängnis sterben musste. Ein kluger Kopf, mit wohl überlegten Ideen – verschwendet. Vergeblich hat Georg Metzler aus dem Untergrund versucht, den Widerstand noch einmal anzuheizen.

Wenn die Kinder zu Bett gegangen sind, sitzen Pater Hiltprand und ich oft zusammen und sprechen von den wirren Monaten des Aufstandes. Er hat sich übrigens in fast wundersamer Weise erholt, seit er hier bei uns im Haus wohnt. Meist schafft er den Weg von seiner Kammer in die Stube auf eigenen Füßen, wenn ich ihn ein wenig stütze, und sein Geist ist nach wie vor ungetrübt. Wie oft finde ich am Abend die Kinder zu seinen Füßen sitzend, um Geschichten aus dem alten Griechenland und vom kriegerischen Rom zu lauschen. Erst gestern waren wir alle gemeinsam in der belagerten Stadt Troja. Selbst Bernhard vergisst seine Freunde auf der Gasse, wenn der Pater ihm seine Wissensschätze enthüllt. Bernhard interessiert sich vor allem für die Medizin und die Zeit, da der Pater noch als Chirurg durch die Lande gereist ist. Vielleicht wird es doch nichts mit der Juristerei. Erst gestern hat er mir eröffnet, die Medizin würde ihm noch mehr gefallen.

Ich will und kann ihm nicht raten. Ich weiß nur, dass mir mein

Herz schwerer wird, je näher der Abschied rückt. Ich verstecke jedoch meine Tränen. Er soll mit frischem Mut nach Heidelberg reisen, denn er freut sich auf dich und auf die Universität.
So bleibt mir nur noch, dich zu bitten, ein wenig auf ihn zu achten, bis er sich in seiner Burse eingelebt hat. Du wirst deine Freude an ihm haben. Er ist ein prächtiger Bursche – und das sage ich nicht nur, weil ich seine Mutter bin.
Grüße David herzlich von mir. Ist er immer noch so häufig in eurem Hause zu Gast? Ich werde ihm allerdings auch einen eigenen Brief senden, um ihm zum Bestehen seiner Prüfungen zu gratulieren. Ulrich musste zähneknirschend zugeben, dass er in allen Fächern geglänzt hat!
Geliebter Bruder, ich wünsche dir alles Glück dieser Welt und Gottes Segen für dich und die deinen. Auf ewig, deine Schwester
Anne Katharina

# GLOSSAR:

**Binsenlicht:** Kleine Lampe

**Brandschatzen:** Erzwingung von einer Bezahlung unter Androhung von Brandstiftung bei Nichtbezahlen. Eine Schatzung ist eine Steuer.

**Bruech:** Unterhose

**Fähnlein:** Je 500 wehrfähige Männer bildeten ein Fähnlein.

**Falkonett:** leichtes Feldgeschütz

**Frauenhaus:** städtisches Freudenhaus

**freie Weiber:** Prostituierte

**Gewalthaufen:** Hauptheer

**Goller:** Von Frauen getragener Schulterkragen

**Haufen:** Militärische Bezeichnung für die (Bauern) Heere. Es gab verschiedene Einheiten. »Verlorener Haufen« = Vorhut, Sturmkolonne; »Gewalthaufen« = Hauptheer, »Rennfahne« = Reiterschwarm an der Spitze (gab es nur bei den Bündischen). Dahinter marschierte der Tross mit Wagen und Viehherden. Ein leichter »Nachtrab« machte den Schluss.

**Hauptleute:** Die Bauern wählten Hauptleute, Leutnants, Fähnriche, Weibel, den Profes, der für die Disziplin verantwortlich war, einen Beutemeister, der wildes Plündern verhindern und die Beute gerecht verteilen sollte. Außerdem gab es einen Proviantmeister, einen Futtermeister und einen

Pfennigmeister, der die Kriegskasse verwaltete.

**Heg:** Grenze des Haller Gebietes, mit Graben und einer dichten Hecke. Unterbrochen durch »Fallen« und »Riegel« – Durchlässe, an denen Zoll verlangt wurde. Außerdem gab es an den Hauptfernstraßen Landtürme.

**heimliches Gemach:** Toilette, meist im Hof

**Junker:** Adeliger

**Kartaune:** Belagerungsartillerie, großes Geschütz mit einem Gewicht von 1 bis 1,5 t. Verschoss Kugeln von 5 bis 8 kg Gewicht.

**Katzbalger:** Großes, schweres Schwert der Landsknechte

**Kienspan:** Billige, stark rußende Fackel

**Kriegshippe:** Waffe mit einem ausgestreckten Gerteleisen

**Latwerg:** Eingedickter Fruchtsaft mit Honig und Gewürzen, luftgetrocknet und in dünne Scheiben geschnitten

**Loder:** Handwerker, der Loden herstellt. Loden ist ein grobes Wolltuch aus unveredeltem Rohgewebe.

**Pfalz:** Königs- oder Kaiserpalast. Seit dem frühen Mittelalter Aufenthaltsort der ständig im Reich herumreisenden Könige oder des Kaisers mit seinem Gefolge. Die Pfalzen waren über das ganze Reichsgebiet verteilt und bildeten meist den Mittelpunkt einer großen Grundherrschaft des Königs oder Kaisers.

**Reisige:** Bewaffnete, Soldaten, meist beritten

**Rennfahne:** Reiterschwarm an der Spitze des Heeres

**Salzschilpen:** Feste Salzplatten von ca. 30 Pfund

**Schaube:** Männerobergewand, eine Art Mantel, vorn offen mit Kragen und meist mit weit ausladenden Ärmeln, charakteristisch v. a. als Kleidungsstück von Amtsträgern, später teilweise auch von Frauen getragen

**Schlange:** Auch Feldschlange. Es gab ganze und halbe Schlangen. Mittelschweres Feldgeschütz.

**Schultheiß:** Beamter, der mit der niederen Gerichtsbarkeit betraut war. Seine Helfer, die Büttel, hatten für Ordnung auf den Straßen und für die Einhaltung der Vorschriften zu sorgen.

**Sieden:** Siedensrecht, Anteil an der Salzquelle. Insgesamt gab es 111 solcher Siedensrechte oder Salzpfannen. Die Eigentumsrechte lagen zu dieser Zeit nicht mehr beim König, sondern in den Händen der Stadtadeligen, der Stadt selbst oder von Klöstern. Diese vergaben die Rechte als Erbpachten an die Siederfamilien.

**Staffel:** Treppe

**Stättmeister:** Oberster Ratsherr, Bürgermeister. Durfte nur ein Jahr im Amt sein, daher wechselten der Stättmeister und der Vorjahresstättmeister oft über längere Zeitabschnitte im Jahresrhythmus ihre Ämter.

**Sturz:** Eine aus zwei Teilen bestehende, weibliche Kopfbedeckung: Eine über Stirn, Wangenansatz und Kinn geführte, eng anliegende Unterhaube, die zugleich stüt-

| | |
|---|---|
| | zende Funktion besitzt, wird von einem ausladenden, in Falten gelegten Tuch überdeckt und findet durch eine Schnürung unter dem Kinn Halt. |
| **Trippen:** | Holzsohlen, die unter die Schuhe gebunden wurden, um den Straßenschmutz fern zu halten |
| **Urfehde:** | Nach jedem Gerichtsverfahren mussten die Verurteilten das Urteil anerkennen und schwören, dass sie sich an keinem der Beteiligten des Verfahrens rächen. Der Bruch dieses Eides wurde sehr hart bestraft. |
| **Verlorener Haufen:** | Sturmkolonne, Vorhut |
| **Wams:** | Männliches Obergewand. Ab dem 16. Jahrhundert wird das Wams mit der für diesen Zeitraum typischen Schlitzung versehen. |
| **Weibel:** | militärischer Grad, Unteroffizier |

# DICHTUNG UND WAHRHEIT:

Ich habe in diesem Roman versucht, den Bauernkrieg von 1525 historisch genau mit möglichst vielen Details darzustellen. Es gibt jedoch eine solche Fülle von Einzelereignissen und Personen, dass ich unmöglich alle aufnehmen konnte. Ich musste mich immer wieder auf die Hauptgeschehnisse und die Ereignisse, die im Zusammenhang mit den Haller Hauptfiguren stehen, konzentrieren.

Der Bauernkrieg war keine Hungerrevolte. Zwar gab es in den Jahren 1523 und 1524 Missernten, doch es ging dem einfachen Mann vor allem um mehr Rechtssicherheit. Das »althergebrachte Recht« taucht in den Forderungen immer wieder auf. Die Aufständischen wollten weg von der Willkür, ständig mit neuen Steuern, Abgaben und Diensten für die Herren belastet zu werden. Gesetze sollten auch für die Herrschaft gelten!
Hinzu kommt der neue Glaube. Ein von allen gewählter Pfarrer, der sich wirklich um das Seelenheil der Gemeinde kümmert, war überall eine wichtige Forderung. Schon lange gärte der Hass auf die katholischen Geistlichen, die sich keinem weltlichen Recht unterwarfen und die Untertanen nach Belieben ausbeuteten. Der Zorn entlud sich in den Plünderungen, die vor allem gegen die Kirche gerichtet waren, dann aber auch gegen die Schlösser der Adeligen. Viele missverstanden Luthers »Freiheit des Christenmenschen« und nahmen seine Lehre als Rechtfertigung ihrer Forderungen. Die Männer und Frauen der Haufen kämpften für eine neue Ordnung, aber es gab auch eine große Anzahl, die nur auf Plünderungen aus waren.

Die Bezeichnung »Bauernkrieg« ist irreführend, da es kein reiner Bauernaufstand war. Bei den Haufen gab es neben den Bauern viele Handwerker, Knechte, Obdachlose, aber auch Bürger und einige Adelige. Oft wurden Wirte zu Hauptleuten ernannt.

Der Schwäbische Bund, und stellvertretend für ihn Truchseß Georg von Waldburg, rächte sich grausam an den Aufständischen. Lorenz Fries schätzt die Zahl der Gefallenen und Hingerichteten im Reich insgesamt auf hunderttausend. Eine halbe Million Frauen und Kinder verloren ihren Ernährer. Zahllose Krüppel, Flüchtlinge und Geächtete waren gezwungen, auf der Straße ein elendiges Dasein zu fristen.

Die Anführer und einfachen Männer des Aufstandes sind historisch überlieferte Personen. Erfunden habe ich Rugger und seinen Bruder Volkhard, Mara, die Magd Agnes und ihre Familie. Auch die geheime Druckerei im Frauenhaus hat es nicht gegeben. Wahr jedoch ist, dass es viele solcher Flugblätter gab, die die Bewegung anheizten, und dass die Schreiber verfolgt und schwer bestraft wurden.

Die Familien Vogelmann und Seyboth waren zwei der Stammsiederfamilien in Hall, Mitglieder der Stadtehrbarkeit und über Jahrhunderte hinweg immer wieder im Rat vertreten. Die einzelnen Familienmitglieder sind allerdings als historische Personen so nicht zu fassen. Auch Pater Hiltprand habe ich erfunden. Richtig ist allerdings, dass das Barfüßerkloster zu dieser Zeit geschlossen wurde.

Der Reformator Johannes Brenz wirkte viele Jahre in Schwäbisch Hall. Eine Anzahl seiner Predigten sind überliefert. Einige Themen und Passagen habe ich übernommen, allerdings in moderneres Deutsch übertragen.

Pfarrer Herolt von Reinsberg war Chronist. Seine Chronik kann im Stadtarchiv eingesehen werden. Er berichtet genau von den

Vorgängen in und um Hall und von seiner Entführung durch den Bauernhaufen.

Der Familienkrieg zwischen Anna Büschler und ihrem Vater ist sehr gut dokumentiert. Es sind nicht nur die Liebesbriefe an den Schenkensohn Erasmus und an Daniel Treutwein erhalten, auch die Prozessakten mit Verhören und Zeugenaussagen gibt es noch. Anna hat bis zum Tod des Vaters gegen ihn und später gegen ihre Geschwister um das Erbe der Mutter prozessiert. Sie starb im Alter von 55 Jahren, verarmt und verbittert. Ich habe die Ereignisse um ihre Liebschaften, die Entdeckung, Gefangennahme und Flucht zeitlich gerafft, um sie innerhalb des Romans darstellen zu können. In Wirklichkeit war Anna ganze sechs Monate in der heimischen Stube an den Tisch gefesselt, bis ihr die Flucht durch ein Fenster gelang! Wenn Sie sich näher mit dem Fall Anna Büschler beschäftigen wollen, können Sie die Einzelheiten in »Die Tochter des Bürgermeisters« von Steven Ozment nachlesen.

Zum Schluss noch eine kleine Szene aus meiner Recherchenzeit:

An einem sonnigen Frühlingstag saß ich mit Freiherr von Zobel im Schlosshof seines Familiendomizils in Giebelstadt. Er erzählte mir die Geschichte von den letzten Bauern, die sich im Sumpf vor den Mauern des Schlosses in Sicherheit brachten. Die Reiter des Truchsessen riefen ihnen zu, wer einen seiner Brüder morde, der würde begnadigt werden. So erstachen sich die Bauern gegenseitig, bis die letzten beiden, sich gegenseitig das Messer in den Rücken stoßend, in den Schlossgraben fielen.
Als der Großvater des Freiherrn bei Renovierungsarbeiten den Schlossgraben trockenlegen ließ, fand er zwei ineinander verkrallte Skelette.

## LITERATURAUSWAHL:


Bendal, A., Fehle, I., (Hrsg.) *HausGEschichten, Bauen und Wohnen im alten Hall und seiner Katharinenvorstadt,* Hällisch-Fränkisches Museum Schwäbisch Hall, Sigmaringen 1994.

Bitsch, I., Ehlert, T., Ertzdorff, X. von, *Essen und Trinken in Mittelalter und früher Neuzeit,* Wiesbaden 1997.

Blickle, P., *Der Bauernkrieg, Die Revolution des Gemeinen Mannes,* München 1998.

Dieterich, P., Kraft, G., *Johannes Brenz und seine Zeit;* Stuttgart 1999.

Dieterich, P., *Wer war Martin Luther? Sein Leben und Wirken nacherzählt von Paul Dieterich,* Ulm 1987.

Ehlert, T., (Hrsg.) *Haushalt und Familie in Mittelalter und früher Neuzeit,* Wiesbaden 1997.

Fehle, I., (Hrsg) *Johannes Brenz 1499–1570, Prediger, Reformator, Politiker,* Ausstellungskatalog des Hällisch-Fränkischen Museums Schwäbisch Hall, Schwäbisch Hall 1999.

German, W., *Chronik von Schwäbisch Hall und Umgebung. Von den ältesten Zeiten bis zur Gegenwart, Haus- und Familienbuch,* Schwäbisch Hall 1900.

Gmelin, J., *Hällische Geschichte. Geschichte der Reichsstadt Hall und ihres Gebiets nebst einem Überblick über die Nachbargebiete,* Schwäbisch Hall 1896.

Gräter, C., *Der Bauernkrieg in Franken,* Würzburg 1975.

Haag, S. M., Ostertag, F.-P., *Zur Baugeschichte der Oberamtsstadt Weinsberg,* Weinsberg 1995.

Habermann, W., (Hrsg.) *Der Bauernkrieg im Taubergrund 1525-1975,* Bad Mergentheim 1975.

Herrmann, K., *Auf Spurensuche. Der Bauernkrieg in Südwestdeutschland,* Stuttgart 1991.

Hickeldey, C., (Hrsg.) *Justiz in alter Zeit, Band VI c der Schriftenreihe*

*des Mittelalterlichen Kriminalmuseums Rothenburg ob der Tauber,* Rothenburg 1989.
Kolb. C., *Geschichtsquellen der Stadt Hall, Zweiter Band: Widmans Chronica,* Stuttgart 1904.
Krüger, E., *Die Stadtbefestigung von Schwäbisch Hall,* Schwäbisch Hall 1966.
Kühnel, H., *Bildwörterbuch der Kleidung und Rüstung,* Stuttgart 1992.
Kuhn, E. L., Blickle, P., *Der Bauernkrieg in Oberschwaben,* Tübingen 2000.
Loewenich, W. von, *Martin Luther, Der Mann und das Werk,* München 1982.
Maurer, H.-M., Ulshöfer, K., *Johannes Brenz und die Reformation in Württemberg,* Aalen.
Ozment, S., *Die Tochter des Bürgermeisters, Die Rebellion einer jungen Frau im deutschen Mittelalter,* Hamburg 1997.
Quirbach, E. M., Schulz H. K., *Spurensuche in Braunsbach,* Braunsbach 2003.
Sandel, T., *Kirchberg an der Jagst – Schicksal einer hohenlohe-fränkischen Stadt Band I,* Nürnberg 1936.
Schäfer, D., (Hrsg) *Württembergische Geschichtsquellen Band I,* Stuttgart 1894.
Scholz, G., (Hrsg) *Thomas Müntzer (von 1491-1525) Prediger – Prophet –Bauernkriegsführer,* Böblingen 1990.
Sievers, L., *Der Bauernkrieg, Revolution in Deutschland,* Stuttgart 1978.
Stihler, D., *»Wan Got straffen will, so hetzt er Wolff an Wolff«: Schwäbisch Hall und der Bauernkrieg 1525,* in: Württembergisch Franken 83, S. 179-221, 1999.
Weismann, E., *Die Eroberung und Zerstörung der Stadt und des Schlosses Weinsberg im Bauernkrieg, Eine Rekonstruktion der Vorgänge nach zeitgenössischen Augenzeugenberichten,* Weinsberg 1992.
Taddy, G., Rößler, W., Schenk, W., *Öhringen, Stadt und Stift*; Sigmaringen 1988.
Wohlfarth, J., *Der 2. Juni 1525 in Quellenzeugnissen, Bauernkriegs-*

*Landschaft Tauber Franken.* www.traumaland.de Internetseite des Vereins Traum-a-Land e. V.
Wunder, G., *Die Bürgerschaft der Reichsstadt Hall von 1395–1600,* Stuttgart, Köln, 1956.
–, *Die Bürger von Hall, Sozialgeschichte einer Reichsstadt,* Sigmaringen 1980.
–, *Lebensläufe: Bauer, Bürger, Edelmann, Ausgewählte Aufsätze zur Sozialgeschichte,* Sigmaringen 1984.
Zimmermann, W., *Geschichte des großen Bauernkrieges, Wortgetreuer Nachdruck der Ausgabe von 1856,* Essen.
Zitelmann, A., *»Ich will donnern über sie!« Die Lebensgeschichte des Thomas Müntzer,* Weinheim und Basel 1994.

# DANKSAGUNG:

Für diesen Roman habe ich wieder Berge an Büchern und Manuskripten durchgearbeitet, bin tagelang im Internet gesurft und Hunderte Kilometer mit dem Auto gefahren, um mir ein eigenes Bild von den Schauplätzen zu machen. Dennoch wäre die Geschichte nicht möglich gewesen, wenn ich nicht viele Helfer gefunden hätte, die sich mit viel Engagement darangemacht haben, meine Fragen zu beantworten.

Herzlich danken möchte ich dem Heilbronner Prälat Paul Dieterich. Er hat mir stundenlang über Luther und Brenz erzählt und mir seine Lutherbiografie überlassen. Vielen Dank an Jürgen Wohlfarth vom Verein Traum-a-Land e.V. in Königshofen, der mir unglaubliche Details der großen Schlacht geliefert hat, an Norbert Gleich aus Lauda-Königshofen für seine Holzschnitte und Kopien, Daniel Stihler vom Stadtarchiv in Schwäbisch Hall, den ich immer wieder mit meinen Detailfragen gelöchert habe, Rudolf-Stefan Freiherr von Zobel zu Giebelstadt für ein gemütliches Gespräch im sonnigen Schlosshof. Herzlichen Dank an Christine Schmidt, Stadtarchivarin von Bad Mergentheim, Hans Göbbel vom Stadtarchiv Weinsberg und Eberhard Tröger vom Stadtarchiv in Öhringen, an Sonja Preißler aus Kocherstetten, den Damen in der Touristikinformation in Lauda, der Buchhandlung Moritz und Lux in Lauda und den Mitarbeitern des Bauernkriegsmuseums in Böblingen für ihre begeisterte Mithilfe.

Auch die Rahmenbedingungen müssen stimmen, damit solch ein Werk entstehen kann. Großen Dank an meinen Agenten Thomas Montasser, der dieses Mal auch mein erster kritischer Leser war und einige Aufbauarbeit geleistet hat. Dank auch der Knaur Programmleiterin Christine Steffen-Reimann und meiner Lektorin Ilse Wagner.

Den persönlichen Rahmen hat mir mein Mann Peter gegeben. Er sorgt nicht nur dafür, dass die Technik immer läuft und keine Viren und Würmer mein Manuskript bedrohen! Er gibt mir die Kraft, wenn ich glaube, ich schaffe den riesigen Berg vor mir niemals, macht mir Mut, wenn ich am Text verzweifle, und gibt mir den nötigen Tritt, wenn mal der Antrieb fehlt. Allerliebsten Dank!

Ich danke auch meinen Freunden und meiner Familie, die vor allem in den vergangenen Monaten kaum mehr etwas von mir gehört haben, für ihre Geduld.

0
20 km
Mergentheim
Tauber
Neckar
Krautheim
Rothenburg
o. d. Tauber
Mosbach
Jagst
Kocher
Künzelsau
Ansbach
Kocherstetten
Langenburg
Neuenstein
Brauns-
bach
Leofels
Neckarsulm
Öhringen
Waldenburg
Wolpertshausen
Weinsberg
Untermünkheim
Ilshofen
Heilbronn
Eltershofen
Reinsberg
Crailsheim
Altmühl
Gottwollshausen
Hall
Löwenstein
Vellberg
Frankenhöhe
Murrhardt
Gaildorf
Bietigheim
Enz
Murr
Vaihingen
Backnang
Ludwigsburg
Waiblingen
Aalen
Stuttgart
Schondorf
Lorch
Leonberg
Rems
Schwäbisch
Gmünd
Esslingen
Sindelfingen
Göppingen
Böblingen
Kirchheim
Neckar
Donau
Tübingen
Schwäbische Alb

Main
Sulzdorf
Giebelstadt
0
20 km
Tauber-
bischofsheim
Lauda
Königshofen
Tauber
Mergentheim
Erlangen
Pegnitz
Nürnberg
Krautheim
Jagst
Kocher
Künzelsau
Rothenburg
o. d. Tauber
Ansbach
Kocherstetten
Langenburg
Neuenstein
Brauns-
bach
Leofels
Waldenburg
Öhringen
Untermünkheim
Wolpertshausen
Ilshofen
Eltershofen
Reinsberg
Gottwollshausen
Crailsheim
Hall
Vellberg
Gunzenhausen
Frankenhöhe
Altmühl
Weißenburg
Murr
Murrhardt
Gaildorf
Eichstätt
Aalen
Schondorf
Lorch
Rems
Schwäbisch
Gmünd
Göppingen
Schwäbische Alb
Fränkische Alb
Ingolstadt
Donauwörth
Donau
Neuburg
a. d. Donau

Ulrike Schweikert

# Die Tochter des Salzsieders

Roman

Das mittelalterliche Leben einer deutschen Stadt und die Geschichte einer außergewöhnlichen jungen Frau. Anne Katharina Vogelmann ist die Tochter eines wohlhabenden Salzsieders und unzufrieden mit ihrer Rolle als das sittsame Mädchen, das nur auf den Ehemann zu warten hat. Ihr beschauliches Leben ändert sich, als sie dunkle Geheimnisse und sogar einen Mord entdeckt. Die Spur führt in ihre eigene Familie ...

Das hervorragend recherchierte und mitreißend geschriebene Debüt einer Bestsellerautorin!

Wenn Sie sich von Anne Katharina ins Mittelalter entführen lassen wollen, dann lesen Sie hier weiter:

Knaur Taschenbuch Verlag

Leseprobe

aus

Ulrike Schweikert

# Die Tochter des Salzsieders

Roman

erschienen bei

Knaur Taschenbuch Verlag

Ursula schob sich mit der behandschuhten Hand eine blonde Locke unter die Haube und ließ sich von ihrem Ehemann in Richtung Marktplatz führen.

Ungestüm stieß Peter mit dem Fuß gegen die Haustür, so daß sie mit einem lauten Krachen ins Schloß fiel. Kaum fünfzehn Jahre alt, war er schon fast so groß wie sein Bruder, doch hatte er noch die schlaksige Statur der Halbwüchsigen mit den eckigen, unbeholfenen Bewegungen. Sein schulterlanges Haar wies nicht die satte rotbraune Färbung wie das seiner Schwester auf, doch er hatte dieselben großen, braunen Augen und langen dunklen Wimpern. Das Erbe einer Mutter, die er nie kennengelernt hatte.

Der jüngste der Vogelmanngeschwister grinste seine Schwester an und entblößte eine Zahnlücke, die an eine heftige Prügelei vom letzten Sommer in der Klosterschule erinnerte.

»Was zögerst du? Du mußt dich beeilen. All die vielen Heiligen warten in der Kirche sicher schon auf dich und dein Flehen um ihren Beistand!«

Anne Katharina lächelte ein wenig spöttisch zurück.

»Ich stehe hier nur, um mir wieder einmal den lausigen Zustand deiner Erziehung vor Augen zu führen. Es gebietet dir der Anstand, daß du mir den Arm reichst und mich über die rutschige Straße bis zur Kirche geleitest.«

Peter zog sich sein schwarzsamtenes Barett mit der einzigen, schon etwas traurig herabhängenden Feder tiefer in die Stirn, setzte eine feierliche Miene auf und bot seiner Schwester den Arm.

»Aber nur, wenn du mich mit deinem gelehrten Geschwätz in Ruhe läßt. Hebe dir das für den alten Großvater oder deinen Pater auf.«

Würdevoll griff Anne Katharina nach ihrem Schleiertuch, das sich im kalten Wind aufbauschte, und hielt es unter dem Kinn fest.

»Schade, jetzt wollte ich dir gerade empfehlen, den heiligen Thomas von Aquin um ein wenig Weisheit anzurufen. Als Schutzpatron der Studierenden gehört das schließlich zu seinen Aufgaben.«

Peter grunzte ungnädig und beschleunigte seine Schritte, so daß Anne Katharina Mühe hatte, auf dem unebenen, eisigen Steinpflaster Schritt zu halten.

»Ich werde sowieso nicht mehr lange bei den Barfüßern in der Klosterschule bleiben. Ich habe das Geschwätz der Mönche satt. Wenn das Kaltliegen im Frühjahr vorbei ist, dann fange ich als Siederbursche an. Das ist Arbeit für einen richtigen Mann!« Der noch bartlose Jüngling plusterte sich wie ein stolzer Gockel auf und straffte die Schultern. Seine Schwester gluckste belustigt.

»Schließlich gehört mir auch ein Sieden«, fügte er noch hinzu. »Soll Ulrich doch den Handel übernehmen, dann kümmere ich mich um das Salz.«

Anne Katharina lagen viele spitze Erwiderungen auf der Zunge und auch die Frage, was ihr Bruder Ulrich zu diesem Vorhaben sagen würde, doch all ihre Worte behielt sie vorläufig für sich.

Die Geschwister waren noch nicht weit gekommen und gerade auf der Höhe des Senftenhauses in der Herrengasse angelangt, als die Tür aufschlug und Rudolf, der jüngere Bruder des Hausherrn, mit vor Wut rotverzerrtem Gesicht in den kalten Wintermorgen herausstürmte. Ohne die Vogelmanngeschwister zu grüßen, drehte er sich um, hob die geballte Faust und brüllte in die leere Türöffnung:

»Du von Gott verdammter Hurensohn! Du hattest kein Recht, das Michelfelder Gut an die Nonnen zu verkaufen! Hast dich wieder beim Vater eingeschmeichelt und ihm Honig um den Mund geschmiert, wie bei dem Haus auch. Du betrügst mich um mein Erbe und verschleuderst es!«

Der stattliche, mit seiner kräftigen Statur sehr gut aussehende Junker Gabriel Senft, der Jüngere, kam die Treppe herunter, stemmte die Hände in die Hüften und sah seinen Bruder ruhig an.

»Du weißt, daß ich als der Älteste Anrecht auf das Haus habe, noch dazu, wo ich verheiratet bin und du nicht. Außerdem gehörte das Gut Vater und nicht dir, und die Gnadentaler Nonnen haben einen guten Preis geboten. Du hast also gar keinen Grund, dich wie ein Gassenjunge aufzuführen, dem man seine Steinschleuder weggenommen hat.«

Rudolf, dessen sonst sehr einnehmende Züge vor Zorn zu einer abschreckenden Maske geworden waren, spuckte auf den Boden. Sein Atem stieg dampfend weiß in den klaren Morgen, als er seinen Bruder anschrie.

»Du fühlst dich wohl sehr sicher, nur weil die Berlerin mit einem dicken Bauch herumläuft! Du meinst, du hast deine Gulden im Sack, aber ich warne dich! Bei allen Dämonen der Hölle, es wird nichts Rechtes aus ihrem Leib kriechen! Du wirst kinderlos und in Gram sterben, und dann gehört alles mir!«

Er wandte sich ab und stürmte in Richtung Marktplatz davon. Fast stieß er gegen Ursula und Ulrich, als er die beiden in schnellem Schritt überholte und dabei ins Rutschen kam.

Gabriel, der Sproß der alten Stadtadelsfamilie, Nachfahre der ersten, noch von den großen Stauferkönigen eingesetzten Sulmeister, sah seinem Bruder nach und bekreuzigte sich. Sein Blick spiegelte seine aufgewühlte Seele wider, als er zu dem Geschwisterpaar hinübersah, das noch immer regungslos im Schnee stand.

»Gegrüßt sei Jesus Christus«, murmelte der Junker, drehte sich um und verschwand wieder im Haus.

»In Ewigkeit, Amen«, antworteten die Geschwister artig und setzten ihren Weg fort. Peters Augen leuchteten vor Begeisterung.

»Das war doch was! Spannender als die Geschichten der Gaukler …«

»Vor allem mit solch hochrangigen Darstellern«, ergänzte Anne Katharina belustigt.

»Meinst du, der Fluch wird eintreffen?«

Die Miene des jungen Mädchens wurde ernst.

»Ich weiß es nicht, doch wenn ich die Berlerin wäre, dann würde ich ein paar Ave Marias mehr beten und für alle Fälle Allermannsharnisch, Wacholder und Mannstreu über die Türe hängen.«

Kurz darauf betraten sie den zwischen der Michaelskirche und dem St.-Jakobs-Kloster gelegenen Marktplatz, der an diesem Sonntag die übliche Geschäftigkeit vermissen ließ. Nur wenige der Buden waren geöffnet. In dicke Mäntel gehüllt, Hüte und Mützen tief ins Gesicht gezogen, die Hände in Fellhandschuhen vergraben oder über Kohlepfannen haltend, standen die Händler mit roten, tropfenden Nasen da, um Brot und Gebäck, Süßigkeiten und dampfende Fleischpastete, gewürzten Wein und heißen Met zu verkaufen. Doch der eisige Wind, der ungehindert über den weiten, nach Westen abfallenden Marktplatz strich, ließ die Gläubigen, die Mäntel eng um sich geschlungen, schnell zur Kirche eilen. St. Jakob begann die *hora tertia* einzuläuten, und auch vom Turm der St.-Michaels-Kirche klangen die Glocken, um die Gläubigen zur heiligen Messe und zur heutigen Predigt des Predigers Brenneisen zu rufen.

Anne Katharina ließ ihren Blick vom Marktplatz über die erst vor einigen Jahren errichtete, geschwungene Freitreppe zur St.-Michaels-Kirche hinaufwandern, deren gewaltiger Mittelbau sich gegen den bleiernen Himmel abhob. Der alte, trutzige Westturm mit seinen schmalen Bogenfenstern wirkte ein wenig verloren vor dem mächtigen neuen Mittelbau, den er nur um wenige Fuß überragte. Die auf beiden Seiten des Westgiebels vorstehenden Verzahnungssteine mahnten täglich den schon seit über fünfzig Jahren hinausgeschobenen Neubau eines modernen, hochaufragenden Turms an, doch nichts geschah. Auch der alte, rechteckige Chor, der nicht ganz zu dem neuen Mittelschiff passen wollte, war noch erhalten. Seine Tage waren allerdings gezählt, denn wie ein totes Gerippe ragten hinter ihm bereits die aufgestellten Gerüste empor und kündeten von dem ehrgeizigen Vorhaben des Baumeisters Scheyb aus Urach. Der Chor hätte mit seiner schwindelnden Höhe und seinem kunstvollen Gewölbe der nüchternen Kirchenhalle Glanz und Pracht verleihen sollen, doch durch den plötzlichen Tod des Baumeisters waren die Arbeiten am Chor vor fünf Jahren ins Stocken geraten, daher hatte es der Rat mit Freude begrüßt, als Scheybs Schwiegersohn Meister Schaller angeboten hatte, den Bau zu vollenden.

Anne Katharina versuchte gerade, sich vorzustellen, wie die fertige Kirche aussehen würde, prachtvoll und ehrfurchtgebietend, zur Ehre des Herrn und seines Erzengels Michael, als Peter sie plötzlich kräftig in den Arm kniff und aus ihren Gedanken riß.

»Sieh mal, Anne Katharina, da steht eine Frau am Pranger. Komm mit, wir wollen nachsehen, ob wir sie kennen.«
Mit ausladenden Schritten überquerte er den Marktplatz, der, leicht abfallend, an der Nordseite in zwei terrassenartige Stufen überging. Über dem kastenartigen Marktbrunnen, der an der oberen Stufenwand lehnte, ragte, für alle gut sichtbar, der Pranger auf. Peter strebte auf die filigran verzierte Steinsäule zu, an der eine junge, hochschwangere Frau mit einem groben Halseisen festgehalten wurde.
»So warte doch!« Mit den Armen rudernd, schlitterte Anne Katharina Peter hinterher und rutschte fast in ihre Schwägerin hinein, die mit ihrem Gemahl unterhalb des Prangers stehengeblieben war.
»Das ist ja die Marie Wagner, das arme Ding«, rief Ursula entsetzt, und erst jetzt erkannte Anne Katharina in der armseligen Gestalt mit dem strähnig in die Augen hängenden, abgeschnittenen Haar und dem vor Kälte blau angelaufenen Gesicht die hübsche Magd wieder, die bis zum letzten Sommer im Senftenhaus gearbeitet hatte und dann zu Gabriels und Rudolfs Oheim, dem Stättmeister Gilg Senft, ins Sulmeisterhaus gegangen war. Mit geschlossenen Augen stand die junge Frau wie erstarrt da. Nur das leichte Zittern der nackten Beine zeigte, daß sie noch am Leben war. Neugierig studierte Anne Katharina das Schild, das an dem um die Prangersäule laufenden Eisengeländer angebracht war.
»Der hochwohllöbliche Rat der freien Reichsstadt Hall hat die ledige Magd Marie Wagner der Unzucht für schuldig befunden. Also soll sie am Sonntag des heiligen Blasius zwei Stunden am Pranger stehen, daß jeder ihre Unzucht vor Augen habe, dann soll sie bis zum Tage ihrer Niederkunft im Hezennest eingesperrt werden. Ist das Kindlein zehn Tage alt, wird

die Sünderin mit Rutenhieben aus der Stadt hinausgefetzt, auf daß sie das Haller Land für alle Zeit nicht mehr betrete.«
»Und ich habe nicht mal ein Ei oder ein Stück faulen Kohl bei mir, um sie zu bewerfen«, bedauerte Peter und zog ein finsteres Gesicht.
Daß schon andere ehrenwerte Bürger heute morgen auf diese Idee gekommen waren, davon zeugten ein paar übelriechende grünliche Klumpen im Schnee, zwischen denen zwei streunende Hunde mißmutig nach etwas Eßbarem suchten. Auch die vielfarbigen Flecken auf dem zerrissenen Kittel, unter dem der grobe Stoff des leinenen Leibrockes zu sehen war, sprachen davon.
»Nun ist es also doch herausgekommen«, seufzte Ursula. »Lange genug hat sie ihren Zustand unter den Röcken verborgen.«
»Du hast von diesem Vergehen gewußt und es mir nicht gesagt?« Ulrich Vogelmann sah seine Frau scharf an.
»Hast du mir erzählt, daß das arme Ding vom Rat verurteilt wurde, Herr Ratsherr?« antwortete seine sanfte Gattin in ungewohnter Weise aufbegehrend.
»Ich bin Ratsherr und kein Richter, und außerdem hat sie ein gerechtes Urteil bekommen.« Er deutete auf den geschwollenen Leib, den die junge Magd mit den Armen vergeblich vor dem kalten Nordwind zu schützen suchte. »Es ist ja nicht zu übersehen, daß sie sich einen Buhlen genommen und Unzucht getrieben hat.«
»Ja schon, doch es ist für eine Magd nicht immer einfach, ihre Unschuld zu bewahren«, murmelte Ursula und senkte den Blick.
Zu Anne Katharinas Verwunderung überzog sich das kantige Gesicht ihres Bruders mit leichter Röte, und er wandte sich abrupt ab. Wortlos zog er seine Frau hinter sich her, die weitausladende Treppe zu St. Michael hoch, und Peter folgte ihnen.

Anne Katharina warf noch einen Blick auf die jämmerliche Gestalt in ihrem schmutzigen, zerrissenen Gewand, dann eilte sie den anderen die Treppe hinauf nach, denn die Glocken schwiegen bereits, und durch das Portal erklangen über das Brausen der Orgel hinweg die reinen Stimmen der Chorknaben: »*Veni, sancte spiritus* ...«

Anne Katharina schritt durch die Vorhalle des Turms, vorbei am heiligen Erzengel, der mit einer Lanze den Drachen zu seinen Füßen in Schach hielt, durch das Portal in die Kirche. Rasch knickste sie, tauchte die Finger ins Weihwasser und bekreuzigte sich. Nahezu lautlos schlich sie durch das Seitenschiff nach vorn und rutschte in die hölzerne Kirchenbank, die sich die Vogelmanns mit der Familie Firnhaber teilten. Auch die Bänke vor und hinter ihnen waren mit den Mitgliedern der führenden Siederfamilien besetzt. Die Eisenmenger und Seiferhelds, die die spitaleigenen Sieden sotten, die Blinzigs, die die Sieden des Klosters Gnadental in Pacht hatten, die Feyerabends und Seyboths. Dahinter erkannte Anne Katharina die knochige Gestalt des armen Sieders Hubheinz, der für die Junker von Merstatt sott. Sein Kopf war zur Seite gesunken, seine Augen geschlossen.

Auf der anderen Seite, weiter vorn, hatten sich die Stadtadeligen versammelt: die Junker und Edelfrauen der Familien Keck und Nagel, Roßdorf und Berler, von Rinderbach und die Herren der Vogelmannschen Sieden, die Familie Senft. Anne Katharina reckte den Kopf, um zu sehen, ob sie Rudolf Senft entdecken könnte. Ja, da saß er neben seinem Vater und redete sichtlich erregt auf den alten Mann ein. Rudolfs Bruder Gabriel und dessen hochschwangere Frau Barbara konnte Anne Katharina jedoch nicht entdecken.

In der ersten Bank, vor den Senfts, saß der reiche Kaspar Eberhart. Er war um die achtzig Jahre alt, doch bis zum letzten Som-

mer einer der führenden Richter im Rat gewesen. Man schätzte ihn fast zwanzigtausend Gulden schwer. Seine runzeligen Hände über dem Knauf seines Ebenholzstockes gefaltet, saß er aufrecht da und verfolgte anscheinend mit großem Interesse die Predigt von Pfarrer Sebastian Brenneisen. Ursula beugte sich zu ihrer Schwägerin hinüber und stieß sie leicht in die Seite.
»Hast du die Helene, die von Rinderbach, gesehen?« flüsterte sie und nickte zu den Bänken rechts vorn.
Anne Katharina folgte ihrem Blick, um die hochgewachsene schlanke Tochter des Junkers mit den üppig goldblonden Flechten zu suchen.
»Sie trägt ein gelbes Schleiertuch!« zischte Ursula empört. »Wenn ich ihre Mutter wäre, dann könnte sie sich auf etwas gefaßt machen. Nicht im Leben dürfte sie mit der Farbe der freien Weiber und Juden auf dem Kopf aus dem Haus!«
Anne Katharina lächelte bei den Worten ihrer Schwägerin, die kaum älter als die Junkerstochter war.
»Das ist eben der Unterschied. Eine Tochter aus dem Hause von Rinderbach kann sich so etwas erlauben, eine Siedertochter nicht«, flüsterte sie zurück, verstummte dann aber, als sie den wütenden Blick ihres älteren Bruders spürte.
Die Pfarrer betete das Paternoster. Auch Anne Katharina senkte das Haupt, doch ihre Gedanken wanderten immer wieder zum Pranger hinaus, zu der geschundenen Magd mit ihrem ungeborenen Kind. Fast hätte sie den Einsatz der Gemeinde verpaßt.
»Erlöse uns von dem Bösen …«
Die unkeusche Frage, aus was denn genau das Unzuchtvergehen bestand, bewegte sie und ließ ihr keine Ruhe mehr. Sie wußte, wie das vor sich ging, wenn der Kater die Katze bestieg, und hatte auch schon Pferde auf der Koppel beobachtet, doch wie war das bei den Menschen, bei der Krönung von Gottes

Schöpfung? Man sagte, sie hätten beieinander gelegen, wenn eine Frau ein Kind erwartete. Eheleute teilten ein Bett miteinander, um einen Erben zu zeugen. Es mußte etwas mit der Männlichkeit zu tun haben, die sich so deutlich von der Scham der Frauen unterschied, soviel stand fest. Vor ihrem inneren Auge sah sie die nackten Straßenjungen, die im Sommer in den Gassen spielten, und dann die Flößer und Siederburschen, wie sie an manchen milden Abenden im Kocher badeten. Errötend senkte sie den Kopf und hoffte, daß der Herr Jesus Christus sich nicht gerade in diesem Moment mit ihren Gedanken befaßte. Sie nahm sich aber trotzdem vor, zwei Rosenkränze zur Buße zu beten.

Also so wie bei den Tieren konnte es nicht gehen – und wenn, dann war es ganz sicher eine große Sünde!

Als die Vogelmanns aus dem Kirchenportal traten, gesellte sich eine Frau zu ihnen, deren Alter nur schwer zu schätzen war. Sie war von kleiner, kräftiger Gestalt, hielt sich sehr gerade und schritt forsch einher. Ihr Gesicht war fast faltenfrei, und in den leuchtend hellgrauen Augen blitzte manchmal der Schalk, doch die unter ihrer strengen Haube hervorlugenden Haarsträhnen waren beinahe weiß. In den Händen, die sich auf Ursulas Leib legten, waren Kraft und Zärtlichkeit seltsam vereint, und ihr Blick spiegelte die Erfahrung vieler Jahre wider.

»Nun ist es bald soweit, gnädige Frau. Noch wenige Tage, vielleicht eine Woche. Ich werde mit Euch kommen und Euch noch ein wenig mit Fett einreiben. Bewegt es sich?«

Ursula lächelte die Hebamme unsicher an.

»Ja, manchmal spüre ich es. Ich meine, es tritt nach mir, und ich weiß nicht, was ich tun soll.«

Els ergriff beruhigend die Hand der Schwangeren.

»Seid ganz unbesorgt, meine Liebe. Ihr müßt fröhlich und

guter Dinge sein und mich, wenn die Wehen einsetzen, rechtzeitig rufen, dann wird der Herr Euch auch ein gesundes Kind schenken.«

»Einen Sohn, so hoffe ich«, murmelte Ursula, mit einem Seitenblick auf ihren Gatten, dem das Gespräch über Wehen und Geburt sichtlich unangenehm war.

»Wie geht es der Berlerin? Sie müßte doch auch bald soweit sein«, mischte sich Anne Katharina ein, als sie im Hintergrund Rudolf Senft die Kirche verlassen sah. Zwei Stufen auf einmal nehmend, lief der Junker die Freitreppe hinunter, überquerte den Marktplatz und schritt auf die Sporengasse zu, als er plötzlich innehielt und sich umwandte. Er sah zum Pranger hinauf, seine Augen verdunkelten sich. Bewegungslos und stumm stand er einige Augenblicke da, dann wandte er sich abrupt um und eilte weiter. Erst als er aus ihrem Blickfeld entschwunden war, richtete Anne Katharina ihre Aufmerksamkeit wieder auf die Hebamme, die gerade sagte:

»... so gut es einer Frau in diesem Zustand eben gehen kann. Ich war vor der Messe erst bei den Senftens und habe nach ihr gesehen. Wenn Gott will, dann werde ich in dieser Woche drei Kindern auf die Welt helfen.« Ihr Mund nahm einen harten Zug an, als sie am Pranger vorbeikamen. »Oder nur zweien, denn daß Marie in ihrem Zustand die Kälte im Verlies des Hezennests unbeschadet überlebt und auch noch ein gesundes Kind zur Welt bringt, kann ich mir kaum vorstellen. So ein Unsinn, sie erst, wenn es soweit ist, ins Spital bringen zu lassen. Da hätten die Herren Richter ihr auch gleich den Kopf abschlagen können. Das wäre eine geringere Strafe gewesen.«

Sie warf einen Seitenblick auf Ulrich, der leise vor sich hinbrummte, daß die Ratsherren schließlich nichts für das Wetter könnten.

»Ich werde dem armen Ding jedenfalls nachher einen warmen Mantel und wollene Beinlinge zum Turm bringen, wenn der hochwohllöbliche Rat nichts dagegen einzuwenden hat!« Die Hebamme sah den Ratsherrn herausfordernd an, doch dieser schwieg und ließ ausnahmsweise dem Weib an seiner Seite das letzte Wort.